KB211771

황금나침반

호박색 망원경

황금나침반

③

호박색 망원경

김영사

황금나침반 3 - 호박색 망원경

1판 1쇄 발행 2001. 12. 30.
2판 1쇄 발행 2007. 11. 27.
2판 17쇄 발행 2023. 12. 1.

지은이 필립 풀먼
옮긴이 이창식

발행인 고세규
발행처 김영사
등록 1979년 5월 17일(제406-2003-036호)
주소 경기도 파주시 문발로 197(문발동) 우편번호 10881
전화 마케팅부 031)955-3100, 편집부 031)955-3200 | 팩스 031)955-3111

값은 뒤표지에 있습니다.
ISBN 978-89-349-2718-1 04840
       978-89-349-2719-8 (세트)

홈페이지 www.gimmyoung.com   블로그 blog.naver.com/gybook
인스타그램 instagram.com/gimmyoung   이메일 bestbook@gimmyoung.com

좋은 독자가 좋은 책을 만듭니다.
김영사는 독자 여러분의 의견에 항상 귀 기울이고 있습니다.

오, 그의 힘을 말하고, 오, 그의 은총을 노래하라.
그의 옷은 빛이요, 그의 하늘은 우주이니
짙은 뇌운이 그의 분노의 전차가 되고
폭풍우 위의 그의 길은 어둡기만 하다.

로버트 그랜트 〈고대와 현대 찬가〉에서

오, 별이여,
사랑하는 사람의 얼굴을 보고 싶은 연인의 욕망은
그대로부터 온 것이 아니던가?
그녀의 순수한 모습을 보는 그의 은밀한 시선은
순수한 별떨기에서 온 것이 아니던가?

라이너 마리아 릴케 〈세 번째 애가〉에서

살아 있는 것으로부터 환상은 사라진다.
밤은 차갑고 은밀하며
삶을 짓밟는 천사들로 가득하다.
공장들은 모두 불을 밝히고,
종소리는 들리지 않는다.
비록 멀리 헤어져 있어도,
우리는 마침내 함께 있다.

존 애시베리 〈전도사〉에서

차례

리라 벨라커
(실버텅) 놀라우리만치 용감하고 순수한 영혼을 가진 아이. 진실 측 정기인 황금나침반의 운명의 주인. 수세기 동안 마녀들의 세계에 전해진 전설의 아이로, 곰, 집시, 심지어 자연의 사물들조차 그녀를 보호하는 수호자 역할을 한다.

말론 박사 월이 살고 있는 세계에서 섀도, 즉 더스트를 연구하는 과학자다. 반역의 천사들의 부름을 받은 그녀는 운명적으로 정해진 자신의 역할을 수행하기 위해 리라와 월을 찾아서 다른 세계로 향한다. 더스트를 볼 수 있는 능력을 지는 뮬레파 부족과 지내면서 '호박색 망원경'으로 더스트의 신비를 벗겨내게 된다.

메타트론 절대자의 섭정, 모든 세계를 직접 다스릴 영구적인 종교재판소를 세우려고 한다.

발타모스와
바룩 반역천사들. 절대자 왕국의 비밀과 메타트론의 음모를 알게 된다. 바룩은 아스리엘 경에서 그 정보를 전달하고, 발타모스는 월을 안전하게 아스리엘 경에서 인도하고 그를 보호하는 역할을 맡는다.

월 패리 만단검의 전수자. 자신에게 주어진 능력과 운명으로 리라와 함께 세계간의 전쟁에 참여한다.

티알리스와 살마키아 갈리베스피 부족으로 아스리엘 경을 돕기 위해 스파이 역할을 한다. 윌과 리라의 감시자 역할을 하기 위해서 아이들에게 접근했지만, 그들과 협력한다.

아스리엘 경 리라의 아버지. 세계와 세계 사이의 경계에 균열을 일으킨 장본인. 교권의 이름으로 자행된 모든 잔학한 행위에 대항해 거대한 세계간의 전쟁을 준비한다. 반역천사의 도움으로 절대자와 메타트론의 비밀을 알게 되고 리라를 위해 아내 콜터 부인과 함께 메타트론에 대항한다.

콜터 부인 리라의 어머니. 숨이 멎을 만큼 아름다운 자태를 지녔지만 기분 나쁜 분위기를 풍기는 그녀의 황금 원숭이 데몬만큼 사악하고 교활하다. 교권의 강력한 대리인인 '성체위원회'를 결성하여 '더스트'의 근원을 파헤쳐서 없애버리려는 음모를 꾸민다. 그러나 딸 리라를 위해 아스리엘 경에게 협력한다.

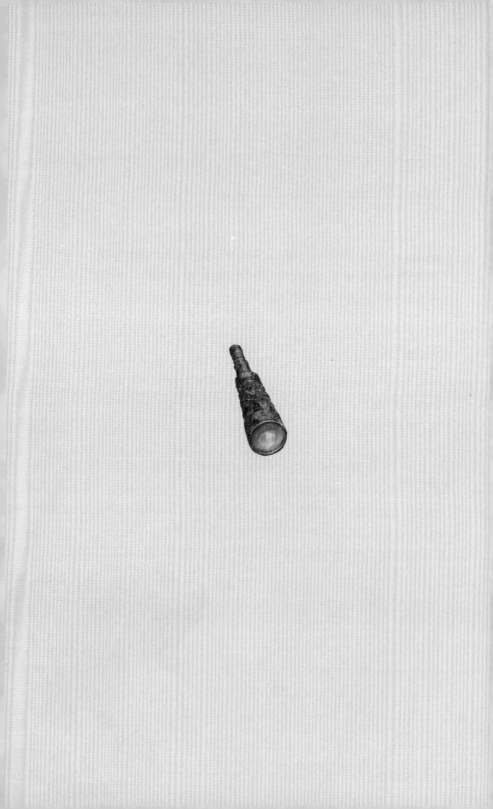

마법에 걸린 아이

꽃나무 그늘이 드리워진 설선(雪線) 근처의 계곡에는 눈 녹은 물이 젖색 시내를 이루어 하얗게 부서지고, 비둘기와 홍방울새가 높은 소나무 숲 속을 날아다녔다. 그곳에 울퉁불퉁한 바위와 그 아래 빳빳하고 두꺼운 나뭇잎들 무성한 그늘에 반쯤 가려진 동굴이 하나 있었다.

숲은 온갖 소리로 가득했다. 바위들 사이로는 시내가 흐르고 소나무 사이로는 바람이 지나갔다. 곤충들이 윙윙거리고 나무 위에 사는 작은 포유동물의 울음소리가 새소리와 뒤섞여 들렸다. 가끔씩 강한 바람이 휙 하고 지나가면 삼나무나 전나무의 가지들이 서로 부딪치며 낮은 첼로 소리를 냈다.

늘 화사한 햇빛이 드는 곳이었다. 황금빛 눈부신 햇살이 나뭇가지와 푸르스름한 갈색 나뭇잎들 사이를 가르고 숲길에 창날처럼 내리꽂혔다. 햇빛은 잠시도 가만히 있지 못하고 늘 변했다. 떠다니던 안개가 종종 나무들 꼭대기에 걸리면 안개에 걸러진 햇빛은 진주빛으로 부드럽게 빛났고, 안개가 걷히면 솔방울들은 물기를 머금어 반짝거렸다. 이따금 구름 속의 습기가 작은 물방울로 응결되면 뿌연 안개비가 아래쪽으로 떠내려오다가 무수한 침엽들 사이로 부드럽게 와스락 소리를 내며 후드득 떨어지기도 했다.

시냇가에는 계곡 아래 있는 목동들의 마을에서부터 계곡 위 빙하 근처에 위치한 반쯤 허물어진 사원으로 이어지는 작은 길이 있었다. 그 사원에는 색 바랜 실크 깃발들이 높은 산에서 끊임없이 불어오는 바람에 펄럭였고, 독실한 마을 사람들이 바친 보리빵과 말린 차가 놓여 있었다. 빛과 얼음과 수증기의 기묘한 조화로 계곡 위에는 언제나 무지개가 떠 있었다.

동굴은 그 길 위쪽 어딘가에 있었다. 아주 오래전 한 성자가 명상, 금식과 기도를 하며 살았던 곳이라 사람들은 그를 기려 동굴을 귀하게 여겼다. 10미터쯤 되는 깊이에 바닥이 말라 있어서 곰이나 늑대가 살기에 딱 좋았지만 수년간 그곳에 살았던 건 새와 박쥐들이었다.

그러나 동굴 입구에 웅크리고 앉아 뾰족한 귀를 쫑긋 세우고 검은 눈동자를 이리저리 굴리고 있는 형체는 새도 박쥐도 아니었다. 햇빛이 번쩍이는 황금색 털을 어루만지고 있었고, 그 원숭이는 손으로 솔방울을 이리저리 돌려 가며 뾰족한 손톱으로 껍질을 까서 잣을 빼내고 있었다.

황금 원숭이 뒤에 햇빛이 미치지 않는 곳에서 콜터 부인이 나프타 스토브에 작은 냄비를 올려놓고 물을 끓이고 있었다. 그녀의 데몬이 경고음을 내자 콜터 부인은 고개를 들었다.

오솔길을 따라 마을 여자 아이 하나가 걸어오고 있었다. 콜터 부인은 그 아이를 알고 있었다. 에이머는 요 며칠간 그녀에게 음식을 가져다주고 있었다. 처음 이곳으로 왔을 때 콜터 부인은 사람들에게 자신이 명상과 기도를 하는 성녀이며, 남자와는 절대로 말하지 않기로 맹세했다고 둘러댔었다. 에이머는 그녀가 방문을 허락한 유일한 사람이었다.

그런데 이번에는 그 아이 혼자가 아니었다. 그녀의 아버지가 함께 와서 에이머가 동굴을 향해 올라가는 동안 조금 떨어진 곳에서 기다리고 있었다.

에이머는 동굴 입구로 다가와서 인사를 했다.

"아버지가 저더러 성녀님의 친절을 구하라고 하셨어요."

"어서 오너라, 애야."

콜터 부인이 말했다.

색 바랜 면직 보자기로 싼 꾸러미 하나를 들고 온 아이는 그것을 콜터 부인의 발밑에 내려놓더니 아네모네 열두 송이 정도를 면실로 묶은 작은 꽃다발을 내밀며 긴장된 목소리로 빠르게 말하기 시작했다. 콜터 부인은 이런 산사람들의 말을 몇 마디는 알아들었지만 모두 다 이해하지는 못했다. 그래서 그녀는 미소를 지으며 소녀에게 입을 다물고 두 마리의 데몬을 보라고 손짓했다.

황금 원숭이가 작고 검은 손을 내밀자 에이머의 나비 데몬이 날개를 펄럭이며 가까이 날아와 뿔처럼 생긴 그의 집게손가락 끝에 앉았다.

원숭이가 나비를 천천히 자기 귀로 가져가자 콜터 부인의 마음속에 이해의 작은 가닥이 잡히기 시작하면서 소녀의 말뜻이 분명해졌다. 마을 사람들은 그녀 같은 성녀가 동굴에 은신하고 있는 것을 행복해하고 있다. 한데 그녀가 매우 위험하고 강한 친구와 함께 있다는 소문이 퍼지고 있다.

성녀의 친구 때문에 마을 사람들은 겁에 질려 있는 것이다. 그 친구는 콜터 부인의 주인인가요, 아니면 하녀인가요? 그녀가 우리를 해치지는 않을까요? 대관절 그녀는 왜 여기에 있는 건가요? 이곳에 오래 머물 건가요? 에이머는 몹시 불안한 심정으로 이런 것들을 물었다.

데몬이 이해한 이 질문들을 감지한 콜터 부인은 기상천외한 대답을 생각해 냈다. 진실을 말해 줄 수도 있었다. 물론 전부는 곤란하겠지만 어느 정도까지는 상관없다. 콜터 부인은 터져 나올 것 같은 웃음을 꾹 눌러 참았다.

"그래, 여자 아이랑 함께 있단다. 그렇지만 겁낼 필요는 없어. 그 아이는 내 딸인데 주문에 걸려서 깊은 잠에 빠져 버렸거든. 우리는 주문을 건 마법사를 피해 이곳에 숨어 있는 거야. 난 그 애를 치료하고 보호해야 돼. 보고 싶으면 들어와서 그 애를 한번 보렴."

콜터 부인의 상냥한 목소리에 에이머는 어느 정도 안심이 되었지만, 그래도 두려움이 싹 가시지는 않았다. 마법사라느니 주문이라느니 하는 이야기 때문에 두려움은 오히려 더 커졌다. 그러나 황금 원숭이가 에이머의 나비 데몬을 아주 부드럽게 대하고 있었고, 호기심도 동하는 터라 콜터 부인을 따라 동굴 안으로 들어갔다. 아래쪽 오솔길에 서 있던 에이머의 아버지가 한 발짝 앞으로 나서자 그의 까마귀 데몬이 한두 번 날개를 퍼덕였다. 그러나 그는 그 자리에 그냥 멈춰 섰다.

들어갈수록 빛이 빠른 속도로 희미해지자 콜터 부인은 촛불을 켜들고 에이머를 동굴 안쪽으로 이끌었다. 에이머의 눈동자가 어둠 속에서 반짝거렸다. 그녀는 두 손을 열심히 놀리며 엄지와 검지를 맞대는 동작을 쉴 새 없이 하고 있었다. 악령을 혼란시켜 위험을 막기 위해서였다.

"봤지?"

콜터 부인이 말했다.

"이 아인 아무도 해칠 수 없어. 겁낼 이유가 전혀 없단다."

에이머는 침낭 속의 아이를 보았다. 자신보다 서너 살은 더 되어 보이는 여자 아이였다. 아이의 머리칼은 사자 갈기처럼 금빛이 도는 황갈색으로 에이머가 한 번도 본 적이 없는 빛깔이었다. 그 아이는 입술을 꼭 다물고 깊이 잠들어 있었다. 정신을 잃은 데몬이 아이의 목에 몸을 똘똘 말고 있었으니 의심할 여지가 없었다. 그 데몬은 몽구스 같은 모습을 하고 있었지만 적갈색 털에 몸집이 더 작았다. 황금 원숭이가 잠든 데몬의 머리털을 부드럽게 쓰다듬어 주었다. 몽구스 같은 그 동물은 불편한 듯 몸을 뒤척이며 쉰 목소리로 희미하게 야옹거렸다. 쥐로 변한 에이머의 데몬은 목에 바짝 달라붙어 머리카락 사이로 그 광경을 지켜보았다.

"이제 네가 본 그대로 아버지께 말씀 드리거라."

콜터 부인이 말했다.

"악령이 아니란다. 그저 마법에 걸려 깊이 잠들어 있는 내 딸이야. 하지만 에이머, 아버지께 이 일은 비밀로 해야 한다고 말씀 드려라. 부탁이다. 너와 네 아버지 말고는 리라가 이곳에 있다는 걸 어느 누구도 알아선 안 돼. 마법사가 리라가 있는 곳을 알기만 하면 바로 찾아와서 죽여 버릴 거야. 나와 이 주위에 있는 것들 모두 다. 그러니까 소문 내면 안 돼. 아버지에게는 말해도 좋아. 하지만 다른 사람은 안 된다."

콜터 부인은 리라 곁에 무릎을 꿇고 앉아 잠든 얼굴에 흘러내린 축축한 머리카락을 뒤로 넘겨 준 뒤 허리를 굽혀 볼에 입을 맞추었다. 그러고는 고개를 들어 애절하고도 사랑이 가득한 눈빛으로 에이머를 바라보며 미소를 지었다. 동정심이 너무나 멋들어지게 깃든 미소인지라 그 어린 소녀의 눈에는 눈물이 그렁그렁했다.

콜터 부인은 에이머의 손을 잡고 동굴 입구로 걸어 나왔다. 밑에서는 소녀의 아버지가 불안하게 그쪽을 살피고 있었다. 콜터 부인은 두 손을 모아 그에게 인사했다. 그는 자신의 딸이 콜터 부인과 마법에 걸린 아이에게 인사하고 돌아서서 석양이 물든 비탈길을 급히 뛰어 내려오는 것을 보고서야 마음을 놓았다. 아버지와 딸은 한 번 더 동굴을 향해 허리를 숙인 다음 꽃나무가 무성한 어둠 사이로 사라졌다.

콜터 부인은 스토브가 있는 곳으로 돌아왔다. 물이 끓고 있었다. 그녀는 쪼그리고 앉아 마른 나뭇잎들을 한 자루에서 두 주먹, 다른 자루에서 한 주먹 집어내어 끓는 물 속에 넣었다. 거기에다가 옅은 황색 기름 세 방울을 떨어뜨리고 힘차게 저어 댔다. 얼추 5분이 지나자 그녀는 냄비를 스토브에서 내리고 물이 식기를 기다렸다.

그녀의 주위에는 찰스 래트롬 경이 죽은 곳인 푸른 호숫가의 야영지에서 가져온 물건들이 몇 개 널려 있었다. 침낭, 갈아입을 옷이 들어 있는 배낭, 세면도구 같은 것들이었다. 단단한 나무틀에 솜으로 안을 댄 도구 상자와 권총집에 들어 있는 총도 한 자루 있었다.

달인 약이 희박한 공기 속에서 체온 정도로 식자마자, 콜터 부인은 금속 컵에 그것을 조심스럽게 부어 동굴 속으로 가져갔다. 원숭이 데몬이 솔방울을 떨어뜨리고 그녀를 따라갔다.

콜터 부인은 나지막한 바위 위에 컵을 살짝 내려놓고 잠든 리라 곁에 무릎을 꿇고 앉았다. 황금 원숭이는 그녀의 반대편에 앉아 판탈라이몬이 깨어나면 잡으려고 준비하고 있었다.

리라의 머리카락은 땀에 젖어 축축했고 닫힌 눈꺼풀 뒤에서 눈동자가 움직였다. 그녀가 뒤척이기 시작했다. 콜터 부인은 아까 리라에게 입 맞추었을 때 그녀의 속눈썹이 떨리는 것을 느꼈었기 때문에 그녀가 곧 깨어나리라는 것을 알았다.

콜터 부인은 리라의 머리 밑으로 한 손을 집어넣고 다른 손으로는 젖은 머리카락을 이마에서 쓸어 주었다. 리라의 입술이 벌어지면서 희미한 신음 소리가 새어 나왔다. 판탈라이몬이 그녀의 가슴으로 더 바짝 달라붙었다. 황금 원숭이는 리라의 데몬에게서 한시도 눈을 떼지 않으면서 작고 검은 손가락으로 침낭의 끝자락을 배배 꼬았다.

콜터 부인이 힐끗 쳐다보자 원숭이는 침낭을 놓고 약간 뒤로 물러섰다. 그녀가 리라를 천천히 일으키자 리라의 어깨가 땅에서 떨어지면서 머리가 뒤로 젖혀졌다. 리라는 순간 숨을 멈추고, 반쯤 뜬 눈을 무겁게 껌벅였다.

"로저."

리라가 중얼거렸다.

"로저…… 어디에 있니…… 아무것도 안 보여……."

"쉬."

그녀의 어머니가 속삭였다.

"쉬, 아가야. 이걸 마시렴."

그녀는 리라의 입에 컵을 대고 비스듬히 기울여 약을 입술에 한 방울 떨어뜨렸다. 리라가 혀로 맛을 보고 핥아 먹자, 콜터 부인은 딸의 입 속으로 그 액체를 조금씩 흘려 주며 아주 조심스럽게 먹이기 시작했다.

몇 분 후 컵이 완전히 비자 콜터 부인은 딸을 다시 눕혔다. 리라의 머리가 땅에 닿자마자 판탈라이몬이 그녀의 목으로 다시 다가갔다. 그의 적갈색 털도 그녀의 머리칼만큼이나 축축했다. 그들은 다시 깊은 잠에 빠져 들었다.

황금 원숭이는 사뿐사뿐 동굴 입구 쪽으로 걸어 나가 다시 한 번 길을 살폈다. 콜터 부인은 플란넬 천을 찬물에 적셔 열이 오른 리라의 얼굴을 닦아 주고 침낭을 열어 팔과 목과 어깨를 씻어 주었다. 그런 다음 리라의 엉킨 머리카락을 빗으로 가지런히 빗어 뒤로 넘긴 뒤 깔끔하게 가르마를 타 주었다. 리라의 몸이 식도록 침낭은 그대로 열어 두었다.

콜터 부인은 에이머가 가져온 꾸러미를 풀었다. 납작한 빵 몇 덩어리와 우려낸 차로 만든 케이크, 커다란 나뭇잎으로 싼 쌀밥이 들어 있었다. 불을 지필 시간이었다. 밤이 되면 산속은 몹시 추웠다. 콜터 부인은 재빠르게 손을 놀려 마른 나뭇가지들을 꺾어서 쌓아 놓고 성냥을 그어 불을 피웠다. 신경 써야 할 문제가 또 하나 있었다. 스토브에 쓸 나프타와 성냥이 거의 다 떨어진 것이다. 이제부터는 낮에도 밤에도 불을 피워 두어야 하는데.

그녀의 데몬은 이런 상황이 못마땅했다. 콜터 부인이 이 동굴 안에서 하고 있는 일들이 마음에 들지 않았다. 그가 자기 생각을 말하려고 했지만 부인은 무시해 버렸다. 그는 모욕감으로 온몸을 부르르 떨며 등을 돌리고 앉아 솔방울의 껍질을 벗겨 어둠 속으로 휙 던졌다. 콜터 부인은 못 본 체하고 불을 피우는 일에 계속 매달렸고, 마침내 불이 붙자 냄비에다 찻물을 끓였다.

하지만 뭔가 미심쩍어하는 데몬을 보자 그녀도 심란해졌다. 짙은 회색의 찻잎 덩어리를 부수어 물속에 넣는 동안 그녀의 머릿속은 아주 복잡해졌다. 도대체 내가 무슨 짓을 하고 있는 거지, 혹시 내가 미쳐 버린 건가, 교회가 우리를 찾아내면 난리가 날 텐데. 황금 원숭이의 말이 옳았다. 그녀는 단지 리라만 숨기고 있는 것이 아니었다. 그녀는 자신의 눈을 가리고 있었던 것이다.

어둠 속에서 소년이 걸어 나왔다. 그는 기대와 두려움 속에서 계속 속삭였다.

"리라, 리라, 리라……."

소년의 뒤에는 그보다 훨씬 더 어둑하고 조용한 다른 형상들이 있었다. 그들은 같은 패거리인 것 같았지만 얼굴은 보이지 않았고 목소리도 들리지 않았다. 소년의 목소리는 속삭임으로밖에는 들리지 않았고, 얼굴은 반쯤 잊혀진 그 무엇처럼 그늘지고 희끄무레했다.

"리라, 리라……."

그들은 어디에 있었지?

광활한 평원이었다. 암흑 같은 하늘에서는 한줄기 빛도 비치지 않고 안개가 짙게 깔려 사방을 분간할 수 없었다. 땅은 황량했고 무수한 발들에 짓밟혀 평평하게 다져져 있었다. 그 발들이 깃털보다 가벼웠으니 땅을 평평하게 한 것은 오랜 세월이었음이 분명하고, 여기는 시간이 멈춰진 곳이니 모든 것이 이런 식이리라. 이곳은 모든 곳의 끝이자 모든 세계의 마지막이었다.

"리라……."

그들은 왜 거기에 있었지?

그들은 갇혀 있었다. 누군가 죄를 지었다. 누가 무슨 죄를 지었는지, 누가 벌을 내렸는지는 아무도 몰랐다.

소년은 왜 리라의 이름을 계속 불렀을까?

그녀가 희망이니까.

그들은 누구였을까?

유령들.

리라는 아무리 몸부림쳐도 그들을 만질 수 없었다. 손을 뻗어 허우적거려 봤지만 소년은 여전히 그 자리에 서서 애원하고 있었다.

"로저."

리라는 그의 이름을 불러 봤지만 목소리는 속삭임이 되어 나올 뿐이었다.

"오, 로저, 어디에 있니? 여기는 어디야?"

그가 말했다.

"이곳은 죽은 자들의 세계야, 리라. 어떻게 해야 할지 모르겠어. 내가 이곳에 영원히 있어야 하는 건지, 내가 무슨 나쁜 짓을 한 건지 모르겠어. 나는 착해지려고 애썼잖아. 그렇지만 그건 싫어, 무서워, 정말 싫어."

리라가 말했다.

"내가……."

발타모스와 바룩

그때에 영(靈)이 내 앞으로 지나매
내 몸에 털이 주뼛하였었느니라.
- 〈욥기〉 -

"조용히 하세요."

윌이 말했다.

"조용히 하란 말이에요. 가만히 좀 있어 봐요."

리라는 잡혀가고, 윌은 산꼭대기에서 내려오고, 그의 아버지는 마녀에게 살해당했다. 윌은 아버지의 가방에서 마른 성냥을 꺼내 작은 양철 랜턴에 불을 붙인 다음 바위 아래 쪼그리고 앉아 리라의 배낭을 열었다.

그는 성한 손으로 배낭 안을 더듬어 두꺼운 벨벳으로 싼 알레시오미터를 찾아냈다. 그것은 랜턴 불빛을 받아 반짝였다. 윌은 옆에 서 있는 자칭 천사라고 하는 두 형체에게 그것을 건네주며 물었다.

"읽을 줄 알아요?"

"아니."

한 천사가 대답했다.

"우릴 따라와. 넌 가야 돼. 당장 아스리엘 경에게 가야 한다니까."

"누가 당신들에게 우리 아버지를 미행하라고 시켰죠? 당신들이 따라오는 걸 아버지는 모를 거라고 했잖아요. 하지만 아버진 알고 있었어요."

윌이 사납게 말했다.

"나보고 당신들을 기다리라고 했으니까요. 아버진 당신들이 생각하는 것보다 더 많이 알고 있었다구요. 누가 당신들을 보냈죠?"

"우릴 보낸 사람은 없어. 우리 스스로 온 거야."

천사가 말했다.

"우리는 아스리엘 경을 돕고 싶을 뿐이야. 그런데 죽은 그 사람이 너한테 이 검으로 뭘 하라고 하던?"

윌은 망설이다 대답했다.

"아스리엘 경에게 가져가라고 했어요."

"그러니까 같이 가자구."

"안 돼요. 먼저 리라를 찾아야 해요."

윌은 벨벳으로 알레시오미터를 싸서 배낭에 도로 집어넣었다. 그는 배낭을 꼭 껴안고 비를 피하기 위해 아버지의 무거운 망토를 두르고는 그 자리에 웅크리고 앉아 두 그림자를 빤히 쳐다보며 물었다.

"솔직히 말해 주시겠어요?"

"그러지."

"당신들은 인간보다 강한가요, 약한가요?"

"약하지. 넌 육체를 가지고 있지만 우린 아니야. 그래도 넌 우리와 함께 가야 해."

"아뇨. 내가 더 강하다면 당신들은 내게 복종해야 돼요. 내겐 만단검도 있어요. 그러니까 내가 명령하겠어요. 먼저 리라를 찾도록 도와주세요. 아무리 오래 걸려도 상관없어요. 리라를 찾으면 아스리엘 경에게 가겠어요."

두 형체는 잠시 아무 말도 하지 않았다. 그러더니 멀리 휙 날아가서 둘이 무슨 말인가를 속삭였다. 윌은 그들의 말을 한 마디도 들을 수 없었다.

잠시 후 그들이 다시 와서 말했다.

"좋아. 내키진 않지만, 달리 방법이 없군. 리라를 찾는 일을 도와주지."

윌은 그들을 좀 더 분명히 보려고 어둠 속을 뚫어져라 응시했지만 빗물만 눈에 들어왔다.

"내가 볼 수 있게 좀 가까이 와 보세요."

윌의 말에 천사들이 가까이 다가왔지만 오히려 더 흐릿해지는 것 같았다.

"낮에는 잘 보이나요?"

"아니, 더 안 보이지. 우리는 서열이 높은 천사가 아니거든."

"내가 볼 수 없다면 다른 사람들도 마찬가지겠죠. 그러니까 당신들은 항상 숨어 있는 셈이군요. 리라가 어디에 있는지 찾아보세요. 분명 멀리 있진 않아요. 어떤 여자가 데려갔어요. 둘이 함께 있을 테니 가서 찾아요. 그리고 돌아와서 내게 알려 주세요."

천사들은 폭풍우가 치는 대기 속으로 솟아올라 사라졌다. 윌은 견딜 수 없을 만큼 몸이 무겁고 고단했다. 아버지와 싸우기 전에도 몹시 쇠진한 상태였는데 지금은 거의 쓰러질 지경이었다. 울어서 퉁퉁 부은 두 눈은 지독히 따끔거렸다. 그가 원하는 것은 오로지 잠뿐이었다.

그는 망토를 끌어당겨 머리끝까지 뒤집어쓰고 배낭을 가슴에 꼭 끌어안은 채 곧 깊은 잠 속으로 빠져들었다.

"아무 데도 없어."

월은 잠결에 천사의 말을 듣고는 깨어나려고 기를 썼다. 아주 깊이 잠들어 있었던 탓에 쉽게 눈이 떠지지 않았다. 간신히 눈을 떠 보니 이미 아침이 밝아 있었다.

"어디 있어요?"

"네 옆에."

천사가 대답했다.

"이쪽이야."

이미 태양이 떠올라 아침 햇살을 받은 바위와 그 위의 이끼가 생생하고 화려하게 빛났다. 하지만 천사의 모습은 보이지 않았다.

"밝을 때는 안 보인다고 했잖아."

천사의 목소리가 말했다.

"새벽녘이나 해질 무렵 빛이 조금 남아 있을 때 가장 잘 보이지. 아주 어두울 때에도 조금은 보이고. 햇빛이 환할 때가 제일 안 보여. 그건 그렇고, 멀리 산 아래쪽까지 다 뒤져 봤는데 여자나 아이는 없었어. 하지만 푸른색 호수가 하나 있던데 그녀가 그곳에 있었던 게 틀림없어. 스펙터에게 먹힌 마녀와 죽은 사람이 있었거든."

"죽은 사람? 어떻게 생겼어요?"

"60대 남자였어. 뚱뚱하고 피부는 부드럽고 머리카락은 은회색이야. 고급스런 옷을 입었는데 그 사람 주위에 짙은 향이 남아 있더군."

"찰스 경이에요."

월이 말했다.

"콜터 부인이 그를 죽였을 거예요. 어쨌든 그건 잘됐네요."

"내 동료는 그 여자가 남긴 발자국을 따라갔어. 그 여자를 찾으면 즉시 돌아올 거야. 난 너와 함께 있을 거고."

월은 일어서서 사방을 둘러보았다. 폭풍우가 대기를 말끔히 씻어 아침 공기가 상쾌하고 맑았지만, 그래서 주위 광경이 더 처참해 보였다. 아버지를 만나러 오는 내내 월과 리라를 호위했던 마녀들의 시체가 여럿 널려 있었다. 날카로운 부리를 가진 까마귀 한 마리가 벌써 한 시체의 얼굴을 찢어발기고 있었다. 몸집이 더 큰 새 한 마리는 가장 푸짐한 먹이를 고르는 듯 월의 머리 위를 선회하고 있었다.

월은 시체를 하나하나 살펴보았지만 세라피나 페칼라는 없었다. 그녀는 마녀족의 여왕으로 리라의 각별한 친구였다. 기분이 한결 나아진 월은 혹시나 하는 마음에 지평선을 물끄러미 바라보았지만 그녀의 모습은 어디에도 보이지 않았다. 사방은 온통 푸른 하늘과 날카로운 바위들뿐이었다.

"어디 있어요?"

그가 천사에게 물었다.

"항상 네 옆에 있어."

목소리가 들렸다.

월은 소리가 나는 왼쪽을 돌아보았지만 아무것도 보이지 않았다.

"아무도 당신을 못 본다고 했죠. 그럼 다른 사람들도 나처럼 당신의 목소리를 들을 수 있나요?"

"속삭이면 못 듣지."

천사가 무뚝뚝하게 대꾸했다.

"이름이 뭐죠? 당신들도 이름이 있나요?"

"물론이지. 내 이름은 발타모스, 내 친구는 바룩이야."

무엇을 해야 하나. 많은 길 중에서 하나를 선택하고 나면 나머지 길들은 마치 처음부터 없었던 듯 촛불처럼 꺼져 버린다. 지금 이 순간 월이 선택할 수 있는 것들은 모두 동시에 존재했다. 그렇지만 존재하는 그대로 내버려 두는 건 아무것도 하지 않는 것과 같다. 그는 무엇이든 선택해야만 한다.

"산 아래로 돌아가요."

월이 말했다.

"그 호수로 다시 가자구요. 거기에 쓸 만한 물건이 있을지도 몰라요. 목도 마르구요. 내가 앞장설 테니 혹시 길을 잘못 들면 알려 주세요."

그들은 길도 없는 바위 비탈길을 계속 걸어 내려갔다. 그렇게 몇 분을 걸었을까, 문득 월은 자기 손이 더 이상 아프지 않다는 것을 알았다. 그러고 보니 잠을 깨고 나서는 통증을 전혀 느끼지 못했다.

그는 걸음을 멈추고 아버지가 감아 주었던 거친 천을 살펴보았다. 아버지가 발라 놓은 연고로 번들거렸지만 피는 더 이상 배어나지 않았다. 손가락이 잘린 이후 계속 피를 흘렸던 월은 너무도 반갑고 기뻐서 가슴이 힘차게 뛰는 것을 느꼈다.

그는 시험 삼아 손가락을 움직여 보았다. 상처가 여전히 쓰라리긴 했지만 그 전날과는 차원이 다른 아픔이었다. 숨이 끊어질 듯 지독했던 통증이 약해지고 무뎌졌다. 아버지가 아들에게 해 준 일이었다. 마녀들의 주문도 못 한 일을 그의 아버지가 해낸 것이다.

그는 기쁜 마음으로 비탈길을 내려갔다.

천사의 안내를 받으며 세 시간 정도 걷자 작고 푸른 호수가 나타났다. 월은 갈증으로 목이 바싹 타들어 갔다. 뜨겁게 내리쬐는 햇볕 때문에 망토가 뜨거워졌다. 그러나 망토를 벗으니 맨살로 드러난 팔과 목이 따끔거렸다. 월은 망토와 배낭을 내려놓고 호숫가로 달려가서 얼굴을 씻고 얼음처럼 차가운 물을 한 입 가득 삼켰다. 물은 이가 시리고 머리가 아플 정도로 차가웠다.

일단 갈증이 해결되자 월은 앉아서 주위를 둘러보았다. 그 전날은 이것저것 살펴볼 경황이 없었다. 이제야 호수의 짙은 빛깔이 선명하게 보이고 사방에서 곤충들이 시끄럽게 윙윙거리는 소리도 들렸다.

"발타모스?"

"여기 있어."

"죽은 사람은 어디 있죠?"

"네 오른편에 있는 높은 바위 너머에."

"주위에 스펙터들이 있나요?"

"아니, 없어."

윌은 망토와 배낭을 집어 들고 호숫가를 따라가다가 발타모스가 가르쳐 준 바위로 올라갔다.

그 너머에는 대여섯 개의 천막과 모닥불을 피운 흔적이 남아 있었다. 누군가 아직 살아서 숨어 있을지도 몰라서 윌은 조심조심 그곳으로 내려갔다.

그러나 벌레들이 바스락거리는 소리만 간간이 들릴 뿐 주위는 쥐 죽은 듯이 고요했다. 천막들은 꿈쩍도 안 했고, 호수는 잔잔했다. 윌이 물을 마시면서 일으킨 물결이 아직도 잔잔하게 일렁이고 있었다.

발밑에서 초록빛 물체가 번뜩이며 지나가는 바람에 그는 움찔했다. 작은 도마뱀이었다.

위장용 천으로 된 천막은 불그레한 바위들 사이에서 오히려 두드러졌다. 첫 번째 천막을 들여다보니 텅 비어 있었다. 두 번째 천막도 그랬다. 그러나 세 번째 천막에는 귀한 것들이 있었다. 휴대용 식기와 성냥갑이었다. 팔뚝만 한 길이에 약간 거무스름한 물건도 있었다. 처음에는 가죽 뭉치인 줄 알았는데 햇빛 아래서 보니 말린 고깃덩이였다.

그래, 만단검이 있었지. 윌은 고기를 얇게 잘라 한 입 먹어 보았다. 약간 질기고 짭짤했지만 기막히게 맛있었다. 그는 고기와 성냥과 식기들을 모두 배낭에 챙겨 넣고 다른 천막들을 살펴보았다. 모두 비어 있었다.

마지막으로 가장 커다란 천막이 하나 남았다.

"저 안에 죽은 사람이 있나요?"

윌은 허공에 대고 물었다.

"그래. 그는 독살됐어."

발타모스가 대답했다.

윌은 호수를 마주 보고 있는 천막 입구를 향해 조심스럽게 다가갔다. 뒤집어진 의자 옆에 시체 하나가 큰대 자로 뻗어 있었다. 윌의 세계에서는 찰스 래트롬 경으로, 리라의 세계에서는 보리얼 경으로 불렸던 남자였다. 리라의 알레시오미터를 훔쳤고, 그로 인해 윌을 만단검으로 안내한 장본인. 찰스 경은 구변이 좋고 교활하고 강했지만 이젠 죽은 사람이었다. 윌은 흉하게 일그러져 있는 찰스 경의 얼굴을 쳐다보기도 싫었다. 하지만 천막 안을 대충 훑어보니 가져갈 만한 것들이 꽤 있어서 더 살펴보기 위해 시체를 넘어갔다.

군인이며 탐험가였던 아버지라면 무엇을 가져가야 할지 정확히 알았을 테지만 윌은 그저 직감으로 선택할 수밖에 없었다. 그는 금속상자 안에 들어 있는 작은 돋보기를 챙겼다. 불을 피울 때 쓰면 성냥을 아낄 수 있을 터였다. 그리고 질긴 실 한 타래, 그가 가지고 다녔던 염소 가죽 물병보다 훨씬 가벼운 합금 물통, 작은 쌍안경, 엄지손가락 크기의 금화 한 뭉치, 작은 양철컵, 구급상자, 정수용 알약, 커피 한 봉지, 말린 과일 세 상자, 오트밀 비스킷 한 봉지, 켄들민트 케이크 여섯 개, 낚싯바늘 한 다발과 나일론 줄, 공책과 연필 몇 자루, 작은 손전등 하나를 챙겨서 모두 배낭 안에 넣었다.

윌은 고기를 한 조각 더 베어내 배를 채운 다음 호수로 가서 물통에 물을 담으며 발타모스에게 물었다.

"또 뭐가 필요할까요?"

"네겐 판단력이 있어. 지혜를 인지하고 존중하고 따르는 능력이 있지."

천사가 대답했다.

"당신은 지혜로운가요?"

"너보다 훨씬 더."

"글쎄요, 모르겠군요. 당신은 사람인가요? 목소리는 사람과 똑같은데."

"바룩은 사람이었어. 나는 아니지만. 이제 그는 거의 천사지."

"그러니까……."

윌은 무거운 물건들을 배낭 맨 아래에 정리해 넣다 말고 천사를 돌아보았지만 아무것도 보이지 않았다.

"그러니까 그는 사람이었단 말이죠. 그러면…… 사람들은 죽으면 천사가 되나요?"

"항상 그렇진 않지. 대부분은 안 그래. 그런 일은 아주 드물지."

"그러면 그는 언제 살았나요?"

"4천 년쯤 전에. 나는 훨씬 더 오래됐지."

"그럼 그는 나의 세계에서 살았나요, 아니면 리라의 세계? 아니면 지금 이 세계?"

"네가 살았던 세계야. 그러나 무수히 많은 세계가 있지. 너도 알겠지만."

"사람들은 어떻게 천사가 되죠?"

"왜 그런 형이상학적인 문제가 궁금하지?"

"그냥 알고 싶어서 그래요."

"네가 할 일에나 신경 써. 이 죽은 사람의 물건을 훔쳐서 필요한 것들을 모두 손에 넣었으니 이제 그만 가는 게 어때?"

"어느 쪽으로 가야 할지 알아야죠."

"어디로 가든 바룩은 우리를 찾아낼 거야."

"그렇다면 여기 있어도 상관없겠네요. 해야 할 일이 더 있어요."

월은 찰스 경의 시체가 보이지 않는 곳에 앉아서 켄들민트 케이크를 세 개 먹었다. 뱃속이 든든해지자 기분이 상쾌해지면서 기운이 샘솟았다. 월은 다시 알레시오미터를 꺼내 살펴보았다. 상아판 위에 그려진 서른여섯 개의 작은 그림이 아주 선명했다. 이건 아기, 저건 꼭두각시, 저건 빵 덩어리…… 그림들은 아주 분명한데 그 의미는 통 알 수 없었다.

"리라는 이것을 어떻게 읽었을까요?"

그가 발타모스에게 물었다.

"읽는 척한 거겠지. 이런 물건을 사용하려면 수년 동안 연구한 뒤에도 수많은 책을 참고해야 한다."

"리라는 읽는 척한 게 아니에요. 정말 읽었다구요. 그렇지 않고서는 결코 알 수 없는 것들을 말해 줬어요."

"그렇다면 정말이지 알 수 없는 일이군."

천사가 말했다.

월은 알레시오미터를 보면서 리라가 했던 말을 떠올렸다. 그것을 작동시키려면 마음을 어떤 상태로 유지해야 하는가에 대한 얘기였다. 그 얘기는 지금 월이 은빛 칼의 미묘한 떨림을 감지하는 데 도움이 되었다.

호기심이 동한 월은 만단검을 꺼내 자신이 앉아 있는 곳 바로 앞에 작은 창을 하나 냈다. 그 창으로는 파란 하늘만 보였지만 그 훨씬 더 아래에는 들판과 나무가 어우러진 풍경이 펼쳐져 있었다. 의심할 여지 없는 그의 세계였다.

이 세계의 산들은 그가 살던 곳의 산들과는 달랐다. 그는 처음으로 왼손을 써서 창을 닫았다. 왼손을 다시 쓸 수 있게 된 기쁨은 이루 말할 수 없을 정도로 컸다.

순간 전기 충격을 받은 것처럼 번쩍 떠오르는 생각이 있었다.

수많은 세계가 존재한다면 만단검은 어째서 이 세계와 자신의 세계를 넘나드는 창만 만들어 내는 걸까?

그것은 다른 세계로 통하는 창도 만들어 내야 옳았다.

그는 다시 만단검을 집어 들어 자코모 파라디시가 말해 준 대로 의식이 소립자들 사이에 머물러 공기의 떨림과 작은 틈새를 모두 느낄 수 있을 때까지 칼날 끝으로 마음을 흘려보냈다.

그는 지금까지 해 오던 대로 맨 처음 살짝 걸리는 듯한 느낌이 들자마자 절단하는 대신 만단검을 그 틈새에서 다른 틈새로 옮겨 갔다. 그 움직임은 바늘땀을 더듬어 가는 것만큼이나 부드러워서 어떤 입자도 건드리지 않았다.

"지금 뭐 하는 거지?"

허공에서 들리는 소리에 그는 뒤를 돌아보며 대답했다.

"탐색하는 거예요. 조용히 비켜서세요. 그렇게 가까이 있으면 다쳐요. 난 당신을 못 보니까 피해 갈 수도 없어요."

발타모스는 삐친 듯 입을 다물었다. 윌은 다시 만단검을 내밀어 작은 걸림과 틈새들을 더듬어 찾았다. 생각했던 것보다 훨씬 많은 틈새가 있었다. 굳이 절단할 생각 없이 계속 더듬어 가 보니 틈새 하나하나가 저마다 다 달랐다. 이건 딱딱하고 뚜렷하고, 그 옆은 풀어져 있고, 그다음 것은 매끈하고, 그다음 것은 무르고 약하고…….

그러나 그중에서도 다른 것들보다 뚜렷이 감지되는 것들이 있었다. 그게 무엇을 의미하는지 이미 알고 있는 윌은 확신을 가지고 절단했다. 그러자 그가 살았던 세계가 다시 열렸다.

그는 창을 닫고 다른 성질을 가진 틈새를 찾기 위해 칼끝에 마음을 모았다. 탄력적이고 팽팽한 틈새 하나가 걸려 조심스럽게 더듬어 보았다.

바로 그거였다! 창 너머로 보이는 세계는 그가 살던 곳이 아니었다. 지면이 이곳과 더 가까웠고, 푸른 들판과 울타리가 아닌 모래언덕이 굽이치는 사막이었다.

그는 그 창을 닫고 또 다른 창을 냈다. 이번에는 안개가 자욱한 공업 도시였다. 침울한 표정의 일꾼들이 사슬에 묶인 채 한 줄로 주욱 서서 공장으로 터벅터벅 걸어가고 있었다.

그는 그 창도 닫고 마음을 거두어들였다. 약간 어지러웠다. 처음으로 만단검의 진정한 힘을 이해한 그는 앞에 놓인 바위 위에 검을 조심스럽게 올려놓았다.

"하루 종일 여기 있을 작정이야?"

발타모스가 다시 물었다.

"생각 중이에요. 두 세계의 지면이 같은 곳에 있으면 한 세계에서 다른 세계로 쉽게 이동할 수 있어요. 그런 곳이 있을 거예요. 절단이 많이 일어나는 곳일 거예요. 그러니까 자신이 있는 세계에서 그 지점이 어떻게 느껴지는지 알고 있어야 해요. 그렇지 않으면 되돌아올 수 없으니까요. 영원히 길을 잃게 되는 거죠."

"과연. 하지만 이제 그만……."

"그러니까 어느 세계가 같은 지면을 가지고 있는지 알아야 해요. 그렇지 않으면 어떤 지점을 절단해도 소용이 없어요."

천사에게 하는 말인지 혼잣말인지 그는 계속 중얼거렸다.

"그러니까 생각만큼 쉬운 일이 아니에요. 옥스퍼드나 치타가체에서는 그저 운이 좋았던 거죠. 하지만 앞으로는……."

그는 다시 만단검을 집어 들었다. 그가 살던 세계로 통하는 지점을 건드렸을 때 느꼈던 확실하고 선명한 느낌과는 또 다른 감각을 두세 번은 느꼈다. 그것은 묵직한 나무북을 두드릴 때의 울림이었다. 하지만 다른 것들과 마찬가지로 가장 미약한 떨림까지 허공을 통해서 전해졌다.

바로 이거야. 월은 한 걸음 물러서서 다른 지점을 건드려 보았다. 역시 울림이 있었다.

그는 그곳을 절단했다. 그의 추측이 옳았다. 그 울림은 그가 창을 연 세계와 이곳의 지면이 같은 곳에 있다는 의미였다. 그는 흐린 하늘 아래 풀이 무성한 고지대의 초원을 바라보았다. 한 번도 본 적이 없는 한 떼의 온순한 짐승들이 한가로이 풀을 뜯고 있었다. 들소만 한 덩치에 넓적한 뿔이 달린 그 동물들은 온몸이 파란 털로 덮여 있고 등에는 뻣뻣한 갈기가 있었다.

월은 그 세계로 넘어갔다. 가장 가까운 곳에 있는 짐승이 무심한 눈으로 그를 돌아보고는 고개를 돌려 다시 풀을 뜯었다. 월은 창을 열어 둔 채 다른 세계의 초원에서 다시 칼끝으로 익숙한 틈새를 더듬어 찾아 절단해 보았다.

이거야. 그는 그 지점에서도 자신의 세계를 열 수 있었다. 농장과 울타리 위의 높은 곳이었다. 방금 떠나온 치타가체를 의미하는 분명한 울림도 쉽사리 찾아냈다.

월은 깊은 안도감을 느끼며 호숫가로 돌아와서 열린 창들을 모두 닫았다. 이제는 집으로 가는 길을 찾을 수 있다. 이제는 길을 잃을 염려도 없고 필요할 때면 언제든 안전하게 몸을 옮길 수 있다.

이런 것들을 하나씩 깨달으면서 월은 힘이 솟았다. 그는 만단검을 허리춤에 있는 칼집에 집어넣고 배낭을 어깨에 짊어졌다.

"이제 떠날 준비가 다 되셨나?"

빈정대는 목소리가 들렸다.

"그래요. 원한다면 설명해 드리죠. 하지만 별로 관심이 없으신 것 같군요."

"오, 나야 물론 네가 무슨 짓을 하든 엄청난 매력을 느끼지. 나한테는 신경 꺼. 그런데 이리로 오고 있는 사람들에게는 뭐라고 할 거지?"

월은 주위를 둘러보고 깜짝 놀랐다. 멀리 떨어진 길 아래쪽에서 말에 짐을 실은 여행객들이 일렬로 늘어서서 호수를 향해 걸어오고 있었다. 아직은 그를 못 본 것 같지만 계속 머뭇거리고 있다가는 들켜 버릴 것이다.

월은 태양이 내리쬐는 바위에 널어 두었던 아버지의 망토를 걷었다. 햇볕에 바싹 말라 훨씬 가벼워져 있었다. 그는 이리저리 둘러보았다. 더 챙겨갈 것은 없었다.

"더 멀리 가요."

그는 붕대를 갈고 싶었지만 뒤로 미루었다. 여행객들의 눈을 피해 호숫가를 따라 걷기 시작했다. 밝은 햇빛 속에서는 보이지 않는 천사가 그 뒤를 따랐다.

그날 아주 늦게서야 그들은 민둥산 아래의 키 작은 꽃나무와 풀이 무성한 산기슭에 닿았다. 월은 피곤한 나머지 잠시 쉬고 싶었다. 천사는 거의 말을 하지 않았다. 가끔씩 "그쪽이 아니야"라든지, "왼쪽에 더 편한 길이 있어"라고 알려 줄 뿐이었고, 월은 그 충고를 받아들였다. 그러나 그는 여행객들의 눈에 띄지 않으려고 이리저리 움직이는 것뿐이었다. 실은 다른 천사가 새로운 소식을 가지고 돌아올 때까지 처음 있던 곳에 그대로 있었으면 했다.

해가 저물고 있었다. 월은 이제 이 낯선 동행인을 볼 수 있겠다고 생각했다. 천사의 윤곽이 빛 속에서 흔들리고 그 안은 약간 흐릿했다.

"발타모스? 이 근처에 개울은 없나요?"

월이 물었다.

"비탈길을 반쯤 내려가면 샘이 하나 있어. 저 나무들 바로 위쪽에."

천사가 대답했다.

"고마워요."

월은 샘을 찾아 물을 실컷 마시고 물통을 다시 채웠다. 작은 숲으로 막 내려가려고 하는데 발타모스가 외치는 소리가 들렸다. 몸을 돌려 보니 천사의 윤곽이 비탈길을 가로질러 내닫는 것이 보였다. 무슨 일이지? 천사의 모습은 무언가 나부끼는 것으로 보였을 뿐이다. 정면으로 보지 않으니 그가 더 잘 보였다. 그는 잠시 멈춰 귀를 기울이는 것 같더니 공중을 날아 순식간에 윌에게 돌아왔다.

"여기야!"

그가 말했다. 이번만은 불만이나 빈정거림이 없는 목소리였다.

"바룩이 이쪽으로 오고 있어! 보일 듯 말 듯한 창이 하나 있네. 이리 와, 이리, 어서."

월은 피곤함도 잊고 열심히 그를 쫓아갔다. 그들이 도착한 곳에 창이 하나 있었다. 그 너머에는 흐린 하늘 아래 치타가체의 산들보다 완만한 언덕이 있는 더 추운 툰드라 같은 세계가 펼쳐져 있었다. 월은 창을 넘어갔고 발타모스도 즉시 그를 따라갔다.

"이곳은 어떤 세계예요?"

월이 물었다.

"그 소녀가 있는 세계야. 그들은 이 창으로 넘어왔어. 바룩이 그들을 따라잡은 거야."

"그걸 어떻게 알죠? 그의 마음을 읽을 수 있나요?"

"물론이지, 난 그의 마음을 읽어. 그가 어디로 가든 내 마음도 함께 가거든. 우리는 둘이지만 하나처럼 느끼지."

월은 주위를 둘러보았다. 인간이 사는 흔적은 전혀 없고, 해가 저물면서 공기 중의 냉기는 갈수록 심해졌다.

"여기서 자기는 싫어요. 밤은 치타가체에서 보내고 아침에 다시 넘어오죠. 적어도 거기엔 숲이 있으니까 불을 피울 수 있잖아요. 그리고 이젠 그녀의 세계가 어떤 느낌인지 알았어요. 이 만단검으로 그곳을 찾을 수 있어요. 그런데 발타모스, 다른 모습으로 변할 수도 있나요?"

"내가 왜 그렇게 해야 하지?"

"이 세계 사람들은 데몬을 하나씩 가지고 있어요. 데몬 없이 혼자 돌아다니면 사람들이 의심할 거예요. 리라도 처음에 그것 때문에 나를 두려워했었어요. 이 세계에서 돌아다니려면 당신이 내 데몬인 척해야 돼요. 동물 모습으로 변해 봐요. 새라든가. 당신은 날 수 있으니까요."

"오, 정말 짜증 나는군."

"하지만 할 수는 있죠?"

"할 수야 있지……."

"그럼 지금 해보세요. 보여 줘요."

천사의 형체가 응축되면서 허공에서 소용돌이치더니 검은 새 한 마리가 월의 발 옆에 내려앉았다.

"내 어깨 위로 올라와 봐요."

월이 다시 주문했다.

검은 새는 주문대로 하더니 귀에 익은 심술궂은 목소리로 말했다.

"꼭 필요한 때만 이렇게 할 거야. 말할 수 없이 모욕적이니까."

"미안해요. 이 세계 사람들을 만날 때마다 새가 되세요. 호들갑을 떨거나 따질 필요 없어요. 그냥 변하기만 하면 되는 거예요."

검은 새가 그의 어깨에서 날아올라 공중으로 사라졌다. 어둑어둑한

가운데 샐쭉한 표정으로 천사가 다시 나타났다. 창을 넘어가기 전에 윌은 사방을 둘러보았다. 공기를 들이마시면서 리라가 잡혀간 세계를 자세히 살펴보았다.

"당신 친구는 지금 어디 있죠?"

"그 여자를 뒤쫓아 남쪽으로 가고 있어."

"그러면 우리도 내일 아침 그쪽으로 가요."

다음 날, 윌은 몇 시간이나 걸었지만 사람 그림자도 발견하지 못했다. 어디를 봐도 키가 작고 마른 풀로 뒤덮인 낮은 언덕들뿐이었다. 조금 높은 곳에 오르면 사람이 살고 있는 흔적이 있나 사방을 둘러보았지만 어디에도 없었다. 먼지 덮인 연두색 들판에서 일어나는 유일한 변화라고는 저 멀리 보이는 짙은 녹색 얼룩뿐이었다. 발타모스가 그건 숲이고 거기에 남쪽으로 흐르는 강이 있다고 말하자 윌은 그곳으로 향했다. 태양이 중천에 떠오르자 그는 낮은 덤불 속에서 잠을 자려고 했다. 그러나 잠이 오지 않았다. 저녁이 가까워질수록 다리가 아프고 몸은 지쳤다.

"걸음이 너무 느리시군."

발타모스가 심술궂게 말했다.

"누구는 뭐 이러고 싶은 줄 아세요."

윌이 대꾸했다.

"쓸데없는 말은 아예 하지 마세요."

그들이 숲 언저리에 이르렀을 즈음 해는 기울었다. 꽃가루 때문에 윌은 몇 번이나 재채기를 했고, 그 소리에 깜짝 놀란 새들이 짹짹거리며 날아올랐다.

"살아 있는 것을 오늘 처음으로 보는군요."

윌이 말했다.

"어디서 잘 거지?"

발타모스가 물었다.

이제 제법 길게 드리워진 나무 그림자들 사이로 가끔씩 천사의 모습이 보였는데, 내내 심통 난 표정을 하고 있었다.

"이 근처에 자리를 잡아야겠어요. 좋은 장소를 찾아보자구요. 물소리가 들리는데…… 어딘지 찾아보세요."

천사가 사라졌다. 윌은 따라갈 만한 길이 나오기를 바라며 낮은 히스 덤불과 습지를 터벅터벅 지나갔다. 그는 사그라드는 햇빛을 걱정스럽게 바라보았다. 서둘러 밤을 지낼 곳을 찾아야 했다. 그렇지 않으면 곧 날이 어두워져 아무 데서나 자야 할 것이었다.

"왼쪽이야."

발타모스가 한 걸음쯤 떨어진 곳에서 말했다.

"시내와 불 피울 고목이 한 그루 있어. 이쪽이야……."

천사의 목소리를 따라가자 곧 그가 원하던 장소가 나타났다. 이끼 낀 바위들 사이로 시내가 물을 튕기며 빠르게 굽이치고 흘러서 아치를 이룬 나무들 아래 깊은 곳의 좁은 틈새로 사라지고 있었다. 그 옆으로는 풀이 우거진 둑이 덤불숲으로 이어져 있었다.

윌은 땔감을 모으려고 풀숲에 들어갔다가 불에 그을린 돌들이 둥그렇게 놓여 있는 것을 발견했다. 누군가가 오래전에 불을 피웠던 것 같았다. 그는 잔가지와 굵은 가지를 한 무더기 모아 놓고 만단검을 이용해 적당한 길이로 잘라 불을 붙였다. 불을 피우는 일에 익숙지 않은 그는 성냥 몇 개비를 버리고 나서야 간신히 불꽃을 살려 냈다.

천사는 지쳐 버린 듯 아무 말 않고 그를 지켜보았다.

불길이 사그라지지 않고 계속 타오르자 윌은 오트밀 비스킷 두 개와 말린 고기 몇 점, 켄들민트 케이크를 조금 먹고 찬물을 마셨다. 발타모스가 계속 아무 말 없이 옆에 앉아 있자 윌이 먼저 말을 꺼냈다.

"계속 나만 감시하고 있을 작정이에요? 난 아무 데도 안 가요."

"바룩을 기다리고 있는 거야. 곧 돌아올 거거든. 그러면 너한테 신경 쓰지 않겠어, 네가 원한다면."

"뭘 좀 드시겠어요?"

발타모스는 그 말에 솔깃해졌다.

"천사들도 음식을 먹는지 몰라서요."

윌이 말했다.

"하지만 드시고 싶으면 드세요."

"그건 뭐지?"

천사는 켄들민트 케이크를 가리키며 까다롭게 물었다.

"거의 설탕 덩어리인데 박하향을 첨가한 거예요. 드세요."

윌은 케이크를 약간 잘라 건네주었다. 발타모스는 고개를 숙여 냄새를 맡아 본 다음 그것을 집어 들었다. 그의 가볍고 차가운 손가락이 윌의 손바닥에 닿았다.

"이걸 먹으면 기운이 좀 나겠군. 한 조각이면 돼. 고마워."

천사는 얌전하게 조금씩 먹었다. 윌은 시야의 가장자리에 천사를 두고 모닥불을 바라보면 그가 더 선명하게 보인다는 것을 알았다.

"바룩은 어딨죠? 멀리 떨어져서도 서로 대화할 수 있나요?"

"그가 가까이 있는 것이 느껴져. 곧 올 거야. 그가 돌아오면 이야기하지. 이야기란 좋은 거니까."

10분쯤 지나 부드러운 날갯짓 소리가 들리자 발타모스가 환호하며 일어섰다. 두 천사는 서로를 얼싸안았고, 불꽃을 응시하던 윌은 서로에 대한 그들의 우정을 보았다. 그것은 우정 이상이었다. 그들은 서로를 열렬히 사랑하고 있었다.

바룩은 발타모스 곁에 앉았다. 윌이 모닥불을 뒤적이자 뿌연 연기가 그 둘에게 흘러갔다. 그 덕분에 그들의 윤곽이 드러나 윌은 처음으로 두 천사를 분명하게 보았다. 발타모스는 호리호리했다. 좁은 날개가 어깨 뒤에 우아하게 접혀 있고 얼굴에는 도도한 경멸과 부드럽고 깊은 동정심이 뒤섞여 있었다. 그것은 마치 자신의 천성으로 모든 존재의 결점을 잊어버릴 수만 있다면 그들 모두를 사랑하겠다는 듯한 표정이었다. 그렇지만 바룩에게서는 어떤 결점도 보이지 않았다. 발타모스의 말대로 바룩은 더 젊어 보였고 체격도 더 좋았다. 그의 어깨에 달린 큼직한 날개는 눈처럼 새하얬다. 천성이 소박한 바룩은 발타모스를 모든 지식과 기쁨의 원천으로 우러러보았다. 윌은 그들의 애정에 감동하는 한편 호기심이 동하기도 했다.

"리라가 어디 있는지 알아냈어요?"

윌은 무엇보다 그 소식이 궁금했다.

"그래."

바룩이 말했다

"히말라야 계곡에 있는데 햇빛이 얼음에 반사되어서 무지개로 변하는 빙하 근처에 있지. 아주 높아. 땅에 지도를 그려 주지. 너도 찾을 수 있을 거야. 리라는 숲 속의 동굴에 갇혀 있어. 그 여자가 계속 잠을 재우고 있어."

"잠을 재운다고요? 그 여자는 혼자 있나요? 군인들은 없어요?"

"그래, 혼자야. 숨어 있지."

"그럼 리라는 무사하군요?"

"그래. 꿈을 꾸면서 자고 있을 뿐이야. 그들이 어디 있는지 가르쳐 주지."

바룩은 창백한 손가락으로 모닥불 옆의 땅에 지도를 그렸다. 월은 공책에다 그것을 정확히 베꼈다. 이상한 모양으로 휘어진 빙하가 거의 똑같아 보이는 봉우리 세 개 사이로 흘러내리고 있었다.

"이제 좀 더 자세히 설명해 줄게. 동굴이 있는 계곡은 빙하의 왼편으로 뻗어 내려 있어. 그리고 빙하의 녹은 물이 시내가 되어서 계곡 사이로 흐르고 있어. 여기 계곡 마루가 있고……."

천사는 다른 지도를 또 그렸고 월은 그것도 베꼈다. 지도가 더 자세해진 뒤 보니 툰드라에서 그 산맥까지는 4~5천 마일을 가로질러 가야 했지만 어렵지 않게 길을 찾을 수 있을 것 같았다. 만단검은 여러 세계를 쉽게 넘나들 수 있게는 해 주지만 그 거리를 줄여 주지는 못했다.

바룩이 말했다.

"빙하 근처에 사원이 하나 있는데, 반쯤 찢어진 붉은 실크 깃발이 바람에 나부끼고 있었어. 여자 아이 하나가 동굴로 음식을 가져다주고 있지. 마을 사람들은 그 여자가 성녀인 줄 아나 봐. 그녀에게 잘해 주면 자기들에게 축복이 내릴 거라고 생각하고 있더라고."

"그래요? 그녀가 숨어 있다니…… 그럴 리가. 교회를 피해 있는 건가?"

"그런 것 같아."

월은 지도를 조심스럽게 접어 넣었다. 모닥불 가의 돌무더기 위에 올려놓았던 양철컵 안의 물이 다 끓었다. 그는 컵 안에 커피 가루를 쏟아 넣고 막대기로 저은 다음 손수건으로 손을 감싼 뒤 컵을 들고 마셨다.

불길 속에서 나무 막대기가 타면서 오그라들고, 밤새가 울었다.

순간 월은 두 천사가 같은 방향을 쳐다보고 있다는 것을 알았다. 월은 그들이 바라보는 곳을 눈으로 좇았지만 아무것도 볼 수 없었다. 전에도 고양이가 그러는 것을 본 적이 있었다. 잠결에 번뜩 눈을 뜨고 눈에 보이지 않는 무엇인가가 방에 들어와 어슬렁거리는 것을 지켜보는 것이다. 그 모습에 윌은 머리카락이 곤두섰었고 지금도 그랬다.

"불을 꺼."

발타모스가 조용히 말했다.

윌은 성한 손으로 흙을 파내 모닥불 위에 끼얹었다. 불이 꺼지자마자 뼛속으로 찬 기운이 스며들어 몸이 떨렸다. 그는 망토로 몸을 감싸고 다시 위를 쳐다보았다.

그제야 무엇인가 보였다. 구름 위로 어떤 형체가 빛을 발하고 있었다. 달은 아니었다.

바룩이 중얼거리는 소리가 들렸다.

"채리엇인가? 그렇지?"

"그게 뭐죠?"

윌이 조용히 물었다

바룩이 가까이 몸을 기울이고 속삭였다.

"그들이 우리가 여기 있는 걸 알아낸 거야. 우리를 찾아냈단 말이야. 윌, 검을 가지고……."

그가 말을 마치기도 전에 하늘에서 무언가 돌진해 오더니 발타모스에게 쾅 부딪혔다. 눈 깜짝할 사이에 바룩이 그것에게 덤벼들었고, 발타모스는 날개를 빼내기 위해 몸을 비틀고 있었다. 세 형체는 마치 단단한 거미줄에 걸린 커다란 말벌들처럼 아무 소리도 내지 않고 어스름 속에서 엎치락뒤치락 싸웠다. 그들은 한데 엉겨 버둥거렸지만 윌의 귀에는 나뭇가지가 부러지고 나뭇잎이 바스락거리는 소리밖에 들리지 않았다.

그들의 움직임이 너무 빨라 윌은 만단검을 쓸 수조차 없었다. 대신 그는 배낭에서 손전등을 꺼내 들고 스위치를 켰다.

어느 누구도 예상하지 못한 일이었다. 공격자가 날개를 위로 쳐들었고 발타모스는 눈 쪽으로 팔을 휘저었다. 오직 바룩만이 당황하지 않고 침착했다. 윌은 이제 공격해 온 적을 볼 수가 있었다. 발타모스와 바룩보다 훨씬 덩치가 크고 힘이 센 다른 천사였다. 바룩이 손으로 그의 입을 틀어막았다.

"윌!"

발타모스가 소리쳤다.

"검으로…… 창을 만들어!"

바로 그 순간 공격자가 바룩의 손을 뿌리치고 고함을 질렀다.

"섭정 공! 찾았어요! 섭정 공!"

그의 목소리에 윌은 머리가 울렸다. 난생처음 들어 보는 고함 소리였다. 잠시 후 그 천사가 공중으로 솟아오르려고 하자 윌은 손전등을 던져 버리고 앞으로 뛰어올랐다. 클리프 개스트를 한 마리 죽인 적은 있지만, 인간처럼 생긴 것에 만단검을 사용하기란 쉬운 일이 아니었다. 그렇지만 격렬한 감정에 사로잡힌 가운데서도 그는 발타모스가 한 말을 떠올렸다. 넌 육체를 가지고 있지만 우린 아니야. 그는 심하게 퍼덕이는 커다란 날개를 두 팔로 끌어안고 정신없이 만단검을 휘둘러 댔다. 대기에는 하얀 털들이 눈송이처럼 휘날렸다. 인간이 천사보다 강하다는 말은 사실이었다. 윌은 공격자인 천사를 완전히 제압하고 있었다.

공격자는 고막이 찢어질 듯한 목소리로 계속 외쳐 댔다.

"섭정 공! 이리 오세요, 여기로!"

윌은 간신히 위를 힐끗 쳐다보았다. 구름이 빠르게 움직이며 소용돌이치더니 거대한 어떤 것이 점점 더 강해지고 있었다. 마치 구름 자체가 플라스마(plasma: 고도로 이온화된 기체)처럼 에너지를 지니고 스스로 빛을 발하는 것 같았다.

발타모스가 소리쳤다.

"월! 그만두고 어서 절단해! 그가 오기 전에……."

그러나 공격자인 천사는 더욱 거세게 몸부림쳤다. 한쪽 날개가 풀려
나자 그는 땅에서 솟아오르려고 안간힘을 썼다. 월은 그를 계속 붙잡고
있어야 했다. 그렇지 않으면 그를 놓쳐 버릴 것이다. 바룩이 월을 돕기
위해 펄쩍 뛰어올라 공격자의 머리를 뒤로 마구 잡아당겼다.

"안 돼!"

발타모스가 다시 소리쳤다.

"안 돼! 안 돼!"

그는 팔과 어깨와 머리를 흔들어 대며 월에게 몸을 날렸다. 공격자가
다시 소리치려고 하자 바룩이 그의 입을 틀어막았다. 하늘에서 강력한
발전기 같은 깊은 떨림이 전해져 왔다. 소리는 아주 낮아 들리지 않았
지만, 그 떨림은 공중의 소립자들을 진동시키고 월의 뼛속까지 심하게
흔들어 댔다.

"그가 오고 있어!"

발타모스가 거의 흐느끼듯 말했다. 그제야 월은 그가 느끼고 있는 공
포를 어느 정도 감지했다.

"제발, 제발, 월……."

월은 하늘을 쳐다보았다.

구름이 갈라지면서 형체 하나가 놀라운 속도로 땅을 향해 돌진해 왔
다. 처음에는 작았던 그 형체는 가까이 다가올수록 순간순간 더 커지고
더 위압적이 되었다. 그는 악의에 가득 찬 모습으로 그들을 향해 거침
없이 내려오고 있었다. 월은 그의 눈까지 볼 수 있을 것 같았다.

"월, 어서!"

바룩이 다급하게 말했다.

월은 일어서며 "이자를 꼭 붙잡아요."라고 말할 생각이었지만, 이미 천사는 바닥에 축 늘어지더니 그대로 녹아 안개처럼 흩어져 버렸다. 월은 역겨운 기분으로 멍하니 주위를 둘러보았다.

"내가 그를 죽인 건가요?"

그는 떨리는 목소리로 물었다.

"어쩔 수 없었잖아."

바룩이 말했다.

"하지만 지금은…… 정말 지긋지긋해요."

월은 몸을 부르르 떨었다.

"이런 살인은 정말 싫어! 언제쯤이나 이 모든 게 끝날까?"

"빨리 가야 돼."

발타모스가 기진맥진해서 말했다.

"빨리, 월! 부탁이야, 서둘러!"

두 천사는 극도로 겁에 질려 있었다.

월은 어디든 이곳을 벗어날 수 있는 세계를 찾기 위해 칼끝으로 허공을 더듬었다. 그러고는 재빨리 창을 열고 위를 쳐다보았다. 하늘에서 돌진해 내려오고 있는 천사는 몇 초 후면 도착할 것이었다. 그의 표정이 무시무시했다. 그와 얼마 떨어져 있지 않은 아주 급박한 순간에도 월은 그가 거대하고 냉혹하며 무자비한 성정으로 자신의 존재를 낱낱이 살피고 있음을 느낄 수 있었다.

더군다나 그는 창까지 가지고 있었다. 그가 창을 던지려고 팔을 들어 올리고…….

그가 비행을 멈추고 똑바로 서서 팔을 뒤로 젖히는 순간 월은 바룩과 발타모스를 데리고 다른 세계로 넘어간 뒤 재빨리 창을 닫았다. 손가락으로 창을 완전히 봉하는 순간 짜릿한 공기의 떨림이 느껴졌지만 곧 사라졌다. 1초만 늦었어도 천사가 던진 창이 그를 꿰뚫었을 것이다. 그들은 달빛이 비치는 모래사장에 있었다. 양치식물처럼 생긴 거대한 나무들이 자라고 있었고 낮은 모래언덕이 해안을 따라 수 마일이나 뻗어 있었다. 날씨는 후텁지근했다.

"그가 누구죠?"

윌이 부들부들 떨며 두 천사에게 물었다.

"메타트론이야."

발타모스가 대답했다.

"메타트론? 그가 누구예요? 왜 우릴 공격한 거죠? 솔직하게 말해 주세요."

"말해 줘야 돼."

바룩이 동료에게 말했다.

"진작 말해 줬어야 했어."

"그래. 자네 말이 옳아."

발타모스는 머리를 끄덕였다.

"하지만 나는 그를 배신했고, 자네가 걱정돼서 그랬지."

"그럼 지금이라도 말하세요."

윌이 다그쳤다.

"하지만 내가 어떻게 해야 한다는 따위의 말은 하지 마세요. 그 일이 뭐든 관심 없으니까. 나는 오직 리라와 내 어머니가 걱정될 뿐이에요. 그리고 그것이 당신이 말하는 이 모든 형이상학적인 문제에서 가장 중요해요."

바룩이 말했다.

"우리가 알고 있는 것을 이제 너에게 말해 줘야 할 것 같군. 윌, 우리가 널 찾아다니고, 또 아스리엘 경에게 데려가야 하는 이유는 우리가 절대자 왕국의 비밀을 하나 발견했기 때문이야. 그리고 그것을 아스리엘 경에게 알려 줘야 해. 이곳은 안전한가?"

바룩은 주위를 둘러보며 물었다.

"나가는 문은 없나?"

"여긴 다른 세계예요. 다른 우주죠."

그들이 서 있는 모래는 부드러웠고 주위의 모래언덕은 아름답게 굽이치고 있었다. 달빛 속에서도 멀리까지 눈에 들어왔다. 이곳에는 그들밖에 없었다.

"이제 말하세요."

윌이 다시 채근했다.

"메타트론과 그 비밀이 무엇인지 말해 봐요. 그 천사는 왜 그를 섭정이라고 불렀죠? 그리고 절대자는 또 뭐예요? 신인가요?"

윌이 모랫바닥에 앉자 두 천사도 달빛을 받아 그 어느 때보다 선명한 모습으로 그 옆에 함께 앉았다. 발타모스가 조용히 입을 열었다.

"절대자, 신, 창조자, 주님, 야훼, 엘, 아도나이, 왕, 아버지, 전능자, 이 모든 이름이 그가 자기 자신에게 부여한 것이지. 하지만 그는 창조자가 아니었어. 우리와 똑같은 천사일 뿐이야. 가장 강력한 일급 천사인 건 사실이지만, 그도 우리처럼 더스트로 만들어졌어. 더스트는 물질이 자기 자신을 이해하기 시작할 때 나타나는 것을 가리키는 이름일 뿐이야. 물질은 물질을 좋아하지. 물질은 자신에 관해 더 많은 것을 알려고 하고 그러면 더스트가 형성돼. 일급 천사는 더스트가 응축된 거야. 그리고 절대자는 가장 먼저 응축된 것이지. 그는 추종자들에게 자기가 그들을 창조했다고 말했지만, 그건 거짓말이야. 나중에 응축된 천사들 중의 하나가 그보다 더 지혜로웠지. 그 여자가 진실을 알아내자, 그는 그녀를 추방했어. 우리는 아직도 그 여자를 섬기고 있지. 그 절대자는 여전히 왕국을 지배하고 있고, 메타트론은 그의 섭정이야. 그렇지만 우리가 구름산에서 발견한 것만은 너에게도 말해 줄 수 없어. 그건 아스리엘 경에게 가장 먼저 말씀 드리자고 맹세를 했거든."

"그럼 말할 수 있는 만큼만 얘기해 보세요. 답답하게 하지 말구요."

"우리는 구름산 속으로 들어갔어."

바룩은 그렇게 말하고는 바로 그 말을 고쳤다.

"미안. 우린 이 말을 너무 쉽게 써. 그건 가끔 채리엇이라고도 불리지. 고정된 것이 아니라, 이곳저곳으로 옮겨 다녀. 거기에는 왕국의 심장부인 요새와 궁전이 있어. 절대자가 젊었을 땐 채리엇을 구름으로 둘러싸지 않았는데, 세월이 흐르면서 자기 주위로 점점 더 두텁게 구름들을 모았지. 수천 년 동안 아무도 그 정상을 못 봤어. 그래서 그의 요새가 지금은 구름산으로 불리지."

"거기서 무엇을 알아냈죠?"

"절대자는 산 한가운데 있는 방에서 살고 있어. 그를 보긴 했지만 가까이 가진 못했지. 그의 권력은······."

발타모스가 끼어들었다.

"그는 권력의 대부분을 메타트론에게 위임했어. 메타트론은 아까 너도 봤지. 우린 예전에 그로부터 도망을 쳤는데, 지금 그가 우리를 찾아낸 거야. 게다가 그는 너를 보았어. 그리고 그 검도, 그래서 내가······."

"발타모스."

바룩이 부드럽게 제지했다.

"윌을 나무라지 마. 우린 그의 도움이 필요해. 그리고 우리도 그렇게 오래 걸려서 알아낸 일을 그가 몰랐다고 해서 비난할 수는 없어."

발타모스는 고개를 돌려 버렸다.

윌이 말했다.

"그러니까 당신들은 그 비밀을 내게 말하지 않을 작정이군요. 좋아요. 대신 이건 말해 주세요. 우리가 죽으면 어떻게 되죠?"

발타모스가 깜짝 놀라며 돌아보았다.

바룩이 대답했다.

"그야 죽은 자들의 세계가 있지. 거기가 어딘지, 거기서 무슨 일이 일어나는지는 아무도 몰라. 발타모스 덕분에 내 영혼은 한 번도 그곳에 가지 않았어. 나는 한때 바룩의 영혼이었어. 죽은 자들의 세계는 우리에겐 암흑일 뿐이야."

"그곳은 감옥이야."

발타모스가 말했다.

"절대자가 초창기에 만들었지. 뭐가 그렇게 궁금해? 때가 되면 저절로 알게 될 텐데."

"얼마 전에 아버지가 돌아가셨으니까요. 돌아가시지 않았다면 아버진 자신이 아는 모든 사실을 내게 말씀해 주셨을 거예요. 당신은 그곳을 세계라고 했는데, 그렇다면 이런 세계와 비슷한 다른 우주라는 말인가요?"

발타모스가 바룩을 돌아보자, 그는 어깨를 으쓱했다.

"죽은 자들의 세계에서는 무슨 일이 일어나죠?"

윌이 다시 물었다.

"몰라."

바룩이 대답했다.

"그곳에 관한 모든 것은 비밀이야. 교회들도 모르고 있어. 그들은 신도들에게 천국에서 살게 될 거라고 말하지. 하지만 그건 거짓말이야. 사람들이 이 사실을 알면……."

"아버지의 영혼도 그곳으로 갔겠군요."

"당연하지. 그보다 빨리 죽은 수많은 사람도 그랬으니까."

윌은 몸이 떨려 왔다.

"그 중요한 비밀을 가지고 곧장 아스리엘 경에게 날아가지 그랬어요? 나를 찾을 것 없이."

"확신이 서지 않았어."

발타모스가 대답했다.

"선의의 증거를 보여 주지 않는 한 우릴 믿어 줄 것 같지 않았지. 우리는 서열이 낮은 일개 천사일 뿐이거든. 우리 말을 진지하게 들어 줄리 없잖아? 하지만 만단검과 그 전수자를 데리고 가면 우리 말을 귀담아들을 테지. 만단검은 아주 강력한 무기야. 아스리엘 경은 네가 자기 편이란 걸 알면 무척 기뻐할걸."

"글쎄요. 미안하지만 이해가 잘 안 되네요. 당신들이 알아낸 비밀에 확신만 있다면 아스리엘 경에게 구차한 변명을 할 필요는 없잖아요."

윌의 말에 바룩이 설명했다.

"또 다른 이유가 있지. 우린 메타트론이 추격해 올 거라는 걸 알고 있었어. 그래서 만단검이 절대로 그의 손에 들어가지 않도록 하고 싶었지. 우리가 먼저 아스리엘 경에게 가자고 했을 때 네가 우리 말만 들었어도 이런……."

"아뇨. 그런 일은 없을 거예요."

윌이 그의 말을 막았다.

"당신들은 리라를 찾는 것을 오히려 더 어렵게 만들고 있어요. 리라가 가장 중요한데, 당신들은 완전히 잊고 있군요. 하지만 난 아니에요. 날 내버려 두고 아스리엘 경에게 가지 그래요? 그분을 잘 설득해 보세요. 당신들은 날 수 있으니까 걷는 나보다 훨씬 더 빨리 갈 수 있잖아요. 난 무슨 일이 있어도 먼저 리라를 구해야겠어요. 가세요. 떠나라고요."

"그렇지만 넌 내가 필요해."

발타모스가 무뚝뚝하게 말했다.

"난 네 데몬 노릇을 해 줄 수 있으니까. 내가 없으면 넌 리라의 세계에서 금방 눈에 띄게 될걸."

월은 화가 치밀어 말도 할 수 없었다. 그는 일어나서 부드럽게 발이 푹푹 빠지는 모래 위를 스무 걸음쯤 걸었다. 그러나 지독한 열기와 습기 때문에 멈춰 서고 말았다.

돌아서서 보니 두 천사가 가까이 앉아 얘기를 나누고 있었다. 그들은 겸손하고 어색하면서도 당당하게 그에게 다가왔다.

바룩이 말했다.

"미안해. 난 혼자 아스리엘 경에게 가서 우리가 알아낸 정보를 알려 줄게. 그리고 그의 딸을 찾도록 너에게 지원군을 보내라고 부탁할 생각이야. 제대로 날아간다면 이틀은 걸리겠지."

"난 너와 같이 있을 거야, 월."

발타모스가 말했다.

"고마워요."

월이 말했다.

두 천사는 서로 껴안았다. 그러고 나서 바룩은 두 팔로 월을 안고 양 볼에 입을 맞추었다. 발타모스의 손이 그랬듯 그의 입맞춤은 가볍고 시원했다.

"리라가 있는 곳으로 계속 움직여도 우릴 찾아낼 수 있겠어요?"

월이 바룩에게 물었다.

"난 절대로 발타모스를 놓치지 않아."

바룩은 이렇게 말하고 뒤로 물러섰다. 그러고는 공중으로 펄쩍 뛰어 순식간에 하늘로 솟아오르더니 흩뿌려진 별들 사이로 사라졌다.

발타모스는 못내 아쉬운 듯 그가 사라지는 모습을 계속 지켜보고 있었다.

"여기서 잘까, 다른 데로 옮길까?"

마침내 그가 윌을 돌아보며 물었다.

"여기서 자요."

윌이 대답했다.

"그러면 자라구. 내가 지켜 줄 테니까. 윌, 내가 좀 무뚝뚝하게 굴어서 미안해. 넌 중요한 임무를 지니고 있으니 널 혼낼 게 아니고 도와야 하는데. 지금부터라도 좀 더 친절하게 대하도록 노력하겠어."

윌은 따뜻한 모래 위에 누웠다. 어딘가 가까이에서 천사가 지켜 주고 있겠지. 그러나 마음은 그리 편치 않았다.

"여기서 나가게 해 줄게, 로저. 약속해. 그리고 윌이 오고 있어. 확실해!"

그는 이해하지 못했다. 그는 창백한 두 손을 펼치고 머리를 절레절레 흔들었다.

"나는 그가 누군지 몰라. 그는 여기 오지 않을 거야. 온다고 해도 그는 나를 모를 거야."

"윌은 나를 찾아오고 있어."

리라가 말했다.

"그리고 나와 윌이, 오, 어떡하지. 로저, 하지만 맹세코 우리가 도와줄게. 우리 편이 또 있다는 걸 잊지 마. 세라피나와 이오레크도 있어. 그리고……."

청소부

에나라 호수의 마녀족 여왕인 세라피나 페칼라는 흐린 북극 하늘을 날아가며 눈물을 흘렸다. 분노와 두려움, 그리고 죄책감의 눈물이었다. 콜터 부인에 대한 분노. 세라피나는 그 여자를 죽여 버리겠다고 맹세했었다. 그녀가 사랑하는 땅에서 지금 일어나고 있는 일에 대한 두려움. 그리고 죄책감…… 그것은 곧 겪게 될 터였다.

세라피나는 녹아내리는 얼음 봉우리, 홍수가 난 저지대의 숲, 수위가 높아진 바다를 내려다보니 가슴이 아팠다. 하지만 자매들을 위로하고 용기를 북돋워 주기 위해 비행을 멈출 수도 없었다. 그녀는 갑옷 입은 곰 이오레크 뷔르니손의 왕국인 스발바르를 향해 강풍과 안개를 뚫고 북으로 북으로 계속 날아갔다.

스발바르 섬은 거의 알아보기 어려웠다. 민둥산들이 시커멓게 맨살을 드러내고 있고, 햇빛이 닿지 않는 숨은 골짜기의 그늘진 구석에만 눈이 약간 남아 있었다. 지금 이 계절에 태양은 도대체 무슨 조화를 부리고 있는 걸까? 자연현상이 온통 뒤죽박죽이었다.

이오레크 뷔르니손을 찾는 데 꼬박 하루가 걸렸다. 그는 섬의 북쪽 끝 바위들 사이에서 바다코끼리를 쫓아 힘차게 헤엄치고 있었다. 곰들이 물속에서 먹이를 잡기는 어려운 법이다. 땅이 얼음으로 뒤덮여 있을 때는 거대한 바다코끼리들이 숨을 쉬기 위해 물위로 나와야 하고, 하얀 얼음 속에서 눈에 잘 띄지 않는 곰들은 물에서 나오는 먹이를 쉽사리 잡을 수 있었다. 먹이는 그렇게 잡아야 하는 것인데…….

하지만 이오레크 뷔르니손은 배가 고팠다. 거대한 바다코끼리의 날카로운 어금니도 그를 막지는 못했다. 두 동물은 바닷물을 피로 붉게 물들이며 치열하게 싸웠다. 결국 이오레크가 바다코끼리의 시체를 바닷물에서 끌어올려 넓적한 바위 위에 철썩 내려놓았다. 털이 지저분한 북극여우 세 마리가 멀찍이 떨어져서 자신들의 차례를 기다리고 있었다.

곰왕이 바다코끼리를 다 먹고 나자 세라피나는 그에게 말을 걸기 위해 아래로 내려갔다. 이제 그녀가 죄책감을 느낄 때가 온 것이다.

"이오레크 뷔르니손 왕. 잠깐 얘기 좀 할까요? 무기는 내려놓겠소."

세라피나가 활과 화살을 젖은 바위 위에 내려놓자 이오레크는 그것을 잠깐 바라보았다. 저 얼굴에 어떤 감정이 드러나면 그게 오히려 놀랄 일이지.

"말하시오, 세라피나 페칼라."

이오레크가 걸걸한 목소리로 말했다.

"우린 서로 싸운 적이 없잖소?"

"이오레크 왕, 나는 당신의 친구인 리 스코즈비를 구하지 못했어요."

곰왕의 작고 검은 두 눈과 피로 얼룩진 주둥이는 꼼짝도 하지 않았다. 그의 등에 난 크림색 털이 바람에 흔들렸다. 그는 아무 말도 하지 않았다.

"스코즈비 씨는 죽었습니다. 그와 헤어지기 전에 도움이 필요하면 날 불러 달라고 하면서 꽃을 한 송이 줬었습니다. 그가 부르는 소리를 듣고 날아갔지만 이미 늦었더군요. 그는 모스크바 병사들과 싸우다가 죽었습니다. 하지만 그들이 왜 그곳에 갔는지, 스코즈비 씨는 쉽게 도망칠 수 있었는데도 왜 그들과 싸웠는지 알 수가 없습니다. 이오레크 왕, 나는 지금 죄책감으로 몹시 괴롭습니다."

"그 일이 어디서 일어났소?"

이오레크 뷔르니손이 물었다.

"다른 세계입니다. 얘기하자면 좀 길어요."

"말하시오."

그녀는 스코즈비가 슈타니슬라우스 그루만이라는 남자를 찾고 있었다는 얘기, 아스리엘 경이 두 세계 간의 장벽을 허문 얘기, 또 그로 인해 얼음이 녹은 얘기도 했다. 또 마녀 루타 스카디가 천사들의 뒤를 따라 날아간 얘기를 하면서 그런 날아다니는 존재들에 대해 루타에게서 들은 대로 설명해 주었다. 그 천사들을 비추는 빛과, 수정처럼 투명한 그들의 모습, 그들의 풍부한 지혜까지.

그리고 스코즈비의 부름에 응해서 갔을 때 본 것들을 얘기했다.

"그의 육체가 썩지 않도록 주문을 걸어 놓았어요. 당신이 그를 볼 때까지 그대로 있을 거예요. 하지만 이 때문에 문제가 생겼습니다. 이오레크 왕. 모든 것이 다 그렇지만 특히 이 문제는 심각해요."

"그 아이는 어디 있소?"

이오레크가 물었다.

"우리 자매들과 함께 있습니다. 나는 스코즈비가 불러서 가야 했으니까요."

"같은 세계에 말이오?"

"그렇습니다."

"어떻게 하면 내가 그곳에 갈 수 있소?"

세라피나의 설명을 무표정하게 듣고 있던 그가 말했다.

"리 스코즈비에게 가겠소. 그리고 남쪽으로 가야 하오."

"남쪽이라뇨?"

"이 땅에선 얼음이 사라졌소. 이 문제를 오래 생각해 왔소, 세라피나 페칼라. 그래서 배를 한 척 빌렸소."

작은 여우 세 마리는 참을성 있게 기다리고 있었다. 두 마리는 바닥에 엎드려 발 위에 머리를 올려놓은 채 그 둘을 쳐다보고 있고, 다른 하나는 그대로 서서 그들의 대화를 듣고 있었다. 청소부인 북극여우들은 말을 어느 정도는 알아들었지만 뇌가 너무 단순해서 현재시제로 된 문장만 이해했다. 이오레크와 세라피나가 나누고 있는 말 대부분이 그들에게는 아무 의미 없는 소음이었다. 더욱이 그들은 대부분 거짓말만 했기 때문에 들은 말을 그대로 옮기더라도 별 문제가 되지 않았다. 북극여우가 하는 말은 도무지 그중 어떤 부분이 진실인지 가려낼 재간이 없었다. 남의 말을 잘 믿는 클리프 개스트들은 가끔 그 말을 곧이곧대로 믿었다가 낭패를 보기도 했다. 하지만 곰과 마녀들은 먹고 남은 고기를 북극여우들에게 주듯, 대화의 찌꺼기를 그들에게 던져 주는 데에도 익숙해져 있었다.

"그래, 이제 어떡할 거요, 세라피나 페칼라?"

이오레크가 물었다.

"집시들을 찾을 거예요. 그들이 필요할 것 같습니다."

세라피나가 말했다.

"로드 파 말이로군. 참 훌륭한 전사들이지. 잘 가시오."

이오레크는 돌아서서 물 한 방울 튀기지 않고 물속으로 미끄러져 들어갔다. 그러고는 단단하고 지칠 줄 모르는 발을 휘저으며 새로운 세계를 향해 헤엄쳐 나가기 시작했다.

잠시 후 이오레크 뷔르니손은 불에 탄 숲 가장자리의 검게 그을린 덤불과 열기로 쪼개진 바위들 사이를 지나가고 있었다. 태양은 자욱한 연기 사이로 뜨거운 빛을 쏟아 내고 있었지만 이오레크는 아랑곳하지 않았다. 하얀 털을 더럽히는 검은 재도, 물어뜯을 곳을 찾아 함부로 달려드는 작은 벌레들도 모두 무시했다.

그는 먼 길을 왔다. 그 여행의 한 지점에서 자신이 다른 세계로 헤엄쳐 들어왔다는 것을 깨달았다. 물맛과 기온은 달라졌지만 여전히 숨쉬기는 좋았고 물도 그의 몸을 잘 띄워 주었다. 계속 헤엄쳐서 바다를 벗어나자 세라피나 페칼라가 설명해 준 장소가 나타났다. 그는 검은 눈으로 주위를 둘러보았다. 바위들이 햇빛에 반짝이고 울퉁불퉁한 화강암 절벽들이 머리 위로 치솟아 있었다.

불탄 숲 언저리와 산들 사이에 묵직한 둥근 돌들과 잔자갈이 만들어 낸 비탈길이 하나 있고, 그곳에는 불에 타서 뒤틀린 금속 조각들이 흩어져 있었다. 어떤 복잡한 기계의 대들보와 버팀대 같은 것들이었다. 전사이자 대장장이이기도 한 이오레크 뷔르니손은 그 조각들을 살펴보았지만 쓸 만한 것은 하나도 없었다. 그는 단단한 발톱으로 조금 덜 망가진 버팀대를 쭉 그어 보았다. 그리고 버팀대가 너무 물러 필요 없다는 것을 확인하자 던져 버리고는 획 돌아서서 절벽을 다시 살펴보았다.

바로 그때 이오레크가 찾고 있던 것이 눈에 띄었다. 들쭉날쭉한 벼랑 사이로 좁은 협곡이 하나 나 있고, 그 입구에 커다랗고 낮은 바위가 하나 놓여 있었다.

그는 묵묵히 그곳으로 기어갔다. 고요한 가운데 코요테와 독수리, 작은 짐승들이 깨끗하게 먹어 치운 수많은 사람의 마른 뼈들이 그의 커다란 발에 밟혀 큰 소리를 내며 부서졌다. 하지만 거대한 곰은 조금도 개의치 않고 조심스럽게 바위를 향해 걸음을 옮겼다. 길이 푸석푸석한데다 그의 몸이 무거운 탓에 자갈을 헛디뎌 먼지와 자갈이 쌓인 곳으로 두세 번은 굴러 떨어졌다. 그러나 그는 미끄러지면 바로 일어나 다시 끈기 있게 올라갔고, 마침내 안전하게 발을 디딜 수 있는 바위에 도달했다.

총알을 맞은 바위는 여기저기 패고 깨어져 있었다. 마녀의 말은 모두 사실이었다. 위치를 표시하기 위해 마녀가 바위 틈에 심어 놓은 북극의 작은 진홍색 꽃 한 송이가 신기하게도 활짝 피어 있었다.

이오레크 뷔르니손은 더 위쪽으로 올라갔다. 그곳은 아래에 있는 적으로부터 몸을 숨기기에 좋은 장소였지만 완벽하지는 않았던 모양이다. 바위에 많은 상처를 남긴 수많은 총알 중에서 목표물을 정확히 찾아낸 몇 개가 그늘 아래 뻣뻣하게 굳은 채 누워 있는 남자의 시체에 박혀 있었다.

마녀의 주문 덕분에 시체는 여전히 뼈와 살을 지니고 있었다. 이오레크는 오랜 친구를 물끄러미 바라보았다. 상처의 고통으로 얼굴은 일그러진 채 굳어 있고 그의 옷은 여기저기 뚫린 총알 구멍들로 너덜너덜했다. 마녀의 주문도 덮어 주지 못한 핏자국은 곤충과 태양과 바람이 말끔히 지워 버렸다. 리 스코즈비는 잠든 것 같지도 평온해 보이지도 않았다. 그는 전사한 것처럼 보였다. 그리고 자신이 그 싸움에서 이겼다는 사실을 알고 있는 것처럼 보였다.

텍사스 출신의 이 조종사는 이오레크가 존경하는 몇 안 되는 인간들 중 하나였다. 때문에 그는 이 남자의 마지막 선물을 받아들이기로 했다. 이오레크는 앞발을 능숙하게 놀려 죽은 사람의 옷을 벗겨 내고 발톱으로 한 번 쭉 그어 몸을 열어젖힌 다음 오랜 친구의 피와 살을 먹기 시작했다. 그는 배가 고팠고 그것은 며칠 만의 첫 식사였다.

그러나 이오레크의 마음속은 허기나 만족감보다 더 복잡한 생각들로 가득했다. 자신을 실버텅으로 이름 붙였던 작은 소녀가 기억났다. 그 아이가 스발바르의 절벽들 사이에 걸린 약해 빠진 눈 다리를 건너는 모습을 본 것이 마지막이었다. 그 후 마녀들은 협정이니 동맹이니 전쟁이니 하는 소문들로 몹시 동요했다. 그리고 마녀는 우리가 살고 있는 것과 같은 세계들이 더 많이 존재하고 있으며, 그것들의 운명은 모두 이 소녀의 운명에 달려 있다고 주장했다.

그 다음에는 얼음이 녹기 시작했다. 이오레크와 그의 백성들은 얼음 위에서 살았다. 얼음이 그들의 집이자 요새였다. 북극에 큰 혼란이 있은 후 얼음이 사라지기 시작했다. 이오레크는 동족들을 위해 얼음으로 덮인 피난처를 찾아야 했다. 그렇지 않으면 그들은 멸종할 것이다. 언젠가 리 스코즈비가 남쪽에 아주 높은 산맥이 있어서 그의 기구조차 그곳을 넘어갈 수 없고, 봉우리들은 1년 내내 눈과 얼음으로 뒤덮여 있다고 말한 적이 있었다. 그 산맥을 찾는 것이 이오레크의 다음 임무였다.

그러나 지금은 더 단순한 어떤 것이 그의 마음을 사로잡고 있었다. 결코 흔들리지 않을 분명하고 굳은 그 어떤 것, 바로 복수였다. 리 스코즈비가 죽었다. 기구에서 위험으로부터 이오레크를 구했고, 북극에서 그의 곁에서 함께 싸웠던 친구가 죽은 것이다. 이오레크는 복수를 결심했다. 좋은 친구의 살과 뼈는 그의 심장이 멎는 순간까지 그를 살찌우고 지켜 줄 것이다.

이오레크가 스코즈비의 몸을 다 먹었을 때는 해가 저물고 공기가 차가워지고 있었다. 그는 흩어져 있는 친구의 시신을 모아 한 무더기로 쌓아 놓고 입으로 꽃을 꺾어 인간들이 하듯 그 중앙에 올려놓았다. 이제 마녀의 주문은 풀렸다. 스코즈비의 남은 육신은 그곳으로 오는 모든 이의 것이었다. 머지않아 그것은 수많은 다른 생명을 살찌울 것이다.

이오레크는 다시 바다와 남쪽을 향해 비탈길을 내려가기 시작했다.

클리프 개스트들은 가능하다면 여우를 먹고 싶었다. 여우는 교활해서 잡기 힘들지만 그 고기는 부드럽고 영양분이 풍부했다.

잡은 여우를 죽이기 전에, 클리프 개스트는 여우에게 말을 시키고는 그것이 지껄이는 멍청한 소리를 비웃었다.

"곰은 남쪽으로 가야 해. 정말이야! 마녀에게 문제가 생겼어. 참말이라니까! 맹세해!"

"곰은 남쪽으로 가지 않아, 이 멍청한 거짓말쟁이야!"

"정말이야! 곰왕은 남쪽으로 가야 해! 바다코끼리를 봐, 맛있는 기름이······."

"곰왕이 남쪽으로 간다고?"

"날아다니는 것들은 보물이 있어! 날아다니는 것들, 천사들, 수정 보물!"

"날아다니는 것들? 클리프 개스트처럼? 보물?"

"클리프 개스트가 아니야, 빛이야! 선명해! 수정! 마녀에게 문제가 생겼어! 마녀는 슬퍼. 스코즈비가 죽었어."

"죽었다고? 기구 조종사가 죽었어?"

클리프 개스트의 웃음소리가 메마른 절벽에 부딪혀 메아리쳤다.

"마녀가 그를 죽여. 스코즈비가 죽었어. 곰왕은 남쪽으로 간다."

"스코즈비가 죽었다구! 하하하, 스코즈비가 죽었대!"

클리프 개스트는 여우의 머리를 비틀어 죽이고 창자를 차지하기 위해 형제들과 싸움을 벌이기 시작했다.

"그들이 올 거야, 올 거라구!"

"그런데 리라, 너는 어디에 있니?"

그녀는 대답할 수가 없었다.

"꿈을 꾸고 있는 것 같아, 로저."

리라가 할 수 있는 말은 그게 전부였다.

작은 소년 뒤에는 더 많은 영혼이 보였다. 수십, 수백이나 되는 그들의 머리가 몰려들어 자세히 들여다보며 말 한 마디 한 마디에 귀를 기울이고 있었다.

"그런데 그 여자는?"

로저가 다시 물었다.

"그 여자가 죽지 않았으면 좋겠는데, 그 여자가 오래 살았으면 좋겠어. 그 여자가 여기에 오면 난 숨을 곳이 없으니까. 그러면 그 여자는 우리를 영원히 가지게 될 거야. 내가 죽고 그 여자가 죽지 않아서 좋은 건 그거 하나야. 그 여자도 언젠가는 여기 오겠지만……."

리라는 깜짝 놀라며 말했다.

"나는 꿈을 꾸는 것 같아. 그 여자가 어디 있는지 모르겠어! 그녀는 가까운 곳에 있어. 하지만 난……."

에이머와 박쥐

> 그녀는 마치 놀이를 하는 듯 누워 있었다.
> 그녀의 삶은 휙 달아나 버렸다.
> 돌아올 작정을 하고 있지만 그리 당장은 아니리.
> – 에밀리 디킨슨 –

목동의 딸 에이머는 잠든 소녀의 모습을 한시도 잊을 수가 없었다. 그녀는 콜터 부인의 이야기가 진실이 아닐 거라고는 눈곱만큼도 의심하지 않았다. 마법사들은 분명 존재하고 있었고, 그들의 주문에 걸려 깊은 잠에 빠진 딸을 어머니가 그처럼 극진하게 보살피는 것은 있을 법한 일이었다. 에이머는 동굴에 사는 아름다운 여자와 마법에 걸린 그녀의 딸에게 숭배에 가까운 존경심을 품게 되었다.

에이머는 가능한 한 자주 계곡으로 가서 그 여자의 심부름을 하거나 수다를 떨면서 그녀의 말을 들어 주었다. 그 여자는 재미있는 얘기를 많이 알고 있었다. 에이머는 잠자는 소녀를 한 번 더 보고 싶었지만 그러한 기회는 아마도 다시 오지 않을 것 같았다.

양젖을 짜거나 카드를 하고 물레를 돌리거나 보리를 빻아 빵을 만드는 동안에도 에이머는 끊임없이 그 소녀 생각만 했다. 어쩌다 그런 주문에 걸렸을까. 콜터 부인이 말해 주지 않았기 때문에 에이머는 자기 멋대로 상상했다.

어느 날 에이머는 꿀을 넣은 납작한 빵을 가지고 세 시간이나 걸어 수도원이 있는 초렁세로 갔다. 문지기에게 매달려 사정하고 꿀빵을 뇌물로 바친 뒤에야 위대한 치료사 패드진 툴쿠를 만날 수 있었다. 그는 지난해에도 열병을 치료했던 매우 지혜로운 노인이었다.

위대한 이의 방에 들어간 에이머는 허리를 깊숙이 숙여 절하고 최대한 겸손하게 남은 빵을 바쳤다. 수도승의 데몬인 박쥐가 에이머를 향해 날아오자, 그녀의 데몬인 쿨랑이 깜짝 놀라 그녀의 머리카락 속으로 기어 들어가 숨었다. 그러나 에이머는 침착하게 패드진 툴쿠가 말할 때까지 가만히 기다렸다.

"왜 왔니, 아가야? 어서 말하렴, 어서."

말할 때마다 노인의 긴 회색 수염이 흔들렸다.

방 안이 어둠침침해서 그의 수염과 반짝이는 눈동자만 겨우 보였다. 그의 데몬이 머리 위의 들보에 가만히 매달려 있자 에이머는 말문을 열었다.

"패드진 툴쿠 님, 지혜를 얻고 싶습니다. 주문을 외고 마법을 거는 법을 알고 싶어요. 가르쳐 주시겠어요?"

"안 된다."

그가 말했다.

예상했던 일이었다.

"그렇다면 한 가지 처방만이라도 알려 주실래요?"

에이머는 겸손하게 말했다.

"그럴 수는 있겠지. 하지만 처방 대신 약만 주겠다. 비밀은 말해 줄 수 없어."

"고맙습니다. 이 은혜 절대 잊지 않을게요."

에이머는 몇 번이나 절하며 말했다.

"누가 어떤 병을 앓고 있지?"

노인이 물었다.

"잠자는 병이에요. 제 육촌 오빠가 걸렸어요."

에이머가 둘러댔다. 영리한 그 아이는 치료사가 동굴에 사는 여자에 관해 알고 있을지도 모른다는 생각에 환자를 남자로 바꾼 것이다.

"그 아이는 몇 살이냐?"

"저보다 세 살 위예요, 패드진 툴쿠."

에이머는 어림잡아 말했다.

"그러니까 열두 살쯤 되었을 거예요. 깨지도 않고 계속 잠만 자요."

"왜 그 아이의 부모가 오지 않고 널 보냈지?"

"그분들은 멀리 떨어진 반대편 마을에 살아요. 그리고 아주 가난해요, 패드진 툴쿠. 저도 어제야 그 말을 전해 듣고 곧장 여기로 달려온 거예요."

"내가 환자를 직접 보고 자세히 진찰한 다음 잠에 빠진 시각의 행성 움직임을 조사해야겠구나. 그런 병은 성급하게 처방해서는 안 되지."

"제가 가져갈 수 있는 약은 없나요?"

들보에 거꾸로 매달려 있던 박쥐 데몬이 밑으로 떨어져 내리더니 검은 날개를 퍼덕이며 방바닥을 스치듯 날아올랐다. 박쥐는 아무 소리도 내지 않고 방 안을 이리저리 정신없이 날아다녔다. 움직임이 너무 빨라 에이머는 쫓아갈 수도 없었다. 그러나 치료사의 반짝이는 눈동자는 박쥐가 간 곳을 정확히 보고 있었다. 박쥐가 다시 들보에 거꾸로 매달려 까만 날개로 온몸을 감싸자, 노인은 그제야 자리에서 일어났다. 그러고는 박쥐가 날아다니며 가리킨 순서대로 선반에서 항아리로, 상자들로 옮겨 다니며 여기서 가루약 한 숟가락을 퍼내고 저기서 약초 조금을 꺼냈다.

　노인은 주문을 외며 약제들을 모두 약사발에 쏟아 넣고 갈았다. 그리고 공이로 약사발의 가장자리를 톡톡 두드려 가루를 알뜰하게 털고는, 붓과 먹을 가져와 종이에다 몇 글자 적었다. 먹물이 마르자 그는 글씨를 쓴 종이 위에 가루약을 모두 쏟고 능숙한 솜씨로 약봉지를 접었다.

　"이 가루약을 잠자는 아이가 숨을 들이쉴 때마다 콧구멍 속으로 조금씩 털어 넣도록 일러라. 그러면 깨어날 거야. 아주 조심해야 한다. 가루를 한꺼번에 너무 많이 넣으면 숨이 막힐 거야. 가장 부드러운 솔을 사용하거라."

　"감사합니다. 패드진 툴쿠."

　에이머가 약봉지를 셔츠 주머니에 집어넣으며 말했다.

　"빵을 조금 더 가져올 걸 그랬네요."

　"하나면 충분하다."

　치료사가 말했다.

　"이제 그만 가 보렴. 그리고 다음번에 올 때는 진실을 말하거라. 하나도 빼놓지 말고."

　소녀는 얼굴을 붉히고 당황한 기색을 감추기 위해 허리를 깊이 숙여 절했다. 에이머는 지나치게 이야기를 꾸며 댄 것을 후회했다.

　다음 날 저녁 에이머는 심과수(心果樹) 잎사귀에 싼 달콤한 쌀밥을 가지고 일찌감치 계곡으로 올랐다. 어서 그 여자에게 자신이 한 일을 얘기하고 약을 건네주고 칭찬과 감사의 말을 듣고 싶어 못 견딜 지경이었다. 그리고 무엇보다 마법의 잠에 빠진 그 소녀가 깨어나서 같이 얘기할 수 있게 되기를 간절히 바랐다. 우린 친구가 될 수 있을 거야!

그러나 길모퉁이를 돌아 위쪽을 바라보자 동굴 입구에 앉아 있던 그 참을성 많은 여자도 황금 원숭이도 없었다. 그곳은 텅 비어 있었다. 그들이 아주 가 버린 건 아닐까 불안해진 에이머는 남은 몇 걸음을 막 뛰어갔다. 그 여자가 사용하던 의자와 요리 기구는 모두 그대로 있었다.

에이머는 어두운 동굴 안쪽을 살폈다. 심장이 빠르게 뛰었다. 잠자는 아이는 아직 깨어나지 않은 것이 확실했다. 어둠 속에서도 침낭의 모양과 그보다 좀 더 밝은 색깔인 아이의 머리카락과 웅크린 채 자고 있는 데몬을 분간할 수 있었다.

에이머는 기어서 다가갔다. 분명하다. 그들은 마법에 걸린 소녀만 남겨 놓고 나간 것이다.

순간 에이머의 머릿속에서 한 가지 생각이 떠올랐다. 그 여자가 돌아오기 전에 내가 이 아이를 깨우면…….

하지만 그런 생각에 짜릿한 흥분을 느끼기도 전에 동굴 바깥쪽에서 무슨 소리가 들렸다. 큰일 났다 싶어 에이머와 데몬은 동굴 벽에 튀어 나온 바위 뒤로 얼른 숨었다. 여기 있으면 안 되는데. 난 훔쳐보고 있었어. 이건 나쁜 짓이야.

황금 원숭이가 입구에 쪼그리고 앉아 코를 킁킁거리며 고개를 이리저리 돌렸다. 그의 날카로운 이가 드러났다. 에이머의 데몬은 쥐로 변해서 달달 떨며 그녀의 옷 속으로 파고들었다.

"그게 뭐야?"

그 여자의 목소리였다. 여자가 입구로 들어서자 동굴 안이 어두워졌다.

"그 애가 왔었나? 그렇군. 음식을 놓고 갔어. 그 애가 안에 들어가면 안 되는데. 음식을 놓아둘 만한 곳을 따로 만들어야겠어."

여자는 잠자는 아이는 쳐다보지도 않고 불씨를 살리고는 불 위에 냄비를 올려놓았다. 데몬은 옆에 쭈그리고 앉아 길을 살폈다. 원숭이는 가끔 일어나서 동굴 쪽을 둘러보았다. 좁은 곳에서 불편하게 잔뜩 움츠리고 있던 에이머는 동굴 밖에서 기다리지 않고 안으로 들어온 것을 후회하고 또 후회했다. 여기에 얼마나 갇혀 있어야 하는 걸까?

여자는 약초 몇 잎과 가루를 끓는 물속에 넣고 휘저었다. 짙은 향이 공기를 타고 퍼져 에이머도 그 냄새를 맡을 수 있었다. 그때 동굴 안쪽에서 신음 소리가 났다. 잠자는 소녀가 몸을 뒤척이며 무어라 중얼거리고 있었다. 에이머는 고개를 그쪽으로 돌렸다. 마법에 걸린 소녀가 몸을 좌우로 뒤치락거리며 한쪽 팔을 눈앞에서 허우적댔다. 소녀는 깨어나고 있었다!

그런데도 여자는 모르고 있다!

여자가 잠깐 동굴 안쪽을 돌아보았다. 소녀가 중얼거리는 소리를 들은 것이 분명했다. 하지만 여자는 다시 약초 달이는 일에 열중했다. 약을 컵에 담아 내려놓은 다음에야 그녀는 깨어나고 있는 소녀에게 주의를 돌렸다.

에이머는 그들의 말을 전혀 알아들을 수 없었지만 호기심과 의심이 점점 더 커졌다.

"쉬이, 아가야. 걱정 마라. 이젠 괜찮다."

그 여자가 말했다.

"로저."

반쯤 깨어난 소녀가 중얼거렸다.

"세라피나! 로저 어디 갔어요? 로저는 어디에 있죠?"

"여긴 우리밖에 없어."

소녀의 어머니는 노래를 읊조리듯 속삭였다.

"일어나렴, 엄마가 씻어 줄게……. 어서 일어나, 아가야……."

소녀는 깨어나려고 안간힘을 쓰면서 끙끙대며 자기 어머니를 밀어냈다. 여자는 스폰지를 물에 적셔서 딸의 얼굴과 몸을 문지른 다음 물기를 닦아 주었다.

소녀가 잠에서 거의 깨어나자 여자는 손을 더 빨리 움직였다.

"세라피나는 어디 있죠? 윌은? 도와줘! 잠들기 싫어! 안 돼, 안 돼! 싫어!"

무정하게도 여자는 굳은 한 손으로는 컵을 들고 다른 한 손으로는 리라의 머리를 들어 올렸다.

"가만히 있어, 아가야. 조용히 해. 자, 마시렴."

그러나 소녀가 강하게 뿌리치는 바람에 약이 거의 쏟아질 뻔했다. 소녀는 더 큰 소리로 울부짖었다.

"날 내버려 둬요! 가고 싶어! 보내 줘요! 윌, 윌, 도와줘…… 제발 도와줘……."

여자는 소녀의 머리채를 꽉 움켜쥐고 머리를 억지로 뒤로 젖힌 다음 입 속으로 컵을 디밀었다.

"싫어! 날 건드리지 마. 이오레크가 당신 머리를 박살 낼 거야! 이오레크! 어디 있어요, 이오레크 뷔르니손! 도와줘요, 이오레크! 싫어, 싫어!"

여자가 뭐라고 소리치자 황금 원숭이가 리라의 데몬을 덮쳐서 딱딱하고 검은 손가락으로 꽉 붙잡았다. 소녀의 데몬은 잽싸게 이리저리 모양을 바꿨다. 에이머는 그렇게 빨리 변하는 데몬은 본 적이 없었다. 고양이에서 뱀으로, 쥐에서 새, 늑대, 치타, 도마뱀, 족제비…….

그러나 황금 원숭이는 손아귀를 풀지 않았다. 그러자 판탈라이몬은 고슴도치로 변했다.

가시에 손을 찔린 원숭이가 그를 놓쳐 버렸다. 고슴도치의 긴 가시 세 개가 그의 손바닥에 꽂혔다. 콜터 부인은 호통을 치면서 빈손으로 리라의 얼굴을 세게 후려쳤고, 소녀는 뒤로 나가떨어졌다. 리라가 미처 정신을 차리기도 전에 이미 컵이 그녀의 입 안으로 들어와 있었다. 소녀는 입 안으로 쏟아져 들어오는 액체를 삼켜야만 했다. 그렇지 않으면 질식할 것이었다.

에이머는 귀를 막고 싶었다. 리라가 꿀꺽꿀꺽 약을 삼키면서 울부짖고, 뱉어 내고, 숨을 헐떡이고, 애원하고, 구역질하는 모습은 차마 보고 있기 힘들었다. 하지만 그 소리도 조금씩 희미해지더니 약한 흐느낌으로 변했다. 소녀는 다시 잠 속으로 빠져 들고 있었다. 마법에 걸린 잠이 아니라, 수면제를 먹인 거짓 잠이었다! 리라의 목에 흰 줄무늬가 생겼다. 리라의 데몬이 길고 구불구불한 하얀 털 짐승으로 변해 그녀의 목을 휘감은 것이다.

여자는 소녀의 이마에서 머리카락을 쓸어 넘겨 주고 땀이 마르도록 얼굴을 두드려 주며 부드러운 목소리로 자장가를 흥얼거렸다. 콜터 부인의 말을 이해하지 못하는 에이머도 그 노래를 알아들을 수 있었다. 그 여자의 노래는 그저 아무 의미도 없는 "랄랄라"나 "바바부부" 같은 음절을 반복하는 것이었기 때문이다. 그녀의 달콤한 목소리는 뭐가 뭔지 알 수 없는 말을 우물거렸다.

여자가 노래를 멈추더니 이상한 행동을 하기 시작했다. 그녀는 가위를 집어 들고 잠든 소녀의 머리를 들어 올린 다음 가장 좋은 모양을 보려는 듯 이리저리 살피며 머리카락을 다듬었다. 그러고는 짙은 금빛 곱수머리 한 가닥을 집어서 목에 걸려 있는 작은 황금 상자에 넣었다. 에이머는 그 이유를 알았다. 여자는 그것으로 더 많은 마법을 부리려는 것이다. 그러나 여자는 그것을 먼저 자신의 입술로 물었다. 어, 이상하네…….

황금 원숭이가 남은 고슴도치 가시를 마저 빼내고 그 여자에게 뭐라고 말했다. 그녀는 손을 뻗어 동굴 천장에 매달려 있는 박쥐를 한 마리 붙잡았다. 그 작고 검은 짐승은 날개를 퍼덕이며 가늘고 날카로운 목소리로 끽끽거렸다. 여자가 박쥐를 자신의 원숭이 데몬에게 건네주자 그 데몬은 박쥐의 검은 날개 한쪽을 쭈욱 찢어 냈다. 박쥐가 죽어 가며 비명을 질러 대자, 다른 박쥐들은 괴로움에 안절부절못하고 동굴 속을 어지럽게 날아다녔다. 딱-딱-뚝, 황금 원숭이가 그 작은 짐승을 갈기갈기 찢는 동안 그 여자는 불가에 있는 침낭에 앉아 무심한 표정으로 천천히 초콜릿을 베어 먹었다.

시간이 흘렀다. 해가 사라지고 달이 뜨자 여자와 데몬은 잠들었다.

에이머는 숨었던 곳에서 살며시 기어나와 잠든 이들을 발끝으로 지나쳐 동굴을 벗어났다. 몸은 딱딱하게 굳었고 마음은 몹시 고통스러웠다. 그녀는 길을 반쯤 내려올 때까지 아무 소리도 내지 않았다.

에이머는 겁에 질려 좁은 산길을 쏜살같이 달렸고, 올빼미로 변한 그녀의 데몬은 그녀 곁에서 조용히 날갯짓을 했다. 맑고 차가운 공기와 나무의 끊임없는 흔들림, 어두운 하늘에서 달빛을 받아 환하게 빛나는 구름과 수많은 별이 그녀를 조금 진정시켰다.

에이머는 돌집들이 모여 있는 작은 마을이 보이자 걸음을 멈추었다. 데몬이 그녀의 손 위에 앉았다.

"그 여자가 거짓말을 한 거야."

에이머가 말했다.

"우리에게 거짓말을 했어. 어떡하지, 쿨랑? 아빠에게 말할까? 어떻게 해?"

"말하지 마."

데몬이 말했다.

"그러면 문제가 더 심각해져. 우리한테 약이 있잖아. 우리가 그 애를 깨울 수 있어. 그 여자가 다시 자리를 비우면 동굴로 가서 그 아이를 깨워 데리고 나오는 거야."

그런 생각을 하자 둘은 모두 두려워졌다. 그러나 어차피 해야 할 일이었다. 작은 약봉지는 에이머의 주머니 속에 안전하게 있었고, 그들은 그 약의 사용법을 알고 있었다.

"……깨어날 수가 없어. 그 여자를 볼 수 없어. 그 여자가 가까이 있는 것 같아. 그 여자가 나를 때렸어."

"오, 리라, 무서워하지 마! 너마저 그러면 난 미쳐 버리고 말 거야."

그들은 서로를 꼭 붙잡으려고 했지만 그들의 팔은 허공 속에서 스치기만 할 뿐이었다. 리라는 자기가 하고 싶은 말을 전하려고 애쓰면서 어둠 속에 있는 작고 창백한 로저의 얼굴로 다가가 속삭였다.

"나는 깨어나려고 애쓰고 있어. 평생 잠만 자다가 죽을까 봐 너무 무서워. 우선 깨어나고 싶어! 단 한 시간이라도 좋아. 제대로 깨어난 상태에서 살고 싶어. 이게 꿈인지 생시인지 모르겠어. 하지만 난 너를 도와줄 거야, 로저! 맹세해."

"하지만 리라. 네가 꿈을 꾸고 있는 거라면 깨어난 다음엔 그걸 믿지 않을 거야. 나도 그럴 거야. 그것을 단지 꿈이라고 생각할 거야."

"그렇지 않아!"

리라는 매섭게 소리쳤다. 그리고……

탑

거대한 협곡이 길게 뻗어 내린 곳에 유황 호수가 하나 있었다. 갑자기 바람이 불고 유황 물이 위로 솟구치자 유독한 안개가 생겨나 호수 가장자리에 홀로 서 있는 날개 달린 형체의 가는 길을 막았다.

그는 망설였다. 하늘로 날아오르자니 적들에게 즉시 발각될 테고, 걸어가자니 유황 호수를 지나는 데 시간이 오래 걸려 너무 늦어질 것 같았다.

그러니 위험을 감수할 수밖에 없다. 그는 코를 찌르는 유황 가스가 호수면에서 크게 피어오를 때를 기다렸다가 그 속을 뚫고 날아올랐다.

하늘 한구석에 웅크리고 있던 날카로운 네 쌍의 눈이 그 작은 움직임을 놓치지 않았다. 그 즉시 네 쌍의 날개는 연기가 자욱한 대기를 힘차게 가르며 구름 속으로 돌진했다.

한 치 앞도 볼 수 없는 상황에서 추격자들과 도망자의 필사적인 경주

가 벌어졌다. 일단 호수 위의 짙은 유황 가스를 먼저 벗어나는 쪽이 유리할 테고, 그것은 곧 생사를 가르는 일이기도 했다.

불행하게도 혼자 날아가던 형체는 추격자들 중 하나보다 조금 늦게 가스 지대를 벗어났다. 둘은 유독 가스를 헤치고 나와 곧 가까워졌고, 메스꺼운 가스 때문에 모두 현기증을 느꼈다. 싸움이 시작되었을 때는 도망자가 더 유리했지만, 이내 또 다른 추격자 하나가 구름 속에서 빠져나왔다. 셋은 한 덩어리로 엉겨 붙어 어지럽고 격렬하게 싸웠다. 그들은 공중에서 불길처럼 솟아올랐다가 떨어지고 다시 솟구쳤다 떨어지기를 반복하다가 결국 멀리 있는 바위들 사이로 떨어졌다. 다른 두 추격자는 구름 속에서 영영 나오지 못했다.

톱니처럼 들쭉날쭉한 산맥의 서쪽 끝에, 뒤로는 계곡이 있고 아래로는 평원이 넓게 펼쳐져 있는 봉우리가 하나 있었다. 마치 100만 년 전에 화산이 분출하여 만들어진 것 같은 그 산의 정상에는 천연의 화강암 요새가 있었다.

뒤쪽 절벽 아래의 커다란 동굴에는 온갖 종류의 식량이 저장되어 있고, 무기고와 탄약고에서는 전쟁에 쓸 기계들이 장전되고 시험받고 있었다. 산 아래 제조소에서는 화산 같은 불길이 거대한 용광로를 달구고 있고, 인과 티타늄을 녹여 이전에는 결코 알려지지도 쓰이지도 않았던 합금이 주조되고 있었다.

오래전에 흘러내린 용암에서 거대한 암벽이 솟아올라 있고, 그 그림자가 드리워진 요새의 가장 노출된 부분에 작은 성문이 하나 있었다. 그 샛문을 보초병이 밤낮으로 지키며 안으로 들어오는 모든 이를 검문했다.

성벽 위에서 경비대가 교대하는 동안, 보초병은 몸이 식지 않도록 발을 한두 번 구르며 장갑 낀 손으로 팔을 찰싹찰싹 때렸다. 밤중에도 가장 추운 때였고, 그의 옆에 놓인 작은 나프타 횃불은 아무 도움도 되지 않았다. 10분 정도는 더 지나야 교대할 보초병이 올 것이다. 그는 지금 초콜릿 한 잔과 담배 한 대, 그리고 무엇보다 따뜻한 잠자리가 간절했다.

그런데 갑작스레 문을 쾅쾅 두드리는 소리가 들렸다.

그는 정신을 바짝 차리고 재빨리 작은 감시 구멍을 열었다. 그와 동시에 나프타 불빛이 성벽 바깥쪽에 있는 점호등을 지나도록 뚜껑을 열었다. 눈부신 빛 속에서 두건을 쓴 세 사람이 다른 누군가를 부축하고 있는 모습이 보였다. 그의 모습은 뚜렷하지 않았지만 아프거나 부상을 당한 것 같았다.

맨 앞에 서 있던 이가 두건을 벗었다. 보초병이 아는 얼굴이었지만 그래도 그는 암호를 대며 말했다.

"유황 호수에서 발견한 자일세. 이름은 바룩이라고 전하게. 아스리엘 경에게 급히 전할 말이 있다는군."

보초병이 문을 열자 세 사람이 작은 문으로 바룩이라는 자를 힘겹게 끌고 들어왔다. 보초병의 데몬인 테리어는 몸을 부르르 떨며 나지막하게 짖다가 그 사람들이 데려온 것이 부상당한 천사임을 알고는 입을 다물었다. 서열도 낮고 힘도 거의 없지만 그래도 천사는 천사였다.

"경비실에 눕히게."

보초병이 말했다. 세 사람이 그를 눕히자 보초병은 경비 대장에게 전화를 걸어 그 일을 보고했다.

요새의 가장 높은 성벽 위에 탑이 하나 솟아 있었다. 그곳에 나 있는 나선형 계단을 따라 올라가면 창을 통해 사방을 살필 수 있는 아스리엘 경의 방들이 있었다. 그중 가장 큰 방에는 탁자와 의자 몇 개, 지도 상자가 있었고, 다른 방에는 야전침대 하나와 작은 욕실이 갖춰져 있었다.

탑 안에서 아스리엘 경은 어지럽게 널린 서류들을 사이에 두고 스파이 지휘관과 마주 앉아 있었다. 탁자 위에는 나프타 등이 활활 타고 있었다. 그리고 푸른색 작은 매 한 마리가 문 안쪽 받침대 위에 앉아 있었다.

스파이 지휘관은 로크 경이라는 사람이었다. 그는 외모가 아주 특이했다. 키는 아스리엘 경의 손으로 한 뼘도 채 안 되고 몸매는 잠자리처럼 호리호리했지만 다른 지휘관들은 그를 무시하지 못했다. 그의 구두 뒤꿈치에 달린 박차에 독침이 있기 때문이었다.

탁자 위에 앉는 것이 그의 습관이라면, 최대한 예의를 갖추지 않으면 오만한 독설로 거절하는 것이 그의 원칙이었다. 로크 경과 그의 종족인 갈리베스피족은 몸집이 아주 작다는 것 이외에는 훌륭한 스파이로서의 자질을 갖추고 있지 않았다. 그들은 자존심이 아주 세고 성격이 까다로워 아스리엘 경처럼 덩치가 컸다면 금방 눈에 띄었을 것이다.

"그렇습니다, 아스리엘 경. 당신 아이입니다."

로크 경의 눈은 잉크 방울처럼 반짝였고, 목소리는 맑고 날카로웠다.

"나는 그 아이를 알고 있습니다. 분명 당신보다 더 잘 알고 있을 겁니다."

아스리엘 경이 그를 똑바로 쳐다보았다. 그 작은 남자는 자신이 사령관의 호의를 부당하게 이용했음을 금방 꿰뚫었다. 아스리엘 경의 강한 눈빛이 손가락처럼 그를 팅기는 바람에 그는 균형을 잃었고, 그래서 한 손으로 아스리엘 경의 와인 잔을 붙잡아야 했다. 잠시 후 아스리엘 경의 표정이 온화해지자, 로크 경은 더욱 조심스럽게 행동했다.

"아마 그럴 거요, 로크 경."

아스리엘 경이 말했다.

"하지만 왜 그 아이가 교회의 주목을 받고 있는지 모르겠어. 그 이유를 알아야겠는데. 그들은 이 아이에 대해 뭐라 말하고 있소?"

"교권에서는 추측이 난무합니다. 한 교파는 이렇게 말하고, 다른 교파는 또 다른 것을 조사하고……. 그들 모두 자신들이 알아낸 것을 다른 교파들에게는 비밀로 하고 있지요. 가장 적극적인 곳은 교회 법정과 성령회(聖靈會)입니다. 나는 그 두 곳에 모두 스파이를 심어 놓았습니다."

로크 경이 대답했다.

"성령회의 회원을 회유했다는 말이오? 축하하오. 그들은 정말 난공불락이었는데."

아스리엘 경이 말했다.

"스파이 이름은 레이디 살마키아입니다. 아주 유능한 요원이지요. 쥐를 데몬으로 가진 신부가 하나 있는데, 그녀는 그들이 잠들었을 때 접근했습니다. 살마키아는 그 신부에게 지혜의 정령을 불러내는 금지된 의식을 행하라고 일렀습니다. 의식이 절정에 달했을 때 그녀는 신부 앞에 나타났습니다. 그는 이제 자신이 기도만 하면 언제든지 지혜의 정령과 대화할 수 있다고 생각하고 있습니다. 그리고 지혜의 정령이 갈리베스 피족의 모습으로 자신의 책장에서 살고 있다고 믿고 있지요."

아스리엘 경이 웃으며 물었다.

"그녀는 무엇을 알아냈소?"

"성령회는 당신의 딸이 세상에서 가장 중요한 존재라고 생각합니다. 머지않아 엄청난 위험이 닥칠 것이고, 그때 당신의 딸이 어떻게 하느냐에 따라 모든 운명이 결정된다고 믿고 있지요. 교회 법정은 지금 볼반가르와 다른 지역에서 잡아들인 목격자들을 심문하고 있습니다. 그곳에 침투한 스파이는 체발리어 티알리스로, 천연자석 공명기로 매일 나와 연락을 취하면서 그들이 알아낸 사실을 알려 주고 있습니다. 그래서 이 두 스파이가 전해 준 정보를 말씀 드리자면, 성령회는 그 아이를 곧 찾아낼 테지만 아무 조치도 취하지 않을 겁니다. 하지만 교회 법정은 시간이 좀 더 걸리긴 하겠지만 그 아이를 찾는 즉시 단호하게 행동할 겁니다."

"새로운 정보를 입수하는 대로 보고하시오."

로크 경은 인사를 한 뒤 손가락으로 딱 소리를 내었다. 문 앞 받침대에 앉아 있던 푸른 매가 날개를 활짝 펼치고 탁자로 미끄러지듯 날아왔다. 매는 굴레와 안장과 등자를 몸에 걸치고 있었다. 로크 경은 잽싸게 매의 등에 올라타더니 아스리엘 경이 그들을 위해 활짝 열어 둔 창문을 통해 밖으로 훨훨 날아갔다.

공기가 몹시 차가웠지만 아스리엘 경은 잠시 창을 그대로 열어 둔 채 창틀 밑에 놓인 의자에 기대어 자신의 데몬인 하얀 표범의 귀를 만져 주었다.

"그 아이가 나를 찾아 스발바르로 왔는데 난 그 애를 무시했어."

그는 표범에게 중얼거렸다.

"그때의 충격을 너도 기억할 거야. 희생양이 필요했었지. 그런데 거기 도착한 첫 번째 아이가 내 딸이었어. 하지만 그 옆에 다른 아이도 있는 것을 보고는 안도했지. 내 딸을 희생시키지 않아도 되니까. 그게 그렇게 큰 잘못일까? 그 후로는 한 순간도 그 아이를 생각하지 않았어. 하지만 그 앤 중요해, 스텔마리아!"

"잘 생각해 봐요."

그의 데몬이 말했다.

"그 아이가 무얼 할 수 있을까요?"

"글쎄…… 별로 없지. 그 애가 무언가를 알고 있을까?"

"알레시오미터를 읽을 줄 알죠. 지식을 얻을 수 있어요."

"그건 별 게 아니야. 지식은 누구나 가지고 있으니까. 그런데 그 아인 도대체 어디에 있는 거지?"

등 뒤에서 노크 소리가 들리자 그는 즉시 돌아섰다. 장교 하나가 방 안으로 들어와 말했다.

"사령관 각하, 방금 서문에 천사가 한 명 찾아왔습니다. 부상을 당했는데 각하께 꼭 드릴 말씀이 있다고 합니다."

잠시 후 야전침대에 누워 있는 바룩이 사령관실로 들어왔다. 군의관을 부르긴 했지만 천사는 거의 가망이 없어 보였다. 날개는 찢기고 두 눈은 초점을 잃을 만큼 부상이 심했다.

아스리엘 경은 그의 곁으로 다가앉아 석탄 난로에 허브를 한 줌 던져 넣었다. 윌이 불을 피우면서 생긴 연기로 천사의 몸을 더 잘 볼 수 있었던 것처럼, 아스리엘 경도 이제야 천사의 모습을 더 또렷하게 볼 수 있었다.

"그래, 내게 하고 싶다는 말이 무엇이오?"

아스리엘 경이 물었다.

"세 가지입니다. 부디 내가 하는 말을 끊지 말아 주십시오. 내 이름은 바룩입니다. 나와 동료인 발타모스는 반역자들 편이죠. 그래서 당신이 반역을 일으키자마자 우리는 당신 편에 섰습니다. 그러나 우리가 가진 힘은 보잘것없기 때문에 당신에게 뭐든 중요한 것을 드리고 싶었죠. 그러다 얼마 전 우리는 절대자의 요새인 구름산의 심장부로 가는 길을 어렵게 찾아냈습니다. 그리고 거기서 우리는……"

천사는 여기서 말을 멈추고 허브 연기 속에서 숨을 골랐다. 그 냄새가 그를 진정시켜 주는 것 같았다. 바룩은 얘기를 계속했다.

"……절대자에 대한 진실을 알아냈어요. 그는 구름산 깊숙한 곳에서 수정으로 만든 방에 칩거하고 있어요. 그는 더 이상 왕국의 일상적인 일을 주관하지 않아요. 그 대신 자신을 더욱 신비한 존재로 만들려고 하죠. 그를 대신하여 왕국을 통치하는 자는 메타트론이라는 천사입니다. 나는 그 천사를 잘 알아요. 그럴 만한 이유가 있죠. 그것은……."

바룩의 목소리가 희미해졌다. 아스리엘 경의 눈이 조바심으로 심하게 흔들렸다. 하지만 그는 꾹 참고 바룩이 말을 계속하기를 기다렸다.

"메타트론은 건방지죠."

바룩은 기운을 조금 차린 후 말을 계속했다.

"그의 야심은 한이 없어요. 절대자는 4천 년 전에 그를 섭정으로 삼았습니다. 그들은 모든 계획을 함께 세웠죠. 그들은 지금 새로운 계획을 하나 세웠는데 나와 내 동료가 알아낸 게 바로 그것입니다. 절대자는 의식을 지닌 모든 존재가 이젠 위험스러울 정도로 독립했다고 생각합니다. 그래서 메타트론은 인간사에 훨씬 더 적극적으로 간섭하려 하고 있어요. 그는 절대자를 구름산에서 멀리 떨어진 곳으로 이동시키고, 그 산을 전쟁 무기로 변화시킬 계획을 세웠죠. 메타트론은 전 세계 교회들이 약하고 부패했다고 생각합니다. 너무 쉽게 타협한다는 거죠. 그는 왕국에서 직접 다스릴 영구적인 종교재판소를 모든 세계에 세우려고 합니다. 그들의 첫 번째 작전은 당신의 공화국을 멸망시키는 것입니다……."

둘은 모두 몸을 부르르 떨었다. 천사는 기운이 쇠진해서였고, 아스리엘 경은 흥분했기 때문이다.

바룩은 남은 힘을 모아 힘겹게 얘기를 계속했다.

"두 번째는 만단검에 관한 겁니다. 이 칼은 세계와 세계 사이를 열 수 있을 뿐만 아니라, 그 안에 존재하는 모든 것을 잘라 버릴 수 있어요. 만단검의 힘은 무한합니다. 그러나 그 사용법을 알고 있는 사람이 지니고 있을 때만 그렇습니다. 그 사람은 어떤 소년입니다……."

천사는 다시 한 번 말을 멈추고 힘을 모았다. 그는 두려웠다. 자신이 분해되고 있는 것이 느껴졌기 때문이다. 아스리엘 경은 천사가 자신을 지탱하려고 애쓰는 것을 볼 수 있었다. 그는 바룩이 기운을 차릴 때까지 의자의 팔걸이를 꽉 붙잡고 앉아 있었다.

"제 동료가 지금 그 아이와 함께 있습니다. 곧장 당신에게 데려오고 싶었지만 그 애가 거절했어요. 왜냐하면…… 이것이 제가 세 번째로 말씀 드려야 할 것입니다. 그 소년은 당신 딸의 친구입니다. 그래서 그 아이는 당신 딸을 찾기 전에는 당신에게 오지 않을 겁니다. 그 여자 아이는……."

"그 소년이 누구요?"

"주술사의 아들입니다. 슈타니슬라우스 그루만이라고……."

아스리엘 경은 놀란 나머지 자기도 모르게 벌떡 일어났다. 그 바람에 천사의 주변에서 맴돌던 연기가 흩어져 버렸다.

"그루만에게 아들이 있었단 말이오?"

"그루만은 당신 세계의 사람이 아니에요. 진짜 이름도 그루만이 아닙니다. 그 사람이 만단검을 정말 열심히 찾길래 나와 내 동료는 계속 그를 미행하고 있었습니다. 그가 만단검과 그 전수자를 찾아내리라는 걸 알고 있었죠. 그래서 그 전수자를 당신께 데려오려고 했는데, 그런데 그 소년이 거절……."

바룩은 또 한 번 말을 멈췄다. 아스리엘 경은 자신의 성급함을 나무라며 다시 자리에 앉아 불 위에 허브를 조금 더 뿌렸다. 그의 데몬은 곁에 앉아 참나무 바닥을 꼬리로 천천히 쓸며 황금빛 눈으로 몹시 고통스러워하는 천사의 얼굴을 지켜보고 있었다. 바룩은 천천히 깊은 숨을 몰아쉬었고 아스리엘 경은 아무 말도 하지 않았다. 깃대에 매달린 밧줄이 바람에 흔들려 찰싹거리는 소리만 들렸다.

"너무 서두르지 마시오."

아스리엘 경이 부드럽게 말했다.

"내 딸이 어디 있는지 알고 있소?"

"히말라야에…… 그녀의 세계에 있어요."

바룩이 희미한 목소리로 말했다.

"큰 산맥에, 무지개가 많은 계곡 옆의 동굴에……."

"세계도 다르고, 이곳에서 상당히 먼 곳인데. 당신은 아주 빨리 날아 왔군요."

"내 유일한 특기니까요."

바룩이 말했다.

"발타모스의 사랑도 받고 있지만요. 그를 다시는 볼 수 없겠지요."

"당신이 그 애를 그렇게 쉽게 찾아냈다면……."

"다른 천사도 그럴 겁니다."

아스리엘 경은 지도 상자에서 커다란 지도책을 꺼내 히말라야가 나와 있는 페이지를 찾았다.

"위치를 정확히 알고 있소?"

그가 물었다.

"그 장소를 정확하게 알려 줄 수 있겠소?"

"만단검을 가지고……."

바룩은 말하려고 애썼지만 아스리엘 경은 그의 정신이 흐릿해지고 있다는 것을 알았다.

"그 아이는 만단검으로 어떤 세계든 마음대로 드나들 수 있습니다. 이름은 윌입니다. 하지만 그들은 지금 위험에 처해 있어요. 메타트론은 우리가 자기들의 비밀을 알고 있다는 사실을 눈치 챘어요. 그래서 우리들을 추격했고…… 당신의 세계로 들어오는 경계선에서 나를 붙잡았죠……. 나는 그와 형제였어요……. 그래서 우리는 구름산 안에 있는 그를 찾아갈 수 있었던 겁니다. 메타트론은 한때 에녹이었어요. 야렛의 아들이죠. 야렛은 마할랄렐의 아들이고…… 에녹은 아내가 많았습니다. 그는 육체를 사랑했어요……. 형제인 나를 쫓아낸 것은 내가…… 오, 사랑하는 발타모스……."

"그 여자 아이는 어디 있소?"

아스리엘 경이 물었다.

"아, 네에, 동굴에…… 자기 어머니와…… 바람과 무지개가 많은 계곡…… 성소에 찢겨진 깃발이……."

그는 몸을 일으켜 지도를 보았다.

하얀 표범 데몬이 재빨리 일어나 문 쪽으로 달려갔지만 이미 늦었다. 군의관이 문을 두드리고는 대답도 기다리지 않고 안으로 들어온 것이다. 그러나 이미 다 끝나 버렸다. 누구의 잘못도 아니었다. 천사를 바라보는 군의관의 표정을 보고 아스리엘 경은 바룩에게 고개를 돌렸다. 그는 자신의 생명을 붙잡기 위해 바들바들 떨며 안간힘을 쓰고 있었다. 애처롭기 그지없는 모습이었다. 열린 문으로 한줄기 바람이 들어와 침대 위로 소용돌이치며 지나갔다. 생명이 다하자 천사의 형체는 점점 흩어지더니 위를 향해 빙글빙글 돌다가 사라졌다.

"발타모스!"

가만히 속삭이는 소리가 허공에서 들렸다.

아스리엘 경은 데몬의 목덜미에 손을 올려놓았다. 데몬은 그가 떨고 있음을 느끼고 그를 진정시켜 주었다. 그는 군의관에게 돌아섰다.

"죄송합니다, 각하."

"귀관의 잘못이 아니다. 오구네 왕에게 안부를 전하고 나의 지휘관들과 함께 즉시 이곳으로 와 주길 바란다고 전하라. 또한 바실리드 씨도 알레시오미터를 가지고 참석해야 한다. 마지막으로 자이롭터 제2비행대는 연료를 적재하고 무장한 다음 체펠린 급유기와 함께 즉시 이륙하여 남쪽으로 향할 것을 명한다. 자세한 명령은 비행 도중 내릴 것이다."

군의관은 경례를 하고 불안한 듯 빈 침대를 한 번 흘끗 보고는 밖으로 나가 문을 닫았다. 아스리엘 경은 청동제 컴퍼스로 책상을 톡톡 두드리다가 방을 가로질러 걸어가서 남쪽으로 난 창을 열었다. 탑 아래 먼 곳에서는 불멸의 불길이 타오르며 어두운 대기 속으로 연기를 내뿜고 있었다. 그런 어마어마한 높이에서도 망치 울리는 소리가 휘몰아치는 바람을 타고 선명하게 들려왔다.

"자, 우린 이제 더 많은 것을 알아냈어, 스텔마리아."

그가 조용히 말했다.

"그러나 이걸로는 부족해요."

하얀 표범이 대꾸했다.

다시 문을 두드리는 소리가 들렸다. 누군가가 알레시오미터를 가지고 들어왔다. 중년에 접어든 마르고 창백한 이 사람의 이름은 투크로스 바실리드로, 그의 데몬은 꾀꼬리였다.

"어서 오시오, 바실리드 씨."

아스리엘 경이 말했다.

"문제가 생겼소. 당분간 다른 일들은 모두 제쳐 두시오."

그는 바룩이 이야기한 것을 바실리드에게 전하고 지도를 펼쳤다.

"그 동굴을 찾아내시오. 가능한 한 정확하게 그 지점의 좌표를 알아내시오. 정말 중대한 임무요. 미안하지만 지금 당장 시작해 주시오."

……발을 너무 심하게 굴러 꿈속에서도 아플 지경이었다.

"내가 그럴 거라고 정말 믿는 건 아니겠지, 로저. 그러니까 그런 말은 하지 마. 나는 깨어날 거고 잊지 않을 거야, 이제 알겠지?"

그녀는 두리번거렸다. 보이는 것이라고는 커다란 눈동자와 절망적인 얼굴, 창백한 얼굴과 어두운 얼굴, 늙은 얼굴, 젊은 얼굴들뿐이었다. 죽은 자들이 모두 몰려들어 꼭 붙은 채 아무 말도 하지 않고 슬픔에 젖어 있었다.

로저의 얼굴은 달랐다. 오직 그의 표정만이 희망으로 가득 차 있었다.

리라가 말했다.

"왜 넌 저들과 달라 보이지? 왜 너의 얼굴은 저들처럼 비참하지 않아? 왜 너는 희망을 버리지 않고 있니?"

그가 말했다.

"왜냐하면……."

선(先) 면죄부

"자, 프라 파벨, 배에서 그 마녀가 한 얘기를 가능한 한 정확하게 기억해 내시오."

교회 법정의 심문관이 말했다.

오후의 햇살이 희미하게 비치는 가운데 교회 법정의 회원 열두 명은 증인석에 서 있는 성직자를 바라보았다. 마지막으로 심문할 목격자였다. 그는 학자처럼 생긴 신부로 데몬은 개구리였다. 교회 법정은 고대의 높은 탑이 있는 세인트 제롬 대학에서 이 사건에 관한 증언을 들어오고 있었다. 벌써 8일째였다.

"마녀가 한 말은 정확하게 기억이 안 납니다."

프라 파벨이 지친 목소리로 말했다.

"어제 위원회에서도 말했지만 저는 고문이라는 걸 그때 처음 봤습니다. 너무 어지럽고 속이 메스꺼웠습니다. 그래서 그녀가 무슨 말을 했는지 정확하게는 모르겠습니다. 하지만 대충은 기억합니다. 마녀가 말하기를 리라라는 아이가 북쪽의 부족들에게는 이미 오래전부터 알려져 있는 예언의 주인공이라고 했습니다. 그녀는 운명적인 선택을 할 수 있는 힘이 있으며, 그 선택에 모든 세계의 미래가 달려 있다는 겁니다. 그리고 그와 비슷한 상황을 생각나게 하는 이름이 있는데, 그 때문에 교회가 그 아이를 증오하고 두려워하게 될 거라고 했습니다."

"마녀가 그 이름을 말했는가?"

"아닙니다. 말하려고 하는데 마법을 써서 눈에 보이지 않게 그 자리에 있던 다른 마녀가 나타나 그녀를 죽이고 도망쳤습니다."

"그렇다면 콜터라는 여자가 그 이름을 들었을 가능성은 없는가?"

"없습니다."

"콜터 부인은 바로 떠났나?"

"그렇습니다."

"그다음에는 무엇을 알아냈는가?"

"그 아이가 아스리엘 경이 열어 놓은 다른 세계로 갔다는 것입니다. 거기서 그 아이는 한 소년의 도움을 받았습니다. 그 소년은 범상치 않은 검을 가지고 있거나, 아니면 그 사용법을 알고 있습니다."

프라 파벨은 초조한 듯 목소리를 가다듬고 나서 계속 말했다.

"제가 알고 있는 것을 다 말해도 괜찮습니까?"

"어떤 것에도 구애받지 말고 말하라, 프라 파벨."

회장의 엄하고도 맑은 목소리가 울렸다.

"당신이 들은 것을 우리에게 말한다고 해서 처벌받는 일은 없을 것이다. 계속하라."

성직자는 다시 용기를 냈다.

"그 소년이 가지고 있는 검은 여러 세계로 통하는 창을 만들 수 있습니다. 뿐만 아니라 그 힘도 대단합니다. 어느 정도냐 하면…… 제발, 용서하십시오. 정말 이런 얘기를 해도 될지 두렵습니다. 그 칼은 가장 높은 천사들은 물론이고 그들보다 더 높은 존재도 죽일 수 있습니다. 그 칼이 파괴할 수 없는 것은 하나도 없습니다.”

성직자는 몸을 부들부들 떨며 땀을 흘렸고, 그의 개구리 데몬은 흥분한 나머지 증인석의 가장자리에서 바닥으로 떨어졌다. 프라 파벨은 고통스럽게 숨을 헐떡거리며 재빨리 데몬을 집어 올린 다음 앞에 놓인 물을 한 모금 먹었다.

“그 소녀에 대해 더 물어보았는가?”

심문관이 물었다.

“마녀가 말한 그 이름을 알아냈는가?”

“그렇습니다. 정말 다 말해도…….”

“그렇다.”

회장이 잘라 말했다.

“두려워 말라. 당신은 이단자가 아니다. 꾸물대지 말고 아는 것을 모두 말하라.”

“부디 용서하십시오. 그 아이는 그러니까, 이브의 지위에 있습니다. 아담의 아내, 우리 모두의 어머니, 모든 죄의 근원인 이브 말입니다.”

그의 증언을 낱낱이 받아 적고 있는 속기사들은 침묵을 맹세한 성 필로멜 교단의 수녀들이었다. 그러나 프라 파벨의 증언을 듣자 그들 중 하나가 기겁을 하듯 놀라는 소리를 내질렀고, 여기저기서 많은 수녀가 황급히 손으로 성호를 그었다. 프라 파벨은 굳은 표정으로 얘기를 계속했다.

“알레시오미터는 예측하지 않는다는 사실을 기억해 주십시오. ‘이런 일들이 일어나면 그 결과는 이러이러할 것이다’라는 식으로 말해 주는 겁니다. 알레시오미터는 이브가 그랬듯이 그 여자 아이도 유혹을 받으면 타락할 거라고 말했습니다. 그 결과에 따라 모든 것이 결정될 겁니다. 그런 유혹이 일어나고 그 아이가 그것에 굴복한다면 결국 더스트와 죄악이 승리할 것이라고 했습니다."

법정은 침묵에 휩싸였다. 납으로 씌워진 커다란 유리창을 통해 비스듬히 비쳐든 창백한 햇살 속에 수많은 먼지가 금빛으로 반짝였다. 교회 법정의 회원들 중 몇 명은 그 먼지들을 보고 모든 인간에게 달라붙은 눈에 보이지 않는 더스트를 떠올렸다. 지금까지 충실하게 계율을 지켜 왔는데도 말이다.

"프라 파벨, 이제 그 아이의 행방에 관해 아는 것을 말하라."

심문관이 말했다.

"그 아이는 콜터 부인에게 잡혀 있습니다."

프라 파벨이 대답했다.

"지금 히말라야에 있습니다. 이제 제가 알고 있는 것은 전부 말씀 드렸습니다. 당장 그곳에 가서 정확한 위치를 조사하겠습니다. 그리고 알아내는 즉시 교회 법정에 보고하겠습니다. 하지만……."

그는 말을 멈추고 겁에 질려 몸을 움츠린 채 떨리는 손으로 물잔을 들어 입으로 가져갔다.

"프라 파벨, 그 어떤 것도 숨기지 말라."

맥파일 신부가 말했다.

"회장 신부님, 성령회는 저보다 더 많이 알고 있는 것이 확실합니다."

프라 파벨의 목소리는 너무 작아 속삭임처럼 들렸다.

"그런가?"

회장의 두 눈은 격노를 발산하는 것처럼 번뜩였다.

프라 파벨의 데몬이 조그맣게 개구리 울음소리를 냈다. 프라 파벨은 교권의 여러 교파 간에 경쟁이 치열하다는 것을 알고 있었고, 그들의 싸움에 끼어들면 매우 위험하다는 것도 알았다. 그러나 자신이 알고 있는 것을 숨기면 훨씬 더 심각한 결과가 초래될 것이다.

그는 몸을 떨며 말을 이었다.

"그들은 머지않아 그 아이를 찾아낼 겁니다. 확실합니다. 나는 접촉할 수 없는 정보원들이 그들에게는 있습니다."

"그건 그렇다."

심문관이 말했다.

"알레시오미터가 이것에 관해 당신에게 알려 주었나?"

"예, 그렇습니다."

"아주 잘했다. 프라 파벨. 당신은 앞으로도 계속 임무를 훌륭하게 수행할 것이다. 성직자나 비서관의 도움이 필요하면 무엇이든 지시하고, 이제 그만 물러가거라."

프라 파벨은 고개를 숙여 인사한 다음 개구리 데몬을 어깨 위에 올리고 자신의 메모를 챙겨 법정을 나갔다. 수녀들은 손가락을 주물렀다.

맥파일 신부는 앞에 놓인 참나무 의자를 연필로 톡톡 두드리며 말했다.

"아그네스 자매님, 모니카 자매님, 이제 나가도 좋소. 속기한 증언서류는 오늘 안에 내 책상 위에 갖다 두시오."

두 수녀는 머리를 숙여 인사하고 문을 나섰다.

"여러분. 이제 그만 휴정합시다."

회장이 말했다.

가장 연로하고 눈이 침침한 마케페 신부로부터 얼굴이 핼쑥하고 흥분으로 들떠 있는 제일 어린 고메스 신부까지 열두 명의 회원은 각자 기록한 것을 가지고 회장을 따라 회의실로 들어갔다. 그곳은 탁자를 사이에 두고 서로의 얼굴을 마주 보며 대화할 수 있는 가장 완벽하게 비밀이 보장되는 장소였다.

교회 법정의 현 회장은 휴 맥파일이라는 스코틀랜드인이었다. 그는 젊은 나이에 그 자리에 선출되었다. 회장은 평생직이고 그는 이제 겨우 40대였다. 따라서 맥파일 신부는 앞으로 오랫동안 교회 법정과 모든 교회의 운명에 큰 영향을 미칠 사람이었다. 가무잡잡한 피부에 키가 크고 위풍도 당당하며 뻣뻣한 회색 머리털을 아무렇게나 흐트러뜨리고 있는 그는 자기 몸에 스스로 부과한 혹독한 고행으로 살이 찔 수가 없었다. 그는 물과 빵과 과일만 먹었고 뛰어난 운동선수를 배출한 트레이너의 감독하에 매일 한 시간씩 운동을 했다. 그 결과 그는 호리호리하고 민첩했으며 활력이 넘쳤다. 그의 데몬은 도마뱀이었다.

모두들 자리에 앉자 맥파일 신부가 말했다.

"지금 상황은 이렇습니다. 몇 가지 고려해야 할 사항들이 있는 것 같습니다.

첫째는 아스리엘 경입니다. 교회에 우호적인 한 마녀는, 그가 천사들을 포함한 대규모의 군대를 조직하고 있다고 알려 왔습니다. 그 마녀 말로는 아스리엘 경이 교회와 절대자에 대해서도 적의를 품고 있다는 것입니다.

둘째는 성체위원회입니다. 그들이 볼반가르에서 조사 프로그램을 실행하고 콜터 부인에게 활동 자금을 지원하는 것은, 교회 법정을 성스러운 교회의 가장 강력하고 효과적인 무기로 바꾸려는 술수입니다. 우리는 추월을 당한 겁니다. 여러분, 그들은 무자비하고 교활한 짓을 저질렀습니다. 우리는 일이 이 지경이 되도록 방치한 우리 자신의 경솔함을 반성해야 합니다. 나는 우리가 해야 할 일에 즉시 착수할 겁니다.

셋째는 프라 파벨이 증언한 그 소년입니다. 엄청난 일들을 할 수 있는 검을 가진 소년 말입니다. 우리는 반드시 그 소년을 찾아서 가능한 한 빨리 그 검을 손에 넣어야 합니다.

넷째는 더스트입니다. 나는 성체위원회가 더스트에 관해 발견한 것을 알아내기 위해 이미 조치를 취해 놓았습니다. 볼반가르에서 연구하고 있는 실험 신학자들 중 하나를 설득해서 그들이 발견한 것이 정확히 무엇인지 우리에게 말하도록 했습니다. 오늘 오후, 아래층에서 그와 이야기할 겁니다."

한두 명의 신부가 불편한 듯 몸을 움직였다. '아래층'이란 그 건물의 지하실을 뜻했기 때문이다. 그곳에는 하얀 타일 벽에 무기압 전류, 방음 장치와 배수 시설이 잘 갖추어진 방들이 있었다.

회장이 계속 말했다.

"더스트에 관해 무엇을 알게 되든 간에, 우리는 우리의 목적을 결코 잊어서는 안 됩니다. 성체위원회는 더스트의 효과를 알아내려고 애쓰고 있습니다. 우리는 그것을 완전히 파괴시켜야 합니다. 반드시 그렇게 해야 합니다. 더스트를 파괴하기 위해서라면, 필요할 경우 성체위원회와 주교 대학과 절대자의 임무를 수행하는 성스러운 교회의 모든 하부 기관을 파괴해야 할 수도 있습니다. 성스러운 교회는 바로 이런 임무를 수행하고 그 과정에서 없어지기 위해 만들어졌습니다. 그러나 원죄의 끔찍한 괴로움 속에서 매일 발버둥쳐야 하는 세상보다는 차라리 교회와 더스트가 없는 세상이 더 낫습니다. 그 모든 것이 제거된 순수한 세계 말입니다."

고메스 신부가 눈을 반짝이며 열성적으로 고개를 끄덕였다.

맥파일 신부가 말을 이었다.

"마지막 문제는 바로 그 소녀입니다. 한낱 어린아이일 뿐이죠. 그러나 이 아이는 유혹을 받게 될 것이고, 선례대로라면 타락할 것입니다. 그녀가 타락하면 우리 모두도 멸망하게 됩니다. 그래서 나는 이 문제를 해결하기 위한 가장 극단적인 방법을 제안합니다. 그리고 여러분도 모두 동의하실 것으로 확신합니다. 나는 사람을 보내 그 아이가 유혹에 들기 전에 살해할 것을 제안합니다."

그 말이 끝나기 무섭게 고메스 신부가 말했다.

"회장 신부님. 저는 성년 이후 매일 선(先) 고해성사를 해 왔습니다. 공부도 열심히 했고, 훈련도 계속 받았습니다."

회장이 손을 들어 올려 말을 중지시켰다. 선 고해성사와 선 면죄부는 추기경 위원회가 연구해서 만들어 낸 교리지만 교회에 그리 널리 알려지지는 않았다. 그들은 아직 범하지도 않은 죄에 대해서 미리 고해성사를 했다. 그것은 채찍질과 태형을 기꺼이 감수하는 격렬하고 강한 참회 의식이었다. 그것이 누적되면 명예가 쌓인다. 특정한 죄에 대한 고해성사가 적절한 단계에 이르면 고해자는 그 죄를 범하지 않아 은총을 받은 상태가 된다. 이 상태에서 살인한다면 그 죄가 훨씬 가벼워지는 것이다.

"나도 그대를 생각하고 있었네."

맥파일 신부가 온화하게 말했다.

"교회 법정은 제 의견에 동의한 겁니까? 좋습니다. 고메스 신부가 우리의 축복을 받으며 떠난다면 그는 모든 것을 혼자 힘으로 해결해야 할 것입니다. 우리와 연락할 수도 다시 돌아올 수도 없습니다. 누구에게 무슨 일이 일어나든, 그는 신이 쏜 화살처럼 곧장 날아가서 그 아이를 죽일 겁니다. 그는 아시리아인들을 죽인 천사처럼 모습을 드러내지 않고 밤에 올 것입니다. 그리고 침묵을 지킬 것입니다. 고메스 신부가 에덴 동산에 있었더라면 얼마나 좋았을까요! 우리는 결코 천국에서 쫓겨나지 않았을 것입니다."

젊은 신부는 자신이 자랑스러워 눈물이 날 지경이었다. 교회 법정은 그를 축복했다.

그런데 회의실 천장의 가장 어두운 구석에 있는 검은 참나무 들보 사이에 한 뼘 정도밖에 안 되는 남자 하나가 숨어 있었다. 구두 뒤꿈치를 박차로 무장한 그는 그들이 하는 말을 한 마디도 빼놓지 않고 모두 들었다.

지하실에는 볼반가르에서 온 남자가 있었다. 그는 더러워진 흰색 셔츠에 벨트도 매지 않은 헐렁한 바지를 입고 한 손으로는 바지를, 다른 한 손으로는 자신의 데몬인 토끼를 꽉 움켜쥔 채 전등 아래 서 있었다. 그의 앞에 놓인 하나뿐인 의자에는 맥파일 신부가 앉아 있었다.

"쿠퍼 박사."

회장이 말하기 시작했다.

"앉으시오."

가구라고는 의자와 나무 침대와 양동이가 전부였다. 회장의 목소리가 벽과 천장의 하얀 타일에 부딪혀 기분 나쁘게 울려 퍼졌다.

쿠퍼 박사는 침대 위에 앉았다. 그는 호리호리한 체격에 회색 머리카락을 가진 회장에게서 잠시도 눈을 뗄 수 없었다. 그는 마른 입술을 핥으며 난감한 시간이 다가오고 있음을 예감했다.

"그러니까 그 아이에게서 데몬을 떼어 내는 일을 거의 성공할 뻔했단 말이군?"

맥파일 신부가 물었다.

쿠퍼 박사는 떨리는 목소리로 대답했다.

"우리는 더 이상 기다릴 필요가 없다고 생각해서 그 아이와 아이의 데몬을 즉시 분리하려고 했습니다. 어차피 실험은 계속해야 했으니까요. 그런데 아이를 실험실에 집어넣었을 때 콜터 부인이 그 애를 가로 채 가 버렸습니다."

토끼 데몬이 동그란 눈을 크게 뜨고 겁에 질린 표정으로 회장을 쳐다보다가 다시 눈을 감고 고개를 돌려 버렸다.

"대단히 힘들었겠군."

맥파일 신부가 말했다.

"프로그램 전체가 몹시 까다로웠습니다."

쿠퍼 박사가 얼른 그의 말에 맞장구를 쳤다.

"당신이 교회 법정에 도움을 청하지 않은 것이 놀랍소. 우리가 적극적으로 지원할 수 있었을 텐데 말이오."

"나는…… 아니 우리는 그 프로그램이 허가받은 것으로 알고 있었습니다. 성체위원회의 일이긴 했지만, 교회 법정의 승인을 받았다고 들었습니다. 그렇지 않았다면 절대 참여하지 않았을 겁니다. 절대로!"

"물론, 당연히 그랬겠지. 이제 다른 문제를 얘기해 봅시다."

맥파일 신부는 본론을 꺼내기 시작했다.

"당신은 아스리엘 경이 무엇을 연구하고 있는지 알고 있소? 그가 스발바르에서 발산했던 그 거대한 에너지의 근원이 무엇인지 알고 있소?"

쿠퍼 박사는 침을 꿀꺽 삼켰다. 긴장된 침묵이 흐르는 가운데 그의 턱에 맺힌 땀방울이 콘크리트 바닥으로 뚝 떨어졌다. 두 남자 모두 그 소리를 똑똑히 들었다.

"그건…… 우리 연구원 중 하나가 데몬을 분리하는 과정에서 에너지가 발산된다는 것을 발견했습니다. 그것을 통제하려면 엄청난 힘이 필요하겠지만, 핵 폭발이 재래식 폭약으로 인해 일어나듯이 강력한 무기압 전류를 집중시키면 가능합니다. 하지만 아무도 그의 말에 신경 쓰지 않았죠. 나도 마찬가지였습니다. 당국의 허락이 없다면 이단일 수도 있으니까요."

박사는 열심히 변명했다.

"아주 잘했소. 그런데 그 동료는 지금 어디에 있소?"

"습격을 받았을 때 죽었습니다."

회장은 미소를 지었다. 그 표정이 너무나 온화해서 쿠퍼 박사의 데몬은 몸서리를 치며 박사의 품안에서 혼절하고 말았다.

"용기를 내시오, 쿠퍼 박사."

맥파일 신부가 말했다.

"우리는 당신이 용감하고 강해지길 바라오! 중요한 일을 완수하고 큰 전쟁을 치러야 하니까. 우리에게 철저히 협력해야만 당신은 절대자의 용서를 받을 수 있소. 하나도 빠뜨리지 말고 말하시오. 황당한 짐작이나 하찮은 잡담까지도 숨겨서는 안 됩니다. 정신을 집중해서 당신 동료가 했던 말을 기억해 내시오. 그가 어떤 실험들을 했는지, 기록을 남기진 않았는지, 그 자신이 이룬 성과를 다른 사람에게도 말했는지, 어떤 실험 기구를 사용했는지, 그 모든 것을 생각해 내시오, 쿠퍼 박사. 당신이 원하면 언제든지 펜과 종이를 가져다주겠소.

그리고 이 방은 너무 불편하군. 좀 더 편안한 곳으로 옮겨 드리지, 혹시 필요한 건 없소? 글을 쓰기에 탁자가 좋겠소, 책상이 좋겠소? 타자기를 쓰는 건 어떻소? 속기사에게 구술하는 편이 나을지도 모르겠군.

호위병에게 말해요. 그러면 당신이 필요한 건 무조건 가져다줄 테니까. 그러나 쿠퍼 박사, 당신의 가장 중요한 임무는 그 연구원이 발견한 것을 모두 기억해 내는 거요. 필요하다면 직접 알아내도 좋소. 실험에 필요한 기구들을 알기만 하면 우리가 모두 준비해 드리리다. 이런 일을 위임받다니 당신은 정말 축복받은 거요, 쿠퍼 박사! 절대자에게 감사드리시오."

"그러겠습니다. 회장 신부님! 그렇게 하겠습니다!"

과학자는 헐렁한 바지춤을 붙잡고 일어나서 교회 법정의 회장이 이미 방을 나간 줄도 모르고 머리를 허리까지 숙여 연거푸 절을 했다.

그날 저녁 갈리베스피족 스파이 체발리어 티알리스는 제네바의 골목과 오솔길을 지나 동료인 레이디 살마키아를 만나러 갔다. 그것은 둘 모두에게 위험한 여정이었다. 사람이든 짐승이든 그들에게 덤비는 것들도 위험하기는 마찬가지였다. 하지만 몸집이 작은 갈리베스피족에게는 특히 위험천만한 일이었다. 앞에서 어슬렁거리다가 독침이 박힌 그들의 박차에 목숨을 잃은 고양이만도 한두 마리가 아니었다. 불과 일주일 전에도 티알리스는 지저분한 개의 공격을 받아 팔을 하나 잃어버릴 뻔했지만, 살마키아가 잽싸게 구해 준 덕분에 간신히 살았다.

일곱 번째 약속 장소는 작고 초라한 광장의 어느 플라타너스 밑동이었다. 레이디 살마키아는, 그날 이른 저녁 성령회가 교회 법정의 회장으로부터 공동 관심사에 대해 의논하자는 우호적인 초대를 받았다는 정보를 전해 주었다.

"아주 신속하군."

티알리스가 말했다.

"하지만 자기가 보낸 암살자에 대해서는 입도 뻥끗 안 하겠지."

그는 리라를 죽이려는 교회 법정의 계획을 살마키아에게 말해 주었다. 그녀는 놀라지 않았다.

"그럴듯한 얘기네요."

그녀가 말했다.

"대단히 논리적인 사람들이군요. 티알리스, 우리가 그 아이를 만날 수 있을까요?"

"모르겠소. 하지만 그래야지. 잘 가시오, 살마키아. 내일 분수대에서 봅시다."

그렇게 간단히 정보만 교환하고 헤어졌지만 그들이 의식적으로 결코 입 밖에 내지 않는 사실이 하나 있었다. 그들은 인간에 비해 훨씬 수명이 짧았다. 갈리베스피족의 수명은 길어 봐야 9년이나 10년 정도였고 티알리스와 살마키아는 둘 다 8년째 살고 있었다. 그들 종족은 한창 때의 힘과 활기를 그대로 지닌 채 갑작스레 죽기 때문에 늙는 것을 별로 두려워하지 않았다. 그래서 그들의 어린 시절은 매우 짧았다. 그러나 그들의 인생과 비교하면 리라 같은 어린아이의 인생은, 마녀의 삶이 리라가 닿을 수 없을 정도로 긴 만큼이나 미래를 향해 아주 멀리 뻗어 있을 터였다.

티알리스는 다시 세인트 제롬 대학으로 돌아와 천연자석 공명기로 로크 경에게 보낼 메시지를 작성하기 시작했다.

티알리스가 살마키아와 접선하는 동안 맥파일 신부는 고메스 신부를 불러들였다. 서재에서 한 시간 동안 함께 기도한 후, 그는 고메스 신부에게 리라를 죽이는 것이 절대 살인이 아니라는 선 면죄부를 내렸다. 고메스 신부의 모습은 달라져 있었다. 핏줄을 타고 흐르는 강한 확신으로 그의 두 눈은 빛을 쏘아 냈다. 챙겨야 할 준비물과 자금 등을 의논한 후 맥파일 신부가 말했다.

"고메스 신부, 일단 이곳을 벗어나면 그대는 우리의 어떤 도움도 받을 수 없을걸세. 다시 돌아올 수도 없고, 우리 소식을 들을 수도 없네. 내가 그대에게 해 줄 수 있는 최선의 충고는 이걸세. 어린아이를 찾지 말게. 그러면 실패할 거야. 대신 사탄을 찾게. 그 여자를 따라가면 아이를 찾게 될걸세."

"그 여자라고요?"

고메스 신부는 깜짝 놀라며 물었다.

"그렇지, 여자야."

맥파일 신부가 말했다.

"알레시오미터로 그걸 알아냈어. 그 사탄은 아주 이상한 세계에서 왔다네. 그대는 이제부터 충격적이고 놀라운 일들을 많이 보게 될 거야. 그런 것들 때문에 그대가 수행해야 할 신성한 임무를 잊는 일은 없도록 하게."

그리고 그는 다정하게 덧붙였다.

"나는 그대의 신앙심을 믿네. 이 여자는 악마의 안내를 받아 그 아이를 찾고 있으니 조만간 찾아내서 아이를 유혹할걸세. 물론 우리가 그 아이를 제거하지 못했을 경우이지. 그게 우리의 첫 번째 계획이니까. 그것이 실패할 경우, 고메스 신부 그대가 우리의 마지막 보루일세. 지옥의 힘이 승리하진 못해."

고메스 신부는 고개를 끄덕였다. 등이 초록빛인 커다란 딱정벌레 데몬이 날개를 파닥거렸다.

맥파일 신부는 서랍을 열어 서류 뭉치를 고메스 신부에게 건네주었다.

"여기에 그 여자에 관한 모든 정보가 들어 있네. 그녀가 어떤 세계에서 왔는지, 마지막으로 나타난 곳이 어딘지 우리가 알고 있는 건 다 기록해 둔걸세. 잘 읽어 보게. 사랑하는 루이스, 내 축복을 받고 떠나게."

회장은 지금까지 고메스 신부를 이렇게 이름으로 불러 준 적이 한 번도 없었다. 고메스 신부는 회장에게 입을 맞추고 작별 인사를 하며 기쁨의 눈물을 흘렸다.

"……년 리라니까."

리라는 그 말이 무슨 뜻인지 깨달았다. 꿈속에서도 현기증이 났
다. 리라는 자신의 어깨 위에 무거운 짐이 얹히는 듯했다. 다시 잠
이 오기 시작하자 그 짐은 더욱 무거워졌다. 로저의 얼굴이 어둠 속
으로 사라졌다.

"이제, 난…… 나는 알아…… 우리 편에는 온갖 부류의 사람들이
있어. 말론 박사 같은…… 또 다른 옥스퍼드가 있다는 걸 알고 있
지, 로저? 우리가 살던 곳과 똑같은 곳 말이야. 거기서 그 여자를
만났어……. 말론 박사님이 우릴 도와줄 거야……. 그런데 오직 한
사람만……."

이제 로저를 보는 것도 거의 불가능했다. 리라의 생각은 들판의
양들처럼 흩어져 이리저리 헤매고 있었다.

"하지만 마지막 그 사람은 믿어도 돼, 로저. 맹세해."

리라는 마지막 남은 힘을 모아 말했다.

메리의 여행

마지막으로 장중한 나무가 일어나
수없이 많은 과일을 매단 가지들을 뻗으니……
– 존 밀턴 –

고메스 신부가 사탄을 찾아 길을 나선 바로 그 시각, 그 사탄은 유혹을 받고 있었다.

"감사합니다. 아뇨, 아니에요. 이거면 충분해요. 정말이에요. 감사합니다."

올리브 숲 속에서 메리 말론 박사는 한 노부부의 호의를 사양하느라 진땀을 빼고 있었다. 그들은 그녀가 들지도 못할 만큼 많은 음식을 챙겨 주려고 안달이었다.

노부부는 자식도 없이 세상과 뚝 떨어져 한적하게 살고 있었다. 어느 날 은백색 나무들 사이에서 스펙터들을 보고는 혼비백산해 있었는데, 신기하게도 메리 말론이 배낭을 짊어지고 길을 따라 올라오자 스펙터들이 깜짝 놀라 멀리 도망쳐 버리는 것이었다. 노부부는 포도 넝쿨이 우거진 자신들의 작은 농장에 그녀를 초대해 포도주와 빵과 올리브를 푸짐하게 대접했다. 그들은 그녀가 떠나는 것이 내키지 않았다.

"전 가야 해요."

메리가 다시 말했다.

"감사합니다. 너무 친절하게 대해 주셨어요. 더 이상은 안 돼요. 오, 좋아요. 작은 치즈 한 덩어리라면…… 감사합니다."

그들은 메리가 스펙터를 물리치는 신비한 힘을 지니고 있다고 믿었다. 메리도 자신이 그럴 수 있기를 바랐다. 치타가체에서 일주일을 보내면서 그녀는 스펙터들에게 먹힌 어른들과 먹을 것을 찾아 헤매는 아이들, 지독히 황폐해진 도시를 질리도록 보고 그 희끄무레한 괴물들이 두려워졌다. 그녀가 알고 있는 거라고는 자신이 다가가면 그것들이 도망간다는 것뿐이었다. 그렇지만 사람들이 원한다고 머물 수는 없었다. 그녀는 계속 가야만 했다.

메리는 배낭 속에 포도 잎으로 싼 작은 치즈를 집어넣을 자리를 찾고 미소를 지으며 다시 인사를 했다. 그녀는 마지막으로 회색 바위들 사이에서 솟아나는 샘물을 퍼 마셨다. 그러고는 노부부가 하는 대로 두 손으로 가만히 손뼉을 치고 단호하게 돌아섰다.

메리는 자신이 느끼는 것보다 더 단호한 모습을 하고 있었다. 그녀는 컴퓨터 화면을 통해 섀도(Shadow: 리라는 더스트라고 불렀다)라는 존재와 마지막 대화를 나누었고, 그들의 지시에 따라 컴퓨터를 파괴했다. 그녀는 지금 매우 혼란스러웠다. 섀도는 메리에게 그녀가 살던 옥스퍼드, 그러니까 윌의 세계의 옥스퍼드에 난 창을 넘어가라고 지시했다. 그녀는 지시를 따르기는 했지만 이 다른 세계에서 펼쳐지고 있는 너무나도 이상한 광경들 때문에 현기증이 나고 오싹했다. 이제 메리가 할 일은 그 소년과 소녀를 찾아서 사탄의 역할을 하는 것이었다. 그것이 무슨 의미든 간에.

메리는 그렇게 계속 걸어가며 주위를 자세히 살폈지만 아무것도 알아내지 못했다. 올리브 숲에서 멀리 떨어진 오솔길을 따라 올라가면서 길을 물어야겠다는 생각이 들었다.

그녀는 일단 작은 농장에서 멀리 벗어나 아무도 없는 것을 확인하고 소나무 아래에 앉아 배낭을 열었다. 배낭 맨 밑바닥에 실크 스카프로 싼 책이 한 권 있었다. 그녀가 20년 동안 간직해 온 그 책은 앞일을 중국식으로 예언하는 팔괘(八卦)의 설명서였다.

메리가 그것을 가져온 이유는 두 가지였다. 하나는 감상적인 이유였다. 그 책은 할아버지가 물려주신 것으로 그녀는 학교 다닐 때 그 책을 많이 봤다. 또 다른 이유는 리라가 한 말 때문이었다. 그 아이는 그녀의 연구실을 처음 찾아왔을 때 출입문에 붙여 놓은 팔괘의 포스터를 가리키며 "저게 뭐죠?" 하고 물었었다. 그리고 잠시 후 놀라운 컴퓨터 해독 솜씨로 더스트가 인간에게 말을 전달하는 여러 가지 방법을 가지고 있으며, 팔괘를 사용하는 중국식 예언도 그중 하나라는 것을 알아냈다.

그래서 메리 말론은 서둘러 짐을 꾸리면서 《변화를 읽는 법》이라는 이 책과 그 변화를 읽는 데 필요한 작은 서양가새풀 막대기들도 챙겨 넣었다. 그리고 이제 그것들을 사용할 때가 된 것이다.

그녀는 땅바닥에 실크 스카프를 펼쳐 놓고는 막대기들을 나누고 세고 다시 나누고 세어 한쪽에 놓아두는 과정을 시작했다. 열정적이고 호기심이 많았던 10대에는 꽤 자주 해본 일이지만 그 후로는 거의 해본 적이 없었다. 이젠 어떻게 하는지도 잊어버린 줄 알았는데 막상 시작하자 곧 기억이 되살아났다. 말론 박사는 막대기들을 집어 들고 마음을 가라앉힌 뒤 정신을 집중시켰다. 섀도와 대화할 때에는 그 점이 가장 중요했다.

마침내 그녀 앞에 끊어졌거나 끊어지지 않은 여섯 개의 선으로 이루어진 육각형이 나타났다. 그녀는 그것이 암시하는 숫자를 계산한 다음 그 의미를 찾아보았다. 이 부분이 가장 어려웠다. 설명서는 수수께끼 같은 말로 표현되어 있었기 때문이다.

점괘는 이렇게 나왔다.

식량을 얻기 위해
산꼭대기로 올라가면
길운이 있다.
탐욕스런 열망을 지닌 호랑이처럼
날카로운 눈으로 주위를 살피라.

이 정도면 썩 괜찮은 점괘다. 메리는 아리송한 해석을 계속 읽어 가다가 다음 문구에 이르렀다. "가만히 있는 것은 산이다. 그것은 돌아가는 길이다. 그것은 작은 돌들과, 문들과, 구멍들을 의미한다."

그녀는 짐작할 수밖에 없었다. '구멍'이라는 말에 이쪽 세계로 들어올 때 넘어온 신비한 창이 생각났다. 첫 번째 문장은 위로 계속 올라가야 한다는 뜻 같았다.

한편으로는 당황스러웠지만 또 한편으로는 용기를 얻은 메리는 책과 막대기를 싸서 배낭에 넣고 길을 따라 올라가기 시작했다.

네 시간쯤 지나자 그녀는 심한 더위에 지칠 대로 지쳤다. 태양은 지평선에 낮게 걸려 있었다. 지금껏 걸어온 험한 길은 이미 아득했고, 이리저리 뒹굴고 있는 크고 작은 돌들 사이로 올라가기 점점 더 힘들어졌다. 왼편 비탈 아래 저 멀리로 올리브와 레몬나무 숲이 펼쳐져 있고 아무도 돌보지 않은 듯한 포도밭과 버려진 풍차가 저녁 햇살을 받아 아른거리고 있었다. 오른편으로는 작은 바위 부스러기들과 자갈투성이의 오르막이 부서지고 있는 석회암 절벽으로 이어졌다.

녹초가 된 메리는 배낭을 고쳐 메고 앞에 있는 납작한 돌 위에 발을 올려 체중을 실으려다 멈춰 섰다. 햇빛에 뭔가 이상한 것이 빛나고 있었다. 그녀는 손으로 그 바위에서 뻗쳐 나오는 눈부신 빛을 가리고 다시 그것을 찾아보았다.

바로 거기에 있었다. 마치 공중에 걸려 있는 한 장의 유리판 같았지만, 아무것도 반사하지 않았다. 단지 좀 다른 네모꼴일 뿐이었다. 그제야 메리는 팔괘가 일러 준 말들이 기억났다. 돌아가는 길…… 작은 돌들과, 문들과, 구멍들…….

그 구멍은 옥스퍼드의 선덜랜드 거리에서 본 것과 똑같은 창이었다. 정말 우연히도 햇빛 덕분에 본 것이다. 해가 조금만 더 높이 떠 있었더라도 못 보았을 것이다.

메리는 짜릿한 호기심을 느끼며 그 작은 공간으로 다가갔다. 그런 창을 처음 보았을 때는 급히 넘어가야 했기 때문에 자세히 살펴볼 여유가 없었다. 그러나 이번에는 그 가장자리를 만져 보고 이리저리 움직이며 반대편에서는 어째서 그 창이 보이지 않는지 살펴보고, 그 차이점을 적어 가며 아주 꼼꼼하게 조사했다. 흥분으로 그녀의 가슴은 터질 것만 같았다.

미국 독립전쟁 즈음에 이 창을 낸 만단검의 주인이 부주의로 그것을 닫지 않고 그대로 열어 두었다. 하지만 그는 적어도 이쪽 세계와 매우 흡사한 지점을 절단했다. 저쪽 세계도 바위에 면해 있었던 것이다. 다만 반대편에 있는 바위는 석회암이 아닌 화강암이었다. 메리는 창을 넘어 새로운 세계로 발을 내디뎠다. 그곳은 높은 절벽의 아래가 아니라 광활한 평원을 굽어보는 나지막한 바위산의 꼭대기였다.

여기도 저녁나절이었다. 메리는 바닥에 앉아 다리를 쭉 뻗고 공기를 깊이 들이마시며 느긋하게 그 경이로움을 음미했다.

온 천지에 부드럽게 쏟아지는 황금빛 햇살과 끝없이 펼쳐진 평원은 그녀가 살던 세계에서는 한 번도 본 적이 없는 풍경이었다. 우선 평원은 온통 담황색과 갈색, 초록색, 황토색, 노란색, 황금색 등 온갖 색조를 띤 다양한 종류의 키 작은 풀들로 덮여 있었다. 그 풀숲은 긴 저녁 햇살에 빛깔을 선명하게 드러내며 천천히 굽이치고 있었지만 옅은 회색 바위들이 강처럼 길게 이어져 있어 너른 평원이 그 강줄기 사이사이를 장식하고 있는 것처럼 보였다.

또한 그 평원에는 그녀가 지금까지 본 어떤 나무들보다 키가 큰 나무들이 여기저기 서 있었다. 전에 캘리포니아에서 열린 소립자 물리학 회의에 참석했을 때, 메리는 일부러 짬을 내어 거대한 삼나무 숲을 둘러보고 아주 감탄했었다. 그러나 이 나무들은 어떤 종류인지는 몰라도 그 삼나무들보다 적어도 한 배 반 정도는 더 키가 컸다. 짙은 초록잎이 무성하고, 거대한 줄기는 선명한 저녁 햇살을 받아 붉은 황금색으로 빛났다.

메리가 마지막으로 눈여겨본 것은 풀을 뜯고 있는 한 떼의 짐승들이었다. 너무 멀어 또렷하게 보이지는 않았지만, 그것들의 움직임에는 꼭 집어 말할 수 없는 뭔가 이상한 점이 있었다.

그녀는 지독하게 피곤하고 목이 마르고 배도 고팠다. 반갑게도 근처 어딘가에서 퐁퐁 물 솟는 소리가 들렸고 그녀는 곧 그 샘을 찾아냈다. 이끼로 덮인 돌 틈 사이에서 맑은 물이 솟아나고 있었다. 그녀는 기분 좋게 오랫동안 물을 마시고 물병을 채운 다음 잠자리를 만들기 시작했다. 주위가 빠른 속도로 어두워지고 있었다.

메리는 침낭으로 몸을 감싸고 바위에 기댄 채 딱딱한 빵과 염소젖으로 만든 치즈를 조금 먹고 나서 곧 깊은 잠에 빠져 들었다.

메리는 얼굴 가득 이른 아침 햇살을 받으며 잠에서 깨어났다. 공기는 쌀쌀했고 그녀의 머리카락과 침낭에는 작은 이슬방울들이 맺혀 있었다. 그녀는 자신이 마치 최초의 인류인 듯한 기분을 느끼며 잠시 상쾌함에 휩싸여 그대로 누워 있었다.

그녀는 일어나 앉아 하품을 하며 몸을 쭉 펴고 기지개를 켰다. 그리고 차가운 샘물에 세수를 하고 마른 무화과를 몇 개 먹은 다음 그곳을 자세히 살펴보았다.

메리가 잠을 잤던 작은 언덕 뒤로는 지면이 아래로 완만하게 비탈져 내려가다가 다시 위로 올라갔고, 그 앞에는 거대한 평원이 펼쳐져 있었다. 나무들의 그림자가 그녀를 향해 길게 드리워졌고 그 앞으로 새들이 무리를 지어 공중을 맴돌고 있었다. 높이 솟은 푸른 나무에 비해 새들의 몸집이 너무 작아서 마치 먼지 티끌이 떠다니는 것처럼 보였다.

메리는 배낭을 다시 짊어지고 거친 풀이 무성한 평원으로 내려가 7~8킬로쯤 떨어져 있는 가장 가까운 숲을 향해 걸어갔다.

풀은 무릎 높이까지 자라 있었고 그 사이사이로 그녀의 발목에나 닿을 만한 노간주나무 같은 낮은 관목들이 자라고 있었다. 양귀비, 미나리아재비, 수레국화 같은 꽃들도 피어 있어서 다양한 빛깔의 풍경을 이루고 있었다. 엄지손가락 첫째 마디만 한 커다란 벌이 파란색 꽃에 앉자 꽃대가 구부러지며 이리저리 흔들렸다. 메리는 그 벌이 꽃잎에서 날아올라 다시 공중으로 솟구쳤을 때에야 그것이 곤충이 아니라는 것을 깨달았다. 잠시 후 그것은 그녀에게 다가와 손가락에 앉더니 바늘처럼 생긴 긴 부리로 피부를 아주 부드럽게 쓰다듬어 보고는 화밀이 없는 것을 알아챘는지 다시 날아올랐다. 아주 작은 벌새였다. 그 새의 청동빛 날개는 어찌나 빠르게 움직이는지 눈에 보이지 않을 정도였다.

세상의 모든 생물학자가 나를 얼마나 부러워할까? 그들이 지금 내가 보고 있는 것을 본다면!

메리는 계속 걸어갔다. 그렇게 가다 보니 어느덧 전날 저녁에 본 한 떼의 동물들 가까이 와 있었다. 풀을 뜯고 있는 그 동물들의 움직임은 여전히 이상해 보였다. 크기는 사슴이나 영양만 하고 색깔도 비슷했지만, 그들의 다리를 본 메리는 깜짝 놀라 눈을 비비고 다시 보았다. 다리들이 달린 위치가 다이아몬드 형태를 이루고 있었던 것이다. 몸통 가운데에 두 개의 다리가 달려 있고, 앞쪽에 하나, 꼬리 밑에도 하나가 달려 있었다. 그래서 동물들의 움직임이 묘하게 휘청거리는 것처럼 보였던 것이다. 메리는 이 동물의 두개골을 열고 이런 다리 구조가 어떻게 작용하는지 알아보고 싶은 충동을 느꼈다.

그 초식 동물들은 놀라는 기색도 없이 부드럽고 무심한 눈으로 메리를 바라보았다. 그녀는 가까이 다가가 그것들을 느긋하게 살펴보고 싶은 마음이 굴뚝 같았지만 점점 더워지는 날씨로 인해 커다란 나무 그늘이 더 그리웠다. 어쨌든 시간은 많았다.

이윽고 풀숲을 벗어나 언덕 위에서 보았던 강물들의 줄기에 이른 그녀는 눈앞에 펼쳐진 또 다른 광경에 경탄했다.

그곳은 한때 용암이 흘러내렸던 곳 같았다. 바닥은 거의 검은색이었고, 표면은 눌려서 내려앉거나 닳아 버린 것 같았다. 그것은 메리가 살던 세계의 잘 다져진 직선 도로처럼 매끈해서 풀밭보다는 확실히 걷기 쉬웠다.

메리는 그 길을 따라 계속 걸었다. 길은 숲을 향해 커다랗게 휘어졌다. 숲에 가까이 다가갈수록 그녀는 나무줄기의 엄청난 굵기에 아연실색했다. 굵기가 어림잡아 그녀의 집만큼은 되었고, 높이는 가늠하기조차 어려웠다.

그녀는 맨 앞에 서 있는 나무로 다가가서 골이 깊게 팬 짙은 황금색 껍질을 손으로 눌러 보았다. 땅바닥에는 손바닥 크기의 갈색 나뭇잎들이 발목까지 쌓여 있어서 폭신폭신하고 향기가 났다. 곧 벌새 떼와 날아다니는 작은 곤충들, 날개 폭이 그녀의 손바닥만큼이나 큰 노란 나비, 기어 다니는 수많은 생물이 귀찮을 정도로 그녀를 둘러쌌다. 온통 윙윙거리는 소리와 웅얼거리고 깔짝거리는 소리로 가득 찼다.

메리는 숲길을 걸어 보았다. 마치 성당 안에 있는 것처럼 가슴속에서 적막한 고요함과 높이 떠오르는 듯한 기분, 그리고 경외감이 느껴졌다.

그곳까지 걸어오는 데는 그녀가 생각했던 것보다 시간이 꽤 걸렸다. 햇살이 나뭇잎 사이에서 거의 수직으로 내리꽂히는 것을 보니 벌써 정오가 가까워진 것 같았다. 메리는 졸음이 밀려왔다. 저 동물들은 어째서 가장 더운 한낮에 나무 그늘로 들어가지 않는 걸까.

너무 더워서 한 발짝도 더는 못 움직일 것 같았다. 그녀는 거대한 나무뿌리 사이에 앉아 손을 배낭 위에 올려놓고 쉬다가 꾸벅꾸벅 졸기 시작했다.

한 20분 정도 졸고 있었지만 깊이 잠들지는 않았다. 그런데 갑자기 아주 가까운 곳에서 쿵 하는 소리가 울리더니 땅이 흔들렸다. 같은 소리가 또 들렸다. 깜짝 놀란 그녀는 정신을 차리고 고개를 들었다. 그러자 지름이 1미터쯤 되는 둥그런 물체가 땅에서 구르다 멈춰서더니 옆으로 쓰러지는 것이 보였다. 그러고 나자 조금 떨어진 곳에서 또 하나가 떨어졌다. 그 커다란 물체는 굵은 나무뿌리에 쾅 하고 부딪힌 다음 굴러갔다.

그것들 중 하나가 자신에게도 떨어질 수 있다는 생각이 들자 메리는 급히 배낭을 들고 숲에서 빠져나왔다. 저게 뭐지? 씨앗인가?

그녀는 조심스럽게 위를 살피며 가장 가까이 떨어진 물체를 보기 위해 과감하게 다시 나무 그늘로 들어갔다. 그러고는 그것을 똑바로 세워 숲 밖으로 굴린 다음 풀 위에 눕혀 놓고 자세히 살펴보았다.

그것은 완벽한 구형이었고 껍질이 메리의 손바닥만큼이나 두꺼웠다. 나무에 붙어 있던 가운데 부분은 움푹 패어 있고 무겁지는 않지만 매우 딱딱했다. 섬유질 털이 덮여 있었는데, 한쪽 방향으로는 부드럽게 쓸리지만 반대 방향으로는 그렇지 않았다. 메리가 칼로 표면을 그어 보았지만 전혀 자국이 나지 않았다.

그녀는 손가락이 매끈거리는 것 같아 냄새를 맡아 보았다. 먼지 냄새와 함께 희미한 향기가 났다. 그녀는 다시 그 씨앗집을 이리저리 보았다. 가운데 부분이 약간 반짝거렸다. 다시 손가락으로 건드리자 미끈거리는 느낌이 있었다. 거기서 기름이 배어 나오고 있었다.

메리는 그것을 내려놓고 자신이 서 있는 이 세계가 어떤 식으로 진화되어 왔을까 생각해 보았다. 이들 우주에 대한 그녀의 생각이 옳고, 그 우주들이 양자 이론이 예상한 다양한 세계들이라면, 그중 몇몇은 다른 것들보다 훨씬 더 일찍 그녀의 세계에서 분리되었을 것이었다. 분명 이 세계에서는 다이아몬드 형태의 다리 골격을 가진 동물이나 거대한 나무가 진화하는 데 훨씬 더 유리했을 것이다.

메리 말론 박사는 자신의 과학 지식이 얼마나 보잘것없는가를 실감했다. 식물학이나 지리학, 생물학, 그 어느 분야에서도 그녀는 갓난아기만큼이나 무지했다.

그때 천둥 치는 것처럼 낮게 우르르 울리는 소리가 들렸다. 처음에는 소리가 나는 방향을 분간할 수 없었지만 이내 먼지 구름 덩어리가 자신과 나무들이 서 있는 쪽으로 다가오고 있는 것이 보였다. 700~800미터쯤 떨어진 거리였지만 그리 천천히 움직이는 것 같지는 않았다. 그녀는 더럭 겁이 났다.

메리는 숲 속으로 다시 뛰어들어가서 큰 뿌리 사이의 좁은 공간에 몸을 웅크리고 살짝 고개를 내밀어 점점 다가오고 있는 먼지구름을 보았다.

그녀는 머리가 혼란스러웠다. 처음에는 오토바이를 탄 갱단처럼 보이던 것이 점점 다가올수록 한 떼의 바퀴 달린 동물들로 보였다. 그러나 그것은 도저히 있을 수 없는 일이었다. 어떤 동물도 몸에 바퀴를 달고 있을 수는 없다. 하지만 상상도 할 수 없는 그런 일이 메리의 눈 앞에서 벌어지고 있었다.

그 동물들은 열 마리쯤 되었다. 몸집은 조금 전에 풀밭에 있던 초식 동물들과 비슷하지만 더 날씬했다. 회색 털에 머리에는 뿔이 달리고 코끼리보다 약간 코가 짧았다. 그리고 그 초식 동물들처럼 다리 구조가 다이아몬드 형태였다. 그러나 어떤 이유에선지 다른 식으로 진화되어 앞다리와 뒷다리가 바퀴 모양을 하고 있었다.

그러나 그녀는 바퀴가 달린 생물체는 존재하지 않는다고 믿었다. 그럴 수는 없었다. 바퀴는 본체와 완전히 분리되는 베어링과 축이 필요하다. 그런 일은 불가능하다. 말도 안 된다.

그들이 50미터쯤 되는 거리에서 멈춰 서자 먼지가 가라앉았다. 그 순간 메리는 그 동물들이 달고 있는 바퀴의 정체를 알게 되었고, 자신도 모르게 웃음을 터뜨리고 말았다.

그 바퀴는 조금 전 나무 밑에서 본 그 거대한 씨앗집이었던 것이다. 그것은 완전한 구형에다 아주 딱딱하고 가벼워서 바퀴로 쓰기에는 딱 좋았다. 동물들은 씨앗집 가운데를 뚫어 앞다리와 뒷다리의 발굽을 걸고 두 개의 옆다리로 땅을 밀어서 씨앗집을 바퀴처럼 굴리고 있었다. 메리는 감탄하면서도 한편으로는 두렵기도 했다. 그들의 뿔은 위협적일 만큼 날카로워 보였고, 먼 거리에서도 그들의 눈빛에 어린 영특함과 호기심을 볼 수 있었다.

그 동물들은 그녀를 찾고 있었다.

그중 한 마리가 메리가 가지고 나온 씨앗집을 발견하고는 그곳으로 달려갔다. 그러고는 코끝으로 그것을 굴려 동료들에게 가져갔다.

그들은 씨앗집 주위에 모여 유연하고 힘센 코로 그것을 조심스럽게 건드렸다. 그러면서 나지막하게 찍찍거리고 킁킁댔다. 메리는 그것이 불만을 나타내는 몸짓이라고 생각했다. 누군가 이 씨앗집에 손을 댔어. 누가 이런 나쁜 짓을.

메리는 생각을 바꾸었다. 나는 목적이 있어서 이곳에 왔어. 아직은 잘 모르겠지만 말이야. 그러니까 대담해지자. 이럴 땐 선수를 치는 거야.

그녀는 일어서서 자신에 찬 목소리로 말했다.

"여기야. 나 여기 있어. 내가 너희들의 씨앗집을 잠깐 봤어. 미안해, 날 해치진 말아 줘."

그들은 즉시 고개를 돌려 반짝이는 눈으로 메리를 바라보았다.

모두가 코를 쳐들고 귀를 쫑긋 세우고 있었다.

메리는 나무뿌리 사이에서 걸어 나와 그들을 똑바로 쳐다보았다. 두 손을 들어 보였지만 손이 없는 그들에게 그런 몸짓은 아무 의미가 없을 터였다. 하지만 그녀가 할 수 있는 표현은 그것밖에 없었다. 그녀는 배낭을 집어 들고 풀숲을 가로질러 길 위로 올라섰다.

다섯 발자국쯤 떨어진 거리까지 다가가자 그들의 모습이 훨씬 더 잘 보였다. 그러나 정작 메리의 관심을 끈 것은 그들의 눈빛에 나타난 생동감과 어떤 깨달음이었다. 이 동물들은 인간이 소와 다른 것만큼이나 아까 풀을 뜯던 그 초식 동물들과는 확연히 달랐다.

메리는 자신을 가리키며 말했다.

"메리."

가장 가까이 있는 동물이 코를 쭉 뻗었다. 메리가 가까이 다가가자 그 동물은 그녀가 가리켰던 곳을 코로 톡톡 건드렸다. 그 동물의 목구멍에서 그녀에게 응답하는 소리가 새어 나왔다.

"메어리."

"넌 누구니?"

그녀가 물었다.

"넌 누구?"

그 동물이 따라 했다.

"난 사람이야."

메리가 말했다.

"난 사라먀."

동물은 다시 흉내를 냈다.

그 다음에 훨씬 더 이상한 일이 벌어졌다. 동물들이 웃기 시작한 것이다.

그들은 눈가에 주름을 잡고 코를 흔들며 머리를 뒤로 젖혔다. 목구멍에서는 분명한 즐거움의 소리가 흘러나왔다. 메리도 별수 없이 따라 웃었다.

또 다른 동물이 다가와서 코로 그녀의 손을 건드렸다. 메리도 다른 손을 내밀어 털로 덮인 부드러운 그의 코를 탐색하듯 만졌다.

"아, 너한테서 그 씨앗집의 기름 냄새가 나는구나."

그녀가 말했다.

"시앗."

그 동물이 말했다.

"내 말을 따라 할 줄 아니까 언젠가는 대화도 할 수 있을 거야. 메리."

그녀는 다시 자신을 가리키며 말했다.

아무 대꾸도 없었다. 동물들은 그저 바라보고만 있었다. 그녀는 다시 말했다.

"메리."

가장 가까이 있는 동물이 코로 자기 가슴을 건드리며 뭐라고 말을 했다. 세 음절인가? 아니면 두 음절? 그 동물이 다시 말했다. 메리는 이번에는 그 동물과 똑같이 발음하려고 애를 썼다. 그리고 시험 삼아 한번 발음해 보았다.

"뮬레파."

그러자 나머지 동물들이 깔깔거리며 그녀의 목소리를 흉내 내어 "뮬레파" 하고 따라 했다. 마치 그 말을 한 동물을 놀리는 것 같았다. 재미있는 농담이라도 되는 듯 그들은 "뮬레파!"를 다시 한 번 말했다.

"너희들이 웃는 것을 보니 나를 먹어 치울 것 같지는 않구나."

그때부터 그녀와 동물들 사이에 편안함과 친밀감이 생겼다. 그녀는 더 이상 불안하지 않았다.

동물들도 긴장을 풀었다. 그들은 무작정 돌아다니는 것이 아니라 뚜렷한 목표를 갖고 움직였다. 한 마리의 등에 안장과 짐이 얹혀 있고, 다른 두 마리가 코를 능숙하게 움직여서 그 위에 씨앗집을 올리고 끈으로 묶어 고정시키고 있었다. 그들은 서 있을 때는 옆다리로 균형을 잡고, 움직일 때는 앞다리와 뒷다리를 써서 방향을 바꾸었다. 우아하면서도 힘이 넘치는 움직임이었다.

그들 중 하나가 길가로 바퀴를 굴리며 가더니 코를 들어 올려 나팔소리를 냈다. 풀을 뜯던 무리들이 일제히 고개를 들고 그들을 향해 달려오기 시작했다. 무리가 길가에 도착하자, 바퀴 달린 동물들은 그들 사이로 천천히 걸어가며 일일이 확인하고, 만져 보고, 세어 보았다. 그러는 동안 초식 동물들은 참을성 있게 기다렸다.

그때 바퀴 달린 동물 중 한 마리가 초식 동물의 몸통 밑으로 코를 뻗어 젖을 빨았다. 그러고는 메리에게 다가와 자기 코를 그녀의 입 가까이에 조심스럽게 가져갔다.

메리는 처음에는 움찔하며 뒤로 물러섰지만 그 동물의 눈빛에서 친절과 호의를 발견하고는 입을 벌렸다. 그 동물은 달콤하고 묽은 젖을 그녀의 입 속으로 조금 흘려 넣어 주더니, 그녀가 꿀꺽 삼키자 조금씩 더 넣어 주었다. 그 행동이 어찌나 영리하고 친절했던지 메리는 충동적으로 그 동물의 머리에 팔을 두르고 입을 맞추었다. 뜨겁고 먼지가 낀 가죽 냄새가 났고 코의 근육과 딱딱한 뼈가 느껴졌다.

이윽고 우두머리가 부드럽게 나팔 소리를 내자 초식 동물들은 멀리 도망갔다. 뮬레파는 떠날 준비를 하고 있었다. 메리는 그들이 자신을 받아들여 준 것이 기뻤지만, 이제 떠난다고 하자 슬픔이 밀려왔다. 그 순간 그녀는 깜짝 놀랐다.

그들 중 한 마리가 길 위에 무릎을 꿇어 몸을 낮추고 코를 흔들었던 것이다. 그러자 다른 동물들이 일제히 메리에게 무언가를 권하는 듯한 몸짓을 했다. 의심할 여지 없이 그들은 메리에게 얼른 등 위로 올라타라고 재촉하고 있었다. 그녀를 등에 태워 가겠다는 뜻이었다.

다른 동물은 그녀의 배낭을 들어 안장에 묶었다. 메리는 무릎을 꿇은 동물 위에 어설프게 올라타며 망설였다. 발은 어디에 놓지? 앞에, 아니면 뒤에? 뭘 붙잡아야 하지?

미처 결정하기도 전에 그 동물이 일어섰고, 그들은 고속도로처럼 평탄하고 넓은 길을 따라 이동하기 시작했다.

"왜냐하면 그는 월이니까."

보드카

바룩이 죽는 순간, 발타모스는 그것을 느낌으로 알았다. 그는 큰 소리로 울부짖으며 툰드라의 밤하늘로 솟아올라 날개를 격렬하게 퍼덕이면서 구름 속을 헤집고 다니며 고통을 토해 냈다. 잠시 후 그는 마음을 가라앉히고, 윌 곁으로 돌아왔다. 윌은 잠에서 완전히 깨어나 만단검을 들고 차갑고 축축한 어둠 속을 바라보고 있었다. 그들은 리라의 세계로 돌아와 있었다.

"무슨 일이에요?"

천사가 몸을 떨며 옆에 나타나자 윌이 물었다.

"위험한가요? 내 뒤로……."

"바룩이 죽었어."

발타모스가 울며 말했다.

"내가 사랑하는 바룩이 죽었어."

"언제요? 어디서?"

발타모스도 그것은 알 수 없었다. 단지 자신의 마음 반쪽이 사라졌다는 것밖에는. 그는 진정하지 못하고 다시 위로 날아올라 구름 속에서 바룩을 찾으려는 듯 하늘을 샅샅이 누비며 그의 이름을 부르다 울고 다시 이름을 부르곤 했다. 그러다가 죄책감에 사로잡히면 다시 윌에게 내려와서는 조용히 숨어 있으라고 이르면서 그를 끝까지 지켜 주겠다고 약속했다. 그러다가 또 견딜 수 없는 슬픔에 죽을 것만 같았고, 바룩이 애정과 용기를 보여 준 모든 순간이 떠올랐다. 절대 잊지 못할 수많은 기억. 그러면 발타모스는 또 울면서 그런 상냥한 성품은 절대 사라지지 않을 거라며 다시 하늘로 날아올랐다. 그는 무모하고 거칠고 고통스럽게 사방을 휘저으며 대기와 구름과 별들에게조차 저주를 퍼부었다.

지켜보고 있던 윌이 마침내 입을 열었다.

"발타모스, 이리 오세요."

천사는 무기력하게 그의 명령에 따랐다. 툰드라의 지독한 추위로 망토 속에서 벌벌 떨고 있는 소년이 그에게 말했다.

"이제 그만 진정하세요. 그들이 저 위에 있다는 걸 알잖아요. 울음소리를 들으면 우리를 공격할 거예요. 당신이 가까이 있으면 만단검으로 보호해 줄 수 있지만, 하늘에서 공격을 당하면 나도 어쩔 수 없어요. 당신이 죽으면 나도 끝장이에요. 발타모스, 리라를 찾으려면 당신이 필요해요. 제발 그걸 잊지 마세요. 바룩은 강했어요. 당신도 강해지세요. 나를 위해서라도 바룩처럼 되세요."

입을 꾹 다물고 있던 발타모스가 잠시 후 말했다.

"그래, 그래, 물론 그래야지. 이제 그만 자, 윌. 내가 지켜 줄 테니까. 너를 버리지 않을 거야."

윌은 그를 믿었다. 믿어야만 했다. 그리고 윌은 곧 다시 잠들었다.

잠에서 깨었을 때 윌의 몸은 이슬에 젖어 있었고, 추위가 뼛속까지 스며들어 있었다. 천사는 가까운 곳에 서 있었다. 태양이 막 떠오르고 있어서 갈대와 늪지 식물들이 노랗게 물들었다.

윌이 몸을 움직이기도 전에 발타모스가 말했다.

"내가 무엇을 해야 할지 결정했어. 나는 밤낮으로 너와 함께 있으면서 그 일을 기꺼이, 즐겁게 할 거야. 바룩을 위해서지. 할 수 있다면 리라를 찾아 너희를 아스리엘 경에게 데려가겠어. 나는 수천 년을 살아왔고 누군가에게 죽임을 당하지 않는다면 앞으로도 수천 년은 더 살 거야. 하지만 바룩처럼 내가 그렇게 열심히 좋은 일을 하고 착해지도록 도와줄 친구는 다시는 없을 거야. 나는 수많은 잘못을 저질렀지만 그럴 때마다 바룩은 옆에서 친절하게 나를 도와줬어. 하지만 이제는 아니야. 이젠 그 없이 나 혼자서 해야만 해. 실패할 수도 있겠지만 그래도 노력하겠어."

"그러면 바룩도 당신을 자랑스러워할 거예요."

윌이 몸을 떨며 말했다.

"이제 날아가서 우리가 어디에 있는지 알아보고 올까?"

"그러세요. 높이 올라가서 저 앞쪽의 땅이 어떤지 보세요. 이런 습지를 걷는 건 시간이 너무 오래 걸려요."

발타모스는 공중으로 날아올랐다. 그는 자신의 걱정거리를 윌에게 전부 털어놓지 않았다. 그를 걱정시키고 싶지 않기 때문이다. 그러나 그들이 메타트론으로부터 간신히 도망쳤을 때, 그 섭정이 윌의 얼굴을 확실히 기억해 두었을 것이라는 사실을 그는 알고 있었다. 천사들은 윌의 얼굴뿐만 아니라, 그에 관한 모든 것을 알아낼 수가 있다. 윌 자신도 모르고 있는 부분까지 알고 있을 것이다. 리라가 말한 데몬이라는 것이 그에게는 없다는 사실까지. 윌은 이제 메타트론이라는 매우 위험한 천사를 적으로 맞이하고 있었다. 발타모스는 때가 되면 그에게 말해 줄 생각이었다. 하지만 아직은 너무 어려운 문제였다.

윌은 체온을 더 빨리 올리려면 불을 피우기보다 걷는 편이 낫겠다는 생각이 들었다. 그는 배낭을 메고 망토를 두른 다음 남쪽을 향해 출발했다. 진흙투성이에 바퀴 자국이 나 있고 여기저기 구멍이 패어 있는 것으로 보아 사람들이 가끔 지나다닌 것 같았다. 그러나 사방이 모두 아득한 지평선뿐이어서 앞으로 나아가고 있다는 느낌이 거의 들지 않았다.

잠시 후 햇빛이 더욱 밝아졌을 때 발타모스의 음성이 옆에서 들려왔다.

"걸어서 반나절쯤 되는 거리에 넓은 강과 도시가 있고, 그곳에 부두가 있어. 그 강은 남북으로 길게 뻗어 있더군. 배를 타면 훨씬 빨리 갈 수 있을 거야."

"잘됐군요."

윌이 신나서 말했다.

"그러면 이 길이 그 도시로 이어져 있나요?"

"교회와 농장과 과수원이 있는 마을을 통과하면 그 도시가 나와."

"그들이 어떤 말을 사용하는지 모르겠군요. 자기네 말을 못한다고 나를 붙잡지나 않았으면 좋겠어요."

"내가 네 데몬이 되어 통역을 해 주지. 나는 인간의 많은 언어를 배웠어. 이 나라에서 쓰는 말도 완벽하게 이해할 수 있어."

윌은 계속 걸었다. 걷는 것도 기계적이고 지루한 일이었지만 적어도 그는 움직이고 있었고, 걷는 만큼 리라에게 더 가까워지고 있었다.

마을은 지저분했다. 사슴 우리가 딸린 나무집들이 다닥다닥 붙어 있는 마을에 다가가자 개들이 사납게 짖어 댔다. 양철 굴뚝에서 피어오른 연기가 널빤지 지붕 위에 낮게 퍼져 있었다. 땅은 질척거려서 발에 들러붙었고, 벽과 문은 중간 부분까지 진흙이 묻어 있어 최근에 홍수가 났었다는 것을 쉽사리 알 수 있었다. 나무 들보가 부서져 있고 철판이 구부러져 느슨하게 걸려 있는 걸 보니 가축 우리와 툇마루와 헛간이 홍수에 휩쓸려 가 버린 것 같았다.

하지만 그보다 더 이상한 점이 있었다. 윌은 처음에는 자신이 균형을 잃은 줄 알았다. 그래서 한두 번 비틀거리기까지 했다. 건물들이 모두 수직에서 2~3도 정도 같은 방향으로 기울어져 있었기 때문이다. 작은 교회의 돔은 심하게 갈라져 있었다. 지진이 났던 것일까?

개들은 물어뜯기라도 할 것처럼 무섭게 짖어 댔지만 감히 가까이 오지는 못했다. 발타모스가 검은 눈에 덩치가 큰 하얀 개 형태의 데몬으로 변해서 꼬리를 치켜세우고 사납게 으르렁거렸기 때문에 진짜 개들은 멀찌감치 떨어져 있었다. 그 개들은 마르고 지저분했으며, 사슴들은 먼지투성이에 생기라곤 찾아 볼 수 없었다.

윌은 작은 마을 한가운데에 멈춰 서서 어디로 가야 할지 몰라 주위를 두리번거렸다. 그때 두세 명의 남자가 나타나 윌을 뚫어지게 쳐다봤다. 그들은 윌이 리라의 세계에서 처음으로 마주친 사람들이었다. 그 남자들은 두꺼운 코트를 입고 진흙투성이의 털모자를 쓰고 있었는데 그리 친절해 보이지는 않았다.

하얀 개가 참새로 변해 윌의 어깨 위에 앉았다. 그들은 이것을 보고도 눈 하나 깜짝하지 않았다. 남자들은 모두 자기의 데몬을 가지고 있었고, 거의 개였다. 어깨 위에서 발타모스가 속삭였다.

"계속 걸어가. 그들과 눈을 마주치지 말고 머리를 숙여. 그게 공손한 행동이야."

윌은 계속 걸었다. 남의 시선을 특별히 끌지 않고 행동하는 것은 윌의 가장 큰 특기였다. 그 사람들과 가까워질 즈음 그들은 이미 윌에 대한 관심을 잃었다. 그러나 길가에 있는 가장 큰 집의 문이 열리면서 누군가 큰 소리로 무언가를 불렀다.

발타모스가 조용히 말했다.

"신부님이야. 그에게 공손하게 굴어야 돼. 돌아서서 인사해."

윌은 그렇게 했다. 신부는 몸집이 굉장히 크고 회색 수염을 기른 남자였다. 그는 검은 사제복을 입었고, 그의 어깨 위에는 까마귀 데몬이 앉아 있었다. 그는 눈을 쉴 새 없이 움직이며 윌을 머리끝부터 발끝까지 쭉 훑어보더니 이리 오라는 손짓을 했다.

윌은 문가로 가서 다시 인사했다.

신부가 뭐라고 하자 발타모스가 통역을 해 주었다.

"네가 어디서 왔는지 묻고 있어. 좋을 대로 대답해."

"전 영어로 말합니다. 다른 말은 모릅니다."

윌은 천천히 또렷하게 말했다.

"오, 영어!"

신부는 아주 기뻐하며 영어로 말했다.

"어서 오게, 젊은이! 삐딱하게 기울어진 우리 콜로드노예 마을에 온 것을 환영하네. 자네 이름은 뭔가, 그리고 어디로 가고 있나?"

"제 이름은 윌이고 남쪽으로 가고 있습니다. 잃어버린 가족을 찾고 있습니다."

"그러면 안으로 들어와서 좀 쉬게나."

신부는 굵은 팔을 윌의 어깨에 두르고 집 안으로 끌고 들어갔다.

그의 까마귀 데몬은 발타모스에게 각별한 관심을 보였다. 그러나 그는 쥐로 변해 부끄러운 듯 윌의 셔츠 속으로 기어 들어갔다.

신부는 담배 연기가 자욱한 응접실로 윌을 안내했다. 무쇠로 만든 사모바르(러시아 찻주전자)가 탁자 위에서 조용히 김을 내뿜고 있었다.

"자네 이름이 뭐라고 했지? 다시 말해 주게."

"월 패리입니다."

"나는 오티에츠 세묜일세."

월을 의자로 데려가며 신부는 그의 팔을 어루만졌다.

"오티에츠는 신부라는 뜻이지. 나는 성스러운 교회의 신부일세. 내 이름은 세묜이고, 부친의 성함은 보리스지. 그러니까 나는 세묜 보리소비치일세. 자네 부친 성함은 어떻게 되시는가?"

"존 패리입니다."

"존은 이반이지. 그러니까 자넨 월 이바노비치야. 그래, 어디서 오는 길인가, 월 이바노비치? 그리고 어디로 가는 중인가?"

"길을 잃었습니다."

월이 대답했다.

"우리 가족은 남쪽으로 여행하고 있었죠. 제 아버지는 군인이지만 북극을 탐험하고 있었습니다. 그런데 일이 좀 생겨서 우리는 헤어졌습니다. 그래서 저는 남쪽으로 여행하고 있습니다. 우리의 다음 목적지가 그곳이라고 알고 있어서요."

신부는 두 손을 펼치고 말했다.

"군인이라고? 영국에서 온 탐험가? 수백 년 동안 그런 흥미로운 사람이 콜로드노예의 더러운 거리를 지나간 적은 한 번도 없었는데. 하지만 요즘 세상은 워낙 급박하게 변하고 있으니 당장 내일이라도 여기에 나타나지 않는다고 누가 장담하겠나? 자네는 환영받는 방문객일세, 월 이바노비치. 그러니까 오늘 밤은 내 집에서 묵어야 해. 함께 식사하면서 얘기나 나누세. 리디아 알렉산드로브나!"

나이 든 여자 하나가 조용히 들어왔다. 신부가 러시아어로 뭐라고 이야기하자 그녀는 고개를 끄덕이더니 잔을 하나 가져와 뜨거운 차를 가득 따랐다. 그녀는 윌 앞에 찻잔과 함께 은수저와 잼이 담긴 접시를 놓았다.

"감사합니다."

윌이 말했다.

"잼을 넣으면 차가 더 맛있을걸세."

신부가 말했다.

"리디아가 월귤로 만든 것이지."

차는 씁쓸하고 메스꺼웠지만 윌은 참고 마셨다. 신부는 몸을 계속 앞으로 숙여서 윌을 자세히 살펴보더니 그의 몸이 차가운지 보려고 손을 만져 보고 무릎을 쓰다듬었다. 윌은 신부의 주의를 돌리기 위해 마을의 건물들이 왜 기울어졌는지 물었다.

"땅속에서 대변동이 있었지."

신부가 대답했다.

"모두 〈요한계시록〉에 예언된 거야. 강이 역류하고…… 이곳에서 멀지 않은 곳에 커다란 강이 있는데 북쪽으로 북극해까지 흘러갔었다네. 전지전능한 아버지이신 절대자께서 세상을 만드신 이래, 수십만 년 동안 그 강은 중앙아시아에서 시작되어 북쪽으로 흘러갔지. 그런데 땅이 흔들리고 안개가 끼고 홍수가 나더니 모든 것이 변해 버렸어. 그 큰 강은 일주일 정도 남쪽으로 흐르다가 다시 북쪽으로 흘러갔네. 세상이 완전히 거꾸로 뒤집어졌어. 대변동이 있을 때 자넨 어디에 있었나?"

"여기서 멀리 떨어진 곳에 있었습니다."

윌이 대답했다.

"전 무슨 일이 일어나고 있는지 몰랐습니다. 안개가 걷히고 나니까 가족들이 보이지 않았어요. 저는 여기가 어딘지도 모릅니다. 조금 전에 말씀해 주셨지만 여기가 어딥니까?"

"선반 맨 밑에 있는 큰 책을 가져와 보게. 내가 가르쳐 주지."

신부는 의자를 탁자 가까이 바짝 당겨 앉고는 손가락에 침을 묻혀 커다란 지도책을 넘겼다.

"여기야."

그는 지저분한 손톱으로 우랄 산맥에서 동쪽으로 멀리 떨어진 중앙 시베리아 한 지점을 가리켰다. 신부가 말한 대로 근처에 있는 강은 티베트에 있는 산맥의 북쪽 지점에서 시작되어 곧장 북극으로 흐르고 있었다. 윌은 히말라야 산맥을 자세히 보았지만 바룩이 그려 준 지도와 비슷한 곳은 한 군데도 없었다.

신부는 윌의 삶과 가족, 고향에 관해 계속 물어 댔고, 윌은 시치미를 떼고 신부가 아주 만족스러워할 만한 대답을 해 주었다. 이윽고 가정부가 홍당무 수프와 검은 빵을 가져왔고, 신부의 긴 감사 기도가 끝나자 식사가 시작되었다.

"자, 이제 뭘 할까, 윌 이바노비치? 카드를 하겠나, 아니면 얘기를 좀 더 나눌까?"

그는 사모바르에서 온 차를 한 잔 더 따랐고, 윌은 머뭇거리며 그것을 받았다.

"저는 카드를 할 줄 모릅니다. 그보다 이제 그만 갔으면 하는데요. 지금 강으로 가면 남쪽으로 가는 증기선을 탈 수 있을까요?"

신부의 커다란 얼굴이 어두워졌다. 그는 손목을 가볍게 움직여 성호를 그었다.

"마을에 문제가 있어."

그가 말했다.

"리디아 알렉산드로브나의 여동생이 여기로 오다가 어떤 배에 곰들이 타고 있는 걸 봤다고 했거든. 갑옷 입은 곰들이라더군. 그놈들은 북극에서 왔어. 북쪽에서 갑옷 입은 곰들을 본 적이 있나?"

신부가 의심스러운 눈초리로 바라보자 발타모스가 윌만 들을 수 있는 작은 목소리로 "조심해"라고 속삭였다. 윌은 발타모스가 그렇게 말한 이유를 즉시 알아차렸다. 세퓬 신부가 곰들에 대해 얘기하자 갑자기 심장이 두근거리기 시작했다. 전에 리라가 곰들에 대해 말한 적이 있었기 때문이다. 윌은 자신의 감정을 숨기려고 애쓰며 말했다.

"여기는 스발바르에서 멀리 떨어진 곳입니다. 그 곰들도 자기들 볼일이 있겠죠."

"그래, 나도 그렇게 들었네."

신부가 그렇게 말하자 윌은 마음이 놓였다.

"그러나 지금 그들은 자신들의 고향을 떠나 남쪽으로 오고 있어. 곰들은 배를 타고 이동하지만 마을 사람들에게서 연료를 공급받지는 못할거야. 그들은 곰을 두려워하고 있어. 그럴 수밖에. 그들은 악마의 자식들이거든. 북쪽에서 사는 것들은 하나같이 다 사악해. 사악한 영혼의 딸, 마녀들처럼 말이지. 교회는 오래전에 그들을 모두 죽였어야 했어. 마녀들, 그것들과는 아예 상종을 말아야지. 윌 이바노비치? 내 말 듣고 있나? 자네도 더 크면 그것들이 무슨 짓을 하려는지 알게 될 거야. 그들은 자넬 유혹하려고 할걸세. 부드럽고 교활하고 위선적인 모든 방법을 총동원하고 자신들의 육체와 부드러운 피부, 달콤한 목소리로 꼬드겨서 자네의 씨앗을 빼앗을 거라구. 씨앗이 무슨 뜻인지는 알고 있을걸세. 그들은 자네를 다 짜 버리고 껍데기만 남겨 놓을 거야! 자네의 미래와 앞으로 태어날 자네 자식들까지 빼앗아 가서 자네에겐 아무것도 안 남게될 거라구. 그것들을 하나도 남김 없이 죽여 버려야 해."

신부는 의자 옆에 있는 선반에서 술병과 작은 잔 두 개를 가져왔다.

"자네에게 술을 한 잔 주겠네, 윌 이바노비치. 아직 어리니까 조금만.

그렇지만 성인이 되어 가는 중이니까 보드카 맛이 어떤지는 알아야지. 지난해에 리디아 알렉산드로브나가 딸기를 땄지. 그리고 내가 술을 만들었는데 이게 그거야. 말하자면 세묜 보리소비치와 리디아 알렉산드로브나의 합작품인 셈이지."

그는 웃으며 두 개의 잔에 보드카를 가득 채웠다. 상황이 이렇게 되자 윌은 무척 곤란해졌다: 어떡하지? 어떻게 하면 예의에 벗어나지 않게 술을 거절할 수 있을까?

"세묜 신부님."

윌은 일어서며 말했다.

"친절하게 대해 주셔서 감사합니다. 신부님 얘기가 너무 재미있어서 오래 있으면서 술맛도 보고 싶지만, 전 가족들을 찾아야 합니다. 가족들도 저를 애타게 찾고 있을 겁니다. 신부님도 이해하실 줄 믿고 이제 그만 가겠습니다."

신부는 덥수룩한 수염 안에서 입을 삐죽 내밀며 얼굴을 찡그렸지만 이내 어깨를 으쓱하곤 말했다.

"꼭 가야 한다면 가야겠지. 그러나 이 보드카는 마시고 가야 하네. 이제 내가 하는 대로 따라 하게! 잔을 들고 한 번에 비우게. 이렇게!"

그는 잔을 기울이더니 술을 모두 꿀꺽 삼켰다. 그러고는 다른 술잔을 들고 거대한 몸을 움직여 윌에게 다가왔다. 신부의 굵고 더러운 손가락들 사이에 들린 술잔은 한없이 작아 보였지만 그 안에는 맑은 술이 넘쳐흐르고 있었다. 이제 윌은 톡 쏘는 듯한 술 냄새와 퀴퀴한 땀 냄새, 그의 사제복에 얼룩진 음식 냄새를 맡을 수 있었다. 윌은 술을 마시기도 전에 메스꺼움을 느꼈다.

"마시게, 윌 이바노비치!"

신부는 위협적인 목소리로 말했다.

월은 잔을 받아 들고 타는 듯한 그 액체를 단숨에 삼켰다. 이제는 속이 울렁거리지 않도록 힘겹게 싸워야만 했다.

그러나 또 한 번의 시련이 남아 있었다. 세묜 보리소비치는 커다란 몸을 앞으로 구부정하게 숙이고 월의 양어깨를 붙잡았다.

"내 아들아."

그는 그렇게 말한 다음 눈을 감고 기도문인지 찬송가인지를 읊어 대기 시작했다. 담배와 술과 땀 냄새가 강하게 풍겨 왔다. 아래위로 흔들리는 빽빽한 턱수염이 월의 얼굴을 쓸 만큼 신부는 가까이 서 있었다. 월은 숨을 참았다.

세묜 보리소비치는 월을 꽉 끌어안고 양볼에 입을 맞춘 뒤 오른쪽 볼에 한 번 더 입맞추었다. 월은 발타모스가 작은 앞발로 자기 어깨를 꽉 쥐고 가만히 있는 것을 느꼈다. 머리가 어지럽고 속이 울렁거렸지만 월은 움직이지 않고 가만히 서 있었다.

마침내 모든 것이 끝나자 신부는 뒤로 물러서며 월에게 말했다.

"그럼 이제 가 보게. 남쪽으로 가게, 월 이바노비치."

월은 망토와 배낭을 짊어지고 똑바로 걸으려고 애쓰며 신부의 집을 나왔다. 그리고 곧 마을을 벗어나는 길로 접어들었다.

두 시간쯤 지나자 메스꺼움은 조금 가라앉았지만 그 대신 머리가 욱신욱신 아파 왔다. 도중에 발타모스가 그를 멈춰 세우고 차가운 손으로 목과 이마를 짚어 주었다. 그 덕에 두통이 조금 약해지기는 했지만 월은 두 번 다시 보드카는 마시지 않겠다고 속으로 다짐했다.

늦은 오후가 되어서야 갈대숲을 벗어나 넓은 길로 들어섰다. 그들 앞에 도시가 모습을 드러냈고, 그 너머로는 폭이 굉장히 넓어 바다처럼 보이는 큰 강이 흐르고 있었다.

어느 정도 멀리 떨어진 거리에서도 윌은 그 도시에 문제가 있음을 한 눈에 알 수 있었다. 지붕들 너머로 연기가 치솟고 있었고 조금 후에는 총소리가 들렸다.

"발타모스."

그가 말했다.

"당신이 다시 데몬으로 변해야겠어요. 제 옆에 가까이 붙어서 위험이 있나 잘 보세요."

윌은 지저분하고 작은 도시의 변두리로 걸어 들어갔다. 그곳 건물들은 아까 마을에서 본 건물들보다 더 많이 기울어져 있었고, 건물 벽에는 윌의 키보다 더 높은 곳까지 진흙 얼룩이 남아 홍수의 흔적을 드러내고 있었다. 변두리는 황량하고 조용했지만 강 쪽으로 가자 사람들의 외침과 비명 소리가 소란스럽게 들리고 총소리가 더욱 크게 울렸다.

마침내 사람들이 눈에 들어왔다. 2층 창문으로 밖을 살피는 이들도 있고, 건물 모퉁이에 모여서 목을 길게 빼고 걱정스럽게 부둣가를 바라보는 사람들도 있었다. 부둣가에는 기중기의 쇠갈고리와 커다란 배의 돛대가 지붕을 훌쩍 넘어 솟아 있었다.

폭발음이 들리자 건물 벽이 흔들리고 근처 창문이 깨졌다. 사람들은 뒤로 물러났다가 다시 주위를 살폈다. 조금 전보다 더 큰 울음소리가 연기 자욱한 대기 속으로 울려 퍼졌다.

윌은 길모퉁이에 이르러 부두를 바라보았다. 연기와 먼지가 조금 가라앉자 흐름을 거스르며 강 한가운데 자리를 지키고 있는 녹슨 배 한 척이 보였다. 부두에서는 소총과 권총으로 무장한 사람들이 커다란 대포를 둘러싸고 있었고, 윌이 보고 있는 동안 또 한 번 대포를 쏘았다. 불꽃이 일고 대포가 약간 뒤로 밀리더니 배 가까운 곳에서 거대한 물보라가 튀어 올랐다.

월은 손으로 햇빛을 가리고 배를 살폈다. 배 위에 서 있는 형체가 보였다. 월은 이미 그것이 무엇인지 예상하고 있었지만 눈을 비비고 다시 한 번 자세히 보았다. 그들은 사람이 아니었다. 거대한 쇳덩어리로 된 존재, 또는 두꺼운 갑옷을 입은 짐승들이었다. 배의 갑판에서 갑자기 밝은 불꽃이 강하게 펑 터지자 사람들이 깜짝 놀라 소리를 질러 댔다. 공중으로 쏘아 올린 불꽃은 더욱 높이 솟아올라 부두에 점점 가까워지더니 섬광과 연기를 내뿜고 거대한 불꽃을 내며 대포 가까이 떨어졌다. 남자들이 울부짖으며 뿔뿔이 흩어졌고, 몸에 불이 붙어 강물 속에 뛰어든 몇 사람은 물살에 휩쓸려 곧 보이지 않았다.

월은 옆에 서 있는 선생처럼 보이는 남자에게 물었다.

"영어를 할 줄 아세요?"

"응, 알고말고."

"무슨 일이에요?"

"곰들이야. 곰들이 쳐들어와서 싸우고 있지만 상황이 좋지 않아. 우린 대포가 하나밖에 없고……."

배에서 쏘아 올린 불덩어리 하나가 이번에는 대포 바로 옆에 떨어졌다. 불덩어리가 포탄 상자에 떨어진 듯 커다란 폭발이 세 번 연달아 일어났다. 대포를 쏘던 사람은 포신을 내려놓고 허둥지둥 도망갔다.

"아아!"

그 남자는 안타까워했다.

"큰일이군! 이젠 대포도 쏠 수 없게 됐어."

배의 지휘관은 뱃머리를 돌려 강가를 향해 다가왔다. 많은 사람이 경악하며 절망의 소리를 내질렀다. 몇 사람이 총을 두어 발 쏘더니 몸을 돌려 도망쳤다. 그러나 곰들은 대포를 쏘지 않고 뱃전을 곧장 부두로 돌렸다. 물살을 거슬러 움직이느라 엔진이 요란한 소리를 냈다.

선원 둘이 밧줄을 계선주에 던지기 위해 뛰어내렸다. 그들은 곰이 아닌 사람이었다. 도시 사람들은 이 배신자들에게 비난과 야유를 퍼부었지만, 그들은 조금도 개의치 않고 뛰어가서 발판을 내렸다.

그들이 다시 배에 오르려고 돌아섰을 때 윌의 근처에서 총이 한 발 발사되었고, 선원 중 하나가 쓰러졌다. 그의 갈매기 데몬은 촛불처럼 그냥 꺼져 버렸다.

곰들은 몹시 분노했다. 즉시 대포에 다시 불을 붙이고 강가를 겨냥했다. 거대한 불꽃이 치솟더니 수백 개의 불덩어리로 흩어져 지붕 위로 쏟아져 내렸다. 다른 곰들보다 몸집이 더 커다란 곰 한 마리가 현문(舷門) 위에 나타났다. 그는 철제 갑옷을 입고 있었다. 빗발처럼 핑핑 날아드는 총알들이 그의 갑옷에 탁탁 부딪혀서 바닥으로 우수수 떨어졌다. 총알로는 그의 단단한 갑옷에 티끌만 한 흠집도 낼 수 없을 것 같았다.

윌은 옆에 있는 남자에게 물었다.

"저들이 왜 이 도시를 공격하는 거죠?"

"연료를 원하고 있어. 하지만 우리는 곰들과는 거래하지 않아. 지금 곰들은 자신들의 왕국을 떠나서 온 거야. 저놈들이 무슨 짓을 할지 누가 알겠어? 그러니까 우리는 저들과 싸워야 해. 저들은 해적이고 강도들이니까."

커다란 곰이 현문으로 내려왔고, 그 뒤로 다른 곰들이 모여들자 그들의 무게로 인해 배가 약간 기울었다. 윌은 부두에 있는 남자들이 다시 대포로 돌아가서 포탄을 장전하는 것을 보았다.

문득 어떤 생각을 떠올린 윌은 대포와 곰들 사이로 뛰어들며 소리쳤다.

"멈춰요! 싸움을 그만두세요. 제가 곰과 얘기해 보겠어요."

갑자기 소란이 가라앉았다. 사람들은 소년의 이 정신 나간 행동에 놀라 꼼짝도 않고 있었다. 포수들을 공격하려고 힘을 모으고 있던 곰도 그 자리에 굳은 듯 섰다. 하지만 그는 사람들의 비열한 행동에 몸을 덜덜 떨고 있었다. 그의 거대한 앞발은 바닥을 굳게 딛고 있었고 무쇠 투구 뒤의 검은 눈동자는 분노로 이글거렸다.

"넌 누구냐? 원하는 게 뭐야?"

월이 영어로 말했기 때문에 곰도 같은 말로 물었다.

그 광경을 지켜보고 있던 사람들은 당황하며 서로 쳐다보았고, 영어를 아는 사람들은 다른 사람들에게 통역을 해 주었다.

"내가 당신과 일대일로 싸우겠어요."

월이 소리쳤다.

"만약 당신이 지면 이 싸움을 중지해야 합니다."

곰은 꼼짝도 하지 않았다. 사람들은 월이 한 말을 알아듣자마자 낄낄 웃으며 야유와 조롱을 퍼부었다. 그러나 월이 냉정한 눈빛으로 군중들을 바라보며 입을 다부지게 다물고 있자, 그들의 웃음소리는 곧 잦아들었다. 월은 검은 새로 변한 발타모스가 어깨 위에 앉아 떨고 있는 것을 느낄 수 있었다. 그는 사람들을 향해 다시 소리쳤다.

"내가 저 곰을 이기면 당신들은 그들에게 연료를 팔아야 합니다. 그러면 곰들은 당신들을 해치지 않고 그냥 떠날 겁니다. 당신들은 이것을 약속해야 해요. 그러지 않으면 저들은 당신들을 모두 죽일 겁니다."

월은 거대한 곰이 바로 자기 등 뒤에 있다는 것을 알면서도 돌아보지 않았다. 마을 사람들은 서로 손짓 몸짓 다 해 가며 말씨름을 벌였다. 잠시 후 한 사람이 말했다.

"저 곰한테도 약속하라고 해!"

월은 돌아서서 침을 꿀꺽 삼킨 뒤 숨을 깊이 들이마시고는 곰에게 소리쳤다.

"당신도 약속하세요. 당신이 지면 이 싸움을 중지해야 합니다. 그러면 연료를 구해서 무사히 떠날 수 있습니다."

"헛소리 작작 해!"

곰은 콧방귀를 뀌었다.

"너 같은 젖비린내 나는 어린애와 싸운다는 건 수치스러운 일이다. 가서 엄마 젖이나 더 먹고 와."

"당신 말이 맞아요."

월은 순순히 인정했다. 그는 이제 앞에 버티고 선 이 사나운 짐승에게 온 정신을 집중하고 있었다.

"이건 공정한 싸움이 아니죠. 당신은 철제 갑옷을 입고 있지만 난 없어요. 당신이 앞발을 한 번만 휘둘러도 내 머리를 날려 버릴 수 있겠죠. 그러니 우리 공정하게 해요. 나에게 갑옷의 한 부분을 떼어 주세요. 어느 부분이든 상관없어요. 그 투구는 어때요? 그러면 약간은 상대가 될 거예요. 나와 싸우는 것이 창피하지도 않을 거구요."

곰은 증오와 분노와 경멸로 으르렁거리며 커다란 투구를 고정시킨 사슬을 앞발로 풀었다.

부두 전체가 쥐 죽은 듯 조용해졌다. 누구 하나 입도 벙긋하지 않고 한 발자국도 움직이지 않았다. 사람들은 무엇인지는 모르겠지만 지금까지 보지 못했던 일이 일어나고 있음을 직감했다. 강물이 나무 말뚝에 찰싹찰싹 부딪히는 소리와 배의 엔진 소리, 머리 위에서 날아다니는 갈매기들의 끊임없는 울음소리만이 정적을 깨고 있었다. 곰이 던진 투구가 쿵 하고 커다란 소리를 내며 월의 발밑에 떨어졌다.

월은 배낭을 내려놓고 투구를 들어 올렸다. 어찌나 무거운지 그냥 들고 있기도 버거웠다. 시커먼 무쇠로 만들어진 곰의 투구는 위쪽에 눈구멍이 있고 밑에는 굵은 쇠사슬이 달려 있었다. 쇠사슬은 길이가 월의 팔뚝만 하고 두께는 그의 엄지손가락 정도였다.

"그러니까 이게 당신의 투구란 말이죠."

월은 심드렁한 표정으로 말했다.

"근데 별로 튼튼해 보이지는 않네요. 못 믿겠는데요. 어디 볼까요?"

그는 배낭에서 만단검을 꺼내 칼끝으로 투구의 앞부분을 마치 버터 자르듯이 갈랐다.

"역시 예상했던 대로군요."

월은 그럴 줄 알았다는 듯이 고개를 끄덕이며 계속 잘라 나갔다. 커다란 쇳덩어리가 순식간에 한 무더기의 쇳조각들이 되어 버렸다. 월은 그것을 한 줌 집어서 곰에게 내밀며 말했다.

"당신 투구를 이런 꼴로 만들어 놔서 어쩌죠?"

작은 쇳조각들이 곰의 발아래로 쨍그랑 하고 떨어졌다.

"내 칼은 너무 잘 들어서 탈이죠. 아무튼 당신 투구는 내게 별 소용이 없는 것 같으니, 그냥 이대로 당신과 싸울 수밖에요. 자, 준비는 되셨나요? 우린 상대를 제대로 만난 것 같네요. 어쨌거나 난 이 칼로 일격에 당신 머리를 날려 버릴 자신이 있거든요."

사람들은 모두 숨을 죽이고 그 둘을 지켜보았다. 곰의 검은 눈이 이글거리며 타올랐고, 월은 등줄기에 식은땀이 흘렀다. 마침내 곰이 고개를 내저으며 한 걸음 물러났다.

"너무 강한 무기야."

그가 말했다.

"나는 상대가 안 된다. 꼬마야, 네가 이겼어."

곰이 그 말을 채 마치기도 전에 사람들은 환호하고 야유하며 휘파람을 불었다. 월이 돌아서서 그들에게 조용히 하라고 명령했다.

"이제 여러분은 약속을 지켜야 해요. 부상당한 사람들을 치료하고 부서진 건물들을 수리하세요. 그리고 배에 연료를 넣어 주세요."

월의 말이 통역되어 구경하고 있던 사람들에게 모두 전해지려면 시간이 걸릴 것이고, 그러는 사이에 모래언덕들이 강의 흐름을 막듯이 사람들의 분노는 사그라질 것이다. 곰은 월의 행동을 지켜보며 그 이유를 간파했고, 소년이 얻은 것이 무엇인가를 월 자신보다 더 완벽하게 이해했다.

월은 만단검을 배낭 안에 집어넣었다. 그와 곰은 다시 한 번 서로를 쳐다보았지만 조금 전과는 다른 눈빛이었다. 그들은 서로 가까이 다가갔다. 그들 뒤에서는 곰들이 화척기를 치우기 시작했고, 두 척의 다른 배가 부두로 이동해 왔다.

부두에서는 사람들이 청소를 하기 시작했다. 그러나 몇몇 사람은 곰을 제압한 소년과 그가 지닌 힘에 호기심을 느끼고 월을 둘러쌌다. 월은 아주 평범한 소년으로 다시 돌아가야 했다. 지난 여러 해 동안 그와 어머니에 대한 모든 호기심을 처치해 그들을 보호해 준 그 마술을 부릴 시간이었다. 사실은 마술이랄 것도 없는 단순한 행동이었다. 그가 아무말 없이 멍청한 눈빛으로 천천히 몸을 움직이자, 사람들은 금방 그에 관한 흥미를 잃어버렸다. 그들은 따분하기만 한 이 아이를 내버려 두고 멀리 가 버렸다.

곰은 그런 사람들에게는 별로 관심이 없었다. 그는 상황을 제대로 파악했고, 월의 명령에는 또 다른 비범한 힘이 실려 있다는 것을 감지했다. 곰은 월에게 가까이 다가가서 조용히 물었다. 그의 목소리는 배의 엔진 소리처럼 깊게 울렸다.

"이름이 뭐지?"

"월 패리예요. 투구는 다시 만들 수 있나요?"

"물론, 넌 뭘 찾고 있는 거지?"

"당신들은 강 위로 가고 있죠. 나도 당신들과 같이 가고 싶어요. 산으로 가려면 그 길이 가장 빠르니까요. 나를 데려가 주시겠어요?"

"그러지. 그 칼을 보고 싶군."

"내가 믿을 수 있는 곰에게만 보여 줄 거예요. 그런 곰이 하나 있다고 들었어요. 그는 곰들의 왕이고 내가 찾고 있는 여자 아이의 좋은 친구 이기도 하죠. 그 아이 이름은 리라 실버텅이에요. 그 곰의 이름은 이오 레크 뷔르니손이고요."

"내가 이오레크 뷔르니손이야."

"그럴 줄 알았어요."

배의 갑판에 연료가 실리고 있었다. 배 옆으로 운반된 궤도차가 비스 듬히 기울어지면서 석탄이 경사로를 따라 배의 짐칸으로 들어갔고 그 위로 검은 먼지가 피어올랐다. 도시 사람들은 유리창을 닦고 연료비를 흥정하느라 정신이 없어 미처 보지 못했지만, 윌은 이오레크를 따라 현 문으로 올라가 배에 올라탔다.

강의 상류

"그 칼을 보여 줘."

이오레크 뷔르니손이 말했다.

"나는 금속을 잘 알아. 곰들도 이제는 무쇠나 강철로 된 물건을 쓰니까. 그런데 아까 그런 칼은 한 번도 본 적 없어. 좀 자세히 보고 싶군."

윌과 이오레크는 저무는 태양빛을 받으며 증기선 갑판 위에 서 있었다. 배는 상류를 향해 빠르게 나아갔다. 갑판 위에는 연료가 높이 쌓여 있고, 윌이 먹을 수 있는 음식도 있었다. 윌과 이오레크는 서로를 바라보며 다시 상대방의 역량을 가늠하고 있었다. 첫 번째 대결은 이미 끝났다.

윌은 만단검을 이오레크에게 내밀었고, 곰은 그것을 조심스럽게 받아들었다. 그의 엄지발톱은 다른 네 개의 발톱과 마주 보고 있어서 물건을 사람만큼 능숙하게 다룰 줄 알았다. 이오레크는 만단검을 눈앞으로 바싹 가져가서 빛에 반사되도록 잡은 다음 이쪽저쪽 돌려 가며 살펴보다가 칼날로 다른 무쇠 조각을 잘라 보았다.

"이쪽 칼날로 내 투구를 조각 냈군."

곰이 말했다.

"다른 쪽 날은 아주 이상하군. 이것이 뭔지, 무엇을 할 수 있는지, 어떻게 만들어졌는지 도무지 모르겠어. 하지만 알고 싶군. 어떻게 이 칼을 손에 넣었나?"

윌은 자신의 어머니와 아버지 자기가 죽인 남자에 관한 일만 빼고 이제까지 있었던 모든 일을 이오레크에게 얘기했다.

"이걸 얻으려고 싸우다가 손가락 두 개를 잃었다고? 상처를 좀 볼까."

윌은 손을 내밀었다. 아버지가 발라 준 연고 덕분에 상처는 잘 아물고 있었지만 아직은 만지면 아팠다. 곰은 상처에 코를 대고 냄새를 맡았다.

"혈류이끼로군. 내가 모르는 뭔가가 섞여 있어. 누가 이 약을 발라 주었나?"

"이 만단검으로 해야 할 일을 말해 준 사람인데, 며칠 전에 죽었어요. 뿔 상자 안에 들어 있는 연고로 내 상처를 치료해 주었죠. 마녀들도 주문으로 치료하려고 했지만 효과가 없었어요."

"그 사람이 이 칼을 어디에 사용하라고 했나?"

이오레크는 칼을 조심스럽게 윌에게 돌려주며 물었다.

"전쟁이 나면 아스리엘 경 편에 서서 이 칼을 쓰라고 했어요. 하지만 리라 실버텅을 먼저 구할 거예요."

윌이 대답했다.

"그렇다면 우리가 도와주지."

곰이 그렇게 말하자 윌은 기쁨으로 가슴이 뛰었다.

며칠 뒤에야 윌은 곰들이 고향을 떠나 중앙아시아로 항해하게 된 이유를 알게 되었다.

재난으로 인해 많은 세계가 갑자기 열리자 북극의 얼음이 녹기 시작했고, 바다에는 지금까지 없었던 이상한 해류가 나타났다. 얼음 위에 살면서 차가운 물속 동물을 잡아먹고 살던 곰들은 그냥 그렇게 있다가는 굶어 죽을지도 모른다는 위협을 느꼈다. 이성적인 곰들은 곧 대처 방안을 마련했다. 그들은 눈과 얼음이 많은 곳으로 이주하기로 결정했다. 그곳은 하늘에 닿을 만큼 가장 높은 산맥, 세계의 절반이나 멀리 떨어져 있기는 하지만 영원히 눈 속에 깊이 파묻혀 있을 곳이었다. 그들은 이제 바다의 곰이 아니라 산의 곰이 될 터였다. 아무리 오래 걸리더라도 세상이 제자리를 찾을 때까지는 그곳에서 살아야 할 것이다.

"그렇다면 전쟁을 하려는 게 아니군요?"

윌이 물었다.

"우리의 숙적은 바다표범과 해마였는데 다 사라져 버렸어. 새로운 적을 만나더라도 우리는 문제없어."

"나는 모든 이가 말려들 큰 전쟁이 일어날 거라고 생각했어요. 그럴 경우 당신은 어느 편에서 싸울 건가요."

"그야 곰에게 이익이 되는 편이지. 하지만 곰 이외에 내가 존중하는 이들이 몇 있긴 하지. 하나는 기구를 타고 다니는 남자였는데 죽었어. 또 하나는 세라피나 페칼라라는 마녀야. 세 번째는 실버텅이라는 여자아이이고. 우선 나는 우리 곰들에게 도움 되는 일이라면 무엇이든 할 거야. 그 다음엔 리라와 그 마녀, 그리고 죽은 내 친구 리 스코즈비의 복수를 위해서라면 무슨 일이든 할 생각이야. 그래서 콜터라는 그 가증스러운 여자에게서 리라를 구하는 일을 돕겠다는 거야."

이오레크는 자신과 부하들이 강 어귀까지 헤엄쳐 온 일, 황금을 지불하고 이 배를 전세 내서 선원들을 고용한 일, 또 내륙 깊숙한 곳까지 들어가기 위해 북극의 물길을 돌린 일 등을 윌에게 얘기해 주었다. 이 강은 그들이 찾아가고 있는 높은 산맥의 북쪽 산기슭에서 시작된 것이고, 바로 그곳에 리라가 갇혀 있으니, 지금까지는 아무 문제 없이 잘 되어가고 있는 거라는 말도 덧붙였다.

시간이 흘렀다.

낮 동안 윌은 갑판에서 내내 졸았다. 온몸이 몹시 지쳐 있어서 휴식을 취하며 기운을 회복해야 했다. 풍경이 변하기 시작했다. 완만한 대초원이 낮은 언덕에서 다시 고지대로 이어졌고, 골짜기나 큰 폭포가 눈에 띄었다. 배는 여전히 남쪽을 향해 나아가고 있었다.

윌은 예의상 선장이나 선원들과 얘기를 나누기는 했지만 리라처럼 낯선 사람들과 금방 친해지는 성격은 아니었다. 우선은 할 말이 마땅치 않았고, 선원들도 그에게 별로 관심이 없었다. 선원들은 그저 고용된 사람들일 뿐이었고, 일이 끝나면 뒤도 안 돌아보고 떠날 사람들이었다. 또 곰들이 황금을 가지고 있기는 했지만 그들은 기본적으로 곰을 좋아하지 않았다. 윌은 외국인이었고, 음식값을 지불하는 한 그가 무슨 짓을 하든 상관없었다. 게다가 그의 데몬도 미심쩍은 구석이 있었다. 어떤 때는 보이다가도 어떤 때는 아주 사라져 보이지도 않았다. 꼭 마녀의 데몬 같았다. 대부분의 선원은 미신을 믿고 있어서 윌의 근처에 잘 가지 않았다.

발타모스 역시 침묵을 지켰다. 그는 슬픔이 복받쳐 더 이상 참을 수 없을 때면, 구름 사이로 높이 높이 날아올랐다. 그러고는 바룩과 함께 했던 수많은 일을 추억하게 하는 햇빛 한줄기나 대기 한 모금, 유성과 산마루들을 찾아 하늘을 헤집고 날아다녔다. 그러다가 밤이 되면 윌이 있는 어둡고 작은 선실로 돌아와 얘기를 했지만, 그것은 다만 어디까지 왔고 계곡과 동굴이 있는 곳에 닿으려면 얼마나 더 가야 하는지에 대한 보고에 지나지 않았다. 발타모스는 윌을 매정한 아이라고 생각했지만, 알고 보면 전혀 그렇지 않았다. 천사는 점점 더 무뚝뚝하고 퉁명스러워졌지만 빈정거리지는 않았다. 적어도 자기가 한 약속은 지키고 있었다.

이오레크 뷔르니손은 지나칠 정도로 만단검을 자세히 살폈다. 그는 몇 시간이나 칼의 양쪽 날을 시험해 보고, 칼을 구부려 보고, 빛에 비추어 보고, 혀에 대보기도 하고, 냄새도 맡아 보고, 심지어 공기가 칼의 표면을 스칠 때 나는 소리를 들어 보기도 했다. 윌은 만단검에 대해서는 걱정하지 않았다. 이오레크는 분명 최고의 솜씨를 가진 장인이었기 때문이다. 그리고 거대한 발을 놀리는 폼이 예사롭지 않았기 때문에 이오레크가 다칠까 봐 걱정하지도 않았다.

마침내 이오레크가 윌에게 다가오며 말했다.

"이 반대편 칼날 말이야. 이것으로는 뭘 할 수 있는지 아직 말 안 해 줬지. 이쪽 칼날로는 무엇을 할 수 있지?"

"여기선 보여 줄 수 없어요. 배가 계속 움직이니까요. 배에서 내리면 꼭 보여 드리죠."

윌이 말했다.

"짐작은 가. 하지만 이해가 안 돼. 이렇게 이상한 일은 정말 처음이군."

이오레크는 도무지 알 수 없다는 듯 깊고 검은 눈으로 만단검을 지그시 바라보다가 윌에게 돌려주었다.

이 무렵 강물의 빛깔이 바뀌었다. 북극에서 휩쓸려 내려온 첫 번째 홍수의 잔여물들이 만나는 지점이었기 때문이다. 윌은 대변동이 장소에 따라 서로 다르게 영향을 끼쳤다는 것을 알았다. 마을마다 지붕 꼭대기까지 물이 차 올랐고, 집을 잃은 수백 명의 사람이 보트나 카누를 타고 한 가지 물건이라도 더 건져 보려고 애쓰고 있었다. 강폭이 더 넓어지고 강물이 천천히 흐르는 것으로 보아 이곳은 땅이 약간 가라앉은 것 같았다. 그래서 넓고 혼탁한 흐름을 헤치고 정확한 경로를 따라가기 힘들었다. 해가 높아질수록 날씨는 점점 더워졌다. 곰들은 더위를 참지 못하고 강물로 뛰어들어 이 낯선 땅에서 고향의 물을 맛보며 배를 따라 헤엄을 쳤다.

그러나 강이 다시 좁아지면서 전처럼 깊어졌다. 얼마 못 가 그들의 눈앞에 거대한 중앙아시아의 평원이 펼쳐지고 산맥이 드러나기 시작했다. 어느 날 윌은 지평선 위에 드리워진 하얀 테두리를 보았다. 그것은 점점 솟아오르더니 서로 다른 봉우리와 산등성이와 계곡들로 갈라졌다. 그 산들은 아주 높아 겨우 몇 킬로미터쯤 되는 가까운 곳에 있는 것처럼 보였지만 사실은 훨씬 더 멀리 떨어져 있었다. 그것은 정말 엄청나게 거대했고, 가까이 다가갈수록 믿을 수 없을 만큼 까마득하게 높았다. 대부분의 곰은 지금까지 산을 본 적이 없었다. 고작해야 스발바르의 섬에 있는 절벽을 본 것이 전부였다. 그들은 멀리 떨어져 있는 거대한 산봉우리를 올려다보며 할 말을 잊었다.

"거기서 무엇을 사냥합니까, 이오레크 뷔르니손?"

그중 한 마리가 물었다.

"산속에도 바다표범이 있습니까? 우리는 어떻게 살아야 하죠?"

"저기엔 눈과 얼음이 있다."

이오레크가 대답했다.

"편하게 지낼 수 있을 거다. 야생동물들도 많이 있다. 우리 생활은 잠시 달라질 것이다. 그러나 우리는 살아남을 것이다. 그리고 모든 것이 정상으로 돌아가서 북극이 다시 얼면, 고향으로 가서 우리의 땅을 되찾아야지. 지금까지 그곳에 있었다면 우린 벌써 굶어 죽었을 것이다. 나의 곰들이여, 낯선 것과 새로운 생활 방식에 대비하라."

강바닥이 좁고 얕아져서 배가 더 이상 나아갈 수 없게 되자 선장은 계곡 아래 배를 멈추었다. 홍수가 아니었다면 풀과 야생화가 무성하고 가느다란 강이 자갈 바닥을 굽이쳐 흘렀을 곳이었다. 그러나 계곡은 이제 호수로 변했고, 선장은 그곳을 지나가는 것은 위험하다고 주장했다. 북극에서 발생한 엄청난 홍수에도 불구하고 이곳만 지나면 강의 깊이가 무릎에도 미치지 못한다는 것이었다.

그들은 계곡 가장자리로 이동해서 부두처럼 생긴 바위 언덕에 배를 대었다.

"여기가 어디죠?"

월은 영어가 서툰 선장에게 물었다.

선장은 오래되어 너덜너덜해진 지도를 파이프로 짚어 가며 말했다.

"바로 여기 이 계곡이야. 지도를 네게 주지. 가져."

"정말 고맙습니다."

월은 지도 값을 치러야 할지 망설였지만 선장은 바로 돌아서서 짐 내리는 일을 지휘했다.

잠시 후 서른 마리쯤 되는 곰들이 자신들의 갑옷을 가지고 좁은 강기슭에 내렸다. 선장이 큰 소리로 명령하자 배는 힘겹게 방향을 바꾸더니 강의 가운데로 움직였다. 한줄기 커다란 뱃고동 소리가 길게 계곡을 흔들었다.

월은 바위 위에 앉아 지도를 보았다. 그가 지도를 제대로 본 것이라면 천사가 리라가 붙잡혀 있는 곳이라고 알려 준 그 계곡은 동남쪽으로 조금 떨어진 곳에 있었고, 그곳에 이르는 지름길은 성첸이라는 산길이었다.

"곰들이여, 이 장소를 잘 기억하라."

이오레크가 부하 곰들에게 말했다.

"북극으로 돌아갈 때가 되면 우리는 다시 이곳에 모일 것이다. 이제 각자 흩어져 사냥을 해서 먹고살아라. 전쟁은 하지 말고. 우리는 전쟁을 하러 이곳에 온 것이 아니다. 전쟁이 임박하면 너희들을 다시 부르겠다."

곰들은 대개 독립적으로 행동하다가 전쟁이나 위급한 일이 있을 때만 모두 모였다. 이제 하얀 눈 세상의 입구에 들어선 그들은 저마다 새로운 모험에 대한 기대로 부풀어 있었다.

"윌, 우린 지금부터 리라를 찾으러 가자."

이오레크가 말했다.

윌은 배낭을 멨고, 둘은 길을 떠났다.

그들이 처음 여행을 시작한 곳은 걷기 좋았다. 햇볕은 뜨거웠지만 소나무와 꽃나무들이 무성하여 열기가 그들에게까지 미치지 않았다. 공기는 맑고 상쾌했다. 길에는 바위들이 많았지만 이끼와 솔잎으로 두텁게 덮여 있었고 그들이 올라가는 산길도 그리 가파르지 않았다. 윌은 산행을 즐기고 있었다. 배를 타고 오면서 휴식을 충분히 취한 덕택에 몸이 한결 가벼워져 있었다. 이오레크를 처음 만났을 때는 기운이 죄다 소진된 상태였다. 윌은 그것을 깨닫지 못하고 있었지만 이오레크는 알았다.

둘만 있게 되자 윌은 만단검의 반대쪽 날을 어떻게 사용하는지 이오레크에게 보여 주었다. 그는 안개가 자욱하고 비가 뚝뚝 떨어지는 열대 우림의 세계를 열었다. 짙은 향을 머금은 수증기가 희박한 산 공기 속으로 흘러 들어가고 있는 곳이었다. 이오레크는 창을 자세히 살피면서 앞발로 가장자리를 만지고 냄새도 맡아 보았다. 그러고는 덥고 습한 공기 속으로 성큼 들어가 아무 말 없이 그 세계를 둘러보았다. 원숭이가 끽끽거리는 소리, 새소리, 벌레들이 우는 소리, 개구리 소리, 수증기가 응결된 물방울이 끊임없이 똑똑 떨어지는 소리가 이쪽 세계에 있는 윌의 귀에도 아주 선명하게 들렸다.

이오레크는 다시 이쪽 세계로 건너와 창 옆에 서 있는 윌에게 만단검을 한 번만 더 보여 달라고 부탁했다. 곰왕이 은빛 칼날을 위험할 정도로 가까이 들여다보는 통에 윌은 그의 두 눈이 베어지지는 않을까 겁이 났다. 이오레크는 말없이 오랫동안 만단검을 보더니 조용히 윌에게 돌려주며 말했다.

"내가 옳았어. 난 상대가 안 돼."

둘 모두 입이 무거운 편이라 말은 거의 하지 않고 걷기만 했다. 이오레크는 영양을 한 마리 잡아서 윌이 요리해 먹을 수 있는 연한 살만 남겨 두고 모조리 먹어 치웠다. 마을이 가까워지자 윌은 이오레크를 숲 속에 남겨 두고 혼자 마을로 들어갔다. 윌은 금화 한 닢을 주고 납작하고 딱딱한 빵과 말린 과일, 야크 가죽으로 만든 장화와 밤에 추워지면 입을 양가죽 조끼를 한 벌 샀다.

윌은 마을 남자 한 명에게 무지개가 뜨는 계곡에 대해서 물어보았다. 발타모스가 그 남자의 데몬처럼 까마귀로 변해서 통역을 해 준 덕에 동굴의 방향을 정확히 알아낼 수 있었다. 그곳은 사흘을 더 걸어야 하는 거리에 있었고, 그들은 점점 가까워지고 있었다.

동굴로 접근하고 있는 것은 그들만이 아니었다.

아스리엘 경의 군대인 자이롭터 비행대와 체펠린 급유기는 스발바르 상공에 있는 두 세계 사이의 창에 도착했다. 아직 가야 할 길이 멀기 때문에 그들은 불가피한 경우가 아니면 잠시도 지체하지 않았다. 사령관 인 아프리카의 왕 오구네는 하루에 두 번씩 현무암 요새와 연락을 취했 다. 그는 자신의 자이롭터 안에 갈리베스피족 사람인 천연자석 공명기 작동자를 데리고 있으면서 그를 통해 다른 곳에서 일어나는 일을 아스 리엘 경만큼 빨리 알 수 있었다.

새로 받은 소식은 당혹스러운 것이었다. 스파이 레이디 살마키아가 교 회의 강력한 두 기관인 교회 법정과 성령회가 그동안의 불화를 잠시 잊 고 정보를 공유하기로 동의하는 사실을 목격했다는 것이었다. 성령회에 는 프라 파벨보다 더 신속하고 능숙한 알레시오미터 해독자가 있어서, 그 덕분에 교회 법정은 리라가 있는 곳은 물론이고, 그보다 더 많은 정보 도 정확하게 알고 있었다. 그들은 아스리엘 경이 리라를 구하기 위해 군 대를 보낸 사실까지도 알았다. 교회 법정은 조금도 머뭇거리지 않고 바 로 체펠린 비행선단을 소집했고, 같은 날 스위스 방위대는 제네바 호수 옆에 있는 조용한 공군기지에서 대기하고 있던 체펠린에 탑승했다.

그래서 양측 모두 상대편 역시 그 동굴로 향하고 있다는 사실을 알게 되었다. 그렇다면 그곳에 먼저 도착하는 쪽이 분명 유리할 터였다. 하 지만 꼭 그런 것도 아니었다. 아스리엘 경의 자이롭터는 교회 법정의 체펠린보다 더 빠르지만 더 먼 길을 날아야 하고, 또한 그들의 체펠린 급유기의 속도 때문에 비행을 제한받고 있었다.

그리고 고려해야 할 문제가 또 하나 있었다. 리라를 먼저 잡은 쪽은 돌아오는 길에 상대편 군대와 마주치게 될 것이었다. 싸움이 벌어질 경 우 교회 법정이 더 유리했다. 그들은 리라를 안전하게 보호할 필요가 전 혀 없기 때문이다. 교회 법정은 리라를 죽이기 위해 날아가고 있었다.

교회 법정의 맥파일 신부를 태운 체펠린에는 그가 모르는 다른 승객들도 타고 있었다. 체발리어 티알리스는 천연자석 공명기를 통해 이 비행선에 레이디 살마키아와 함께 몰래 탑승하라는 명령을 받았다. 체펠린이 계곡에 도착하면 그들은 적보다 먼저 리라가 잡혀 있는 동굴로 가서 오구녜 왕의 군대가 도착할 때까지 그녀를 보호할 계획이었다. 리라의 안전이 다른 어떤 문제보다 중요했다.

체펠린에 탑승하는 것은 스파이들에게는 위험천만한 일이지만 결코 장비 때문은 아니었다. 천연자석 공명기를 제외하면 중요한 물품이라야 곤충 애벌레 한 쌍과 그 먹이뿐이었다. 그것들은 성충이 되면 잠자리와 가장 흡사해 보이지만, 윌이나 리라의 세계에서 본 잠자리와는 전혀 다른 것이었다. 우선 크기가 훨씬 더 컸다. 갈리베스피족은 이 곤충들을 정성스럽게 키웠고, 부족마다 키우는 곤충들이 달랐다. 체발리어 티알리스가 속한 부족은 빨간색과 노란색 줄무늬가 있는, 식욕이 무지막지하고 아주 강한 잠자리를 키웠다. 그에 반해 레이디 살마키아는 전기를 띤 푸른색 몸통이 어둠 속에서 빛을 발하여 날씬하고 빠른 잠자리를 키웠다.

어느 스파이나 이런 유충들을 많이 가지고 있었다. 양을 잘 조절해서 기름과 꿀을 먹이면 그것들은 더 오래 살기도 하고 더 빨리 성충이 되기도 했다. 티알리스와 살마키아에게는 이제 그 유충들을 부화시키는 데 36시간 정도의 여유밖에 없다. 풍향에 따라 약간의 차이가 있겠지만 체펠린이 착륙할 때까지의 비행 시간이 그쯤 남았기 때문이다.

두 스파이는 객실 뒤쪽에서 사람들이 전혀 신경 쓰지 않는 공간을 발견하고는 체펠린이 짐을 싣고 연료를 공급받는 동안 안전하게 숨었다. 가벼운 동체가 덜덜 떨리며 엔진이 요란한 소리를 내기 시작하자 지상 요원들이 모두 사라졌다. 체펠린 여덟 대가 차례차례 밤하늘로 날아올랐다.

다른 종족과 비교당하는 것을 참을 수 없는 모욕으로 여기는 갈리베스피족이지만 그들은 정말 생쥐처럼 감쪽같이 숨어들었다. 티알리스와 살마키아는 숨어서 많은 것을 엿들으며 매시간 오구뉘 왕의 자이롭터에 타고 있는 로크 경과 연락을 취했다.

그러나 체펠린에 타고 있는 그들도 결코 알아내지 못한 것이 있었다. 암살자 고메스에 관한 정보였다. 맥파일 신부는 고메스에 관해서는 한마디도 하지 않았다. 만약 교회 법정이 이번 작전에 실패한다면, 이미 죄사함을 받은 고메스 신부가 이 일을 대신할 것이다. 고메스 신부는 다른 어딘가에 있었고 그 누구의 추적도 받지 않았다.

바퀴

> 바다에서 사람의 손만 한 작은 구름이 일어나나이다.
> – 〈열왕기 상〉 –

"그래요."

버려진 카지노의 정원에서 빨간 머리 여자 아이가 말했다.

"그 여자를 봤어요. 파올로도 본걸요. 며칠 전 이 앞을 지나갔어요."

고메스 신부가 다시 물었다.

"그 여자가 어떻게 생겼는지 기억나니?"

"더워 보였어요."

파올로라는 소년이 대답했다.

"얼굴에 땀을 많이 흘리고 있었죠."

"몇 살쯤 되어 보였니?"

"대충……."

여자 아이가 곰곰이 생각하는 표정을 지었다.

"마흔 살이나 쉰 살쯤이요. 하지만 가까이서 본 건 아니에요. 서른일 수도 있죠. 파올로 말처럼 그 여잔 더워 보였고 커다란 가방을 들고 있었어요. 신부님 것보다 훨씬 커요. 이만큼······."

파올로가 눈을 가늘게 뜨고 신부를 쳐다보며 빨간 머리 소녀에게 뭐라고 속삭였다. 햇빛이 소년의 얼굴을 환하게 비추었다.

"그래. 나도 알아. 스펙터."

소녀는 초조하게 말했다.

"그 여자는 스펙터를 하나도 무서워하지 않았어요. 겁도 없이 아무렇지도 않게 걸어 다녔어요. 그런 어른은 처음 봤어요. 정말이에요. 그 여자는 스펙터를 아예 모르나 봐요. 신부님처럼요."

소녀는 의심스러운 눈빛으로 고메스 신부를 바라보았다.

"내가 모르는 것이 아주 많구나."

고메스는 부드럽게 말했다.

소년이 여자 아이의 소매를 잡아당기며 또 속삭였다.

"파올로는 신부님이 그 칼을 되찾을 거래요."

소녀가 신부에게 말했다.

고메스 신부는 소름이 쫙 돋았다. 교회 법정의 심문에서 프라 파벨이 증언한 내용이 기억났다. 그가 말했던 검이 바로 이것임에 틀림없었다.

"그래야지. 그 칼은 원래 이곳에 있었지?"

신부가 물었다.

"천사의 탑에 있었죠."

소녀는 적갈색 지붕 너머로 보이는 탑을 가리키며 말했다. 그 탑은 한낮의 뜨거운 햇빛 속에서 아른거렸다.

"칼을 훔쳐 간 그 남자 아이 때문에 우리 오빠 툴리오가 죽었어요. 스펙터들이 오빠를 죽이긴 했지만요. 신부님이 그 남자 아이를 죽이고 싶으면 죽여도 좋아요. 그리고 그 여자 아이도요. 그 계집앤 거짓말쟁이예요. 그 남자 아이만큼이나 나빠요."

"여자 아이도 있었니?"

신부는 지나치게 관심을 갖는 것처럼 보이지 않으려고 조심하며 물었다.

"더러운 거짓말쟁이!"

빨간 머리 소녀가 내뱉듯이 말했다.

"우린 그 둘을 거의 죽일 뻔했어요. 그런데 하필이면 그때 날아다니는 여자들이 와서⋯⋯."

"마녀야. 마녀."

파올로가 거들었다.

"그래, 마녀들, 우린 그들과는 못 싸우죠. 그들이 그 여자 아이와 남자 아이를 데리고 갔어요. 어디로 갔는지는 몰라요. 하지만 아까 얘기한 그 여자는 더 나중에 왔어요. 어쩌면 그 여자도 스펙터들을 쫓아 버릴 수 있는 칼 같은 걸 가지고 있는지 몰라요. 어쩌면 신부님도요."

소녀는 턱을 쳐들고 고메스를 똑바로 쳐다보았다.

"나는 그런 칼이 없단다."

신부가 말했다.

"하지만 내겐 신성한 임무가 있지. 그것이 아마 나를 스펙터들로부터 보호해 주고 있을 거야."

"네, 그렇겠죠. 아무튼 신부님이 찾는 그 여자는 저 남쪽 산으로 갔어요. 어디로 가는지는 몰라요. 하지만 사람들에게 물어보면 그녀가 지나갔는지 금방 알 수 있을 거예요. 이곳 치타가체에는 그 여자처럼 생긴 사람은 없어요. 그러니까 찾기 쉬울 거예요."

"고맙다, 안젤리카. 너희들에게 신의 가호가 있기를."

신부가 말했다.

그는 가방을 메고 정원을 나왔다. 그리고 자신이 알아낸 것에 만족하며 덥고 조용한 거리로 나섰다.

바퀴 달린 동물들과 메리 말론은 사흘을 함께 지내면서 서로에 대해 아주 많은 것을 알게 되었다.

첫날 아침 동물들은 현무암 고속도로를 따라 한 시간 정도 달려 메리를 강가에 있는 어느 마을로 데려갔다. 동물의 등은 딱딱하고 마땅히 잡을 만한 것도 없어서 그 여행은 아주 불편했다. 그들은 겁이 날 정도로 빨리 달렸지만 단단한 길 위를 구르는 우레 같은 바퀴 소리와 발굽 소리는 그런 불편을 잊을 만큼 상쾌했다.

바퀴 달린 동물을 타고 달리면서 메리는 그들의 생리적 구조에 대해 더 많이 알게 되었다. 메리의 세계에서 기어 다니던 것들이 중추 생물로 진화한 것처럼, 아득한 옛날 다이아몬드 형태의 다리 골격을 가지고 있는 이 동물들의 선조들도 이런 구조를 진화시키고 그것이 효과적임을 발견했던 것이 틀림없다.

현무암 고속도로가 점점 아래로 기울어지다가 경사가 더욱 가팔라지자 동물들은 맘껏 바퀴를 굴렸다. 그들은 옆다리를 들어 올리고 이쪽저쪽 몸을 기울여서 방향을 바꾸며 아찔한 속력으로 돌진했다. 그러나 위험하다는 느낌은 전혀 들지 않았다. 붙잡을 곳만 있었으면 메리는 더욱 신나게 즐겼을 것이다.

2킬로미터쯤 되는 그 비탈길 아래에는 거대한 나무들이 몇 그루 서 있고, 근처에 풀숲과 같은 높이로 강이 굽이치고 있었다. 거기서 조금 떨어진 곳에 폭이 더 넓은 바다처럼 반짝이는 것이 보였지만 오래 보지는 못했다. 동물들이 강둑에 있는 마을로 향하기 시작했기 때문이다. 메리는 그것을 보고 싶어 몸이 달았다.

그녀는 손으로 햇빛을 가리고 앞을 바라보았다. 대략 20~30채쯤 되는 오두막들이 둥그렇게 무리 지어 있었다. 나무 들보는 벽에 바르는 흙 같은 것으로 칠해져 있고, 지붕은 이엉을 엮어 만든 것이었다. 마을에 있는 다른 바퀴 동물들은 지붕을 손질하기도 하고, 강에서 그물을 끌어올리거나 불을 피울 마른 가지들을 모으고 있었다.

그러니까 그들에게는 언어와 불과 사회가 있었다. 그때부터 메리는 이 바퀴 달린 동물들을 단순한 짐승이 아닌 하나의 부족민으로 생각하기 시작했다. 인간은 아니지만 짐승보다는 사람에 더 가까웠다.

마을에 거의 다 도착하자 몇몇 동물이 그들을 보고는 다른 동물들을 불렀다. 마을로 다가가던 무리가 길에 멈춰 서자 메리는 뻣뻣해진 몸을 간신히 움직여 동물의 등에서 기어 내려왔다. 아무래도 나중에 고생 좀 할 것 같았다.

"고마워."

그녀는 자신이 타고 온 동물에게 말했다. 그런데 뭐라고 불러야 하나? 말도 아니고 자전거도 아니고…… 말이나 자전거는 그녀의 옆에서 영리한 눈빛을 반짝이고 있는 그 친절한 동물에게 도무지 어울리지 않는 이름이었다. 그래서 메리는 그를 친구로 부르기로 했다.

친구는 코를 들어 올리고 그녀의 말을 흉내 냈다.

"코마어!"

둘은 유쾌하게 웃었다.

메리는 "코마어! 코마어!"를 따라 하고 있는 다른 친구에게서 배낭을 받아 들고 그들과 함께 현무암 고속도로를 벗어나 마을의 잘 다져진 땅으로 들어갔다.

이제 그녀는 정말로 그들에게 동화되기 시작했다.

며칠이 지나자 메리는 마치 학교에서 너무 많은 것을 갑자기 배워서 어리둥절해진 어린아이가 된 느낌이었다. 바퀴 달린 부족민들도 그녀에게 깜짝 놀란 것 같았다. 처음에는 그녀의 손에 놀랐다. 그들은 손이 없었다. 그들은 섬세한 코로 메리의 엄지손가락과 관절, 손톱들을 자세히 살펴보고 그것들을 천천히 구부리며 하나하나 만져 보았다. 그리고 그녀가 손을 써서 배낭을 집어 올리고, 음식을 입으로 가져가고, 긁고 머리를 빗고 세수하는 것을 신기하게 쳐다보았다.

　이번에는 그들이 메리에게 자신들의 코를 만지도록 해 주었다. 팔뚝 정도 길이의 코는 대단히 유연했고, 머리로 이어지는 부분은 더 굵었다. 그녀의 머리를 쉽게 박살 낼 수 있을 정도로 아주 강한 코였다. 코 끝에는 두 개의 돌기가 손가락처럼 돋아 있었는데 그것은 어마어마한 힘과 부드러움을 동시에 지니고 있었다. 그들은 손가락 끝이라고 할 수 있는 돌기 안쪽의 피부 상태를 다양하게 변화시킬 줄도 아는 것 같았다. 벨벳처럼 부드러운 피부에서 나무처럼 딱딱한 피부까지 상황에 맞는 피부로 쉽게 바꾸었다. 그래서 그들은 그 돌기를 이용하여 초식 동물들의 젖을 짜는 섬세한 일부터 나뭇가지를 꺾어서 모양을 잡는 거친 일 모두를 할 수 있었다.

　메리는 그들의 코가 의사소통에서도 중요한 역할을 한다는 것을 차츰 알게 되었다. 그들은 같은 소리라도 코를 움직여서 그 의미를 변화시켰다. 그래서 "추"라는 소리를 코를 좌우로 흔드는 동작과 함께 내면 '물'을 의미하고, 코끝을 위로 말아 올리면 '비'를, 아래로 동글게 말면 '슬픔'을, 왼쪽으로 재빨리 획 치면 '새싹'을 의미했다. 메리는 이것을 알게 되자마자 자신의 팔을 가능한 한 그들의 코와 비슷하게 움직이며 소리를 흉내 냈다. 그들은 메리가 자신들의 언어를 이해하자 아주 즐거워했다.

일단 말이 통하기 시작하자 그들의 관계는 빠르게 발전했다. 대화는 주로 바퀴 달린 부족민의 언어로 이루어졌지만, 메리가 그들에게 영어 단어 몇 개를 어렵사리 가르쳐서 그들도 "코마어"나 "풀", "나무", "하늘", "강" 따위를 말하게 되었고, 조금 힘들게 발음하기는 하지만 그녀의 이름도 부를 줄 알게 되었다.

그들의 부족명은 '뮬레파'였지만 개인은 '잘리프'로 불렸다. 단지 남자 잘리프와 여자 잘리프를 구분해서 발음하는데 그 차이가 너무 미묘해서 메리는 거의 구분할 수가 없었다. 그녀는 그들의 말을 모두 받아 적어 사전을 만들기 시작했다.

그러나 그들의 생활에 완전히 빠져 들기 전에 한 가지 확인할 것이 있었다. 메리는 낡은 책과 가새풀 막대기들을 꺼내 중국식 점을 쳐보았다. 여기에 계속 있으면서 이렇게 지내야 하나? 아니면 다른 곳으로 가서 탐색을 계속해야 하나?

점괘가 나왔다. "고요히 머물면 불안은 사라지고, 혼란을 넘어 커다란 깨달음에 이르게 된다."

점괘는 계속되었다. "산이 자신 안에서 고요하듯이, 지혜로운 자는 자신의 의지가 주제넘게 헤매도록 두지 않는다."

이보다 더 분명한 대답은 있을 수 없었다. 메리는 막대기를 치우고 책을 덮고 나서야 잘리프들이 자신을 둥그렇게 에워싼 채 지켜보고 있었다는 것을 알았다.

그중 하나가 물었다. 질문? 허락? 궁금해.

메리가 대답했다. 그래, 봐.

잘리프들은 코를 섬세하게 움직여 메리가 했던 것과 똑같은 방식으로 막대기를 세어서 나누거나 책장을 넘겨 보기도 했다. 그들은 메리가 한 손으로 책을 들고 다른 손으로 책장을 넘기는 것을 보고 크게 놀랐다. 또 그녀가 손가락을 꼬거나, 손가락으로 교회나 뾰족탑 같은 것을 만들어 보이거나, 엄지손가락과 다른 손의 검지손가락을 계속해서 맞대는 동작을 하는 것을 매우 즐겁게 바라보았다. 하지만 바로 그 순간 리라의 세계에서는 에이머가 악령을 물리치는 주문으로 그 동작을 하고 있었다.

잘리프들은 가새풀 막대기와 책을 살펴본 다음 조심스럽게 옷감에 싸서 메리의 배낭에 집어넣었다. 메리는 고대 중국식으로 본 점괘에 안도감을 느꼈다. 점괘가 시키는 일이 바로 그녀가 가장 원하는 일이었기 때문이다.

그래서 메리는 즐거운 마음으로 뮬레파 부족에 관해 더 많은 것을 알아보기 시작했다. 그녀는 그들에게 양성(兩性)이 있으며 일부일처제를 지키고 있다는 것을 알았다. 그들은 그들의 자손들이 최소 10년 정도의 긴 유년기를 거치며 아주 천천히 자란다고 했다. 마을에는 어린 잘리프들이 다섯 있었는데, 하나는 다 자라 거의 어른이 되었고, 나머지는 아직 어른들보다 덩치가 작았다. 어린 잘리프들은 아직 씨앗집을 바퀴로 쓸 줄 몰라 초식 동물처럼 네 발로 걸어 다녔다. 그들은 메리에게 뛰어올랐다가 부끄러워 도망가기도 하고, 나무에 기어오르려고 애쓰기도 하고, 얕은 물속에서 허우적거리기도 했다. 힘이 넘쳐나고 대담하기는 하지만 마치 남의 땅에 있는 것처럼 아직은 서툴러 보였다. 그에 비해 어른 잘리프들의 속도와 힘과 우아한 동작은 놀라웠다. 메리는 어린 잘리프들이 앞뒤 발굽에 바퀴를 달게 될 날을 얼마나 학수고대하고 있는지 알 수 있었다.

어느 날은 가장 큰 어린 잘리프가 씨앗집들을 보관하는 창고에 살금살금 들어가서 씨앗집 가운데 구멍으로 자신의 앞발굽을 끼우려고 애쓰는 것을 보았다. 어린 잘리프는 바퀴를 끼우고 일어서다 그만 꼬꾸라졌고, 그 소리에 어른 잘리프가 달려와서 마구 야단을 쳤다. 겁에 질린 어린 잘리프는 씨앗집 구멍에서 발굽을 빼지 못해 끽끽대며 벗어나려고 바둥거렸다. 혼이 날 대로 난 뒤에야 겨우 발굽을 빼낸 어린 잘리프가 뒤뚱거리며 달아나는 것을 보고 메리는 웃음을 참을 수가 없었다.

잘리프들에게는 씨앗집 바퀴가 그 무엇보다 중요한 듯했으며, 메리도 곧 그 가치를 깨닫기 시작했다.

우선 뮬레파 부족은 바퀴를 간수하는 데 대부분의 시간을 보냈다. 그들은 갈고리형 발굽을 우아하게 들어 올려 비튼 뒤 바퀴 구멍에 살짝 끼워 넣고, 코를 이용해서 바퀴의 가장자리를 닦고 갈라진 틈을 일일이 점검했다. 갈고리 발굽은 엄청 강했다. 뼈 같기도 하고 뿔 같기도 한 그 발굽은 다리와 직각으로 달려 있었고 또 약간 구부러져서 가운데의 가장 두꺼운 부분을 바퀴 안쪽에 걸었을 때 그 무게를 견딜 수 있을 만큼 단단했다. 어느 날 메리는 한 잘리프가 바퀴를 여기저기 만져 보고 마치 냄새를 맡는 것처럼 코를 공중으로 들어 올렸다 내리면서 앞바퀴에 난 구멍을 조사하는 것을 보았다.

메리는 씨앗집을 맨 처음 만졌을 때 손가락에 묻어나던 기름이 생각났다. 잘리프의 허락을 얻어 그의 발굽을 자세히 살펴보니 표면이 자신의 세계에서 만져 본 어떤 것보다 더 부드럽고 매끄러웠다. 그녀의 손가락은 발굽 표면에서 저절로 미끄러져 내렸다. 갈고리 발굽은 약한 향유를 듬뿍 먹여 놓은 것 같았다. 부족민 대부분이 바퀴와 발굽의 상태를 시험하고 확인하는 일에 아주 열심이었다. 이런 모습을 지켜본 메리는 어느 쪽이 먼저 생겨난 건지 궁금해졌다. 바퀴일까, 갈고리 발굽일까? 그것을 타는 동물이 먼저일까, 바퀴나무가 먼저일까?

물론 제3의 요소도 있었다. 바로 이 세계의 지형이다. 천연의 고속도로가 제공된 세계에서 동물들이 씨앗집을 바퀴로 사용하는 법을 알게 된 것은 극히 자연스런 일인지도 모른다. 거대한 초원 위에 리본처럼 가늘고 길게 펼쳐진 현무암 도로가 여간해서는 닳거나 갈라지지 않을 만큼 내구성이 강한 것은 용암 속의 광물질 때문일 것이다.

메리는 이 세계의 모든 것이 서로 어떻게 연관되어 있는지 조금씩 보이기 시작했고, 그 대부분을 뮬레파 부족이 관리하고 있다는 것을 알게 되었다. 그들은 모든 초식 동물과 바퀴나무 숲, 맛 좋은 풀밭이 어디에 있는지 정확하게 알고 있었고, 자신들의 행복과 운명에 대해 의견을 나눌 줄도 알았다.

어느 날 메리는 뮬레파 부족이 초식 동물 한 떼를 추려 내는 것을 보았다. 그들은 추려 낸 것들 중 몇 마리를 골라내서 강한 코로 그들의 목을 감고 죄어 부러뜨렸다. 그러고는 코로 날카로운 돌조각을 잡고 고기와 질긴 관절을 분리하고 지방을 잘라 내고 뿔과 발굽을 떼어 냈다. 어느 것 하나 버리는 것이 없었다. 작업이 아주 효율적이어서 메리는 훌륭하게 처리된 일을 보는 것 같은 흐뭇한 마음으로 그 광경을 지켜보았다.

그들은 고기 조각을 햇볕에 널어 말리고 다른 것들은 소금에 절이거나 나뭇잎에 싸 두었다. 그리고 지방을 깨끗이 제거한 가죽은 무두질을 위해 참나무 껍질을 가득 채운 물웅덩이 속에 담가 놓고, 긁어낸 지방은 나중에 사용하려고 따로 모아 두었다. 가장 큰 어린 잘리프가 뿔 한 쌍을 가지고 초식 동물 흉내를 내자 다른 잘리프들이 즐겁게 웃었다. 그날 저녁 메리는 신선한 고기로 배불리 식사를 했다.

뮬레파 부족은 가장 맛있는 물고기가 있는 곳도 알고 있었고, 언제쯤 어디에다 그물을 쳐야 하는지도 정확히 알았다. 메리는 그물 짜는 것을 도와주었다. 그들이 둘씩 짝을 지어 서로의 코를 함께 사용해서 그물 매듭을 묶는 것을 보고 나서야 메리는 자신의 두 손에 그들이 왜 그렇게 놀랐었는지 이해가 갔다. 그녀는 두 손을 이용해 혼자서도 매듭을 묶을 수 있었다. 그래서 처음에는 자신이 더 유리하다고 생각했다. 그녀는 어느 누구도 필요없었다. 하지만 그것이 그녀와 다른 잘리프들 사이의 벽이었다. 아마도 모든 인간이 그럴 것이었다. 메리는 그때부터 한 손만 써서 각별히 친한 여자 잘리프와 함께 그물의 매듭을 묶었다.

그러나 뮬레파 부족이 가장 심혈을 기울여서 관리하는 것은 역시 바퀴나무였다. 이 부근에서 이 부족이 보살피는 바퀴나무 숲은 대여섯 군데였다. 멀리 떨어진 곳에도 바퀴나무 숲이 있지만, 그곳은 다른 집단이 관리하고 있었다. 그들은 날마다 무리를 지어 그 거대한 나무가 잘 자라고 있는지 살펴보러 나갔고, 씨앗집이 떨어져 있으면, 거두어 왔다. 뮬레파가 그 나무에서 얻는 이익은 엄청난 것이지만, 나무는 이들 부족으로부터 무엇을 얻고 있을까?

그러던 어느 날이었다. 한 잘리프의 등에 올라타고 무리를 따라가던 메리는 갑자기 우지직하며 무엇이 쪼개지는 소리를 들었다. 모두 가던 길을 멈추고 바퀴가 쪼개진 잘리프 주위로 모여들었다. 항상 바퀴 한두 개를 여분으로 가지고 다녔기 때문에 그 부서진 바퀴 대신 곧 새것을 갈아 끼웠다. 그리고 부서진 바퀴는 헝겊에 잘 싸서 마을로 가져왔다.

그들은 깨어진 바퀴를 열고 그 안에 든 씨앗들을 모조리 꺼내 하나씩 조심스럽게 살펴보았다. 씨앗은 납작하고 희끄무레한 타원형으로 메리의 새끼손가락 손톱만 했다. 그들은 씨앗집이 쪼개지려면 딱딱한 도로 위에서 지속적으로 세게 두드려 주어야 하며, 그 씨앗들은 좀처럼 싹이 트지 않는다고 설명해 주었다. 뮬레파 부족이 신경을 쓰지 않으면 바퀴나무들은 완전히 멸종할 것이라는 얘기였다. 뮬레파와 바퀴나무는 서로 의존하고 있으며, 그것을 가능하게 해 주는 것은 다름 아닌 기름이라고 했다. 이해하기는 힘들지만 그들은 기름이 자신들의 사고와 감각의 중심이라고 말하고 있는 듯했다. 젊은 잘리프들이 어른만큼 지혜롭지 못한 것도 바퀴를 못 써서 발굽에 기름을 먹일 줄 모르기 때문이라는 것이었다.

그 순간 메리는 지난 몇 년 동안 자신을 괴롭혀 온 의문과 뮬레파 부족의 관계를 이해하기 시작했다.

뮬레파와의 대화는 길고도 복잡했다. 그들은 수십 가지 예를 들어 가며 자신들의 주장을 설명하고 납득시키고 비교하는 것을 좋아했기 때문이다. 마치 그들은 그 어떤 것도 절대 잊지 않으며, 그래서 이전에 알았던 모든 것을 즉시 말할 수 있는 것처럼 보였다. 그러나 메리가 더 많은 것을 알아내기도 전에 그들의 마을이 공격을 당했다.

메리는 공격자들이 쳐들어오는 것을 가장 먼저 보았지만 그들이 무엇인지는 몰랐다.

그녀가 오두막 지붕을 고치는 일을 도와주고 있던 오후였다. 뮬레파 부족은 위로 기어오르지 못하기 때문에 단층짜리 집만 지었다. 그러나 메리는 위로 오르는 것을 좋아했고, 기술을 익히고 나자 잘리프들보다 훨씬 더 빨리 두 손으로 이엉을 제자리에 엮을 수 있었다.

그녀는 서까래를 딛고 지붕 위로 던져진 갈대 다발을 들고 태양의 열기를 식혀 주는 시원한 강바람을 즐기고 있었다. 바로 그때 하얗게 반짝이는 무언가가 눈에 잡혔다.

그것은 아주 멀리 있어서 처음에는 바다인 줄 알았다. 그녀는 손으로 태양을 가리고 자세히 보았다. 아른거리는 대낮의 열기 속에서 하얀 돛단배들이 하나 둘 나타나더니 그 수가 점점 더 많아졌다. 그것들은 조용히 우아하게 움직이며 강 어귀를 향해 다가오고 있었다.

"메리! 뭘 보고 있어?"

아래에서 잘리프가 소리쳤다.

그녀는 돛단배를 가리키는 뮬레파 말을 몰라 "크고, 하얗고, 많아!"라고 대답했다.

잘리프가 즉시 소리를 질러 비상 사태를 알리자, 그 소리를 들은 모든 부족민은 하던 일을 멈추고 어린것들을 부르며 마을 한가운데로 달려갔다. 눈 깜짝할 사이에 모든 잘리프는 도망갈 준비를 마쳤다.

그녀의 친구인 에이탈이 소리쳤다.

"메리! 메리! 내려와! 투알라피야! 투알라피!"

순식간에 일어난 일이라 메리는 어떻게 해볼 겨를도 없었다. 하얀 돛단배들은 이미 강으로 들어와서 순조롭게 강물을 거슬러 올라오고 있었다. 메리는 그 돛단배들을 모는 선원의 솜씨에 감탄했다. 그들은 마치 놀란 새떼처럼 동시에 움직였다. 눈처럼 새하얗고 날렵한 돛이 바람을 받아 휘어지고 접혔다가 다시 부풀어 오르는 모습이 아주 아름다웠다.

그 배들은 적어도 40척은 되는 것 같았고, 메리가 생각하는 것보다 훨씬 더 빠른 속도로 다가오고 있었다. 그녀는 갑판에 선원이 하나도 없는 것을 보고 나서야 그것들이 배가 아니라는 것을 알았다. 그들은 커다란 새들이었고, 하얀 돛처럼 보인 것은 그들의 날개였다. 그 새들은 앞뒤로 하나씩 달린 날개를 강한 근육으로 돛처럼 곧추세우거나 좌우로 움직여 균형을 잡고 있었다.

새들이 강기슭을 벗어나 뭍으로 올라오고 있어서 이젠 더 이상 한가하게 보고만 있을 여유가 없었다. 그것들은 백조처럼 목이 길고 부리는 메리의 팔뚝만큼 길었다. 날개는 그녀의 키보다 두 배는 컸고, 다리는 물위에서 그렇게 빨리 움직이는 것이 당연하다 싶을 정도로 매우 튼튼해 보였다. 그녀는 겁에 질려 도망가면서도 한두 번 어깨 너머로 힐끔 돌아보았다.

메리는 자기 이름을 부르는 잘리프의 뒤를 쫓아 죽어라고 달렸다. 뮬레파 부족은 이제 마을을 빠져나와 고속도로로 들어섰다. 메리가 도착하자 그녀의 친구 에이탈이 기다리고 있다가 얼른 등에 태웠다. 그러고는 좌우 두 발로 땅을 박차며 동료들을 따라 비탈길을 쏜살같이 굴러 내려갔다.

육지에서는 그렇게 빨리 못 움직이는지 그 하얀 새들은 곧 추격을 단념하고 마을로 돌아갔다. 그들은 커다랗고 무시무시한 부리로 음식 창고를 부수어 열고는 말린 고기와 저장된 과일과 곡식을 꿀꺽꿀꺽 집어삼켰다. 순식간에 음식이란 음식은 모조리 다 사라져 버렸다.

투알라피들은 이번에는 바퀴 창고를 찾아서 그 커다란 씨앗집을 깨뜨리려고 애썼지만 그것만은 헛수고로 끝났다.

메리는 주위에 있는 친구들이 모두 두려움과 긴장에 사로잡혀 있는 것을 느꼈다. 그들은 나지막한 언덕 위에서 마을을 내려다보며 씨앗집들이 땅에 던져지고 발에 채이고 거대한 발굽에 긁히는 것을 안타깝게 바라보고 있었다. 물론 그렇게 해서 씨앗집들이 상하는 건 아니었다. 뮬레파 부족이 걱정하는 것은 씨앗집들이 발길에 채이거나 밀려 강으로 들어가서 바다로 영영 떠내려가 버리는 것이었다.

하얗고 거대한 그 새들은 무엇이든 눈에 띄는 대로 사납게 차고 부리로 쪼고 물어뜯으며 파괴했다. 뮬레파 부족은 비통한 소리로 나지막하게 울부짖었다.

"괜찮아, 내가 도와줄게. 다시 만들면 돼."

메리가 말했다.

그 비열한 짐승들의 못된 짓은 그 정도로 끝나지 않았다. 그들은 아름다운 날개를 높이 치켜들고 자신들이 폐허로 만든 그곳에다 배설까지 했다. 그 악취가 바람을 타고 언덕까지 번져 왔다. 검푸르고 희끄무레한 배설물 덩어리가 무너진 들보와 이엉들 사이에 널려 있었다. 그들은 거들먹거리며 강으로 걸어갔다.

그들의 하얀 날개가 오후의 아른거리는 햇살 속으로 완전히 사라진 후에야 뮬레파 부족은 언덕에서 고속도로로 다시 내려왔다. 그들은 슬픔과 분노로 치를 떨었다. 그러나 가장 걱정스러운 것은 씨앗집 창고였다.

거기에 보관했던 열다섯 개의 씨앗집 중 겨우 두 개만 남아 있었다. 나머지는 모두 강으로 떠내려가 버렸다. 메리는 강줄기가 휘어져 흐르는 모래사장에서 씨앗집을 발견할 수 있을 거라고 생각했다. 뮬레파 부족의 놀라움과 걱정을 뒤로한 채 메리는 옷을 벗고 허리에 끈을 묶은 뒤 강을 가로질렀다. 모래사장에는 씨앗이 다섯 개나 널려 있었고 그녀는 씨앗의 가운데를 줄로 엮어 가지고 왔다.

뮬레파들은 고마워서 어쩔 줄을 몰라 했다. 그들은 절대 물속으로 들어가지 않고, 강기슭에서 다리와 바퀴가 젖지 않도록 조심하며 물고기를 잡는 것이 고작이었다. 메리는 모처럼 그들을 위해 좋은 일을 한 것 같아 뿌듯해졌다.

그날 밤 늦게 달착지근한 나무뿌리로 허술한 식사를 하고 난 후, 뮬레파 부족은 자신들이 왜 씨앗집을 그렇게까지 애지중지하는지 메리에게 설명했다. 한때 씨앗이 넉넉하고 세상이 풍요롭고 활기가 넘치던 시절에는 뮬레파 부족도 자신들의 나무들과 함께 기쁨을 누리며 살았다. 그러나 오래전에 어떤 나쁜 일이 일어났고, 그로 인해 이 세계에서 어떤 덕목이 사라졌다. 뮬레파 부족이 온갖 노력과 관심, 사랑을 다 쏟아도 바퀴나무들은 자꾸만 죽어 가고 있었다.

잠자리

에이머는 빵과 우유를 넣은 가방을 등에 지고 동굴로 난 길을 오르고 있었다. 마음이 몹시 혼란스러웠다. 어떻게 하면 들키지 않고 잠자는 소녀에게 접근할 수 있을까?

에이머는 그 여자가 말한 바위에 음식을 내려놓았지만 곧장 집으로 돌아가지 않았다. 거기서 좀 더 올라가 동굴을 지나쳐 꽃나무들이 무성하게 자란 곳을 통과했고, 더 높이 올라가 나무가 드물어지고 무지개가 시작되는 지점에 이르렀다.

거기서 에이머는 데몬과 놀이를 했다. 그들은 바위들을 오르고 하얗게 쏟아지는 작은 폭포들을 돌아 스펙트럼처럼 빛나는 물안개와 소용돌이를 지났다. 에이머의 머리카락과 눈썹, 데몬의 다람쥐 털에 작은 물방울들이 진주처럼 무수히 맺혔다. 그 놀이는 눈을 비비고 싶어도 꾹 참고 폭포 꼭대기까지 올라가는 것이었다. 순간 햇빛이 번쩍이면서 빨

강, 노랑, 초록, 파랑의 찬란한 빛깔로 부서졌지만 아직 꼭대기에 이르기 전이니 그것을 더 잘 보려고 손으로 눈을 문지를 수는 없었다. 그랬다간 놀이에서 지는 것이다.

소녀의 데몬 쿨랑이 작은 폭포의 꼭대기 근처에 있는 바위로 올라가자 에이머는 그가 눈썹에 맺힌 물방울들을 닦아 내지 않았나 확인하기 위해 뒤를 돌아볼 줄 알았다. 그러나 쿨랑은 그 자리에 못 박힌 듯 서서 앞만 바라보았다.

에이머는 눈을 닦았다. 데몬이 깜짝 놀라는 바람에 놀이는 취소되었다. 무슨 일인지 보려고 숨을 헐떡거리며 올라간 에이머는 숨을 딱 멈추었다. 생전 처음 보는 짐승이 그들을 내려다보고 있었다. 곰이었다. 몸집이 엄청 크고 험상궂게 생겼으며, 숲 속에 사는 갈색 곰보다 덩치가 네 배는 더 컸다. 그 곰은 크림색이 도는 하얀 털에 검은 코와 검은 눈동자, 단도만큼 긴 발톱을 가지고 있었다. 팔만 뻗으면 닿을 거리에 있어서 에이머는 곰의 머리에 난 털오라기까지 볼 수 있었다.

"저 아인 누구죠?"

한 소년의 목소리가 들렸다. 처음 듣는 말이었지만 무슨 뜻인지 짐작은 갔다.

잠시 후 소년이 곰 옆에 나타났다. 사납게 생긴 아이는 눈을 찌푸리고 턱을 내밀고 있었다. 그리고 그 옆에는 데몬이 있었다. 새인가? 그러나 에이머가 본 어떤 새와도 닮지 않은 아주 이상한 모양의 새였다. 그것은 쿨랑에게 날아와 짧게 말했다.

"친구야, 너희를 해치지 않을 거야."

커다란 흰 곰은 미동도 하지 않았다.

"이리 올라와."

소년이 말하자 에이머의 데몬이 그 의미를 전해 주었다.

에이머는 미신적인 두려움으로 곰을 바라보며 작은 폭포 옆으로 기어 올라가 바위 위에 섰다. 쿨랑은 나비가 되어 잠시 에이머의 볼에 앉았다가 소년의 데몬 주위로 펄럭이며 날아갔다. 그 데몬은 소년의 손에 가만히 앉아 있었다.

"윌."

소년이 자신을 가리키며 말했다.

"에이머."

에이머가 대답했다. 소년을 자세히 볼 수 있게 되자 에이머는 이제 곰보다 그가 더 무서워졌다. 소년은 끔찍한 상처를 입고 있었다. 손가락 두 개가 없었던 것이다. 에이머는 현기증이 났다.

곰은 하얗게 물보라 치는 폭포 쪽으로 돌아서더니 몸을 식히려는 듯 물속으로 들어갔다. 소년의 데몬은 공중으로 날아올라 쿨랑과 함께 무지개 사이를 날아다니면서 서로를 이해하기 시작했다.

그러니까 그들은 소녀가 잠자고 있는 바로 그 동굴을 찾고 있다는 얘기지?

에이머는 자신도 모르게 불쑥 말을 꺼냈다.

"동굴이 어디 있는지 알아! 소녀의 엄마라는 여자가 그 아이를 계속 재우고 있어. 그렇게 잔인한 엄마는 첨 봤어. 그 여자는 딸을 재우려고 뭔가를 억지로 먹여. 하지만 나한테 소녀를 깨울 약초가 있어. 가까이 가기만 하면 난 그 애를 깨울 수 있어!"

윌은 머리를 저으며 발타모스가 통역해 주기를 기다렸다. 에이머의 말을 이해하려면 시간이 조금 필요했다.

"이오레크."

소년이 부르자 물고기 한 마리를 꿀꺽 삼킨 곰이 턱을 핥으며 계곡 바닥을 따라 터벅터벅 걸어 나왔다.

"이오레크. 얘가 리라 있는 곳을 알고 있대요. 이 아이와 함께 그곳을 살펴보고 올 테니, 여기 남아서 망을 보세요."

이오레크 뷔르니손은 물속에 바위처럼 우뚝 서서 말없이 고개만 끄덕였다. 윌은 배낭을 숨기고 만단검을 허리에 찬 뒤 에이머와 함께 무지개를 지나 아래로 기어 내려갔다. 안개로 가득 찬 공기는 차가웠다. 윌은 발을 안전하게 디딜 곳을 찾기 위해 눈썹에 맺힌 물방울을 닦아 내며 짙은 안개 속을 유심히 살펴야만 했다.

폭포 아래에 도착하자 에이머는 아무 소리도 내지 말고 조심조심 가야 한다고 주의를 주었다. 윌은 에이머를 따라 비탈길을 내려갔다. 이끼 긴 바위와 옹이투성이의 커다란 소나무들 사이로 햇빛이 쏟아졌고, 수많은 작은 벌레가 그곳을 기어 다니고 있었다. 아래쪽으로 더 내려가도 햇빛은 여전히 그들을 따라왔고, 계곡 안으로 깊숙이 들어가자 나뭇가지들이 새파란 하늘을 향해 끝없이 뻗어 있었다.

그때 에이머가 갑자기 걸음을 멈췄다. 윌은 거대한 삼나무 둥치 뒤에 몸을 숨기고 에이머가 가리키는 곳을 바라보았다. 무성한 나뭇잎과 나뭇가지들 사이로 높이 솟아오른 절벽이 보였다. 그리고 그 절벽 중간쯤에 사람이 한 명 서 있었다.

"콜터 부인이야."

윌이 조용히 말했다. 그의 심장이 빠르게 뛰기 시작했다.

콜터 부인은 바위 뒤에서 나와 나뭇잎이 잔뜩 붙어 있는 가지를 흔들다 내려놓고는 두 손을 탁탁 털었다. 바닥을 쓸고 있었던 건가? 소매가 말려 올라가 있고 머리카락은 스카프로 묶고 있었다. 콜터 부인의 그런 엄마다운 모습은 정말 상상도 못 한 것이었다. 그때 황금빛이 번쩍하더니 그 사악한 원숭이가 나타나 그녀의 어깨 위로 뛰어올랐다. 그들은 무엇인가 의심쩍은 듯 사방을 둘러보았고, 콜터 부인의 엄마다운 모습은 순식간에 사라져 버렸다.

에이머가 다급하게 뭐라고 속삭였다. 그녀는 황금 원숭이 데몬이 무서웠다. 그 원숭이는 살아 있는 박쥐의 날개를 찢는 걸 좋아했다.

"다른 사람은 없니? 군인이나 뭐 그런 사람?"

윌이 물었다.

에이머도 모르는 일이었다. 군인들을 본 적은 없지만, 마을 사람들은 무서운 낯선 남자들 얘기를 했다. 어쩌면 그들은 밤에 산기슭에 나타나는 유령들인지도 몰랐다. 그러나 산에는 항상 유령이 있어 왔고, 누구나 그것을 알고 있었다. 그러니 그들은 이 콜터 부인이라는 여자와는 아무 상관이 없을 수도 있었다.

윌은 리라가 동굴 안에 있고 콜터 부인이 그곳을 떠나지 않는다면 자신이 직접 가서 만나는 수밖에 없다고 생각했다.

"그런데 네가 가지고 있다는 약은 뭐니? 리라를 깨우려면 그걸로 어떻게 해야 하지?"

에이머는 설명해 주었다.

"그건 지금 어디 있지?"

"우리 집에 숨겨 놨어."

"좋아. 가까이 오지 말고 여기서 기다려. 저 여자를 만나더라도 나를 봤다는 얘기를 하면 안 돼. 넌 나도 곰도 못 본 거야. 다음 음식은 언제 가지고 오니?"

"해 지기 30분 전에."

에이머의 데몬이 대답했다.

"그럼 그때 약도 가져와. 여기서 만나자."

에이머는 윌이 비탈길을 따라 내려가는 것을 몹시 불안한 얼굴로 바라보았다. 저 아이는 그 여자의 원숭이 데몬에 대해 내가 해 준 얘기를 안 믿는 게 분명해. 그러니까 저렇게 겁도 없이 동굴로 가지.

사실 윌은 몹시 긴장하고 있었다. 눈은 비록 동굴 입구를 주시하고 있었지만 모든 감각이 예민할 대로 예민해져서 햇빛 속을 날아다니는 작은 곤충들이나 살랑거리며 흔들리는 나뭇잎들, 그 위로 흘러가는 구름들의 모습까지 모두 의식하고 있었다.

"발타모스."

윌이 나지막하게 부르자 천사는 빨간 날개를 가진 영리한 눈빛의 작은 새가 되어 그의 어깨 위에 앉았다.

"내 옆에서 저 원숭이를 잘 감시하세요."

"그렇다면 네 오른쪽을 봐."

발타모스가 무뚝뚝하게 말했다.

황금 원숭이가 동굴 입구에서 자신들을 지켜보고 있었다. 그들은 스무 걸음 정도 떨어져 있었다. 윌이 멈춰 서자 황금 원숭이는 고개를 돌려 동굴 안으로 뭐라고 소리치고는 다시 그를 돌아보았다.

윌은 만단검의 손잡이를 한 번 쓰다듬고 다시 걸어갔다.

동굴에 이르자 콜터 부인이 기다리고 있었다.

그녀는 작은 의자에 앉아 책을 무릎 위에 올려놓고 윌을 조용히 바라보았다. 콜터 부인이 입은 카키색 여행복은 잘 재단되어 있는데다 그 옷을 입은 그녀의 모습이 너무나 우아해서 아주 세련된 옷처럼 보였다. 또 셔츠 앞자락에 핀으로 고정시킨 작고 붉은 꽃무늬 장식물은 매우 고급스런 보석처럼 보였다. 머리카락은 윤기가 흘렀고 검은 눈동자는 반짝였으며 맨다리는 햇빛을 받아 금빛으로 빛났다.

콜터 부인이 미소를 지어 보이자, 윌은 마지못해 따라 웃었다. 그는 콜터 부인이 미소 속에 담아 내는 아름다움과 상냥함이 너무나 생소해 마음이 불안하고 당황스러웠다.

"네가 윌이구나."

상대방을 마취시켜 버릴 듯한 목소리였다.

"내 이름을 어떻게 알았죠?"

윌은 냉정하게 물었다.

"리라가 잠결에 말했어."

"리라는 어디에 있어요?"

"안전하단다."

"만나고 싶어요."

"그럼 이리 오렴."

콜터 부인은 일어서며 책을 의자 위에 놓았다.

그때 윌은 황금 원숭이 데몬을 바라보았다. 그 길고 윤기가 흐르는 털은 한 올 한 올이 모두 순금으로 만들어진 것 같았고 사람의 털보다 훨씬 부드러워 보였다. 황금 원숭이의 작은 얼굴과 손은 모두 검은색이 었다. 윌은 리라와 함께 옥스퍼드에 있는 찰스 래트롬 경의 집에서 알 레시오미터를 훔치던 날 저녁, 증오로 일그러진 이 원숭이의 얼굴을 보 았다. 그때 이 원숭이는 이빨로 윌을 찢어 버리려다가 그가 만단검을 휘두르자 할 수 없이 뒤로 물러났고, 그 순간을 이용해서 윌은 창을 닫 아 그들을 다른 세계에 떼어 놓을 수 있었다. 윌은 이제 어떤 일이 벌어 져도 원숭이에게 등을 보이지는 않을 생각이었다.

그러나 새의 모습으로 변한 발타모스가 가까이에서 지켜보고 있었기 때문에 윌은 콜터 부인을 따라 조심스럽게 동굴 안으로 들어갔다. 그리 고 어두운 곳에서 조용히 잠들어 있는 작은 형체에게 점점 다가갔다.

윌은 가장 친한 친구인 리라가 잠들어 있는 모습을 보았다. 그렇게 작아 보일 수가 없었다. 깨어 있을 때는 그처럼 힘과 열정이 넘치던 리 라가 잠들어 있는 지금은 어쩌면 이렇게 온화하고 유순해 보이는 걸까? 판탈라이몬은 털이 반짝이는 족제비로 변해 리라의 목을 휘감고 잠들어 있었다. 땀에 젖은 리라의 머리카락이 이마로 흘러내려 있었다.

월은 옆에 무릎을 꿇고 앉아 리라의 머리카락을 넘겨 주었다. 리라의 얼굴은 뜨거웠다. 월은 곁눈으로 황금 원숭이가 뛰어오르려고 웅크리는 것을 보고는 손을 만단검으로 가져갔다. 콜터 부인이 머리를 살짝 젖자 황금 원숭이는 자세를 풀었다.

월은 동굴의 정확한 형태를 머릿속에 그려 넣고 있었다. 바위들의 크기와 모양과 바닥의 경사와 리라가 잠들어 있는 곳의 천장 높이까지 정확히 새겨 두었다. 어둠 속에서 이곳을 통과해야 할지도 모르고, 이것이 동굴을 살펴볼 수 있는 유일한 기회였다.

"보다시피 리라는 아주 안전해."

콜터 부인이 말했다.

"왜 이곳에 감춰 두고 있죠? 왜 계속 재우는 거예요?"

"좀 앉으렴."

그녀는 동굴 입구에 있는 이끼 덮인 바위 위에 월과 함께 앉았다. 여자의 목소리가 너무 부드럽고 눈빛도 슬퍼 보여 월은 더욱 의심스러웠다. 콜터 부인의 말은 모두 거짓이고 그녀의 행동은 위협을 감추려는 것이며 미소는 위선을 가리기 위한 것으로밖에 안 보였다. 그렇다면 이번에는 월이 이 여자를 속일 차례였다. 그가 아무 짓도 안 할 거라고 그녀가 믿게끔 만들어야 했다. 월은 전에도 자신에게 관심을 보이던 학교 선생님과 경찰이나 사회 사업가들을 멋지게 속여 넘긴 적이 있었다.

좋아, 내가 상대해 주지.

"뭘 좀 마시겠니? 나도 마실 참이거든. 아주 안전하단다. 보렴."

콜터 부인은 주름진 갈색 과일을 반으로 갈라 작은 컵 두 개에 뿌연 즙을 짜서 자신이 먼저 한 모금 마셔 보인 뒤 다른 잔을 월에게 주었다.

월도 한 모금 마셔 보았다. 신선하고 달콤했다.

"여기 오는 길은 어떻게 알았지?"

콜터 부인이 물었다.

"당신을 뒤쫓는 건 그리 어렵지 않았어요."

"그랬구나. 리라의 알레시오미터를 가지고 있니?"

"네."

윌은 자신이 알레시오미터를 읽을 수 있는지 없는지는 그녀가 알아서 판단하도록 내버려 두었다.

"네겐 만단검도 있다면서?"

"찰스 경이 말했군요?"

"찰스 경? 아, 카를로 말이군. 그래 맞아. 아주 신비한 칼이라던데, 좀 보여 주겠니?"

"아뇨, 안 돼요."

윌은 거절했다.

"리라를 왜 이곳에 숨겨 둔 거죠?"

"그 아이를 사랑하니까."

콜터 부인이 말했다.

"난 그 애의 엄마야. 그 아이는 아주 끔찍한 위험에 처해 있어. 난 리라에게 어떤 일도 일어나지 않게 할 거란다."

"위험이라니, 어떤 위험을 말하는 거죠?"

"그건……."

콜터 부인이 컵을 바닥에 내려놓느라 몸을 앞으로 숙이자 머리카락이 옆으로 흘러내렸다. 부인은 자세를 바로 하고 두 손으로 머리카락을 쓸어 올렸다. 그녀의 신선한 체취가 향수 냄새와 어우러져 밀려오자 윌은 마음이 산란해졌다.

콜터 부인은 윌의 반응을 눈치 챘는지 못 챘는지, 계속 말을 이어 갔다.

"윌, 난 네가 어떻게 내 딸을 보러 왔는지, 또 어디까지 알고 있는지 모르겠어. 그리고 널 어디까지 믿어야 할지도. 하지만 거짓말하기도 지겨우니까 진실을 말해 주지.

나는 내가 몸담고 있던 교회 사람들 때문에 내 딸이 위험에 빠졌다는 걸 알았어. 아니, 솔직히 말해서 그들이 내 딸을 죽일 것 같아. 그래서 난 교회에 복종하느냐, 아니면 딸을 구하느냐, 고민에 빠졌지. 나는 교회의 충실한 종이었어. 나보다 더 열성인 사람은 없었지. 평생을 바칠 정도로 교회에 봉사했으니까.

하지만 내겐 이 딸이 있었지…….

리라가 어렸을 때 내가 소홀했던 건 인정해. 나와 떨어져 다른 사람들 손에서 컸지. 그 애가 나를 못 믿는 것도 아마 그 때문이겠지. 하지만 지금까지 세 번이나 그 애를 구하려고 애썼어. 그 때문에 나는 배신자가 되어 이 먼 곳에 숨어 있는 거야. 그래서 이젠 안전하다고 생각했는데 네가 이렇게 쉽게 찾아냈으니…… 너도 이해하겠지만 그래서 걱정이 되는구나. 교회 사람들이 곧 들이닥칠 거야. 그들은 리라를 죽이고 싶어 해. 이 애를 살려 두지 않을 거야."

"왜요? 왜 그들이 리라를 싫어하죠?"

"리라가 어떤 중요한 일을 할 거라고 믿으니까. 그게 뭔지는 나도 몰라. 하지만 알고 싶어. 그러면 내가 리라를 훨씬 더 안전하게 지킬 수 있을 테니까. 하지만 내가 아는 건 그들이 리라를 싫어한다는 것뿐이야. 그들은 정말 무자비하단다."

콜터 부인은 윌 가까이로 몸을 숙이며 진지하게 말했다.

"내가 왜 너한테 이런 말을 하고 있을까? 널 믿을 수 있을까? 그래야겠지. 우린 막다른 골목에 있어. 도망갈 곳이 없단다. 네가 리라의 친구라면 내 친구도 되지. 난 지금 친구가 필요하단다. 도움이 필요해. 지금은 모두가 내게 등을 돌리고 있어. 교회가 우리를 찾아내면, 그들은 리라뿐만 아니라 나도 죽일 거야. 난 혼자야, 윌. 혼자서 딸을 데리고 동굴 안에 숨어 있는 거야. 전 세계의 모든 군대가 우릴 추적하고 있어. 그리고 너처럼 우릴 쉽게 찾아낼 거야. 넌 어떻게 할 거니, 윌? 네가 원하는 게 뭐지?"

"왜 리라를 계속 재우고 있죠?"

윌은 콜터 부인의 질문을 피하며 완강하게 물었다.

"그 애를 깨우면 어떻게 되겠니? 당장 도망칠 거야. 그러면 닷새도 버티지 못해."

"하지만 리라에게 모두 설명해 주고 선택하게 해야죠."

"그 애가 내 말을 듣겠니? 날 믿을 거라고 생각해? 리라는 날 믿지 않아, 윌. 날 증오하거든. 넌 그걸 알아야 해. 그 앤 날 경멸해. 글쎄…… 어떻게 말해야 할지 모르겠구나. 아무튼 난 내가 가진 모든 것을 포기했어. 그리고 이 산속의 동굴에서 마른 빵과 신 과일만 먹으면서 살고 있어. 그렇게 했기 때문에 이때까지 내 딸을 지킬 수 있었던 거야. 이 애를 살릴 수만 있다면 언제까지라도 잠을 재울 거야. 난 리라를 살려야만 해. 네 엄마라면 널 위해 그렇게 하지 않았겠니?"

윌은 콜터 부인이 자기 행동을 정당화하기 위해 감히 자신의 어머니를 끌어들인 것에 분노와 충격을 느꼈다. 다음 순간 그 충격은 그의 어머니가 그를 보호한 것이 아니라, 그 자신이 어머니를 보호해야 했다는 생각에 더 심해졌다. 그렇다면 엄마가 날 사랑하는 것보다 콜터 부인은 리라를 더 사랑하는 걸까? 하지만 그건 공평하지 못했다. 그의 어머니는 건강하지 않았으니까.

콜터 부인은 자신이 내뱉은 말이 윌에게 어떤 감정의 소용돌이를 일으켰는지 모르고 있거나 이 모든 것을 계산한 지나치게 영악한 여인일지도 모른다. 그녀는 아름다운 눈으로 윌이 얼굴을 붉히며 불안하게 몸을 움직이는 것을 온화하게 바라보았다. 그리고 한순간 콜터 부인은 이상하리만치 자신의 딸인 리라처럼 보였다.

"이제는 어떻게 할 거니?"

그녀는 윌에게 물었다.

"글쎄요. 리라를 봤으니 됐어요. 아직 살아 있는 건 분명하군요. 그리고 안전한 것 같구요. 그러니 됐어요. 이젠 예정대로 아스리엘 경을 도와주러 가야겠어요."

콜터 부인은 그 말에 내심 놀랐지만 내색하지 않고 말했다.

"넌 그럴 생각이 없겠지만…… 난 네가 우릴 도와줄지도 모른다고 생각했는데."

간청하는 것이 아니라 윌의 의중을 떠보려는 듯 조용한 말투였다.

"만단검으로 말이야. 난 찰스 경의 집에서 네가 한 일을 다 봤단다. 넌 우릴 안전하게 지켜 줄 수 있어, 그렇지 않니? 우리가 도망칠 수 있도록 말이야."

"이젠 가야겠어요."

윌이 일어섰다.

콜터 부인은 손을 내밀었다. 그러곤 마치 체스 판에서 말을 잘 옮긴 능란한 상대방에게 하듯 유감스런 미소를 지으며 어깨를 으쓱하고 고개를 끄덕였다. 윌은 콜터 부인이 좋아지려고 했다. 그녀는 용감했고, 또한 더 세련되고, 더 화려하고, 더 깊이가 있는 리라처럼 보였기 때문이다. 그런 여자를 좋아하지 않을 수 있을까.

윌은 콜터 부인과 악수하면서 단단하고 차갑고 부드러운 손을 느꼈다. 그녀는 뒤에 조용히 앉아 있던 황금 원숭이를 돌아보았다. 둘은 윌이 이해할 수 없는 눈빛을 서로 주고받았다. 그녀는 윌에게 다시 미소를 지어 보였다.

"안녕히 계세요."

윌이 말했다.

그녀가 조용히 말했다.

"잘 가거라, 윌."

그는 동굴을 나왔다. 콜터 부인이 계속 바라보고 있는 것을 느꼈지만 한 번도 뒤돌아보지 않았다. 에이머는 보이지 않았다. 그는 자신이 왔던 길을 따라 폭포 소리가 들리는 곳까지 계속 걸어갔다.

"그 여자는 거짓말을 하고 있어요."

30분 후 윌은 이오레크 뷔르니손에게 말했다.

"새빨간 거짓말이죠. 그 여자는 자신을 불리하게 만드는 거짓말도 마구 해요. 거짓말하는 걸 너무 좋아해서 그만둘 수가 없나 봐요."

"그러면 이제 어쩔 셈이지?"

곰왕이 물었다. 그는 바위들 사이의 눈 무더기에 배를 깔고 엎드려 햇빛을 쬐고 있었다.

윌은 옥스퍼드에서 써먹었던 방법을 다시 써 볼까 궁리하며 왔다 갔다 했다. 만단검으로 다른 세계로 들어가서 리라가 누워 있는 장소 바로 옆 지점으로 간 다음 창을 만들어 이쪽 세계로 건너와 리라를 안전하게 옮기고는 창을 닫는다…… 이보다 더 확실한 방법은 없었다. 그런데 뭘 꾸물대고 있는 거지?

발타모스는 알고 있었다. 다시 천사 모습으로 돌아와 햇빛 속에서 아지랑이처럼 아른거리고 있는 그가 말했다.

"그 여자한테 간 게 실수야. 지금 넌 다시 그 여자가 보고 싶은 거야."

천사의 말에 이오레크는 깊은 소리로 나지막하게 웅얼거렸다. 윌은 곰이 천사를 나무라는 줄 알았다. 그러나 이오레크도 발타모스의 말에 동의하고 있다는 것을 알고 적잖이 충격을 받아 당황했다. 곰과 천사는 존재 방식이 너무 달라 지금까지 서로를 거의 의식하지 않았지만, 이것에 관해서는 생각이 일치한 게 분명했다.

윌은 눈살을 찌푸렸지만 그 말은 사실이었다. 그는 콜터 부인에게 마음을 빼앗겼다. 온통 콜터 부인 생각뿐이었다. 리라를 생각하면 그녀가 자라면 자기 엄마를 얼마나 빼닮을지 궁금했고, 교회를 생각하면 얼마나 많은 신부와 추기경들이 콜터 부인에게 매혹당했을까 싶었고, 죽은 아버지를 생각하면 아버지가 콜터 부인을 혐오했을까 아니면 연모했을까 궁금했고, 그리고 두고 온 어머니를 생각하면……

윌은 마음이 아팠다. 그는 곰에게서 멀찌감치 떨어져서 계곡 전체가 굽어보이는 바위 위에 올라섰다. 깨끗하고 차가운 공기 속에서 멀리 누군가 나무를 찍는 소리가 들렸고, 양의 목에 달린 종소리와 계곡 아래 먼 곳에서 나무들이 살랑거리며 흔들리는 소리도 들려왔다. 지평선에 늘어선 산들의 작은 골짜기들도 선명하게 시야에 들어왔고, 수 킬로미터 밖에서 죽어 가는 짐승 위를 선회하는 독수리들도 보였다.

의심할 여지가 없었다. 발타모스가 옳았다. 콜터 부인은 그에게 주문을 걸었던 것이다. 그 아름다운 눈빛과 달콤한 목소리, 그녀가 팔을 들어 올려 윤기 나는 머리칼을 뒤로 넘기던 모습을 떠올리면 황홀하고 즐거웠다.

윌은 이성을 찾으려고 애쓰다가 또 다른 소리를 들었다. 아주 멀리서 윙윙거리는 소리였다. 그는 소리 나는 곳을 찾아 이리저리 둘러보다가 그것이 북북, 그와 이오레크가 떠나온 그 방향에서 들려온다는 것을 알았다.

"체펠린이야."

이오레크의 목소리에 윌은 깜짝 놀랐다. 그 커다란 짐승이 가까이 오는데도 그 소리를 못 듣다니, 이오레크는 같은 방향을 쳐다보며 그의 옆으로 왔다. 그가 뒷다리를 딛고 일어서자 윌보다 두 배는 더 컸다. 곰은 시선을 한곳에 집중시키고 있었다.

"몇 대예요?"

"여덟 대."

잠시 후 윌의 눈에도 그것들이 보였다. 작은 점들이 한 줄로 늘어서 있었다.

"여기까지 오는 데 얼마나 걸릴까요?"

윌이 물었다.

"해가 지자마자 도착할 거야."

"그러면 어두워질 때까지 기다릴 수 없겠군요. 이런."

"네 계획이 뭔데?"

"창을 만들어 리라를 다른 세계로 데려간 뒤 콜터 부인이 쫓아오기 전에 닫는 거예요. 그 여자 아이가 리라를 깨울 약초를 가지고 있어요. 하지만 그 사용법을 자세하게 설명해 주지는 않았어요. 그래서 그 애도 동굴 안으로 데려가야 돼요. 하지만 그 아이를 위험에 빠뜨리긴 싫어요. 우리가 리라를 깨우는 동안 당신이 콜터 부인의 주의를 딴 데로 돌릴 수 있겠죠?"

곰왕은 투덜거리며 눈을 감았다. 윌은 주위를 두리번거리며 천사를 찾았다. 그의 형체는 늦은 오후 햇살이 비치는 뿌연 안개 속에서 윤곽을 드러내고 있었다.

"발타모스. 나는 지금 숲 속으로 돌아가서 창을 낼 안전한 장소를 찾을 거예요. 당신은 망을 보면서 에이머나 그 애의 데몬이 가까이 오는

지 알려 주세요."

발타모스는 고개를 끄덕이며 날개를 펼쳐 물방울을 털어 냈다. 그는 차가운 공기 속으로 솟아올라 계곡 너머로 날아갔다. 윌은 리라를 안전하게 옮길 세계를 찾기 시작했다.

선두에서 비행하고 있는 체펠린의 삐걱거리고 흔들리는 2인용 객실 안에서는 잠자리들이 부화하고 있었다. 레이디 살마키아는 고개를 숙여 전기를 띤 푸른 잠자리의 고치가 지어지는 것을 보며, 축축하고 엷은 막으로 된 날개를 깨끗이 쓰다듬고 그 많은 홑눈에 자신의 얼굴이 가장 먼저 각인되도록 하기 위해 정성을 다했다. 그녀는 섬세하게 뻗은 날개의 맥을 어루만지며 빛을 발하는 그 생물에게 그것의 이름을 속삭여 주고 그가 누구인지 가르쳤다.

몇 분 후면 체발리어 티알리스도 자신의 잠자리에게 똑같이 할 것이었다. 그러나 지금은 천연자석 공명기로 메시지를 보내고 있는 중이라 모든 주의를 자신의 손가락과 활의 움직임에 집중시키고 있었다.

그는 메시지를 전송했다.

로크 경에게

계곡 도착 예정 시간이 세 시간 남았습니다. 교회 법정은 착륙하는 즉시 군대를 보낼 계획입니다.

군대는 두 부대로 나뉠 것입니다. 첫 번째 부대는 동굴로 가는 길을 뚫고 그 아이를 죽인 다음 증거물로 머리를 벨 것입니다. 가능하면 그 여자는 생포할 계획이지만 여의치 않으면 그녀도 죽일 것입니다.

두 번째 부대는 그 소년을 생포할 계획입니다.

남은 병력은 오구녜 왕의 자이롭터와 싸우게 될 것입니다. 그들은 체펠린이 도착한 얼마 후에 자이롭터가 도착할 것으로 예상하고 있습니다. 당신의 지시에 따라 레이디 살마키아와 나는 미리 체펠린에서 나가 곧장 동굴로 날아갈 겁니다. 거기에서 우리는 첫 번째 부대로부터 그 소녀를 보호하고 증원 부대가 올 때까지 그들을 막겠습니다.

당신의 답신을 기다립니다.

회답은 즉각 왔다.

체발리어 티알리스에게

당신의 보고로 인해 계획이 하나 변경되었다.

적이 그 아이를 죽이지 못하게 하기 위해서는, 이것은 최악의 상황이 되겠지만, 당신과 레이디 살마키아는 그 소년과 협력해야 한다. 만단검을 가지고 있는 동안은 그 소년이 주도권을 쥐고 있는 것이다. 그가 다른 세계로 통하는 창을 열어 그 소녀를 데려가면 그렇게 하도록 내버려 두라. 그리고 그들을 쫓아가라. 항상 그들 옆에 붙어 있어야 한다.

체발리어 티알리스가 답장을 보냈다.

로크 경에게

당신의 답신을 들었습니다. 살마키아와 즉시 떠나겠습니다.

작은 스파이는 공명기를 닫고 장비를 모두 챙겼다.

"티알리스, 잠자리가 부화하고 있어요. 당신이 지금 와야 해요."

어둠 속에서 속삭이는 소리가 들렸다.

그는 자신의 잠자리가 세상으로 나오기 위해 안간힘을 쓰고 있는 받침대로 뛰어올라 찢어진 고치를 느슨하게 움직여 그것을 자유롭게 풀어 주었다. 커다랗고 사납게 생긴 머리가 불쑥 튀어나오자 그는 아직 물기가 있고 동그랗게 말려 있는 무거운 더듬이를 들어 올리고 그 생물이 완전히 자신의 명령을 따를 때까지 자신의 피부를 맛보도록 했다.

살마키아는 자신의 잠자리에 항상 가지고 다니던 마구를 채웠다. 거미줄로 만든 고삐와 티타늄으로 만든 등자와 벌새의 가죽으로 만든 안장이었다. 그것들은 무게가 거의 나가지 않았다. 티알리스도 그녀와 똑같이 곤충의 몸통에 가죽끈을 조였다 늦췄다 하며 마구를 조정했다. 잠자리들은 죽을 때까지 그 마구를 몸에 걸치고 있을 터였다.

티알리스는 재빨리 짐을 어깨에 메고 기름기 있는 체펠린 동체를 헤집고 나아갔다. 그 옆에서 자신의 잠자리를 탄 살마키아가 좁은 틈을 힘들게 통과하여 돌풍 속으로 나갔다. 그녀가 빠져나갈 때 잠자리의 길고 가냘픈 날개가 파르르 떨렸지만 동체 밖으로 나가자 그 생물은 곧 비행하는 기쁨을 만끽하며 바람 속으로 돌진했다. 조금 후 티알리스가 바람이 거센 하늘에서 레이디 살마키아와 만났다. 그의 잠자리는 빠르게 내리는 어스름 속에서 이리저리 날아다니는 것을 맘껏 즐겼다.

둘은 차가운 대류 안에서 위로 빙빙 돌아 올라가다가 멈추고는 자신들의 위치를 확인한 후 계곡을 향해 곧장 날아갔다.

부러진 만단검

> 달아나면서도 그의 시선은 뒤를 향했다.
> 마치 두려움이 뒤에서 그를 계속 쫓고 있는 것처럼.
>
> – 에드먼드 스펜서 –

어둠이 내렸다.

아스리엘 경은 견고한 탑 안에서 왔다 갔다 하며 천연자석 공명기 옆에 앉아 있는 조그마한 인간에게서 눈을 떼지 않았다. 보고된 내용은 그 갈리베스피인을 통해 하나씩 아스리엘 경에게 전해졌고, 그는 램프 불빛 아래 놓인 육면체의 작은 돌에서 나오는 새 소식에 온 정신을 기울였다.

오구눼 왕은 자이롭터 조종실에 앉아 있었다. 함께 탑승한 갈리베스피인으로부터 교회 법정의 계획을 전해 들은 후, 그는 그것에 대항하기 위한 계획을 서둘러 짜고 있었다. 오구눼 왕은 쪽지에 몇 개의 숫자를 휘갈겨 써서 조종사에게 건넸다. 중요한 것은 속도였다. 그들의 군대가 먼저 도착하면 문제는 달라질 것이다. 속도를 따지자면 자이롭터가 체펠린보다 훨씬 빨랐다. 하지만 그들은 여전히 뒤에 처져 있었다.

교회가 보낸 체펠린 안에서는 스위스 방위대가 장비를 점검하고 있었다. 석궁은 500미터 이상 날아가는 것이었고, 궁수들은 1분에 열다섯 개의 화살을 쏠 수 있었다. 뿔로 만든 나선형 화살촉은 화살을 회전시켜 라이플 총만큼이나 정확하게 맞힐 수 있도록 해 주었다. 뭐니 뭐니 해도 가장 큰 이점은 아무 소리도 내지 않는다는 것이었다.

콜터 부인은 잠들지 않은 채 동굴 입구에 누워 있었다. 황금 원숭이는 불만에 가득 차 안절부절못하고 있었다. 어두워지자 동굴 안의 박쥐들이 밖으로 나가 버려 못살게 굴 대상이 없어졌기 때문이다. 그는 콜터 부인의 침낭 주위를 어슬렁거리며 이따금 앙상한 손가락으로 개똥벌레를 낚아채 그 반딧불을 바위에 문질렀다.

리라는 열이 나는 몸을 계속 뒤척이고 있었다. 불과 한 시간 전에 엄마가 억지로 먹인 물약 때문에 리라는 다시 깊은 잠에 빠져 있었다. 리라는 오랫동안 자신을 괴롭혀 온 꿈을 지금 다시 꾸고 있었다. 리라의 목과 가슴이 연민과 분노와 결심의 흐느낌으로 부르르 떨리자, 그 감정에 동화된 판탈라이몬이 이빨을 뽀드득 갈았다.

멀지 않은 숲 속에서는 윌과 에이머가 바람에 흔들리는 소나무들 아래로 난 오솔길을 지나 동굴 쪽으로 걸어가고 있었다. 윌은 에이머에게 자신이 할 일을 설명해 주었으나, 그녀의 데몬은 도무지 이해하지 못했다. 윌이 만단검으로 창을 만들어서 보여 주자 에이머는 겁에 질려 기절할 뻔했다. 에이머는 그에게 가루약을 맡기려고 하지 않았고, 심지어 그 사용법도 가르쳐 주지 않았다. 윌은 에이머가 도망가지 않도록 말과 행동을 조심스럽게 해야 했다. 결국 그는 "조용히 따라오기만 해."라고 말하면서, 에이머가 그대로 따라 주기를 바랐다.

갑옷을 입은 이오레크는 체펠린을 타고 오는 병사들을 상대하기 위해 대기하고 있었다. 윌이 성공리에 일을 마칠 수 있도록 충분한 시간을 주기 위해서였다. 하지만 그들은 아스리엘 경의 군대가 이리로 오고 있다는 사실은 몰랐다. 이따금씩 바람결에 타타타타 하는 소리가 들렸지만, 체펠린의 엔진 소리만 알고 자이롭터의 소리는 들어 본 적이 없는 이오레크는 별로 신경 쓰지 않았다.

발타모스가 그들에게 말해 줄 수도 있었을 것이다. 하지만 윌은 이 천사 때문에 골머리를 앓고 있었다. 이제 리라를 찾고 나자, 발타모스는 다시 이전의 슬픔으로 돌아가기 시작했다. 그는 입을 꾹 다물었고, 주위가 산만했으며 항상 뚱해 있었다. 그래서 에이머에게 말을 걸기 더 어려웠다.

오솔길에서 잠시 걸음을 멈춘 윌은 허공에 대고 소리쳤다.

"발타모스, 거기 있어요?"

"그럼."

천사는 맥없이 대답했다.

"발타모스, 멀리 있지 말아요. 내 옆에 바짝 붙어서 위험할 때마다 알려 줘요. 당신이 도와줘야 해요."

"난 아직 널 버리지 않았어."

천사가 대꾸했다.

그 정도가 윌이 그에게서 얻어 낼 수 있는 최고의 말이었다.

비행기 소리가 진동하는 먼 하늘에서는 잠자리를 탄 티알리스와 살마키아가 계곡 위를 날며 동굴 쪽을 내려다보고 있었다. 잠자리들은 명령대로 날아가려고 했지만 추위를 견디기 쉽지 않을 뿐더러, 강한 바람까지 불어 몸이 심하게 흔들렸다. 잠자리에 탄 그들은 바람을 피하기 위해 아래쪽 나무 사이로 방향을 잡은 후, 짙은 어둠 속에서 위치를 확인해 가며 조심스럽게 비행했다.

바람이 조금씩 불고 달빛이 환한 밤에 윌과 에이머는 동굴에서 아주 가까운 곳까지 기어오르고 있었다. 하지만 동굴 입구는 아직 보이지 않았다. 윌은 오솔길 옆 우거진 관목 뒤에서 허공을 갈라 창을 만들었다.

창을 통해 보이는 건너편 세계는 바위만 가득한 황량하기 그지없는 곳이었다. 별들이 총총히 박힌 하늘에서 달이 해골처럼 창백한 땅을 비추고 있었다. 땅 위를 기어 다니는 작은 곤충들만 광막한 침묵을 깨고 울어 댔다.

이런 으스스한 곳에 자주 나타나는 마귀를 쫓아내기 위해 에이머는 엄지와 다른 손가락들을 격렬하게 마주치며 윌의 뒤를 따라갔다. 새로운 환경에 금방 적응한 그녀의 데몬도 도마뱀으로 변신하여 잽싸게 바위 위를 뛰어다녔다.

윌은 한 가지 문제점을 깨달았다. 콜터 부인이 있는 동굴 안에서 창을 열면 바위를 하얗게 비추는 이 달빛이 랜턴처럼 어두운 굴 속을 밝힐 것이다. 따라서 윌은 창을 열자마자 리라를 다른 세계로 잡아당기고 지체없이 창을 닫아야만 한다. 리라를 깨우는 일은 넘어온 다른 세계에서 하는 게 더 안전할 것이다.

윌은 달빛이 눈부시게 빛나는 비탈길 위에 멈춰 서서 에이머에게 말했다.

"아무 소리도 내지 말고 재빨리 행동해야 해. 속삭이는 것도 안 된다구, 알았지?"

에이머는 윌의 말을 잘 알아들었으면서도 한편으로는 겁이 났다. 주머니 속에 넣어 둔 가루약 봉지는 벌써 수십 번도 넘게 확인한 참이었다. 그리고 데몬과 함께 맡은 임무에 대해서도 수없이 되새긴 터라, 이젠 캄캄한 굴 속에서도 문제없이 해낼 수 있을 것 같았다.

둘은 하얀 바위들 위로 기어 올라갔다. 윌은 조심스럽게 거리를 재어 동굴 속의 적당한 장소를 어림잡았다. 그러고는 동굴 속을 살펴보기 위해 허공에다 주먹 크기만 한 창을 내었다.

월은 그 작은 창으로 달빛이 새어 나가지 않도록 재빨리 눈을 갖다 댄 다음 주위를 살폈다. 바로 그 지점이었다. 계산이 정확히 들어맞은 셈이었다. 앞쪽에 동굴 입구가 보이고 밤하늘을 배경으로 바위들이 시커멓게 솟아 있었다. 콜터 부인과 그 옆에서 함께 잠들어 있는 황금 원숭이의 모습도 보였다. 원숭이는 돌돌 말아 올린 꼬리를 침낭 위에 턱 걸치고 있었다.

월은 각도를 달리하여 더 가까이서 굴 안을 둘러보았다. 리라가 자고 있는 곳 뒤에 있는 바위가 보였다. 리라는 보이지 않았다. 내가 너무 가깝게 자리를 잡은 건가? 월은 창을 닫고 몇 걸음 뒤로 물러난 다음 다시 창을 열었다.

리라는 거기에도 없었다.

"내 얘기를 잘 들어."

월은 에이머와 그녀의 데몬에게 말했다.

"저 여자가 리라를 다른 곳으로 옮겼나 봐. 리라가 안 보여. 그래서 내가 동굴 안으로 들어가서 리라를 찾아야겠어. 찾자마자 창을 만들어 돌아올 테니까 넌 뒤로 약간 물러나 있어. 그래야 내가 이곳으로 들어올 때 널 찌르는 일이 안 생기지. 만약 무슨 일이 생겨 내가 그곳을 빠져나오지 못하게 되면, 넌 우리가 맨 처음 들어온 창으로 가서 기다리고 있어."

"같이 가."

에이머가 우겼다.

"너는 그 아이를 깨우는 방법을 모르잖아. 동굴에 대해서도 내가 너보다 더 잘 안단 말야."

에이머는 고집스런 표정으로 입술을 꽉 깨물고 주먹까지 꽉 쥐었다. 그녀의 도마뱀 데몬은 깃털을 하나 주워서 천천히 자기 목에 둘렀다.

"그렇다면 좋아. 하지만 아주 빠르고 조용히 들어가야 돼. 그리고 내가 시키는 대로만 해, 알았지?"

윌의 다짐에 고개를 끄덕인 에이머는 약봉지가 잘 있는지 확인하기 위해 주머니를 다시 툭툭 건드려 보았다.

윌은 낮은 곳에다 조그마한 구멍을 내고 건너편을 한 번 살펴본 뒤 그것을 크게 벌려 손과 무릎으로 재빨리 빠져나갔다. 에이머도 그의 뒤를 바짝 따라서 그 둘이 통과하는 데는 10초도 채 안 걸렸다.

그들은 커다란 바위 뒤로 몸을 숨기고 동굴 바닥에 웅크리고 앉았다. 발타모스는 새 모양으로 변해 있었다. 달빛이 환하게 비치던 세계에 있다가 캄캄한 동굴 안으로 들어온 그들은 어둠에 익숙해질 때까지 잠시 기다려야 했다. 동굴 안은 무척 어두웠고 이런저런 소리들로 가득했다. 대부분은 숲을 지나가는 바람 소리였지만, 간간이 다른 소리도 들렸다. 그건 체펠린의 엔진 소리로, 그다지 멀지 않은 듯했다.

윌은 오른손에 만단검을 쥐고 조심스럽게 몸의 균형을 잡으며 주위를 둘러보았다.

에이머도 윌의 행동을 흉내 냈고, 그녀의 데몬은 올빼미 눈으로 사방을 살폈다. 하지만 동굴의 가장 안쪽에도 리라는 없었다.

윌은 바위 위로 눈만 살짝 내밀어 콜터 부인과 황금 원숭이가 잠들어 있는 동굴 입구 쪽을 천천히 훑어보았다. 순간 그는 가슴이 철렁 내려앉았다. 리라가 있었다. 리라는 콜터 부인 바로 옆에 팔다리를 쭉 뻗고 깊은 잠에 빠져 있었다. 너무 어두워서 두 사람의 몸이 하나로 보였던 것이다.

윌은 에이머의 손을 툭 건드리며 다시 주의를 주었다.

"조심해야 돼."

동굴 바깥에서 무슨 일인가 벌어지고 있었다. 웅웅거리는 체펠린의 엔진 소리가 숲 속의 바람 소리보다 점점 더 크게 들려왔다. 공중에서 뻗어 내린 불빛들이 나무들 사이를 환하게 밝히며 지나갔다. 한시라도 빨리 리라를 구출해서 빠져나가야 할 급박한 상황이었다.

그러자면 콜터 부인이 깨어나기 전에 빨리 창을 만들어 리라를 안전한 세계로 끌어당긴 다음 창을 닫아야 했다.

에이머에게 그렇게 속삭이자 그녀는 고개를 끄덕였다.

그러나 윌이 행동을 개시하려는 바로 그 순간 콜터 부인이 깨어나는 게 아닌가!

그 여자가 일어나며 뭐라고 말하자, 그 즉시 황금 원숭이가 벌떡 일어났다. 황금 원숭이는 동굴 입구에 웅크리고 앉아 바깥을 주의 깊게 살폈고, 콜터 부인은 한 손으로 눈을 가리고 공중에서 쏟아져 내리는 눈부신 빛을 보고 있었다.

윌은 왼손으로 에이머의 손목을 꽉 잡았다. 콜터 부인이 자리에서 일어났다. 방금 잠에서 깨어난 사람답지 않게 옷을 모두 갖춰 입고 있었고 움직임도 유연하고 민첩했다. 어쩌면 그 여자는 잠을 자지 않고 있었는지도 모른다. 콜터 부인과 황금 원숭이는 동굴 입구 안쪽에 쪼그리고 앉아 바깥에서 일어나는 일을 지켜보며 귀를 기울였다. 체펠린에서 쏟아지는 불빛들이 우듬지들 위에서 이리저리 흔들리고 웅웅거리는 엔진 소리가 숲을 흔들었다. 경계 명령을 외치는 남자들의 목소리가 들리자 그들은 더 이상 지체할 수 없었다.

윌은 에이머의 손목을 움켜쥐고 넘어지지 않도록 자세를 낮추고 리라에게 달려갔다.

리라는 깊은 잠에 빠져 있었다. 판탈라이몬은 리라의 목에 감겨 있었다. 윌은 만단검을 들어 조심스럽게 허공을 더듬었다. 잠시 후면 리라를 안전한 곳으로 끌어들일 수 있는 창이 열릴 터였다.

그러나 웬일인지 윌은 고개를 들었다. 콜터 부인이 있었다. 그 여자는 조용히 몸을 돌렸고, 그러자 하늘에서 쏟아져 내린 눈부신 빛이 축축한 동굴 벽에 반사되어 콜터 부인의 얼굴을 비추었다. 아니, 이럴 수가! 눈부신 불빛에 드러난 그 얼굴은 콜터 부인의 얼굴이 아니었다! 그것은 자기 엄마의 얼굴이었고, 그를 몹시 꾸짖고 있었다. 윌은 슬픔으로 가슴이 찢어질 것만 같았다. 칼끝에 정신을 집중할 수 없었다. 허공을 찌른 만단검은 그 정확한 지점을 놓치자 금이 가면서 산산조각 나 땅에 떨어졌다.

만단검이 부러진 것이다!

이제 윌은 탈출할 창을 만들 수 없게 되었다.

"리라를 깨워. 지금 당장!"

윌이 에이머에게 말했다. 그러고는 일어나 싸울 태세를 갖추었다.

그는 먼저 황금 원숭이의 목을 조를 생각이었다. 원숭이가 뛰어오르지나 않을까 그는 잔뜩 힘을 주고 있었다. 윌의 손에는 여전히 칼자루가 쥐어져 있었다. 부족하나마 그 칼자루로 상대방을 가격할 수는 있을 것이었다.

그러나 황금 원숭이도 콜터 부인도 그들을 공격해 오지 않았다. 콜터 부인은 몸을 약간 움직여 바깥의 불빛을 통해 자기 손에 들려 있는 권총을 보여 주기만 했다. 그 여자가 몸을 약간 비키자 불빛이 에이머에게까지 미쳤다. 에이머는 리라의 윗입술에 가루약을 뿌리고 있었다. 그리고 리라가 숨을 들이마시는 것을 보면서, 자기 데몬의 꼬리를 솔로 사용하여 리라의 콧속으로 가루약이 잘 들어가도록 했다.

동굴 밖에서 들리는 소리가 달라졌다. 체펠린이 웅웅거리는 소리에 또 다른 소리가 겹쳤다. 그 소리가 너무나도 친숙하게 들려서, 윌은 자신의 세계에 있던 어떤 물체가 이쪽 세계로 침입한 것이 아닐까 하는 생각이 들었다. 그리고 곧 그것이 헬리콥터의 프로펠러 소리임을 알았다. 그 뒤를 이어 여러 대의 헬리콥터 소리가 계속 들려왔고, 수많은 불빛이 환한 녹색 광채로 쉴 새 없이 흔들리는 나무들을 휩쓸었다.

그 새로운 소리에 콜터 부인은 얼른 뒤를 돌아보았다. 너무 순식간이라 윌이 그녀의 손에 들린 총을 빼앗을 틈도 없었다. 원숭이 데몬은 눈을 부릅뜨고 윌을 노려보며 금방이라도 튀어 오를 태세로 웅크리고 있었다.

리라는 뭐라고 중얼거리며 몸을 뒤척였다. 윌은 몸을 숙여 리라의 손을 꼭 잡았다. 에이머의 데몬은 판탈라이몬을 쿡쿡 찌르고 그의 무거운 머리를 들어 올리며 속삭였다.

동굴 밖에서 고함 소리가 들리더니, 공중에서 한 병사가 동굴 입구에서 5미터도 채 안 되는 지점에 '쿵!' 소리를 내며 떨어졌다. 콜터 부인은 움찔하지도 않았다. 그녀는 냉정하게 그 병사를 노려보고는 윌에게 고개를 돌렸다. 바로 그때 공중에서 '탕!' 하는 소총 소리가 들렸고, 다음 순간 사격이 빗발치듯 일어났다. 하늘은 순식간에 폭음과 화염, 총성으로 가득했다.

리라는 정신을 차리려고 안간힘을 썼다. 숨을 할딱거리다가 한숨을 내쉬기도 하고, 신음 소리를 내며 몸을 일으키려고 애쓰다가 힘없이 쓰러지기도 했다. 판탈라이몬은 하품을 하며 몸을 쭉 뻗어 보고 다른 데몬을 덥석 물기도 했지만, 몸의 근육이 풀려서 맥없이 털썩 쓰러지고 말았다.

그러는 사이에 윌은 동굴 바닥을 뒤지며 부지런히 만단검 조각들을 찾았다. 어떻게 그런 일이 있을 수 있는지, 만단검을 고칠 수는 있을지 생각해 볼 여유도 없었다. 만단검 전수자인 그로서는 우선 그 조각들을 모두 챙겨야 했다. 조각들을 하나씩 발견할 때마다 그는 죽은 신경까지 총동원하여 조심스럽게 집어 든 후 재빨리 칼집에다 담았다. 잘려 나간 손가락들의 자리가 더 커 보였다. 동굴 밖에서 들어오는 불빛에 금속 조각들이 반짝였기 때문에, 그 조각들을 찾기는 그런 대로 쉬웠다. 모두 일곱 개의 조각으로, 그중 가장 작은 것은 칼끝이었다. 그는 그 조각들을 모두 주운 다음, 몸을 돌려 동굴 밖 싸움이 어떻게 되어 가고 있는지 보았다.

체펠린이 숲 위를 맴돌고 있고, 그곳에서 병사들이 줄을 타고 내려오고 있었다. 그러나 바람 때문에 기체가 이리저리 흔들렸다. 그때 자이롭터 선발대가 절벽 위에 도착했다. 그곳은 한 번에 한 대밖에 착륙할 수 없었고, 아프리카 병사들은 바위면을 따라 내려가야 했다. 그들 중 하나가 운 나쁘게도 흔들리는 체펠린에서 쏜 총알에 맞아 절벽에서 떨어졌다.

이제 양쪽 진영 모두가 군대를 일부 착륙시킨 상태였다. 하늘에서 땅으로 내려오던 도중에 목숨을 잃은 병사들도 있고, 부상을 당해 절벽 위나 나무들 사이에 누워 있는 병사들도 많았다. 하지만 아직 어느 쪽 부대도 동굴 안으로 진입하지는 못했다. 그래서 동굴 안을 장악하고 있는 사람은 여전히 콜터 부인이었다.

윌이 소음 속에서 소리쳤다.

"이젠 어쩔 셈이죠?"

"널 포로로 잡아야지."

"인질로 말인가요? 저 사람들이 인질 따위에 신경 쓰겠어요? 우릴 모두 죽이려고 하는데요."

"한쪽은 확실히 그렇겠지. 하지만 다른 쪽은 어떤지 몰라. 아프리카 병사들이 이기길 빌 수밖에."

콜터 부인은 행복한 듯이 말했다. 동굴 밖의 환한 불빛에 드러난 그녀의 얼굴은 기쁨과 생기와 힘이 넘쳐흐르고 있었다.

"당신이 만단검을 부러뜨렸어요."

윌이 말했다.

"아니야, 난 만단검이 무사하길 원했어. 그래야 여길 빠져나갈 수 있으니까. 그걸 부러뜨린 사람은 너야."

갑자기 리라의 애절한 목소리가 들렸다.

"윌? 거기 윌 맞니?"

"리라!"

윌은 소리치며 잽싸게 리라 곁으로 달려갔다. 에이머는 리라를 일으켰다.

"어떻게 된 거지? 여긴 어디야? 오, 윌! 꿈을 꿨는데……."

"여긴 동굴 안이야. 그렇게 급하게 움직이지 마, 어지러울 테니까 조심해. 정신 좀 차려 봐. 넌 여러 날 동안 잠만 잤어."

리라의 눈꺼풀은 여전히 무거운 듯 보였다. 하지만 연신 하품을 해대면서도 정신을 차리려고 필사적으로 애쓰고 있었다. 윌은 리라의 팔을 자신의 어깨에 걸치고 그녀가 일어날 수 있도록 도와주었다.

에이머는 잠에서 깨어난 이 이상한 소녀가 무서운지 겁먹은 표정으로 지켜보았다. 윌은 잠에 찌든 리라의 몸에서 나는 냄새를 행복한 마음으로 들이마셨다. 리라는 여기 이렇게 살아 있다.

둘은 바위에 앉았다. 리라는 윌의 손을 잡고 나지막이 속삭였다.

"어떻게 된 거야, 윌?"

"여기 있는 에이머가 약을 구해 널 잠에서 깨운 거야."

리라는 에이머에게 고개를 돌렸다. 그리고 고맙다는 뜻으로 처음 보는 소녀의 어깨 위에 자신의 손을 올려놓았다.

"나도 최대한 빨리 온다고 왔는데."

윌은 말을 이었다.

"병사들도 왔어. 어떤 사람들인지는 모르겠어. 그러니까 가능한 한 빨리 도망쳐야 해."

동굴 밖은 소음과 혼란이 극도에 달해 있었다. 절벽 꼭대기로 병사들을 내리던 자이롭터 한 대가 체펠린의 기관총에 맞아 화염에 휩싸였다. 곧 폭발과 함께 자이롭터에 타고 있던 병사들이 모두 죽었고, 그래서 나머지 자이롭터까지 착륙하지 못하게 되었다.

또 다른 체펠린은 계곡 아래쪽의 탁 트인 곳에 궁수들을 내려놓았다. 그들은 전투 중인 병사들에 합류하기 위해 길을 따라 올라오고 있었다. 콜터 부인은 동굴 입구에서 그들을 계속 눈으로 좇고 있었다. 그리고 양손으로 권총을 들어 올리고 조심스럽게 조준한 다음 방아쇠를 당겼다. 윌은 총구에서 번쩍하는 불빛을 보았지만, 동굴 밖의 폭음과 총성에 콜터 부인의 총소리는 묻혀 버렸다.

윌은 콜터 부인이 다시 총을 쏘면, 그땐 달려가서 때려눕힐 생각이었다. 그 생각을 발타모스에게 얘기하려고 고개를 돌렸지만 천사는 보이지 않았다. 동굴 벽 쪽을 돌아보니 발타모스는 겁에 질린 채 웅크리고 돌아앉아 덜덜 떨며 울고 있었다.

"발타모스!"

윌은 다급하게 소리쳤다.

"이리 와요. 저 사람들은 당신을 해치지 못해! 우릴 도와줘야죠! 당신은 싸울 수 있어. 당신은 겁쟁이가 아니잖아요. 우린 당신이 필요해요."

그러나 천사가 대답하기도 전에 일이 벌어졌다.

콜터 부인이 비명을 지르며 자신의 발목을 잡고 쓰러졌고, 그와 동시에 황금 원숭이는 공중에서 무언가를 낚아채고는 신이 나서 으르렁댔다.

들릴 듯 말 듯한 어떤 여자의 가느다란 목소리가 원숭이의 손아귀에서 흘러나왔다.

"티알리스! 티알리스!"

그것은 고작 리라의 손바닥만 한 여자였다. 황금 원숭이는 그 작은 여자의 팔을 계속 잡아당기고 있었고, 그 여자는 고통스러워 비명을 질러 댔다. 에이머는 원숭이가 그 여자의 팔이 떨어질 때까지 그 짓을 멈추지 않을 것임을 알고 있었다. 윌은 콜터 부인의 손에서 권총이 떨어져 나가는 것을 보는 순간 앞으로 튀어 나갔다.

그는 권총을 움켜잡았다. 하지만 콜터 부인은 쓰러진 상태에서 꼼짝도 하지 않았다. 순간 윌은 그들이 모두 진퇴양난에 빠져 있다는 것을 알았다.

황금 원숭이와 콜터 부인은 모두 꼼짝도 할 수 없었다. 그녀의 얼굴은 고통과 분노로 일그러졌지만 감히 움직일 엄두를 못 내고 있었다. 왜냐하면 한 작은 남자가 그녀의 어깨 위에서 발로 목을 누르고, 손으로는 그녀의 머리카락을 움켜쥐고 있었기 때문이다. 충격에서 어느 정도 헤어나자 윌은 그 작은 남자의 발뒤꿈치에 반짝반짝 빛나는 침이 달려 있는 것을 보았고, 조금 전에 콜터 부인이 비명을 지른 이유도 알았다. 작은 남자가 그녀의 발목에 침을 찌른 게 분명했다.

그러나 자기 동료가 황금 원숭이의 손에 붙잡혀 있는 위험한 상황인지라, 그 작은 남자도 더 이상 콜터 부인을 공격하지 못했다. 그리고 작은 남자가 독침으로 콜터 부인의 급소를 찌를 수도 있기 때문에, 황금 원숭이도 그 작은 여자를 어떻게 하지 못했다. 어느 누구도 움직일 수 없는 상황이었다.

콜터 부인은 통증을 참으면서 숨을 깊이 내쉬며 눈물이 그렁그렁한 눈으로 윌에게 물었다.

"그래, 윌 선생, 이젠 어떻게 할 거지?"

티알리스와 살마키아

이 삭막한 빛 위에 내린 잔뜩 찌푸린 밤,
내가 눈을 감는 동안 당신의 달이 떠오르게 하라.
- 윌리엄 블레이크 -

윌은 무거운 총을 들고 손을 옆으로 휘저으며 원숭이에게 덤볐다. 원숭이는 정신을 못 차리고 쩔쩔맸고 콜터 부인은 크게 신음하며 괴로워했다. 그 틈에 원숭이의 발이 약간 느슨해지자 작은 여자는 이때를 놓치지 않고 원숭이의 손아귀에서 빠져나왔다.

작은 여자는 즉시 바위 위로 뛰어올랐고, 작은 남자도 잽싸게 콜터 부인에게서 튀어나왔다. 그 둘의 움직임은 마치 메뚜기처럼 재빨랐다. 윌과 리라와 에이머가 놀랄 겨를조차 없었다. 작은 남자는 걱정이 되는지 동료의 어깨와 팔을 부드럽게 어루만지고 가볍게 포옹한 뒤 윌에게 소리쳤다.

"어이, 친구!"

작지만 성인 남자의 목소리만큼 굵은 목소리였다.

"만단검은 갖고 있나?"

"물론이죠."

월은 만단검이 부러졌다는 사실을 그들에게 말하지 않을 작정이었다.

"너와 그 여자 아이는 우리와 함께 가야겠다. 그런데 저 앤 누구지?"

"에이머예요. 마을에서 왔어요."

월이 대답했다.

"그럼 마을로 돌아가라고 해. 스위스 방위대가 도착하기 전에 움직여야 돼."

월은 조금도 망설이지 않았다. 이 작은 남자와 여자가 무슨 꿍꿍이속이든, 그와 리라는 오솔길 아래 관목숲 뒤에 열어 둔 창을 통해 빠져나갈 수 있을 거라고 생각했기 때문이다.

월은 리라를 부축하여 일으켰다. 그리고 그 작은 두 사람이 올라타는 물체를 호기심 어린 눈으로 바라보았다. 뭐지? 새인가? 아니, 잠자리였다. 그의 팔뚝만 한 잠자리 두 마리가 어둠 속에서 대기하고 있다가 그 작은 두 사람을 등에 태웠다.

세 아이는 콜터 부인이 누워 있는 동굴 입구를 향해 달려 나갔다. 그 여자는 티알리스의 독침 때문에 심한 고통과 졸음기를 느끼고 있는 것처럼 보였다. 하지만 그들이 옆으로 지나가자 몸을 일으켜 세우고 큰 소리로 울부짖었다.

"리라! 리라, 내 딸! 사랑하는 딸아! 가지 마! 제발 가지 마라!"

리라는 곤혹스러운 표정으로 콜터 부인을 잠시 내려다보았다. 하지만 그냥 자기 엄마의 몸을 뛰어넘었고, 콜터 부인은 딸의 발목을 붙잡고 있던 손을 힘없이 놓고 말았다. 여인은 흐느끼기 시작했다. 월은 콜터 부인의 뺨에 반짝이며 흐르는 눈물을 보았다.

세 아이는 동굴 입구에서 몸을 웅크리고 기다리다가 사격이 잠시 멈추자 잠자리를 따라 비탈길 아래로 달려 내려갔다. 불빛은 변해 있었다. 체펠린의 조명등에서 쏟아지는 차가운 무기압 미광에 더하여 여기 저기서 오렌지색 화염이 춤추듯 터졌다.

월은 뒤를 한 번 돌아보았다. 눈부신 불빛 아래 콜터 부인의 처참한 얼굴이 적나라하게 드러났다. 그녀는 무릎을 꿇고 두 팔을 앞으로 내밀며 울부짖었고, 황금 원숭이는 그런 그녀에게 애처롭게 매달려 있었다.

"리라! 내 사랑, 리라! 내 귀여운 아이! 내 하나밖에 없는 딸! 오! 리라, 리라! 가지 말아다오. 이 엄마 곁을 떠나지 마, 내 사랑하는 딸아. 이렇게 엄마 가슴을 찢어 놓을 수 있니?"

리라는 갑자기 몸을 들썩이며 흐느끼기 시작했다. 어찌 되었건 콜터 부인은 이 세상에 하나밖에 없는 엄마였던 것이다.

월은 리라의 뺨 위로 줄줄 흘러내리는 눈물을 보았다. 그러나 그는 리라의 손을 매정하게 잡아끌었다. 잠자리를 탄 작은 사람이 그의 머리 위로 바짝 다가와 길을 재촉하자, 월은 몸을 낮게 숙이고 리라와 함께 달리기 시작했다. 그들은 차츰 동굴에서 멀어져 갔다. 원숭이에게 일격을 가할 때 다쳐서 피가 흐르는 월의 왼손에는 아직도 콜터 부인의 권총이 들려 있었다.

"절벽 위로 올라가."

잠자리를 탄 작은 사람이 소리쳤다.

"그리고 아프리카 병사들을 찾아. 너희들이 믿을 수 있는 건 그들밖에 없어."

작은 사람의 날카로운 독침을 의식하며 월은 아무 대답도 하지 않았다. 하지만 그의 말에 따를 생각은 눈곱만큼도 없었다. 월이 향하고 있는 곳은 오직 관목 뒤에 있는 창이었다. 그곳을 향해 그는 머리를 낮추고 빠르게 달려갔고, 그 뒤를 리라와 에이머가 따랐다.

"멈춰!"

세 명의 백인 병사가 길을 막으며 소리쳤다. 그들은 으르렁거리는 늑대 데몬들을 거느리고 손에는 석궁을 들고 군복 차림을 하고 있었다. 스위스 방위대였다.

"이오레크!"

월은 바로 소리를 질렀다.

"이오레크 뷔르니손!"

멀지 않은 곳에서 곰이 으르렁거리며 달려오는 소리에 이어, 운수 사납게 곰과 마주친 병사들의 비명 소리가 들렸다.

그러나 그들을 도와주러 달려오는 사람은 아무도 없었다. 발타모스는 자포자기의 심정으로 아이들과 병사들 사이에 자신의 몸을 내던졌다. 갑자기 유령 같은 것이 눈앞에서 희미하게 가물거리자 병사들은 혼비백산해서 뒤로 나자빠졌다.

하지만 그들은 훈련된 전사들이었다. 다음 순간 그들의 데몬들이 어둠 속에서 무지막지한 이빨을 번뜩이며 천사에게 달려들었다. 그러자 발타모스는 움찔하더니 두려움과 수치심으로 울부짖으며 뒷걸음쳤다. 그러다가 이내 날개를 심하게 퍼덕이며 위로 솟아올랐다. 자신의 안내자이자 친구인 천사가 나무 꼭대기 사이로 사라지는 것을 월은 낙담해서 지켜보았다.

리라는 아직도 잠이 덜 깬 듯한 멍한 눈으로 천사를 보았다. 그 몇 초 안 되는 짧은 시간에 스위스 방위대는 다시 공격 태세를 갖추었다. 대장인 듯한 병사가 석궁을 들어 올리자 월은 더 이상 선택의 여지가 없었다. 그는 권총을 들어 올려 오른손으로 손잡이를 단단히 받치고 방아쇠를 당겼다. 그러자 뼈를 울리는 폭음과 함께 총알은 그 병사의 가슴을 관통했다.

그 병사는 말에게 발길질을 당한 것처럼 뒤로 벌렁 자빠졌다. 그와 동시에 작은 스파이들이 나머지 두 병사를 덮쳤다. 눈 깜짝할 사이에 그들은 잠자리에서 뛰어내려 병사들에게 덤벼들었다. 작은 여자는 한 병사의 목에, 작은 남자는 다른 병사의 손목에 뛰어내려 각기 구두 뒤 축의 독침으로 병사들을 찔렀다. 두 스위스 병사는 숨이 막혀 괴롭게 헐떡이다가 그 자리에서 죽었고, 그들의 데몬은 울부짖으며 사라져 버렸다.

윌은 병사들의 시체를 타 넘고 달려갔다. 리라도 그의 뒤를 따랐고, 판탈라이몬도 들고양이로 변해 열심히 내달렸다. 에이머는 어디 있지? 그러나 곧 윌은 에이머가 다른 길로 달려가는 것을 보았다. 에이머는 이제 안전하겠지. 잠시 후 관목숲 뒤에서 어스레하게 빛나고 있는 창이 눈에 들어왔다. 윌은 리라의 팔을 붙잡고 그곳으로 끌어당겼다. 얼굴은 나뭇가지에 긁히고, 옷은 찢기고, 발목은 뿌리와 바위에 걸려 삐었다. 하지만 그들은 창을 찾았고 그 창을 넘어 다른 세계로 굴러 떨어졌다. 환한 달빛 아래 뼈처럼 창백한 바위들이 빛나고, 곤충들의 울음소리만 이 적막을 깨뜨리는 그곳으로 다시 돌아온 것이다.

이쪽 세계로 떨어지자마자 윌은 온몸에 소름이 돋는 것을 느끼며 아랫배를 움켜쥐고 헛구역질부터 해 댔다. 천사들의 탑에서 죽게 만든 그 젊은이 외에도 벌써 두 사람이나 죽인 것이었다. 윌은 정말 그런 짓이 싫었다. 그의 몸은 본능이 시키는 대로 한 행동에 거부 반응을 일으켰고, 그래서 윌은 무릎을 꿇고 뱃속과 가슴이 텅 빌 때까지 몽땅 토해 냈다.

리라는 가슴으로 파고드는 판탈라이몬을 달래고 어루만질 뿐, 윌에게는 아무런 도움도 주지 못하고 곁에서 지켜보고만 있었다.

어느 정도 진정이 되자 윌은 주위를 둘러보았다. 그리고 이 세계에 그들만 있는 게 아니라는 것을 곧 알아차렸다. 그 작은 스파이들이 땅

위에 짐꾸러미를 내려놓고 앉아 있었다. 그들이 타고 온 잠자리들은 바위 위를 미끄러지듯 날아다니며 나방들을 덥석 물었다. 남자는 여자의 어깨를 주물러 주고 있었다. 그들은 윌과 리라를 무서운 눈으로 쳐다보고 있었다. 맑은 눈과 독특한 생김새 때문에 그들은 자신들의 감정을 숨길 수가 없는 듯했다. 윌은 그들이 누구든 무시무시한 한 쌍이라는 생각이 들었다.

"알레시오미터는 내 배낭 안에 있어."

윌이 리라에게 말했다.

"오, 윌! 네가 그걸 꼭 찾아 줄 줄 알았어. 어떤 일이 있었니? 네 아빠는 찾았어? 그리고 내 꿈에서…… 윌, 이건 정말 믿기 어렵지만, 우리가 할 일은, 아, 난 감히 생각지도 못했어. 이렇게 탈 없이 잘 있다니! 날 위해 지금까지 보관하고 있었구나……."

리라는 생각나는 대로 두서없이 말을 늘어놓았고, 굳이 대답을 들으려고 하는 것 같지도 않았다. 그녀는 알레시오미터를 이리저리 돌려 보며, 손가락에 익은 묵직한 금과 매끄러운 수정과, 까칠까칠한 손잡이를 연신 쓰다듬었다.

윌은 알레시오미터가 만단검을 고치는 방법을 알려 줄지도 모른다고 생각했다. 그러나 그는 먼저 리라를 챙겨 주었다.

"몸은 괜찮니? 배고프거나 목마르지 않아?"

"글쎄…… 약간, 그래도 괜찮아."

"이 창에서 멀리 떨어져 있는 게 좋겠어. 그들이 이 창을 발견하고 들어올 수도 있으니까."

"그래, 맞아."

윌은 배낭을 메고, 리라는 행복한 기분에 젖어 알레시오미터를 넣은 작은 주머니를 쥐고, 둘은 비탈길을 올라갔다. 윌은 곁눈질로 작은 스파이 둘이 따라오는 것을 보았다. 그들은 일정한 간격을 유지하면서 묵묵히 그들을 따랐다.

언덕을 넘어가자 바위 사이에 좁은 공간이 있었다. 먼저 뱀이 있는지 조심스레 살핀 후 그들은 그 아래에 앉아 말린 과일과 물통에 남은 물을 함께 먹고 마셨다.

윌이 조용히 말했다.

"만단검이 부러졌어. 어떻게 그런 일이 일어났는지 모르겠어. 콜터 부인이 무언가를 했는데, 아니 말을 했나? 난 엄마 생각을 하고 있었는데, 그 때문에 만단검이 뒤틀렸는지도 몰라. 아무튼 만단검을 못 고치면 우린 이곳에서 나갈 수 없어. 하지만 저 작은 사람들한테는 말 안 할 거야. 내가 언제든 만단검을 쓸 수 있다고 생각해야 우리한테 함부로 못 할 테니까. 그래서 말인데, 리라, 알레시오미터에게 한번 물어보면……."

"그래, 그래! 한번 해보자."

리라가 시원스레 대답했다. 그녀는 금빛 기계를 꺼내서 문자판이 선명히 보이도록 달빛 아래로 가져갔다. 마치 자기 엄마가 그랬던 것처럼 머리카락을 귀 뒤로 쓸어 넘기고 리라는 익숙한 손놀림으로 바늘들을 돌렸다. 윌은 그 모습이 그녀의 어머니와 너무 비슷해 보였다. 쥐의 모습으로 변한 판탈라이몬은 리라의 무릎 위에 올라가 앉았다. 하지만 리라가 생각했던 만큼 그리 쉽지만은 않았다. 달빛에 착각을 일으킨 것 같았다. 그녀는 나침반을 두세 번 다시 돌리고 똑똑히 보기 위해 눈을 깜박였다. 기호들이 또렷하게 나타났다.

작업을 시작하자마자 리라는 적잖이 흥분했다. 바늘들이 이리저리 돌아가는 동안 리라는 눈을 반짝이며 윌을 올려다보았다. 하지만 바늘들이 아직 멈추지 않았으므로, 리라는 얼굴을 찡그리고 기계가 멈출 때까지 지켜보았다. 그러고는 알레시오미터를 치우면서 말했다.

"이오레크가 이 근처에 있니, 윌? 네가 그를 부르는 소릴 듣긴 했지만, 이오레크가 있었으면 하는 마음에 내가 잘못 들은 거라고 생각했는데, 정말 그가 온 거야?"

"응, 이오레크가 만단검을 고칠 수 있니? 알레시오미터가 그렇게 말했어?"

"이오레크는 무슨 금속이든 다 고쳐, 윌! 갑옷뿐만 아니고 아주 작고 정교한 것도 다 만들지."

리라는 이오레크가 스파이 벌레를 영원히 가둬 두려고 만들었던 깡통 얘기를 해 주었다.

"그런데 이오레크는 어디 있어?"

"근처에. 내가 불렀으니 달려왔을 텐데, 싸우고 있었나 봐. 아참, 발타모스! 겁을 잔뜩 집어먹었을 텐데……."

"누구?"

윌은 천사에 대해 간단히 설명했다. 발타모스가 느끼고 있을 창피함으로 윌의 뺨이 달아올랐다.

"나중에 더 얘기해 줄게. 참 이상하단 말야……. 그가 해 준 그 많은 얘기를 다 이해하고 있다고 생각했는데……."

윌은 손가락으로 머리카락을 쓸어 올린 뒤 두 눈을 비볐다.

"다 말해 줘."

리라는 단호하게 말했다.

"내가 그 여자에게 잡혀간 후에 어떤 일이 있었는지 다 얘기해 줘. 참, 윌! 네 손 괜찮아? 피는 멈췄어?"

"응, 아빠가 고쳐 주셨어. 아까 황금 원숭이를 때릴 때 약간 찢어졌지만 지금은 괜찮아. 아빠가 직접 만든 연고를 발라 주셨지."

"아빠를 찾았다고?"

"그래, 그날 밤, 그 산에서."

리라는 상처 난 곳을 깨끗이 씻어 낸 다음 자그마한 뿔상자에 담긴 연고를 새로 발라 주었다. 그러는 동안 윌은 지금까지 있었던 일들을 대충 들려주었다. 낯선 사람과의 싸움, 마녀의 화살이 그 사람을 명중시키기 직전에 알게 된 뜻밖의 사실, 천사들과의 만남, 동굴에 이르기까지의 여정, 그리고 이오레크와의 만남…….

"그 많은 일이 일어나는 동안 난 잠만 자고 있었다니!"

리라는 놀라워했다.

"윌, 그 여자는 내게 잘해 줬던 것 같아. 날 해칠 생각은 없었을 거야. 아주 나쁜 짓을 한 여자이긴 하지만……."

리라는 두 눈을 문질렀다.

"오, 그렇지만 그 꿈은…… 윌, 정말 이상한 꿈이었어! 알레시오미터를 읽을 때와 비슷한 느낌이었어. 그 분명한 깨달음이 너무나 심오해서 밑바닥이 보이지 않지만, 거기에 도달하는 동안 내내 분명한 그런 느낌 말이야.

그건…… 내 친구 로저에 대해서 해 준 얘기 기억하니? 고블러가 그 애를 잡아가서 내가 구하려고 했지만 일이 꼬여서 아스리엘 경이 그 애를 죽였다고 했잖아?

글쎄, 그 로저를 봤다니까. 꿈에서 다시 봤어. 죽어서 유령이 되어 있었지만 말야. 그 애가 손짓하면서 나를 부르는 것 같았는데, 도무지 소리가 안 들리는 거야. 내가 죽기를 바라는 것 같지는 않았어. 그런 게 아니었어. 그 앤 내게 말을 하고 싶었던 거야.

스발바르로 로저를 데려간 사람은 바로 나야. 그리고 거기서 그 애가 죽었지. 내 잘못이야. 그리고 둘이 함께 조던 대학에서 뛰어놀던 그때를 생각해 봤어. 지붕 위로, 마을이며 시장, 강가, 클레이베즈까지 휘젓고 다니던 그때를 말야. 로저와 나 그리고 다른 사람들……. 난 볼반가르로 가서 그 애를 무사하게 집으로 데려오려고 했는데 상황만 더 나쁘게 만들어 버렸지. 로저한테 용서를 빌지 않으면 맘이 편치 않을 거야. 꼭 그렇게 해야겠어, 월. 저승으로 내려가서 로저를 꼭 찾을 거야. 그리고 미안하다고 꼭 사과할 거야. 그다음에 무슨 일이 벌어져도 상관없어, 그러면 우린…… 아니, 난…… 아무튼 상관없어."

월이 말했다.

"죽은 사람들이 사는 곳이라. 그곳도 이 세계나 너의 세계, 혹은 나의 세계나 그 외의 다른 세계들과 비슷할까? 만단검으로 갈 수 있는 세계일까?"

리라는 그 말에 놀라서 월을 바라보았다.

"알레시오미터에게 물어보면 되잖아."

월이 다그쳤다.

"지금 당장 물어봐. 그 세계가 어디 있는지, 어떻게 가는지."

리라는 알레시오미터를 내려다보고 손가락을 재빠르게 움직였다. 1분 후 해답이 나왔다.

"됐어. 그런데 이상한 곳이야, 월. 너무 이상해. 우리가 정말 할 수 있을까? 정말 저승에 갈 수 있을까? 하지만 우리의 어느 부분이 그 일을 하지? 우리가 죽으면 데몬도 사라져 버리는데 말야. 그런 걸 본 적이 있어. 그리고 우리의 몸도, 그래 우리 몸도 무덤 속에서 점점 썩어 갈 거야, 안 그래?"

"그렇다면 분명 제3의 부분이 있을 거야. 다른 부분 말이야."

리라는 흥분하며 말했다.

"그래, 맞아! 왜냐하면 난 내 몸에 대해서 생각할 수 있고, 또 내 데몬에 대해서도 생각할 수 있으니까. 그렇다면 그런 생각을 하는 부분이 분명 따로 있을 거야."

"그래. 그게 바로 영혼이지."

리라는 눈을 빛내며 말했다.

"어쩌면 로저의 영혼을 데려올 수 있을지도 모르겠네. 그 애를 구할 수 있을 거야."

"그래, 한번 해보자."

"그래, 해보자!"

리라는 즉시 찬성했다.

"우리 같이 가자! 그게 바로 우리가 할 일이야!"

하지만 만단검을 고치지 않으면 아무것도 할 수 없을 거라고 윌은 생각했다.

머리가 맑아지고 속도 가라앉자 윌은 작은 스파이들을 불렀다. 그들은 근처에서 작은 장치를 만지느라 정신이 없었다.

"당신들은 누구예요? 누구 편이죠?"

윌이 물었다.

작은 남자는 하던 일을 멈추고 호두만 한 크기에 바이올린 케이스처럼 생긴 나무 상자의 뚜껑을 닫았다. 작은 여자가 먼저 입을 열었다.

"우린 갈리베스피족이야. 난 레이디 살마키아고, 이쪽은 내 동료 체발리에 티알리스. 우린 아스리엘 경을 위해 일하는 스파이들이야."

작은 여자는 윌과 리라가 있는 곳에서 서너 걸음 떨어진 바위 위에 서 있었는데, 달빛 아래 또렷한 모습으로 환하게 빛났다. 그녀는 더없이 맑고 낮은 목소리에 자신만만한 표정을 짓고 있었다. 그리고 은실로 짠 헐렁한 치마에 소매 없는 녹색 윗도리를 입고 남자처럼 맨발에다 독침이 달린 구두를 신고 있었다. 남자가 입은 옷도 거의 비슷한 빛깔이었지만 더 긴 소매 윗도리에 종아리까지 내려오는 통 넓은 바지를 입고 있었다. 둘 다 대단히 강인하고, 능력 있고, 잔인하고, 거만해 보였다.

"당신들은 어느 세계에서 왔나요? 당신들처럼 생긴 사람은 처음 봤거든요."

리라가 물었다.

"우리 세계도 너희들 세계와 똑같은 문제가 있단다."

티알리스가 대답했다.

"우린 범법자들이야. 우리의 지도자인 로크 경이 아스리엘 경의 반란 소식을 듣고 전적으로 지원하겠다고 약속했지."

"날 데리고 뭘 하려는 거죠?"

리라가 다시 물었다.

"널 네 아버지에게 데려갈 거야."

레이디 살마키아가 대답했다.

"아스리엘 경은 오구네 왕의 군대에 너와 이 소년을 자신의 요새로 데려오라고 명령했어. 우리는 그 일을 도우려고 여기까지 왔고."

"하지만 내가 아빠한테 가기 싫다면요? 아빠를 믿지 않는다면 어쩔 거죠?"

"그렇다면 참 애석한 일이지. 하지만 우린 명령을 받았어. 널 데려오라고 말이야."

이 작은 사람들이 자신을 너무 쉽게 생각하는 것 같아 리라는 웃음이 나왔다. 하지만 그것이 실수였다. 그 작은 여자가 느닷없이 판탈라이몬에게 달려들어 생쥐로 변신한 그의 몸을 사정없이 움켜잡고 독침을 갖다 댔다. 리라는 기겁했다. 볼반가르에서 남자들이 판탈라이몬을 붙잡았을 때와 비슷한 충격이었다. 누구라도 다른 사람의 데몬을 건드려서는 안 된다. 이것은 규칙 위반이었다.

하지만 그 순간 리라는 윌이 오른손으로 작은 남자를 재빨리 낚아채는 것을 보았다. 윌은 그 남자가 독침을 쏘지 못하도록 두 다리를 꽉 붙잡고 위로 들어 올렸다.

"또 진퇴양난이로군."

레이디 살마키아가 말했다.

"이봐, 꼬마야! 티알리스를 내려놔."

"리라의 데몬을 먼저 놔줘요. 나도 싸우기 싫으니까요."

윌이 대꾸했다.

언제라도 작은 남자의 머리를 바위에다 내동댕이칠 기세인 윌을 보자 리라는 차가운 전율을 느꼈다. 두 갈리베스피인도 같은 느낌을 받은 듯했다.

살마키아는 판탈라이몬의 몸에서 자기의 다리를 뗐다. 그러자마자 판탈라이몬은 그 여자에게서 벗어나려고 한바탕 소동을 부리다가 들고양이로 변신했다. 들고양이는 털을 곤두세우고 꼬리로 땅바닥을 치며 사납게 쉿 소리를 냈다. 날카롭게 드러난 그의 이빨이 살마키아의 얼굴에서 한 뼘 정도밖에 떨어져 있지 않았는데도, 그 작은 여자는 아무렇지도 않게 그를 노려보았다. 판탈라이몬은 돌아서서 리라의 가슴으로 뛰어들더니 이번에는 담비로 변했다.

윌은 조심스럽게 티알리스를 그의 동료 옆에 내려놓았다.

"넌 고마운 줄도 모르는구나."

티알리스가 리라에게 말했다.

"이 분별 없고 건방진 아이야. 오늘 밤 너를 구하느라 용감한 병사들이 여러 명 목숨을 잃었어. 그러니까 좀 공손하게 구는 게 좋을 거다."

"알겠어요."

리라는 겸손하게 대답했다.

"죄송해요. 그럴게요. 정말이요."

"그리고 너."

티알리스는 윌을 돌아보며 계속 말했다.

그러나 윌은 그의 말을 가로막았다.

"난 그렇게는 못하니까 아예 꿈도 꾸지 말아요. 예의는 서로 지켜야 하는 거니까 내 말 잘 들어요. 여기서는 당신들 맘대로 할 수 없어요. 우리 맘이라구요. 우리를 돕고 싶으면 우리가 시키는 대로 해요. 그러기 싫으면 당장 아스리엘 경에게 돌아가세요. 더 이상 따지지 마시고."

리라는 작은 남자와 여자가 분노를 억누르는 것을 보았다. 티알리스는 윌의 손을 쳐다보았다. 그의 손은 허리띠에 매달린 칼집 위에 있었다. 티알리스는 윌이 만단검을 가지고 있는 한 자신들보다 더 강하다고 생각하는 듯했다. 그렇다면 무슨 일이 있어도 만단검이 부러진 사실을 그들에게 들켜서는 안 될 일이었다.

"그래, 좋아."

티알리스가 마지못해 말했다.

"너희들을 도와주지. 그게 우리 임무니까. 하지만 너희들이 뭘 하려는 건지는 우리도 알아야지."

"그건 그렇군요. 말해 드리죠. 여기서 잠시 휴식을 취한 후에 다시 리라의 세계로 돌아갈 거예요. 그리고 우리 친구인 곰왕을 찾을 생각이에요. 그는 멀지 않은 곳에 있어요."

"그 갑옷 입은 곰 말이지?"

살마키아가 말했다.

"우리도 그 곰이 싸우는 걸 봤어. 좋아, 도와주지. 하지만 그다음엔 꼭 우리와 함께 아스리엘 경에게 가야 해."

"그럼요."

리라가 진지한 말투로 거짓 대답을 했다.

"그렇게 하겠어요."

이제 좀 정신을 차린 판탈라이몬은 호기심이 동하기 시작했다. 그는 리라의 어깨 위로 올라가 작은 사람들이 타고 온 잠자리와 똑같은 크기의 잠자리로 변신했다. 그러고는 하늘 위로 미끄러지듯 날고 있는 그 잠자리들 사이에 끼기 위해 공중으로 돌진했다.

"그 독침 말이에요."

갈리베스피 부족인을 돌아보며 리라가 물었다.

"당신들 구두 뒤축에 달려 있는 그 독침은 치명적인 건가요? 당신이 우리 엄마인 콜터 부인을 그 독침으로 찔렀잖아요. 우리 엄마는 죽는 건가요?"

"가볍게 찔렀어."

티알리스가 말했다.

"물론 깊숙이 찌르면 죽지. 하지만 약간 긁힌 정도니까 반나절쯤 기운이 없고 졸리는 정도일 거야."

그리고 끔찍한 통증이 있을 테지만 그 말은 하지 않았다.

"리라와 단둘이 할 얘기가 있어요. 1분 정도만 갔다 올게요."

월이 말했다.

"만단검만 있으면 이쪽 세계에서 다른 세계로 빠져나갈 수 있잖아, 그렇지?"

"날 못 믿겠다는 건가요?"

"그럼, 못 믿지."

"좋아요. 그럼 만단검은 여기 두고 가죠. 검이 없으면 쓰지도 못할 테니까요."

그는 버클을 풀어 칼집을 바위 위에 내려놓았다. 그러고는 리라를 멀리 데리고 가 갈리베스피 부족인을 감시할 수 있는 곳에 앉았다. 티알리스는 칼집을 자세히 보기는 했지만 만지지는 않았다.

"당분간 저들과 같이 있자. 만단검을 고친 다음엔 도망칠 수 있어."

윌은 리라에게 속삭였다.

"그들은 너무 빨라, 윌."

리라가 걱정스레 말했다.

"또 무자비해. 널 죽일 거야."

"이오레크가 만단검을 꼭 고쳐야 할 텐데. 만단검이 얼마나 소중한 건지 이제야 알겠어."

"이오레크는 꼭 고칠 거야."

리라는 자신 있게 말했다.

그들은 판탈라이몬을 찾아 보았다. 잠자리로 변한 판탈라이몬은 미끄러지듯 하늘을 날며 다른 잠자리들처럼 작은 나방을 덥석 물고 있었다. 그들만큼 빠르지는 않았지만 그런 대로 잽싼 편이었고, 모양새는 똑같아도 더 밝게 빛났다. 리라가 손을 들자 그는 투명한 날개를 파르르 떨며 날아와 그 위에 내려앉았다.

"저 사람들을 믿고 잠을 자도 될까?"

윌이 리라에게 물었다.

"그럼. 좀 사납긴 하지만 정직한 사람들 같아."

그들은 다시 바위가 있는 곳으로 돌아왔다. 윌이 갈리베스피 부족인에게 말했다.

"이제 잘 거예요. 내일 아침에 움직이도록 해요."

티알리스는 고개를 끄덕였다. 그 즉시 윌은 몸을 웅크리고 잠이 들었다.

리라는 고양이로 변해 자기 무릎을 따뜻하게 덮고 있는 판탈라이몬과 함께 윌의 곁에 앉아 있었다. 그 길고도 깊은 잠에서 깨어난 그녀가 이렇게 옆에서 돌봐 주고 있으니 윌은 정말 운이 좋은 아이였다. 그리고 두려움을 모르는 윌이 리라는 정말 감탄스러웠다. 하지만 리라에게는 숨을 쉬는 것만큼이나 자연스러운 거짓말, 배신, 기만을 윌은 잘할 줄 몰랐다. 리라는 자신을 위해서가 아니라 윌을 위해서 거짓말을 했다고 생각하자 마음이 따뜻해졌다.

알레시오미터를 다시 보려고 하는데 놀랍게도 피곤이 밀려왔다. 마치 그동안 한숨도 자지 않은 것처럼 느껴졌다. 리라는 윌의 곁으로 바싹 다가가 누운 후 눈을 감았다. 잠깐만 눈을 붙일 생각이었지만 그녀는 곧 잠들고 말았다.

만단검의 속성

> 기쁨 없는 노동은 천하다. 슬픔 없는 노동은 천하다.
> 노동 없는 슬픔은 천하다. 노동 없는 기쁨은 천하다.
> – 존 러스킨 –

리라와 윌은 밤새 잠을 푹 자고 아침 햇살이 눈꺼풀을 건드릴 때에야 눈을 떴다. 그들은 똑같은 생각을 하며 거의 동시에 깨어났다. 하지만 체발리어 티알리스가 조용히 그들 곁을 지키고 있었다.

"교회 법정의 군대가 퇴각하고, 콜터 부인은 오구녜 왕에게 잡혀 지금 아스리엘 경에게 가고 있는 중이란다."

티알리스가 말했다.

"어떻게 알았어요?"

윌이 뻣뻣해진 허리를 펴고 앉으며 말했다.

"창으로 넘어갔다 온 거예요?"

"아니. 우리는 천연자석 공명기를 통해 메시지를 주고받지."

티알리스는 리라에게 말했다.

"나는 우리가 나눈 대화 내용도 보고했어. 스파이 지휘관인 로크 경에게. 그분은 우리가 너희들과 함께 곰왕에게 가도 좋다고 허락해 주셨어. 하지만 그 곰을 만난 다음엔 우리랑 같이 가야 해, 알겠지? 이제 우리는 동지야. 최선을 다해서 너희들을 돕겠다."

"좋아요."

월이 대답했다.

"그럼 이제 식사를 하도록 하죠. 우리가 먹는 음식도 먹나요?"

"그럼. 고맙다."

레이디 살마키아가 말했다.

월은 몇 개 안 남은 말린 복숭아와 곰팡내 나는 납작한 호밀빵을 꺼냈다. 남은 음식이라곤 이게 전부였다. 월은 그 음식을 모두에게 나누어 주었다. 스파이들은 그리 많이 먹지 않았다.

"이 근처엔 물이 없는 거 같아요. 조금 참았다가 창으로 넘어가서 물을 마시도록 해요."

월의 말에 리라가 서둘렀다.

"그럼 빨리 움직이는 게 좋겠어."

리라는 먼저 알레시오미터를 꺼내 계곡이 아직도 위험한지 물었다. 아니라는 대답이 나왔다. 병사들은 모두 철수하고 없으며, 마을 사람들도 모두 집에 있다고 했다. 그래서 그들은 떠날 채비를 했다.

사막의 눈부신 대기 속에서 창이 짙은 그늘을 드리우고 있는 관목 숲 속으로 나 있어 마치 공중에 걸어 놓은 사각형의 푸른 목장 그림처럼 이상해 보였다. 갈리베스피 부족인도 신기했는지 창 가까이에 가서 이리저리 살펴보았다. 뒤에서는 보이지 않다가 옆으로 방향을 바꾸면 다시 모습을 드러내는 것을 보고 작은 사람들은 크게 놀라워했다.

"통과하는 즉시 창을 닫아야 해요."

월이 말했다.

창을 통과한 후 리라가 그 양 끝을 잡아 보려고 했지만 그녀의 손가락으로는 도무지 찾을 수 없었다. 리라보다 손가락이 섬세한 스파이들도 마찬가지였다. 오로지 윌만이 그 끝마디를 정확하게 느낄 수 있었다. 그는 능숙한 동작으로 창을 닫았다.

"그 검으로 얼마나 많은 나라에 들어갈 수 있나?"

티알리스가 물었다.

"존재하는 세계는 어디든지요. 하지만 얼마나 되는지는 아무도 모를걸요. 다 들어가 볼 순 없을 테니까요."

윌은 배낭을 휙 둘러멘 다음 앞장서서 숲 속 길을 따라 걸었다. 잠자리들은 신선하고 촉촉한 공기를 맛보며 햇살 속으로 화살처럼 빠르게 돌진했다. 나무들은 심하게 흔들리지 않았고 공기는 차고 평온했다. 나뭇가지들 사이로 뒤틀린 자이롭터의 잔해가 대롱대롱 매달려 있었고, 아프리카 조종사의 시체가 안전띠에 걸린 채 문밖으로 반쯤 나와 있는 모습은 참혹해 보였다. 조금 더 올라가 보니 까맣게 타 버린 체펠린의 잔해도 있었다. 그을린 옷 조각들, 타다 남은 버팀대와 파이프들, 부서진 유리 조각, 그리고 시체들. 세 구의 시체가 시커멓게 탄 채 곧 싸우기라도 할 것처럼 오그라진 팔다리를 위로 쳐들고 있었다.

하지만 그것들은 길가에 떨어져 있는 시체들에 지나지 않았다. 그보다 더 많은 시체와 잔해들이 절벽 위와 더 밑에 있는 나무들 사이사이에 죽 널려 있었다. 윌과 리라는 그 끔찍한 광경에 할 말을 잃고 즐비한 시체들 사이를 지나갔다. 그러나 잠자리에 탄 스파이들은 차분하게 주위를 살피고 있었다. 전쟁에 익숙한 그들은 전투가 어떻게 끝났는지, 어느 쪽이 더 많은 희생자를 냈는지 계산하고 있었다.

나무들이 드문드문 있고 무지개가 비치는 폭포가 시작되는 계곡 정상에 도착하자 그들은 걸음을 멈추고 얼음같이 차가운 물을 벌컥벌컥

마셔 댔다.

"에이머한테 아무 일 없어야 할 텐데. 그 아이가 널 깨우지 않았으면 널 빼낼 수 없었을 거야. 에이머는 그 가루약을 얻으려고 수도승까지 찾아갔었대."

윌이 말했다.

"그 앤 지금 잘 있어. 어젯밤에 알레시오미터에게 물어봤거든. 하지만 그 앤 우리가 악마라고 생각하고 있어. 우릴 두려워한다구. 아마 우리를 안 만났으면 하고 바라고 있을 거야. 아무튼 그 아이는 안전해."

윌은 폭포 옆까지 올라가서 물통에 물을 채웠다. 그들은 옆길로 빠져서 고원을 가로질러 산등성이로 향했다. 이오레크가 그 산등성이를 지나갔다고 알레시오미터가 말했었다.

하루 종일 쉬지 않고 열심히 걷기만 했다. 계속 걷는 것은 윌에게는 아무것도 아니었지만 리라에게는 고역이었다. 긴 잠에서 깨어난 리라의 팔다리는 약해져 있었다. 하지만 리라는 다리가 부러지더라도 힘들다는 말은 하기 싫었다. 그래서 입술을 깨물고 덜덜 떨리는 몸으로 말없이 절뚝절뚝 걸으며 윌과의 간격이 벌어지지 않도록 노력했다. 정오가 되어 잠시 휴식을 취할 때, 윌이 용변을 보기 위해 조금 멀리로 가버리자 그제야 리라는 마음 놓고 흐느껴 울었다.

레이디 살마키아가 말했다.

"좀 쉬어. 힘든 게 창피한 일은 아니잖아."

"하지만 윌을 실망시키고 싶지 않아요! 나 때문에 더뎌진다고 생각하는 건 싫다구요."

"절대 그렇지 않아."

"당신이 뭘 안다고 그래요."

리라는 매몰차게 말했다.

"당신은 나나 그를 몰라요."

"주제넘은 말인 줄은 알아."

살마키아는 조용히 말했다.

"그래도 내 말대로 쉬어. 계속 걸으려면 힘을 아껴 둬야지."

리라는 그 말에 반박하고 싶었지만 살마키아의 독침이 햇빛에 반짝이는 것을 보고는 그만 입을 다물었다.

작은 여자의 동료인 티알리스가 천연자석 공명기의 뚜껑을 열었다. 분노보다 호기심이 더 큰 리라는 그의 행동을 지켜보았다. 흐릿한 회색 돌로 만들어진 그 기계는 몽당연필만 한 크기에 나무 받침대로 받쳐져 있었다. 티알리스는 표면을 따라 여러 지점을 손가락으로 누르면서 바이올린을 켜듯 작은 활로 그 사이를 문지르기 시작했다. 겉으로 보기에는 아무 표시도 되어 있지 않았기 때문에, 그가 아무렇게나 마구 눌러 대는 것처럼 보였다. 하지만 몰입해 있는 얼굴 표정과 능숙한 손놀림으로 봐서, 알레시오미터를 읽는 것만큼이나 큰 노력을 기울여야 하는 일이라는 것을 리라는 알 수 있었다.

몇 분 후, 그 스파이는 활을 치워 놓고 귀에 대는 부분이 리라의 작은 손톱만 한 헤드폰 하나를 집어 들었다. 그는 헤드폰 줄 끝을 공명기 한쪽 끝에 있는 줄 감개에 단단히 감고, 남은 줄 하나는 그 반대편 끝에 감았다. 줄 감개 두 개로 연결된 두 줄의 장력을 조절하더니, 그는 자신이 보낸 메시지에 대한 응답을 듣는 듯했다.

"어떻게 작동하는 거예요?"

작업을 마친 그에게 리라가 물었다.

티알리스는 리라가 정말 관심이 있는 건지 유심히 그녀를 바라보더니 말했다.

"너희들 세계의 실험 신학자라고 하는 사람들은 양자 결합(量子結合)

이라는 것을 알고 있지. 무슨 말인가 하면, 두 개의 소립자는 공통된 속성을 갖고 있는 곳에서만 존재할 수 있다는 뜻이야. 그래서 어느 하나에 무슨 일이 생기면 동시에 다른 하나에도 생기지. 그 둘이 아무리 멀리 떨어져 있더라도 말이야. 우리는 바로 그 원리를 이용한 거야. 보통 천연자석을 택해서 그 소립자들을 모두 엉클어뜨린 다음 그것을 두 개로 쪼개 그 두 개가 함께 울리게 하는 거지. 내 것의 짝을 로크 경이 갖고 있는 거야. 내가 활로 이 공명기를 연주하면 로크 경이 가진 공명기도 똑같이 그 소리를 내지. 그래서 서로 의사소통을 할 수 있게 되지."

작은 남자는 하던 일을 다 정리한 다음 살마키아에게 뭐라고 말했다. 그들은 조금 떨어진 곳으로 자리를 옮겨 얘기를 나누었지만 아주 조용하게 소근대는 바람에 리라는 한 마디도 알아들을 수 없었다. 판탈라이몬은 올빼미로 변신하여 그 커다란 귀를 그들 쪽으로 쫑긋 세웠다.

윌이 돌아오자 그들은 다시 걸음을 재촉했다. 해가 기울수록, 길이 가파를수록, 눈 덮인 길에 가까워질수록 그들의 걸음은 점점 느려졌다. 바위가 많은 계곡이 시작되는 지점에 이르자 그들은 한 번 더 쉬어 가기로 했다. 윌은 리라가 무척이나 힘들어하고 있다는 것을 눈치 챘다. 리라는 보기에도 딱할 정도로 절뚝거렸고 얼굴은 아주 창백했다.

"발 좀 꺼내 봐. 물집이 생겼으면 연고를 발라 줄게."

윌이 리라에게 말했다.

정말 물집이 심하게 잡혀 있었다. 리라는 눈을 질끈 감고 이를 악물었고, 윌은 그녀의 발에 혈류이끼 연고를 발라 주었다.

그러는 동안 티알리스는 바쁘게 손을 놀렸다. 몇 분 후 그는 천연자석을 치우고 말했다.

"우리 위치를 방금 로크 경에게 알렸어. 우리에게 자이롭터 한 대를 곧 보내 주겠대. 너희들이 곰왕과 얘기를 끝내는 즉시 말이야."

월은 고개를 끄덕였다. 리라는 들은 척도 하지 않고 기진맥진한 몸을 일으켜 세워 양말과 신발을 신었다. 그들은 다시 출발했다.

한 시간 정도 더 지나자 계곡에는 대부분 그늘이 드리워졌다. 월은 밤이 되기 전에 쉴 장소를 찾을 수 있을지 걱정되었다. 그때 리라가 안도와 기쁨이 섞인 함성을 질러 댔다.

"이오레크! 이오레크!"

월보다 리라가 먼저 이오레크를 발견한 것이었다. 하얀 눈밭에 있어서 흰 털이 전혀 눈에 띄지 않는 곰왕이 바로 지척에 서 있었다. 리라의 목소리가 메아리가 되어 울려 퍼지자, 이오레크는 고개를 돌려 냄새를 킁킁 맡더니 그들을 향해 산허리를 단숨에 달려 내려왔다.

곰왕은 월은 본체만체하고 리라를 덥석 안아 올렸다. 리라는 그의 목을 부둥켜안고 뻣뻣한 털 속으로 얼굴을 파묻었다. 곰이 기쁨의 소리를 마음껏 으르렁거리는 통에, 그 진동이 월의 발밑까지 전해졌다. 하지만 리라는 그 소리를 다시 듣게 되어 너무나 기뻤고, 발바닥의 물집으로 인한 통증과 피곤함도 잠시 잊었다.

"오, 이오레크! 이렇게 다시 보게 되다니. 스발바르에서 그렇게 헤어지고 당신을 다시는 못 볼 거라고 생각했는데. 스코즈비 아저씬 잘 계신가요? 당신 왕국은 어때요? 여긴 혼자 오신 거예요?"

작은 스파이들은 어디론가 사라지고 없었다. 어둑어둑해지고 있는 산비탈에 월과 리라, 커다란 흰곰만 있는 듯했다. 리라는 이오레크가 등을 내밀자 기다렸다는 듯 얼른 올라탔다. 사랑하는 친구가 자기 동굴로 태워 주는 동안, 그의 등에 업힌 리라는 마냥 행복하고 뿌듯했다.

월은 다른 생각에 빠져 리라가 이오레크에게 하는 말을 귀담아듣지 않고 있다가 어느 순간 갑자기 리라가 탄식하는 소리를 듣고는 그들의 얘기에 귀를 기울였다.

"스코즈비 아저씨가! 오, 말도 안 돼! 어떻게 그런 일이! 정말 돌아가셨어요? 이오레크, 확실해요?"

"마녀는 스코즈비가 그루만이라는 사람을 찾으러 떠난 거래."

곰왕이 말했다.

바룩과 발타모스에게서 그런 얘기를 얼핏 들은 적이 있어서 윌은 좀 더 귀를 기울였다.

"어떻게 된 거예요? 누가 스코즈비 아저씨를 죽였죠?"

떨리는 목소리로 리라가 물었다.

"싸우다 죽었어. 그루만을 탈출시키려고 모스크바 군대와 싸웠지. 나는 그의 시신을 찾아냈어. 정말 용감하게 죽었더군. 꼭 복수하고 말 테다."

리라는 소리 내어 엉엉 울었고, 윌은 할 말을 잃었다. 누군지 모르는 그 사람이 목숨을 버리면서까지 구하려고 했던 사람이 바로 자신의 아버지였기 때문이다. 그리고 리라와 이오레크는 리 스코즈비와 절친한 사이였지만 윌은 그렇지 않았다.

곧 이오레크는 옆으로 돌아 동굴 입구로 들어갔다. 주위의 눈 때문에 더욱 어두컴컴해 보였다. 윌은 작은 스파이들이 보이지는 않지만 분명 어딘가에 숨어 있을 거라고 확신했다. 그는 리라에게 조용히 하고 싶은 말이 있었다. 하지만 작은 스파이들을 다시 찾아서 그들이 엿듣지 않는다는 것을 확인하기 전에는 아무 말도 하지 않을 생각이었다.

윌은 배낭을 동굴 입구에 내려놓고는 기진맥진해서 그 자리에 주저앉았다. 그의 등 뒤에서 곰왕은 불을 피웠고, 슬픔에 젖은 리라는 그 모습을 멍하니 바라보았다. 이오레크는 앞발로 철광석 비슷한 것을 들고 땅바닥에 있는 그와 비슷한 돌에 서너 차례 두들겼다. 파란 불꽃이 튀었고, 그것은 곧 나뭇가지와 마른 풀을 쌓아 놓은 더미에 옮겨 붙었다.

빠르게 타오르는 불길에 이오레크는 장작을 차곡차곡 쌓아 올렸다.

바깥 공기가 매우 차가웠기 때문에 윌과 리라는 그 장작불이 너무나 좋았다. 그리고 그보다 더 반가운 것은 이오레크가 염소 고기를 내놓은 것이다. 물론 그는 고기를 날로 먹지만, 윌과 리라를 위해 기다란 꼬챙이에 고기를 꿰어 장작불 위에 올려놓았다.

"이오레크, 이런 산에서 사냥이 쉬워요?"

리라가 물었다.

"아니. 우리 종족은 이곳에서 살 수 없겠어. 내 판단이 틀렸지. 그래도 이렇게 널 만났으니 그나마 다행이지. 그래, 이젠 어떻게 할 셈이야?"

윌은 동굴 주위를 두리번거렸다. 그들은 모닥불 가까이에 앉아 있었다. 발그레한 불빛이 곰왕의 털 위를 따뜻하게 비추었다. 스파이들이 어디에도 보이지 않자 윌은 이제 더 이상 감추고만 있을 수는 없겠다 싶어 곰왕에게 털어놓았다.

"이오레크 왕, 만단검이 부러졌어요. 아니, 잠깐만요."

윌은 벽을 향해 소리쳤다.

"여기 있다면, 이리 나와서 정정당당하게 행동해요. 비겁하게 남의 말이나 엿듣지 말구요."

리라와 이오레크 뷔르니손은 윌이 누구에게 소리치는 건지 보기 위해 고개를 돌렸다. 작은 남자가 컴컴한 곳에서 걸어 나와 그들의 머리보다 높은 곳에 튀어나와 있는 바위 턱에 섰다.

"당신은 동굴 안으로 들어와도 되는지 이오레크 뷔르니손에게 물어보지도 않았어요. 그는 왕이고 당신은 일개 스파이에 불과해요. 왕에게 경의를 표해야 할 것 같은데요."

윌이 말했다.

리라는 그 말을 듣자 기분이 좋아져서 흐뭇한 표정으로 윌을 쳐다보았다. 윌은 매섭고 경멸하는 듯한 표정을 짓고 있었다.

그러나 티알리스는 불쾌한 표정으로 윌을 노려보며 말했다.

"진심으로 대해 줬는데, 비열하게 속이다니!"

윌은 자리에서 일어났다. 리라는 그의 데몬이 암호랑이 모습을 하고 있을 거라고 생각했다. 거대한 암호랑이가 으르렁거리는 모습을 떠올리자 몸이 움츠러들었다.

"다 그럴 만한 이유가 있어서 그런 거예요. 만단검이 부러진 걸 알았으면 당신이 우릴 그냥 뒀겠어요? 그 독침으로 우리를 기절시키고 구원병을 불러 아스리엘 경에게 끌고 갔겠죠. 그러니 우리는 당신을 속일 수밖에 없었어요."

윌이 말을 끝내자 이오레크 뷔르니손이 물었다.

"저 사람은 누구지?"

"스파이예요. 아스리엘 경이 보낸 스파이요. 어제 우리가 도망칠 때 도와줬어요. 하지만 저들이 우리 편이라면 숨어서 우리 말을 엿듣진 않았겠죠. 그런 짓을 해 놓고 우리더러 비열하니 어쩌니 말할 자격은 없는 것 아닌가요."

티알리스의 두 눈이 사납게 빛났다. 그는 무기가 없는 윌은 제쳐 두고 이오레크에게 금세라도 덤빌 것처럼 보였다. 하지만 상황은 티알리스에게 불리했고, 그 자신도 그것을 잘 알았다. 그가 할 수 있는 것이라곤 절하고 용서를 구하는 일뿐이었다.

"폐하!"

그가 허리를 굽히자 이오레크는 잠시 으르렁거렸다.

티알리스는 윌에게는 증오의 눈빛을, 리라에게는 도전과 경고의 눈빛을, 그리고 이오레크에게는 냉정하고 조심스런 존경의 눈빛을 보냈다. 그는 이목구비가 아주 뚜렷해서 이런 표정들 하나하나가 마치 불빛을 갖다 댄 것처럼 생생하고 선명했다. 어둠 속에서 레이디 살마키아가 그의 옆으로 걸어 나왔다. 그녀는 윌과 리라는 완전히 무시하고 곰왕에게 절하며 말했다.

"저희들을 용서하세요, 폐하. 숨는 버릇을 고치기란 정말 힘든 일이거든요. 체발리어 티알리스와 저 레이디 살마키아는 오랜 세월 적군들 속에서 지냈습니다. 순전히 그 버릇 때문에 폐하께 예의를 갖춰야 한다는 걸 깜빡했답니다. 우리는 이 소년과 소녀가 아스리엘 경에게 무사히 도착할 때까지 함께 동행할 것입니다. 다른 뜻은 없어요. 감히 폐하를 해칠 생각도 없구요."

요렇게 작은 것들이 어떻게 자신을 해치겠다는 건지 이오레크는 의아했지만 묵묵히 듣고만 있었다. 원래 표정이 없기도 하지만 그 역시 예의를 갖추려고 했고, 살마키아도 충분히 정중하게 말했다.

"이리 불 가까이로 내려오시오. 먹을 것도 충분하니 시장하면 좀 드시고. 윌, 그럼 그 칼에 대해 다시 얘기해 보지?"

이오레크가 윌을 재촉했다.

"네. 그런 일이 일어날 줄은 상상도 못 했는데, 어쨌든 검은 부러졌어요. 알레시오미터는 당신이 만단검을 고칠 수 있다고 했어요. 난 좀 더 예의를 갖춰서 부탁 드리려고 했는데, 상황이 이렇게 되어 버렸네요. 이오레크, 검을 고칠 수 있겠어요?"

"어디 꺼내 보렴."

윌은 칼집 속에 들어 있는 만단검 조각들을 꺼내 바닥에 내려놓았다. 그리고 조각들을 제자리에 맞춰 보고 빠진 조각이 없음을 확인했다. 리라가 불붙은 나뭇가지를 들어 올리자, 이오레크는 불빛 아래 웅크리고 앉아 모든 조각을 자세히 살펴보았다. 그리고 큰 발톱으로 세심하게 만지며 조각 하나하나를 들어 올려 이쪽저쪽으로 돌려 보고 깨진 부분을 맞춰 보았다. 이오레크가 커다랗고 검은 갈고리처럼 생긴 발톱으로 그 작은 조각들을 솜씨 좋게 다루는 것을 보고 윌은 내심 놀랐다.

이오레크가 허리를 펴고 바로 앉자 그의 머리는 다시 어둠에 묻혔다.

"그래."

이오레크는 질문에만 그렇게 대답하고 아무 말도 하지 않았다.

그의 대답을 알아들은 리라가 말했다.

"아, 그럼 고쳐 주시는 거죠, 이오레크? 이 검이 얼마나 중요한 건지 당신은 모르실 거예요. 이 검을 못 고치면 우린 정말 큰일이에요. 우리뿐만 아니라……."

"난 이 칼이 맘에 들지 않아."

이오레크가 말했다.

"그 위력이 너무 끔찍하거든. 이렇게 위험한 무기는 본 적이 없어. 아무리 막강한 무기도 이 칼에 비하면 장난감에 불과하지. 이 칼은 생각지도 못할 만큼 크게 해가 될 수 있어. 차라리 만들어지지 않았더라면 좋았을 거야."

"하지만, 이 검만 있으면……."

윌의 말을 가로막으며 이오레크는 말을 이었다.

"너는 이 칼로 이상한 짓들을 할 수 있지. 이 칼의 속성을 넌 모르고 있어. 네 의도가 좋은 것이라고 해도, 만단검 자체의 목적이 따로 있을 수 있지."

"말도 안 돼요."

"도구의 목적은 바로 그 도구가 하는 일이지. 망치는 꽝꽝 때리고, 바이스는 단단히 죄는 일을, 지레는 들어 올리는 일을 하지. 목적은 그 도구가 만들어진 이유지. 하지만 어떤 도구는 가끔 사람들이 모르는 다른 용도로 쓰일 때도 있어. 네가 이 칼을 네 의도대로 쓸 때 너도 모르는 사이에 그 칼이 의도하는 것을 할 수도 있다는 거지. 이 칼날 끝의 가장 뾰족한 부분을 본 적 있나?"

"아뇨."

윌은 고개를 저었다. 만단검의 칼날 끝 부분은 너무 가늘어서 육안으로는 도저히 잡을 수가 없었다.

"그러면서 그것이 하는 일을 어떻게 다 안다는 거지?"

"다 알지는 못해요. 하지만 이 검을 써서 좋은 일을 할 수 있다면 무슨 일이든 해야 해요. 아무 일도 하지 않는다면 난 무익한 사람보다 더 나쁜 사람일 거예요. 꼭 죄를 짓는 것 같을 거예요."

리라는 그들의 얘기를 하나도 놓치지 않고 듣고 있었다. 그리고 여전히 망설이고 있는 이오레크에게 말했다.

"이오레크, 당신도 볼반가르 사람들이 얼마나 사악한지 잘 알잖아요. 우리가 그들을 혼내 주지 않았다면, 그들은 그 나쁜 짓을 영원히 계속했을 거예요. 그리고 우리가 이 검을 지키지 않으면 그들 손에 넘어갈 수도 있구요. 당신과 내가 처음 만났을때 우리는 이 검에 대해 전혀 몰랐죠. 아는 사람이 없었어요. 하지만 이젠 아니까 이 검을 사용해야 해요. 알고도 사용하지 않는 건 나약하고 잘못된 일이에요. 이건 마치 그들에게 칼을 쥐어 주면서 '자, 여기 있으니 어서 써 봐. 말리지 않을 테니까'라고 말하는 거나 마찬가지예요. 그래요. 우린 그게 뭘 하는 건지 잘 몰라요. 하지만 알레시오미터에게 물어보면 되잖아요? 그러면 알게 되겠죠. 적어도 짐작만 하고 두려움에 떠는 것보다는 나을 거예요."

윌은 자신의 절박한 상황은 얘기하고 싶지 않았다. 만단검을 고치지 못하면 집으로 돌아갈 수도, 엄마를 다시 볼 수도 없게 된다. 그의 어머니는 아들에게 무슨 일이 일어났는지도 모르고 있을 것이다. 그래서 남편이 그랬듯이 아들도 자신을 버렸다고 생각할 것이다. 그들 부자가 그녀를 버린 것은 다름 아닌 이 칼 때문이다. 윌은 그 칼을 이용해서 엄마 곁으로 돌아가야만 했다. 그러지 않으면 결코 자신을 용서하지 못할 것이다.

이오레크 뷔르니손은 한동안 말없이 있다가 고개를 돌려 어두운 바깥을 보았다. 그리고 천천히 자리에서 일어나 동굴 입구까지 걸어 나가 밤하늘의 별들을 올려다보았다. 북극에서 보았던 별들도 있고, 처음 보는 별들도 많았다.

리라는 불 위에 올려놓은 고기를 뒤집었다. 윌은 손가락의 상처가 잘 아물고 있는지 살폈다. 티알리스와 살마키아는 바위 위에 조용히 앉아 있었다.

잠시 후 이오레크가 고개를 돌리고 말했다.

"좋아, 그 칼을 고치기로 하지. 하지만 조건이 있어. 아무래도 실수하는 것 같은 기분이 들지만 말야. 우리 곰들은 신도, 영혼도, 데몬도 없어. 그냥 살다가 죽으면 그게 끝이지. 인간들이 하는 일들을 보면 안타깝고 골치만 아프지. 하지만 우리는 언어가 있어. 그리고 전쟁도 하고 도구도 사용해. 어느 편에든 서야 되겠지. 그러자면 어설프게 아는 것보다는 완전히 아는 편이 낫겠다는 생각이 드는군. 리라, 알레시오미터에게 그 검이 뭔지 한번 물어보렴. 그 대답을 듣고도 그 칼을 고치고 싶으면 그땐 내가 고쳐 주지."

리라는 곧장 알레시오미터를 꺼내 겉면이 잘 보이게 모닥불 가까이로 가져갔다. 그것을 읽는 데 평소보다 오래 걸렸다. 한참 후에 눈을 깜빡이고 한숨을 쉬며 그 무아지경에서 빠져나온 리라의 얼굴에는 근심이 서려 있었다.

"이렇게 복잡한 적은 없었는데……, 정말이지 많은 것을 얘기했어요. 음, 내 생각엔 제대로 읽은 것 같긴 한데. 그래요. 먼저 균형에 대해 말했어요. 만단검은 해로울 수도 있고 이로울 수도 있대요. 하지만 그 경계선이 극히 미세하고 미묘해서, 가장 희미한 생각이나 소망으로도 그 균형이 무너져 버릴 수 있대요. 그런데 윌, 그건 너에게 하는 소리였어. 너의 생각이나 소망에 따라 그 균형이 오락가락한다는 뜻이야. 하지만 어떤 생각이 좋은 거고 나쁜 건지는 말하지 않았어. 그리고……."

리라는 스파이들을 한번 힐끗 돌아보았다.

"알레시오미터는 좋다고 했어요. 만단검을 고치라고요."

이오레크는 리라를 찬찬히 바라보다가 고개를 한 번 끄덕였다.

티알리스와 살마키아는 좀 더 가까이서 보려고 아래로 내려왔다.

"땔감이 더 필요하지 않아요, 이오레크? 윌이랑 같이 가서 나무를 좀 해 올게요."

윌은 리라의 생각을 눈치 챘다. 스파이들이 없는 곳에서 단둘이 하고 싶은 얘기가 있다는 뜻이었다.

이오레크가 말했다.

"첫 번째 갈림길 아래에 진이 많은 나무들이 있을 거야. 가지고 올 수 있을 만큼만 가지고 와."

리라는 즉시 자리에서 일어났고, 윌도 따라나섰다.

달은 휘영청 밝고, 숲 오솔길에 쌓인 눈 위에는 발자국들이 흐려져 있었다. 공기는 살을 에는 듯 차가웠다. 윌과 리라는 기분이 상쾌했고 생기와 희망에 차 있었다. 그들은 동굴에서 꽤 멀어진 후에야 얘기를 시작했다.

"알레시오미터가 또 뭐라고 했지?"

윌이 물었다.

"아직도 이해할 수 없는 말이 있어. 만단검이 더스트를 죽일 거라는 거야. 하지만 더스트를 살리는 유일한 길도 만단검이래. 윌, 난 이해가 안 가. 그리고 위험하다는 말을 또 했어. 그 말을 계속하더라. 그리고 우리가, 그러니까…… 내가 생각했던 일 있잖아."

"저승으로 가는 일 말야?"

"그래, 거길 가면 다시는 돌아오지 못할지도 모른대. 죽을 수도 있다는 말이야."

윌은 입을 다물었다. 그들은 이오레크가 말한 그 관목숲을 찾으며 말없이 걸었다. 머릿속으로는 저승에 가서 감당해야 할 일들을 생각하고 있었다.

"하지만 우린 꼭 가야 돼. 그렇지?"

윌이 물었다.

"모르겠어."

"모르다니. 넌 로저에게 할 말이 있고, 난 아빠랑 얘기하고 싶어. 가야 해."

"난 무서워."

리라가 말했다.

윌은 리라가 그 누구에게도 이런 나약한 소리를 하는 것을 본 적이 없었다.

"우리가 안 가면 어떻게 되는데? 알레시오미터가 그 얘긴 안 했니?"

"그 물음엔 아무 대답이 없었어. 텅 비어 있었지. 그게 무슨 뜻인지 정말 알 수 없었어, 윌. 그런데 지금 생각해 보니, 그건 무척 위험한 일이긴 하지만 그래도 로저를 구하러 가야 한다는 뜻 같아. 하지만 볼반가르에서 그를 구할 때와는 상황이 전혀 다를 거야. 그때는 아무것도 모르는 상태에서 무작정 달려갔지만 운이 좋았던 거지. 집시나 마녀 같은 많은 사람이 나를 도와줬어. 하지만 지금 우리가 가려는 곳에서는 어떤 도움

도 받을 수 없어. 그리고…… 그래, 난 꿈속에서 그곳을 본 것 같아. 그
곳은 말야…… 음, 볼반가르보다 더 끔찍했어. 그래서 무서워."

"내가 무서운 건……."

잠시 생각하는 표정을 짓다가 윌은 리라를 쳐다보지도 않고 말을 이
었다.

"어딘가에 갇혀서 다시는 엄마를 볼 수 없게 되는 거야."

갑자기 어떤 기억 하나가 떠올랐다. 그가 아주 어릴 때였다. 엄마는
아프기 전이었고, 윌은 앓고 있었다. 엄마는 깜깜한 방에서 그의 침대
곁에 앉아 밤새도록 자장가를 불러 주고 동화도 들려주었다. 사랑스런
엄마의 목소리를 들으면 그는 안심이 되었다. 그런 엄마를 이제 와서
버릴 순 없었다. 절대로 그럴 순 없었다. 필요하다면 평생 엄마를 돌봐
드릴 것이다.

그의 생각을 훤히 들여다보기라도 한 듯 리라가 따뜻하게 말했다.

"그래, 맞아. 그렇게 되면 정말 안 되지. 나도 엄마라는 존재가 그런
건지는 몰랐어. 지금까지 난 정말 혼자 잤거든. 누군가 날 꼭 껴안아
준 일도 없었던 것 같아. 아무리 기억을 더듬어 봐도 나와 판탈라이몬
밖에 없어. 론즈데일 부인도 날 그렇게 안아 준 적은 없어. 그녀가 내게
해 준 일이라고는 고작 내가 깨끗한지 확인하는 것뿐이었어. 그리고 예
절도 가르쳤지……. 하지만 윌, 동굴에서 정말 이상한 느낌이 들었어.
엄마가 끔찍한 짓을 하고 있다는 걸 알면서도 분명 느낄 수 있었어. 엄
마가 날 사랑하고 돌보고 있다는 걸 말이야. 엄마는 아마 내가 죽어 가
고 있다고 생각했을 거야. 내가 계속 잠만 잤으니까 말야. 어떤 병에 걸
렸었나 봐. 하지만 엄마는 쉬지 않고 날 돌봐 줬어. 그리고 내가 한두
번 잠에서 깨어났을 때, 엄마는 두 팔로 나를 안고 있었어. 그래 기억이
나, 나도 나중에 엄마가 되면 내 아이를 그렇게 안아 줄 거야."

리라는 자신이 왜 그렇게 긴 잠에 빠져 있었는지 모르고 있었다. 윌은 사실을 얘기해 줘야 할지 말아야 할지 잠시 망설였다. 비록 잘못된 기억이라고 할지라도 굳이 아름다운 것을 추악한 것으로 바꿀 필요는 없지 않은가? 그렇다면 그냥 두는 편이 나을 것이었다.

"저게 그 관목인가?"

리라가 말했다.

달빛이 환해서 잎사귀까지 하나하나 다 보일 지경이었다. 윌이 나뭇가지 하나를 꺾자, 송진 향기가 강하게 풍겼다.

"작은 스파이들한테는 아무 말도 하지 마."

리라가 한마디 덧붙였다.

그들은 관목을 한 아름씩 안고 다시 동굴로 향했다.

담금질

바로 그때 작은 갈리베스피인들도 만단검에 대해서 얘기하고 있었다. 이오레크 뷔르니손과 일단 미심쩍은 평화 협정을 맺은 그들은 약간 떨어진 바위 턱 위로 다시 올라갔다. 모닥불이 큰 소리를 내며 타오르자 체발리어 티알리스가 말했다.

"우리는 그 남자 아이의 곁을 떠나서는 안 돼. 만단검이 다 고쳐지면 그림자처럼 그 아이를 바짝 따라다녀야 한다구."

"그 앤 도대체 빈틈이 없어요. 계속 우릴 감시하고 있어요."

살마키아가 말했다.

"여자 아이가 더 순진한 거 같아요. 사람도 더 잘 믿는 것 같고, 그러니까 계집애를 꾀는 편이 낫겠어요, 티알리스."

"하지만 칼은 녀석이 갖고 있어. 그걸 쓸 줄 아는 것도 그 애고."

"계집애를 두곤 아무 데도 안 가려고 할걸요."

"하지만 녀석이 그 칼을 갖고 있는 한 계집애는 녀석을 따를 수밖에 없어. 그리고 칼을 고치자마자 다른 세계로 달아나려고 할 거야. 계집 애가 뭐라고 말하려고 하니까 그 녀석이 가로막는 것 봤지? 뭔가 속셈 이 있는 게 분명해. 우리가 바라는 것과는 딴판일 거야."

"그건 곧 알게 되겠지요. 하지만 당신 말이 맞는 거 같아요, 티알리스. 어쨌든 그 녀석 옆에 바짝 붙어 있어야겠어요."

이오레크 뷔르니손이 임시로 마련한 작업장에 도구들을 쭈욱 늘어놓자 그들은 의심쩍은 눈으로 지켜보았다. 아스리엘 경의 요새 산하에 있는 군수품 공장에서 거대한 용광로와 압연기, 무기압 용철로, 유압 프레스로 일하는 대장장이들이 이오레크의 장작불과 돌망치, 갑옷 조각으로 만든 모루를 봤다면 코웃음을 쳤을 것이다. 그렇지만 곰왕이 자기가 할 일을 정확하게 파악하고 능숙하게 이것저것 준비하는 것을 보자, 작은 스파이들은 비웃음을 거두었다.

리라와 윌이 관목을 안고 돌아오자, 이오레크는 나뭇가지를 조심해서 불 위에 얹어 놓으라고 지시했다. 그는 나뭇가지를 좌우로 돌려 가며 살펴본 후 윌과 리라에게 나무가 잘 타도록 놓는 법을 설명해 주었다. 이오레크가 나뭇가지들을 잘 놓고 일부는 잘라서 아래쪽으로 밀어넣자, 불길이 한층 거세게 타올랐다.

동굴 안의 열기는 대단했다. 이오레크는 계속해서 불을 지폈고, 작업에 쓸 땔감을 충분히 준비해 두기 위해 아이들을 두어 차례 더 내려 보내 관목을 구해 오도록 했다.

그런 다음 이오레크는 바닥에 있는 작은 돌멩이를 만지작거렸다. 그리고 리라에게 그와 비슷한 돌멩이들을 모아 오라고 했다. 그 돌은 가열되면 가스를 발산하는데, 그 가스가 칼날을 감싸 공기에 노출되는 것을 막아 준다는 것이었다. 뜨거운 금속이 공기에 노출되면 그 공기를 약간 흡수하여 약해질 수도 있기 때문이었다.

리라는 그런 돌멩이를 찾기 시작했다. 올빼미로 변해 밤눈이 밝아진 판탈라이몬의 도움으로 열 개 정도는 쉽게 찾을 수 있었다. 이오레크는 리라에게 그 돌멩이들을 어디에 어떻게 놓아야 하는지 설명해 주었다. 그러고는 잎이 달린 나뭇가지를 살랑살랑 흔들어 바람을 냈는데, 그렇게 하면 가스가 칼날을 고르게 감쌀 것이라고 했다.

윌은 불 때는 일을 맡았다. 이오레크는 윌에게 불을 알맞게 때는 방법을 설명하고 그가 제대로 알아들었는지 확인했다. 나무들을 정확하게 놓는 것이 가장 중요한데, 작업 도중에는 이오레크가 일일이 고쳐 줄 수 없기 때문에 윌이 제대로 알고 있어야 했다.

또 윌은 만단검을 고치더라도 이전과 똑같아질 거라는 기대는 접어야 했다. 부러진 날들을 접합할 때 조금씩 녹아 겹쳐지는 부분이 있기 때문에 검은 약간 짧아질 것이고, 돌에서 발산된 가스가 아무리 칼날을 잘 감싼다고 하더라도 어쩔 수 없이 표면이 약간은 산화하여 빛깔을 잃게 될 것이다. 그리고 물론 칼자루도 까맣게 그을겠지만 다행히 칼날은 여전히 날카로워 무엇이든 베어 낼 수 있을 것이다.

윌은 나뭇가지 위로 불꽃이 거세게 타오르는 것을 지켜보았다. 연기 때문에 눈물이 줄줄 흐르고 손도 시커멓게 그을었지만, 그는 이오레크가 원하는 뜨거운 열이 나올 수 있도록 나뭇가지들의 위치를 열심히 조절했다.

이오레크는 주먹만 한 돌멩이들 중 무게가 가장 적당한 것을 하나 골라 낸 다음 어마어마한 힘으로 그것을 내려치고 갈기 시작했다. 바위를 깨부술 때 나는 화약 냄새와 연기가 높은 곳에서 지켜보던 두 스파이의 코를 찔렀다. 판탈라이몬까지도 까마귀로 변해 날개를 힘차게 퍼덕이며 불길이 세게 타오르도록 도왔다.

마침내 쓸 만한 망치가 만들어지자, 이오레크는 부러진 만단검 두 조각을 거세게 타오르는 장작불 한가운데 놓았다. 그리고 리라에게 그 칼날들 위로 가스가 가도록 부채질을 하라고 지시했다. 골똘히 지켜 보고 있는 이오레크의 길고 하얀 얼굴이 눈부신 빛 속에서 붉게 빛났고, 윌은 빨간색에서 노란색, 노란색에서 하얀색으로 달아오르는 칼날을 보았다.

이오레크는 자세히 들여다보며 발로 조각들을 꺼낼 준비를 하고 있었다. 몇 분 후 금속은 다시 변해서 그 표면이 번쩍번쩍 빛나기 시작했고, 불꽃놀이할 때처럼 불똥도 튀었다.

그러자 이오레크는 몸을 움직였다. 그는 커다란 오른발 발톱 끝으로 재빠르게 칼 조각 두 개를 집어내어 그의 갑옷이었던 철판 위에 내려놓았다. 윌은 발톱 타는 냄새를 맡았지만, 이오레크는 아무렇지도 않은 듯 굉장히 빠른 동작으로 각을 조절해 칼 조각들을 맞춘 다음 왼발을 높이 들고 돌망치로 힘껏 내리쳤다.

그 엄청난 일격에 바위 위에 있던 칼끝이 튀어 올랐다. 윌은 원자들 속의 미세한 틈새를 찾아내는 그 작은 삼각형 금속 조각이 어떻게 되느냐에 자신의 여생이 달려 있다고 생각했다. 그러자 온몸의 신경이 부들부들 떨리고 모든 불길의 깜박임 하나하나, 칼 조각의 원자들이 흩어지는 것까지도 모두 느낄 수 있었다. 작업을 시작하기 전에는 정교한 도구와 장비가 갖추어진 정식 용광로가 아니면 만단검을 고칠 수 없을 거라고 생각했다. 하지만 윌은 지금 여기 있는 것들이 가장 정교한 도구이며, 이오레크야말로 정말 유능한 대장장이라는 것을 알게 되었다.

쨍쨍 울리는 소리를 뚫고 이오레크가 고함을 쳤다.

"마음속으로 그걸 꽉 잡고 있어. 너도 같이 고치는 거야. 이건 내 일인 동시에 네 일이야."

이오레크가 돌망치로 계속 내리치자 윌은 몸 전체가 울렸다. 두 번째로 벼릴 칼 조각도 달궈지고 있었다. 리라는 금속이 산화되는 것을 막기 위해 나뭇가지로 뜨거운 가스를 열심히 보냈다. 윌은 금속에서 일어나는 모든 일을 감지했다. 그리고 접합이 잘 이루어져서 부러진 금속의 원자들이 틈새를 메워 단단하고 곧은 다른 결정체로 만들어지고 있음을 느낄 수가 있었다.

"칼날을! 칼날을 똑바로 맞춰!"

이오레크가 큰 소리로 말했다. 마음속으로 그렇게 하라는 뜻이었다. 윌은 그의 말에 따랐다. 미세한 걸림에 이어 칼날이 완벽하게 맞춰지자 안도를 느꼈다. 두 조각이 접합되자 이오레크는 다른 조각으로 눈길을 돌렸다.

"다른 돌멩이."

이오레크의 말에 리라는 달궈진 돌멩이를 치우고 새 돌멩이를 불 위에 올려놓았다.

윌은 불길을 확인한 다음 나뭇가지 하나를 두 개로 부러뜨려 불꽃을 조절했고 이오레크는 다시 망치를 들고 작업을 시작했다. 윌은 자기 일이 더 복잡해진 것을 알았다. 이번에는 앞서 접합한 칼 조각 두 개에 들어맞는 새로운 조각을 들고 있어야 하는 것이다. 하지만 그 일을 정확하게 하는 것만이 이오레크를 돕는 유일한 방법이었다.

작업은 계속되었다. 윌은 시간이 얼마나 흘렀는지도 알 수 없었다. 리라는 팔이 아프고, 눈에서는 눈물이 연신 흘러내렸으며, 피부는 그을려서 빨갛게 달아오르고, 뼈마디는 피로감으로 욱신욱신거렸다. 그래도 리라는 이오레크가 지시하는 대로 열심히 돌멩이를 계속 올려놓았고, 지칠 대로 지친 판탈라이몬도 계속 날개를 푸드덕거리며 불길에 바람을 보냈다.

마지막 조각을 붙일 순간이 되자, 윌은 너무 오래 정신을 곤두세우고 있었던 탓에 머리가 어질어질했다. 온몸에 기운이 쭉 빠져서 불 위에 올려놓을 나뭇가지를 드는 것도 버거웠다. 그는 접합된 칼 조각 하나하나를 모두 기억해야 했다. 잘못하다가는 이제껏 붙인 조각들이 다시 떨어지고 말 것이다. 마지막 단계이자 가장 복잡한 이 단계에서 온 정신력을 쏟아 붓지 않으면, 만단검은 다시 산산조각이 나고 지금까지 이오레크가 한 모든 수고가 허사로 돌아가 버리는 것이다.

이오레크도 그런 점을 우려했는지 마지막 작업을 미루고 잠시 휴식 시간을 가졌다. 그는 윌을 멍하니 바라보았다. 윌은 곰왕의 눈에서 검은 광휘만을 보았다. 그럼에도 불구하고 윌은 이해했다. 이것은 반드시 해야 할 일이며, 아무리 힘들어도 그들은 해낼 수 있을 것임을.

그것으로 충분했다. 윌은 다시 불 쪽으로 고개를 돌리고 부러진 칼자루 끝을 머릿속으로 상상하며, 이 마지막이자 가장 힘든 단계를 맞을 마음의 준비를 가다듬었다.

마지막 조각을 접합하는 데 시간이 얼마나 걸렸는지 윌은 알지 못했다. 그러나 이오레크가 돌망치로 마지막 일격을 가하면서 원자들이 갈라진 틈새를 메우고 그 미세한 부분이 제대로 고정되는 것을 느끼는 순간, 윌은 동굴 바닥에 쓰러지듯 드러누웠다. 온몸에 피로가 한꺼번에 몰려왔다. 곁에 있던 리라도 거의 같은 상태였다. 리라의 눈은 흐리멍덩하고 충혈되어 있었고, 머리는 검댕과 하얀 재를 잔뜩 뒤집어쓰고 있었다. 이오레크는 졸린 듯 멍하게 서 있었는데, 하얀 크림색 털이 여기저기 그슬려 줄무늬가 새겨져 있었다.

티알리스와 살마키아는 교대로 잠을 자고 있었다. 둘 중 하나는 꼭 깨어 있었는데, 지금은 살마키아가 깨어 있을 차례였다. 칼날이 식으면서 빨간색에서 회색으로, 은색으로 변했다. 윌이 칼자루로 손을 뻗자 살마키아는 동료의 어깨를 툭툭 치며 깨웠다. 티알리스는 바로 눈을 떴다.

그러나 윌은 만단검을 잡지는 않았다. 손바닥을 칼날에 살짝 대보았더니 만지기에는 아직 너무 뜨거웠던 것이다. 스파이들이 바위 턱 위에서 한숨 돌리고 있을 때 이오레크가 윌에게 말했다.

"밖으로 따라 나와."

그런 다음 리라에게 말했다.

"여기서 기다리고 있어. 그리고 만단검은 만지지 말고."

리라는 검을 식히고 있는 모루 옆에 앉았다. 이오레크는 불기운이 사그라지지 않도록 나뭇가지들을 잘 쌓아 올리라고 리라에게 당부했다. 작업은 다 끝난 게 아니었다.

윌은 덩치가 커다란 이오레크를 따라 어두운 동굴 밖으로 나갔다. 불길이 활활 타던 동굴 안과는 달리 밖깥의 한기는 매서웠다.

"그런 칼은 만들지 말았어야 했어."

꽤 멀리까지 걸었을 때 이오레크가 입을 열었다.

"그 칼을 고치지 말았어야 했는지도 모르지. 난 지금 불안하단다. 여태껏 불안이라는 건 느껴 본 적이 없었는데 말야. 의심을 해본 적도 없었고. 근데 지금 내 마음은 의심으로 꽉 차 있어. 의심은 인간들이나 하지, 우리 곰들은 하는 게 아니거든. 내가 인간이 되어 가고 있다면 뭔가 잘못된 거야. 그리고 난 그걸 더 악화시켰고……."

"하지만 곰이 맨 처음 갑옷을 만들었을 때도 마찬가지 아니었나요?"

이오레크는 대꾸가 없었다. 그들은 눈이 많이 쌓여 있는 곳까지 걸어갔다. 이오레크는 눈 위에 벌렁 눕더니 어두운 하늘로 눈바람을 일으키며 몸을 이리저리 굴렸다. 그는 마치 눈으로 만든 곰처럼 보였다. 이 세상 모든 눈의 화신이었다.

마음껏 구르고 나서 이오레크는 일어나 격렬하게 몸을 흔들어 눈을 털었다. 그러고는 대답을 기다리고 있는 윌을 돌아보며 말했다.

"그래, 그럴지도 모르지. 하지만 그 곰이 최초로 갑옷을 입기 이전에는 아무도 그런 걸 몸에 걸치지 않았지. 그 이전이 어땠는지는 우리도 몰라. 그때부터 관습도 생기기 시작했어. 우리 관습들은 아주 엄격해서 우린 변화시킬 엄두도 못 내고 그냥 따르고 있지. 관습이 없으면 곰들의 본성은 약해질 거야. 갑옷 없이는 곰의 몸을 지킬 수 없듯이.

하지만 만단검을 고치면서 내 자신이 곰의 본성에서 조금씩 벗어나고 있다는 생각이 들더구나. 나도 이오푸르 락니손만큼이나 어리석은 건 아닌지. 시간이 지나면 알게 되겠지. 하지만, 뭔가가 분명치 않고 의심스러워. 이제 네가 얘기 좀 해 줘야겠다. 왜 그 검이 부러진 거지?"

윌은 지끈거리는 머리를 양손으로 문질렀다.

"그 여자가 나를 쳐다봤는데 그 얼굴이 엄마 얼굴로 보였어요."

윌은 그때 일을 떠올리며 정직하게 얘기했다.

"그리고 검을 허공에 댔는데 자를 수가 없었어요. 머릿속에서 칼로 찌르려는 생각과 칼을 내려놓으려는 생각이 동시에 들더라구요. 그래서 부러졌나 봐요. 제 생각엔 그래요. 그 여자는 자신이 무슨 짓을 하고 있는지 분명 알고 있었어요. 교활한 여자거든요."

"너는 그 칼 얘기를 할 때마다 네 엄마 아빠 얘기를 하는구나."

"제가요? 그래요…… 그랬던 것 같군요."

"그건 그렇고, 그 칼로 뭘 할 거지?"

"나도 잘 몰라요."

이오레크는 느닷없이 윌을 왼발로 힘껏 후려쳤다. 그 힘이 얼마나 엄청난지 윌은 반쯤 정신을 잃고 눈 위를 떼굴떼굴 굴러 비탈길 아래쪽에 처박히고 말았다. 머리가 멍했다.

윌은 비틀거리며 일어났다. 이오레크는 천천히 다가가며 말했다.

"정직하게 대답해."

월은 '내 손에 만단검이 있으면 감히 이러진 못할 텐데요'라고 소리치고 싶었다. 하지만 자신이 그런 생각을 하고 있다는 것을 이오레크가 모를 리 없었고, 또 그렇게 말하는 것은 무례하고 멍청한 짓이었다. 하지만 정말 그렇게 말하고 싶은 심정이었다.

월은 벌떡 일어나 이오레크를 똑바로 노려보았다.

"모른다고 했잖아요."

그는 차분하게 말하려고 애썼다.

"난 내가 하려는 일이 어떤 건지, 또 어떤 의미가 있는지 잘 몰라요. 그래서 나도 무서워요. 리라도 마찬가지구요. 아무튼 나는 리라가 하자는 대로 하기로 했어요."

"그래? 그게 뭔데?"

"우린 저승으로 가서 리라의 친구인 로저의 영혼과 얘기를 할 거예요. 스발바르에서 죽은 아이 말이에요. 그리고 정말 저승이라는 게 있다면 아빠도 그곳에 계실 거예요. 영혼들과 얘기할 수 있다면 난 아빠랑 얘기하고 싶어요.

하지만 딱 결정을 못 내리겠어요. 갈등이 생겨요. 고향으로 돌아가서 엄마를 돌봐 드리고 싶기도 하거든요. 또 아빠와 천사 발타모스가 나더러 아스리엘 경에게 만단검을 갖다 드려야 한다고 했어요. 그 말도 맞는 것 같아서……."

"그 천사는 도망갔잖아."

곰왕이 말했다.

"발타모스는 군인이 아니에요. 할 만큼은 했다구요. 더 이상 어떻게 해볼 도리가 없었을 거예요. 그만 무서워했던 건 아니에요. 나도 무서웠어요. 그래서 난 곰곰이 생각해 봤죠. 우리는 나쁜 짓이 더 위험해 보이고 겁쟁이로 보이고 싶지 않기도 해서 나쁜 짓을 하기도 하지요. 왜냐하면 그게 더 위험하니까요. 올바른 판단을 내리기보다는 겁쟁이로 보이지 않으려고 전전긍긍한다구요. 정말 힘든 일이죠. 그래서 나도 당신 질문에 대답하지 못한 거구요."

"알겠다."

이오레크가 말했다.

둘은 한참 동안 아무 말 없이 서 있었다. 이런 극심한 추위를 막아 낼 방법이 없는 윌은 그 시간이 더욱 길게 느껴졌다. 그러나 이오레크는 할 말이 더 남아 있는 듯했다. 윌은 그에게 얻어맞은 충격이 아직도 가시지 않아 머리가 어질어질했지만, 그가 언제 어떻게 다시 공격해 올지 몰라 마음을 놓을 수 없었다. 그래서 그들은 그곳에 그렇게 계속 서 있었다.

"음, 난 여러 가지로 불명예스러운 짓을 많이 했어. 어쩌면 너를 도와서 내 왕국을 완전히 파괴했는지도 몰라. 내가 그러지 않았더라도 파괴될 운명이었는지도 모르지. 오히려 그걸 지연시켰을 수도 있고. 난 혼란스러워. 이렇게 곰답지 않은 짓을 해야 하고, 인간처럼 심사숙고하고 의심까지 해야 하니 말이다.

너한테 한 가지만 말해 두겠어. 너도 이미 알고 있는 거야. 하지만 네가 원치 않는 거지. 그래서 내가 툭 터놓고 말해야겠다. 절대 잊지 마라. 이 일을 성공하고 싶으면 더 이상 엄마 생각은 하지 마라. 엄마 생각은 당분간 접어 둬. 마음을 집중시키지 못하면 칼은 또 부러질 거야.

이제 난 리라에게 작별 인사를 해야겠다. 넌 동굴 안에서 기다려. 그 스파이들은 너를 계속 따라다닐 테고, 리라랑 내가 하는 얘기를 그들이 엿듣는 게 싫으니까."

하고 싶은 수많은 말이 목 위로 치밀어 올랐지만 윌은 꿀꺽 삼키고 간신히 한마디 내뱉었다.

"고마웠어요, 이오레크 뷔르니손."

윌은 이오레크와 함께 비탈길을 따라 동굴로 돌아왔다. 주위를 에워싼 광막한 어둠 속에서 불길은 여전히 타오르며 동굴 안을 따뜻하게 비추고 있었다.

이오레크는 만단검을 고치기 위해 마지막 과정을 시작했다. 그는 장작을 태워 만든 빨간 숯불 속에 만단검을 집어넣어 칼날을 시뻘겋게 달구었다. 달아오른 금속에서 수백 가지 색깔이 소용돌이쳤다. 가장 적당한 시점이라는 판단이 서자 이오레크는 윌에게 만단검을 동굴 밖으로 가지고 나가 눈 속에 찔러 넣으라고 지시했다.

자단으로 만들어진 칼자루는 시꺼멓게 타서 그을려 있었다. 윌은 셔츠를 손에 둘둘 말아 만단검을 쥐고 이오레크가 시키는 대로 했다. 쉿쉿 소리를 내며 만단검에서 김이 거세게 뿜어져 나왔고, 윌은 원자들이 모두 제자리를 잡는 것을 느낄 수 있었다. 칼날은 예전처럼 그 끝이 보이지 않을 정도로 날카로웠다.

그러나 만단검은 분명 달라졌다. 길이가 짧아지고, 품격이 떨어졌으며, 접합한 부분은 칙칙한 은색이었다. 훼손된 티가 역력한 검의 모양새는 추했다.

만단검의 열기가 어느 정도 식자 윌은 그것을 배낭 속에 잘 챙겨 넣고는, 스파이들을 무시한 채 리라가 돌아오기를 기다렸다.

이오레크는 리라를 데리고 동굴 입구가 보이지 않는 곳까지 비탈길을 올라갔다. 그는 커다란 팔로 리라를 편안하게 안아 주었다. 쥐로 변한 판탈라이몬은 리라의 가슴속으로 파고들었다. 이오레크는 연기에 그을린 리라의 머리와 손에 코를 대고 냄새를 맡았다. 그러고는 말없이 그을린 리라의 손을 혀로 깨끗이 핥아 주었다. 그의 혀는 화상 부위의 통증을 가라앉혀 주었고, 리라는 지금까지 느껴 보지 못했던 아늑함을 맛보았다.

리라의 손에 묻은 먼지와 검댕을 다 핥아 낸 후 이오레크가 입을 열었다. 리라는 곰왕의 떨리는 목소리를 등 뒤로 느꼈다.

"리라 실버텅, 저승엔 왜 가려는 거지?"

"꿈에 나타났어요, 이오레크. 저승에서 로저의 유령을 만났는데, 그 아이가 나를 부르고 있었어요. 당신도 로저가 기억나죠? 당신과 헤어진 후에 로저가 죽었어요. 내 잘못이었어요. 난 그렇게 생각해요. 그리고 내가 시작한 일은 내가 끝내야 한다는 생각도 들구요. 로저에게 가서 미안하다고 사과하고, 할 수만 있다면 그 아이를 구해 오는 게 우리의 계획이에요. 윌이 저승으로 들어가는 창을 열 수만 있다면 우린 꼭 그 일을 해야만 해요."

"할 수 있는 것과 해야 하는 것은 다른 얘기지."

"그렇지만 해야 하고, 또 할 수도 있다면 당연히 해야죠."

"그렇지만 가장 중요한 건 네가 사는 거야."

"아니에요, 이오레크."

리라는 상냥하게 말했다.

"중요한 건 아무리 힘들더라도 약속을 지키는 거예요. 음, 사실 나도 무척 두려워요. 그런 꿈을 꾸지 않았더라면, 그리고 윌이 만단검을 이용해서 그곳으로 갈 생각을 안 했다면 얼마나 좋을까, 하는 생각도 했어요. 하지만 어떡해요? 우린 다 알아 버렸고, 그래서 벗어날 수 없게 되어 버렸는걸요."

리라는 벌벌 떨고 있는 판탈라이몬을 짓무른 손으로 쓰다듬었다.

"하지만 우리는 그곳에 가는 방법을 몰라요."

리라는 말을 이었다.

"시도해 보기 전엔 아무것도 알 수 없죠. 이오레크, 당신은 앞으로 어쩔 거예요?"

"우리 종족을 데리고 북극으로 돌아갈 거야. 산에서는 살 수 없겠어. 눈도 다르더라구. 여기서 살 수 있을 거라고 생각했는데. 따듯하긴 하지만 그래도 바다 쪽이 편하게 살 수 있을 것 같아. 여기 살면서 그걸 깨닫게 됐지. 그리고 곧 우리가 할 일이 있을 거야. 전쟁이 일어날 것 같거든, 리라 실버텅. 전쟁 냄새가 나고 그런 소리가 들리기도 해. 여기 오기 전에 세라피나 페칼라와 얘기를 했는데, 그녀는 로드 파와 집시들에게 가는 중이라고 했어. 전쟁이 일어나면 우리가 필요하겠지."

리라는 옛 친구들의 이름에 귀가 솔깃해졌다. 그러나 이오레크는 아직 할 말이 남아 있었다.

"만약 네가 저승에서 빠져나오지 못하면, 우린 다시는 만나지 못하게 될 거야. 왜냐하면 나는 영혼이라는 게 없거든. 내 육체는 흙으로 돌아가겠지. 하지만 네가 살아남으면, 그땐 스발바르로 오렴. 언제든 환영이야. 윌도 마찬가지다. 그 애와 내가 처음 만났을 때 어떤 일이 있었는지 얘기 안 하던?"

"강가에서 있었던 일만 들었어요."

"그 애는 겁도 없이 나한테 도전했어. 아무도 감히 못 그럴 거라고 생각했는데. 그런데 나이도 얼마 안 먹은 그 어린 녀석은 아주 용감하고 영리했어. 네가 계획한 일을 꼭 할 거라니 내 마음이 편치 않다. 하지만 너를 맡길 수 있는 사람은 그 소년뿐인 것 같구나. 너희 둘은 서로에게 필요한 존재야. 잘 가렴, 리라 실버텅. 내 사랑하는 친구야."

리라는 곰왕에게 뛰어올라 두 팔로 그의 목을 얼싸안고는 아무 말도 하지 못하고 얼굴을 그의 털 속에 깊이 파묻었다.

잠시 후 곰왕은 리라의 팔을 풀고 조용히 일어났다. 그러고는 돌아서서 말없이 어둠 속으로 걸어갔다. 곧 이오레크의 하얀 몸이 눈으로 덮인 땅의 창백함 속에 묻혀 버렸다. 아니, 그녀의 눈에 가득 고인 눈물 때문일 수도 있었다.

동굴로 돌아오는 리라의 발자국 소리가 들리자 윌은 스파이들에게 말했다.

"움직이지 마요. 자, 만단검은 두고 갈 테니 가만히들 있어요."

윌은 동굴 밖으로 나갔다. 리라는 어둠 속에 서서 늑대처럼 시꺼먼 하늘을 향해 얼굴을 쳐들고 판탈라이몬과 함께 울고 있었다. 소녀는 아무 말도 하지 않았다. 꺼져 가는 모닥불이 눈 더미를 희미하게 비추고 있었고, 그 빛이 반사되어 리라의 젖은 뺨을 비추었다. 윌의 눈에 리라의 눈물에서 반사된 빛이 비쳤다. 빛을 전달하는 모든 에너지 입자가 그 둘을 침묵의 거미줄로 엮어 놓았다.

"난 이오레크를 정말 사랑해, 윌!"

리라가 흐느끼는 목소리로 겨우 말했다.

"그는 늙은 것 같아. 굶주리고, 늙고, 슬퍼 보였어……. 이런 일이 우리에게도 닥쳐오고 있는 거니, 윌? 우리한텐 이제 의지할 사람이 없어……. 우리 둘뿐이야. 하지만 우린 아직 어른도 아니잖아. 어린아이일 뿐이라구……. 우린 너무 어려. 그 불쌍한 스코즈비 아저씨가 죽고, 이오레크도 늙으면…… 언젠가는 우리에게도 이런 일이 닥칠 거야."

"우린 할 수 있어."

윌이 소리쳤다.

"난 뒤는 돌아보지 않을 거야. 우린 할 수 있다구. 하지만 지금 당장은 잠을 좀 자 둬야 해. 그런데 이 세계에 계속 있으면, 그 스파이들이 요청한 자이롭터라는 게 올지도 몰라. 그러니까 잠잘 만한 다른 세계를 찾아보자. 스파이들이 따라와도 할 수 없지 뭐. 다음 기회에 따돌리는 수밖에."

"좋아."

리라는 훌쩍거리며 손등으로 코를 문지른 다음 손바닥으로 눈물을 닦았다.

"그런데 만단검은 완전히 고쳐졌니? 시험해 봤어?"

"시험 안 해도 알 수 있어."

윌과 리라는 호랑이로 변한 판탈라이몬의 모습에 스파이들이 겁을 먹고 도망가기를 바라면서 굴속으로 돌아갔다. 그들이 배낭을 집어 들자 살마키아가 물었다.

"뭐 하려는 거야?"

"다른 세계로 가려구요."

만단검을 꺼내며 윌이 말했다. 만단검은 완벽해 보였다. 윌은 자신이 만단검을 얼마나 사랑하고 있는지 이제야 깨달았다.

"아스리엘 경이 보낸 자이롭터를 기다려야 해."

티알리스가 강경하게 말했다.

"싫어요. 칼 가까이로만 와 봐요. 죽여 버릴 테니까. 꼭 같이 가야겠다면 우리랑 같이 이곳을 빠져나가요. 하지만 우릴 이곳에 잡아 둘 생각은 마요. 우린 떠날 거니까."

"거짓말쟁이!"

"아니에요."

리라가 얼른 말했다.

"거짓말한 사람은 나예요. 윌은 거짓말할 줄 몰라요. 당신들은 그걸 생각지 못했죠."

"어디로 갈 거지?"

티알리스의 물음에 윌은 대답하지 않았다. 그는 만단검으로 희미한 어둠 속을 더듬어 창을 만들었다. 살마키아가 말했다.

"지금 실수하는 거야. 우리 말을 들어야 해. 이렇게 생각도 없이……."

"아뇨, 우린 충분히 생각했어요."

윌이 말했다.

"내일 우리 생각을 당신들에게 말해 드리죠. 당신들도 우리를 따라오고 싶으면 오세요. 싫으면 아스리엘 경에게 돌아가던가요."

창은 윌이 바룩과 발타모스와 함께 도망쳐서 안전하게 잠을 잤던 세계, 따뜻한 공기와 모래언덕 뒤로 양치식물 비슷한 나무들이 끝없이 펼쳐진 바다가 있는 그 세계로 연결되어 있었다.

"이리로 가자. 여기면 됐어."

윌이 말했다. 그는 모두를 통과시킨 다음 즉시 창을 닫았다. 윌과 리라는 기진맥진해 그 자리에 그대로 누웠고, 레이디 살마키아는 계속 그들을 지켜보았다. 티알리스는 다시 천연자석 공명기를 열어 어둠 속으로 메시지를 날려 보내기 시작했다.

의지형 비행선

교묘한 마술로 생긴 아치 모양의 샹들리에에서
나프타와 역청을 먹인 빛나는 램프등과 쇠초롱들이 빛을 발하니
– 존 밀턴 –

"내 아이! 내 딸! 그 애는 어디 있죠? 당신 무슨 짓을 한 거예요? 오, 내 딸 리라! 차라리 내 가슴을 갈가리 찢어 버리세요. 리라는 나와 함께 안전하게 있었어. 그런데 지금은 어디 있죠?"

콜터 부인의 울부짖는 소리가 견고한 탑 꼭대기의 작은 방을 뒤흔들었다. 그녀는 의자에 묶여 있었다. 머리는 마구 흐트러져 있고 옷은 뜯겨 있고 눈알은 미친 듯이 번득였다. 은빛 쇠사슬에 묶인 황금 원숭이는 바닥을 뒹굴며 발버둥치고 있었다.

아스리엘 경은 그 옆에 앉아서 그들을 거들떠보지도 않고 종이에 뭔가를 휘갈겨 쓰고 있었다. 전령 하나가 그 곁에 서서 콜터 부인을 불안한 눈으로 쳐다보았다. 아스리엘 경이 종이쪽지를 건네자 전령은 경례를 하고 재빨리 방에서 나갔다. 전령의 데몬인 요크셔테리어는 꼬리를 내린 채 그 뒤에 바짝 붙어 따라 나갔다.

그제야 아스리엘 경은 콜터 부인을 돌아보며 쉰 목소리로 조용히 말했다.

　"리라? 솔직히 난 걱정이 안 되는걸. 그 가엾은 아이는 처음 맡겨진 곳에서 말 잘 듣고 얌전히 있어야만 했어. 난 더 이상 그 애한테 시간과 에너지를 낭비할 수 없어. 도움받기가 싫다면, 그 뒷일도 자기가 알아서 해야지."

　"진심은 아니죠, 아스리엘? 설마 당신……."

　"아니, 진심이야. 그 아이는 골치 아픈 짓을 너무 많이 저질렀어. 똑똑하지도 않은 그저 그런 영국 여자 아이지."

　"아니에요!"

　"그래그래, 똑똑하다고 해 두지. 하지만 무식하고, 충동적이고, 욕심만 많은 아이야."

　"용감하고, 너그럽고, 사랑스런 아이예요."

　"특별난 데라고는 한 구석도 없는 그야말로 그저 그런 아이지."

　"리라가요? 그 앤 특별해요. 지금까지 그 애가 한 일을 봐요. 아스리엘, 당신이 그 애를 싫어해도 상관없어요. 하지만 그 애를 보호한답시고 나서는 건 당치도 않아요. 리라는 내가 안전하게 보호하고 있었다구요."

　"당신 말이 옳아, 마리사."

　아스리엘 경은 자리에서 일어나며 말했다.

　"그 앤 특별해. 당신을 길들이고 부드럽게 만들었으니, 그건 보통 재주가 아니지. 그 앤 당신 안에 있던 독기를 빨아내고, 당신의 날카로운 송곳니도 뽑아 버렸군 그래. 당신의 야심은 감상적인 모성애에 젖어 완전히 식어 버렸어. 누가 상상이나 할 수 있었겠나? 무자비한 교회 앞잡이이자 아이들을 광적으로 박해하던 여자, 죄의 증거를 찾기 위해 아이들을 베어 내서 겁에 질린 그들의 속을 들여다볼 수 있는 끔찍한 기계를 만든 여자. 그런 당신 앞에 손톱도 더럽고 걸핏하면 욕하고, 무식하고 막돼먹은 그 계집애가 나타났어. 그러니까 당신은 어미닭처럼 울면서 날개로 그 아이를 덮어 주는군. 그래, 인정하지. 그 아이는 내가 여지껏 본 적이 없는 어떤 재능을 갖고 있어. 하지만 당신 같은 여자를 노파심 많은 엄마로 만드는 겨우 그 정도의 재능이라면, 그건 아주 단순하고 하찮은 재능일 뿐이야. 그리고 당신, 지금부터는 조용히 있는 게 좋을 거야. 긴급회의를 위해 지휘관들을 모두 호출했거든. 그렇게 계속 소리를 질러 대면 재갈을 물려 주겠어."

콜터 부인은 자신이 알고 있는 것보다 더 딸을 닮아 있었다. 그 말에 대한 대답으로 그녀는 아스리엘 경의 얼굴에 침을 뱉었다. 그러자 그는 조용히 얼굴을 닦으면서 말했다.

"재갈을 물리면 이런 짓도 못 하겠지."

"풀어 줘요, 아스리엘. 나를 의자에 묶어 놓고 당신 부하들에게 보여 주는 건 너무 심하지 않아요? 날 풀어 주지 않으면 계속 소리를 지르겠어요."

"그렇게나 재갈을 물고 싶다면야."

아스리엘 경은 서랍에서 비단 스카프를 꺼냈다. 스카프로 입을 틀어막으려고 하자 콜터 부인은 머리를 마구 흔들어 댔다.

"하지 마세요. 제발 이러지 말아요, 아스리엘. 이렇게 빌게요. 날 모욕하지 마세요."

분노의 눈물이 그녀의 눈에서 쏟아져 내렸다.

"좋아. 풀어 주지. 하지만 이놈은 이대로 쇠사슬에 묶어 둬야겠어."

그는 스카프를 서랍에 도로 집어넣은 후 주머니칼로 그녀의 손과 몸을 묶고 있는 밧줄을 잘랐다.

콜터 부인은 손목을 비비며 몸을 일으켜 세웠다. 그제야 그녀는 자신의 몸과 머리가 어떤 꼴인지 알았다. 얼굴은 아주 초췌하고 창백했다. 아직도 몸속에 남아 있는 갈리베스피족의 독 때문에 관절들이 심하게 쑤셨지만, 그녀는 아스리엘 경에게 그것을 드러내기 싫었다.

아스리엘 경이 조그마한 방을 가리키며 말했다.

"저기 들어가서 좀 씻지."

콜터 부인은 쇠사슬에 묶인 자신의 데몬을 안고 그 방으로 향했다. 황금 원숭이는 그녀의 어깨 너머로 아스리엘 경을 악의에 찬 눈빛으로 노려보았다.

전령 한 사람이 들어와서 보고했다.

"오구네 왕과 로크 경이십니다."

아프리카인 장군과 갈리베스피 부족인이 들어왔다. 깨끗한 제복 차림의 오구네 왕은 부상당한 관자놀이 부위를 붕대로 깨끗하게 처매고 있었다. 로크 경은 푸른 매를 타고 테이블 쪽으로 재빠르게 날아들어왔다.

아스리엘 경은 그들을 따뜻하게 맞은 다음 포도주를 건넸다. 로크 경을 내려놓은 푸른 매는 문가에 있는 받침대 위로 날아가 앉았다. 그러자 전령이 아스리엘 경의 지휘관들 중 서열 3위인 자파니아라는 천사가 왔음을 알렸다. 바룩이나 발타모스보다 지위가 훨씬 높은 그녀는 어딘가 다른 곳에서 오는 듯한 현란하고 가물거리는 빛으로 모습을 드러냈다.

말쑥해진 모습으로 변한 콜터 부인이 나오자 사령관 세 명은 그녀에게 인사를 했다. 콜터 부인은 그들의 출현에 놀랐지만 내색하지 않고 간단히 목례를 한 다음 쇠사슬에 묶인 원숭이를 안고 조용히 자리에 앉았다.

아스리엘 경이 지체 없이 말했다.

"어떻게 된 건지 말해 보시오, 오구눼 왕."

아프리카 왕은 깊은 음색의 목소리로 우렁차게 말했다.

"스위스 방위대 열일곱 명을 죽이고, 체펠린 두 대를 격추시켰습니다. 우린 사상자 다섯 명을 냈고 자이롭터 한 대를 잃었습니다. 그 소녀와 소년은 놓치고 말았습니다. 그리고 콜터 부인은 거세게 저항했습니다만, 생포하여 이곳으로 데려왔습니다. 무례를 범했다면 용서해 주십시오."

"당신의 친절에 전 만족하고 있습니다."

콜터 부인은 당신이라는 말을 거의 들리지 않게 발음했다.

"다른 자이롭터들은 이상이 없습니까? 그리고 부상자는?"

아스리엘 경이 물었다.

"몇 대는 상하고 부상자도 조금 있지만, 모두 경미한 편입니다."

"좋습니다. 고맙소, 오구눼 왕. 귀하의 부대는 정말 대단하오. 그리고 로크 경, 당신은 보고할 것이 없습니까?"

갈리베스피 부족인이 말했다.

"스파이들은 그 아이들과 함께 다른 세계에 있습니다. 아이들은 둘다 무사히 잘 있습니다. 여자 아이는 며칠 동안 약을 먹고 잠에 빠져 있었지만요. 그 소년은 동굴 안에서 웬일인지 그 칼을 쓰지 못했습니다. 알 수 없는 사고로 칼이 조각나 버렸죠. 하지만 지금은 다시 멀쩡해졌다고 합니다. 아스리엘 경, 당신 나라의 북극 지방에 살고 있는, 금속을 아주 능숙하게 다루는 큰 곰이 고쳐 줬다고 합니다. 칼을 고치자마자 그 소년이 창을 내어 그들은 다른 세계로 갔습니다. 물론 스파이들도 함께 갔습니다. 하지만 곤란한 점이 하나 있습니다. 그 소년이 그 칼을 갖고 있는 한 스파이들 말을 안 들으려고 할 거고, 만약 스파이들이 그 아이가 잠든 새 죽인다면, 그 칼은 우리에게 아무 소용이 없습니다. 그래서 당분간 체발리어 티알리스와 레이디 살마키아는 그들을 따라다닐 수밖에 없습니다. 그 아이들은 말은 하지 않았지만 뭔가 계획이 있는 것 같아요. 어쨌든 이곳으로 오기를 거절했습니다. 스파이 두 명은 그 아이들을 놓치지 않을 것입니다."

"그 다른 세계에서는 안전하게 잘 있습니까?"

아스리엘 경이 다시 물었다.

"커다란 고사리 숲 근처 바닷가에 있습니다. 가까이에 다른 동물들이 살고 있는 것 같지도 않구요. 그 소년과 소녀는 지금 잠을 자고 있습니다. 바로 5분 전에 체발리어 티알리스가 메시지를 보내왔습니다."

"고맙소. 그 갈리베스피 부족인들은 아이들을 따라다녀야 하니까 교회를 감시할 스파이는 없겠군요. 우린 이제 알레시오미터에 의존하는 수밖에 없습니다."

콜터 부인이 느닷없이 말을 꺼내는 통에 모두 깜짝 놀랐다.

"다른 교파들에 관해서는 나도 몰라요. 하지만 교회 법정이 전적으로 의존하고 있는 사람은 프라 파벨이죠. 그는 알레시오미터에 통달했지만 읽는 속도가 너무 느려요. 그들은 앞으로 몇 시간 동안은 리라가 어디 있는지 알아내지 못할 거예요."

아스리엘 경이 말했다.

"고맙소, 마리사. 그러면 리라와 그 소년이 뭘 하려는 건지 혹시 알고 있소?"

"아뇨, 전혀 몰라요. 그 남자 아이와 얘기해 봤는데 정말 고집이 세더군요. 그리고 입이 무겁더라구요. 그 애가 무슨 일을 할지 짐작도 못 하겠어요. 리라도 그렇죠. 그 애의 마음을 읽기는 불가능해요."

"각하, 콜터 부인도 지금 이 지휘관 회의에 참석하고 있는 겁니까? 만약 그렇다면 그녀의 역할은 무엇입니까? 그리고 만약 그렇지 않다면 부인을 다른 곳으로 데려가야 하는 것 아닙니까?"

오구눼 왕이 지적하고 나섰다.

"이 사람은 내 포로이자 손님이오. 그리고 교회의 우수한 요원이었던 만큼 우리에게 유용한 정보를 갖고 있을지도 모릅니다."

"순순히 털어놓을까요? 고문이라도 해야 하는 거 아닙니까?"

콜터 부인을 똑바로 처다보며 로크 경이 물었다.

그녀는 큰 소리로 웃었다.

"아스리엘 경의 지휘관 정도라면 고문보다는 더 나은 방법을 생각해 낼 줄 알았는데……."

아스리엘 경은 콜터 부인의 뻔뻔스런 태도가 오히려 즐거웠다.

"이 여자의 행동은 내가 책임지겠소. 우리를 배신하면 어떻게 될지 누구보다 이 여자가 잘 알고 있으니까. 물론 그런 기회를 가질 수도 없겠지만 말이오. 하지만 누구라도 미심쩍은 부분이 있으면 서슴없이 얘기하시오."

그러자 오구눼 왕이 말했다.

"그러죠. 하지만 난 저 여자보다 아스리엘 경이 더 의심스럽군요."

"그게 무슨 말이오?"

아스리엘 경이 물었다.

"저 여자가 당신을 유혹하면 대책이 없을 것 같아 드리는 말씀입니다. 그녀를 잡아들인 건 잘한 일이지만, 이 회의에까지 참석시킨 것은 잘못입니다. 그녀에게 정중하게 대하고 편의를 봐주는 것은 좋습니다만 어디 다른 곳으로 보냅시다. 거리를 두잔 말씀입니다."

"좋소, 당신 의견을 들으려고 이곳에 모셨으니 그 질책을 받아들여야겠군요. 이 여자보다 당신이 더 중요하니까요, 오구눼 왕. 그녀를 딴 곳으로 보내겠소."

아스리엘 경이 손을 뻗어 벨을 울리려고 하자 콜터 부인이 다급하게 말했다.

"제발요! 먼저 내 말 좀 들어 보세요. 난 도움을 줄 수 있어요. 나보다 교권 심장부에 더 가까이 있는 사람을 찾기는 어려울 거예요. 나는 그들이 무슨 꿍꿍이속인지 다 알고 있어요. 그리고 그들이 앞으로 무슨 짓을 할지도 대충 짐작이 가요. 당신들은 왜 나를 믿어야 하는지, 내가 무슨 이유로 그들을 떠났는지 궁금할 겁니다. 그 이유는 간단해요. 그들은 내 딸을 죽이려고 해요. 절대 살려 두지 않을 거예요. 그 애가 누구인지 어떤 존재인지 알게 되고, 그 아이에 대한 마녀들의 예언을 들었을 때, 나는 교회를 떠나야 한다는 걸 깨달았죠. 나는 그들의 적이고, 그들은 나의 적이란 걸 알았어요. 그 전까지는 당신들이 어떤 존재인지, 또 내가 당신들에게 어떤 존재인지 몰랐어요. 하지만 이젠 교회와, 교회가 믿고 있는 모든 것에 맞서 싸워야 한다는 걸 알았어요. 필요하다면 절대자인 그분과도요. 난……."

콜터 부인은 잠시 말을 멈추었다. 지휘관들은 모두 그녀의 말에 귀를 기울이고 있었다. 콜터 부인은 이제 아스리엘 경을 정면으로 쳐다보며 마치 그에게만 얘기하는 것처럼 아름다운 눈을 빛내며 착 가라앉은 목소리로 열정적으로 말했다.

"난 세상에서 가장 나쁜 엄마였어요. 그 애가 아주 갓난아이였을 때, 난 하나밖에 없는 그 아이를 떼어 놓았죠. 그 애를 별로 중요하게 생각하지 않았으니까요. 오로지 출세에만 관심이 있었어요. 수년 동안 그 애 생각은 한 번도 하지 않았어요. 어쩌다 한번 생각하더라도, 미리 조심하지 않고 그 애를 낳은 걸 후회하는 게 고작이었죠.

그런데 교회에서 더스트와 아이들한테 관심을 보이기 시작하니까, 내 마음속에서 어떤 감정이 일어나더라구요. 나는 아이가 있는 엄마이고, 리라는…… 바로 내 아이라는 그런 감정 말이에요.

그래서 그 아이가 위험에 처할 때마다 난 그 애를 구했어요. 지금까지 세 번이나 그 애를 위험에서 꺼내 줬죠. 처음은 성체위원회가 활동을 시작했을 때였죠. 나는 조던 대학에 있던 그 아이를 런던으로 데려왔어요. 런던에 있으면 성체위원회로부터 그 애를 안전하게 보호할 수 있을 거라고 생각했거든요. 하지만 그 앤 도망쳐 버렸어요.

두 번째는 볼반가르에서였어요. 기요틴 칼날 아래 있는 그 아이를 제때에 발견했죠. 심장이 멎는 줄 알았어요. 그건 그들이…… 우리가…… 그러니까 내가 다른 아이들에게 했던 짓인데, 내 아이가 그런 일을 당하게 되니까…… 오, 그 끔찍한 기분을 당신들은 상상도 못 할 거예요. 당신들은 그런 일을 겪지 않길 바라요. 난 그 아이를 풀어 줬어요. 그래서 두 번째로 구해 주게 됐죠.

하지만 난 여전히 교회의 종이었어요. 절대자를 위해 일하는 충실하고 헌신적인 몸종 말이에요.

그 이후에 마녀들의 예언에 관해 알게 되었어요. 리라가 머지않아 이브처럼 유혹을 당하게 된다는 거예요. 어떤 유혹인지는 모르겠지만, 그 아이는 자라고 있잖아요. 상상하기 어려운 일은 아니죠. 교회에서도 이 사실을 알고 있기 때문에 그 애를 죽이려고 할 거예요. 모든 것이 그 아이한테 달려 있다는데 그들이 그 아이를 살려 두는 위험을 감수하겠어요? 어떤 유혹일지 모르지만 그 아이에게 그것을 뿌리칠 기회나마 주려고 하겠어요?

아뇨, 그보다는 그 아이를 죽여 버리는 편이 더 안전하겠죠. 그들은 할 수만 있다면 에덴 동산으로 돌아가서 이브가 유혹을 당하기 전에 그녀를 죽여 버릴 사람들이에요. 살인은 그들에게 어려운 일이 아니거든요. 칼뱅 자신이 직접 아이들을 죽이라고 명령을 내렸으니까요. 그들은 화려한 예식을 열어서 기도와 탄식, 찬송가를 부르며 리라를 죽일 거예요. 그들 손아귀에 잡히기만 하면 그 앤 죽은 거나 다름없어요.

그래서 마녀들이 하는 말을 듣고 나는 내 딸을 세 번째로 구했어요. 리라를 안전하게 보호할 수 있는 곳으로 데려갔고, 나도 그곳에서 같이 머물기로 했죠."

"당신은 그 아이에게 약을 먹였소. 그래서 의식을 잃게 만들었잖소."

오구네 왕이 힐난했다.

"그렇게 할 수밖에 없었어요."

콜터 부인이 말했다.

"그 앤 날 싫어했으니까요."

복받쳐 오르는 감정을 참고 있던 그녀가 흐느끼기 시작했다.

"리라는 날 두려워하고 미워해요. 내가 약을 먹여 재우지 않았다면, 그 아이는 고양이를 보고 도망가는 새처럼 내게서 도망쳤을 거예요. 그런 일을 당하는 엄마의 심정을 당신들이 알기나 해요? 그 애를 안전하게 보호하는 방법은 그것뿐이었다구요. 리라는 동굴 속에서 계속 잠만 잤어요. 두 눈을 감고, 기운 없이 축 늘어져서 목에는 데몬을 감고…… 얼마나 사랑스럽고 예쁜지…… 그리고 진짜 내 아이라는 강한 느낌…… 생전 처음으로 난 그 아이를 위해 여러 가지 일을 해 줬어요. 그 아이의 몸을 씻어 주고, 맛있는 것도 먹이면서, 안전하고 따뜻하게 보호해 줬어요. 잠자는 동안 그 아이에게 잘 먹이려고 애썼어요. 또 밤이면 그 아이를 가슴에 안고 그 아이의 머리카락 속으로 눈물을 뚝뚝 흘리고, 잠든 아이의 눈에 입을 맞추고, 내 아기……."

콜터 부인은 부끄러움도 잊은 듯했다. 그녀는 조용조용 말했다. 목소리를 높이지도 열변을 토하지도 않았다. 몸을 들썩이며 흐느끼던 그녀는 예의를 지키기 위해 감정을 억누르려는 듯 울음을 억지로 참았고 그래서 흐느낌은 거의 딸꾹질이 되어 버렸다. 그런 행동들이 모두 그녀의 뻔뻔스러운 거짓말을 그럴듯하게 보이도록 하기 위한 수작이라는 생각이 들자 아스리엘 경은 정나미가 떨어졌다. 이 여자는 골수까지 거짓말로 꽉 찬 인간이었다.

그녀는 특히 오구네 왕을 겨냥해서 그런 말을 한 것이었고, 아스리엘 경도 그것을 눈치 챘다. 오구네 왕은 천사와 로크 경과는 달리 인간이었으므로, 그녀는 그를 어떻게 요리해야 하는지 잘 알고 있었다.

하지만 정작 그녀에게서 강한 인상을 받은 사람은 갈리베스피 부족인이었다. 로크 경은 여태껏 본 적이 없는 전갈의 본성을 그녀에게서 느낄 수 있었다. 그는 그 여자의 부드러운 말 속에 숨어 있는 독침의 위력을 감지했다. 전갈은 잘 보이는 곳에 두는 편이 낫다는 것이 그의 생각이었다. 그래서 그는 콜터 부인을 그냥 이곳에 있게 하자며 마음을 바꾼 오구네 왕의 의견에 찬성했다.

그러자 아스리엘 경은 난감한 처지에 빠지고 말았다. 그는 이제 콜터 부인을 내보내고 싶었지만, 지휘관들의 의견에 따르기로 이미 동의했기 때문에 어쩔 도리가 없었다.

콜터 부인은 부드럽고 정숙한 표정으로 아스리엘 경을 쳐다보았다. 그는 어느 누구도 이 여자의 아름다운 눈동자 깊숙한 곳에서 리라의 눈빛이 음흉하게 빛나고 있음을 알아차리지 못할 거라고 확신했다.

"그럼 여기 있도록 해."

아스리엘 경은 마지못해 동의했다.

"하지만 당신 말은 충분히 들었으니 지금부터는 아무 말 말고 가만히 있어. 자, 그러면 먼저 남쪽 국경에 있는 수비대 문제를 검토하고 싶소. 귀관들도 그 보고서를 봤겠지만, 잘하고 있습니까? 괜찮은 것 같습니까? 다음에는 조병창을 둘러볼까 하오. 그 다음엔 자파니아에게 천사

군대의 배치에 대한 보고를 듣기로 하죠. 그럼 먼저 국경 수비대에 대해 오구네 왕이 말해 보시오."

아프리카의 지도자가 설명을 시작했다. 그들은 한참 애기를 나누었는데, 콜터 부인은 그들이 교회의 방어력과 교회 지도자들의 능력에 대해 정확히 알고 있는 것에 놀랐다.

그러나 티알리스와 살마키아가 그 아이들과 함께 있어서 아스리엘 경이 더 이상 교권에 스파이를 보낼 수 없으니, 그들의 이런 정보도 곧 아무 쓸모가 없어질 것이다. 콜터 부인은 어떤 생각이 번쩍 떠올랐는지 자신의 데몬과 강력한 불꽃 같은 눈빛을 주고받았다. 하지만 그녀는 아무 말도 하지 않고 지휘관들의 말에 귀를 기울이며 황금 원숭이의 털을 쓰다듬기만 했다.

그때 아스리엘 경이 말했다.

"그 정도면 충분해요. 그 문제는 나중에 처리하기로 합시다. 이젠 조병창으로 넘어가죠. 의지형 비행선을 시험 비행할 준비가 되었다고 하는데, 가서 보도록 합시다."

그는 주머니에서 은색 열쇠를 꺼내 황금 원숭이의 발과 손에 묶인 쇠사슬을 풀어 주었다. 그는 황금 원숭이의 털끝 하나도 건드리지 않으려고 조심했다.

아스리엘 경이 탑 계단을 타고 총안이 있는 흉벽 쪽으로 내려가자, 로크 경은 매에 올라타고 다른 사람들 뒤를 따라갔다. 눈이 매울 정도로 차가운 바람이 불어 댔다. 푸른 매는 거센 대기 속에서 소리를 지르며 빙빙 선회하다가 강풍을 뚫고 위로 올라갔다. 오구네 왕은 코트 깃을 여민 다음, 손을 치타 데몬의 머리 위에 내려놓았다.

콜터 부인이 겸손한 말투로 물었다.

"저, 천사님, 당신 이름이 자파니아인가요?"

"맞아요."

천사가 대답했다.

마녀 루타 스카디가 하늘에서 자파니아의 동료들을 보고 깊은 인상을 받았던 것처럼, 콜터 부인도 그녀의 모습에 감탄했다. 스스로 빛을 내는 것도 아니고, 주위에도 빛이 없었지만 자파니아는 현란하게 빛나고 있었다. 그녀는 큰 키에 날개를 달고, 몸에는 아무것도 걸치지 않고 있었다. 얼굴에는 주름이 져 있어 콜터 부인이 이제까지 본 생명체 중에서 가장 늙어 보였다.

"당신은 아주 오래전에 반란을 일으킨 천사들 중 한 분인가요?"

"그래요. 그 이후로 난 이 세계 저 세계로 떠돌아다니고 있죠. 그리고 지금은 아스리엘 경과 동맹을 맺었어요. 난 그분의 위대한 도전 정신에서 큰 희망을 발견했어요. 그분이라면 결국 독재 세력을 무너뜨릴 수 있을 거라고 믿어요."

"하지만 만약 실패한다면요?"

"그러면 우리 모두는 파멸에 이르게 되겠죠. 그리고 잔혹한 세력들이 영원히 권력을 거머쥐게 될 겁니다."

그들은 이야기를 나누며 아스리엘 경의 빠른 걸음을 뒤쫓아 갔다. 아스리엘 경은 바람이 몰아치는 흉벽을 따라 거대한 계단으로 향하고 있었는데, 그 계단이 어찌나 긴지 벽에 걸린 횃불의 불빛도 그 끝에 미치지 못할 정도였다. 푸른 매는 그들을 스치고 날아가 어두운 계단 아래로 계속 내려갔는데, 그것이 횃불 옆을 지나칠 때마다 불꽃이 깜박거렸다. 그러다가 자그마한 불꽃처럼 희미해지더니 허공 속으로 사라져 버렸다.

천사가 아스리엘 경 곁으로 걸어가자, 콜터 부인은 옆으로 눈길을 돌렸다. 아프리카의 왕이 계단을 내려가고 있었다.

"무식한 저를 용서하세요, 폐하. 하지만 어제 동굴에서 싸움을 하기 전까지는 푸른 매를 탄 남자 같은 사람들에 대해서는 본 적도 들은 적도 없었거든요……. 그 사람은 어디에서 왔죠? 그런 사람들에 대해서 얘기해 주실 수 있으세요? 잘 모르는 상태에서 그에게 말을 걸었다가 혹시 실례라도 범하게 될까 봐 그래요."

"잘 물어보셨소."

오구눼 왕이 말했다.

"그들은 자존심이 강해요. 그들의 세계는 우리들 세계와는 다르게 진화했소. 그곳에는 의식을 지닌 존재가 두 부류가 있는데, 인간과 갈리베스피 소인족이지요. 인간은 대부분 신의 종으로 오랜 옛날부터 소인들을 말살하려고 해 왔어요. 소인들을 악마라고 생각한 거죠. 그래서 갈리베스피 부족은 우리와 비슷한 몸집의 사람들을 믿지 않아요. 하지만 그들은 사납고 의기양양한 전사들이오. 무서운 적인 동시에 소중한 스파이들이지요."

"그럼 그들은 모두 폐하 편인가요, 아니면 인간들처럼 양편으로 갈려 있나요?"

"적군 편도 있지만 대부분은 우리 편이오."

"그러면 천사들은요? 음, 전 최근까지 천사란 중세 사람들이 만들어 낸 상상 속의 존재라고 생각했거든요. 그런 존재와 얘기를 나누고 있다니, 참 혼란스러워요. 아스리엘 경에게는 천사가 몇 명이나 있죠?"

"콜터 부인. 당신은 스파이들이나 캐내고 싶어 하는 그런 질문을 하는군요."

오구눼 왕이 말했다.

"뛰어난 스파이라면 이렇게 속 보이는 질문을 할 리 있겠어요?"

콜터 부인은 재치 있게 위기를 모면했다.

"폐하, 전 지금 포로 신세예요. 설사 도망칠 기회가 있다고 해도 갈 곳이 없어요. 그러니까 전 아무 짓도 안 해요. 제 말을 믿으셔도 돼요."

"그렇다면 다행이군요. 천사들은 인간들보다 이해하기 더 어렵죠. 그들은 여러 부류로 나뉘어 있소. 개중에는 강력한 천사 집단도 있어요. 또 그들 내부에도 동맹 관계가 복잡하게 얽혀 있고, 오랜 세월 동안 원수로 지내는 집단들도 있지요. 거기에 대해서는 우리도 잘 몰라요. 절대자는 이 세상에 태어난 이후 줄곧 그들을 억압해 왔소."

콜터 부인은 갑자기 걸음을 멈추었다. 심한 충격을 받은 듯했다. 아프리카 왕도 같이 걸음을 멈추었다. 그는 콜터 부인이 어딘가 불편한 모양이라고 생각했다. 실제로 석벽에서 타오르는 횃불이 그녀의 얼굴 위로 어두운 그림자를 드리우고 있었다.

"폐하께서는 그런 말씀을 예사로 하시는군요. 마치 당연하다는 듯이 말이죠. 하지만…… 어떻게 그럴 수 있죠? 절대자가 이 세계를 창조하지 않았나요? 그는 모든 것이 있기 전에 존재했어요. 그런데 어떻게 신이 태어날 수가 있죠?"

"이건 천사들이 알려 준 것이오. 절대자가 창조주가 아니라는 사실에 우리도 꽤 충격을 받았소. 창조주가 있었는지 없었는지 우리로서는 알 수 없어요. 우리가 알고 있는 건 언제부턴가 절대자가 창조주 노릇을 하기 시작했고, 그 후에 천사들은 반란을 일으켰고, 인간들도 절대자와 맞서 싸우고 있다는 사실이오. 이것은 마지막 반란입니다. 일찍이 인간과 천사, 그리고 모든 세계의 존재들이 이처럼 공통의 대의를 가져 본 적이 없었거든요. 아주 거대한 힘이 모두 집결해 있소. 하지만 이 정도로도 부족할지 몰라요. 두고 봐야 알겠지만."

"그런데 아스리엘 경의 목적은 대체 뭐죠? 이곳은 어떤 세계이고 그는 왜 이곳에 있죠?"

"이 세계는 비어 있었기 때문에 그가 우릴 이곳으로 인도한 거요. 의식을 가진 존재가 없는 곳이란 말입니다. 우린 정복자가 아니오, 콜터 부인. 우린 정복하러 여기 온 것이 아니라 건설하러 온 겁니다."

"그럼 그는 천국을 공격할 건가요?"

오구네 왕은 그녀를 똑바로 쳐다보았다.

"우리는 천국을 침공하지 않을 거요. 하지만 천국이 우릴 공격해 온다면, 전쟁을 각오해야만 할 거요. 우린 모든 준비를 갖췄으니까. 콜터 부인, 나도 한 나라의 왕이오. 하지만 아스리엘 경과 함께 왕국이 없는 세계를 건설하는 이 일이 그렇게 자랑스러울 수가 없소. 왕도, 주교도, 사제도 없는 그런 세계 말이오. 천국이라는 말은 절대자가 나머지 모든 천사 위에 군림하면서부터 생긴 것이오. 그리고 우린 그곳의 일부분도 원치 않소. 이 세계는 달라요. 우린 하늘 공화국의 자유 시민이 되고 싶은 것이오."

콜터 부인은 얘기를 좀 더 나누고 싶었다. 몇 가지 질문이 입 안에서 맴돌았지만 총사령관이 기다리고 있을까 봐 오구네 왕이 걸음을 재촉하는 바람에 그녀도 뒤따를 수밖에 없었다.

계단은 평평한 밑바닥까지 까마득하게 뻗어 내려갔고, 그들 뒤의 맨 꼭대기 층계참 위로 보이는 하늘이 가물가물했다. 반도 못 내려가서 콜터 부인은 벌써 숨이 찼지만 아무 불평 없이 계속 따라갔다. 그러자 지붕을 받치고 있는 기둥에서 수정이 환하게 빛나는 거대한 홀이 나타났다. 어둠 사이로 사다리와 기중기, 들보, 통로 등이 보였고, 작은 물체들이 그것들 주위를 부산하게 돌아다니고 있었다.

콜터 부인이 도착했을 때 아스리엘 경은 지휘관들과 대화를 나누고 있었다. 그러나 그녀가 한숨 돌릴 틈도 없이 그는 거대한 홀을 또 가로질러 갔다. 그 홀에는 간간이 어떤 밝은 물체가 공중을 획 지나가거나,

그와 짧은 얘기를 나누었다. 실내 공기는 탁하고 따뜻했다. 콜터 부인은 기둥들마다 보통 사람의 키 정도 되는 높이에 빈 받침대가 있는 것을 보았다. 로크 경이 논의에 참여할 수 있도록 그의 매가 앉아 있을 곳을 만들어 둔 것이었다.

하지만 그들은 홀에 오래 머물지 않았다. 홀 한쪽 끝에 이르자 수행원이 육중한 두 문을 활짝 열고 그들을 통과시켰다. 그러자 철로의 승강장이 나타났다. 거기에는 무기압 기관차가 끄는 조그마한 객차 한 대가 대기하고 있었다.

기관사가 인사를 했다. 그의 갈색 원숭이 데몬은 쇠사슬에 앞발이 묶인 황금 원숭이를 보자 기관사 뒤로 숨었다. 아스리엘 경은 기관사와 잠시 얘기를 나눈 뒤 나머지 사람들을 객차 안으로 안내했다. 객차 안은 좀 전의 홀처럼 수정이 환하게 빛나고 있었고, 거울이 달린 마호가니 벽에는 은빛 받침대가 달려 있었다.

아스리엘 경이 마지막으로 오르자 기차는 움직이기 시작했다. 기차는 부드럽게 승강장을 빠져나가 기운차게 속력을 내며 터널 속으로 들어갔다. 매끈한 철로를 달리는 바퀴 소리만으로도 그 속력을 가늠할 수 있었다.

"어디로 가는 거죠?"

콜터 부인이 물었다.

"조병창."

아스리엘 경은 짤막하게 대답한 다음 고개를 돌려 천사와 얘기를 나누었다.

콜터 부인이 로크 경에게 물었다.

"로크 경, 당신의 스파이들은 언제나 한 쌍씩 파견되나요?"

"그건 왜 묻소?"

"그냥 궁금해서요. 나와 데몬은 최근에 그들을 동굴에서 봤어요. 그들이 그렇게 잘 싸우는 데 놀랐어요."

"뭐가 놀랍죠? 우리 같은 꼬마들은 싸움도 못할 거라고 생각했소?"

그의 자존심이 굉장하다는 것을 깨달은 콜터 부인은 차분하게 그를 쳐다보았다.

"그래요. 우린 그들을 쉽게 물리칠 수 있을 거라고 생각했어요. 그런데 오히려 그들에게 당할 뻔했죠. 내 실수를 기꺼이 인정하겠어요. 그런데 당신들은 항상 두 사람이 짝을 이루어 싸우나요?"

"당신도 짝이 있잖소? 당신과 데몬. 그런 이점을 우리가 인정하길 바라오?"

부드러운 수정 불빛보다 더 환하게 빛나는 그의 오만한 눈빛은 물어볼 테면 얼마든지 더 물어보라는 듯 도전적이었다. 콜터 부인은 겸손하게 고개를 숙이고 아무 말도 하지 않았다.

몇 분 지났을 때, 그녀는 기차가 산의 심장부를 깊숙이 지나가고 있다고 느꼈다. 얼마나 멀리 왔는지 짐작할 수 없었다. 하지만 15분 정도 지나자 기차는 다시 천천히 달리기 시작했다. 그리고 어두운 터널을 지나 무기압 불빛이 환한 승강장에 멈춰 섰다.

아스리엘 경이 문을 열자, 그들은 밖으로 나왔다. 바깥 공기가 지독히 뜨겁고 유황 냄새가 지독해서 콜터 부인은 가쁜 숨을 몰아쉬었다. 사방에서 거대한 망치 두들기는 소리, 쇠가 돌 위에 부딪히며 쨍그랑거리는 소리가 울려 퍼졌다.

수행원이 승강장과 거의 맞붙어 있는 문들을 세게 당기며 열었다. 문이 열리자마자 소음은 더욱 크게 들렸고, 뜨거운 열기가 파도처럼 그들을 엄습했다. 타는 듯한 강렬한 불빛에 그들은 눈을 가려야만 했다. 자파니아만이 유일하게 맹렬한 소음과 빛, 열기에 아무 영향도 받지 않는 듯했다. 감각이 어느 정도 제자리로 돌아오자 콜터 부인은 신기한 듯 열심히 주위를 둘러보았다.

그녀는 자신의 세계에서도 용광로나 제철소, 공장 같은 것을 본 적이 있었다. 하지만 그곳에서 가장 큰 것도 여기에 비하면 마을 대장간 정도밖에 되지 않았다. 집채만 한 망치가 까마득한 천장까지 빠르게 올라가더니 무서운 속도로 내려와 나무등치만 한 철제 들보들을 납작하게 만들었다. 그 타격으로 산 전체가 흔들릴 지경이었다. 바위 벽면의 구멍으로 흘러나오는 펄펄 끓는 쇳물이 견고한 차단막이 있는 곳까지 흘러갔다. 차단막이 열리자 눈부시게 밝은 그 쇳물은 빠른 속도로 도관과 수문을 지나 줄지어 놓인 주형(鑄型)들 속으로 들어갔다. 그러고는 뜨거운 김을 사방으로 내뿜으며 그 안에서 식고 굳었다. 거대한 절단기와 압연기가 1인치 두께의 철판들을 마치 종이처럼 자르고, 접고, 눌렀다. 그런 철판들을 한 장씩 쌓아 올린 후 거대한 망치로 세게 두들기자 그것들은 더욱 단단한 한 장의 철판이 되었다.

이오레크 뷔르니손이라도 이 조병창을 봤다면 이 사람들이 금속을 다루는 일에 일가견이 있다고 인정했을 것이다. 콜터 부인은 멍하니 바라보며 그저 감탄할 뿐이었다. 말을 하기도 듣기도 거의 불가능한 상태였고, 아무도 그러려고 하지 않았다. 그때 아스리엘 경이 사람들에게 다가오라는 손짓을 했다. 그들은 거대한 지하실 위로 걸쳐진 쇠창살 통로를 지나갔다. 그 밑에서는 광부들이 곡괭이와 삽을 들고 거대한 바위에서 번쩍이는 금속 덩어리를 열심히 캐내고 있었다.

통로를 지난 그들은 기다란 바위굴로 내려갔다. 천장과 벽면에 매달린 종유석들이 이상한 색깔로 빛나고 있었고, 두들기는 소리, 가는 소리, 망치질 소리가 차츰 멀어져 갔다. 열기로 화끈거리던 콜터 부인의 얼굴로 차가운 바람이 불었다. 어둠을 밝혀 주는 수정은 촛대 위에 있는 것도, 기둥을 에워싸고 있는 것도 아니었다. 수정은 여기저기 바닥에 흩어져 있었다. 횃불 하나 없는 바깥으로 나와 갑자기 밤공기를 쐬자, 그들은 조금씩 추위를 느끼기 시작했다.

그들은 산의 일부를 깎아 내어 운동장만큼 넓고 확 트인 공간으로 만든 장소에 서 있었다. 멀리 산중턱에는 거대한 철제문들이 희미하게 빛나고 있었다. 어떤 문은 열려 있고 어떤 문은 닫혀 있었다. 그리고 거대한 출구들 중 하나에서 사람들이 방수천을 드리운 무언가를 운반해 나오고 있었다.

"저게 뭐죠?"

콜터 부인이 아프리카 왕에게 물었다.

"의지형 비행선이오."

콜터 부인은 그게 무슨 뜻인지 몰랐다. 그들이 방수천을 벗길 준비를 하자 그녀는 잔뜩 기대에 부풀어 지켜보았다. 마치 보호막이라도 되는 듯 오구네 왕 옆으로 바짝 붙어 서며 그녀는 물었다.

"어떻게 작동하는 거죠? 저걸로 뭘 하는데요?"

"곧 알게 될 거요."

아프리카 왕이 말했다.

그것은 복잡한 천공기 같은 모양을 하고 있었다. 자이롭터나 거대한 기중기의 조종실 같기도 했다. 좌석 위로 유리 덮개가 있고, 앞쪽에 열 개 정도의 레버와 핸들이 달려 있었다. 다리 여섯 개로 버티고 서 있었는데, 각각은 몸체에 다른 각도로 연결되어 툭 튀어나와 있었다. 그래서 비행선은 강해 보이면서도 볼품은 없었다. 몸체 자체는 파이프와 기통, 피스톤, 쇠줄, 개폐기, 밸브, 계량기 등으로 복잡하게 얽혀 있었다. 빛이 그 뒤쪽 부분만 비추고 있어 대부분은 어둠 속에 가려져 있었기 때문에, 어떤 것이 비행선에 해당하고, 어떤 것이 아닌지 구별하기 힘들었다.

매에 올라탄 로크 경이 그곳으로 미끄러지듯 날아가 주위를 돌며 몸체 전체를 살펴보았다. 아스리엘 경과 천사는 가까이에 서서 기술자와 이야기를 나누었다. 기술자 두 사람이 비행선에서 내려왔다. 한 사람은 회람판을, 다른 사람은 긴 쇠줄을 손에 쥐고 있었다.

콜터 부인은 그 비행선을 열심히 살펴보며 각 부위를 암기하고 그 복잡한 기구를 이해하려고 애썼다. 그때 아스리엘 경이 조종석 위로 올라가더니 허리와 어깨 부근에 가죽으로 된 끈을 조인 후 조심스럽게 헬멧을 썼다. 그의 데몬인 흰 표범이 뒤따라 뛰어오르자, 그는 몸을 돌려 표범 옆의 뭔가를 조절해 주었다. 기술자가 큰 소리로 뭐라고 외치자 아스리엘 경이 대답했고, 사람들은 문가로 물러섰다.

의지형 비행선이 움직이기 시작했다. 콜터 부인은 의아한 눈으로 바라보았다. 몸체가 약간 흔들리는 것 같았지만 이상한 에너지에 의해 곤충 다리처럼 생긴 비행선의 다리들이 균형을 잡아 주고 있었다. 비행선이 다시 움직이자 콜터 부인은 각 부위가 움직이는 것을 볼 수 있었다. 그것들은 각자의 기능에 따라 회전하거나 방향을 바꾸었으며, 머리 위의 어두운 하늘을 탐색하기도 했다. 조종석에 앉은 아스리엘 경은 바쁘게 레버를 움직이고, 문자판을 확인하고, 제어장치를 조절했다. 그러자 갑자기 비행선은 온데간데없이 사라져 버렸다.

비행선이 공중으로 솟아오른 것이었다. 그리고 공중을 맴돌면서 나무꼭대기 높이만큼 올라간 후, 서서히 왼쪽으로 방향을 틀었다. 엔진 소리도 나지 않았고, 어떻게 중력을 버티고 있는지도 알 수 없었다. 그것은 하늘에 가만히 떠 있었다.

"남쪽으로 귀를 기울여 봐요."

오구네 왕이 말했다.

그녀는 고개를 돌려 귀를 바짝 기울였다. 산자락에서 구슬픈 바람 소리가 들려왔다. 그리고 압연기가 무언가를 세게 내리치는 소리가 발밑에 느껴졌다. 불을 밝힌 문가에서 웅성거리는 소리가 들렸지만, 신호가 떨어지자 그 소리는 멈추고 불빛도 꺼져 버렸다. 적막함 속에서 콜터 부인은 세찬 바람에 실려서 들려오는 자이롭터의 엔진 소리를 어렴풋이 들을 수 있었다.

"저들은 또 누구죠?"

그녀가 조용히 물었다.

"유인용이지요."

아프리카 왕이 말했다.

"우리 조종사들인데, 적군을 유인하는 것이 임무라오. 보시오."

콜터 부인은 눈을 커다랗게 뜨고 별도 거의 없는 캄캄한 하늘을 올려다보았다. 그들 위로 의지형 비행선이 떠 있었다. 꼭 나사를 죄어 고정시켜 놓은 것 같았다. 거센 바람에도 끄떡하지 않았다. 조정실 밖으로 불빛이 새어 나오지 않아 잘 보이지도 않았고, 아스리엘 경의 모습도 전혀 보이지 않았다.

그때, 하늘을 낮게 나는 빛의 무리들이 그녀의 눈에 맨 먼저 포착되었다. 그와 동시에 엔진 소리가 점점 커지며 가까워졌다. 자이롭터 여섯 대가 빠른 속도로 날아왔고, 그중 한 대가 문제가 있는 듯 연기를 길게 내뿜으며 다른 것들보다 낮게 날고 있었다. 그것들은 산을 향해 가고 있었고, 도중에 다섯 대가 나머지 한 대를 그냥 지나쳐서 계속 날아갔다.

그들 뒤로 여러 종류의 비행 물체들이 추격하고 있었다. 알아보기 쉽지 않았지만, 콜터 부인은 특이한 모양의 커다란 자이롭터 한 대와 일직선 모양의 날개가 달린 비행기 두 대, 무장한 두 사람을 태우고 가볍게 날아가는 커다란 새 한 마리, 그리고 천사 서너 명을 볼 수 있었다.

"침입자들이오."

오구녜 왕이 말했다.

그들은 자이롭터들에 가까워지고 있었다. 그때 일직선 모양의 날개를 가진 비행기 한 대에서 한줄기 광선이 뻗어 나오더니 몇 초 후 '쿵!' 하는 소리가 들렸다. 하지만 포탄은 목표물인 고장 난 자이롭터를 맞히지 못했다. 산 위에서 지켜보던 사람들은 '쿵!' 하는 소리가 나기 전에 의지형 비행선이 광선을 내뿜어 그 포탄을 공중에서 폭파시키는 것을 보았다.

곧바로 전투가 벌어졌기 때문에, 콜터 부인은 거의 동시에 일어난 광선과 폭발음의 관계를 이해할 겨를도 없었다. 더군다나 하늘은 어둡고 비행기들이 너무 빨리 움직여서 그것들을 따라잡기도 어려웠다. 그러나 김이 새는 소리처럼 쉿쉿 하는 소리가 나고 번뜩이는 섬광들이 연이어 산기슭을 비추었다. 그 섬광들은 침입자들을 하나하나 후려쳤다. 비행기는 불타거나 폭파되었고, 거대한 새는 긴 장막을 찢는 듯한 비명을 내지르며 절벽 아래로 추락했으며, 천사들은 뜨거운 열기에 녹고 말았다. 그들의 반짝이는 무수한 입자가 사그라지는 불꽃처럼 차츰 꺼져 갔다.

그러자 적막감이 찾아왔다. 유인용 자이롭터의 소리는 이제 바람 소리에 묻혀 산기슭으로 사라져 버렸다. 지켜보고 있던 사람들은 아무도 입을 열지 않았다. 저 아래에서 타오르는 불길이 의지형 비행선의 아랫부분을 비춰 주었다. 공중에 정지한 듯 떠 있던 비행선은 주위를 둘러보는 것처럼 천천히 방향을 바꾸기 시작했다.

침입자들을 완벽하게 격파하는 모습에 어지간해서는 잘 놀라지 않는 콜터 부인도 큰 충격을 받았다. 그녀가 다시 하늘을 올려다봤을 때, 의지형 비행선은 희미하게 가물거리는 것처럼 혹은 움직이는 것처럼 보였다. 그러더니 어느새 안전하게 지상에 착륙해 있었다.

오구녜 왕은 앞으로 뛰어갔다. 다른 지휘관들과 기술자들은 문을 활짝 열어 실험장 위로 불빛이 들게 했다. 콜터 부인은 의지형 비행선의 위력에 넋을 잃은 듯 그 자리에서 움직일 줄 몰랐다.

"왜 저 비행선을 우리에게 보여 주는 거지?"

그녀의 데몬이 조용히 물었다.

"아직 우리 마음을 읽지 못한 거야."

콜터 부인이 속삭이듯 대답했다.

그들은 견고한 탑에서 서로 주고받았던 그 묘안을 떠올렸다. 그것은 아스리엘 경에게 교회 법정으로 돌아가서 정보를 캐내 오겠다고 제안하는 것이었다. 그녀는 권력의 속성을 훤히 알고 있기 때문에 그들을 조종할 줄 알았다. 그들에게 자신의 선의를 믿도록 하는 것이 처음에는 좀 힘들겠지만 결국은 그렇게 될 것이었다. 또한 갈리베스피 부족 스파이들이 윌과 리라와 함께 있기 때문에, 아스리엘 경은 그녀의 제안을 물리치지 못할 것이었다.

그러나 지금 이 이상한 비행선을 보고 나자 콜터 부인은 다른 기발한 생각이 떠올랐다. 그녀는 기쁜 나머지 황금 원숭이를 끌어안았다.

"아스리엘."

그녀는 순진한 표정으로 그를 불렀다.

"기계가 어떻게 작동하는지 좀 보여 줄래요?"

아스리엘은 조급하고 들뜬 표정으로 콜터 부인을 내려다보았다. 그는 의지형 비행선의 성공적인 시험으로 몹시 흥분되고 만족스러워 하고 있었다. 콜터 부인은 그가 비행선을 자랑하고 싶어 안달일 거라는 점을 미리 계산하고 있었다.

아스리엘 경은 손을 뻗어 그녀를 조종실 안으로 끌어당겼다. 그러고는 조종석에 앉힌 후 제어장치들을 보여 주었다.

"어떻게 움직이죠? 동력이 뭐예요?"

콜터 부인이 물었다.

"당신의 의지가 동력이지. 그래서 이름도 의지형 비행선이야. 당신이 앞으로 가고 싶어 하면 비행선도 앞으로 가게 되어 있어."

"그런 대답이 어딨어요? 어서 말해 줘요. 엔진은 어떤 종류죠? 어떻게 날아요? 난 공기역학에 대해 전혀 몰라요. 하지만 이 제어장치들은…… 음, 안쪽은 자이롭터와 거의 비슷하군요."

아스리엘은 더 이상 숨기기 어려웠다. 그리고 그녀는 이미 자기 수중에 있기 때문에 말해 주어도 상관없겠다 싶었다. 그는 자기 데몬인 흰 표범의 이빨 자국이 선명하게 박혀 있는 가죽 손잡이가 끝에 달린 쇠줄을 꺼냈다.

"당신 데몬은 이 핸들을 꼭 잡고 있어야 해. 이빨로 물든 손으로 잡든, 그리고 당신은 이 헬멧을 써야 하고, 그것들 사이로 전류가 흐르면 콘덴서(현미경 등의 광학기기에서 광선을 원하는 방향으로 집중시키는 장치)가 그 전류를 증폭시켜 주지. 자이롭터보다 더 복잡하지만 비행은 더 간단해. 우린 익숙한 맛에 자이롭터와 같은 제어장치를 설치했지만, 아무 필요가 없어졌어. 물론 데몬을 가진 사람들만이 비행선을 조종할 수 있지."

"알았어요."

콜터 부인은 그 말과 함께 아스리엘을 힘껏 떠밀었다. 그는 비행선 밖으로 나가떨어졌다. 콜터 부인이 재빨리 헬멧을 쓰는 동안 황금 원숭이는 쇠줄 끝의 가죽 손잡이를 낚아챘다. 그녀는 날개를 기울이는 제어장치에 손을 뻗은 다음 절기판을 앞으로 밀었다. 그러자 즉시 의지형 비행선은 공중으로 솟아올랐다.

하지만 그녀는 아직 의지형 비행선에 대해서 잘 몰랐다. 비행선은 아무 움직임도 없이 약간 기운 상태로 공중에 떠 있었다. 그녀가 앞으로 나아가는 제어장치를 찾는 그 몇 초 동안 아스리엘 경은 세 가지 동작을 취했다. 먼저 자리에서 벌떡 일어섰고, 그 다음 손을 들어 오구눼 왕이 병사들에게 의지형 비행선에 사격 명령을 내리지 못하도록 했다. 그리고 마지막으로 "로크 경, 미안하지만 그녀를 따라가 주시오."라고 부탁했다.

갈리베스피 부족인을 태운 푸른 매가 즉시 공중으로 날아올라 아직 문이 열려 있는 비행선 조종실로 향했다. 콜터 부인과 황금 원숭이는 제어장치들을 살피느라 로크 경이 매에서 뛰어내려 조종실로 들어오는 것도 모르고 있었다.

잠시 후 비행선은 움직이기 시작했고, 매는 방향을 바꿔 아스리엘 경의 손목 주위를 미끄러지듯 스쳐 지나갔다. 2초 정도가 지나자 비행선은 축축한 대기 속으로 사라져 버렸다.

아스리엘 경은 사라져 가는 비행선을 바라보며 탄식했다.

"음, 오구눼 왕. 당신이 옳았소. 처음부터 당신 말을 들었어야 했는데. 리라의 엄마가 어렵하겠소."

"그녀를 추격하지 않을 건가요?"

오구눼 왕이 물었다.

"그래서 저 훌륭한 비행선을 폭파하라구요? 절대로 안 되지."

"그 여자가 어디로 갈 것 같습니까? 자기 딸을 찾으러 갈까요?"

"당장은 아닐 거요. 그 아이가 어디에 있는지 모르니까. 그녀가 무슨 짓을 할지 뻔하오. 먼저 교회 법정으로 가서 충성의 맹세로 그 비행선을 바치고, 그런 다음 스파이 짓을 하겠지. 그녀는 우리를 위해 많은 정보를 빼낼 겁니다. 지금까지 온갖 이중생활을 다 해본 여자니까요. 이번은 멋진 경험이 될 겁니다. 그리고 리라가 있는 곳을 알아내기만 하면 당장 그곳으로 달려가겠지요. 우린 그 뒤를 쫓아가기만 하면 됩니다."

"로크 경은 언제 그녀 앞에 나타날까요?"

"내 생각엔 그녀를 놀라게 해 주려고 계속 숨어 있을 것 같은데, 안 그렇소?"

그들은 소리 내어 웃고는 제작소로 돌아갔다. 그곳에는 한 단계 더 개량된 의지형 비행선 모델이 그들의 검사를 기다리고 있었다.

기름과 래커

메리 말론은 거울을 만들고 있었다. 거울을 보고 싶은 욕심에서가 아니라, 자신의 생각을 한번 시험해 보고 싶어서였다. 그녀는 섀도들과 접촉하고 싶었고, 연구실의 도구들이 없는 지금으로서는 주위에 있는 재료들을 쓸 수밖에 없었다.

뮬레파 부족은 금속을 다루는 기술이 거의 없었다. 돌과 나무, 가는 밧줄, 뿔을 가지고 온갖 이상한 것들을 다 만들어 냈지만, 그들이 지닌 금속이래야 강변 모래밭에서 주운 쇳조각이나 구리 덩어리를 두들겨 만든 것이 전부였다. 금속은 연장을 만드는 데는 쓰이지 않고 주로 장식품에 이용되었다. 예를 들어 결혼을 앞둔 뮬레파 연인들은 밝은 색의 구리 조각들을 교환했다. 그 구리 조각을 구부려서 뿔 아래를 감쌌는데, 이것은 인간의 결혼반지와 같은 의미를 지니고 있었다.

그러니 그들은 메리가 가장 아끼는 스위스 군용 주머니칼에 매료될 수밖에 없었다.

메리가 그 칼날들을 하나하나 빼내어 보여 주었을 때, 절친한 친구인 에이탈은 감탄하며 소리를 질러 댔다. 메리는 서툰 퓰레파 언어 실력으로 그 칼날들의 용도를 열심히 설명해 주었다. 그것에는 조그마한 돋보기도 하나 달려 있었는데, 메리는 그것으로 마른 나무둥치에다 무늬를 태우다가 문득 섀도를 떠올렸다.

그때 그들은 고기잡이를 하고 있었다. 그러나 강 수위가 낮아서인지 물고기는 한 마리도 보이지 않았다. 그래서 그들은 그물망을 강물 속에 걸쳐 놓고 풀밭 둑에 앉아 얘기를 나누었다. 그러던 중 메리는 겉이 하얗고 매끄러운 마른 나무둥치 하나를 발견하고 돋보기로 데이지 꽃 무늬를 새기기 시작했다. 옆에서 지켜보던 에이탈은 마냥 재미있어 했다. 돋보기를 통과한 햇빛이 나무 면을 태우고 가는 연기가 피어오르자 메리는 생각했다. 이것이 화석이 되어 천만 년 후에 어느 과학자가 발견한다면, 그 과학자도 이 나무에서 섀도를 발견할 수 있겠지. 내가 여기에다 무늬를 새겼으니까.

몽롱한 햇빛 속에서 몽상에 빠져 있는 그녀에게 에이탈이 물었다.

"무슨 꿈을 꾸고 있는 거야?"

메리는 자신이 하고 있는 일과 연구, 연구실, 섀도 입자를 발견한 일, 섀도가 의식을 가진 존재라는 환상적인 발견, 그러한 일들이 다시 그리워져 실험 도구들이 있는 곳으로 돌아가고 싶다는 얘기들을 에이탈에게 해 주었다.

그녀는 자신의 얘기를 에이탈이 모두 이해하리라고는 기대하지 않았다. 그녀가 그들의 언어를 완벽하게 구사하지 못하는 것도 그렇지만 퓰레파 부족은 아주 실용적이고, 물리적인 일상 세계에 깊게 뿌리를 내리고 있는 반면, 그녀의 얘기는 지나치게 수학적이었기 때문이다. 그런데 에이탈의 뜻밖의 대꾸에 메리는 놀랐다.

"그래, 무슨 말인지 알겠어. 우리는 그걸······."

그리고 에이탈은 그들의 언어로 '빛'에 해당되는 말 비슷한 발음을 했다.

메리가 말했다.

"빛?"

에이탈이 다시 말했다.

"빛이 아니라······."

에이탈은 메리가 알아들을 수 있게 좀 더 천천히 그 단어를 발음한 다음 설명을 덧붙였다.

"해 질 무렵 잔물결이 일 때 수면에 생기는 빛 같은 거야. 그리고 불티에서 나오는 빛 말야. 우린 그걸 그렇게 불러. 하지만 이건 흉내야."

'흉내'는 은유를 뜻하는 말이었다.

"진짜 빛은 아니지만 볼 수가 있고, 해 질 무렵 물위에 비치는 빛처럼 보인단 말이지?"

에이탈이 대답했다.

"그래. 우리 뮬레파 부족은 모두 이것을 지니고 있어. 너도 갖고 있어. 우린 이것을 통해서 네가 우리와 같고 그것이 없는 초식 동물들과 다르다는 걸 알게 되지. 네 모습이 기괴하고 끔찍해 보인다고 해도 넌 우리와 같아. 왜냐하면 너도······."

에이탈은 다시 그 단어를 발음했지만 메리는 여전히 알아들을 수 없었다. '스라프'인지 '사르프'인지 하는 단어인데, 코를 왼쪽으로 휙 흔들면서 발음했다.

메리는 흥분되었다. 그녀는 정확한 단어를 찾기 위해 마음을 가라앉혔다.

"그것에 대해 뭘 알고 있지? 그건 어디서 나오는 거야?"

"우리한테서, 그리고 기름에서 나오는 거야."

에이탈이 대답했다.

메리는 바퀴나무의 거대한 씨앗집에서 나온 기름을 말하는 것임을 알았다.

"너희들로부터 나온다는 말은 무슨 뜻이야?"

"우리가 완전히 자랐을 때 나오지. 하지만 바퀴나무가 없으면 다시 사라지고 말아. 바퀴와 기름이 있으면 우리 안에 계속 있어."

그들이 완전히 자랐을 때 나온다고……? 메리는 정신을 가다듬었다. 섀도에 대해 의아스러운 점은, 아이들과 어른들이 그것에 서로 다른 반응을 보이거나 혹은 서로 다른 종류의 섀도 활동에 이끌린다는 사실이었다. 리라는 자신의 세계에 있는 과학자들이 더스트에 대해 바로 그런 속성을 발견했다고 하지 않았던가? 더스트는 섀도를 일컫는 그들의 말이었다. 그것이 이곳에서 다시…….

그리고 그것은 메리가 자신의 세계를 떠나오기 전에 섀도가 컴퓨터 스크린에서 했던 말과 관계가 있었다. 그것이 무엇이든, 그것은 아담과 이브의 이야기로 상징되는 유혹과 타락과 원죄라는 인류 역사의 커다란 변화와 관련이 있었다. 두개골 화석을 연구한 그녀의 동료 올리버 페인은 3만 년 전에 사람들의 유골에서 섀도의 분자 수가 엄청나게 증가했다는 것을 알아냈다. 그때 인간의 머리를 섀도의 영향을 증폭시키는 이상적인 경로로 만드는 진화상 상당한 진전이 일어났던 게 틀림없다.

메이리는 에이탈에게 물었다.

"뮬레파는 몇 년간 존재해 왔지?"

에이탈이 대답했다.

"3만 3천 년."

에이탈은 이제 메리의 표정을 대충 읽을 줄 알았다. 메리가 놀라 입을 쩍 벌리자, 그녀는 소리 내어 웃었다. 뮬레파의 웃음은 격의가 없고 유쾌하며, 전염성이 워낙 강해서 메리도 늘 따라 웃지 않을 수 없었다. 하지만 지금 그녀는 충격을 떨칠 수가 없었다.

"어떻게 그렇게 정확히 알고 있지? 너희들에게도 역사라는 게 있니?"

"물론이지. 스라프를 지니게 된 다음부터 우린 기억하고 깨달을 줄 알게 된 거야. 그 이전엔 아무것도 몰랐어."

"어떻게 스라프를 가지게 되었니?"

"우리는 바퀴를 사용하는 법을 알게 되었어. 어느 날 이름 없는 한 처녀가 커다란 씨앗집을 한 개 발견해서 그것을 가지고 놀기 시작했어. 그 처녀는……."

"처녀라고?"

"그래. 처녀야. 그녀는 이름이 없었다. 그런데 씨앗집의 구멍 안에 뱀이 똬리를 틀고 있었지. 그 뱀이 처녀에게 말했어."

"뱀이 처녀한테 말했다구?"

"아니, 그건 흉내야. 전해 오는 얘기에 따르면, 뱀이 처녀에게 말했지. '네가 알고 있는 건 뭐지? 기억하고 있는 건 뭐야? 뭘 예견할 수 있지?' 그러자 처녀는 말했어. '없어요. 없어요. 아무것도 없어요.' 그러자 뱀이 말했어. '네 다리를 내가 놀던 이 씨앗집의 구멍에다 집어넣으렴. 그러면 넌 현명해질 거야.' 그러자 처녀는 뱀이 있던 자리에 발을 집어넣었어. 그러자 기름이 그녀의 피 속으로 스며들면서 사물을 전보다 훨씬 더 분명하게 볼 수 있게 되었지. 그때 처녀가 가장 먼저 발견한 것이 바로 스라프야. 처녀는 그 이상하고 즐거운 경험을 자기 종족과 나누고 싶었어. 그래서 처녀와 그녀의 짝은 씨앗집을 취했고, 그 결과 자신들이 누구인지 깨닫게 됐지. 자신들은 초식 동물이 아니라 뮬레파라는 사실을 말이야. 그들은 서로에게 이름을 지어 주었어. 그리고 부족의 이름을 뮬레파라고 정했지. 그리고 바퀴나무와 모든 동물과 식물들에게 이름을 붙여 주었어."

"그것들은 모두 다르니까."

메리가 말했다.

"그래, 달라. 그리고 아이들도 모두 달라. 더 많은 씨앗집이 떨어지자 그들은 그것을 사용하는 방법을 아이들에게 보여 줬거든. 어느 정도 나이가 되면, 아이들에게도 스라프가 생겨. 그리고 바퀴를 타고 다닐 정도가 되면 스라프는 기름과 함께 돌아와서 그들에게 머물게 되지. 그래서 그들은 기름을 만들어 내기 위해서 더 많은 씨앗을 심어야 한다는 것을 깨닫게 됐어. 하지만 씨앗은 아주 단단해서 좀처럼 싹을 틔우지 않거든. 다행히 이 문제를 해결할 방법을 최초의 뮬레파가 찾아냈지. 우리들의 도움이 꼭 필요한 거였어. 바로 씨앗집을 바퀴로 사용하여 쪼개는 일이지. 그렇게 해서 뮬레파와 바퀴나무는 지금까지 공존해 온 거야."

메리는 에이탈이 말한 내용 중 4분의 1쯤은 즉시 알아들었고, 나머지 부분은 질문과 짐작으로 비교적 정확히 이해했다. 그녀의 뮬레파 부족어 실력은 날로 향상되고 있었지만, 배우면 배울수록 더 어렵게 느껴졌다. 새로 하나를 알게 되면 대여섯 가지의 부수적인 의문들이 생겨나 전혀 다른 방향으로 생각이 나아가는 것이었다.

그렇지만 스라프에 관한 문제는 아주 중요한 것이었기에, 메리는 그것에 계속 몰두했다. 거울을 생각하게 된 것도 그 때문이었다.

수면에서 반짝이는 빛과 스라프를 비교하다가 문득 거울이 생각난 것이다. 바다에서 반짝이는 반사광이 편광(偏光)을 일으키듯, 섀도 분자들도 광선처럼 파장을 일으키면 편광을 일으킬 수 있을 것이었다.

"난 너희처럼 스라프를 볼 수 없어. 하지만 래커 액으로 거울을 만들면 그것을 통해 스라프를 볼 수 있을 것 같아."

메리의 말에 에이탈은 흥분을 감추지 못했다. 그들은 즉시 그물망을 걷어 내고 메리에게 필요한 것을 구하러 다니기로 했다. 그물망에는 행운을 암시하듯 조그마한 물고기 세 마리가 걸려 있었다.

래커 액은 아주 작은 나무에서 나오는 것으로, 뮬레파 부족은 수액을 얻을 목적으로 그 나무들을 재배하고 있었다. 펄펄 끓인 수액을 과일 주스로 만든 알코올 속에 넣어 아름다운 호박색으로 변할 때까지 녹인다. 그것이 우유처럼 묽어지면 니스로 사용하는 것이다. 그들은 나무나 껍질에다 스무 번쯤 덧칠을 했고, 매번 칠한 뒤에는 다음에 칠할 때까지 젖은 헝겊으로 덮어 두었다. 그러면 그 표면이 점점 단단해지고 반짝반짝 빛을 낸다. 그들은 보통 그것을 다양한 산화물에 노출시켜 윤이 나지 않게 하지만, 가끔은 투명한 그대로 내버려 두기도 했다. 바로 이 점이 메리의 관심을 끌었다. 왜냐하면 투명한 호박색 래커는 아이슬란드의 섬광석처럼 광선을 두 개로 가르는 특이한 성질을 갖고 있었기 때문이다. 그래서 그것을 통해 사물을 바라보면 이중으로 보였다.

메리는 자기가 하고자 하는 일이 뭔지 확신이 서지 않았다. 하지만 초조해하거나 걱정하지 않고 편안한 마음으로 시도하다 보면 무언가를 깨닫게 될 것이라는 생각은 들었다. 그녀는 영국 시인 키츠의 시를 리라에게 읽어 주던 기억을 떠올렸다. 그때 리라는 자신이 알레시오미터를 읽을 때의 마음 상태가 바로 그렇다고 즉시 이해했었다. 지금 메리가 찾아야 하는 것이 바로 그런 것이었다.

그녀는 약간 평평한 소나무 판자를 찾아 사암으로 그 표면을 고르게 갈았다. 이것은 뮬레파가 쓰는 방법으로 시간과 노력만 들이면 충분한 일이었다.

그런 다음 그녀는 에이탈과 함께 래커 나무 재배지를 찾아가 자신이 하려는 일의 목적을 자세히 설명한 후, 래커 액을 조금 달라고 부탁했다. 뮬레파 부족은 기꺼이 그녀의 청을 들어주었지만, 너무 바빠 일을 거들어 줄 수는 없다고 했다. 메리는 에이탈의 도움으로 끈적거리는 래커 액을 빼낸 다음 끓이고, 녹이고, 다시 끓이는 작업을 반복했다. 그런 긴 과정을 거쳐서 마침내 니스가 준비되었다.

메리는 식물의 부드러운 섬유질로 만든 거즈를 손에 쥐고 뮬레파 부족 기술자가 시키는 대로 열심히 니스 칠을 했다. 래커 층이 너무 얇아 여러 차례 칠해도 별 차이가 없었지만, 천천히 마르도록 내버려 두자 조금씩 두꺼워지는 것이 눈에 보였다. 그녀는 세는 도중에 잊어버려 정확하지는 않지만 아마도 마흔 번 이상은 덧칠한 것 같았다. 래커가 바닥날 때쯤에는 마른 표면의 두께가 적어도 5밀리미터 정도 되었다.

하루 종일 그녀는 래커 판을 부드럽게 원을 그리듯 문질러 댔다. 그렇게 해서 윤내는 작업까지 모두 끝나자, 팔과 머리가 마구 쑤셔서 더 이상 일을 할 수 없었다.

그러고는 그냥 잠이 들었다.

그 다음 날 아침 한 무리의 뮬레파 부족이 매듭나무라고 부르는 작은 관목 숲으로 몰려갔다. 새로 난 싹들이 잘 자라고 있는지 확인하고, 가지들의 모양을 제대로 잡아 주기 위해서였다. 메리는 좁은 곳에 그들보다 더 쉽게 들어가서 양손으로 꼼꼼하게 일할 수 있었기 때문에 그들에게 큰 도움이 되었다.

작업을 끝낸 뮬레파 부족이 집으로 돌아가고 나서야 메리는 연구를 다시 시작했다. 하지만 그녀는 여전히 자신이 무엇을 해야 할지 몰랐기 때문에 차라리 놀고 있다고 하는 게 나을지 몰랐다. 그녀는 래커 판을 만들기만 하면 거울로 사용할 수 있을 거라고 생각했다. 하지만 뒤쪽에 은박을 대지 않아서 이중 영상이 나무판 위에 희미하게 보일 뿐이었다.

그제야 나무판을 대지 않은 래커 판을 만들어야겠다는 생각이 들었다. 하지만 또다시 래커 판을 만들 생각을 하니 끔찍했다. 뒷면을 대지 않고도 평평한 래커 판을 만들 방법은 없을까?

그렇다면 래커 판에 부착되어 있는 나무판을 잘라 내면 되지 않을까 하는 단순한 생각이 떠올랐다. 그러자면 시간이 꽤 걸리겠지만, 다행히도 그녀에게는 스위스 군용 주머니칼이 있었다. 그녀는 래커 판 뒷면에 흠집이 나지 않도록 최대한 조심하며 소나무 판자를 조금씩 깎아 내기 시작했다. 온갖 고생 끝에 대부분의 나무를 제거하기는 했지만 그래도 남은 나무 찌꺼기들이 투명하고 단단한 니스 판에 딱 달라붙어 있었다.

그녀는 그것을 물에 담그면 어떨까 하고 생각했다. 물에 불리면 나무가 부드러워지지 않을까? 뮐레파 기술자가 안 된다고 했다.

"그렇게 하면 영원히 굳어 버릴 거요. 차라리 이걸 써 보면 어떻소?"

그는 메리에게 돌그릇에 담긴 액체를 보여 주었다. 그 액체는 어떤 나무든 몇 시간 안에 모두 부식시켜 버린다고 했다. 색깔과 냄새로 미루어 산(酸) 같았다.

기술자는 그 액체 때문에 래커 판이 상하는 일은 없을 것이고, 흠집이 생기더라도 쉽게 손질할 수 있을 거라고 말했다. 그녀의 계획에 호기심을 느낀 기술자는 조심스럽게 래커 판에 달라붙은 나무 부분에 산을 칠해 주었다. 그는 그 액체를 만드는 방법에 대해서도 설명해 주었다. 메리가 아직 가 보지 못한 얕은 호수 가장자리에서 찾아낸 광물질을 갈고 녹인 후에 증류시킨 것이라고 했다.

남아 있던 나무 찌꺼기들이 점점 부드러워지면서 떨어져 나갔고, 마침내 메리의 손에는 책 크기만 한 투명한 황갈색 래커 한 장이 남았다. 그녀는 래커의 앞면만큼 뒷면도 열심히 닦아 거울처럼 평평하고 매끈하게 만들었다. 그러고는 래커 판을 들여다보았다.

특별한 것은 없었다. 완벽할 정도로 선명했지만 영상이 이중으로 비쳤다. 오른쪽 영상이 왼쪽 영상과 아주 근접한 상태에서 약 15도 위쪽으로 기울어져 있었다. 래커 판 두 개를 겹쳐 놓고 보면 어떻게 보일까. 메리는 주머니칼을 꺼내어 래커 판의 한가운데에 줄을 긋기 시작했다. 긋고, 또 긋고, 간간이 칼날을 매끄러운 돌에 날카롭게 갈아 가면서 깊게 줄을 그어 나갔다. 그런 다음 밑에 막대기를 고이고 래커 판을 힘껏 내리쳤다. 그러자 래커 판이 두 조각으로 깨끗이 쪼개졌다.

그녀는 두 조각을 겹쳐 놓고 들여다보았다. 호박색은 더욱 진해졌고, 사진기의 필터처럼 어떤 색은 더 강조되고 어떤 색은 감춰져서 약간 다른 풍경을 보여 주었다. 묘한 것은 이중 영상이 사라졌다는 사실이었다. 모든 것이 하나로 보였다. 하지만 섀도의 조짐은 보이지 않았다.

이번에는 두 개의 판을 떼어 내서 어떤 변화가 일어나는지 살펴보았다. 한 뼘 정도 떼어 놓자 이상한 일이 벌어졌다. 호박색이 사라지고 모든 사물이 제 색깔을 되찾으며 원래보다 더 밝고 생생하게 보였다.

그때 에이탈이 다가와서 메리가 하는 일을 보고 물었다.

"이젠 스라프가 보이니?"

"아니, 그래도 다른 것들은 다 보여."

메리는 그녀에게 래커 판을 보여 주며 말했다.

에이탈은 예의상 관심을 보인 것일 뿐, 메리가 왜 들떠 있는지 알 리가 없었다. 그녀는 조그마한 래커 조각을 들여다보는 일이 지겨워졌는지, 바퀴를 손질하기 위해 풀밭에 앉았다. 뮬레파 부족은 가끔 순수한 사교 목적으로 서로의 발톱을 다듬어 주곤 했다. 에이탈은 메리에게 두어 번 자신의 발톱 손질을 부탁했었다. 그리고 그 보답으로 메리의 머리를 손질해 주었다. 그녀는 부드러운 코로 메리의 머리카락을 들어 올렸다 내렸다 하며 두피를 마사지해 주었다.

메리는 지금 에이탈이 그걸 원하고 있음을 알았다. 그래서 래커 조각을 내려놓고 에이탈의 발톱을 어루만져 주었다. 발톱은 놀라울 정도로 부드러웠다. 발톱과 바퀴는 딱 들어맞게 되어 있었다. 바퀴 안쪽을 만져 봐도 감촉의 차이를 느낄 수 없었다. 뮬레파와 씨앗집은 한 생명체 같았다. 마치 기적으로 인해 분리도 되고 결합도 되는 그런 생명체 말이다.

이런 접촉을 통해 에이탈은 마음이 한결 진정되었고, 메리의 마음도 마찬가지였다. 메리의 친구 에이탈은 아직 젊고 미혼이었다. 이들 부족 안에는 젊은 남성 잘리프가 없기 때문에, 그녀는 외부의 잘리프와 결혼해야 했다. 그러나 만나기 쉽지 않았다. 가끔씩 에이탈이 미래에 대해 걱정하는 것을 메리는 느낄 수 있었다. 그런 이유로 그녀는 에이탈과 보내는 시간이 그리 아깝지 않았다. 그리고 지금처럼 이렇게 바퀴 구멍에 쌓인 먼지와 흙을 깨끗하게 닦아 줄 수 있어서 행복했다. 부드러운 손길로 향기로운 기름을 그녀의 발톱에 고르게 발라 주는 동안, 에이탈은 긴 코로 메리의 머리카락을 들어 올려 곧게 펴 주었다.

이제 충분하다고 느낀 에이탈은 일어나서 바퀴를 타고 저녁 만드는 일을 도우러 갔다. 메리는 다시 래커 판을 들었고, 바로 그때 이상한 현상을 발견했다.

메리는 두 장의 래커 판을 한 뼘 정도 떨어지게 들었다. 그랬더니 아까처럼 사물들이 한결 환하고 선명하게 보였다. 하지만 뭔가 달라졌다.

래커 판을 들여다보니 황금빛 광채가 에이탈을 둘러싸고 있었던 것이다. 그것은 래커 판의 아주 작은 부분을 통해서만 보였는데, 메리는 곧 그 이유를 알았다. 그 부분은 그녀가 조금 전에 기름 묻은 손가락으로 만진 곳이었다.

"에이탈!"

메리는 친구를 불렀다.

"빨리! 빨리 와 봐!"

에이탈은 얼른 되돌아왔다.

"기름 조금만 줄래?"

메리가 말했다.

"래커 판에 바를 만큼만."

에이탈은 메리가 자신의 바퀴 구멍에 한 번 더 손을 집어넣는 것을 기꺼이 허락했다. 그리고 메리가 래커 판 하나에 투명하고 달콤한 기름을 바르는 것을 호기심 어린 눈으로 바라보았다.

메리는 두 개의 래커 판을 맞대고 기름이 고르게 퍼지도록 이리저리 움직였다. 그러고는 다시 래커 판을 한 뼘 정도 떼어 놓고 들여다보았다. 모든 것이 달라졌다. 섀도가 보였다.

아스리엘 경이 조던 대학의 귀빈실에서 특수 감광유제를 사용하여 만든 포토그램을 상영하던 자리에 있었다면 메리는 지금 이 기름의 효과를 금방 알아차렸을 것이다. 래커 판을 통해 그녀는 에이탈이 말한 그 금빛 불꽃이 이리저리 표류하며 가끔은 일정한 행로를 따라 움직이는 것을 보았다. 그 사이로는 육안으로 보이는 세계가 있었다. 풀밭, 강, 나무들. 하지만 의식을 지닌 존재, 즉 뮬레파 부족을 보면 그 금빛 불꽃은 더 짙고 움직임도 더 활발했다. 그 불꽃은 뮬레파의 모습을 흐리기는커녕 오히려 더 선명하게 했다.

"이렇게 아름다울 줄 몰랐어."

메리는 에이탈에게 말했다.

"정말 아름답지. 네가 이걸 볼 수 없었다는 게 이상해. 저 꼬마를 좀 봐."

에이탈은 풀밭에서 놀고 있는 어린 잘리프를 코끝으로 가리켰다. 꼬마는 메뚜기를 쫓아 뒤뚱거리며 뛰다가, 갑자기 멈춰 서서 나뭇잎 하나를 이리저리 보다가 넘어지고, 그러고는 겨우 일어나서 다시 달려가 엄마에게 무슨 말을 하더니 이번에는 나뭇가지 하나에 정신이 팔려 그것을 집어 올리다가 코 위에 개미가 달라붙자 코를 마구 흔들어 댔다. 집이나 그물망, 저녁노을 주위처럼 어린 잘리프의 몸에도 금빛 안개 같은 것이 서려 있었다. 그리 많지는 않지만 주위의 다른 것들보다는 강렬해 보였다. 그리고 심하게 소용돌이치고 끊어지고 이리저리 헤매다가 새로운 것이 생성되면 어디론가 흔적도 없이 사라져 버렸다.

어린 잘리프의 엄마 주위에는 금빛 불꽃이 더욱 강하고 안정된 모습으로 움직이고 있었다. 그 엄마는 아이를 지켜보며 평평한 돌 위에 밀가루를 뿌리고, 차파티나 토르티야 비슷한 얇은 빵을 만들고 있었다. 그녀를 감싸고 있는 새도 혹은 스라프 혹은 더스트는 책임감과 지혜로운 보살핌을 그대로 보여 주는 듯했다.

"마침내 너도 보게 되었구나."

에이탈이 말했다.

"좋아, 이제 나를 따라와."

메리는 어리둥절한 표정으로 친구를 바라보았다. 에이탈의 말투가 이상했다. 그녀는 마치 "마침내 넌 준비가 된 거야. 우린 이날을 기다려 왔어. 이제 변화의 시간이 온 거야."라고 말하는 것처럼 들렸다.

그러자 언덕 너머에서, 마을에서, 강가에서 뮬레파 부족민들이 하나둘씩 나타나기 시작했다. 그들 중에는 메리가 아직 본 적이 없는 낯선 잘리프들도 섞여 있었다. 그들은 신기한 눈빛으로 그녀가 서 있는 곳을 쳐다보고 있었다. 단단한 땅 위를 구르는 그들의 바퀴 소리가 낮고 규칙적으로 울려 퍼졌다.

"어디로 가야 한다는 거니? 저들이 왜 이리로 오는 거야?"

메리가 물었다.

"걱정 말고 날 따라오기만 해. 우린 널 해치지 않아."

이 모임은 오래전부터 계획되어 있었던 모양이다. 그들 모두는 어디로 가야 하는지, 어떤 일이 일어날 것인지 이미 알고 있었다. 마을 언저리에 흙으로 다져진 낮은 언덕이 하나 있고, 그 양쪽으로 경사로가 나 있었다. 메리의 짐작으로 적어도 50명 정도는 됨직한 뮬레파 부족민들이 그곳을 향해 가고 있었다. 저녁 하늘에는 식사 준비로 연기가 피어오르고, 해가 지면서 황금색 뿌연 안개가 사방으로 퍼져 나갔다. 메리는 옥수수 굽는 냄새와 뮬레파의 따뜻한 체취를 맡을 수 있었다. 뮬레파의 냄새는 기름 냄새와 따뜻한 살 냄새, 달콤한 말 냄새가 섞인 그런 것이었다.

에이탈은 메리를 그 작은 언덕으로 데려갔다.

"무슨 일이야? 어서 말 좀 해봐!"

메리가 다시 재촉했다.

"아니, 아니…… 내가 아니라 사타막스가 말씀하실 거야."

메리는 사타막스라는 이름을 처음 들었고, 에이탈이 가리킨 그 잘리프는 처음 보는 얼굴이었다. 사타막스는 메리가 이제까지 본 잘리프 중 가장 늙어 보였다. 코끝에는 하얀 털이 드문드문 나 있었고, 마치 관절염에 걸린 것처럼 뻣뻣하게 몸을 움직였다. 다른 잘리프들이 그의 주위로 조심스럽게 모여들었다. 메리는 래커 판을 통해 슬쩍 보고 그 이유를 알았다. 그 늙은 잘리프의 섀도 구름은 엄청나게 많고 복잡했다. 그것의 의미를 잘 모르는 메리까지도 존경심이 우러났다.

사타막스가 말을 시작하려고 하자 뮬레파 군중들은 웅성거림을 멈추었다. 메리는 언덕 가까이에 서 있었고, 에이탈은 그녀를 안심시키기 위해 바로 옆에 있었다. 메리는 자신에게로 향해 있는 잘리프들의 시선을 느낄 수 있었다. 마치 다른 학교로 전학 온 학생이 된 듯한 기분이었다.

사타막스는 말하기 시작했다. 그의 목소리는 굵고 음색이 낭랑했으며, 긴 코는 나지막하고 우아하게 움직였다.

"우리는 메리라는 손님을 환영하기 위해 이렇게 모였습니다. 그분이 이곳으로 와서 준 도움에 대해 고마움을 표해야 할 잘리프들도 많이 있을 겁니다. 우리는 그분이 뮬레파 부족어를 배울 때까지 기다렸습니다. 우리들의 도움, 특히 에이탈의 도움으로 이방인 메리는 이제 우리 말을 이해할 수 있게 되었습니다.

하지만 그분이 이해해야 할 것이 또 있었지요. 바로 스라프입니다. 메리는 그것에 대해 알고 있었지만 우리처럼 볼 수는 없었습니다. 그런데 그걸 볼 수 있는 기구를 만들었어요. 이젠 메리도 스라프를 볼 수 있게 됐습니다. 그래서 이제 그녀는 우리들을 위해 해야 할 일을 알 준비가 다 되었습니다.

메리, 이리 나와 한마디 해 주시오."

메리는 현기증이 나고 정신이 없고 머리가 멍했다. 그렇지만 앞으로 걸어 나가 늙은 잘리프 옆에 섰다. 그리고 말을 하는 게 낫겠다 싶어 입을 열었다.

"여러분은 내가 여러분의 친구라고 느낄 수 있게 해 줬어요. 나를 친절하고 따뜻하게 맞아 줬죠. 나는 다른 생명체들이 살고 있는 세계에서 왔어요. 하지만 우리들 중에도 당신들처럼 스라프에 대해 알고 있는 사람들이 있죠. 여러분의 도움으로 그 스라프를 볼 수 있는 기구를 만들게 되어 정말 기뻐요. 만약 내가 여러분을 도울 수 있다면 기꺼이 도와 드리겠어요."

에이탈과 얘기할 때보다 더 서투르게 말을 해서 뜻이 제대로 전해졌는지 메리는 걱정되었다. 말을 하면서 동시에 몸짓도 해야 하는 상황에서 고개를 어느 쪽으로 돌려야 하는지 기억하는 것은 결코 쉽지 않았다. 하지만 뮬레파 부족은 메리의 말을 이해한 듯했다.

사타막스가 말했다.

"그렇게 말씀해 주시니 정말 고맙습니다. 우리는 당신에게 희망을 걸고 있습니다. 그 외에는 우리가 살아남을 방법이 없어요. 투알라피는 우리 모두를 죽일 겁니다. 예전보다 그들은 수가 엄청나게 늘었고, 해마다 계속 늘고 있습니다. 이 세계가 잘못되어 가고 있는 징조지요. 뮬레파가 존재한 지난 3만 3천 년 동안, 우리는 이 지구를 보호해 왔습니다. 모든 것이 다 조화로웠지요. 나무들도 잘 자라고 초식 동물들도 모두 건강했습니다. 어쩌다 한 번씩 투알라피가 찾아오긴 했지만, 그들의 숫자나 우리의 숫자나 별로 달라지지 않았습니다.

그런데 300년 전부터 나무들이 병들기 시작했어요. 우린 그 나무들을 정성을 다해 돌봤지만, 그래도 바퀴나무의 수는 점점 줄어들고 있습니다. 그리고 때도 아닌데 나뭇잎이 떨어지고, 어떤 것들은 그 자리에서 죽어 버리기도 했어요. 이런 일은 정말 없었는데 말입니다. 아무리 생각해 봐도 그 이유를 알 수가 없어요.

물론 그런 일들은 아주 천천히 일어났지만, 우리 삶의 리듬도 매우 느리죠. 당신이 오기 전까지는 그 사실을 몰랐습니다. 나비와 새를 살펴보니 그들은 스라프가 없었어요. 그런데 당신은 이상하게 생겼는데도 스라프가 있었지요. 하지만 당신은 새나 나비처럼 즉각적이고 빨라요. 스라프를 볼 수 있게 해 줄 어떤 것이 필요하다고 느낀 당신은, 그 즉시 우리가 수천 년의 경험을 통해 알아낸 재료와 기술을 단번에 파악하여 그 물건을 만들어 냈습니다. 우리와 비교하면 당신은 새처럼 빠르게 생각하고 행동합니다. 그래서 우리의 생활 리듬이 당신에게는 느려 보이는 것입니다.

하지만 그 사실이 희망적이었습니다. 우리가 못 보는 것을 당신은 볼 수 있어요. 당신이 스라프를 볼 수 없는 것처럼, 우리들도 볼 수 없는 것이 있습니다. 당신은 관련성과 가능성, 대안들을 볼 수 있습니다. 우리는 살아남을 방법을 못 찾고 있지만, 당신이라면 할 수 있을 것이라고 믿고 있소. 우리는 당신이 나무가 죽어 가는 이유를 빨리 알아내서 그 치료법을 만들어 주면 좋겠습니다. 그리고 너무나 강하고 수적으로도 우월한 투알라피를 처치할 수 있는 수단을 강구해 주길 바랍니다.

가급적 빨리 시작해 주세요. 그러지 않으면 우리는 모두 죽습니다."

뮬레파 부족민은 낮은 목소리로 동의와 찬성을 표했다. 그들이 모두 자기를 쳐다보자 메리는 전학 온 학교에서 모든 사람의 기대를 한 몸에 받는 학생이라도 된 듯했다. 그녀는 그런 칭찬은 들어 본 적이 없었다. 내가 새처럼 빠르고 날래다니. 기분이 그리 나쁘지는 않았다. 그녀는 자기 자신이 질리도록 끈질긴 성격이라고 늘 생각해 왔었다. 내심 기분이 좋으면서도 한편으로는 그들이 자신에 대해 잘못 알고 있다는 생각도 들었다. 뮬레파 부족은 그녀에 대해 잘 몰랐다. 그녀가 그들의 마지막 희망을 이뤄 주지 못할지도 모른다.

그렇지만 메리는 그렇게 해야 했다. 그들이 그녀의 대답을 기다리고 있었다.

"사타막스, 뮬레파, 당신들이 나를 믿어 주는 한 최선을 다하겠습니다. 당신들은 친절하고 당신들의 삶은 아름답고 훌륭해요. 나는 열심히 당신들을 도울 겁니다. 이젠 스라프를 발견했고, 내가 무슨 일을 하고 있는지도 알게 됐어요. 나를 믿어 줘서 정말 감사합니다."

잘리프들은 고개를 끄덕이며 뭐라고 웅성거렸고, 메리가 걸어 내려오자 코로 그녀를 쓰다듬어 주었다. 메리는 그들과의 약속 때문에 마음이 무거워졌다.

그 시간에 치타가체 세계에서는 살인 임무를 띤 고메스 신부가 뒤엉킨 올리브 나무들을 헤치며 거친 산길을 올라가고 있었다. 비스듬히 비치는 저녁 햇살에 나뭇잎은 은색을 띠었고, 대기는 귀뚜라미와 매미 소리로 가득했다.

그의 앞으로 포도 나무 사이에 숨은 작은 농가 한 채가 얼핏 눈에 들어왔다. 그곳에는 염소가 울고 있었고, 회색 바위 사이로 샘물이 졸졸 흐르고 있었다. 늙은 남자가 농가 옆에서 일을 하고 있고, 늙은 여자는 의자와 물통이 있는 쪽으로 염소를 몰고 있었다.

조금 전 마을에서 신부가 쫓고 있는 여자가 이 길을 지나 산으로 올라갔다는 얘기를 들었다. 아마 이 늙은 부부도 그 여자를 보았을 것이다. 적어도 치즈와 올리브를 사거나 마실 샘물을 구할 수 있을 것 같았다. 고메스 신부는 이런 소박한 생활에 익숙한 사람이었고, 시간도 아주 넉넉했다.

저승의 변두리

동이 트기도 전에 리라는 눈을 떴다. 그녀의 가슴에 파묻혀 있던 판탈라이몬도 꿈틀거렸다. 리라는 자리에서 일어나 주위를 걸어 다니며 가볍게 몸을 풀었다. 뿌연 회색빛이 하늘로 스며들었다. 이런 적막감은 처음이었다. 온통 눈으로 뒤덮인 북극도 이 정도는 아니었다. 바람 한 점 없고 바다는 잔물결조차 일지 않았다. 세상이 숨을 죽이고 있는 듯했다.

윌은 만단검을 지키기 위해 배낭을 베고 누워 웅크린 채 깊은 잠에 빠져 있었다. 리라는 그의 어깨에서 흘러내린 외투를 다시 올려 감싸주었다. 그의 데몬이 고양이 모습을 하고 똑같이 웅크리고 자고 있을 거라고 짐작하면서, 리라는 그 데몬을 건드리지 않으려고 조심조심 그의 외투를 만졌다. 여기 어딘가에 있을 거야.

리라는 윌을 뒤로한 채 여전히 졸고 있는 판탈라이몬을 데리고 조금 떨어져 있는 경사진 모래언덕으로 올라가서 자리를 잡고 앉았다. 그들의 목소리 때문에 윌이 잠에서 깨는 일은 없을 것이었다.

"저 작은 사람들 말이야."

판탈라이몬이 말을 꺼내자 리라는 딱 잘라 말했다.

"정말 싫어. 가능한 한 빨리 저들로부터 도망쳐야 해. 그물 같은 걸로 저 사람들을 붙잡아 놓고, 윌이 창을 낸 다음 닫아 버리면 우리는 자유의 몸이 될 거야."

"하지만 그물을 갑자기 어디서 구해. 또 저들은 그물에 걸릴 만큼 멍청하지도 않아. 지금도 저 꼬마 남자는 우릴 지켜보고 있어."

매로 변한 판탈라이몬의 눈빛은 리라보다 더 날카로웠다. 어둡던 하늘이 조금씩 옅은 남색으로 변하고 있었다. 모래밭 건너로는 태양의 끝머리가 수평선을 밝히며 빛나고 있었다. 아침 햇살은 경사진 모래언덕 위에 앉은 리라를 맨 먼저 잠시 비추다가 해변을 따라 윌이 누운 곳까지 흘러갔다. 리라는 햇살을 따라가다가 손바닥 길이만 한 체발리어 티알리스의 모습과 마주치게 되었다. 그 작은 남자는 두 눈을 크게 뜨고 윌의 머리 옆에 서서 그들을 지켜보고 있었다.

"우리는 절대로 그들이 원하는 대로 하지 않을 거야. 그들은 우리를 따라다닐 수밖에 없어. 이제 곧 질릴 거야."

판탈라이몬은 여전히 걱정스런 표정이었다.

"그들이 우리를 붙잡고 독침으로 위협하면, 윌은 그들이 시키는 대로 해야 할 거야."

리라는 그 문제에 대해 생각해 보았다. 그러자 콜터 부인이 고통스러워하며 비명을 질러 대던 광경이 생생히 떠올랐다. 독이 핏속으로 들어가자 그녀는 눈알이 돌아가며 마구 경련을 일으켰고, 황금 원숭이는 넋이 나가 침만 질질 흘렸다. 그런데 티알리스 말로는 살짝 찌른 거라고 했다. 그 독침으로 위협하면 윌은 시키는 대로 해야 할 것이다.

"하지만 그래도 윌이 자기들 말을 듣지 않을 거라고 생각한다면, 그러니까 윌이 너무 냉정해서 우리가 죽는 것을 보고만 있을 거라고 생각한다면, 그들은 그런 짓을 안 할 거야. 윌이 냉정한 아이처럼 구는 게 좋겠어."

리라는 알레시오미터를 가지고 왔다. 이젠 날이 충분히 밝았기 때문에, 그녀는 사랑스런 알레시오미터를 꺼내 무릎 위에 깔아 놓은 검은 벨벳 위에 올려놓았다. 그리고 조금씩 무아지경으로 빠져 들어갔다. 의미의 여러 층이 명확해지면서 그것들이 거미줄처럼 복잡하게 연결되어 있는 것을 느낄 수 있었다. 리라의 손가락들이 그 상징들을 찾아내자, 그녀의 마음은 말했다. 어떻게 하면 저 스파이들을 없애 버릴 수 있지?

알레시오미터 바늘들이 그 어느 때보다 빨리 움직이기 시작했다. 너무 빨라서 처음에는 몇 번 돌아가고 몇 번을 멈췄는지 놓칠까 봐 겁이 났다. 하지만 무의식중에 그녀는 정확하게 세고 있었고, 그 움직임의 의미가 선명해졌다. 알레시오미터는 이렇게 말했다. 꿈도 꾸지 마. 너희들의 목숨은 그들 손에 달려 있어.

놀랍고도 기분 나쁜 소리였다. 리라는 계속해서 물었다. 저승으로 가려면 어떻게 해야 되지?

대답이 나왔다. 내려가. 만단검을 따라서. 앞으로 나아가. 만단검을 따라서.

리라는 약간 머뭇거리다가 마지막으로 물었다. 우리가 옳은 일을 하고 있는 거니?

그래. 알레시오미터는 바로 대답했다. 그래.

무아지경에서 깨어난 리라는 한숨을 내쉬었다. 그러고는 얼굴과 어깨 위를 비추는 따뜻한 햇살을 느끼며 머리카락을 귀 뒤로 넘겼다. 이제 이 세계에서도 소리가 들리기 시작했다. 곤충들이 울기 시작하고 미풍이 모래언덕에 자란 마른 풀을 살랑살랑 흔들어 대고 있었다.

리라는 알레시오미터를 챙겨 넣고 윌에게 돌아갔다. 판탈라이몬은 갈리베스피인의 기를 죽이려고 몸을 커다랗게 부풀려 사자로 변했다.

작은 남자는 공명기를 만지작거리고 있었다. 그가 일을 끝내자 리라가 물었다.

"아스리엘 경에게 메시지를 보냈나요?"

"아니, 그의 요원한테."

체발리어 티알리스가 말했다.

"우리는 안 갈 거예요."

"그 말을 전한 거야."

"그가 뭐라고 하던가요?"

"그 말까지 너한테 해 줘야 되나?"

"싫으면 말구요. 저 여자 분하고는 결혼한 사이예요?"

"아니. 우린 그냥 동료일 뿐이야."

"아이는 있어요?"

"아니."

티알리스가 천연자석 공명기를 챙겨 넣자, 곁에서 자고 있던 레이디 살마키아가 깨어났다. 그녀는 우아하게 몸을 일으키고 앉았다. 그녀가 누웠던 모래 위에 조그맣게 자국이 남았다. 그들이 타고 다니는 잠자리들은 아직 잠에서 깨지 않았다. 그들은 거미줄처럼 가느다란 줄에 묶여 있고, 날개는 이슬에 젖어 있었다.

"당신들 세계에도 몸집이 큰 사람들이 있나요? 아니면 모두 당신들처럼 작은가요?"

리라가 물었다.

"우리는 큰 사람들을 다루는 방법을 잘 알고 있지."

티알리스가 엉뚱한 대답을 했다. 그러고는 조용히 살마키아와 얘기를 나누었다. 소리가 아주 작아서 리라의 귀에는 들리지 않았다.

하지만 그들이 목을 축이기 위해 풀잎에 맺힌 이슬방울을 찔끔찔끔 마시는 모습은 아주 재미있었다. 그들에게 물은 좀 다를 것이었다.

"네 주먹만 한 물방울이 있다고 생각해 봐! 저 사람들은 그 안으로 들어가지도 못할걸. 그 표면이 고무풍선처럼 탄력이 있으니까."

리라는 낮은 소리로 판탈라이몬에게 속삭였다.

그때 윌이 잠에서 깨어나 기진맥진한 몸을 일으켰다. 그는 눈을 뜨자마자 갈리베스피 부족인을 찾았다. 갈리베스피 부족인도 즉시 그를 돌아보았다.

윌은 고개를 돌려 리라를 보았다.

"윌, 할 말이 있어. 저쪽으로 좀 가."

그러자 티알리스가 또렷한 목소리로 말했다.

"우리가 없는 곳으로 가려면 그 칼은 두고 가, 윌. 그러기 싫으면 여기서 말하든가."

"개인적인 얘기도 못 하나요?"

리라는 화를 내며 말했다.

"우리 말을 당신들이 엿듣지 않았으면 좋겠어요!"

"그럼 멀리 가서 얘기해. 칼은 여기 두고."

주위에는 아무도 없었고, 갈리베스피 부족인은 결코 만단검을 사용하지 않을 것이었다. 윌은 배낭에서 물병과 비스킷 두어 개를 꺼냈다. 그중 하나를 리라에게 건넨 후 그는 그녀와 함께 경사진 모래언덕으로 올라갔다.

"알레시오미터한테 물어봤어."

리라가 말했다.

"저 작은 사람들한테서 도망치지 말라고 했어. 저들이 우리 목숨을 구해 줄 거래. 어쩔 수 없이 저 사람들과 함께 다녀야 할 것 같아."

"우리가 하려는 일을 저들에게 말했어?"

"아니야!"

리라는 펄쩍 뛰었다.

"앞으로도 말 안 할 거야. 아스리엘 경에게 모두 보고할 테니까. 그러면 아스리엘 경은 당장 그곳으로 달려와 우리를 막을걸? 그러니까 그냥 가야 해. 그들 앞에서는 입도 벙긋하면 안 된다구."

"하지만 저들은 스파이야."

월이 지적했다.

"엿듣고 숨는 데는 도사들이라구. 그러니까 아예 그 얘기는 꺼내지 않는 게 좋아. 어디로 가야 할지는 알고 있으니까 입 꼭 다물고 그냥 가자구. 그러면 저 사람들도 참고 따라올 수밖에 없을 거야."

"지금은 이렇게 멀리 떨어져 있는데 설마 우리 말을 못 듣겠지. 월, 알레시오미터에게 그곳에 가는 방법도 물어봤어. 만단검을 따라가래. 그렇게만 말했어."

"쉬운 것처럼 들리지만 그렇지 않을 거야. 이오레크가 내게 뭐라고 했는지 아니?"

"아니. 이오레크는 이 일이 네게 너무 힘들 거라고 했어. 하지만 넌 해낼 수 있을 거라고 했어. 이유는 말해 주지 않았지만."

"내가 엄마 생각을 했기 때문에 만단검이 부러진 거래. 그래서 난 마음속에서 엄마 생각을 떨쳐 버려야 해. 그런데 생각하지 말라면 더 생각나는 거 있지……."

월은 표정이 어두워졌다.

"그래도 어젯밤은 잘했잖아."

리라가 말했다.

"그래, 너무 피곤해서 그랬던 것 같아. 그건 그렇고, 만단검을 따라가라고?"

"그렇게만 말했어."

"그럼 이제 가는 게 좋겠어. 그런데 먹을 게 별로 안 남았어. 빵이나 과일 같은 걸 구해야겠는데. 먼저 음식을 구할 수 있는 세계를 찾아서 가 보자."

"좋아."

리라는 긴 잠에서 깨어나 윌과 함께 다닐 수 있게 된 것이 말할 수 없이 기뻤다.

그들은 다시 스파이들에게로 돌아갔다. 갈리베스피인들은 등에 꾸러미를 지고 만단검 옆에 바짝 긴장해서 앉아 있었다.

"너희들이 뭘 하려는 건지 알아야겠어."

살마키아가 말했다.

"글쎄요, 어쨌거나 아스리엘 경한테는 안 갈 거예요. 그보다 먼저 해야 할 일이 있거든요."

윌이 대답했다.

"그냥 말해 주지 그래? 어차피 우리는 막을 수 없으니까."

"안 돼요."

리라는 고개를 저었다.

"당신들은 아스리엘 경에게 모두 고자질할 테니까요. 그러니까 묻지 말고 그냥 따라오기나 하세요. 싫으면 언제든 당신들 세계로 돌아가도 되구요."

"그렇게는 못 해."

티알리스가 단호하게 말했다.

그러자 윌이 나섰다.

"그렇다면 먼저 우리한테 뭔가 중요한 걸 넘겨요. 당신들은 스파이라 거짓말을 잘하잖아요. 당신들의 일이 그러니까요. 당신들을 믿어도 된 다는 확신이 필요해요. 어젯밤에는 너무 피곤해서 그 점을 생각 못 했 어요. 당신들은 우리가 잠들었을 때 독침을 찔러 꼼짝 못하게 해 놓고, 공명기로 아스리엘 경을 부를 수도 있잖아요. 아주 쉬운 일이죠. 그러 니까 당신들이 그런 짓을 안 할 거라는 확신을 줄 뭔가가 필요해요. 말 로만 하는 약속으로는 안 되겠어요."

치욕적인 제안에 갈리베스피인들은 몸을 떨었다.

티알리스가 마음을 가라앉히고 말했다.

"너희들의 일방적인 요구만 들어줄 순 없어. 그러자면 우리 요구도 들어줘야지. 너희들이 하려고 하는 일이 뭔지 말해 주면, 천연자석 공 명기를 너희들한테 맡길게. 내가 메시지를 보낼 때만 돌려주면 돼. 하 지만 너희들 모르게 사용하지는 않겠어. 그럼 이제 너희들이 어디로 가 는지, 그 이유가 뭔지 말해."

윌과 리라는 서로 눈빛을 주고받은 후 결정을 내렸다.

"좋아요. 그 정도면 공평한 것 같으니 말해 드리죠."

리라가 말했다.

"우리가 가려는 곳은 죽은 사람들의 세계라는 저승이에요. 그곳이 어 딘지는 모르지만, 이 만단검이 찾아낼 거예요."

두 스파이는 입을 딱 벌리고 믿을 수 없다는 표정을 지었다. 먼저 살 마키아가 눈을 깜박이며 입을 열었다.

"그건 말도 안 돼. 죽으면 그걸로 끝이야. 죽은 사람들의 세계 같은 건 없다구."

"나도 그렇게 생각했었어요."

윌이 말했다.

"하지만 지금은 잘 모르겠어요. 어쨌든 이 만단검으로 찾을 수 있을 거예요."

"그런데 왜 가려는 거야?"

살마키아가 따지고 들었다.

리라가 윌을 돌아보자 그는 고개를 끄덕였다.

"내가 윌을 만나기 전에, 그리고 동굴에서 잠들기도 전에 있었던 일이에요. 나는 로저라는 아이를 위험에 빠뜨려서 결국 죽게 만들었어요. 그 애를 구해 주려고 하다가, 더 안 좋게 되어 버린 거죠. 그런데 동굴에서 깊은 잠에 빠져 있을 때 그 친구 꿈을 꿨어요. 그리고 생각했죠. 그 아이가 있는 곳으로 가서 미안하다고 사과하면 마음의 빚을 갚을 수도 있겠다고 말예요. 그리고 윌은 자기 아빠를 찾고 싶어 해요. 얼마 전에 만나자마자 아빠가 돌아가셨거든요. 아스리엘 경은 그런 일 따윈 안중에도 없을 거예요. 콜터 부인도 마찬가지구요. 만약 우리가 아스리엘 경에게 간다면, 그분이 원하는 대로만 해야겠죠. 그분은 로저에 관해서는 신경 쓰지도 않을 거예요. 아스리엘 경한테는 아무것도 아닌 일이니까요. 하지만 나한테는 중요해요. 우리에게는요. 그래서 하려는 거예요."

"애야, 죽으면 끝이야."

티알리스가 리라를 달래듯 말했다.

"또 다른 삶 따윈 없어. 너도 죽음이 어떤 건지 봤잖아. 시체들도 보고, 그리고 데몬이 죽으면 어떻게 되는지도 봤잖아. 그냥 사라져 버린다구. 그런데 뭐가 남아 그런 세계가 있겠어?"

"우리가 가서 그걸 알아낼 거예요."

리라가 말했다.

"이젠 모두 말했으니까 그 천연자석 공명기는 내게 맡겨야죠?"

리라가 손을 내밀자 표범으로 변한 판탈라이몬은 공명기를 빨리 내놓으라는 듯 꼬리를 천천히 휘둘렀다. 티알리스가 꾸러미 속에서 공명기를 꺼내 리라의 손바닥에 올려놓았다. 그것은 의외로 무거웠다. 리라에게 짐이 될 정도는 아니었지만, 티알리스의 엄청난 힘을 알 만했다. 티알리스가 물었다.

"거기까지 가는 데 시간이 얼마나 걸릴까?"

"몰라요."

리라가 대답했다.

"우리도 그곳에 대해서 아는 게 없어요. 당신들만큼이나요. 가 보면 알겠죠 뭐."

그러자 윌이 말했다.

"먼저 물과 먹을 걸 구해야 해요. 가져가기 쉬운 걸로요. 그런 것들이 있을 만한 세계를 찾을 거예요. 그다음에 출발하기로 하죠."

티알리스와 살마키아는 땅 위에 앉아 날개를 떨고 있는 각자의 잠자리에 올라탔다. 그 거대한 곤충들은 날고 싶어 안달이었지만, 조종사들이 완벽하게 제어하고 있었다. 환한 대낮에 잠자리들을 처음 본 리라는 그들의 몸에 놀랄 만큼 아름다운 회색 비단 고삐와 은색 등자쇠, 자그마한 안장 등이 채워져 있는 것을 알게 되었다.

윌은 막상 만단검을 들자 자신이 살던 세계를 보고 싶은 유혹을 강하게 느꼈다. 아직도 신용카드를 갖고 있으니 그곳에서 즐겨 먹던 음식들도 살 수 있을 테고, 쿠퍼 부인에게 전화해서 엄마 소식을 물어볼 수도 있을 것이었다.

갑자기 만단검에서 못으로 거친 돌멩이를 긋는 듯한 소리가 났다. 윌은 심장이 멎는 듯한 두려움을 느꼈다. 또 만단검이 부러지면 정말 끝장이다.

잠시 후 그는 다시 시도해 보았다. 엄마 생각을 억지로 밀어내는 대신, 그래, 엄마는 거기에 계셔, 하지만 이 일을 하는 동안에는 그쪽을 쳐다보지도 않겠어, 이런 생각을 했다.

그러자 이번에는 제대로 되었다. 새로운 세계를 찾은 월은 창을 만들었다. 그리고 잠시 후 그들은 네덜란드나 덴마크 같은 북유럽 지역의 어느 깨끗하고 부유한 농가 마당에 서 있었다. 돌로 포장된 마당은 깨끗하게 치워져 있었고, 일렬로 늘어선 마구간 문은 모두 열려 있었다. 안개 낀 하늘에는 태양이 떠 있고, 퀴퀴한 냄새와 함께 뭔가 타는 듯한 냄새가 났다. 어디서도 인기척은 들리지 않았고, 마구간 쪽에서 윙윙거리는 소리만 들렸다.

마구간을 살펴보고 온 리라의 얼굴이 하얗게 질려 있었다.

"저 안에……."

리라는 목에 손을 대고 마른침을 꿀꺽 삼켰다.

"말이 네 마리나 죽어 있어. 그리고 엄청난 파리 떼가……."

"저길 봐."

월이 기어드는 소리로 말했다.

"아니, 보지 마."

그러나 리라는 이미 월이 가리키는 딸기나무로 둘러싸인 채마밭으로 시선을 돌렸다. 길게 뻗은 한 남자의 다리가 보였다. 한쪽 발에만 신발이 신겨 있는 남자의 양다리가 빽빽한 관목 사이로 비어져 나와 있었다.

리라는 고개를 돌렸다. 그러나 월은 혹시 그 남자가 살아 있는지, 도움이 필요한 건 아닌지 확인하기 위해 그곳으로 다가갔다. 그러고는 불안한 표정으로 고개를 절레절레 흔들며 돌아왔다.

두 스파이는 반쯤 열린 농가의 문 근처에 가 있었다. 티알리스가 급히 되돌아와서 말했다.

"저기에서는 달콤한 냄새가 나."

그는 다시 그 문지방으로 날아갔고, 살마키아는 주위를 수색하기 시작했다.

월은 티알리스 뒤를 따라갔다. 그곳은 넓은 부엌이었다. 찬장에 흰 도자기들이 진열되어 있고 깨끗한 소나무 테이블이 있는 고풍스러운 부엌이었다. 난로 위에는 검은색 주전자가 싸늘하게 식어 있었다. 부엌 옆으로 식료품 저장실이 있었는데, 선반 두 개를 가득 채운 사과 때문에 그처럼 달콤한 냄새가 났던 것이었다. 그렇지만 그곳에도 숨 막힐 듯한 침묵이 흘렀다.

리라가 조용히 물었다.

"윌, 여기가 바로 저승이 아닐까?"

월도 똑같은 생각을 했었다. 하지만 그는 정색을 하며 말했다.

"아니, 아닐 거야. 여긴 우리가 처음 와 보는 곳일 뿐이야. 우선 가져갈 만한 음식을 모아 보자. 호밀빵도 있네. 가벼운 거니까 챙겨 가자. 음, 치즈도 있고……."

가져갈 것을 모두 배낭에 담은 후 윌은 소나무 테이블 서랍 속에 금화 한 닢을 넣어 두었다. 눈을 동그랗게 치뜨는 티알리스에게 리라가 말했다.

"음식값을 치러야죠."

그때 뒷문으로 살마키아가 들어왔다. 그녀의 잠자리는 강렬한 푸른 빛을 발산하며 테이블 위에 내려앉았다.

"사람들이 오고 있어. 무기를 가졌던데. 몇 분 후엔 여기 도착할 거야. 그리고 논밭 너머에 있는 마을 하나가 불타고 있어."

그녀의 말을 듣고 있는 그들의 귀에도 자갈밭 위를 걷는 군화 소리, 명령을 내리는 소리, 쨍그랑거리는 금속 소리들이 들렸다.

"그럼 이곳을 떠나야겠네요."

윌이 말했다. 그는 만단검 끝으로 허공을 더듬기 시작했다. 그러자 예전에 경험하지 못한 새로운 감각이 느껴졌다. 만단검은 거울처럼 매끄러운 표면을 따라 슬슬 내려가서 자를 수 있는 지점에 이르렀다. 하지만 두꺼운 천에 걸린 것처럼 쉽게 잘라지지 않았다. 간신히 창을 낸 윌은 깜짝 놀라 눈을 깜박였다. 그가 새롭게 연 세계가 지금 그들이 서 있는 세계와 세세한 부분까지 너무나도 똑같았기 때문이다.

"어떻게 된 거야?"

리라가 물었다.

스파이들은 창 너머를 바라보곤 어리둥절해졌다. 하지만 그들은 더 당황스러운 일을 당했다. 아까 공기가 칼에 저항했듯이, 이번에는 창 속의 무언가가 그들을 밀어내고 있었다. 윌은 보이지 않는 그 무엇을 밀쳐 내고 리라를 먼저 잡아당겼다. 그렇지만 갈리베스피인들은 조금도 앞으로 나갈 수 없었다. 그들은 할 수 없이 잠자리를 아이들 손 위에 앉혀야만 했다. 그래도 공기의 흐름에 역행하는 어떤 압력이 그들을 잡아당기고 있었고, 그 바람에 잠자리들의 얇은 날개가 구부러지고 뒤틀렸다. 두 갈라베스피 부족인은 잠자리들의 두려운 마음을 진정시켜 주기 위해 그들의 머리를 쓰다듬으며 끊임없이 귀엣말을 속삭여 주었다.

하지만 몇 초 동안 발버둥친 끝에 그들은 모두 창을 넘었고, 윌은 바로 그 창을 닫아 버렸다. 그러자 멀리서 들려오던 군인들의 소리도 더 이상 들리지 않았다.

"윌."

리라가 부르자 고개를 돌린 윌은 부엌 안에 그들 외에 또 한 사람이 있는 것을 발견했다.

그는 가슴이 철렁 내려앉았다. 그 사람은 바로 조금 전에 덤불 속에서 보았던, 목이 잘린 채 뻣뻣하게 죽어 있던 그 남자였다. 마른 몸집에 나이는 중년쯤 되어 보였고, 생김새를 보니 대부분을 바깥에서 지내는 것 같았다. 그는 지금 미쳤거나 아니면 충격으로 온몸이 마비된 듯했다. 흰자위가 다 드러나도록 눈을 크게 뜨고, 부들부들 떨리는 손으로 테이블 가장자리를 붙잡고 있었다. 윌은 그의 목에 아무 상처도 없는 것을 보자 기뻤다. 남자는 입을 벌려 무슨 말을 하려고 했지만 목구멍에서는 아무 소리도 나오지 않았다. 손가락으로 윌과 리라를 가리킬 뿐이었다.

리라가 말했다.

"당신 집에 함부로 들어와서 죄송해요. 하지만 병사들을 피해 도망치느라 어쩔 수 없었어요. 우리 때문에 놀라셨다면 정말 죄송해요. 전 리라예요. 얘는 윌이구요. 그리고 이 사람들도 친구예요. 이름은 체발리어 티알리스와 레이디 살마키아라고 하죠. 아저씨 이름은 뭔지, 그리고 여기가 어딘지 말씀해 주시겠어요?"

리라가 차분한 목소리로 묻자 남자는 그제야 정신을 차린 듯 잠에서 깨어난 사람처럼 몸을 부르르 떨고는 말했다.

"난 죽은 사람이야. 내 몸은 저기에 죽은 채 누워 있어. 난 내가 죽었다는 걸 알아. 그리고 너희들은 죽지 않았어. 어떻게 된 거지? 맙소사, 그들이 내 목을 베었어. 어떻게 된 거야?"

그 남자가 자신은 죽은 몸이라고 말하자 리라는 윌에게로 바짝 다가갔고, 판탈라이몬은 쥐로 변해 그녀의 가슴속으로 파고들었다. 잠자리들이 그 남자가 아주 싫은 듯 빠져나갈 곳을 찾아 부엌 안을 미친 듯이 날아다니자, 갈리베스피인들은 그들을 진정시키느라 진땀을 뺐다.

남자는 갈리베스피인들을 미처 보지 못했다. 그는 여전히 자신에게 무슨 일이 일어났는지 이해하지 못해 갈팡질팡하고 있었다.

"그럼 아저씬 유령이에요?"

윌이 조심스럽게 물었다.

그 남자가 손을 뻗었다. 윌이 그 손을 붙잡았지만 허공뿐이었다. 갑자기 바늘 같은 소름이 전신에 쫙 돋았다. 당사자인 그 남자도 겁에 질린 표정으로 자기 손을 바라보았다. 충격이 차츰 가라앉기 시작하자 그는 이제 자신의 신세가 측은한 모양이었다.

"정말 난 죽었군. 죽었어. 이젠 저승으로 가겠구나……."

"쉬이, 우리도 함께 갈 거예요. 아저씨 이름이 뭐죠?"

리라가 물었다.

"디르크 얀센이었어. 하지만 이젠…… 어떻게 해야 할지 모르겠구나…… 어디로 가야 할지도 모르겠고."

윌이 방문을 열었다. 헛간 앞마당은 똑같아 보였다. 채마밭도 그대로였다. 여전히 안개 서린 하늘 위로 햇살이 비치고 있었다. 그리고 남자의 시체도 그대로 그곳에 있었다.

더 이상 참을 수 없었던지 디르크 얀센의 목구멍에서 작은 신음 소리가 터져 나왔다. 문밖으로 쏜살같이 날아간 잠자리들은 땅을 한 번 스친 후 새보다 더 빠르게 하늘 높이 날아올랐다. 남자는 허망하게 주위를 살펴보다가 양손을 올렸다 내렸다 하면서 작은 소리로 통곡하기 시작했다.

"난 이곳에 있을 수 없어. 있을 수 없다구……. 이건 내가 살던 집이 아니야. 이건 아니야. 가야겠어."

"어디로 가려구요, 얀센 씨?"

리라가 물었다.

"길을 따라가야지. 나도 몰라. 가야 돼. 여기 있을 순 없어……."

리라의 손에 앉으려고 살마키아가 날아왔다. 잠자리가 작은 발톱으로 따끔하게 리라의 손을 집으며 내려앉자 살마키아가 말했다.

"마을에서 사람들이 몰려와. 이 남자처럼 생긴 사람들이 모두 같은 방향으로 걸어가고 있어."

"우리도 그들과 함께 가야 돼요."

윌이 배낭을 어깨에 메며 말했다.

디르크 얀센은 애써 눈길을 돌리며 자신의 시체 옆을 지나가고 있었다. 걸음걸이가 마치 술 취한 사람 같았다. 생전에는 익숙하게 지나다녔을 길일 텐데 여러 번 가다 멈추었고, 바퀴 자국이나 작은 돌부리에도 발이 걸려 휘청거렸다.

리라는 윌의 뒤를 급히 쫓아갔다. 판탈라이몬은 황조롱이가 되어 아득할 정도로 높이 날아올랐고 그 바람에 리라는 놀라서 숨이 막혔다.

"맞아."

판탈라이몬이 내려오며 소리쳤다.

"마을에서 사람들이 걸어오고 있어. 죽은 사람들이……."

곧 그 유령들이 보였다. 스무 명쯤 되는 남자와 여자, 아이들의 유령이 디르크 얀센처럼 불안하고 멍한 표정으로 걸어가고 있었다. 그들은 마을을 1킬로미터쯤 뒤로하고 서로 가까이 달라붙어 길 가운데로 걸어오고 있었다. 디르크 얀센은 그들을 보자 갑자기 비틀거리며 뛰어가기 시작했고, 유령들은 손을 내밀어 그를 환영했다.

"저 유령들은 아마 저승으로 가고 있을 거야."

리라가 말했다.

"자신들이 어디로 가고 있는지 모른다고 하더라도 말이야. 우리도 저들을 따라가는 게 좋을 것 같아."

그러자 윌이 물었다.

"이 세상에서 저들은 데몬을 갖고 있었을까?"

"잘 모르겠어. 만약 너의 세계에서 저런 사람들을 보면 유령이라는 걸 알 수 있겠어?"

"어렵겠는데. 아무튼 정상적인 사람으로는 안 보여. 우리 동네에도 저런 사람이 하나 있었어. 그 사람은 매일 낡은 비닐봉지를 들고 가게 밖을 왔다 갔다 했는데 다른 사람에게 말을 걸지도 않고 가게 안으로 들어가지도 않았어. 그 사람을 쳐다보는 사람도 없었고. 난 그가 유령일 거라고 생각했어. 저들은 그 사람과 비슷해 보여. 아마 내가 있던 세계에도 이런 유령들이 득시글거리고 있을 거야. 내가 몰라서 그렇지."

"우리 세계는 그렇지 않은 것 같아."

리라는 미심쩍은 표정을 지었다.

"어쨌든 여긴 저승이 분명해, 리라. 이들은 방금 살해된 사람들의 영혼들이고, 분명 그 군인들이 죽였을 거야. 하지만 이들이 여전히 이곳에 있는 걸 보면, 저승이란 그들이 살던 세계와 별 다를 게 없나 봐. 전혀 딴 곳일 줄 알았는데⋯⋯."

"윌, 어두워지고 있어. 봐!"

리라가 갑자기 소리치며 윌의 팔을 꽉 붙잡았다. 윌은 걸음을 멈추고 주위를 돌아보았다. 과연 그랬다. 그가 옥스퍼드에서 창을 찾아내어 치타가체라는 다른 세계로 들어갔을 때에도 이처럼 일식이 일어났다. 윌은 한낮에 수많은 사람과 함께, 밝은 햇빛이 점점 사라지고 세상이 어둑어둑해지더니 마침내 음산한 황혼이 집들과 나무와 공원을 뒤덮는 광경을 지켜보았었다. 모든 것이 대낮처럼 선명해 보였지만, 죽어 가는 태양이 모든 힘을 잃어 가고 있는 것처럼 세상을 비추는 빛은 거의 없었다.

그와 똑같은 일이 지금 벌어지고 있었다. 하지만 더 이상했다. 모든 사물의 윤곽이 흐릿해지면서 서로 분간이 안 되기 시작했다.

"우리 눈이 잘못된 것 같지는 않은데."

리라가 겁먹은 목소리로 말했다.

"우리 눈이 먼 건 아니잖아. 사물들 자체가 사라지고 있는 것 같아."

어둠이 그 세상에 스며들고 있었다. 나무와 풀의 밝은 초록빛은 칙칙한 녹색으로, 옥수수 밭의 선명한 노란색은 누르스름한 색으로, 농가의 빨간색 벽돌은 칙칙한 갈색으로…….

이제 자신들에게 점점 가까워지자 유령들도 알아차리고 불안한 듯 서로의 팔을 붙잡았다.

이런 칙칙하고 음산한 풍경 속에서 선명하게 눈에 띄는 것이라고는 눈부신 적황색과 강렬한 푸른색의 잠자리들과 티알리스와 살마키아, 윌과 리라, 그리고 황조롱이의 모습으로 그들 위를 맴돌고 있는 판탈라이몬뿐이었다.

윌과 리라는 행렬의 맨 앞으로 다가갔다. 그러자 그들이 유령인 것이 더욱 확실해졌다. 윌과 리라는 서로 바짝 붙어서 걸었지만 두려워할 필요는 없었다. 오히려 유령들이 더 무서워하며 주춤주춤 물러섰기 때문이다.

윌이 큰 소리로 말했다.

"겁내지 마세요. 우린 당신들을 해치지 않습니다. 지금 어디로 가고 있는 중이죠?"

그들은 안내자처럼 보이는 가장 나이 든 유령을 돌아보았다. 그 유령이 말했다.

"누구나 가는 곳으로 가겠지. 난들 알겠나? 그런 건 배운 기억이 없어. 그냥 길 따라 가는 거지 뭐. 거기가 어딘지는 가 보면 알게 되겠지."

"엄마, 낮인데도 왜 이렇게 어두워요?"

한 아이가 물었다.

"쉿! 애야, 칭얼거리면 안 돼."

아이의 엄마가 말했다.

"칭얼거린다고 달라지는 건 없어. 우린 죽은 거란다."

"하지만 어디 가는 거예요? 엄마, 난 죽기 싫어요."

"우린 할아버지를 만나러 가는 거야."

생각다 못해 아이의 엄마가 말했다.

그러나 그 말이 아이를 달래기는커녕 오히려 울리고 말았다. 다른 유령들이 동정 어린 눈빛으로, 혹은 화난 표정으로 그 엄마를 쳐다보았다. 하지만 그들 모자를 도와줄 방법은 없었다. 칭얼거리는 아이의 울음소리는 그칠 줄을 몰랐고, 그들은 비탄에 잠긴 채 사라져 가는 주변 풍경을 헤치고 계속 걸어갔다.

티알리스는 살마키아와 얘기를 나눈 다음 미끄러지듯 앞으로 날아갔다. 윌과 리라는 부러운 눈빛으로 그의 잠자리를 쳐다보았다. 잠자리는 밝은 빛을 내며 힘차게 날아올라 점점 작아졌다. 살마키아는 잠자리를 낮게 날려 윌의 손에 내려앉아 말했다.

"티알리스는 앞쪽에 뭐가 있는지 알아보러 갔어. 이렇게 주위가 흐려지는 건 이 유령들이 이곳을 잊어 가기 때문이라는 게 우리 생각이야. 유령들이 집에서 멀어지면 멀어질수록 이곳은 점점 더 어두워질 거야."

"하지만 유령들이 왜 다른 곳으로 이동하는 거죠?"

리라가 물었다.

"나 같으면 그냥 살던 곳에 있을 것 같은데, 이렇게 헤매다가 길이라도 잃으면 어떡해요."

그러자 윌이 자기 짐작을 말했다.

"그곳에 계속 있는 게 괴로울 수도 있어. 바로 그곳에서 죽었잖아. 그곳이 무서울 거야."

"아니, 그들은 뭔가에 이끌려 가고 있어."

살마키아가 말했다.

"어떤 본능이 그들을 끌어당기고 있는 거야."

유령들은 이제 좀 더 힘차게 걷기 시작했다. 그들의 마을은 저만치 멀어져 갔다. 하늘은 금세라도 거대한 폭풍우가 밀어닥칠 듯이 어두웠지만, 폭풍 전야에 볼 수 있는 기압의 변화 같은 것은 없었다. 유령들은 꾸준히 걸었고 그 길은 이제 거의 형태가 없어져 버린 풍경을 가로질러 앞으로 쭈욱 뻗어 있었다.

유령들은 가끔 윌이나 리라, 반짝이는 잠자리, 살마키아 등을 호기심 어린 눈으로 쳐다보기도 했다. 마침내 아까 그 나이 든 유령이 윌과 리라에게 말을 걸었다.

"얘들아, 너희들은 죽지 않았어. 유령이 아니라고. 그런데 왜 우리를 따라오는 거지?"

"우연히 이곳으로 오게 됐어요."

윌이 입을 열기도 전에 리라가 말했다.

"어쩌다 이렇게 됐는지 모르겠어요. 그 군인들한테서 도망치려다가 여기까지 오게 된 거예요."

윌이 노인 유령에게 물었다.

"당신들이 가려는 곳에 도착했다는 걸 어떻게 알아볼 거죠?"

"누가 알려 주겠지."

노인 유령은 자신 있게 말했다.

"그들은 우리를 죄인과 의인으로 나눌 거야. 이젠 기도해도 소용없어. 너무 늦었지. 살아 있을 때 기도를 했어야지, 지금은 아무 소용 없는 짓이야."

노인 유령이 어느 쪽을 원하는지는 분명하다. 또한 의인에 속하는 유령들이 그다지 많지 않을 것이란 사실도 그는 알고 있는 듯했다. 다른 유령들은 노인 유령의 말에 불안한 모양이었지만, 그가 유일한 안내자였기 때문에 군말 없이 따랐다.

그들은 계속 걸었다. 짙은 회색으로 변한 후에는 더 이상 어두워지지 않는 하늘 아래서 그들은 아무 말 없이 터벅터벅 걷기만 했다. 윌과 리라와 살마키아는 사방을 살피며 밝고 생기 있는 생명체를 찾았지만 실망만 커질 뿐이었다. 그때 작은 불빛 하나가 공기를 가르며 그들에게 날아오고 있는 게 보였다. 티알리스였다.

잠자리를 탄 살마키아가 환성을 지르며 앞으로 날아가 그를 맞았다. 두 스파이는 의논을 끝내고 재빨리 윌과 리라에게 날아왔다.

"앞에 마을이 있어."

티알리스가 말했다.

"난민 수용소처럼 보이는데 지어진 지 수백 년은 된 것 같아. 안개가 잔뜩 끼어 잘 보이진 않았지만, 그 너머로 바다나 호수 같은 게 있어. 새 우는 소리도 들렸어. 그리고 수백 명의 유령이 계속 그곳으로 몰려들고 있어. 사방 각지에서 이렇게 생긴 유령들이."

유령들도 그의 말에 귀를 기울이고 있었지만 별로 궁금해하는 것 같지는 않았다. 그들은 혼수상태에 빠진 듯 감각이라곤 없어 보였다. 리라는 그들을 흔들어 깨워서 빠져나갈 구멍이라도 한번 찾아보라고 재촉하고 싶었다.

"이 유령들을 도울 방법이 없을까, 윌?"

리라가 물었다.

윌은 아무 생각도 떠오르지 않았다. 계속 앞으로 걸어가자, 수평선 위로 뭔가가 좌우로 움직이는 것이 보였다. 그리고 칙칙한 색깔의 연기가 서서히 피어올라 어두운 대기를 더욱 음산하게 만들었다. 움직이는 것들은 모두 유령이었다. 줄을 맞춰 걷는 유령들, 무리를 짓거나 쌍쌍이 혹은 혼자서 쓸쓸히 걷는 유령들, 수천 수백의 남자와 여자, 아이들의 유령이 모두 빈손으로 연기가 피어오르는 곳을 향해 묵묵히 걷고 있었다.

길은 내리막으로 향했고, 걸음을 옮길수록 주위는 점점 더 쓰레기장처럼 변해 갔다. 공기는 후텁지근하고 연기와 온갖 냄새로 가득했다. 화학 약품이나 썩어 가는 야채, 하수구의 오물 냄새 같은 것들이 코를 찔렀다. 아래쪽으로 내려가면 내려갈수록 악취는 더욱 심해졌다. 오염되지 않은 땅은 한 구석도 없었다. 자라고 있는 식물이라고는 무성한 잡초와 허옇게 시든 풀밖에 없었다.

그들 앞으로 보이는 물가 위로 안개가 자욱하게 끼어 있었다. 안개는 어두컴컴한 하늘과 합치려는 듯 절벽처럼 피어올랐고, 티알리스가 말한 새 울음소리가 어디선가 들려왔다.

쓰레기 더미와 안개 사이로 죽은 이들의 첫 번째 마을이 나타났다.

리라의 죽음

> 나는 친구에게 화가 났다.
> 나는 내 분노를 이야기했고 내 분노는 끝났다.
> – 윌리엄 블레이크 –

　폐허 곳곳에서 불길이 치솟고 있었다. 거리도 광장도 없어져 버린 마을은 혼란 그 자체였다. 몇몇 교회나 공공 건물이 그 폐허 속에서 버티고 있었지만, 지붕에는 구멍이 뚫리고 벽은 갈라졌으며 큰 주랑 하나는 기둥이 완전히 무너져 내려 있었다. 석조 건물들 뼈대 사이로 오두막과 판잣집들이 미로처럼 어지럽게 흩어져 있고 그 주변에는 찌그러진 석유 깡통이나 과자통, 찢겨 나간 비닐 시트, 베니어 판과 판자 조각들이 널브러져 있었다.

　유령들은 서둘러 마을 안으로 들어갔다. 사방에서 몰려드는 유령들이 얼마나 많은지, 그 모습이 마치 모래시계 구멍 밑으로 졸졸 빠지는 모래알처럼 보였다. 유령들은 그곳이 어딘지 정확히 알고 있는 것처럼 머뭇거림 없이 곧장 그 혼란스럽고 황폐한 마을로 걸어 들어갔다. 리라와 윌이 그들을 따라 들어가려고 하는 순간 판자를 너덕너덕 댄 출입구에서 누군가 걸어 나와 그들 앞을 가로막았다.

"잠깐, 잠깐만!"

그의 등 뒤로 불빛이 어슴푸레하게 빛나고 있어서 생김새를 알아보기는 쉽지 않았다. 하지만 분명 유령은 아니었다. 그는 그들처럼 살아 있는 사람이었다. 깡마른 체격에 나이는 짐작하기 힘들었고, 칙칙한 황갈색의 해진 양복을 입고 있었다. 그리고 손에는 연필 한 자루와 종이 뭉치를 끼운 클립보드를 들고 있었다. 그가 나온 건물은 통행인이 거의 없는 국경 지방의 초소 같은 모양을 하고 있었다.

"여긴 뭐 하는 곳이에요? 우린 왜 들어갈 수 없죠?"

윌이 물었다.

"너희들은 죽지 않았잖아."

그 남자는 귀찮다는 듯이 대답했다.

"너희들은 저기 대기 지역에서 기다려. 이 길로 쭉 가다가 왼쪽으로 꺾으면 건물 하나가 있어. 이 종이를 그 문 앞에 있는 관리에게 보여 주면 돼."

"잠시만요."

리라가 말했다.

"하나 여쭤 보고 싶은데요. 우리가 죽지 않았다면 어떻게 여기 올 수 있었겠어요? 여긴 저승이잖아요, 안 그래요?"

"여긴 저승 변두리야. 가끔 죽지 않은 사람들도 실수로 오곤 하지. 저승에 가려면 저 대기 지역에서 기다려야 해."

"얼마나요?"

"죽을 때까지지 뭐."

윌은 머리가 아찔해졌다. 리라가 따지려고 하자 그가 재빨리 먼저 말했다.

"그럼 어떻게 되는 건지 설명 좀 해주시겠어요? 그러니까 여기 온 유령들은 영원히 이 마을에 머물게 되나요?"

"아니, 그렇지 않아. 여기는 저승으로 가기 전에 거치는 항구일 뿐이지. 그들은 배를 타고 더 먼 곳까지 가야 해."

"어디로요?"

월이 다시 물었다.

"그건 나도 잘 몰라."

관리인은 입술 끝을 당기며 쓴웃음을 지었다.

"이제 그만 가 보지 그래. 대기 지역에서 기다려."

월은 관리인이 내미는 서류를 받아 들고 리라와 함께 길을 따라갔다.

스파이들을 태운 잠자리들도 이제는 천천히 날고 있었다. 티알리스가 잠자리들을 좀 쉬게 해야겠다고 말하자 월은 잠자리들을 자기 배낭 위에 앉게 했다. 스파이들은 리라의 어깨 위에 앉았다. 표범으로 변한 판탈라이몬은 질투의 눈빛으로 그들을 노려보았지만 조용히 있었다. 초라한 판잣집들과 오물 웅덩이들을 지나 그들은 계속 걸어갔다. 마을로 들어오는 유령들의 행렬은 물 흐르듯 끝없이 이어지고 있었다.

"우리도 저들처럼 그 호수를 건너야 해."

월이 말했다.

"어쩌면 대기 지역에 있는 유령들이 그 방법을 가르쳐 줄지도 몰라. 그렇게 화를 낼 것 같진 않아. 아무튼 위험하지 않을 거야. 참 이상해. 그리고 이 서류들은······."

그것은 그저 공책에서 찢어 낸 종이들이었다. 연필로 휘갈겨 쓴 글자들 위에 ×자로 지운 표시가 있었다. 이 사람들은 마치 게임을 하고 있는 것 같았다. 여행자들이 그들에게 도전을 하거나, 아니면 굴복하고 한번 크게 웃고 마는 것을 보려고 기다리기라도 하는 것 같았다. 하지만 이 모든 것은 현실처럼 보였다.

날이 어두워지면서 바깥 공기도 점점 차가워졌다. 시간이 얼마나 흘렀는지 짐작할 수도 없었다. 반 시간 정도, 어쩌면 한 시간 정도는 걸었을 거라고 리라는 생각했다. 그렇지만 주위의 풍경은 달라진 것 없이 그대로였다. 그들은 조금 전의 관리가 있던 건물과 비슷한 작은 판잣집에 이르렀다. 문가에는 벗겨진 전선에 매달린 전구가 희미하게 빛나고 있었다.

그들이 다가가자 아까의 그 관리와 비슷한 옷차림을 한 사내 하나가 손에 버터 바른 빵 조각을 쥐고 건물 밖으로 나왔다. 그리고 말 한 마디 없이 서류를 살펴보더니 고개를 끄덕였다.

그가 서류를 돌려준 다음 안으로 들어가려고 하자 윌이 물었다.

"저, 실례지만 우린 어디로 가야 하죠?"

"가서 지낼 만한 장소를 찾아봐."

그는 그다지 퉁명스럽지 않게 대답했다.

"가서 물어봐. 여기 있는 사람들도 모두 너희처럼 기다리고 있는 중이니까."

관리인은 건물 안으로 들어가면서 찬 공기가 들어오지 않게 문을 꼭 닫았다. 그들은 산 사람들이 있는 판자촌 가운데로 들어갔다.

그곳은 마을의 중심 지역과 아주 비슷했다. 플라스틱이나 골판 함석으로 덧대어 열두 번도 더 손봤음직한 누추하고 작은 오두막들이 진흙탕 골목길을 따라 다닥다닥 붙어 있었다. 여기저기 설치된 받침대에서 늘어져 내린 전선들이 오두막들 위로 매달린 한두 개의 알전구에 전기를 공급하고 있었다. 하지만 그곳을 밝히고 있는 것은 대부분 여기저기서 타오르고 있는 불길이었다. 마치 거대한 화재 이후에 오직 순수한 악의 하나만으로 살아남아 타오르는 마지막 불꽃처럼, 검은 연기와 함께 시뻘건 화염이 건물의 잔해 위로 치솟고 있었다.

윌과 리라와 갈리베스피인들이 가까이 다가가 보니, 그곳에는 더 많은 사람이 모여 있었다. 그들은 어둠 속에 혼자 앉아 있거나, 벽에 기대 있거나 몇 명씩 둘러앉아 조용히 얘기를 나누고 있었다.

"저 사람들은 왜 건물 안으로 안 들어가지? 이렇게 추운데."

리라가 물었다.

"저들은 사람이 아니야."

레이디 살마키아가 말했다.

"그렇다고 유령이라고 할 수도 없지. 이것도 저것도 아니야. 그게 뭔지는 나도 잘 모르겠어."

그들은 맨 앞 판잣집으로 걸어갔다. 찬바람에 살살 흔들리는 전선에 매달린 전구들이 희미한 빛을 내고 있어 별로 어둡지 않았다. 윌은 벨트에 찬 만단검으로 손을 가져갔다. 한 무리의 형체들이 집 밖에 쪼그리고 앉아 주사위를 굴리고 있었다. 그들이 다가가자 그 형체들은 자리에서 일어섰다. 다섯 명 모두 남자였지만 얼굴은 어둠에 가려 잘 보이지 않았고, 누추한 옷차림을 하고 아무 말도 하지 않았다.

"이 마을의 이름이 뭐죠?"

윌이 그들에게 물었다.

아무도 대답하지 않았다. 몇 명은 뒤로 한 걸음 물러서기까지 했다. 그들은 두려운지 서로 바짝 붙어 섰다. 리라는 오싹한 느낌이 들었다. 자기도 모르는 사이에 양팔에 소름이 돋았다. 셔츠 안에 있던 판탈라이몬이 몸을 떨며 속삭였다.

"안 돼, 리라. 그냥 가자. 제발 되돌아가자, 응?"

그들은 꼼짝 않고 있었다. 윌은 어깨를 으쓱하고는 앞으로 다가가며 말했다.

"안녕하세요, 여러분?"

누구에게 말을 걸어도 모두 똑같은 반응을 보이자 윌과 리라는 점점 두려워졌다.

"윌, 저들은 혹시 스펙터가 아닐까?"

리라가 나지막이 속삭였다.

"이젠 우리도 스펙터들을 볼 수 있을 만큼 나이를 먹은 게 아닐까?"

"그건 아닌 것 같아. 만약 그렇다면 우릴 공격하겠지. 하지만 우리를 무서워하고 있잖아. 저들이 뭔지 잘 모르겠어."

문이 하나 열리고 진흙 땅 위로 빛이 쏟아졌다. 진짜 사람인 남자 하나가 문 앞에 서서 윌과 리라가 다가오는 것을 지켜보았다. 문 주위에 있던 형체들은 마치 경의를 표하듯 한두 걸음 뒤로 물러섰다. 그 남자의 얼굴은 둔해 보이고 순진하고 온화했다.

"너희들은 누구니?"

그 남자가 물었다.

"여행 중인데, 여기가 어딘지 모르겠어요. 이 마을은 어떤 곳이죠?"

윌이 말했다.

"여긴 대기 지역이야. 너희들 멀리서 왔니?"

"예. 아주 먼 길을 걸어왔어요. 그래서 지칠 대로 지쳤구요. 음식과 잠자리를 좀 구할 수 있을까요?"

남자는 그들 뒤쪽의 어둠 속을 살핀 다음, 문밖으로 나와 마치 누군가를 찾는 것처럼 두리번거렸다. 그러고는 옆에 서 있는 그 이상한 형체들에게 물었다.

"그대들은 죽음을 봤나?"

그러자 이상한 형체들은 일제히 고개를 가로저었다. 그들이 "아뇨, 아뇨, 못 봤어요."라고 중얼거리는 소리가 들렸다.

그 남자가 돌아섰다. 그의 등 뒤에서 문밖으로 내다보고 있는 얼굴들이 있었다. 한 여자와 두 아이들, 그리고 또 다른 한 남자, 그들은 모두 불안하고 두려운 표정을 하고 있었다.

"죽음이라고요?"

월이 물었다.

"우린 죽음 같은 건 데려오지 않았어요."

그러나 그들은 바로 그것을 걱정하고 있는 듯했다. 월의 그 말에 살아 있는 그 집 사람들은 질겁했고, 바깥에 있던 형체들조차 움츠러들었다.

"저기요."

마치 조던 대학의 가정부가 지켜보고 있기라도 한 것처럼 리라는 아주 예의 바르게 앞으로 걸어 나와 말했다.

"잘 몰라서 여쭙는 말씀인데 혹시 여기 이 남자 분들, 모두 돌아가신 분들인가요? 무례한 질문이라면 용서하세요. 하지만 우리가 살던 세계에서는 이런 분들을 한 번도 뵌 적이 없거든요. 그곳에선 모든 사람이 데몬을 갖고 있어요. 없는 사람이 없죠. 그래서 데몬이 없는 사람을 보면, 당신이 우릴 보고 놀라는 것처럼 우리도 깜짝 놀랄 거예요. 그리고 월과 나는 지금 여행을 하고 있는 중이에요. 아, 쟤가 월이고, 난 리라예요. 나는 월을 만나고서야 데몬이 없는 사람도 있다는 걸 알게 됐어요. 맨 처음엔 무서웠지만, 그들도 나처럼 정상적인 사람이라는 걸 알게 됐죠. 어쩌면 당신들도 우리가 이곳 세계의 사람들과 다르다고 생각하기 때문에 두려울 거예요."

그 남자가 물었다.

"월과 리라라고?"

"예, 맞아요."

리라는 공손하게 대답했다.

"저들이 너희들의 데몬이냐?"

남자는 리라의 어깨 위에 앉아 있는 스파이들을 가리켰다.

"아뇨."

리라는 '우리 하인들이에요'라고 말하고 싶었지만 윌이 뭐라고 할 것 같아 꾹 참았다.

"친구들이에요. 체발리어 티알리스와 레이디 살마키아라고 해요. 아주 능력 있고 현명한 사람들이죠. 그리고 이게 바로 제 데몬이에요."

리라는 주머니에서 쥐로 변한 판탈라이몬을 꺼내 보였다.

"보시다시피 착하게 생겼죠. 우린 당신들을 해치지 않아요. 그리고 지금 우리한텐 먹을 것과 잠잘 곳이 필요해요. 내일은 떠날게요. 약속해요."

리라의 공손한 말투에 남자의 불안한 마음이 약간 누그러진 것 같았다. 스파이들도 눈치 빠르게 겸손하고 착한 표정을 지었다. 잠시 후 남자가 말했다.

"글쎄, 좀 이상하긴 하지만…… 뭐 시대가 워낙 이상하니까. 이리 들어오렴. 어서 들어와."

밖에 있던 형체들도 고개를 끄덕였고, 그들 중 한두 명은 목례를 보냈다. 윌과 리라가 밝고 온기 가득한 집 안으로 들어가자 그들은 옆으로 비켜 주었다. 그들이 들어오자 남자는 문을 닫은 다음 갈고리 모양의 철사를 못에 걸어 문을 잠갔다.

그곳은 단칸방이었다. 테이블 위에는 나프타 램프가 켜져 있고, 깨끗하지만 초라한 방이었다. 벽면을 감싸고 있는 베니어 판에는 영화잡지에서 찢은 사진들이 붙어 있고 검은 손자국이 여기저기 찍혀 있었다. 한쪽 벽을 차지한 철제 스토브 앞에는 때묻은 셔츠가 빨래걸이에 김을 내며 걸려 있었다. 그리고 화장대 위에는 조화(造花)와 바닷조개, 색깔

있는 향수병들, 그리고 온갖 잡동사니를 모아 놓은 성단이 있었는데, 그 가운데에는 중산모에 색안경을 쓴 멋진 해골 사진이 놓여 있었다.

그 판잣집 안은 참 혼잡했다. 남자와 여자, 두 명의 아이 외에도 유아용 침대에 누워 있는 아기, 그 남자보다 늙어 보이는 남자가 한 사람 더 있었다. 그리고 담요가 여러 장 쌓여 있는 구석 자리에도 늙은 여자가 드러누워 반짝이는 눈으로 그들을 지켜보고 있었다. 노파의 얼굴은 담요만큼이나 주름져 있었다.

노파를 바라보던 리라는 깜짝 놀랐다. 담요가 움직이더니 검은색 소매 속에서 가느다란 손이 나오고 또 다른 사람, 어떤 남자의 얼굴이 불쑥 나타났기 때문이다. 그 사람은 너무나 늙어서 해골처럼 보였다. 사실 그 노인은 살아 있는 인간이라기보다는 사진 속의 해골과 닮아 있었다. 그제야 윌도 그 사람을 보았고, 일행은 그 노인이 바깥에 있는 유령 모습의 형체라는 것을 알고 무척 당황했다.

자고 있는 아기를 제외한, 비좁은 판잣집 단칸방에 빽빽이 들어앉은 사람들은 무슨 말을 해야 좋을지 몰라 서로 눈치만 보고 있었다. 맨 처음 말을 꺼낸 사람은 리라였다.

"안녕하세요? 친절히 맞아 주셔서 고맙습니다. 여기 있게 되어서 정말 기뻐요. 그리고 아까도 말씀 드렸지만, 죽음을 데리고 오지 않아 죄송해요. 그게 정상이라면 말이죠. 우린 저승으로 가던 중에 우연히 여기로 오게 됐어요. 하지만 여기가 어딘지, 저승으로 가려면 어디로 가야 하는지, 아는 게 하나도 없답니다. 혹시 아시는 게 있으면 어떤 말씀이라도 좋으니 해 주시면 정말 고맙겠어요."

사람들은 여전히 멀뚱멀뚱 쳐다보고만 있었지만 리라의 말로 분위기가 한결 부드러워졌다. 여주인이 윌에게 앉으라며 의자를 내주었다. 윌과 리라는 곤히 잠든 잠자리들을 어두운 구석의 선반 위에 올려놓았다.

티알리스는 잠자리들이 내일 낮까지 쉬어야 한다고 말하고는 살마키아와 함께 테이블에 앉았다.

여주인은 스튜를 끓이고 있는 중이었다. 그녀는 감자 두어 개를 벗겨서 잘라 넣은 다음 푹 익혔다. 그녀는 남편에게 음식이 준비될 때까지 이 여행자들한테 간식이라도 대접하라고 일렀다. 그는 코를 찌르는 투명한 술 한 병을 내놓았는데, 리라는 그 냄새가 집시들의 술과 비슷하게 느껴졌다. 두 스파이는 술을 한 잔 받더니 가지고 다니는 용기로 조금씩 떠서 마셨다.

리라는 방 안 사람들이 모두 갈리베스피 부족인을 쳐다볼 거라고 예상했지만, 정작 그들이 호기심을 보이는 대상은 윌과 리라였다. 리라는 주저 없이 그 이유를 물었다.

"죽음을 데려오지 않은 사람은 너희들이 처음이야."

피터라고 이름을 밝힌 남자가 말했다.

"우리가 여기 도착한 이후로 말이지. 우리도 너희들과 같아. 죽기도 전에 우연한 사고로 이곳에 왔거든. 죽음이 때가 되었다고 알려 줄 때까지 여기서 기다려야 해."

"죽음이 알려 준다구요?"

리라는 눈이 휘둥그레져서 물었다.

"그래. 여기 와서 알게 된 것은, 아, 우리한테는 이미 오래전 일이지. 우리가 항상 죽음과 함께 다닌다는 사실이야. 그걸 이곳에서야 알았어. 늘 죽음과 함께 있으면서도 그걸 몰랐던 거야. 봐, 모든 사람은 죽음을 갖고 있어. 평생 동안 그 사람 옆에 바짝 붙어 다니는 것이 바로 죽음이란 말이야. 우리들의 죽음은 바깥에서 바람을 쐬고 있어. 조금 있다가 여기로 들어올 거야. 저 할머니의 죽음은 지금 할머니와 함께 있어. 가까운 곳에 있지, 아주 가까운 곳에."

"죽음이 항상 가까이 있는데 두렵지 않나요?"

리라가 물었다.

"뭐가 두려워? 죽음이 가까이 있으면 오히려 지켜볼 수가 있잖아. 어디에 있는지도 모르면 훨씬 더 두려울 거야."

"모든 사람이 자신의 죽음을 가지고 있단 말이에요?"

윌이 놀라며 물었다.

"바로 그거야. 네가 태어나는 순간 네 죽음도 너와 함께 세상에 들어오는 거야. 너를 그 세상 밖으로 데리고 나가는 것도 바로 죽음이고."

"아, 그게 바로 우리가 알고 싶은 거예요. 우리는 저승을 찾아가려고 하는데, 어떻게 가는지 모르거든요. 그러면 우린 어디로 가야 하고, 언제 죽나요?"

"죽음이 네 어깨를 툭 치거나 손을 잡으면서 '자, 따라와. 이제 시간이 됐어.'라고 말할 거야. 네가 고열에 시달릴 때, 마른 빵을 먹다가 목이 막혔을 때, 혹은 높은 건물에서 떨어질 때 그런 일을 경험하게 되지. 극심한 고통 속을 헤매고 있는 너에게 죽음이 친절하게 다가와서 '괜찮아, 얘야. 날 따라오렴.' 하고 말할 거야. 그러면 넌 죽음과 함께 배를 타고 그 호수를 건너 안개 속으로 사라지는 거지. 거기서 어떤 일이 벌어질지는 아무도 몰라. 그곳에서 돌아온 사람은 아직 한 사람도 없었으니까."

여주인이 한 아이에게 죽음들을 불러오라고 시켰다. 그러자 그 아이는 재빨리 문밖으로 달려 나가 죽음들에게 알려 주었다. 윌과 리라는 믿기지 않는 그 광경을 멍하니 지켜보았다. 가족들의 죽음들이 문으로 들어오자, 두 갈리베스피인은 좀 더 가까이 붙어 섰다. 누더기 차림에 흐릿한 이목구비, 창백한 얼굴빛의 그들은 나른한 표정을 지으며 아무 말 없이 서 있었다.

"이들이 당신네들 죽음들인가요?"

티알리스가 물었다.

"그렇습니다."

피터가 대답했다.

"이들이 언제쯤 이제 갈 시간이라고 말할지 알고 있습니까?"

"아뇨, 하지만 그들이 가까이 있으니 마음이 편안합니다."

티알리스는 입을 다물었다. 하지만 죽음을 곁에 두고 결코 편안하지만은 않을 거라는 생각이 들었다. 죽음들은 벽을 따라 얌전하게 서 있었다. 그리고 거의 주의를 끌지 않았다. 리라와 윌도 곧 그들을 무시하게 되었다. 윌은 자신이 죽인 사람들을 생각하고 있었다. 그들의 죽음도 항상 그들 곁에 있었어. 하지만 그 사실을 그들이나 나는 모르고 있었던 거야.

이름이 마사인 여주인은 스튜를 이 빠진 법랑 접시 여러 개에 담아냈고, 죽음들에게 줄 음식도 작은 그릇에 조금 덜어 냈다. 죽음들은 음식을 먹지는 않고, 냄새를 맡는 것으로 식사를 때웠다. 가족과 손님들은 허겁지겁 음식을 먹었다. 피터는 윌과 리라에게 어디에서 왔는지, 그리고 그들의 세계는 어떤 곳인지 물었다.

"제가 말씀 드리죠."

리라가 말했다. 리라의 가슴 한구석에서 즐거움이 샴페인 거품처럼 솟아올랐다. 자신을 바라보고 있는 윌의 시선을 느끼며 리라는 그와 그들 모두를 위해서 자기가 가장 잘하는 일을 보여 줄 수 있다는 생각에 기분이 좋아졌다.

리라는 자기 부모에 대한 이야기부터 시작했다. 공작과 공작 부인인 리라의 부모는 저명 인사에다 대단한 재력가였지만 정적에게 영지를 빼앗기고 감옥에 갇히는 신세가 되었다. 그러나 어린 딸 리라는 아빠의 품에 안겨 엄마와 함께 로프를 타고 가까스로 그곳을 탈출했다. 영지를 되찾고 행복을 누리던 시간도 잠시, 이번에는 무법자들의 침입으로 그녀의 부모는 결국 목숨을 잃게 되었다. 리라도 살해되어 불에 구워져 먹힐 뻔했지만, 윌이 제때 나타나 그녀를 구해 주었다. 윌은 리라를 늑대들에게 데려갔다. 윌은 늑대들과 함께 숲 속에서 살고 있었다. 젖먹이였을 때 아버지와 항해를 하다가 배 밖으로 떨어져 무인도의 해변까지 떠밀려 가서 그곳에 살던 암늑대의 젖을 먹고 자란 것이다.

사람들은 숨을 죽이고 아무 의심도 없이 이 말도 안 되는 이야기에 빠져 들었다. 심지어 죽음들까지도 얘기를 듣기 위해 더 가까이 몰려 들었다. 의자에 앉거나 바로 옆 바닥에 드러누워 상냥하고 예의 바른 얼굴로 리라를 뚫어지게 쳐다보며, 숲 속에서 윌과 어떻게 지냈는지 그녀가 신나게 꾸며 대는 이야기를 계속 들었다.

얼마간 늑대들과 함께 지낸 윌과 리라는 조던 대학의 식당에서 일하기 위해 옥스퍼드로 옮겨 갔다. 거기서 그들은 로저라는 친구를 만나게 되었다. 하지만 클레이베즈의 벽돌공들이 조던 대학을 습격하자 그들은 서둘러 도망칠 수밖에 없었다. 그래서 리라와 윌과 로저는 집시들의 작은 배를 타고 항해를 시작했다. 애빙던 수문에서 잡힐 뻔한 위기를 넘기고 그들은 계속 템스 강을 따라 내려갔다. 그러다가 와핑 해적들의 공격으로 배가 침몰했고, 물에 빠져 헤엄을 치던 중 돛대 세 개가 달린 범선을 발견하게 되었다. 그 배는 차 무역을 위해 중국 항저우(抗州)로 항해하던 중이었다.

그 범선에서 그들은 갈리베스피 부족인들을 만났다. 그들은 달에서 온 이방인으로, 거센 광풍이 불어닥쳐 은하수에서 지구까지 날아오게 되었다. 그들은 까마귀 둥지에 피신하고 있었는데, 리라와 윌과 로저는 그들을 보살피기 위해 교대로 매일 그곳에 올라갔다. 그러던 어느 날 로저가 발을 헛디디는 바람에 바다에 빠지는 사고가 일어났다.

그들은 배를 돌려 로저를 찾아야 된다고 선장을 설득했지만, 고집불통에 인정머리 없는 선장은 하루 빨리 중국에 도착해서 돈을 벌 생각밖에 없었다. 그래서 그들의 손목에 수갑을 채우고 항해를 계속했다. 그러자 갈리베스피인들이 그들에게 쇠톱을 가져다주었고…….

얘기는 그런 식으로 계속 이어졌다. 가끔씩 리라는 윌이나 스파이들에게 고개를 돌려 확인을 요구하기도 했다. 그러면 살마키아는 세세한 얘기를 한두 마디 덧붙였고, 윌은 말없이 고개를 끄덕여 주었다. 이야기는 윌과 리라와 달에서 온 친구들이 가문의 재산이 묻혀 있는 비밀 장소를 알아내기 위해 그녀의 부모를 찾아 저승으로 오게 된 부분까지 이르렀다.

"여러분들처럼 우리도 죽음이 우리 곁에 있다는 걸 진작 알았다면 일이 훨씬 수월했을 거예요. 하지만 여기까지 온 것도 참 다행이라는 생각이 들어요. 당신들의 조언을 들을 수 있었으니 말예요. 그리고 저희들에게 친절을 베풀어 주시고 제 이야기까지 들어 주셔서 정말 감사합니다. 저녁도 잘 먹었구요. 정말 맛있었어요.

하지만 우린 죽은 자들이 간다는 그 호수를 건너는 방법과 저승으로 갈 수 있는지를 내일 아침까지는 알아야 해요. 혹시 배를 빌릴 수 있을까요?"

그들은 미심쩍은 표정을 지었다. 피곤한 탓에 얼굴이 상기된 윌과 리라는 졸린 눈으로 어른들을 쳐다보았지만, 어느 누구도 배를 구할 수 있는 장소를 말해 주지는 않았다.

그때 낯선 목소리가 말했다. 침구가 펴진 방구석 가장 안쪽에서 쉰 소리에 콧소리까지 섞인 가냘픈 음성이 들려왔다. 여자의 목소리도, 산 사람의 목소리도 아니었다. 그건 바로 할머니의 죽음이 내는 목소리였다.

"호수를 건너 저승으로 가는 유일한 방법은……."

팔꿈치로 기대고 누운 노파의 죽음은 뼈마디가 앙상한 손가락으로 리라를 가리키며 말했다.

"너희들의 죽음과 함께 가는 것뿐이야. 그러니까 너희들의 죽음을 불러야 해. 난 너희 같은 사람들, 죽음이 다가오지 못하도록 하는 사람들에 대해 들은 적이 있어. 너희들이 죽음을 싫어하기 때문에 그들은 예의상 너희들 앞에 모습을 나타내지 않는 거야. 하지만 죽음이 그렇게 멀리 있는 건 아니지. 너희들이 고개를 돌릴 때마다, 죽음이 너희들 등 뒤로 휙 숨어 버리는 것뿐이야. 너희들이 보면 어디서든 죽음은 숨는단다. 찻잔에도 숨을 수 있어. 이슬방울 안에도 숨을 수 있지. 그래, 바람 한 점에도 숨어 있을걸, 여기 있는 나나 이 늙은 마그다와는 좀 다르게."

죽음이 마그다의 말라비틀어진 볼을 살짝 꼬집자 노파는 죽음의 손을 뿌리쳤다.

"우린 이렇게 서로를 돌봐 주면서 친구처럼 지내고 있어. 이게 네 물음에 대한 대답이야. 너희들도 이렇게 해야 해. 죽음을 환영하고, 서로 친구가 되어 돌봐 주고, 곁에 가까이 오게 하고, 서로 의견을 맞추는 거지."

노파의 죽음이 하는 말에 리라는 묵직한 돌로 뒤통수를 얻어맞은 듯한 기분이었다. 윌도 큰 충격을 받은 표정으로 죽음에게 물었다.

"그러면 어떻게 해야 하죠?"

"그냥 그걸 바라기만 하면 돼. 그러면 이루어져."

"잠깐만."

티알리스가 갑자기 끼어들었다.

사람들의 시선이 모두 그에게로 향했다. 바닥에 누워 있던 죽음들은 똑바로 앉아 온화하면서도 멍한 표정으로 티알리스의 강렬한 작은 얼굴을 바라보았다. 그는 살마키아의 어깨에 손을 얹고 서 있었다. 리라는 그가 무슨 생각을 하고 있는지 알 것 같았다. 그 일은 정도를 벗어난 일이며, 우린 이제 돌아가야 한다. 그런 무책임하고 어리석은 짓을 하면 안 된다……. 리라는 그의 말을 막으며 피터에게 말했다.

"죄송하지만 제 친구 티알리스와 잠시 밖에 나갔다 올게요. 달에 있는 그의 친구에게 내 특별한 기계를 써서 뭔가 할 말이 있나 봐요. 금방 돌아올게요."

리라는 독침에 찔리지 않도록 조심하면서 티알리스를 어두운 바깥으로 데리고 나왔다. 밖에는 찢긴 양철 지붕 조각이 찬바람에 흔들리며 구슬픈 소리를 내고 있었다.

"이쯤에서 그만둬."

리라가 뒤집힌 기름통 위에 자신을 내려놓자 티알리스는 말했다. 머리 위 전선에 매달린 전구가 희미하게 어둠을 밝히고 있었다.

"이건 너무 지나쳐. 여기서 그만둬."

"이미 약속했잖아요."

리라가 말했다.

"안 돼, 아니야, 그 정도까지는 안 돼."

"좋아요, 떠나세요. 돌아가시라구요. 윌이 당신들의 세계로 돌아가는 창을 내줄 거예요. 그러면 되잖아요. 우린 상관 안 할 테니까요."

"너희들이 지금 무슨 짓을 하고 있는지 알기나 해?"

"그럼요."

"아니, 넌 모르고 있어. 넌 경솔하고 무책임한데다 거짓말쟁이야. 너무 쉽게 공상에 빠져서 늘 거짓말만 늘어놓지. 눈앞에 있는 진실도 인정하지 않으려고 해. 그래, 모르겠다면 내가 확실히 말해 주지. 넌 죽음을 가지고 내기를 할 수도 없고, 해서도 안 돼. 당장 우리와 함께 돌아가자. 내가 아스리엘 경에게 연락을 취하마. 몇 시간 후면 그의 요새에 안전하게 도착할 수 있을 거야."

리라는 가슴속에서 분노가 치밀어 올라 눈물이 나올 지경이었다. 그녀는 두 발로 땅을 세게 꽝꽝 구르며 티알리스에게 소리 질렀다.

"당신은 몰라요! 내가 무슨 생각을 하고 있는지 당신이 어떻게 알겠어요. 당신 부족들도 자식은 낳겠죠. 보나마나 알이나 그 비슷한 것을 낳겠지. 당신은 너그럽지도 않고 동정심이라곤 눈곱만큼도 없으니까요. 차라리 잔인한 편이 나아요. 잔인한 사람들이라면 이런 상황에서 우리 생각을 진지하게 받아들이고 정 마음에 들지 않으면 동행을 포기했을 거예요. 그래요, 이젠 당신들을 못 믿겠어요. 우릴 도와주겠다고 약속한 사람들이 이제 와서 오히려 훼방이라니…… 이 사기꾼!"

"내 자식이 너처럼 무례하게 굴었다면 가만두지 않았을 거야, 리라. 이전에 널 단단히 혼냈어야 했는데……."

"지금이라도 해보세요. 당신은 할 수 있잖아요. 그 지독한 독침으로 세게 찔러요. 어서요! 자, 여기 내 손에다 하세요. 내 마음속에 어떤 것이 있는지, 오만하고 이기적인 당신 같은 사람은 알 리가 없겠죠. 내 마음이 얼마나 슬픈지, 내 친구 로저한테 얼마나 미안하게 생각하고 있는지 당신은 짐작도 할 수 없어요. 당신은 사람들을 이렇게 죽이죠."

리라는 손가락을 뚝 분지르는 시늉을 해 보였다.

"당신은 그들이 어떻게 되든 아무 관심 없겠죠. 하지만 난 작별 인사도 못 하고 로저를 보냈다는 사실이 고통스럽고 슬퍼요. 난 그에게 미안하다고 사과하고 싶고, 최대한 잘해 주고 싶다구요. 당신이 아무리 잘나고 똑똑한 어른이라고 하더라도 그걸 이해할 수 없을 거예요. 마땅히 해야 할 일을 하기 위해서라면 죽어도 좋아요. 그동안은 행복할 테니까요. 난 그보다 더 지독한 일도 당했어요. 그러니까 독하고 강하고 독침까지 가진 티알리스, 날 죽이고 싶으면 죽여요. 어서요! 그러면 나와 로저는 저승에서 영원히 함께 놀 수 있겠죠. 가엾은 당신을 비웃어 주며 말이죠."

티알리스가 무슨 짓을 할 것인지는 짐작하기 어렵지 않았다. 왜냐하면 그는 엄청난 분노로 머리끝에서 발끝까지 시뻘겋게 달아올라 부들부들 떨고 있었기 때문이다. 하지만 그가 미처 움직이기도 전에 리라의 등 뒤에서 어떤 목소리가 들려왔고, 둘은 서늘한 기운이 온몸을 덮치는 것을 느꼈다. 리라는 목소리의 주인을 짐작하며 돌아섰다. 아무리 강심장인 리라라지만 막상 자신의 죽음을 대하자 몹시 두려웠다.

죽음은 바로 옆에 서서 상냥하게 미소 짓고 있었다. 그 얼굴은 리라가 이제껏 본 다른 죽음들의 모습과 거의 똑같았다. 하지만 눈앞에 보이는 죽음은 리라 자신의 것이었다. 그녀의 가슴에 안겨 있던 판탈라이몬이 몸을 떨며 소리를 질러 댔다. 담비로 변한 그는 리라의 목 주위로 올라가 죽음을 떼어 놓으려고 했다. 하지만 판탈라이몬이 그렇게 할수록 죽음과의 거리는 점점 더 가까워졌다. 그 사실을 깨달은 판탈라이몬은 마침내 몸을 움츠리고 리라의 따뜻한 목과 강하게 맥박치는 심장에 달라붙었다.

리라는 판탈라이몬을 꼭 끌어안고 죽음을 바라보았다. 그런데 조금 전에 죽음이 뭐라고 말했는지 기억이 나지 않았다. 곁눈으로 보니 티알리스가 재빨리 천연자석 공명기를 꺼내고 있었다. 리라는 죽음에게 물었다.

"당신이 내 죽음이죠?"

"그렇단다."

죽음이 대답했다.

"아직 날 데려가는 건 아니겠죠?"

"네가 날 원했잖아. 난 항상 여기 있단다."

"그래요, 하지만…… 맞아요. 난 저승으로 가고 싶어요. 하지만 죽고 싶은 건 아니에요. 난 살고 싶어요. 그리고 내 데몬을 사랑해요. 데몬들은 그곳에 갈 수 없잖아요? 사람들이 죽을 때 그들의 데몬이 촛불처럼 꺼지는 걸 본 적이 있어요. 저승에서도 사람들은 데몬을 갖고 있나요?"

"아니, 네 데몬은 허공으로 사라지고, 넌 땅속으로 사라지게 될 거야."

"하지만 난 저승에도 내 데몬을 데려가고 싶어요."

리라는 고집스럽게 말했다.

"그리고 다시 이 세상으로 돌아올 거구요. 혹시 이전에 그런 사람이 없었나요?"

"아주 오랜 세월 동안 그런 일은 없었어. 얘야, 결국은 너의 가장 특별하고 헌신적인 친구인 죽음과 함께 아주 편안하고 안전하게 저승으로 가게 될 거야. 평생 동안 잠시도 네 곁을 떠나지 않았고, 너 자신보다 너에 대해 더 잘 알고 있는 그 친구와."

"나에게 가장 특별하고 헌신적인 친구는 바로 이 판탈라이몬이에요! 난 당신을 몰라요. 내가 아는 건 판탈라이몬이고, 내가 사랑하는 것도 판탈라이몬이에요. 만약 판탈라이몬이…… 만약에 우리가……."

죽음은 고개를 끄덕이고 있었다. 관심과 친절을 보이는 것 같았지만, 리라는 그가 누구인지를 단 한 순간도 잊을 수 없었다. 바로 자신의 죽음이, 그것도 그렇게 가까이 있는 것이다. 그녀는 좀 더 차분하게 말했다.

"물론 이렇게 가는 게 힘들고 위험하다는 걸 알아요. 그래도 가고 싶어요. 정말요. 윌도 그렇구요. 우리 둘은 가까운 사람들을 너무 빨리 떠나보냈어요. 그래서 그들에게 진 마음의 빚을 꼭 갚아야 해요. 적어도 난 그래요."

"누구나 죽은 사람들과 다시 얘기하고 싶어 한다. 왜 너만 예외로 봐줘야 하지?"

"왜냐하면……."

리라는 거짓말을 꾸며 대기 시작했다.

"난 거기 가서 꼭 해야 할 일이 있거든요. 꼭 내 친구 로저를 만나려고 이러는 건 아니에요. 천사가 내게 어떤 임무를 맡겼어요. 그 일은 너무 중요한 일이어서 늙어 죽을 때까지 기다리고만 있을 수는 없어요. 당장 해야 하는 일이거든요. 그 천사가 내게 명령을 내렸어요. 그래서 윌과 내가 여기까지 오게 된 거예요. 어쩔 수 없었죠."

티알리스는 공명기를 치우고 그 자리에 앉았다. 그리고 가서는 안 될 곳에 데려다 달라고 죽음에게 졸라 대는 리라를 지켜보았다.

죽음은 머리를 긁적이고 손을 들어 보이기도 했지만 폭포처럼 쏟아져 나오는 리라의 말을 멈추게 하지는 못했다. 어떤 것도 리라의 열망을 꺾을 수는 없었다. 두려움마저도 어쩔 수 없었다. 그녀는 자신이 죽음보다 더한 일도 겪었다고 우겼고, 사실이 그랬다.

그러자 결국 죽음이 입을 열었다.

"아무도 널 못 말린다면 할 수 없지, 날 따라오렴. 내가 저승으로 데려다 주지. 하지만 저승으로 들어가는 법은 내가 가르쳐 주겠지만, 거기서 나오는 일은 네 능력으로 해결해야 해."

"내 친구 윌과 다른 사람들도요."

리라가 말했다.

"리라."

티알리스가 말했다.

"정말 내키진 않지만, 우리도 함께 가겠어. 조금 전까지만 해도 너한테 화가 많이 났지만, 네겐 뿌리치기 힘들게 만드는 뭔가가 있어."

리라는 지금이 티알리스와 화해할 때라는 것을 알았다. 그리고 티알리스를 설득하는 데 성공했기 때문에, 즐거운 마음으로 화해했다.

"고마워요, 티알리스. 정말 미안해요. 하지만 당신이 화내지 않았다면, 우리를 저승으로 인도해 줄 죽음을 만나지 못했을 거예요. 당신과 살마키아가 있어서 얼마나 다행인지 몰라요. 정말 고마워요."

리라는 자신의 죽음에게 윌과 다른 친구들도 로저, 윌의 아빠, 토니 마카리오스 그리고 다른 많은 사람이 있는 그 세계로 데려다 달라고 설득했다. 그러자 리라의 죽음은 내일 하늘에 처음 빛이 나오면 부두로 내려와 떠날 준비를 하라고 말했다.

그러나 판탈라이몬은 여전히 몸을 떨고 있었다. 리라가 어루만지며 달랬지만 그는 평온을 되찾지 못했고, 나지막한 신음 소리까지 계속 토해 냈다. 그래서 다른 사람들과 함께 판잣집 바닥에서 잠을 청한 리라는 판탈라이몬 때문에 여러 번이나 깨어 깊은 잠을 자지 못했다. 게다가 리라의 곁에는 그녀의 죽음이 지켜보며 앉아 있었다.

나무 위 전망대

뮬레파 부족민은 여러 종류의 밧줄과 끈들을 만들고 있었다. 메리 말론은 아침 내내 에이탈의 가족이 쌓아 놓은 밧줄들을 살펴보고 시험하면서 마음에 드는 것을 골랐다. 뮬레파 부족은 비틀어서 꼬는 원리를 아직 터득하지 못했기 때문에, 밧줄이나 끈을 머리카락 땋듯 땋았다. 그렇지만 모두 튼튼하고 탄력성이 있어서 메리는 원하는 밧줄을 쉽게 찾아냈다.

"뭐 하려는 거야?"

에이탈이 물었다.

뮬레파 말에는 '올라간다'라는 말이 없어서 메리는 손짓 발짓을 섞어 가며 설명을 해 주었다. 에이탈은 겁에 질린 표정으로 물었다.

"나무 꼭대기에 올라간다고?"

"무슨 일이 벌어지고 있는지 봐야겠어."

메리가 설명했다.

"자, 이 밧줄 묶는 것 좀 도와줄래?"

캘리포니아에 있을 때였다. 메리는 주말을 나무 타는 일로 소일하는 수학자 한 사람을 만난 적이 있었다. 암벽 타기 경험이 좀 있는 메리는 그 사내가 기술과 장비에 대해 해 주는 얘기를 귀 기울여 들었고, 언젠가 기회가 오면 꼭 한 번 해봐야겠다고 마음먹었었다. 물론 이렇게 다른 세계에서 나무 타기를 하게 될 줄은 상상도 못 했다. 혼자 올라가는 것이 썩 내키지 않지만 선택의 여지가 없었다. 미리 안전 조치를 취하는 수밖에 없었다.

메리는 높다란 나뭇가지에서 다시 땅까지 내려올 만큼 길고, 그녀의 몸보다 몇 배나 더 무거운 무게도 버틸 수 있는 튼튼한 밧줄을 준비했다. 그리고 가늘지만 질긴 밧줄을 여러 조각으로 잘라 고리를 만들었다. 나중에 이 버팀 고리들을 등반 로프에 꿰면 그녀의 손과 발을 지탱하는 역할을 해 줄 것이다.

로프를 높은 나뭇가지 위로 넘기는 일이 첫 번째 과제였다. 메리는 가늘고 질긴 끈과 잘 휘어지는 나뭇가지를 가지고 두어 시간 씨름한 끝에 활을 하나 만들었다. 화살은 단단한 가지를 잘라 주머니칼로 다듬어서 만들고 뻣뻣한 나뭇잎으로 화살 깃까지 만들어 달았다. 그렇게 하루 종일 부지런을 떤 덕분에 모든 준비가 끝났다. 그러나 이미 해는 지고 있었고 그녀도 지칠 대로 지쳐 버렸다. 메리는 대충 허기진 배를 채우고는 곧바로 잠들었다. 잘리프들은 노래 부르는 듯한 낮은 목소리로 그녀에 대한 얘기를 끝없이 나누었다.

다음 날 메리는 눈을 뜨자마자 화살을 나뭇가지 위로 쏘아 올릴 준비를 했다. 구경 나온 잘리프들은 그녀의 안전을 염려했다. 나무 위로 올라가는 것은 바퀴를 달고 있는 그들에게는 너무나도 생소한 일이어서 생각만 해도 가슴이 오그라들 지경이었다.

메리도 잘리프들의 그런 기분을 잘 알고 있었다. 그녀는 마음을 진정시키고 가장 가느다란 끈을 화살 끝에 맨 뒤 나무 위로 쏘아 올렸다.

첫 번째 화살은 실패로 끝났다. 화살은 나뭇가지 약간 위쪽에 박혀 빠지지 않았다. 두 번째 화살도 실패였다. 나뭇가지 위로 잘 통과하기는 했지만 반대편 땅에 떨어질 만큼 멀리 나가지 못하고 중간에 걸려 버렸다. 메리가 화살에 맨 줄을 잡아당기자, 화살은 나뭇가지에 걸린 채 부러지고 말았다. 세 번째이자 마지막인 화살에 끈을 매어 날려 보냈다. 이번에는 성공이었다.

메리는 가느다란 끈이 끊어지지 않도록 조심스럽게 잡아당겨 그 끝에 매인 굵은 밧줄이 나뭇가지 위로 넘어가도록 했다. 그리고 밧줄의 양끝이 땅바닥에 닿자 자신의 엉덩이 둘레만 한 나무뿌리를 찾아 한쪽 끝을 단단히 고정시켰다. 그만하면 안심해도 되겠다는 생각이 들었다. 그러나 그것이 그녀와 모든 장비의 무게를 지탱할 수 있을지 확신할 수가 없었다. 암벽 등반은 절벽 몇 미터마다 박아 놓은 쐐기못에 밧줄을 고정시키기 때문에 한번에 땅으로 추락하지는 않았지만 이 나무 타기는 실수하면 그대로 바닥에 떨어지고 만다. 메리는 짧은 로프 세 개를 하나의 조임띠로 땋아, 등반용 로프의 양쪽에 하나씩 묶었다. 매듭은 미끄러지기 시작하면 꽉 조일 수 있도록 느슨하게 묶어 두었다.

메리는 첫 번째 버팀고리에 발을 끼우고 나무를 오르기 시작했다.

나무 꼭대기까지 올라가는 데는 예상보다 오래 걸리지 않았다. 로프가 손에 잘 맞아 그냥 똑바로 올라가기만 하면 되었다. 첫 번째 가지 위에 올라갈 때까지 발생할 문제에 대해서는 생각하고 싶지도 않았다. 다행히 나무껍질 사이에 깊이 갈라진 틈들이 있어서 손과 발을 디디며 안전하게 올라갈 수 있었다. 메리는 땅에서 발을 뗀 지 15분 만에 첫 번째 가지 위에 올라서서 다음 행로를 모색했다.

그녀는 로프를 두 뭉치 더 가지고 올라왔었다. 나무 여기저기에 로프를 묶어 놓으면 암벽 등반을 할 때 절대적으로 필요한 쐐기못과 고정 장치 등의 역할을 해 줄 수 있기 때문이었다. 적당한 위치에 로프들을 묶느라 시간이 좀 걸리기는 했지만 메리는 안전이 확보되자 가장 믿을 만한 가지를 골라 남은 로프를 칭칭 감은 후 다시 올라가기 시작했다.

조심스럽게 10분쯤 더 올라가서 가지들이 가장 우거진 나무 꼭대기에 도달했다. 메리는 손을 뻗어 기다란 나뭇잎들을 헤쳤다. 그러자 거목에 어울리지 않게 작고 희부연한 꽃들이 피어 있는 것이 보였다. 각각의 꽃에는 나중에 쇠같이 단단한 씨앗집이 될 동전 크기의 열매들이 자라고 있었다.

메리는 가지가 세 갈래로 갈라진 좀 편안해 보이는 지점으로 옮겨 가서 로프를 단단하게 묶고 조임띠를 조정한 후 휴식을 취했다. 나뭇잎 사이로 반짝반짝 빛나는 투명한 푸른 바다가 수평선 멀리까지 펼쳐져 있었다. 오른쪽으로 고개를 돌리자 드넓게 펼쳐진 황갈색 초원 위에 나지막한 둔덕이 끝없이 이어져 있고, 그 위로 검은색 대로가 줄무늬처럼 나 있었다.

가벼운 바람이 일자 꽃에서 희미한 향기가 풍겨 왔고, 뻣뻣한 잎들이 살랑살랑 흔들렸다. 메리는 눈에 보이지 않는 크나큰 축복이 거대한 두 손으로 자신을 떠받치고 있는 듯한 기분에 빠졌다. 그 거대한 나뭇가지에 등을 걸치고 드러눕자 언젠가 한번쯤 느껴 본 듯한 행복이 밀려왔다. 하지만 그것은 수녀가 되겠다고 서약했을 때의 행복과는 달랐다.

휘어진 가지에 올려놓았던 오른쪽 발목에 쥐가 나자 메리는 아련한 생각에서 깨어났다. 발을 편안한 위치로 옮기고 앞으로 해야 할 일을 떠올렸지만 마음은 여전히 자신을 감싸고 있는 광대한 기쁨에 들떠 있었다.

메리는 뮬레파 부족민들에게 스라프를 보기 위해서는 래커 판을 한 뼘 정도 벌려야 한다고 설명해 주었다. 그러자 잘리프들은 즉시 한 뼘 길이의 대나무 양끝에다 호박색 래커 판을 고정시켜 망원경 같은 것을 만들어 주었다.

메리는 윗주머니에 넣어 둔 호박색 망원경을 꺼내 들었다. 나무 위에서 그것을 들여다보자, 스라프이자 새도이기도 하며, 더스트라고도 불리는 황금빛 광채가 거대한 구름처럼 떠돌아다니고 있었다. 그것은 마치 태양 광선 속을 부유하는 티끌처럼, 컵에 담긴 물속을 떠다니는 미립자처럼 제멋대로 떠돌고 있었다.

그러나 계속 들여다보고 있자니 스라프가 다른 방식으로 움직이는 모습이 눈에 들어오기 시작했다. 제멋대로 떠다니던 것이 덩어리를 이루어 육지에서 바다 쪽으로 천천히 움직이고 있었다.

정말 이상한 일이었다. 메리는 고정된 로프에 몸을 잘 묶은 후 수평으로 뻗은 가지를 따라 기어가면서 두상화(頭狀花)들을 모두 자세히 살펴보았다. 곧 무슨 일이 일어나고 있는지 알게 되었다. 그녀는 확신이 설 때까지 꾹 참고 지켜본 다음 조심스럽게 나무를 내려왔다.

까마득하게 높은 나무 꼭대기에 올라가 있는 친구가 걱정된 뮬레파 부족민들은 모두 겁에 질려 있었다.

특히 에이탈은 메리가 무사히 내려오자 자신의 코로 그녀를 정신없이 어루만지며 환성을 질러 댔다. 그리고 메리를 등에 태우고 다른 잘리프들과 함께 빠른 속도로 마을로 향했다.

언덕 꼭대기에 이르자 그들은 마을 주민들에게 신호를 보냈다. 그들이 연설 장소에 도착했을 때는 이미 군중들이 빽빽이 모여 있었다. 메리는 자신의 말을 듣기 위해 다른 지역의 뮬레파 부족들까지 모두 모인 것을 알았다. 그들에게 좀 더 기쁜 소식을 전할 수 있으면 얼마나 좋을까.

늙은 잘리프 사타막스는 단상에 올라 메리를 따뜻하게 맞이했다. 메리는 자신이 알고 있는 뮬레파 부족의 예의를 다 동원하며 그의 환대에 감사했다. 인사가 끝나자 그녀는 서툰 뮬레파 말로 자신이 본 것을 그들에게 더듬더듬 전했다.

"사랑하는 친구 여러분, 나는 나무 꼭대기에 올라가서 나뭇잎과 어린 꽃들, 씨앗집을 자세히 살펴보고 내려왔어요.

그리고 나무 꼭대기에서 스라프가 떠돌아다니는 것을 봤죠. 스라프는 바람을 거슬러 움직이고 있었어요. 공기는 바다에서 육지로 흐르고 있는데, 스라프는 그 반대 방향으로 천천히 움직였어요. 혹시 여러분은 육지에서도 그런 움직임을 보지 않았나요? 난 못 봤거든요."

"아니오."

사타막스가 대답했다.

"그런 얘기는 처음 들어 보오."

메리는 얘기를 계속했다.

"그랬군요. 스라프가 지나갈 때 나무들이 그것을 걸러 내고 있어요. 그때 스라프의 일부가 꽃들에게 달라붙지요. 어떤 일이 벌어지는지 잘 들어 보세요. 꽃들은 위쪽으로 향해 있어서, 스라프가 똑바로 떨어지면 마치 별에서 떨어진 꽃가루처럼 그 꽃잎들 속으로 들어가서 수정이 되는 거예요.

하지만 스라프는 아래로 떨어지지 않고 계속 바다 쪽으로 움직이고 있어요. 어쩌다가 꽃이 땅 쪽을 향하고 있으면 스라프가 그 꽃 속으로 들어갈 수 있어요. 그래서 일부의 씨앗집이 아직도 자라고 있는 거죠.

하지만 꽃들은 대부분 위로 향해 있어서 스라프가 들어가지 못하고 스쳐 지나가기만 해요. 과거에는 모든 스라프가 아래로만 떨어졌기 때문에 꽃들이 모두 위쪽으로 향하도록 진화했을 거예요. 문제는 나무가 아니라 스라프예요. 그러한 흐름은 높은 곳에서만 볼 수 있기 때문에 당신들은 지금까지 그 사실을 알 수 없었던 겁니다.

그러니 나무도 살리고 뮬레파 부족의 생명도 구하고 싶으면, 스라프가 왜 그런 식으로 움직이는지 이유를 알아내야만 해요. 나도 아직은 잘 모르지만, 앞으로 계속 연구해 볼 생각이에요."

많은 잘리프가 더스트의 움직임을 보기 위해 목을 길게 빼고 하늘을 쳐다보았다. 그러나 낮은 땅에서는 보이지 않았다. 메리는 호박색 망원경을 들여다보았지만 눈에 들어오는 것은 짙푸른 하늘뿐이었다.

뮬레파 부족은 자신들이 기억하고 있을지도 모르는 스라프의 전설과 역사를 떠올리려고 오랜 시간 얘기를 나누었지만 아무런 소득을 얻지 못했다. 언제나 그랬듯이, 그들이 알고 있는 것이라고는 스라프가 별에서 왔다는 사실뿐이었다.

결국 그들은 메리에게 다른 좋은 방법이 없는지 물어보았다.

"조금 더 관찰을 해봐야겠어요. 바람이 항상 그 방향으로 부는지, 낮과 밤 동안 공기의 흐름이 바뀌는 것처럼 바람도 그런지 알아봐야죠. 그러자면 내가 저 나무 꼭대기에 좀 더 머물러 있어야 할 것 같아요. 거기서 잠도 자고 밤에 관찰도 하면서요. 거기서 안전하게 자려면 튼튼한 전망대를 설치해야 하니까 여러분들이 좀 도와주세요."

실용적이고 탐구심이 강한 뮬레파 부족은 즉시 그녀에게 필요한 것은 뭐든 만들어 주겠다고 약속했다. 그들은 도르래를 사용할 줄 알았기 때문에 메리를 위험하지 않게 나무 꼭대기로 끌어올릴 수 있는 방법을 제안했다.

그들은 할 일이 생겼다는 기쁨에 곧장 재료를 모으기 시작했다. 메리가 지시하는 대로 굵은 장대들을 밧줄로 묶어서 엮었다. 그러고는 나무 꼭대기에 설치할 전망대를 조립하기 시작했다.

　고메스 신부는 올리브 농원 근처에서 늙은 부부와 얘기를 나눈 후 길을 잃어버렸다. 그는 며칠 동안 여기저기 물어 가며 메리를 찾아봤지만, 그 여자는 완전히 사라져 버린 듯했다.
　맥이 탁 풀렸다. 그러나 이 정도로 포기할 그가 아니었다. 목에 건 십자가와 등에 멘 소총은 맡은 임무를 완수하겠다는 확고한 의지를 보여 주는 한 쌍의 징표였다.
　만약 양쪽 세계의 날씨가 다르지 않았다면 그는 훨씬 더 많은 시간을 낭비했을 것이다. 덥고 건조한 날씨로 인해 그의 목은 점점 타들어 갔다. 그는 돌더미 위에 물이 묻은 돌들이 있는 것을 보고는 샘이 있을지도 모른다는 생각에 올라가 보았다. 샘은 없었다. 그러나 때마침 바퀴나무가 있는 세계에서는 소나기가 내리고 있었다. 이렇게 그는 창을 발견했고, 메리가 어디로 사라졌는지도 알게 되었다.

하피들

리라와 윌은 사형 집행일 아침을 맞이한 죄수처럼 두려움에 휩싸여 잠에서 깨어났다. 티알리스와 살마키아는 잠자리들을 돌보고 있었다. 그들은 기름통 위의 램프 근처에서 올가미로 잡은 나방, 거미줄에서 떼어 온 파리, 철제 접시에 담은 물을 잠자리들에게 먹였다. 리라의 표정과, 쥐로 변해서 리라의 가슴에 찰싹 붙어 있는 판탈라이몬을 본 살마키아는 하던 일을 멈추고 리라에게 말을 건넸다. 그때 윌은 판잣집 밖으로 나가 주위를 거닐고 있었다.

"지금도 늦지 않았어. 마음을 돌려."

살마키아가 말했다.

"아뇨. 우린 이미 결정했어요."

리라가 두려움이 밴 목소리로 고집스럽게 대답했다.

"다시 못 돌아온다면?"

"당신은 같이 안 가도 돼요."

"우린 널 버리지 않을 거야."

"돌아오지 못하는데도요?"

"뭔가 중요한 일을 하다가 죽게 되겠지."

리라는 대꾸하지 않았다. 지금까지 리라는 살마키아의 얼굴을 자세히 들여다본 적이 한 번도 없었다. 하지만 지금은 침침한 나프타 램프 불빛을 받으며 서 있는 그녀의 얼굴이 선명하게 보였다. 그녀는 평온하고 정이 많아 보였다. 아름답거나 예쁘지는 않지만, 아픈 사람이나 불행한 사람, 겁에 질린 사람이 보면 기분이 좋아질 그런 얼굴이었다. 낮은 목소리에는 감정이 풍부하게 실려 있었고, 또렷한 음색 밑에는 웃음과 행복감이 잔잔히 흐르고 있었다. 이제껏 리라는 동화책 읽는 소리를 들으며 잠든 적이 한 번도 없었다. 이야기를 들려주거나 자장가를 불러 주고 뺨에 입맞춤을 한 후 불을 꺼 주는 사람도 없었다. 그런데 느닷없이 만약 껴안고 사랑해 주고 따뜻하게 감싸 줄 수 있는 목소리가 있다면, 그건 바로 레이디 살마키아와 같은 목소리일 거라는 생각이 들었다. 그리고 살마키아에게도 아이가 생기기를, 그래서 부드러운 목소리로 아이를 달래고 감싸 줄 수 있게 되기를 진심으로 바랐다.

"글쎄요."

갑자기 목이 멘 리라는 한숨을 삼키고 어깨를 으쓱해 보였다.

"곧 알게 되겠지."

판잣집 사람들은 그들에게 버터를 바르지 않은 얇은 빵과 떫은맛이 나는 차를 대접했다. 아침을 맛있게 먹은 리라 일행은 감사의 인사를 한 후, 각자 배낭을 짊어지고 호숫가를 향해 길을 나섰다. 리라는 주위를 돌아보며 자신의 죽음을 찾았다. 죽음은 조금 앞서 얌전하게 걷고 있었다. 죽음은 그들이 잘 따라오고 있는지 확인하기 위해 계속 뒤를 돌아보았지만, 가까이 다가오려고는 하지 않았다.

음산한 안개가 짙게 깔린 날이었다. 새벽이라기보다는 땅거미가 지고 있는 저녁 같았다. 안개 무리는 길바닥 웅덩이에서 음산하게 피어오르거나, 머리 위를 지나는 전선에 버림받은 연인처럼 걸려 있었다. 사람들은 하나도 보이지 않고 죽음도 거의 없었다. 그러나 잠자리들은 마치 투명한 실로 공기를 꿰매기라도 하는 듯 습한 공기 사이를 신나게 날아다녔다. 그들이 선명한 빛깔을 번쩍이며 앞뒤로 오락가락하는 광경은 보기에도 좋았다.

그들은 곧 마을 어귀를 빠져나와서 느릿느릿 흘러가는 계곡을 따라 잔가지가 무성한 관목 숲을 지나갔다. 이따금 양서류가 울거나 물속으로 뛰어드는 소리가 들렸지만 정작 눈에 보이는 것은 윌의 발 크기만 한 두꺼비뿐이었다. 그 두꺼비는 어딘가 심하게 다친 듯 고통스럽게 몸을 옆으로 뒤집었다. 두꺼비는 그들이 자신을 해칠 거라고 생각했는지 길에서 벗어나려고 몸을 버둥거리다가 마침내 축 늘어졌다.

"차라리 죽여 주는 게 두꺼비한테 좋을 거야."

티알리스가 말했다.

"어떻게 알죠? 그래도 살고 싶을걸요."

리라가 말했다.

"만약 죽인다면 이 두꺼비도 우리와 함께 저승으로 가겠죠."

윌이 거들었다.

"하지만 여기에 그냥 있고 싶을 거예요. 난 지금까지 살아 있는 것들을 아주 많이 죽였어요. 더러운 웅덩이에 살더라도 죽는 것보단 나을 거예요."

"아주 고통스럽더라도 말이야?"

티알리스가 물었다.

"두꺼비가 말을 할 줄 안다면 속마음을 알 수 있겠죠. 하지만 말을 못 하니까 죽이지 않겠어요. 두꺼비의 마음보다는 우리 감정이 더 소중하 니까요."

그들은 계속해서 걸었다. 안개가 점점 더 짙어졌지만 발자국 소리가 달라지는 것을 보니 부근에 빈 터가 있는 것 같았다. 여우원숭이로 변 한 판탈라이몬은 리라의 어깨 위에 앉아서 이슬방울들이 알알이 맺힌 그녀의 머리카락에 꼭 달라붙었다. 그러고는 눈을 최대한 크게 뜨고 주 위를 살피며 쉴 새 없이 몸을 떨어 댔다.

갑자기 잔잔한 파도 소리가 들려왔다. 조용한 소리지만 바로 옆에서 들리는 듯했다. 살마키아와 티알리스를 태운 잠자리들이 윌과 리라에 게 돌아왔다. 판탈라이몬은 리라의 가슴속으로 살살 기어 들어갔다. 윌 과 리라는 더 가까이 붙어서 진흙길을 조심스럽게 내려갔다.

얼마 후 그들은 물가에 이르렀다. 물가에는 기름과 온갖 찌꺼기가 둥 둥 떠 있었다. 가끔씩 잔물결이 밀려와 조약돌에 맥없이 부서졌다.

왼쪽으로 나 있는 길을 따라 조금 더 나아가자 나무로 만들어진 부두 가 불안하게 물위에 서 있었다. 기둥들은 썩었고 두꺼운 널빤지는 진흙 투성이에 녹색 곰팡이가 피어 있었다. 그 밖에 다른 것은 아무것도 없 었다. 길은 부두가 시작되는 곳에서 끝났고, 부두 끝에서는 안개가 피 어오르고 있었다. 이곳으로 사람들을 안내한 리라의 죽음은 그녀에게 인사를 한 후 안개 속으로 걸어 들어가더니 이내 사라져 버렸다. 그다 음에 어떻게 해야 할지 미처 물어볼 겨를도 없었다.

"들어 봐."

윌이 말했다.

안개 때문에 보이지 않는 호수 위로 똑같은 소리가 느릿하게 반복되 고 있었다. 나무가 삐걱대는 소리, 규칙적으로 물을 젓는 소리였다. 윌은 허리에 찬 마법의 검을 손으로 잡으며 썩어 문드러진 두꺼운 널판을 향해 조심스럽게 걸어갔다. 리라는 그의 등 뒤에 바짝 붙어 따라갔다. 잠자리들은 잡초투성이인 정박용 말뚝 위에 마치 전령의 수호자처럼 내려앉았다. 윌과 리라는 눈을 부릅뜨고 눈썹에 내려앉은 이슬방울을 닦아 내며 부두 끝에 서 있었다. 들리는 소리라고는 삐걱대는 소리와 철벅이는 물소리뿐이었다. 그 소리는 조금씩 조금씩 가까워지고 있었다.

"가지 마!"

판탈라이몬이 속삭였다.

"가야 해!"

리라는 윌을 돌아보았다. 윌의 표정은 냉정하고 완강하고 간절했다. 윌은 피할 것 같지 않았다. 윌의 어깨에 앉아 있는 티알리스와 리라의 어깨 위에 앉은 살마키아는 차분하게 주위를 살피고 있었다. 잠자리의 날개에는 하얀 이슬방울들이 거미줄처럼 무수히 맺혀 있었다. 리라는 가끔 그들이 날개를 푸덕거려 이슬방울을 털어 내는 모습을 보며 무거워서 그러는 걸 거라고 생각했다. 리라는 저승에도 먹을 음식이 있기를 마음속으로 빌었다.

그때 갑자기 배 한 척이 나타났다.

여기저기 찌그러지고 수리한 흔적이 역력한 아주 낡은 나룻배였다. 뱃사공은 늙은 노인이었다. 끈으로 묶는 삼베옷을 입은 노인은 꼬부라진 허리에 다리까지 절뚝거렸다. 영원히 펴질 것 같지 않은 구부러진 손은 노의 손잡이를 잡고 있었다. 회색빛 얼굴에 축 처진 주름살 사이로 흐릿한 두 눈이 눈물에 젖은 채 깊숙이 박혀 있었다.

노인은 손을 뻗어 부두 귀퉁이에 있는 말뚝 쇠고리를 잡고, 다른 손으로는 배를 부두에 바로 대기 위해 계속 노를 저었다.

서로 얘기를 나눌 필요도 없었다. 먼저 윌이 배에 올라탔고, 그 다음에는 리라가 앞으로 걸어 나갔다.

그러자 뱃사공이 손을 들며 조용히 말했다.

"그는 안 돼."

"누구 말이에요?"

리라가 당황해서 물었다.

"저 친군 안 돼."

그는 잿빛이 감도는 누런 손가락으로 판탈라이몬을 가리켰다. 적갈색 담비 모습을 하고 있던 판탈라이몬은 곧 흰담비로 변했다.

"하지만 그는 바로 나예요!"

리라가 소리쳤다.

"네가 이 배에 타려면 저 친구는 여기 남아야 해."

"그럴 수 없어요! 그러면 우린 죽을 거예요."

"그게 네가 바라는 것 아니냐?"

그제야 리라는 자신이 무슨 짓을 하고 있는지 깨달았다. 리라는 하얗게 질린 채 몸을 떨며 사랑하는 판탈라이몬을 꼬옥 껴안았다. 얼마나세게 안았는지 판탈라이몬이 아파서 낑낑거렸다.

"저들은……."

리라는 힘없이 얘기하다 말고 입을 다물었다. 윌과 두 스파이는 왜아무것도 포기하지 않아도 되느냐고 따지는 건 옳지 않다는 생각이 들었다.

윌은 걱정스러운 눈으로 리라를 바라보았다.

리라는 주위를 돌아보았다. 호수, 부둣가, 험한 길, 더러운 물 웅덩이, 흠뻑 젖은 채 죽어 있는 관목숲…… 이런 곳에 판탈라이몬을 혼자남겨 두면 과연 살 수 있을까? 리라의 온기가 절실한 판탈라이몬은 그녀의 속살에 몸을 딱 붙이고 셔츠 안에서 떨고 있었다. 그건 안 돼! 판탈라이몬을 그렇게 버릴 순 없어!

"네가 가려면 그 동물은 여기 남아야 해."

뱃사공은 다시 한 번 강조했다.

리라의 어깨 위에 앉아 있던 레이디 살마키아가 재빠르게 잠자리를 타고 뱃전으로 날아가 앉았다. 그녀의 뒤를 이어 티알리스를 태운 잠자리도 뱃전에 내려앉았다. 두 스파이는 사공과 무슨 얘기를 나누기 시작했다. 리라는 사면 소식을 기다리는 사형수의 심정으로 그들을 초조하게 지켜보았다.

노인은 몸을 앞으로 굽히고 그들의 얘기를 듣더니 고개를 절레절레 흔들었다.

"안 돼. 저 아이가 가려면 동물은 여기 있어야 해."

윌이 거들고 나섰다.

"그건 옳지 않아요. 우린 자신의 일부를 버리지 않아도 되는데, 왜 리라만 그래야 하죠?"

"오, 너도 그래야만 해."

사공이 말했다.

"버려야 하는 자신의 일부를 볼 수 있고 얘기할 수도 있다는 것이 저 아이한테는 불행일 뿐이지. 넌 호수를 건너는 도중에 알게 될 거야. 하지만 그땐 너무 늦지. 너희들 모두는 자신의 일부를 여기 남겨 두고 가야 해. 저승으로 가는 길은 저런 동물이 지나갈 수가 없거든."

리라는 그럴 순 없다고 생각했다. 판탈라이몬도 같은 생각이었다. 이렇게 되려고 볼반가르에서 그런 끔찍한 일까지 겪었던 건 아니야. 안 돼. 지금 이렇게 헤어지면 어떻게 다시 만난단 말이야?

리라는 고개를 돌려 악취 나는 음산한 물가를 다시 바라보았다. 질병과 독소로 황량하게 말라 버린 이 물가에서 내 사랑하는 판탈라이몬이 혼자 기다리고 있어야 한단 말인가? 내가 안개 속으로 사라지는 모습을 쓸쓸히 지켜봐야 한단 말인가? 리라의 눈에서 갑자기 눈물이 비 오듯 쏟아지기 시작했다. 격정적으로 흐느껴 우는 소리는 안개에 막혀 멀리까지 메아리치지는 않았다. 그러나 수없이 많은 연못과 개울, 부러진 나무 그루터기에 숨어 있던 상처 입은 생명체들은 가슴이 찢어지는 듯한 울음소리를 듣고 그러한 격정이 무서워 땅에 더 바싹 엎드렸다.

"그래도 데려갈 수 있으면…….."

리라의 슬픔을 빨리 덜어 주고 싶은 마음에 윌이 소리쳤다. 그러나 사공은 고개를 절레절레 흔들며 말했다.

"배에 태울 수는 있지. 그러면 배는 여기 그대로 있어야 돼."

"여기서 헤어지면 어떻게 다시 만나지요?"

"그건 나도 모르지."

"저승에서 떠나올 때 다시 이 길로 돌아오나요?"

"돌아온다고?"

"우리는 돌아올 거예요. 저승에 갔다가 다시 올 거라구요."

"이 길은 아니야."

"그러면 다른 길로라도 돌아올 거예요!"

"지금까지 수없이 많은 사람을 데려갔지만, 돌아온 사람은 하나도 없었어."

"그러면 우리가 처음이 되겠네요. 돌아오는 길을 꼭 찾을 거예요. 그러니까 인정을 베풀어 주세요, 할아버지. 데몬을 데려가도록 허락해 줘요."

"안 된다."

노인은 흰머리를 흔들며 말했다.

"이건 너희들이 마음대로 할 수 있는 문제가 아니야. 그래, 이건 법칙 같은 것이지."

노인은 배 밖으로 몸을 숙인 다음 호수 물을 손으로 떴다. 그러고는 손을 옆으로 기울여 물을 흘려 버렸다.

"물이 다시 호수로 떨어지는 이런 법칙 같은 거야. 손을 기울였는데 물이 공중으로 솟아오를 수는 없는 법이지. 마찬가지로 데몬을 저승으로 데려갈 수는 없단다. 저 애가 가든 말든 데몬은 여기 남아 있어야 해."

리라는 아무것도 볼 수 없었다. 고양이로 변신한 판탈라이몬의 털 속에 얼굴을 파묻었다.

월은 그때 잠자리를 타고 있던 티알리스가 노인 위로 뛰어내리려고 하는 것을 보았다. 그는 차라리 티알리스가 그렇게 해 주기를 속으로 바랐다. 그러나 티알리스의 의도를 눈치 챈 노인이 흰머리를 돌리고 말했다.

"내가 여기서 얼마나 오랫동안 사공 노릇을 했을 것 같나? 나를 해칠 수 있다면 벌써 옛날에 누군가 해치웠겠지. 저승으로 건너가는 사람들이 마냥 즐거운 마음으로 갔겠어? 발버둥치고 울고 뇌물을 쓰고, 위협하고 덤비기까지 하지만 다 소용없는 짓이야. 자네가 독침으로 찔러도 날 해치진 못해. 차라리 저 아이를 달래는 편이 나아. 저 아이는 갈 거니까. 나는 신경 쓰지 마."

월은 차마 볼 수 없었다. 리라는 지금까지 한 번도 해본 적 없는 가장 잔인한 일을 하고 있었다. 그런 행동을 해야만 하는 자신이 미우면서도, 판탈라이몬을 위해서는 그렇게 할 수밖에 없다는 사실이 그저 괴로울 뿐이었다. 리라는 울며불며 고양이로 변한 판탈라이몬의 발톱을 옷에서 떼어 내 차가운 길 위에 내려놓았다. 월은 귀를 막았다. 그 울음소리를 차마 들을 수가 없었다. 몇 번이고 데몬을 떼어 냈지만, 판탈라이몬은 계속 울부짖으며 리라에게 매달리려고 했다.

리라는 그만둘 수도 있었다. 이건 싫다고, 좋은 생각이 아니라고, 이런 짓을 할 수는 없다고 말할 수도 있었다. 또한 자신의 마음과 생명 깊숙한 곳까지 연결되어 있는 판탈라이몬에만 충실하고, 나머지는 모조리 무시해 버릴 수도 있었다. 그러나 리라는 그럴 수가 없었다.

"판, 지금까지 데몬과 함께 간 사람은 한 명도 없었대."

리라는 떨리는 목소리로 말했다.

"하지만 윌은 우리가 꼭 돌아올 거래. 나도 맹세해, 판. 널 사랑해. 꼭 돌아온다고 맹세할게. 꼭 그럴 거야. 몸조심해, 내 사랑. 무사해야 돼. 우린 돌아올 거야. 평생이 걸리더라도 널 찾아낼 거야. 절대로 포기하지 않을 거야. 무슨 일이 있어도 널 찾을 거야. 오, 판! 사랑하는 판! 난 가야 돼. 가야 돼."

리라는 마침내 자신의 데몬을 밀어냈다. 판탈라이몬은 비참하고 냉담하고 두려운 심정으로 진흙 바닥에 웅크리고 앉았다.

판탈라이몬이 지금 어떤 동물의 모습을 하고 있는 건지, 윌은 알 수 없었다. 두들겨 맞아 힘이 빠져 버린 어리디어린 강아지처럼 보였다. 세상에 이처럼 가엾은 동물이 또 있을까 싶을 정도였다. 판탈라이몬은 리라의 얼굴에서 잠시도 눈을 떼지 않았다. 윌은 리라가 일부러 고개를 돌리지 않고 죄책감을 있는 그대로 느끼고 있음을 알 수 있었다. 생이별을 하는 그들의 모습을 보는 것은 괴로웠지만, 동시에 리라의 정직함과 용기에는 감탄하지 않을 수 없었다. 그들 사이에 흐르는 감정의 전류가 어찌나 생생한지 윌은 몸이 찌릿찌릿할 정도였다.

판탈라이몬도 리라의 마음을 다 이해하기 때문에 이유를 묻지 않았다. 그는 리라에게 자신보다 로저를 더 사랑하는지 묻지 않았다. 그 물음에 대한 진실한 대답도 이미 알고 있었다. 그리고 자기가 어떤 말을 하면, 리라가 견디지 못하리라는 것도 알고 있었다. 그래서 데몬은 자신을 버리고 가는 리라가 괴로워하지 않도록 입을 꼭 다물었다. 리라와 판탈라이몬은 이 정도의 일로는 상처받지 않을 거라고, 곧 다시 만나게 될 거라고, 그리고 이것이 최선의 방법이라고 생각하려고 했다. 그러나 윌은 리라가 지금 가슴이 찢어지는 듯한 고통을 느끼고 있다는 것을 알았다.

마침내 리라는 배에 올랐다. 몸이 가벼워서 배는 조금도 흔들리지 않았다. 윌 옆에 앉은 리라의 눈길은 부두 끝 물가에서 몸을 떨며 서 있는 판탈라이몬을 향해 있었다. 뱃사공이 쇠고리를 풀고 배를 돌리기 위해 노를 힘껏 젓자, 강아지 모습을 한 판탈라이몬은 부두의 널빤지 위로 힘없이 걸어 나와 멍한 눈길로 리라를 바라보았다. 배는 앞으로 나아갔고 부두는 안개 속에서 차츰 희미해졌다 마침내 부두가 사라지자 리라는 울음을 터뜨렸다. 어찌나 심하게 우는지 그 소리가 안개로 막힌 먼 곳까지도 메아리가 되어 퍼져 나갔다. 하지만 그건 메아리가 아니었다. 그것은 리라가 저승으로 떠나자 이승에서 들려오는 리라의 울음소리의 다른 한 부분이었다.

"가슴이 너무 아파, 윌."

리라는 괴로워하며 윌의 어깨에 머리를 기댔다. 눈물로 범벅이 된 소녀의 얼굴은 고통으로 일그러져 있었다.

이리하여 조던 대학 총장이 사서에게 했던 예언, 리라는 아주 큰 배신을 할 것이며 그로 인해 끔찍한 고통을 당할 것이라던 그 예언이 마침내 이루어졌다.

그러나 윌 또한 속으로 극심한 고통을 느끼고 있었다. 갈리베스피언들도 윌과 리라처럼 서로에게 기댄 채 괴로워했다.

고통의 일부는 육체적인 것이었다. 마치 무쇠로 된 손이 심장을 움켜쥐고 갈비뼈 사이로 잡아당기는 듯한 통증이었다. 윌은 아픈 부위를 손으로 눌러 보았지만 통증이 조금도 줄어들지 않았다. 손가락을 잘렸을 때보다 더 깊고 지독한 통증이었다. 정신적인 고통도 있었다. 개인적이고 비밀스런 일이 전혀 원치 않는 곳에서 공개되었고, 월은 자기 때문에 그런 일이 일어났다는 것에 대한 고통과 수치심, 두려움과 자책감에 휩싸였다.

그것은 마치 월 자신이 "아뇨, 날 죽이지 마세요. 난 무서워요. 대신 우리 엄마를 죽이세요. 엄마는 중요하지 않아요. 난 엄마를 사랑하지 않으니까요."라고 말했는데, 엄마는 그 말을 듣고도 아들 마음이 상할까 봐 못 들은 척하며 사랑하는 아들을 위해 자기 목숨까지도 내놓으려고 하는 상황과 같았다. 그만큼 고약한 기분이었다.

그래서 월은 이런 모든 감정이 자신도 데몬을 갖고 있다는 증거라는 것을 깨달았다. 그리고 그의 데몬이 무엇이든, 그것도 판탈라이몬과 함께 그 더럽고 황폐한 부둣가에 버려졌다는 걸 알았다. 그런 생각은 월과 리라에게 동시에 찾아왔고, 둘은 눈물이 그렁그렁한 눈으로 서로를 바라보았다. 그리고 잠시 동안 둘은 상대방의 얼굴에서 자기 자신의 표정을 발견했다.

뱃사공과 잠자리들만 저승으로 가는 여행에 무심한 듯 보였다. 짙은 안개 속에서도 아름답게 빛나는 커다란 잠자리는 힘차게 날아다니면서 얇은 날개를 흔들어 몸에 달라붙은 축축한 물기를 털어 냈다. 삼베옷 차림의 사공은 맨발을 진흙투성이 바닥에 디디고 서서 앞뒤로 몸을 숙이며 노를 저었다.

저승까지 가는 길은 리라에게 상당히 멀게 느껴졌다. 물가에 버려두고 온 판탈라이몬을 생각하면 여전히 가슴이 아팠지만, 그래도 어느 정도 마음을 추스려 가고 있었다. 리라는 자신이 계속 버틸 수 있을지 체력을 가늠해 보았고, 배에서 내린 후에 어떤 일이 벌어질까도 차츰 궁금해지기 시작했다.

월은 팔로 리라의 어깨를 꼬옥 감싸 안고 있었다. 그는 앞의 축축한 회색 어둠 너머 무엇이 있는지 주시하고, 노 젓는 소리 외에 다른 소리가 들려오지는 않는지 귀를 바짝 기울였다. 그런데 갑자기 낭떠러지인지 섬인지 모를 것이 불쑥 나타났다. 이런저런 소리들이 주위를 에워싸고 안개는 점점 더 짙어졌다.

뱃사공은 배를 왼쪽으로 돌리기 위해 한쪽 노만 저었다.

"여기가 어디죠?"

티알리스의 목소리가 들렸다. 작지만 강한 목소리였으나 끝이 갈라졌다. 그 역시 몹시 괴로웠던 게 분명했다.

"섬 근처라네. 5분 후면 선착장에 도착할 거야."

노인이 대답했다.

"무슨 섬이요?"

윌이 물었다. 긴장한 탓인지 그답지 않게 아주 굳은 목소리가 나왔다.

"저승으로 들어가는 문이 이 섬에 있어. 누구나 이곳으로 오게 되어 있지. 왕이든 왕비든, 살인자나 시인, 아이들 할 것 없이 누구든 이 길을 한번 지나가면 다시는 돌아갈 수 없어."

"우린 돌아갈 거예요."

리라는 매몰차게 말했다.

노인은 아무 대꾸도 하지 않았지만 연민 어린 눈으로 리라를 바라보았다.

섬에 좀 더 가까이 다가가자 수면 위에 나지막이 드리워져 있는 사이프러스와 주목의 짙은 녹색 가지들이 보였다. 땅은 가파르게 솟아 있었고, 나무들이 지나치게 무성하게 자라고 있어 족제비들도 그 사이를 지나다닐 수 없을 것 같았다. 이런 생각을 하며 리라는 다시 흐느껴 울었다. 판탈라이몬이 같이 왔다면 그 사이를 얼마나 잘 다닐 수 있는지 보여 줬을 거란 생각이 들었던 것이다.

"우린 이제 죽은 건가요?"

월이 뱃사공에게 물었다.

"죽은 거나 다름없지. 여기까지 와서도 자기가 죽었다는 걸 믿지 않으려는 사람들이 있어. 자기는 아직 살아 있다고, 뭔가 잘못된 거라고, 누군가 벌을 받게 될 거라고 계속 우겨 대지. 그래 봤자 달라질 건 없는데 말이야. 살아 있으면서도 어서 죽기를 바라는 사람들도 있어. 한마디로 불쌍한 영혼들이지. 삶이 고달프고 고통스러운 사람들이야. 남은 삶의 축복을 위해 자살을 택하지만 더 나빠질 뿐이란 걸 몰라. 그러고 나면 이번에는 도망칠 구멍도 없는데 말이지. 죽은 사람이 다시 살아날 순 없거든.

허약하거나 병에 걸려 온 사람도 있고, 가끔씩은 어린 젖먹이들도 오지. 그 애들은 세상 빛도 제대로 못 받고 저승으로 온 거야. 나는 수많은 젖먹이를 내 무릎에 앉히고 노를 저었지. 하지만 그 아이들은 이 호수를 건너는 것이 무얼 뜻하는지도 몰라. 하긴 늙은 사람들도 그렇지. 특히 늙은 부자들은 못 말려. 비명을 질러 대고, 호통 치고, 욕하고, 그것도 모자라 악담이란 악담은 다 하고, 길길이 날뛰면서 물어뜯고……. 내가 도대체 뭔가 하는 생각이 들지 않겠어? 그들은 황금을 산더미처럼 쌓아 놓은 친구들이잖아? 그 금덩어리를 조금 줄 테니 자기들을 다시 부둣가로 데려다 달라는 거야. 나를 고소할 거라고도 하지.

막강한 권력을 가진 친구들도 있어. 교황과 왕들, 공작들을 알고 있으니, 모두가 나를 혼내고 처벌할 수 있는 높은 위치에 있다는 거지. 하지만 결국은 자신들이 처한 현실을 직시하게 돼. 그들이 있는 곳은 바로 저승으로 가는 내 배 안이라는 걸 말이야. 그리고 왕이니 교황이니 하는 이들도 모두 제 차례가 되면 이곳으로 올 수밖에 없다는 걸 말이지. 어쩌면 자신들이 원하는 것보다 더 일찍 올 수도 있어. 그들이 울부짖고 고함을 쳐도 난 그냥 내버려 둔단다. 그들은 나를 해칠 수 없어. 결국은 모두 제풀에 지쳐 조용해지게 마련이야.

그래서 네가 죽었는지 살았는지 모른다고 해도, 또 저 여자 아이가 다시 이승으로 돌아갈 거라고 무턱대고 우겨도 그냥 가만히 있는 거야. 너희들이 어떤 존재인지는 이제 곧 알게 될 테니까."

노인은 물가를 따라 천천히 배를 저어 갔다. 그러다가 노의 손잡이를 배 안쪽으로 향하게 놓은 다음, 오른손을 뻗어 강 위로 솟아 있는 첫 번째 말뚝을 붙잡았다. 노인은 좁은 선창을 따라 배를 저어서 그들이 내릴 수 있게 배를 세웠다.

리라는 배에서 내리고 싶지 않았다. 판탈라이몬은 배에 타고 있는 리라의 모습을 마지막으로 보았기 때문에, 리라가 배를 타고 있어야만 그녀를 생각할 수 있을 것이었다. 리라가 배에서 내리면 판탈라이몬은 더 이상 그녀의 모습을 떠올릴 수 없게 된다. 그래서 리라는 망설였다. 그러나 잠자리들이 날아오르고, 윌도 창백한 얼굴로 배에서 내리자 따라 내리지 않을 수 없었다.

"고맙습니다."

리라는 뱃사공에게 말했다.

"돌아가서 제 데몬을 보면 말씀 좀 전해 주세요. 이승과 저승의 모든 것 중에서 그를 가장 사랑한다구요. 그리고 이전에 그런 일이 한 번도 없었다고 하더라도 난 꼭 그에게 돌아갈 것을 맹세한다고 말이에요. 꼭 그럴 거예요."

"그래, 꼭 전하마."

늙은 뱃사공이 말했다.

노인은 배를 돌렸다. 잠시 후 노 젓는 소리가 안개 속으로 희미해져 갔다.

조금 앞서 가던 티알리스와 살마키아가 되돌아왔다. 티알리스는 윌의 어깨 위에, 살마키아는 리라의 어깨 위에 내려앉았다. 그렇게 해서 그들은 저승의 가장자리에 섰다. 점점 짙어 가는 어둠 속에서 우뚝 솟아 있는 거대한 벽이 보였다.

리라는 몸을 떨었다. 차갑고 축축한 공기가 갈비뼈 사이로 스며들어 판탈라이몬이 남기고 간 상처를 더욱 시리게 했다. 그 순간 리라는 생각했다. 자신의 손을 필사적으로 잡으려다 산 아래로 추락했던 로저도 그때 분명 이런 아픔을 느꼈을 거라고.

그들은 가만히 서서 귀를 기울였다. 들리는 것이라고는 나뭇잎에서 똑똑 떨어지는 물방울 소리뿐이었다. 위를 올려다보자 물방울이 그들의 뺨 위로 차갑게 떨어졌다.

"어서 움직이자."

리라가 말했다.

그들은 서로 바짝 다가서며 거대한 벽을 향해 걸어갔다. 오래된 녹색 곰팡이로 뒤덮인 거대한 석벽이 자욱한 안개 위로 우뚝 솟아 있었다. 그들이 가까이 다가가자 벽 뒤에서 울음소리가 들려왔다. 사람의 울음소리인지는 분명하지 않았지만, 날카롭게 질러 대는 슬픈 비명은 마치 해파리의 가느다란 촉수처럼 허공에 걸려 닿는 곳마다 고통을 일으킬 것 같았다.

"저기 문이 있어."

윌이 긴장한 듯 쉰 목소리로 말했다.

석판 아래에 찌그러진 나무문이 있었다. 윌이 문을 열려고 하는 순간 다시 찢어질 듯한 비명 소리가 들렸다. 고막이 터질 듯한 무시무시한 소리에 모두 깜짝 놀라 그 자리에 몸이 굳어 버렸다.

두 갈리베스피언이 즉시 공중으로 날아올랐다. 그들의 잠자리는 전장으로 달려가는 작은 군마 같았다. 그러나 그들은 곧 한쪽으로 나가떨어지고 말았다. 날개로 사정없이 후려치는 어떤 괴물의 공격을 받았던 것이다. 그 괴물은 석벽의 받침대 위에 묵직하게 내려앉았다. 티알리스와 살마키아는 정신을 차리고 벌벌 떨고 있는 잠자리들을 진정시켰다.

그들을 후려친 괴물은 독수리만 한 크기에 한 여자의 얼굴과 가슴을 가진 새였다. 월은 그렇게 생긴 새를 사진에서 본 적이 있었다. 그리고 그것을 본 순간 '하피'라는 이름이 머리에 떠올랐다. 괴물의 얼굴은 주름살 하나 없이 매끈했지만, 마녀들보다 훨씬 더 늙어 보였다. 그녀는 지난 수천 년 동안 이곳을 지나가는 수많은 죽음을 보았고 그들의 잔혹함과 비참함이 그녀의 악의에 찬 모습으로 형상화된 것이었다.

하피의 얼굴은 자세히 볼수록 더욱 혐오스럽게 느껴졌다. 눈곱이 덕지덕지 끼어 있는 더러운 눈에 썩은 피를 여러 차례 토해 낸 것처럼 피딱지가 말라붙어 있는 붉은 입술, 지저분하게 헝클어진 검은 머리와 돌 받침대를 꽉 움켜쥐고 있는 날카로운 발톱까지…….

하피의 강한 검은 날개는 등 뒤로 접혀 있었다. 그녀가 움직일 때마다 몸에서는 썩은 악취가 풍겼다. 그 냄새가 고통스러울 정도로 역했지만 월과 리라, 티알리스와 살마키아는 몸을 똑바로 세우고 하피를 바라보았다.

"너희들은 살아 있잖아."

하피는 기분 나쁜 목소리로 조롱하듯 말했다.

월은 지금까지 만난 어떤 인간보다도 그녀가 얄밉고 두려웠다.

"당신은 누구죠?"

리라가 물었다. 리라도 월 못지않게 이 괴물이 싫었다.

하피는 대답 대신 입을 크게 벌리고 날카로운 소리를 질러 댔다. 그들은 머리가 어질어질해지면서 뒤로 쓰러질 뻔했다. 월은 리라의 몸을 꽉 껴안았다. 하피의 소리는 점점 더 사납고 조롱하는 듯한 웃음소리로 변해 갔다. 그러자 호수 위의 안개 속에 숨어 있던 다른 하피들이 그 소리에 응답했다.

월은 그들의 혐오스러운 소리를 들으며 운동장에서 잔인하게 굴었던 아이들을 떠올렸다. 하지만 여기는 그들을 제지할 선생님도, 숨을 곳도 없었다.

월은 하피의 눈을 노려보며 벨트에 찬 마법의 검으로 손을 가져갔다. 귀가 찢어질 듯한 하피의 고함 소리 때문에 현기증이 났지만 그는 단호하게 말했다.

"우리를 막을 생각이라면, 그렇게 고함만 지를 게 아니라 싸울 준비를 해야 할 거예요. 우린 이 문을 꼭 통과해야 하니까."

하피는 구역질 나는 빨간 입술을 움직이며 입맞춤하는 흉내를 냈다.

"네 엄마는 혼자 있어. 우린 네 엄마가 악몽을 꾸게 할 거야. 네 엄마 꿈속으로 들어가서 마구 비명을 질러 댈 거라고."

월은 움직이지 않았다. 레이디 살마키아가 하피가 앉아 있는 곳으로 살며시 움직이고 있는 것을 곁눈으로 보았기 때문이다. 티알리스는 땅 위에서 날개를 떨고 있는 살마키아의 잠자리를 붙잡고 있었다. 그때 두 가지 일이 동시에 벌어졌다. 살마키아는 눈 깜짝할 사이에 비늘이 더덕더덕 붙어 있는 하피의 다리에 독침을 깊숙이 찔러 넣었다. 그 순간 티알리스는 살마키아의 잠자리를 위로 날려 보냈다. 살마키아는 받침대에서 획 뛰어내려 강력한 푸른빛을 내는 잠자리의 등에 올라타고는 하늘 위로 날아올랐다.

독침의 효과는 즉시 나타났다. 더욱 날카로워진 하피의 비명으로 잠 잠하던 사방이 흔들렸다. 하피는 미친 듯이 검은 날개를 퍼덕거렸고, 그 바람 때문에 월과 리라의 몸이 휘청거렸다. 그러나 하피는 발톱 끝으로 악착같이 받침대를 붙잡고 있었다. 얼굴은 치밀어 오르는 분노로 시뻘게졌고 머리카락은 고개를 쳐든 뱀처럼 한 올 한 올 곤두섰다.

윌은 리라의 손을 잡고 문을 향해 달려갔다. 화가 날 대로 난 하피는 그들을 향해 날아들었다. 그것을 본 윌이 몸을 돌려 리라를 등 뒤로 숨기고 마법의 검을 쳐들자, 하피는 달려드는 것을 멈추었다.

갈리베스피인은 하피의 얼굴 근처까지 돌진했다가 다시 물러서기를 반복했다. 일격을 가하지는 못하지만 하피의 혼을 빼놓을 작정이었다. 하피는 서투르게 날개를 퍼덕이다 어중간한 자세로 땅에 떨어지고 말았다.

리라가 소리쳤다.

"티알리스! 살마키아! 그만, 이제 그만 해요!"

갈리베스피인들은 잠자리를 타고 윌과 리라의 머리 위를 스치듯 지나갔다. 검은 형체들이 안개 속으로 모여들기 시작했고, 수백 마리의 하피가 울부짖는 소리가 멀리 물가에서 들려왔다. 땅에 떨어진 하피는 날개와 머리를 흔들고, 다리를 차례로 뻗어 본 다음 발톱을 구부렸다 폈다 했다. 리라는 하피가 아무 상처도 입지 않았다는 것을 눈치 챘다.

갈리베스피인들은 공중을 맴돌다 리라에게 내려왔다. 리라는 그들이 내려앉을 수 있도록 양손을 내밀었다. 리라의 말을 알아들은 살마키아가 티알리스에게 말했다.

"리라 말이 옳아요. 이유는 모르겠지만 우린 저 하피를 해칠 수 없어요."

리라가 하피에게 물었다.

"부인, 당신 이름이 뭐죠?"

하피는 날개를 크게 퍼덕이며 소리 질렀다. 그들은 하피에게서 풍기는 썩은 악취 때문에 질식할 지경이었다.

"이름 같은 거 없어!"

"우리한테 원하는 게 뭐예요?"

리라가 다시 물었다.

"뭘 줄 수 있는데?"

"우리가 어디서 왔는지 얘기해 줄 수 있어요. 당신도 들으면 재미있을 거예요. 우린 여기까지 오면서 온갖 이상한 것들을 다 봤거든요."

"그러니까 이야기를 해 주겠다는 거냐?"

"원한다면요."

"그럴지도 모르지. 그 대가로 뭘 원하는데?"

"이 문으로 들어가서 만나고 싶은 유령들을 찾을 수 있게 해 주세요. 당신이 친절하다면 그렇게 해 주실 수 있겠죠."

"그럼 한번 얘기해 봐."

하피가 말했다.

속이 메스껍고 역했지만 리라는 자신이 으뜸패를 잡은 듯한 느낌이 들었다.

"조심해."

살마키아가 속삭였다. 그러나 리라는 이미 머릿속에서 전날 밤에 했던 이야기를 재구성하고 있었다. 거기에서 뺄 것은 빼고 보탤 것은 보태 가면서 좀 더 짜임새 있는 이야기를 만들기 시작했다. 부모님의 죽음, 가문의 보물, 배의 난파, 도망……. 머릿속에서 줄거리가 제대로 잡히자 리라는 얘기를 시작했다.

"내가 젖먹이였을 때부터 얘기하기로 하죠. 우리 아빠는 애빙던의 공작이었어요. 당연히 재산도 아주 많았죠. 아빠는 왕의 고문으로 일했고, 그래서 왕은 가끔 우리 영지에서 지냈어요. 함께 숲 속에서 사냥을 하기도 했죠. 내가 태어난 저택은 영국 남부 지방에서 가장 컸어요. 그 저택의 이름은……."

하피는 사전 경고도 없이 발톱을 앞으로 내밀고 리라에게 달려들었다. 리라가 막 피하려는 순간, 하피는 발톱으로 리라의 머리카락을 잡아채어 한 움큼이나 뽑아 버렸다.

"거짓말! 거짓말!"

하피가 소리를 질러 댔다.

"거짓말쟁이!"

하피는 다시 리라의 얼굴을 향해 정면으로 날아왔다. 윌은 재빨리 마법의 검을 빼어 그 사이로 몸을 던졌다. 하피가 마법의 검을 피해 몸을 비트는 순간, 윌은 리라를 문 쪽으로 밀어 넣었다. 리라는 충격을 받아 온몸에 마비가 왔고, 머리에서 흘러내린 피 때문에 앞이 잘 보이지 않았다. 윌은 갈리베스피인들이 어디에 있는지 찾을 겨를도 없었다. 하피가 계속 악의와 분노가 섞인 소리를 고래고래 지르며 그들에게 덤벼들었다.

"거짓말! 거짓말! 거짓말쟁이!"

그녀의 목소리는 사방에서 들려오는 것 같았다. 그리고 그 소리는 안개 서린 거대한 벽에 부딪혀 메아리치고 둔탁하게 변해서 마치 리라의 이름을 부르는 것처럼 들렸다. 이제 리라와 거짓말쟁이는 하나가 되어 버렸다.

윌은 리라를 보호하기 위해 그녀를 가슴에 꼭 껴안았다. 리라는 몸을 떨며 흐느끼고 있었다. 윌은 마법의 검을 썩어 문드러진 나무문 속으로 찔러 넣고 자물쇠를 잘라 버렸다. 그리고 옆으로 휙 날아온 갈리베스피인들과 함께 급히 유령들의 세계로 들어갔다. 하피의 울음소리는 안개 자욱한 해안에 있는 다른 하피들의 울음소리와 함께 점점 더 커져 갔다.

속삭이는 유령들

월은 우선 리라를 앉힌 후 혈류이끼 연고를 꺼냈다. 리라의 머리에서는 피가 계속 흘러내렸지만 상처가 심하지는 않았다. 월은 리라의 머리를 이렇게 만든 하피의 더러운 발톱을 머릿속에서 지우려고 애쓰면서, 셔츠 끝을 찢어 상처 부위를 깨끗이 닦고 연고를 발라 주었다.

리라의 눈빛은 흐려져 있었고, 얼굴은 창백했다.

"리라! 리라!"

월은 그녀를 부드럽게 흔들며 말했다.

"정신 차려. 이제 가야 해."

리라는 몸을 부르르 떨더니 긴 한숨을 내쉬었다. 그러고는 몹시 절망적인 표정으로 월을 바라보았다.

"월, 난 더 이상 거짓말을 할 수 없어. 이젠 할 수 없다구! 거짓말이 통하지 않았어. 아주 쉬운 일이라고 생각했는데…… 내가 할 수 있는 거라곤 거짓말밖에 없는데, 그게 쓸모없게 되어 버렸으니……."

"네가 할 수 있는 일이 그것만은 아니잖아. 넌 알레시오미터도 읽을 줄 안다구, 안 그래? 자, 이제 여기가 어딘지 한번 둘러보자. 로저도 찾아보고."

윌은 리라를 부축하여 일으켰고, 그들은 유령들이 살고 있는 땅을 처음으로 쭈욱 둘러보았다. 그들이 서 있는 곳은 안개 속에 펼쳐진 거대한 평야였다. 사방이 어두침침하고 그림자다운 그림자나 빛다운 빛이 없어 모든 것이 거무죽죽하게만 보였다.

이 광활한 땅 위에 어른과 아이의 유령들이 서 있었다. 얼마나 많은지 그 수를 짐작할 수도 없었다. 대부분은 서 있었고, 일부는 앉아 있기도 했다. 또 나른하게 누워 있거나 깊은 잠에 빠져 있는 유령들도 있었다. 주위를 돌아다니거나 뛰어다니며 장난치는 유령은 하나도 없었다. 하지만 유령들 대부분은 이곳에 새로 도착한 윌과 리라를 발견하고는 눈을 둥그렇게 뜨고 두려움 반 호기심 반으로 그들을 바라보았다.

"유령들이야."

리라는 윌에게 속삭였다.

"여기가 유령들이 있는 곳이구나, 죽으면 모두……."

이젠 판탈라이몬이 곁에 없기 때문이겠지만, 리라는 윌의 팔을 붙잡고 그에게 바짝 달라붙었다. 윌은 리라의 이런 행동이 내심 기뻤다. 잠자리를 탄 갈리베스피인들이 그들 앞으로 날아갔다. 작고 환한 그들의 몸체가 유령들의 머리 위로 미끄러지듯 날아가고 있었다. 유령들은 고개를 들고 쳐다보다가 신기한 듯 그들을 쫓아가기 시작했다. 그곳에 흐르는 침묵은 지독히 무겁고도 숨이 막혔고, 음울한 잿빛으로 인해 윌은 두려움으로 가득 찼다. 옆에 있는 따뜻한 리라만이 살아 있는 존재로 느껴졌다.

그들 뒤의 석벽 바깥에서는 하피들의 날카로운 울음소리가 여전히 메아리치고 있었다. 걱정스러운 눈빛으로 위를 쳐다보는 유령들도 있었다. 하지만 대부분은 윌과 리라를 말똥말똥 쳐다보았고 잠시 후 한꺼번에 몰려들기 시작했다. 리라는 뒷걸음질을 쳤다. 예전 같으면 대담하게 유령들과 맞섰겠지만, 지금은 아니었다. 그럴 용기가 나지 않았다. 윌이 먼저 입을 열었다.

  "우리와 같은 말은 쓰나요? 말할 수 있어요?"

  윌과 리라는 두렵고 떨리는데다 몸도 성치 않았지만, 유령들의 힘을 모두 합한다고 해도 그들을 이길 수 있을 것 같지 않았다. 가여운 유령들은 힘이라고는 거의 없었다. 그들은 저승에서는 한 번도 들어 본 적이 없는 맑고 힘찬 목소리를 듣자, 윌에게 몰려들었다.

  하지만 목이 잠긴 유령들은 겨우 속삭일 수 있었을 뿐이다. 그들의 입에서는 조용한 숨소리에 지나지 않는 가냘프고 기운 없는 소리만 새어 나왔다. 그들은 서로 밀치며 필사적으로 다가오려고 했다. 갈리베스피인들은 그들이 너무 가깝게 오지 못하도록 그들 주위를 거세게 날아다녔다. 아이 유령들은 흥분과 동경이 어린 눈빛으로 잠자리들을 쳐다보았다. 리라는 아이들의 행동을 금방 이해할 수 있었다. 아이 유령들은 잠자리들을 데몬으로 생각하고 있었던 것이다. 그들은 진심으로 데몬을 다시 갖고 싶은 것이다.

  "저건 데몬이 아니야."

  리라가 동정심을 느끼며 아이 유령들에게 말했다.

  "내 데몬을 데려왔다면 너희들도 만져 볼 수 있게 했을 텐데."

  리라는 아이 유령들에게 손을 내밀었다. 어른 유령들은 내키지 않았는지, 아니면 겁이 났는지 뒤로 주춤 물러섰다. 그러나 아이 유령들은 모두 앞으로 다가섰다. 가엾게도 그들은 안개나 다름없는 존재였다. 윌이 그랬던 것처럼 리라의 손은 그들의 몸을 그냥 쑥쑥 지나갔다. 가볍고 생기가 없는 그들은 앞으로 몰려들어 리라와 윌의 몸속에 흐르는 피와 강하게 뛰고 있는 심장의 열기를 전해 받으려고 했다. 유령들이 몸을 덥히기 위해 몸을 스치고 지나갈 때마다, 윌과 리라는 가벼운 냉기를 느꼈다. 살아 있는 그들의 몸도 조금씩 죽어 가는 것 같았다. 윌과 리라도 남에게 줄 생기와 온기가 무한한 건 아니었다. 그들의 몸은 벌써 차가워질 대로 차가워졌다. 하지만 유령들은 끊임없이 밀려들고 있었다.

결국 리라는 두 손을 들고 유령들에게 더 이상 다가오지 말라고 간청했다.

"제발 그만요……. 우리도 당신들 모두를 만져 주고 싶어요. 하지만 우리는 누굴 찾으러 왔어요. 그 아이가 지금 어디에 있는지, 그리고 어떻게 찾아야 하는지 얘기해 주세요. 오, 윌!"

리라는 윌의 어깨에 머리를 기대며 말했다.

"어쩌면 좋아!"

유령들은 리라의 이마에서 흘러내리는 피를 홀린 듯이 바라보았다. 피는 어슴푸레한 빛 속에서 서양호랑가시나무의 열매처럼 밝게 빛나고 있었다. 생생하게 살아 있는 것을 만지고 싶은지, 그 피를 닦아 주려는 유령도 있었다. 죽을 때의 나이가 아홉이나 열 살 정도 됨직한 소녀가 피를 만지려고 수줍은 표정으로 다가왔다가 겁을 집어먹고 뒷걸음질쳤다. 그러자 리라가 말했다.

"무서워하지 마. 우린 널 해치지 않아. 말할 수 있으면 해봐!"

소녀 유령은 가늘고 기운 없는 목소리로 속삭이듯 물었다.

"하피들이 이렇게 했니? 그들이 널 해치려고 했어?"

"그래. 하지만 고작 이 정도라면, 그들이 무섭지 않아."

"오, 그렇지 않아. 그것들은 더 지독해."

"그래? 어떤 짓을 하는데?"

그러나 아무도 선뜻 말하지 못했다. 고개를 저으며 모두들 입을 다물고 있는데 한 소년 유령이 말했다.

"여기서 수백 년 동안 산 유령들은 괜찮아. 시달릴 대로 시달려서 이골이 났거든."

"그들은 이곳에 새로 도착한 유령들을 건드리고 싶어 해."

조금 전의 그 소녀 유령이 말했다.

"얼마나 지독한데. 그것들은…… 차마 말로 할 수 없을 정도야."

유령들의 목소리는 마른 잎이 떨어지는 소리보다도 작았다. 그나마 말을 하는 유령은 아이들뿐이었다. 어른 유령들은 무기력 상태에 빠진 지 너무 오래되어 다시는 움직이거나 말하지 않을 것 같았다.

"제 말 좀 들어 보세요. 제발요! 우리는 로저라는 아이를 찾으려고 이곳에 왔어요. 그 아이는 여기 온 지 얼마 안 됐어요. 겨우 몇 주일 정도밖에요. 그래서 그 아이를 아는 분이 별로 많지는 않을 거예요. 하지만 만약 그 애가 어디 있는지 알고 있으면……."

리라는 그렇게 말하면서도 이 저승 바닥을 헤매며 유령들의 얼굴을 일일이 다 살펴보다가는 할머니가 되어 버려 로저를 영영 못 찾게 될 거라는 생각이 들었다. 평생을 보내도 이곳에 있는 유령들을 다 못 볼 수도 있다. 무거운 절망감이 그녀의 어깨 위에 내려앉았다.

그렇지만 리라는 이를 악물고 턱을 위로 치켜올렸다. 어쨌거나 우린 여기까지 왔어. 이것만으로도 절반은 해낸 거라구.

소녀 유령이 들릴락 말락한 목소리로 윌에게 속삭였다.

"그 아이를 왜 찾느냐고?"

윌이 말했다.

"리라가 그 아이에게 할 얘기가 있대. 나도 아빠를 찾아야 돼. 우리 아빠 이름은 존 패리라고 해. 여기 어딘가에 계실 거야. 난 아빠에게 꼭 하고 싶은 말이 있어. 그래서 부탁인데, 할 수 있다면 로저와 존 패리라는 유령을 좀 찾아 줄래? 리라와 윌이 찾아왔다는 말을 전해 주면 고맙겠어."

그러자 유령들은 갑자기 돌풍에 흩어지는 낙엽처럼 모두 돌아서서 도망치기 시작했다. 순식간에 그들이 서 있던 곳은 텅 비어 버렸고, 그 이유는 곧 밝혀졌다. 하늘에서 고함 소리와 비명 소리가 요란하게 들리더니 이내 하피들이 모습을 드러낸 것이다. 그들은 망가진 날개를 퍼덕이며 썩은 악취를 풍겨 댔고, 비웃음과 멸시가 섞인 기분 나쁜 웃음소리를 냈다.

리라는 즉시 귀를 막고 땅바닥에 웅크렸다. 윌은 마법의 검을 뽑아 들고 몸으로 리라를 감싸 안았다. 티알리스와 살마키아가 그들에게 날아오고 있었지만 공격에 합류하기에는 아직 먼 거리였다. 윌은 하피들이 한두 차례 공중을 선회하다가 하강하려는 것을 보았다. 인간의 얼굴을 하고 있는 하피들은 마치 곤충이라도 잡아먹는 것처럼 입을 딱딱 벌리고 있었다. 그들이 질러 대는 소리는 모두 윌의 엄마에 관한 얘기였다. 하피들은 차마 입에 담지 못할 더러운 말들을 지껄여 대며 윌과 그의 엄마를 조롱했다. 윌은 가슴이 터질 듯한 분노가 치밀어 올랐지만, 감정에 휘말리지 않고 냉정하게 하피들의 행동을 관찰하고 예측하고 계산했다. 하피들은 만단검 근처로는 오려고 하지 않았다.

하피들이 어떻게 하려는 건지 보려고 윌은 자리에서 일어섰다. 그러자 저승 문에서 만난 그 이름 없는 하피가 윌의 머리를 아슬아슬하게 스치고 지나갔다. 그녀는 무거운 날개를 서툴게 퍼덕거리며 간신히 방향을 바꾸어 날아갔다. 윌이 만단검을 휘둘렀다면 그 하피의 머리를 벨 수도 있었을 것이다.

갈리베스피인들이 하피를 공격하려고 하자 윌이 소리쳐 불렀다.

"티알리스! 살마키아! 이리로 와요."

그들이 어깨 위에 내려앉자 윌이 말했다.

"저들이 하는 짓을 좀 보세요. 그냥 소리만 질러 댈 뿐이에요. 그 하피가 리라를 공격한 건 실수로 그랬던 것 같아요. 우리를 안 건드릴 거예요. 그냥 무시하세요."

리라는 두 눈을 커다랗게 뜨고 위를 쳐다보았다. 하피들은 윌의 머리 위를 획획 지나가면서도 공격권 내에 들어오면 어김없이 옆으로 비켜 나거나 위로 날아갔다. 갈리베스피인들은 정말 하피와 한판 붙고 싶었고, 잠자리들도 대기를 가르며 돌진하고 싶은 열망에 날개를 부들부들 떨었다. 하지만 그들은 꾹 참았다. 윌의 말이 옳다는 것을 알았기 때문이다.

아무 상처도 입지 않고 하피들을 향해 당당히 서 있는 윌의 모습을 보자, 유령들은 다시 그들 곁으로 돌아왔다. 유령들은 하피들의 눈치를 살피면서도 따뜻한 육체와 피, 강한 심장 박동을 느끼고 싶은 유혹을 뿌리칠 수가 없었던 것이다.

리라도 일어서서 윌 곁에 섰다. 다시 벌어진 상처에서 피가 흘러나와 뺨을 타고 내리자, 리라는 손으로 살짝 닦아 냈다.

"윌, 너랑 같이 와서 정말 다행이야."

윌은 리라의 표정을 읽었다. 그가 이제까지 본 것 중 가장 마음에 드는 표정이었다. 마음속으로 뭔가 대단한 일을 꾸미고 있지만 아직 말할 단계는 아니라는 그런 표정이었다.

윌은 이해한다는 듯 고개를 끄덕였다.

그때 소녀 유령이 말했다.

"이리 와. 우리와 함께 가자. 그들을 찾아 줄게."

윌과 리라는 소녀 유령의 손이 몸속으로 들어와 갈비뼈를 잡아당기며 따라오라고 재촉하는 듯한 이상한 기분에 휩싸였다.

그렇게 그들은 황량한 대평원을 가로질러 걷기 시작했다. 하피들은 날카로운 소리를 질러 대며 점점 더 높이 날았다. 그러나 그들은 일정한 거리를 유지했고, 갈리베스피인들은 공중을 날며 그들을 계속 감시했다.

길을 걸으면서 한 소녀 유령이 리라와 윌에게 물었다.

"저어, 너희들의 데몬은 어디 있니? 이런 질문을 해서 미안하지만……."

리라는 부둣가에 남겨 두고 온 사랑하는 판탈라이몬을 잠시라도 잊은 적이 없었다. 그녀는 쉽사리 대답을 하지 못했고 이를 눈치 챈 윌이 대신 말해 주었다.

"저 바깥세상에 두고 왔어. 데몬들이 안전하게 있을 수 있는 곳에. 나중에 다시 데리러 갈 거야. 너도 데몬이 있었니?"

"응, 이름이 샌들링이었어. 내가 얼마나 아꼈는데……."

"변신은 끝마쳤니?"

리라가 말했다.

"아니, 아직은. 그 앤 새가 되고 싶다는 말을 자주 했어. 난 그게 싫었어. 왜냐하면 밤에 잘 때 나를 덮어 주는 부드러운 털이 참 좋았거든. 그런데 점점 새의 모습으로 변하더라. 네 데몬은 이름이 뭐니?"

리라가 판탈라이몬이라고 대답하자, 다른 유령들도 서로 밀치며 앞으로 나와 자신들의 데몬에 대해 얘기하려고 했다.

"내 데몬의 이름은 마타판이야……."

"우린 숨바꼭질을 자주 했어. 내 데몬은 카멜레온 비슷하게 변해서 잘 보이지 않았지. 정말 좋은 친구였는데……."

"한번은 눈을 다쳐서 잘 볼 수 없었는데, 내 데몬이 나를 집까지 안내해 줬어."

"내 데몬은 모습이 고정되는 걸 원치 않았어. 하지만 난 어서 컸으면 했고, 그래서 우린 늘 티격태격했지."

"내 데몬은 내 손에서 웅크린 채 잠을 잤어."

"데몬들은 지금도 저 세상 어딘가에 있을까? 다시 만날 수 있을까?"

"그렇지 않아. 사람이 죽으면 데몬도 촛불처럼 꺼져 버리거든. 그런 모습을 본 적이 있어. 하지만 난 내 캐스터의 마지막 모습도 보지 못했어. 작별 인사도 못했는데……."

"그들은 아주 사라진 게 아냐. 분명 어딘가에 있어. 내 데몬은 아직 저 세상 어딘가에 있다고!"

유령들은 갑자기 생기와 열의를 내뿜었다. 마치 윌과 리라에게 생명력을 빌린 것처럼, 그들의 눈은 빛나고 뺨은 뜨겁게 달아올랐다.

윌이 물었다.

"혹시 내가 살던 세계에서 온 사람은 없나요? 데몬이 없는 세계인데."

윌과 또래로 보이는 작은 남자 아이 유령이 고개를 끄덕이며 말했다.

"그래, 우린 데몬이 뭔지 몰랐지만, 그것이 없으면 어떤 느낌인지는 알고 있었어. 여기엔 온 세계 사람들이 다 모여 있지."

"난 내 죽음을 알고 있었어."

한 소녀 유령이 말했다.

"자라면서 죽음을 알게 되었지. 데몬 얘기를 들었을 때, 그것이 우리들의 죽음과 비슷한 걸 거라고 생각했어. 죽음이 보고 싶어. 우린 다시는 못 만나겠지? '난 이제 끝났어'라는 마지막 말을 남기고 죽음은 내 곁을 영영 떠나 버렸어. 죽음이 곁에 있을 땐 마음이 얼마나 든든했는데. 죽음은 내가 믿을 수 있고, 우리가 어디로 가고 있는지, 뭘 해야 하는지 말해 줄 수 있는 그런 존재였거든. 하지만 이제 난 죽음을 곁에 둘수 없어. 이제 어떤 일이 일어날지 모르겠어."

"아무 일도 일어나지 않아."

또 다른 유령이 말했다.

"아무것도, 영원히!"

"넌 몰라."

다른 여자 유령이 받았다.

"이 애들이 왔잖아, 안 그래? 이런 일이 벌어질 줄은 아무도 몰랐어."

윌과 리라를 두고 한 말이었다.

"여기서 이런 일은 처음이야."

소년 유령이 말했다.

"이제 모든 것이 변할지도 몰라."

"넌 뭘 제일 하고 싶어?"

리라가 물었다.

"저 세상으로 다시 올라가는 것."

"단 한 번밖에 못 본다고 해도 갈 거야?"

"그럼! 그럼! 그럼!"

"음, 어쨌든 난 로저를 찾아야 해."

리라가 말했다. 새로운 생각이 떠올라 잔뜩 흥분되었지만, 윌에게 먼저 얘기해야 할 것 같았다.

끝없이 펼쳐진 평야 위에 무수하게 많은 유령이 무리를 이루어 천천히 움직이고 있었다. 유령들과 함께 걷고 있는 윌과 리라는 볼 수 없었지만, 공중을 날고 있는 티알리스와 살마키아는 새떼나 사슴 무리들이 집단 이동을 하는 것처럼 움직이고 있는 작고 창백한 형체들을 볼 수 있었다. 그 무리의 중심에는 살아 있는 윌과 리라가 있었다. 그들은 앞으로 나서는 것도 뒤따라가는 것도 아닌, 그저 유령들이 가는 대로 함께 흘러가고 있었다.

잠자리들이 너무 빨리 난다는 생각이 들자, 갈리베스피인들은 서로 눈빛을 주고받은 다음 자신들의 준마들을 시들고 마른 나뭇가지 위에 나란히 앉혔다.

"우리도 데몬이 있나요, 티알리스?"

살마키아가 물었다.

"나룻배를 탔을 때, 난 갑자기 심장이 터져 나오는 것 같았어. 그리고 그 심장이 아직도 부둣가에서 펄떡펄떡 뛰고 있는 기분이야. 그런데 그건 심장이 아니었나 봐. 아직도 내 가슴속에서 심장이 이렇게 뛰고 있는 걸 보면. 아마 몸속에 있던 무엇이 빠져나가 리라의 데몬과 함께 있는 모양이야. 그건 살마키아도 마찬가지일 거야. 얼굴이 일그러지고 손은 핏기 하나 없이 굳은 걸 보니 말이야. 그래, 우리도 데몬을 갖고 있었어. 단지 그게 어떤 모습을 하고 있는지 몰랐을 뿐이지. 아마 리라의 세계 사람들은 데몬이 있다는 걸 아는 유일한 생명체일지도 모르지. 그래서 반란을 일으킨 사람도 그들 중에서 나오게 된 게 아닐까?"

잠자리 등에서 내려온 티알리스는 자신의 준마를 안전하게 매어 두고 천연자석 공명기를 꺼냈다. 하지만 그는 곧 하던 짓을 멈추고 우울하게 말했다.

"응답이 없군."

"그럼 우린 모든 것을 벗어난 건가요?"

"지원을 받을 수 없는 곳인 것만은 확실해. 하긴 저승으로 온다는 걸 우리도 알고 있었잖아."

"윌은 리라와 함께라면 세상 끝까지라도 가겠죠."

"정말 그 아이의 칼이 돌아갈 길을 열 수 있을까?"

"윌은 분명 그렇게 생각하고 있어요. 하지만 티알리스, 난 정말 모르겠어요."

"그 아인 너무 어려. 하긴 둘 다 어리지. 리라가 이곳에서 살아남지 못하면, 유혹을 받았을 때 과연 올바른 선택을 할 것인가 고민할 필요도 없어지겠군."

"리라가 이미 선택을 했다고 생각하는 거예요? 부둣가에 자기 데몬을 버려두었을 때 말인가요? 그게 리라의 선택이었어요?"

티알리스는 고개를 숙이고 저승 땅을 천천히 걷고 있는 수백만의 유령을 내려다보았다. 그들은 모두 살아 있는 불꽃처럼 빛나는 리라를 따라 무작정 걸어가고 있었다. 어둠 속에서 환하게 빛나는 리라의 머리와 그 옆에서 걷고 있는 단단하고 억센 소년의 검은 머리가 눈에 들어왔다.

"아니야."

티알리스가 대답했다.

"그게 뭔지는 모르겠지만 아직은 선택하지 않았어."

"그렇다면 우리는 리라가 안전하게 선택하도록 해야겠네요."

"윌도 함께지. 이제 그 둘은 하나가 되었으니까."

레이디 살마키아가 거미줄처럼 가벼운 고삐를 휙 흔들자, 잠자리는 즉시 나뭇가지를 떠나 윌과 리라가 있는 곳으로 빠르게 날아갔다. 그 뒤를 티알리스가 바짝 따라붙었다.

그들은 윌과 리라에게 아무 이상이 없는지 확인한 다음 계속 앞으로 날아갔다. 잠자리들이 불안해하는 게 걱정이기는 했지만, 한편으로 이런 침침한 곳이 어디까지 계속될지 알고 싶기도 했다.

리라는 머리 위로 반짝이며 날아가는 잠자리들을 보았다. 아직도 아름다운 빛을 내며 날아다니는 존재가 있다는 사실에 안도감을 느꼈다.

그리고 이젠 윌에게 자신의 생각을 얘기해야겠다고 결심했다. 리라는 윌의 귀에 입술을 갖다 대고 따뜻한 입김을 뿜으며 자신의 생각을 얘기하기 시작했다.

"윌, 난 이 불쌍한 아이 유령들을 모두 여기서 데리고 나가고 싶어. 어른 유령들도. 우리는 그들을 자유롭게 해 줄 수 있어. 로저와 너의 아빠를 찾은 다음 바깥세계로 나갈 수 있는 길을 열어 놓자. 그러면 모두들 저승에서 도망칠 수 있을 거야."

윌은 리라를 돌아보며 진실한 웃음을 지어 보였다. 지극히 따뜻하고 행복한 그의 미소를 보는 순간, 리라는 가슴속에서 무언가 짜릿하게 녹아내리는 듯한 느낌이 들었다. 하지만 판탈라이몬이 없어서 그 느낌이 어떤 건지 물어볼 수 없었다. 어쩌면 내 심장이 잠깐 발작을 일으켰는지도 모르지. 몹시 놀란 리라는 정신 차리고 똑바로 걷기나 하라며 자신을 다그쳤다.

그들은 계속 걸어갔다. 로저를 부르는 속삭임이 그들의 걸음 속도보다 더 빨리 퍼져 나가고 있었다. "로저- 리라가 왔어- 로저- 리라가 여기 있어-." 그 말은 유령들의 입에서 입으로 멀리까지 전해졌다.

지칠 줄 모르는 잠자리를 타고 공중에서 주위를 둘러보던 티알리스와 살마키아는 이동하는 무리 속에서 새로운 움직임을 발견했다. 무리에서 좀 떨어진 곳을 걷고 있던 유령들이 일제히 방향을 바꾸고 있었다. 티알리스와 살마키아는 유령들에게 좀 더 가까이 날아가 봤지만, 유령들은 이들을 쳐다보지도 않았다. 더 흥미로운 일이 유령들의 마음을 사로잡고 있었기 때문이다. 들릴락 말락 속삭이던 유령들이 손가락으로 누군가를 가리킨 다음, 그를 앞쪽으로 밀어냈다.

살마키아는 더 아래로 날았지만 내려앉을 수는 없었다. 유령들의 손과 어깨는 그녀를 지탱해 주지 못하기 때문이었다. 살마키아는 순진하고 비참한 얼굴을 하고 있는 어린 남자 아이 유령을 발견했다. 그 아이는 유령들이 하는 말을 듣고 당황했는지 멍한 표정을 짓고 있었다. 살마키아가 큰 소리로 물었다.

"로저? 네가 로저니?"

아이는 어리벙벙하고 불안한 표정으로 위를 쳐다보고는 고개를 끄덕였다.

살마키아는 티알리스에게 돌아갔고, 그들은 함께 리라에게 날아갔다. 아주 먼 거리라 방향을 잡기 어려웠지만 행렬의 일정한 이동 방식을 유심히 살펴본 후 마침내 리라를 발견했다.

"저기 있다."

티알리스가 리라를 불렀다.

"리라! 리라! 네 친구가 저기 있어!"

리라는 위를 쳐다보고는 잠자리가 앉을 수 있게 두 손을 내밀었다. 거대한 잠자리는 곧 얇은 날개를 양쪽으로 빳빳하게 펴고 노랗고 빨간 몸을 에나멜처럼 반짝거리며 그곳에 내려앉았다. 리라가 자신의 눈 높이로 손을 들어 올리자 티알리스는 균형을 잡았다.

"어, 어디예요?"

리라는 흥분하여 가쁜 숨을 몰아쉬며 물었다.

"여기서 멀어요?"

"걸어서 한 시간 정도 거리야."

티알리스가 대답했다.

"하지만 네가 오고 있다는 걸 그 아이도 알아. 다른 유령들이 알려 줬거든. 그 아이가 로저라는 건 확인했어. 이대로 계속 걸어가. 그러면 로저를 만나게 될 거야."

티알리스는 윌이 힘을 내려는 듯 자세를 바로잡는 것을 보았다. 리라는 벌써 기운이 나는지 갈리베스피인에게 질문을 퍼부었다.

"로저의 얼굴은 어때 보였어요? 로저와 얘기를 나눠 봤어요?"

"아니, 그냥 확인만 했어."

"로저가 기뻐하던가요? 다른 아이들도 무슨 일이 일어나고 있는지 알고 있나요? 그들이 로저를 도와주고 있나요, 아니면 방해하고 있나요?"

리라는 쉴 새 없이 질문을 해 댔다.

티알리스는 성실하고 참을성 있게 모든 질문에 답해 주었다. 그러는 사이에 리라는 자기 때문에 죽은 그 소년에게로 한 발짝 한 발짝 다가가고 있었다.

탈출구가 없다

리라가 윌에게 물었다.

"유령들을 이곳에서 데리고 나가면 하피들이 어떻게 나올까?"

하피들은 더 큰 소리로 울어 대며 몰려왔고, 그 수가 점점 많아졌다. 마치 점점 커지며 악의 덩어리를 이룬 어둠이 하피들에게 날개를 달아 주고 있는 것 같았다. 유령들은 두려운 표정으로 바라보고만 있었다.

리라가 살마키아에게 물었다.

"다 와 가요?"

"거의 다 왔어. 저 바위만 넘으면 돼."

리라의 머리 위를 날면서 살마키아가 대답했다.

리라는 조금도 꾸물대기 싫었다. 로저에게 밝은 표정을 지어 보이려고 갖은 애를 다 썼지만, 그럴 때마다 마음속에서는 부둣가의 안개 속에 버려두고 온 판탈라이몬의 가여운 모습이 자꾸만 떠올랐다. 리라는 터져 나오려는 울음을 간신히 참고 있었다. 그렇지만 리라는 로저에게 희망을 주어야만 했다. 언제나 그랬듯이.

둘은 너무도 갑작스레 서로의 얼굴을 마주 보게 되었다. 밀려오는 유령들 속에 로저가 있었다. 눈에 익은 그의 모습은 허약해 보였지만 얼굴만은 유령이 지을 수 있는 가장 기쁜 표정을 짓고 있었다. 그는 리라에게 달려왔다.

그러나 로저는 마치 차가운 연기처럼 리라의 팔을 스쳐 갔다. 리라는 로저의 작은 손이 자신의 심장을 쥐는 것을 느꼈지만 기운이 하나도 없었다. 그들은 이제 다시는 서로를 만질 수 없게 된 것이다.

하지만 로저는 속삭이는 목소리로 말했다.

"리라, 다시는 널 못 볼 줄 알았어. 네가 죽어서 여기 오더라도 나이가 들거나 어른이 되어 나랑은 얘기하는 것조차 싫어할 거라고 생각했지."

"왜 그런 생각을 했어?"

"판탈라이몬이 내 데몬을 구했을 때 내가 잘못했으니까! 우린 도망쳤어야 했어. 아스리엘 경의 데몬과 싸우려고 한 것이 잘못이야. 너한테로 도망갔어야 했는데. 그랬다면 아스리엘 경의 데몬이 내 데몬을 다시 잡지 못했을 거고, 절벽이 무너질 때 내 데몬은 나와 함께 있었을 거야!"

리라가 말을 받았다.

"하지만 그건 네 잘못이 아냐, 이 바보야! 거기에 널 데려간 건 나야. 집시들이 다른 아이들을 데려갈 때 너도 함께 보냈어야 했어. 다 내 잘못이야. 정말 미안해, 로저. 내가 잘못했어. 넌 지금 나 때문에 여기 있는 거야."

그러자 로저가 말했다.

"글쎄, 모르겠어. 그러지 않았어도 난 죽었을 거야. 네 잘못이 아냐,

리라."

　리라는 그 말을 믿고 싶은 심정이었지만 작고 차가운 로저의 모습을 보니 가슴이 미어지는 듯했다. 그처럼 가까이 있으면서도 결코 만질 수는 없는 로저의 손을 잡기 위해 애썼지만 리라의 손은 허공을 잡을 뿐이었다. 그러나 로저는 그것을 이해하고 리라 곁에 앉았다.

　그들 둘만 남겨 두고 다른 유령들은 약간 물러섰다. 윌도 멀찍이 떨어져 앉아 다친 손을 살폈다. 다시 피가 흐르고 있었다. 티알리스가 사납게 날아다니며 유령들이 가까이 오지 못하도록 막는 동안, 살마키아는 윌이 상처를 치료하는 것을 도와주었다.

　하지만 리라와 로저는 그것을 알아채지 못했다.

　"그러니까 너희들은 죽지 않았단 말이지. 산 사람들이 여긴 어떻게 왔어? 판탈라이몬은 어디에 있고?"

　"아, 로저, 판은 부둣가에 남겨 두고 왔어. 정말 못할 일이었지. 가슴이 얼마나 아팠는지 몰라. 판은 거기 서서 날 멍하니 바라보고만 있었어. 내가 그를 죽인 것만 같아, 로저. 하지만 그럴 수밖에 없었어. 그렇게 하지 않았으면 여기 올 수 없었을 거야!"

　"난 죽은 이후로 늘 너와 얘기하는 것처럼 지내 왔어."

　로저가 말했다.

　"너와 얘기할 수 있기를 간절히 원했어. 이곳은 너무 끔찍해, 리라. 나와 다른 유령들은 이곳을 나가기만을 바라고 있어. 사람은 죽으면 기회도 희망도 없어. 그리고 그 하피들…… 그것들이 무슨 짓을 하는지 알아? 우리들이 방심할 때를 노리지. 잠도 편하게 못 자. 그냥 졸고만 있어도 그들은 조용히 다가와서 우리가 살아 있을 때 저지른 모든 나쁜 짓을 계속 속삭여 대. 절대로 잊지 못하게 하는 거지. 그들은 우리가 한 나쁜 짓들을 죄다 알고 있어. 우리를 못 견디게 하는 방법을 잘 알고 있는 거야. 우리가 저질렀던 어리석고 나쁜 일들만 생각나게 해. 뿐만 아니라 우리가 했던 탐욕스럽고 나쁜 생각들도 다 알고 있어서 우리 자신을 수치스럽고 역겹게 생각하도록 만들어. 하지만 우린 그들한테서 도망칠 수 없어."

"내 말 잘 들어."

리라는 조던 대학에서 짓궂은 장난을 꾸밀 때 그랬던 것처럼 로저 쪽으로 몸을 바짝 기울이고 낮은 목소리로 속삭였다.

"세라피나 페칼라를 기억하지? 그 마녀들이 나에 관한 어떤 예언을 했대. 하지만 내가 알고 있다는 걸 그들은 몰라. 누구에게도 말한 적이 없거든. 트롤선드에 있었을 때 집시인 파더 코람이 마녀들의 영사인 란셀리우스 박사에게 날 데려갔어. 영사는 내가 정말 알레시오미터를 읽을 수 있는지 시험해 봤어. 여러 개의 소나무 가지들 중에서 진짜 구름소나무 가지를 골라 오라는 거였지.

나는 곧장 밖으로 나가 그 가지를 골라 왔어. 구름소나무 가지는 차갑기 때문에 찾기 쉬웠어. 영사는 내가 듣고 있는 줄도 모르고 마녀들이 나에 관한 예언을 했다고 말했어. 내가 다른 세계에서 대단히 중요한 일을 할 거라는 거야.

난 그 얘기를 누구한테도 한 적이 없어. 잊어버려야 한다고 생각했지. 다른 일들이 많았거든. 판에게도 얘기하지 않았어. 웃을 것 같아서.

그러다가 콜터 부인에게 붙잡혀서 깊은 잠에 빠졌을 때, 바로 그 예언에 대한 꿈을 꾸게 되었어. 그리고 너도 꿈속에 나타났어. 너도 기억하겠지만, 마 코스타의 집시 배도 생각났어. 제리코에서 우리가 탔던 그 배가 바로 집시들의 배였어. 사이먼과 휴, 그리고 또 다른 아이들과 함께 탔었지."

"맞아! 그 배를 타고 애빙던까지 갈 뻔했지! 정말 멋진 일이었어, 리라! 여기서 천년을 있어도 그 일은 결코 잊지 못할 거야."

"그래, 아무튼 들어 봐. 내가 콜터 부인한테서 처음으로 도망쳤을 때
에도 집시들이 나를 도와줬어. 오, 로저, 너한테 해 줄 얘기가 너무 많
아. 굉장히 놀랄 거야. 하지만 이건 중요한 얘기야. 마 코스타 말로는
내 영혼 속에 마녀의 기름이 있대. 집시들은 물의 인간인데 나는 불의
인간이라는 거야.

지금 생각하면 마 코스타는 나에게 마녀의 예언에 대한 준비를 시키
려고 그런 말을 했던 것 같아. 나는 중요하게 해야 할 일이 있어. 란셀리
우스 박사는 그 일이 매우 중요하며, 그 일이 일어나면 내 운명도 알 수
있다고 했어. 나는 그것에 대해 물어봐서는 안 된다고 해서 묻지도 않았
어. 아예 생각도 안 했지. 알레시오미터한테도 물어보지 않았으니까.

하지만 지금은 알 것 같아. 널 다시 찾은 게 그 증거야. 로저, 내가 해
야 할 일은, 그러니까 나의 운명은 모든 유령을 이 죽음의 땅에서 데리
고 나가는 거야. 나와 윌이 너희들을 모두 구해 낼 거야. 분명 그럴 거
야, 틀림없어. 그리고 아스리엘 경이, 우리 아빠 말이야, '죽음은 사라
질 것이다'라고 말했어. 어떤 일이 일어날지는 나도 몰라. 너도 그들에
게 아직 말해선 안 돼. 약속해. 이승에 올라가서 평생을 살 수 있는 건
아니야. 하지만……."

리라는 로저가 무슨 말인가를 하려는 것 같아 말을 중단했다.

"그건 바로 내가 너한테 하고 싶었던 말이야! 난 유령들한테 네가 올
거라고 말했어! 볼반가르에서 그 아이들을 구했던 것처럼 우릴 구해 줄
거라고! 리라만이 그 일을 할 수 있다고 말이야. 유령들은 내 말을 믿고
싶어 하지만 진짜라고 믿진 않아. 난 알 수 있어."

로저는 말을 이었다.

"여기 오는 아이들은 하나같이 이렇게 말해. '우리 아빠가 와서 날

데려갈 거야.' '우리 엄마가 찾아와서 날 다시 집으로 데려갈 거야.' 아빠 엄마가 아니면 친구나 할아버지, 혹은 다른 누군가가 와서 자기들을 구해 줄 거라고 말하지. 하지만 실제로 온 사람은 아무도 없었어. 그래서 네가 올 거라고 말했을 때 아무도 믿지 않았어. 하지만 내 말이 옳았어!"

리라가 말했다.

"그래, 하지만 윌이 없었으면 못 왔을 거야. 저기 저 애가 윌이야. 그 옆에 있는 작은 사람들은 티알리스와 살마키아고. 로저, 할 말이 너무 많아."

"윌이 누구지? 어디서 왔어?"

리라는 윌을 만난 얘기와 마법의 검에 얽힌 싸움을 열심히 설명하면서 자신도 모르게 목소리를 높이고 눈을 반짝 빛내면서 자세를 꼿꼿이 했다. 하지만 로저는 리라의 변화를 알아차렸고, 변하지 않은 죽은 자의 슬프고도 목소리 없는 질투를 느꼈다.

윌과 갈리베스피인 두 명은 약간 떨어진 곳에서 조용히 얘기를 나누고 있었다. 티알리스가 윌에게 말했다.

"리라와 무슨 일을 하려는 거야?"

"이 세상을 열어서 유령들을 내보내려구요. 그래서 내게 만단검이 주어진 거예요."

갈리베스피인들이 그렇게 놀라는 것을 윌은 처음 보았다. 윌은 이제 그들을 상당히 존중하고 있었다. 그들은 잠시 말없이 앉아 있더니, 티알리스가 먼저 입을 열었다.

"이 일은 모든 것을 파괴할 거야. 너는 치명타를 날리는 거야. 절대자도 무너지고 말걸."

그러자 살마키아가 말했다.

"그들이 그걸 눈치나 채겠어요? 꿈에도 모를 거예요!"

티알리스가 윌에게 물었다.

"그 다음엔?"

"글쎄, 우리도 나가서 우리 데몬을 다시 찾아야죠. 그때 일은 그때 생각하고 지금 일에나 신경 쓰자구요. 혹시나 잘못될 경우를 생각해서 그 유령들에게는 아무 말도 하지 않았어요. 그러니까 당신들도 아무 말 마세요. 지금 다른 세계로 나가는 창을 낼 장소를 찾고 있는데, 하피들이 계속 감시하고 있어요. 날 도와주고 싶으면 저 하피들을 따돌려 줘요."

갈리베스피인들은 곧장 잠자리를 타고 하피들이 파리떼처럼 와글거리고 있는 공중으로 날아올랐다. 윌은 그 커다란 곤충들이 하피들을 향해 겁 없이 돌진하는 것을 바라보았다. 마치 하피들이 파리라도 되는 양 그들을 덥썩 물 것처럼 무섭게 날아가고 있었다. 하늘이 열리고 맑은 물위로 미끄러지듯이 다시 날 수 있게 되면 저 눈부신 잠자리들이 얼마나 좋아할까.

그는 만단검을 번쩍 들었다. 그 순간 하피들이 엄마를 조롱하던 말들이 문득 떠올랐다. 윌은 만단검을 내리고 정신을 가다듬었다.

다시 시도해 보았지만 결과는 마찬가지였다. 위에서는 갈리베스피인들이 하피들을 거칠게 쫓아내는 소리가 들려왔다. 하지만 그들 둘만으로는 그 수많은 하피를 도저히 감당할 수가 없었다.

그러나 다른 방법이 없었다. 이보다 더 나은 상황을 기대하기는 어려웠다. 윌은 긴장을 풀고 마음을 편안하게 가지려고 노력했다. 그리고 마음의 준비가 될 때까지 만단검을 느슨하게 쥐고 가만히 앉아 있었다.

이번에는 만단검이 허공을 똑바로 갈랐다. 그런데 바위가 나타났다. 이 세계에서 다른 세계의 지하로 통하는 창을 뚫은 것이다. 윌은 창을 닫고 다시 시도했다.

그러자 이번에도 같은 일이 일어났다. 단지 다른 세계의 지하였다. 전에는 한 세계의 지상에서 창을 열어서 다른 세계의 지상으로 나갈 수 있었다. 따라서 저승에서 창을 열면 다른 세계의 지하가 나오는 것은 그리 놀랄 일도 아니건만, 그래도 몹시 당황스러웠다.

월은 이번에는 칼날의 끝이 다른 세계의 지상과 같은 울림을 찾도록 조심스럽게 더듬어 나갔다. 그러나 어디를 더듬어 보아도 그런 울림은 느껴지지 않았다. 월이 열 수 있는 세계는 어디에도 없었고, 더듬는 곳마다 단단한 바위뿐이었다.

리라는 뭔가 잘못되어 가고 있음을 눈치 챘다. 그래서 로저의 유령과 다정하게 나누던 얘기를 중단하고 월의 곁으로 달려왔다.

"무슨 일이야?"

리라가 조용히 묻자 월은 간단히 설명했다.

"여기서는 다른 세계로 나가는 창을 열 수 없어. 장소를 옮겨야겠어. 그런데 저 하피들이 가만히 있지 않을 거야. 우리 계획을 유령들에게 말했니?"

"아니, 로저에게만 얘기하고 비밀을 지키라고 했어. 로저는 내가 하라는 대로 할 거야. 오, 월, 난 두려워. 너무 무서워. 여기서 못 나갈지도 몰라. 혹시 이곳에 영원히 갇히게 되는 건 아닐까?"

"이 만단검은 바위도 자를 수 있어. 필요하다면 터널도 낼 거야. 좀 오래 걸리겠지만 우린 해낼 수 있어. 걱정 마."

"그래, 네 말이 맞아. 우린 할 수 있을 거야."

그러나 월은 몹시 아파 보였다. 얼굴에는 고통이 배어 있고, 눈가는 시커멨다. 손이 덜덜 떨리고, 손가락에서는 다시 피가 흐르고 있었다. 리라의 가슴도 그만큼 아팠다. 둘은 데몬 없이는 오래 견딜 수가 없었다. 리라는 몸속에서 자신의 유령이 움츠리는 것을 느꼈고, 판탈라이몬이 보고 싶어 두 팔을 꼭 껴안았다.

그러는 동안 유령들은 점점 더 가까이 모여들고 있었다. 불쌍한 유령들, 특히 아이 유령들은 리라 곁을 떠나지 못했다. 한 소녀 유령이 말했다.

"돌아가서도 우릴 잊으면 안 돼, 응?"

"절대 잊지 않을게."

리라가 대답했다.

"올라가거든 우리들 얘기를 해 줄 거지?"

"그럴게. 네 이름이 뭐니?"

하지만 그 가엾은 소녀는 당황하면서 부끄러워했다. 자기 이름을 잊어버린 것이다. 소녀가 얼굴을 감추려고 고개를 돌리자, 한 소년 유령이 말했다.

"잊는 게 좋아. 나도 내 이름을 잊어버렸어. 여기 온 지 얼마 되지 않은 아이들은 아직도 자신에 대해 기억하고 있지. 하지만 여기에 수천 년 있었던 아이들도 있어. 우리와 비슷한 나이인데도 그 애들은 모든 것을 완전히 잊어버렸어. 햇빛은 빼고. 누구도 햇빛은 잊지 못해. 그리고 바람도."

그러자 다른 아이가 말했다.

"그래, 햇빛과 바람 얘기를 해 줘!"

그러자 많은 아이가 리라에게 태양, 바람, 하늘, 그리고 그들이 잊어버린 놀이 같은 것에 대해 얘기해 달라고 졸라 댔다. 리라는 윌을 돌아보며 물었다.

"어떡해, 윌?"

"얘기해 줘."

윌이 대답했다.

"무서워서 그래, 하피에게 그런 일을 당해서……."

"진실만 말해. 하피들은 우리가 못 오게 할게."

리라는 미심쩍은 표정으로 월을 바라보았다. 불안해서 가슴이 조여 왔다. 유령들은 점점 더 가까이 모여들고 있었다. 그들은 리라에게 나직이 속삭였다.

"제발! 넌 방금 저 세상에서 왔잖아. 얘기해 줘, 부탁이야! 저 세상에 대해 말해 줘!"

그리 멀지 않은 곳에 나무가 한 그루 있었다. 뼈처럼 창백한 가지들을 으스스한 잿빛 대기로 뻗고 있는 죽은 나무였다. 리라는 기운이 빠져 걸으면서는 얘기를 할 수 없을 것 같았다. 그래서 앉을 곳을 찾기 위해 그 나무 쪽으로 향했다. 유령들은 서로 밀치며 길을 내주었다.

그들이 죽은 나무 가까이 갔을 때 티알리스가 월의 손 위에 내려앉아 무슨 할 말이 있는지 그에게 고개를 숙이라고 손짓했다.

"하피들이 돌아오고 있어. 점점 더 많아져. 칼을 준비해. 살마키아와 내가 최대한 막아 보겠지만 너도 싸워야 할 것 같아."

리라에게 걱정을 끼치지 않으려고 월은 살그머니 만단검의 칼집을 풀고 손잡이를 잡고 있었다. 티알리스는 공중으로 다시 날아올랐다. 리라는 나무 아래에 도착하여 굵은 뿌리 위에 앉았다.

희망에 부푼 많은 유령이 눈을 동그랗게 뜨고 리라 주위에 모여들었다. 월은 그들이 너무 가까이 다가오지 않도록 막고 공간을 남겨 두었다. 그러나 그는 리라를 뚫어지게 바라보며 열심히 듣고 있는 로저는 가까이 있게 내버려 두었다.

리라는 자기가 알고 있던 세계에 대해 얘기하기 시작했다.

로저와 함께 조던 대학의 지붕 위에 올라갔다가 다리가 부러진 까마귀를 발견했던 일, 그래서 까마귀가 다시 날 수 있을 때까지 돌보았던 얘기, 먼지와 거미줄이 가득한 지하실 포도주 저장고에 들어가 카나리아산 와인인지 토케이인지 하는 술을 마시고 취했던 일 등을 얘기했다. 로저의 유령은 귀를 기울이고 듣다가 우쭐해하기도 하고, 열심히 고개를 끄덕이며 나직이 맞장구를 치기도 했다.

"맞아, 맞아, 그랬지. 정말 그런 일이 있었어!"

리라는 이어 옥스퍼드 도시 아이들과 클레이베즈 마을 아이들 간에 벌어졌던 큰 패싸움에 대해서도 얘기했다. 그녀는 먼저 클레이베즈 마을에 대해 기억나는 대로 설명했다. 넓은 황토밭과 굴삭기, 커다란 벽돌 벌집처럼 생긴 가마들, 강가를 따라 늘어선 버드나무들의 은빛 잎사귀들과, 해가 여러 날 동안 쨍쨍 내리쬐어 황토밭이 바짝 말라 쩍쩍 갈라지던 모습, 그 갈라진 틈 사이로 손가락을 집어넣어 마른 흙껍질을 깨뜨리지 않고 최대한 크게 들어 올리려고 애쓰던 일, 그 껍질 아래에 있는 쫀득쫀득한 진흙을 뭉쳐 아이들끼리 서로 던지며 장난치던 일…….

리라는 클레이베즈 마을 주변의 냄새들에 대해서도 얘기했다. 가마들이 내뿜는 연기, 남동풍이 불 때 강가에서 풍겨 오는 썩은 나뭇잎 냄새, 점토 굽는 사람들이 감자를 굽는 구수한 냄새, 수로를 미끄러져 내려가다 웅덩이로 쏟아지는 물소리, 진흙탕에서 발을 뺄 때 나는 뻑뻑하게 빨아 당기는 소리, 수문을 때리며 지나가는 흙탕물의 둔탁한 소리도 얘기했다.

리라의 얘기는 유령들의 모든 감각을 깨웠다. 리라의 얘기에 깊이 빠져든 유령들은 한때는 자기들도 살과 피부와 신경과 감각이 있었다는 기억을 되살리며 점점 더 가까이 모여들었다. 그들은 리라가 얘기를 계속하기를 기다렸다.

리라는 클레이베즈 아이들이 언제나 옥스퍼드 도시 아이들에게 먼저 싸움을 걸었다고 말했다. 그러나 대부분 벽돌공의 자식들인 그들은 머릿속에 흙만 가득 차서 느리고 둔한 반면, 옥스퍼드 아이들은 참새처럼 영리하고 재빨랐다. 그러던 어느 날 옥스퍼드 아이들은 치밀한 계획을 세워 클레이베즈 아이들을 삼면에서 공격하며 강쪽으로 밀어붙였다. 그들은 서로 진흙을 던져 대며 벽돌공 아이들의 진흙 성을 습격하고 무너뜨렸다. 그들이 던진 진흙으로 온 천지가 진흙투성이가 되고, 물은 흙탕물로 변했고, 아이들의 꼬락서니도 너나 할 것 없이 머리끝에서 발끝까지 진흙투성이였다. 하지만 그들의 인생에서 그보다 더 멋진 날은 아마 없었을 것이다.

이야기를 마친 리라는 기진맥진한 표정으로 윌을 돌아보다가 깜짝 놀랐다.

주위를 에워싸고 숨을 죽이고 있는 이들은 유령들과 리라의 친구들만이 아니었다. 그들 외에도 다른 청중들이 있었던 것이다. 나뭇가지에 빽빽하게 줄지어 앉은 여자 얼굴을 한 검은 새들이 엄숙하고 넋 나간 표정으로 리라를 뚫어지게 쳐다보고 있었다.

리라는 겁에 질려 벌떡 일어났다. 그러나 하피들은 꼼짝도 하지 않았다.

리라는 겁먹은 목소리로 말했다.

"당신들! 지난번에 내가 얘기할 때는 달려들었잖아요! 지금은 왜 가만히 있죠? 또 그래 봐요! 발톱으로 날 찢어서 내 유령을 꺼내 보라구요!"

가운데에 앉아 있는 '이름이 없다'던 그 하피가 말했다.

"그 정도야 약과지. 내 말 잘 들어. 수천 년 전 이곳에 처음으로 유령들이 도착했을 때, 절대자는 우리에게 모든 유령의 가장 나쁜 점을 볼 수 있는 능력을 주었어. 그 후 우리는 유령들의 가장 나쁜 점만 먹고 살았기 때문에 피가 오염되고 심장은 병들었지. 그렇지만 우리가 먹을 거라곤 그것밖에 없었어. 그런데 난 너희들이 위쪽 세계로 나가는 길을 열어서 모든 유령을 그 세계로 데려갈 계획을 꾸미고 있다는 걸 알고 있어."

그 순간 '이름이 없다'던 하피의 쉰 목소리는 수백만 유령의 웅얼거리는 소리에 파묻히고 말았다. 그 말을 들은 모든 유령이 일제히 기쁨과 희망의 소리를 토해 냈기 때문이다. 그러자 하피들이 비명을 지르고 날개를 퍼덕거렸고, 유령들은 다시 잠잠해졌다.

'이름이 없다'던 그 하피가 다시 소리쳤다.

"갈 테면 가 보시지. 우리가 어떻게 할 건지 내가 말해 주지. 지금부터는 인정사정 봐주지 않겠다. 여기서 나가는 유령들은 모조리 잡아서 찢어발길 테다. 두려움과 후회와 증오심으로 미쳐 버리게 만들겠어. 지금 이곳은 황무지이지만 우리가 지옥으로 만들어 놓겠다!"

하피들은 일제히 비명을 지르며 조소를 보냈다. 어떤 하피들은 나무에서 내려와 유령들에게 덤벼들며 겁을 주었다. 리라는 윌의 팔에 매달리며 말했다.

"하피들 때문에 다 망치겠어. 이젠 끝이야. 유령들은 우리가 자기들을 배신했다고 증오할 거야! 우리는 그들을 돕는 게 아니라 오히려 괴롭히고 있어!"

"조용히 해."

티알리스가 말했다.

"포기하지 마. 하피들을 다시 불러서 우리 말을 들으라고 해."

그러자 윌이 외쳤다.

"돌아와요! 돌아와, 당신들 모두! 돌아와서 우리 말을 들어 봐요!"

욕망과 굶주림과 불행을 가득 담은 표정으로 하피들은 모두 나무로 돌아왔고, 유령들도 다시 모여들었다. 검은 머리에 초록색 옷차림을 한 티알리스는 살마키아에게 자신의 잠자리를 맡기고 약간 긴장한 표정으로 바위 위로 뛰어올랐다. 그러고는 큰 소리로 말했다.

"하피들, 우린 당신들에게 더 좋은 것을 줄 수 있어. 내 질문에 정직하게 대답하고 내 말을 잘 듣고 판단하도록 해. 리라가 저 석벽 바깥에서 얘기를 했을 때 당신들은 리라에게 덤벼들었어. 왜 그랬지?"

"거짓말을 했으니까! 그건 거짓이고 꾸민 얘기였어!"

하피들은 모두 소리를 질렀다.

"하지만 리라가 조금 전에 얘기할 때는 조용히 듣고만 있었어. 왜 그랬지?"

"그건 진실이니까."

'이름이 없다'던 그 하피가 대답했다.

"그런 얘긴 먹이가 되거든. 그러니까 귀를 기울일 수밖에. 진실이기 때문에. 우리는 사악한 것 외에는 아무것도 몰랐으니까. 그런데 우리에게 세상과 태양과 바람과 비라는 새로운 소식을 들려줬으니까. 그건 모두 진실이니까."

그러자 티알리스가 말했다.

"그렇다면 거래를 하지. 이제부터 당신들은 여기 내려오는 유령들의 사악함과 잔인함과 탐욕만 보지 말고, 그들의 삶을 얘기해 달라고 부탁해. 그러면 유령들은 그 세상에서 보고 만지고 듣고 사랑하고 알았던 모든 것을 말해 줄 거야. 모든 유령은 그런 얘기를 하나씩은 가지고 있어. 앞으로 여기 내려올 유령들도 당신들에게 얘기해 줄 세상에 대한 진실들을 알고 있을 거야. 그러니까 당신들은 그들의 얘기를 들을 권리를 갖는 거고, 유령들은 당신들에게 진실을 말해 줄 의무가 있는 거야."

리라는 그 작은 스파이의 배짱에 놀랐다. 마치 자기가 이 하피들에게 그런 권리를 부여할 힘이라도 갖고 있는 것처럼 감히 그런 말을 하는 것이다. 순식간에 하피 하나가 그를 낚아채서 높은 곳에서 땅바닥에 내던져 박살 내 버릴 수도 있을 텐데 말이다. 그러나 티알리스는 조금도 무서워하지 않고 당당하게 그들과 거래를 하고 있었다! 그의 말을 들은 하피들은 자기네들끼리 낮은 목소리로 수군거렸다.

유령들은 모두 겁에 질려 숨을 죽이고 그들을 지켜보았다.

잠시 후 '이름이 없다'는 그 하피가 말했다.

"그 정도로는 어림도 없어. 우리는 그보다 더 많은 걸 원해. 우린 오래도록 이 과업을 수행해 왔어. 지위와 의무도 있고. 절대자의 명령을 열심히 수행한 대가로 영예도 얻었지. 미움과 두려움의 대상이 되었지만 명예도 얻었어. 이제 그 명예는 어떻게 되는 거지? 유령들이 제멋대로 세상 밖으로 걸어 나갈 수 있다면 우릴 거들떠보기나 하겠어? 우리에겐 자존심이 있고, 그걸 깔아뭉갤 순 없어. 우린 명예로운 지위가 필요해! 또 존경받을 만한 의무와 과업이 필요해!"

하피들은 가지 위에서 날개를 퍼덕거리며 자기들끼리 중얼거렸다. 그러자 살마키아가 티알리스 곁으로 뛰어 올라가 큰 소리로 외쳤다.

"당신들 말이 옳아. 누구나 할 일은 있어야 해. 그건 중요하지. 자존심을 갖고 명예롭게 할 수 있는 일, 그런 일이 있어. 당신들만 할 수 있는 일이지. 왜냐하면 당신들은 이곳의 안내자이고 감시자이니까. 유령들을 호숫가 선착장에서 안내해 와서 이 죽음의 땅을 지나 다시 저쪽 세계로 나가는 창까지 데려가는 일을 할 수 있어. 그러니까 그 유령들을 안내하는 대가로 그들의 얘기를 듣는 거지. 어때, 괜찮은 거래 같지 않아?"

'이름이 없다'는 하피가 자기 자매들을 돌아보았다. 모두 고개를 끄덕였다. 그러자 '이름이 없다'는 하피가 다시 말했다.

"하지만 그들이 거짓말을 하거나, 숨기는 것이 있거나, 얘기할 거리가 없으면 우리는 안내를 거부할 권리가 있어. 저쪽 세상에서 살았다면 그들은 뭐든 보고 만지고 듣고 배웠을 테니까. 아무것도 배울 시간이 없었던 아기들만은 예외로 해 주지. 그 외에 다른 사람들은 아무것도 안 가지고 여기 올 경우, 우린 그들을 안내하지 않을 거야."

"좋아."

살마키아가 말했다. 윌과 리라와 티알리스도 그 말에 동의했다.

그들은 계약을 맺었다. 그리고 이미 리라의 얘기를 들은 대가로 하피들은 그들을 죽음의 땅에서 위쪽 세계와 가장 가까운 지점까지 데려다 주겠다고 제의했다. 그곳은 여러 개의 터널과 동굴을 지나야 하는 먼 거리지만, 하피들은 모든 유령이 따라올 수 있도록 아주 충실히 안내하겠다고 했다.

그러나 첫걸음을 내딛기도 전에 누군가 쉰 목소리로 외쳤다. 깡마른 남자 유령이 몹시 노한 얼굴로 소리쳤다.

"우리가 죽음의 땅을 떠나면 무슨 일이 벌어질까요? 과연 다시 살아날까요? 아니면 우리들의 데몬처럼 사라져 버릴까요? 형제자매들, 우리에게 무슨 일이 벌어질지 확실히 알지도 못하고 무작정 이 아이를 따라가서는 안 됩니다!"

다른 유령들도 그런 의문이 생겼다.

"맞아, 어디로 갈 건지 말해 줘! 어떤 일이 일어날 건지도! 그것을 알기 전에는 가지 않겠어!"

리라가 절망적인 표정으로 돌아보자, 윌이 말했다.

"그들에게 진실을 말해 줘. 알레시오미터한테 물어보고."

"좋아."

리라는 알레시오미터를 꺼내 들었다. 금방 대답이 나왔다. 리라는 그것을 집어넣고 일어나서 말했다.

"이런 일이 일어날 거예요. 이건 완벽한 진실이에요. 여기서 나가면 여러분을 이루고 있는 분자들이 분해되어 흩어질 거예요. 여러분의 데몬들이 그랬던 것처럼요. 죽어 가는 사람을 본 적이 있다면 무슨 말인지 알 거예요. 그렇지만 여러분의 데몬들이 아주 없어진 건 아니에요. 모든 것의 한 부분이 되어 있죠. 그들의 모든 원자는 공기와 바람과 나무와 땅과 모든 살아 있는 생명체 안으로 들어가 있어요. 결코 사라지지는 않죠. 모든 것의 일부분으로 돌아갔을 뿐이에요. 똑같은 일이 여러분에게 일어날 거예요. 하지만 제 명예를 걸고 약속하죠. 여러분들은 분해되어 흩어지지만, 저 세상으로 나가면 다시 살아 있는 모든 것의 한 부분이 될 거예요."

모두들 말이 없었다. 데몬이 분해되는 것을 본 유령들은 그 모습을 떠올리고 있었고, 본 적이 없는 유령들은 상상을 하고 있었다. 마침내 한 젊은 여자 유령이 앞으로 나왔다. 수백 년 전에 순교자로 죽은 여자였다. 그녀는 주위의 다른 유령들을 돌아보며 말했다.

"살았을 때 우리는 죽으면 천국에 간다고 배웠어요. 천국은 기쁨과 영광이 있는 곳이며, 우리는 축복을 받아 하느님을 찬양하는 성인과 천사들과 함께 영원히 살 것이라고 했죠. 그래서 우리는 생명을 바쳤고, 어떤 이들은 수년간을 혼자 기도하며 보냈어요. 인생의 모든 즐거움을 잃어 가고 있는 줄도 모르고 말이에요.

하지만 죽음의 땅은 보상의 장소도 처벌의 장소도 아니에요. 이곳은 아무것도 없는 곳이에요. 착한 사람들이건 나쁜 사람들이건 모두 이리로 와요. 우리 모두 자유에 대한 희망도 기쁨도 잠도 휴식도 평화도 없는 이 어둠의 땅에서 영원히 비참하게 살아갈 거예요.

그런데 지금 이 아이가 우리에게 탈출구를 만들어 주고 있어요. 나는 이 소녀를 따라가겠어요. 설사 그 길이 망각의 길이라고 할지라도, 친구들, 난 기꺼이 따라갈 거예요. 왜냐하면 아무것도 아니지는 않을 테니까요. 우리는 무수한 풀잎들 속에서, 수많은 나뭇잎 속에서 다시 태어날 거예요. 빗방울이 되어 떨어지거나, 상쾌한 미풍이 되어 불거나, 별과 달빛 아래 영롱한 이슬이 되어 반짝일 거예요. 언제나 그랬듯이 진정한 우리들의 고향이었던 그 세계에서 말이에요.

그러니 여러분, 저 아이와 함께 하늘로 나갑시다!"

그러자 한 남자 유령이 그녀를 옆으로 밀쳐 냈다. 수도사 모습인 그는 마르고 창백한 얼굴에 죽어서도 강렬한 까만 눈동자를 그대로 갖고 있었다. 사내는 가슴에 십자가를 긋고 중얼중얼 기도를 한 후 말했다.

"이건 잔혹한 메시지군요. 슬프고 잔인한 장난이에요. 여러분들 눈에는 진실이 보이지 않습니까? 이 소녀는 아이가 아니라 악마의 대리인이오! 우리가 살았던 그 세계는 부패와 눈물의 골짜기였습니다. 거기에는 우리를 만족시켜 줄 것이 하나도 없었소. 그러나 하느님은 우리에게 이 영원한 축복의 땅을 주셨습니다. 이 낙원을 말이오. 타락한 영혼에게는 이곳이 쓸쓸하고 황폐해 보이겠지만, 믿는 자의 눈에는 이곳이 젖과 꿀이 흘러넘치고 천사의 맑은 노래가 울려 퍼지는 진짜 천국입니다! 이 사악한 소녀가 하는 약속은 거짓말입니다. 이 아이는 여러분을 지옥으로 끌고 갈 겁니다! 따라가려면 위험을 각오하시오. 내 친구들과 나는 온전한 믿음으로 축복의 낙원인 이곳에 남을 겁니다. 그리고 우리에게 진실과 거짓을 구별하는 판단력을 주신 하느님을 찬양하며 영원히 살 것입니다."

그 남자는 가슴에 또 십자가를 그었다. 그러고는 이내 친구들과 함께 끔찍하고 혐오스럽다는 듯 고개를 돌려 버렸다.

리라는 당황스러웠다. 내가 틀렸나? 큰 잘못을 저지르고 있는 건가? 리라는 주위를 돌아보았다. 모두들 우울하고 쓸쓸한 표정을 하고 있었다. 그렇지만 리라는 전에 겉모습만 보고 쉽게 판단했다가 낭패를 본 적이 있었다. 아름다운 미소와 달콤한 향기 때문에 아주 쉽게 콜터 부인을 믿어 버린 것이다. 잘못을 저지르기는 그처럼 쉬운 일이다. 더군다나 자신을 인도해 줄 데몬이 없는 지금, 이 일도 잘못하고 있는 건지도 모를 일이었다.

윌이 리라의 팔을 흔들었다. 그리고 두 손으로 리라의 얼굴을 힘껏 쳐들며 말했다.

"저 말은 진실이 아니란 걸 알잖아. 그러니까 신경 쓰지 마! 유령들도 그가 거짓말을 하고 있다는 걸 알아. 유령들은 우리를 믿고 있어. 힘을 내. 가자구."

리라는 고개를 끄덕였다. 자신의 몸과 마음이 얘기하는 진실을 믿어야 한다. 판탈라이몬도 곁에 있었다면 분명 그렇게 말할 것이다.

그래서 그들은 출발했고, 수백만의 유령이 그 뒤를 따라오기 시작했다. 그들 뒤로 보이지 않을 만큼 먼 곳에 사는 유령들까지도 소문을 듣고 이 기다란 행렬에 끼기 위해 몰려오고 있었다. 티알리스와 살마키아가 뒤로 날아가 그들을 살펴보았다. 둘은 그 긴 행렬 속에서 자신들과 같은 갈리베스피 부족을 발견하자 몹시도 기뻤다. 뿐만 아니라 절대자로부터 추방과 죽음의 형벌을 받은 모든 의식 있는 종족들이 거기에 모여 있었다. 그들 중에는 메리 말론이 보면 금방 알아보았을 뮬레파처럼 전혀 인간 같지 않은 종족들도 있었고, 그보다 더 이상한 모습을 한 유령들도 있었다.

그러나 윌과 리라는 뒤돌아볼 기운도 없었다. 그들은 이제 남은 기운을 다해 하피들의 뒤를 쫓아갈 뿐이었다. 희망을 찾아.

"이젠 다 끝나 가, 월? 거의 다 끝난 거야?"

리라가 나직이 물었다.

월은 알 수 없었다. 하지만 그들은 지독히 힘들고 지쳐 있었기 때문에 월은 이렇게 대답할 수밖에 없었다.

"응, 다 끝나 가. 우린 거의 해냈어. 이제 곧 나갈 거야."

제네바의 콜터 부인

어미가 어떠하면
딸도 그렇다 하리라
— 〈에스겔〉 —

　콜터 부인은 해질 녘까지 기다렸다가 성 제롬 대학 가까이에 갔다. 어둠이 내리자 그녀는 의지형 비행선을 구름 아래로 내려 나무 꼭대기 정도의 높이로 호숫가를 따라 천천히 비행했다. 성 제롬 대학은 제네바에 있는 다른 고대 건물들 중에서도 매우 독특한 모양을 하고 있었다. 콜터 부인은 이내 그 건물의 첨탑, 수도원의 어두운 분지, 그리고 교회 법정의 회장 숙소가 있는 사각 탑을 발견했다. 그녀는 이미 이 대학을 세 차례나 와 본 적이 있었다. 그래서 지붕의 용마루와 박공, 굴뚝에 수많은 은밀한 장소들이 숨어 있고, 어떤 곳은 비행선 크기만 하다는 사실도 알게 되었다.

　비행선은 타일을 입힌 지붕 위로 천천히 날아갔다. 타일은 방금 전에 내린 비로 반짝거렸다. 콜터 부인은 가파른 타일 지붕과 깎아지른 듯한 탑 사이로 비행선을 몰고 갔다. 그곳은 가까운 홀리 페니턴스 성당의 종탑에서만 보이는 장소라 딱 알맞은 곳이었다.

콜터 부인은 지붕 위에 조심스럽게 비행선을 착륙시켰다. 180센티미터 길이의 비행선은 제자리를 잡고 수평을 유지했다. 콜터 부인은 이 비행선이 마음에 들기 시작했다. 그녀가 생각을 하자마자 즉시 명령을 따랐고, 사람들의 머리를 만질 수 있을 만큼 가까이 날아도 눈치 못 챌 정도로 아주 조용했다. 비행선을 훔친 바로 그날 콜터 부인은 그것의 작동법을 완전히 터득했다. 그러나 동력이 어디서 나오는지는 아직도 알 수 없었다. 그래서 한 가지 걱정은 연료나 전지가 다 되면 어떻게 보충하나 하는 것이었다.

일단 비행선이 안착하고 지붕이 그것을 지탱할 만큼 튼튼하다는 것을 확인한 콜터 부인은 헬멧을 벗고 내려왔다.

그녀의 데몬은 벌써 무겁고 낡은 타일 한 장을 들어 올리고 있었다. 콜터 부인은 데몬과 함께 타일 여섯 장을 들어내고 그것들을 받치고 있던 서까래를 부러뜨렸다. 그러자 안으로 들어갈 수 있을 정도의 커다란 구멍이 만들어졌다.

"들어가서 살펴봐."

콜터 부인이 조그맣게 속삭이자, 그녀의 데몬은 곧장 캄캄한 구멍 속으로 들어갔다.

다락방 바닥을 조심스럽게 움직이는 데몬의 발소리가 들렸다. 잠시 후 구멍 밖으로 황금색 털을 두른 원숭이의 검은 얼굴이 나타났다. 콜터 부인은 즉시 그의 표정을 읽고 안으로 뒤따라 들어가서 눈이 어둠에 적응할 때까지 기다렸다. 어둠 속에서 기다란 다락방의 모습이 차츰 눈에 들어왔다. 벽장들, 테이블, 책장과 온갖 가구가 있었다.

콜터 부인은 먼저 구멍 앞으로 긴 벽장을 밀었다. 그러고는 그 반대쪽 벽에 있는 문까지 발끝으로 살금살금 걸어가서 손잡이를 돌려 보았다. 역시 잠겨 있었다. 하지만 콜터 부인은 머리핀으로 간단히 그 문을 열었다. 3분 뒤 그녀와 황금 원숭이는 긴 복도의 한쪽 끝에 서 있었다. 해질 녘의 희미한 빛이 아래로 내려가는 좁은 계단을 비추고 있었다.

5분 후 그들은 두 계단 아래에 있는 부엌 옆의 식료품실 창문을 열고 샛길로 내려왔다. 골목 모퉁이를 돌자 바로 대학의 수위실이 나왔다. 콜터 부인은 황금 원숭이에게 말했다.

"떠날 때 어떻게 떠나든, 도착했을 때는 정식으로 예의를 갖춰야 해."

콜터 부인은 차분한 목소리로 수위에게 말했다.

"손을 치우고 예의를 지켜요, 안 그러면 경을 치게 될 테니까. 콜터 부인이 즉시 뵙기를 청한다고 회장님께 말씀 드리세요."

수위는 뒤로 물러섰다. 얌전하게 가만히 있는 황금 원숭이에게 이빨을 드러내고 있던 그의 데몬 핀셔도 금방 겁을 집어먹고 꼬리를 사타구니 아래로 집어넣었다.

수위가 전화로 알린 지 1분도 채 안 되어 애송이 젊은 수사가 수위실로 급히 걸어왔다. 그는 콜터 부인이 악수를 청할 것에 대비해 손을 옷에 문질러 댔지만, 그녀는 거들떠보지도 않고 불쑥 물었다.

"당신은 누구죠?"

"루이스 수사입니다."

수사는 자신의 토끼 데몬을 어루만지며 말했다.

"교회 법정 사무국에서 일하지요. 실례가 안 된다면……."

"난 서기관이나 만나러 온 게 아니에요. 맥파일 신부한테 안내해 줘요. 지금 당장."

콜터 부인이 말했다.

수사는 힘없이 허리를 굽히고 그녀를 데리고 갔다. 뒤에 있던 수위는 안도의 한숨을 쉬었다.

루이스 수사는 두세 번 말을 걸려고 시도하다가 그만 포기했다. 그는 입을 꾹 다물고 탑에 있는 회장실로 콜터 부인을 안내했다. 맥파일 신부는 기도 중이었다. 가엾은 루이스 사제는 문을 노크하면서 손을 심하게 떨었다. 안에서 한숨과 신음 소리가 들리고 바닥을 걸어오는 무거운 발자국 소리가 났다.

콜터 부인을 본 교회 법정 회장은 눈이 휘둥그레졌지만, 곧 음흉한 미소를 지어 보였다.

"콜터 부인, 만나서 반갑소."

맥파일 신부는 손을 내밀며 인사했다.

"안녕하세요."

콜터 부인도 인사를 건넸다.

"내 서재는 춥고 대접할 것도 없지만 좀 들어오시지요."

그녀는 신부를 따라 석벽으로 둘러싸인 그 썰렁한 방으로 들어갔다. 신부는 약간 허둥대며 그녀에게 의자를 권했다.

옆에서 얼쩡거리고 있는 루이스 수사에게 콜터 부인이 말했다.

"고마워요. 초콜릿 한 잔 갖다주세요."

뭘 들겠느냐고 물어본 것도 아닌데 그를 마치 하인처럼 취급해 버리는 것이 얼마나 큰 모욕인지 그녀는 잘 알고 있었다. 하지만 수사의 태도가 너무 비굴했기 때문에 그런 대접을 받아도 싸다는 생각이 들었던 것이다. 맥파일 신부가 고개를 끄덕이자 루이스 수사는 그냥 물러갈 수밖에 없었다. 하지만 콜터 부인에게 초콜릿 한 잔을 갖다줘야 하는 성가신 일이 아직 남아 있었다.

"당연히 당신을 체포하겠소."

신부는 맞은편 의자에 앉아 램프를 켜며 말했다.

"아니, 대화를 시작하기도 전에 망칠 셈이에요?"

콜터 부인이 받았다.

"난 내 발로 여기 왔어요. 아스리엘 경의 성에서 도망치자마자 말이에요. 회장 신부님, 실은 아스리엘 경의 병력과 그 아이에 대한 많은 정보를 알아냈어요. 그걸 말씀 드리려고 온 거예요."

"그렇다면 그 아이에 대해 먼저 말씀해 보시오."

"내 딸은 지금 열두 살이에요. 이제 곧 사춘기에 접어들 텐데 디제앙을 막기엔 너무 늦을 거예요. 자연과 기회가 불꽃과 불쏘시개처럼 함께 오겠죠. 신부님이 개입한 덕분에 그럴 가능성이 훨씬 커졌어요. 이제 그쯤해 두시면 좋을 텐데요."

"그 아이를 우리에게 데려오는 것이 당신 임무였소. 그런데 당신은 아이를 데리고 동굴로 숨어 버렸지. 당신처럼 똑똑한 여자가 어떻게 숨어 살 생각을 했는지, 정말 알다가도 모르겠소만."

"신부님이 모르시는 건 그것 말고도 많을 텐데요. 엄마와 딸의 관계부터 그렇죠. 성적 욕망에 사로잡힌 남자들, 손톱에 더러운 때가 끼고 지독한 땀내를 풍기는 것들, 엉큼한 상상을 하는 사내들이 바퀴벌레처럼 내 딸의 몸 위를 기어오르도록 내가 내버려 둘 거라고 생각했다면, 당신은 날 잘못 봐도 한참 잘못 본 거예요."

노크 소리가 나더니 루이스 수사가 초콜릿 두 잔을 나무 쟁반에 받쳐 들고 들어왔다. 그는 쟁반을 테이블 위에 놓고 나가기 싫은지 신부에게 웃음을 지어 보였다. 그러나 신부는 문 쪽으로 고개를 까딱했고 젊은 수사는 머뭇거리며 방을 나갔다.

"그래서 어떻게 할 작정이었소?"

신부가 물었다.

"더 이상 위험하지 않을 때까지 내 딸을 안전하게 지키려고 했죠."

"어떤 위험 말이오?"

그는 콜터 부인에게 초콜릿 잔을 건넸다.

"제 말뜻을 아실 텐데요. 뱀처럼 그 아이를 유혹하는 자가 있잖아요. 난 그자가 우리 아이를 만나지 못하도록 하려고 했어요."

"한 남자 아이가 당신 딸과 함께 있다고 하던데?"

"그래요. 신부님이 방해만 하지 않았다면 그 두 아이는 지금 내가 붙잡고 있었을 거예요. 그들은 어딘가에 함께 있어요. 적어도 아스리엘 경한테는 없어요."

"아스리엘 경도 그 아이들을 찾고 있을 거요. 그 소년은 위력이 대단한 만단검을 가지고 있소. 그것만으로도 찾을 가치가 있지."

"나도 알아요."

콜터 부인이 말했다.

"내가 간신히 그 만단검을 부러뜨렸는데, 어떻게 했는지 그 애가 다시 고쳤어요."

콜터 부인은 살짝 웃음을 지었다. 내가 그 약아빠진 아이를 싫어하는 게 맞나?

"우리도 알고 있소."

"그러시겠죠. 프라 파벨이 점점 빨라지고 있는 모양이군요. 그를 처음 봤을 때는 알레시오미터를 읽는 데 적어도 한 달은 걸렸는데."

콜터 부인이 초콜릿을 한 모금 마셨다. 밍밍하기만 했다. 이 따분한 사제들, 금욕적인 식성으로 손님들의 입맛을 어떻게 맞추겠어.

신부가 말했다.

"아스리엘 경에 대해 아는 대로 말해 보시오."

콜터 부인은 편안하게 의자에 몸을 기대고 말하기 시작했다. 그러나 모든 것을 다 말하지는 않았고, 신부도 그러리라고 기대하지 않았다.

콜터 부인은 아스리엘 경의 요새와 그의 동맹군들, 천사들, 광석들과 주조 공장에 관한 것들에 대해서 말했다.

맥파일 신부는 손가락 하나 까딱 않고 가만히 듣고만 있었다. 그의 도마뱀 데몬은 모든 말에 귀를 기울이며 머리에 새겨 두었다.

신부가 다시 물었다.

"그런데 여긴 어떻게 오셨소?"

"자이롭터를 한 대 훔쳤어요. 그런데 연료가 떨어져서 이 근방 시골에다 버리고 여기까지 걸어왔죠."

"아스리엘 경이 그 소녀와 소년을 필사적으로 찾고 있소?"

"물론이죠."

"아스리엘 경은 그 만단검을 손에 넣으려는 거요. 북극의 클리프 개스트들은 그 만단검을 뭐라고 부르는지 아시오? 신을 파괴하는 칼이라고 하여 '파신검(破神劍)'이라고 부른다고 합니다."

신부는 창가로 걸어가 수도원 너머를 내려다보며 말을 이었다.

"그게 아스리엘 경이 하려는 일 아닙니까? 절대자를 파괴하는 것. 신은 이미 죽었다고 말하는 사람들도 있습니다. 아스리엘 경은 그런 사람은 아닐 거요. 신을 죽이려는 야망을 지니고 있으니."

이번에는 콜터 부인이 물었다.

"신이 살아 있다면 어디에 있지요? 그리고 왜 그분은 더 이상 말씀이 없죠? 태초에 신은 정원에서 아담과 이브와 얘기를 나눴어요. 그리고는 물러서기 시작했죠. 모세한테는 자신의 목소리만 들려줬구요. 그 후 다니엘 시대에 신은 늙었어요. 그래서 '옛날부터 항상 계신 이'라고 불렸잖아요. 그런데 지금은 어디 있죠? 아직 살아 있나요? 상상도 못 할 엄청난 나이에, 늙고 치매에 걸려 생각할 수도 없고 움직이지도 못하고 말도 못하고, 그러면서도 죽지 못해 썩어 가는 육신으로 있나요? 만약 그렇다면 그분을 찾아내서 죽음을 선사하는 것이 그분에 대한 우리 사랑의 가장 진실한 증거이자 자비로운 일이 아닐까요?"

이런 말을 하면서 콜터 부인은 고요한 희열을 느꼈다. 여기서 살아나갈 수 있을지는 의문이지만, 신부에게 그런 말을 하는 것이 황홀한 정도로 기분 좋았다.

"그러면 더스트는?"

신부가 물었다.

"이단자로서 더스트에 대한 부인의 견해는 어떻소?"

"더스트에 대해서는 아무 생각도 없어요. 그게 뭔지도 모르니까. 아무도 몰라요."

"알겠소. 아무튼 당신은 체포된 상태임을 명심하시오. 이제 당신이 잠잘 곳을 알아봐야겠소. 아주 편안할 거요. 누구도 부인을 해치지 않을 겁니다. 그러나 도망칠 생각은 마시오. 내일 또 얘기합시다."

신부가 벨을 울리자 곧 루이스 수사가 들어왔다.

"콜터 부인을 귀빈실로 안내해. 그리고 문을 단단히 잠그게."

귀빈실은 낡았고 가구들은 싸구려였지만 깨끗하기는 했다. 등 뒤에서 문 잠그는 소리가 들리자 콜터 부인은 즉시 도청 장치가 있는지 여기저기 뒤져 보았다. 우아한 전등 안에 하나, 침대 밑에 하나가 숨어 있었다. 그녀는 그것들을 이은 선을 끊어 버렸다. 그 다음 순간 기절할 듯이 놀랐다.

문 뒤 서랍장 맨 꼭대기에서 로크 경이 지켜보고 있었다.

콜터 부인은 비명을 지르고 벽에 손을 짚어 간신히 균형을 잡았다. 그 갈리베스피인은 두 다리를 접고 편안하게 앉아 있었는데, 그녀와 황금 원숭이는 전혀 눈치 채지 못했던 것이다. 쿵쿵 뛰던 가슴이 일단 가라앉자, 그녀는 천천히 숨을 고르며 물었다.

"당신이 거기 있다는 걸 언제 알려 주려고 했어요, 로크 경? 내가 옷을 벗기 전인가요, 후인가요?"

"전이오."

로크 경이 대답했다.

"당신 데몬에게 진정하라고 하시오. 아니면 내가 그를 병신으로 만들어 버릴 거요."

황금 원숭이는 이빨을 드러내고 온몸의 털을 빳빳하게 세우고 있었다. 악의에 찬 원숭이의 표정은 정상적인 사람의 기를 꺾어 놓고도 남을 정도였지만 로크 경은 웃기만 했다. 희미한 불빛에 원숭이의 황금털이 번쩍였다.

작은 스파이는 기지개를 켜고 일어서며 말했다.

"아스리엘 경 요새에 있는 내 요원한테 방금 연락했소. 아스리엘 경이 당신에게 인사를 전하면서 이곳 사람들의 계획을 알아내는 즉시 알려 달라고 부탁했소."

콜터 부인은 아스리엘 경에게 한 방 얻어맞은 느낌이었다. 그녀는 눈이 휘둥그레져서 천천히 침대에 앉은 뒤 스파이 지휘관에게 물었다.

"날 염탐하려고 여기 왔나요, 도우려고 왔나요?"

"둘 다지. 내가 여기 있는 게 다행인 줄이나 아시오. 당신이 도착하자마자 그들은 지하실에서 앤버릭 자기장을 작동시켰소. 그게 뭔지는 모르겠지만 방금 과학자 팀이 그걸 작동시켰소. 당신이 그들을 자극한 것 같은데."

"칭찬인지 겁주는 건지 모르겠네요. 난 피곤해서 자야겠어요. 날 도와주려거든 망을 잘 보세요. 우선 고개부터 저쪽으로 돌려요."

로크 경은 고개를 숙이고 벽을 마주 보며 앉았다. 콜터 부인이 이빠진 대야로 세수를 하고 얇은 타월로 닦은 뒤 옷을 벗고 침대로 들어갔다. 그녀의 데몬은 방 안을 샅샅이 뒤지며 옷장과 그림 액자, 커튼, 창 너머 어두운 수도원까지 살펴보았다. 로크 경은 데몬이 하는 모든 행동을 쭈욱 지켜보았다. 마침내 황금 원숭이도 콜터 부인이 누워 있는 침대로 들어갔다. 둘은 이내 잠이 들었다.

로크 경은 아스리엘 경한테서 들은 것을 전부 콜터 부인에게 말하지는 않았다. 동맹군은 공화국 변방의 공중에 날아다니는 모든 존재를 추적하고 있었다. 그러다가 서쪽에서 천사들인지 아닌지 모를 어떤 집단을 발견했다. 정체를 알아보기 위해 순찰병들을 내보냈지만 지금까지 아무것도 알아내지 못했다. 그 집단은 뚫을 수 없는 안개로 자신을 감싸고 있었다.

그러나 로크 경은 그 문제로 콜터 부인을 괴롭히지 않는 게 최상이라고 생각했다. 그녀는 지금 지쳐 있으니 푹 자게 내버려 두자. 로크 경은 자지 않고 조용히 그 방을 돌며 문밖에 귀를 기울이거나 창밖을 살폈다.

콜터 부인이 방 안으로 들어온 지 한 시간쯤 지나서였다. 문밖에서 아주 약하게 긁는 소리와 속삭임이 조용하게 들렸다. 동시에 희미한 불빛이 방문 아래로 스며들었다. 로크 경은 방 구석 자리로 가서 콜터 부인이 옷을 벗어 놓은 의자의 다리 뒤로 숨었다.

잠시 후 방문의 자물쇠 돌아가는 소리가 조그맣게 났다. 곧 문이 빠끔히 열리고 불이 꺼졌다.

로크 경은 얇은 커튼을 통해 들어오는 희미한 불빛만으로도 잘 볼 수 있었다. 그러나 침입자는 어둠에 적응이 될 때까지 기다려야 했다. 마침내 방문이 아주 천천히 열렸다. 젊은 사제 루이스가 소리 없이 들어왔다.

가슴에 십자를 그은 뒤 루이스 수사는 발끝으로 침대까지 걸어갔다.

로크 경은 당장이라도 튀어 오를 준비를 하고 있었지만, 수사는 콜터 부인의 고른 숨소리를 듣고 있었을 뿐이다. 그녀가 깊이 잠든 것을 확인하고 그는 침대 옆 테이블로 갔다.

손으로 손전등 앞을 가리고 수사는 스위치를 켰다. 가는 불빛이 손가락 사이로 새어 나왔다. 수사는 테이블 바닥에 코가 닿을 정도로 고개를 숙이고 자세히 살폈다. 하지만 찾고 있는 것을 찾지 못한 듯했다. 테이블 위에는 콜터 부인이 놓아둔 물건들이 몇 가지 있었다. 동전 두 개, 반지 하나, 손목시계. 그러나 루이스 수사는 그런 것에는 관심이 없었다.

그는 다시 콜터 부인을 돌아보았다. 이내 자신이 찾고 있던 물건을 발견하고는 이 사이로 쉿 소리를 약하게 냈다. 로크 경은 그가 몹시 난처해하고 있다는 걸 알았다. 그것은 부인의 목에 걸린 금목걸이의 장식물이었다.

로크 경은 침대 곁으로 살금살금 다가갔다.

콜터 부인에게 손을 대야 하므로 수사는 다시 십자가를 그었다. 그러고는 숨을 멈추고 침대 위로 몸을 구부렸다. 그때 황금 원숭이가 몸을 꿈틀거렸다.

젊은 수사는 손을 뻗은 채 그 자리에 얼어붙었다. 그의 데몬인 토끼는 그의 발치에서 덜덜 떨고만 있을 뿐 전혀 도움이 되지 않았다. 그 가엾은 수사를 가만히 지켜보고만 있어도 되겠다는 생각이 들었다. 황금 원숭이는 몸을 한 번 뒤집고는 다시 조용해졌다.

잠시 후 루이스 수사는 밀랍 인형 같은 자세로 떨리는 손을 콜터 부인의 목으로 가져갔다. 너무 오래 더듬거려서 로크 경이 보기에는 저러다가 날이 다 샐 것 같았다. 그러나 수사는 마침내 장식물을 살짝 떼어 내고 몸을 일으켰다.

루이스 수사가 돌아서기 전에 로크 경은 생쥐처럼 재빠르게 소리 없이 방문을 빠져나가 어두운 복도에서 기다렸다. 발끝으로 걸어 나온 젊은 수사는 방문을 닫았다. 로크 경은 그의 뒤를 쫓아갔다.

루이스 수사는 탑으로 향했다. 맥파일 신부가 방문을 여는 순간, 로크 경은 문틈으로 잽싸게 들어가 방구석에 있는 기도대로 달려갔다. 그는 선반 아래 그늘진 곳에 웅크리고 앉아 귀를 기울였다.

방 안에는 신부 혼자만 있는 것이 아니었다. 알레시오미터 해석자인 프라 파벨은 책을 보느라 여념이 없었고, 다른 한 사람은 긴장한 표정으로 창가에 서 있었다. 그는 볼반가르에서 온 실험 신학자 쿠퍼 박사였다. 그들은 고개를 들고 루이스 수사를 바라보았다.

"잘했네, 루이스. 이리 가져와 보게. 어서!"

맥파일 신부가 말했다.

프라 파벨은 읽던 책을 치웠다. 루이스 수사가 테이블 위에 황금 장식물을 올려놓았다. 신부가 그걸 만지작거리자 다른 사람들은 그 위로 몸을 구부리고 이리저리 살펴보았다. 쿠퍼 박사가 신부에게 주머니칼을 건넸고, 곧 '찰칵!' 하고 장식물이 열리는 소리가 났다.

"아!"

신부가 한숨을 쉬었다.

로크 경은 더 잘 보기 위해 책상 꼭대기로 올라갔다. 나프타 램프 불빛 아래 짙은 금빛으로 반짝이는 머리카락 뭉치가 보였다. 신부는 그것을 손가락에 감아 이리저리 비틀어 보며 물었다.

"이게 그 아이의 머리카락이 확실하오?"

"틀림없습니다."

프라 파벨이 지친 목소리로 대답했다.

"이 정도면 충분하겠소, 쿠퍼 박사?"

얼굴이 창백한 쿠퍼 박사는 몸을 숙여 신부의 손가락에서 머리카락을 집어 들고 불빛에 비춰 보았다.

"아, 네. 한 올이면 충분합니다. 이 정도면 넘치죠."

그러자 신부가 말했다.

"그렇다면 다행이오. 루이스 수사, 이제 이 장식물을 그 부인에게 돌려줘야 해."

루이스 수사는 맥이 풀렸다. 그는 이것으로 자기 임무가 끝나기를 바랐던 것이다.

맥파일 신부는 리라의 그 고수머리를 봉투에 넣었다. 그리고 목걸이 장식물의 뚜껑을 닫으며 주위를 돌아보았다. 로크 경은 재빨리 몸을 숨겼다.

루이스 수사가 물었다.

"신부님 명령이라면 따르겠습니다만, 그 아이의 머리카락이 왜 필요한지 여쭤 봐도 되겠습니까?"

"안 돼, 루이스. 괜히 머리만 아플 거야. 이 문제는 우리에게 맡기고 그만 나가 보게."

젊은 수사는 화를 억누르며 목걸이 장식물을 들고 방을 나갔다. 로크 경은 그를 따라가서 그가 장식물을 되돌려 놓으려고 하는 바로 그 순간 콜터 부인을 깨워 볼까 하는 생각이 들었다. 그녀가 어떻게 할지 보고 싶었던 것이다. 하지만 그보다는 이들이 무슨 일을 꾸미고 있는지 알아내는 것이 더 중요했다.

방문이 닫히자 로크 경은 어두운 곳으로 되돌아가 다시 귀를 기울였다.

쿠퍼 박사가 물었다.

"콜터 부인이 머리카락을 거기에 둔 것을 어떻게 아셨습니까?"

신부가 대답했다.

"그 아이 얘기를 할 때마다 부인이 목걸이 장식물을 만지작거렸소. 그러면 얼마나 빨리 준비할 수 있는 거요?"

"몇 시간이면 됩니다."

"그 머리카락은? 그걸로는 뭘 할 거요?"

맥파일 신부가 물었다.

"공명실로 가져갈 겁니다. 아시다시피 모든 개인은 유일한 존재여서 서로 유전자 배열이 완전히 다르지요. 분석이 끝나면 그 정보를 일련의 무기압 전류로 암호화하여 조준 장치로 전달하는 겁니다. 이 조준 장치는 그 아이가 어디에 있건, 그 머리카락의 출처를 찾아내게 되지요. 이는 바너드 스톡스의 다세계 가설을 실제로 이용하는 과정입니다."

"걱정 마시오, 박사. 프라 파벨은 그 아이가 다른 세계에 있다고 했소. 계속 설명해 보시오. 그 폭탄의 힘이 머리카락에 의해 유도된다는 얘긴가요?"

"그렇습니다. 이 머리카락이 잘려 나온 머리의 머리카락 한 올 한 올을 향해 날아가는 겁니다."

"그렇다면 그 아이가 어디에 있든 터져 버릴 수밖에 없겠군?"

쿠퍼 박사는 숨을 깊숙이 들이쉰 뒤 마지못한 듯 대답했다.

"네."

그는 마른침을 삼키고는 얘기를 계속했다.

"하지만 엄청난 에너지가 필요합니다. 무기압 에너지 말이죠. 원자 폭탄도 우라늄을 합성시켜 연쇄 반응을 일으키려면 높은 폭발력이 있어야 하듯이, 이 조준 장치도 분리 과정에서 그보다 훨씬 더 큰 에너지를 방출하려면 엄청난 전류가 필요합니다. 제가 걱정하는 것은……."

"폭탄이 터지는 장소는 중요하지 않다는 거요?"

신부가 물었다.

"네. 그게 핵심이지요. 어디든 가능합니다."

"준비는 완전히 끝났소?"

"이제 머리카락까지 손에 넣었으니까요. 하지만 에너지 문제가……."

"그 문제는 알고 있소. 생장레오에 있는 수소 무기압 발전소를 징발해 두었으니까. 거기서 생산하는 에너지로 충분하지 않겠소?"

"충분합니다."

과학자가 대답했다.

"그럼 당장 착수합시다. 가서 그 장비를 한번 살펴봐요, 쿠퍼 박사. 가능한 한 빨리 이동할 준비를 하시오. 산속 날씨는 빠르게 변하고 폭풍이 몰려오고 있으니까."

리라의 머리카락이 담긴 작은 봉투를 받아 든 박사는 조심스럽게 인사를 한 뒤 그 자리를 떠났다. 로크 경은 그림자처럼 조용하게 그를 뒤따라갔다.

신부실까지 목소리가 들리지 않을 만큼 멀어지자 로크 경은 튀어 올랐다. 계단을 올라오고 있던 쿠퍼 박사는 갑자기 어깨가 따끔거리는 것을 느꼈다. 박사는 너무 고통스러워 난간을 잡으려고 했지만 이상하게 팔에 힘이 쭉 빠지며 계단 아래로 굴러 떨어졌다. 그는 혼수상태로 바닥에 쓰러지고 말았다.

경련을 일으키고 있는 박사의 손에서 로크 경은 그 봉투를 힘겹게 빼앗았다. 봉투 크기가 로크 경의 절반만 했다. 그는 봉투를 짊어지고 콜터 부인이 잠들어 있는 방을 향해 어둠 속을 달렸다.

방문 아래로 난 틈은 로크 경이 들어가기에 충분했다. 잠시 후 루이스 사제가 들어왔다가 나갔다. 그는 목걸이 장식물을 감히 콜터 부인의 목에 매달 용기가 안 났던지 그녀의 베개 위에 놓고 나가 버렸다.

로크 경은 콜터 부인을 깨우기 위해 그녀의 손을 눌렀다. 그녀는 매우 지쳐 있었지만 즉시 그를 알아보고 눈을 비비며 일어났다.

로크 경은 그동안 일어난 일을 그녀에게 설명한 뒤 봉투를 건네주었다.

"당장 없애 버리시오. 머리카락 한 올로도 충분하다고 그 남자가 말했소."

짙은 금발의 고수머리를 보며 콜터 부인은 고개를 저었다.

"그러기엔 너무 늦었어요. 이건 내가 리라의 머리에서 잘라 낸 머리카락의 절반밖에 안 돼요. 신부가 나머지를 갖고 있을 거예요."

로크 경은 화가 나 씩씩거렸다.

"그자가 주위를 돌아봤을 때! 아, 내가 눈에 띄지 않으려고 몸을 숨겼을 때 그때 떼어 낸 게 분명해!"

"그가 머리카락을 어디에 숨겼는지 알아낼 방법은 없어요."

콜터 부인이 말했다.

"하지만 그 폭탄을 찾을 수만 있다면……."

"쉿!"

황금 원숭이였다. 원숭이는 문 뒤에 웅크리고 앉아 문밖으로 귀를 기울였고, 그들 모두 그 소리를 들었다. 방 쪽으로 급하게 걸어오는 발자국 소리였다.

콜터 부인은 머리카락이 담긴 봉투를 로크 경에게 던졌다. 그것을 잡은 로크 경은 옷장 꼭대기로 뛰어올랐다. 콜터 부인과 그녀의 데몬은 얼른 침대에 누워 자는 척했다. 열쇠 돌리는 소리가 요란하게 났다.

"그건 어디 있소? 그걸로 대체 무슨 짓을 한 거요? 당신이 쿠퍼 박사를 공격했소?"

횃불로 그녀의 침대를 비추며 신부는 거친 목소리로 물었다.

콜터 부인은 팔을 들어 눈을 가리며 일어나 앉았다.

"손님을 참 즐겁게도 해 주시는군요. 이건 새로운 게임인가요? 내가 뭘 어떻게 했다구요? 쿠퍼 박사는 또 누구예요?"

콜터 부인은 잠에서 덜 깬 목소리로 말했다.

신부와 함께 들어온 경비원은 횃불로 방 구석구석과 침대 밑까지 비추어 보았다. 신부는 약간 당황했다. 콜터 부인의 눈꺼풀은 졸음으로 무거워 보였고, 복도의 환한 불빛으로 눈을 거의 뜨지도 못하고 있었다. 그녀는 침대에서 일어나지 않았던 게 분명했다.

신부가 말했다.

"당신은 공범자가 있어. 누군가 대학에서 온 손님을 공격했소. 누구지? 누구와 함께 온 거요? 그자는 어디에 있지?"

"무슨 말씀을 하시는지 통 모르겠네요. 그런데 이게 뭐죠?"

콜터 부인은 베개 위에 놓여 있는 목걸이의 장식물을 집어 들며 눈을 휘둥그렇게 뜨고 신부를 바라보았다. 그녀는 당황한 모습을 능란하게 연기하며 물었다.

"이건 내…… 이게 왜 여기 있죠? 맥파일 신부님, 이 방에 누가 들어왔었나요? 누가 내 목걸이에서 이걸 떼어 냈어. 그리고 리라의 머리카락은 어디 갔지? 이 속에 내 딸의 머리카락이 들어 있었는데. 누가 갖고 갔지? 뭘 하려고?"

콜터 부인은 일어서서 헝클어진 머리를 흔들며 흥분한 목소리로 소리를 질러 댔다.

신부는 뒤로 한 걸음 물러나 손으로 이마를 짚었다.

"당신이 누군가를 데려온 게 분명해. 공범자가 있어. 그자는 어디 숨어 있소?"

신부는 쉰 목소리로 다그쳤다.

콜터 부인은 화를 내며 되받았다.

"공범자 따윈 없어요. 눈에 보이지 않는 암살자가 있다면 그건 악마겠죠."

신부가 경비원에게 명령했다.

"부인을 지하실로 데려가 쇠사슬로 묶어. 이 여자를 다루는 방법을 알고 있지. 여기 왔을 때 그걸 생각했어야 했는데."

다급하게 주위를 둘러보던 콜터 부인은 천장의 어두운 곳에서 반짝이고 있는 로크 경과 잠시 눈이 마주쳤다. 로크 경은 그녀의 표정을 보는 순간 자신에게 무슨 말을 하고 있는지 정확히 이해했다.

생장레오

생장레오 폭포는 알프스 산맥 동쪽 끝의 높은 바위 절벽들 사이로 떨어지고 있었다. 그 발전소는 폭포 위의 산허리에 있었다. 그곳은 산세가 험하고 황량한 곳이었다. 계곡 사이로 떨어지는 수천 톤의 물의 위력으로 거대한 무기압 발전기를 돌리지 않는다면 어떤 것도 세울 수 없을 곳이었다.

콜터 부인이 체포된 다음 날 밤 폭풍우가 몰아쳤다. 그 발전소 앞의 깎아지른 듯한 절벽 근처에 체펠린 비행선 한 대가 세찬 바람 속에서 천천히 선회하고 있었다. 체펠린에서 여러 갈래의 탐조등이 뻗어 나와 마치 체펠린이 빛의 다리들을 천천히 구부리며 내려앉고 있는 것처럼 보였다.

조종사는 불안했다. 세찬 바람이 산마루의 회오리 속으로 휘몰아치고 있었다. 게다가 전선과 유도탑, 변압기가 너무 가까이 있었다. 인화

성 가스를 가득 실은 체펠린이 그것들 사이로 휩쓸려 들어갔다가는 그대로 끝장나 버리는 것이다. 진눈깨비가 체펠린의 단단한 철판을 요란하게 때렸다. 그 소리 때문에 사람들이 시끄럽게 떠드는 소리도 윙윙 돌아가는 엔진 소리도 잘 들리지 않았다. 앞도 잘 보이지 않았다.

그 소음들 속에서 조종사가 큰 소리로 외쳤다.

"여기선 안 되겠습니다. 산을 돌아가겠습니다."

맥파일 신부는 조종석에서 엔진 상태를 조절하고 있는 조종사를 사납게 노려보았다. 갑작스런 요동과 함께 체펠린이 공중으로 치솟아 산 능선을 넘어갔다. 빛의 다리들이 갑자기 길어지더니 능선 아래로 내려갔다. 그 다리들이 짧아지며 체펠린은 마침내 휘몰아치는 진눈깨비와 빗속으로 사라졌다.

신부는 몸을 앞으로 내밀고 조종사에게 말했다.

"발전소에 더 가까이 접근할 수 없겠는가?"

"착륙하려는 게 아니라면 안 됩니다."

조종사가 대답했다.

"아, 착륙할 거야. 그럼, 능선 아래에 내려 주게."

조종사는 승무원에게 착륙 준비를 하라고 명령했다. 하역할 장비가 무겁고 민감한 것이었기 때문에 체펠린을 안전하게 착륙시키는 일은 매우 중요했다. 신부는 좌석에 등을 기대고 손가락으로 팔걸이를 톡톡 치면서, 조종사가 당황하지 않고 착륙할 수 있도록 입술을 잘근잘근 깨물며 아무 말도 하지 않았다.

기내 뒤쪽 칸막이 뒤에 숨어 있던 로크 경은 동정을 살폈다. 비행하는 동안 그는 여러 차례나 금속 망사 뒤로 지나다녔다. 그들이 고개만 돌려도 발각되겠지만, 무슨 일이 벌어지고 있는지 엿듣기 위해서는 그 정도 모험은 불가피했다.

로크 경은 앞쪽으로 몸을 잔뜩 기울이고 신경을 곤두세워서 열심히 들었다. 시끄러운 엔진 소리와 천둥과 진눈깨비 소리, 전선에 윙윙거리는 바람 소리, 그리고 금속 통로를 두드리는 구둣발 소리로 그들이 주고받는 말은 거의 들리지 않았다. 부조종사가 어떤 물체가 보인다고 보고하자 조종사는 확인했다. 로크 경은 다시 몸을 숙여 어두운 곳으로 들어갔다. 체펠린이 급속도로 하강하자 그는 버팀목과 기둥을 꽉 붙잡았다.

마침내 체펠린이 착륙했다. 로크 경은 기내의 벽 사이로 오른쪽에 있는 의자까지 걸어 나갔다. 양쪽에서 사람들이 지나갔다. 승무원들과 기술자들, 사제들이었다. 그들의 데몬은 대부분이 개였고, 호기심에 가득 찬 표정들을 하고 있었다. 복도 맞은편에 콜터 부인이 조용히 앉아 있었다. 황금 원숭이는 그녀의 무릎에 앉아 사나운 표정으로 주위를 살피고 있었다.

로크 경은 기회를 엿보다가 콜터 부인에게 달려가서 재빨리 그녀의 어깨 뒤로 올라갔다.

"그들이 뭘 하고 있죠?"

콜터 부인이 속삭이는 소리로 물었다.

"발전소 근처에 착륙했소."

"나와 함께 있을 건가요, 아니면 단독으로 행동할 건가요?"

"함께 있겠소. 당신 코트 안에 숨어야겠소."

콜터 부인은 두꺼운 양가죽 코트를 입고 있었다. 기내 안은 답답할 정도로 더웠지만, 두 손에 수갑을 차고 있어서 코트를 벗을 수가 없었다.

주위를 둘러본 콜터 부인이 말했다.

"들어가요, 어서."

그녀의 가슴 안으로 들어간 로크 경은 폭신한 주머니를 발견하고 그 안에 편안하게 자리를 잡았다. 황금 원숭이는 자신이 좋아하는 모델에게 옷을 입히는 까다로운 양재사처럼 콜터 부인의 목깃을 세심하게 안으로 밀어 넣어 코트 속에 숨은 로크 경이 조금도 표가 나지 않도록 했다.

잠시 후 소총으로 무장한 병사가 콜터 부인을 데리러 왔다.

콜터 부인이 병사에게 물었다.

"이 수갑 계속 차고 있어야 해요?"

"수갑을 풀어 주라는 명령은 받지 못했습니다. 일어나시죠."

"기대지 않고는 걷기 힘들어요. 몸이 굳어서. 하루 종일 꼼짝 않고 여기 앉아 있었어요. 내게 무기가 없다는 걸 알잖아요. 당신들이 수색했으니까. 계속 수갑을 차고 있어야 하는지 신부에게 물어봐 줘요. 이 허허벌판에서 도망이라도 칠까 봐서요?"

로크 경 자신은 콜터 부인의 아름다움에 흔들리지 않았지만, 다른 사람들은 어떨까 궁금했다. 그 병사는 젊은 남자였다. 그들은 백발의 늙은 병사를 보냈어야 했다.

그 병사가 말했다.

"물론 그러시지는 않겠죠, 부인. 하지만 전 명령에만 복종해야 합니다. 아시잖아요. 자, 일어나세요. 몸이 비틀거리면 제 팔을 잡으세요."

콜터 부인은 일어섰다. 로크 경은 그녀가 어기적거리며 걷는 것을 느낄 수 있었다. 콜터 부인은 그가 본 가장 우아한 인간이었다. 그녀는 연기를 하고 있었다. 출입구 앞에 도착하자 그녀는 비틀거리며 비명을 질렀다. 병사가 그녀를 붙잡을 때의 충격이 로크 경에게 전해졌다. 들리는 소리도 변했다. 세차게 불어 대는 바람 소리, 조명을 밝히기 위해 계속 윙윙거리며 돌아가는 엔진 소리, 가까운 곳에서 명령을 내리는 목소리.

콜터 부인은 병사에게 완전히 몸을 맡긴 채 출입구를 내려가며 속삭이듯 말을 건넸다. 로크 경은 병사가 대답하는 소리를 들었다.

"저 중사님입니다, 부인. 큰 나무 상자 옆에 서 있는 중사님이 열쇠를 갖고 있지요. 하지만 제가 감히 달라고 할 수는 없습니다, 부인."

"아, 알겠어요. 어쨌든 고마워요."

콜터 부인은 유감이란 듯 한숨을 내쉬었다.

로크 경은 바위 위를 걸어가는 구두 소리가 점점 멀어지는 것을 들었다. 그때 콜터 부인이 로크 경에게 소곤거렸다.

"열쇠 얘기 들었죠?"

"그 중사가 어디 있는지 말해 봐요. 장소와 거리를 알아야 하니까."

"오른쪽으로 열 걸음쯤 떨어진 곳에 있는 덩치 큰 남자예요. 허리춤에 열쇠 뭉치가 있어요."

"어떤 열쇠인지 알아야지. 수갑 채울 때 봤소?"

"네. 검은 테이프가 감긴 짧고 폭이 넓은 열쇠예요."

로크 경은 코트의 양털을 두 손으로 번갈아 붙잡고 내려왔다. 마침내 무릎 근처 옷자락에 이르자 거기에 매달려 주위를 살펴보았다.

투광 조명이 설치되어 있었고, 비에 젖은 바위들이 불빛에 번쩍거렸다. 로크 경은 내려다보며 재빨리 어두운 곳을 찾았다. 세차게 불어온 바람에 불빛이 옆으로 흔들리기 시작했다. 고함 소리가 들리더니 갑자기 조명이 꺼졌다.

그 순간 로크 경은 땅바닥으로 내려와 진눈깨비 속을 뚫고 그 중사 쪽으로 뛰어갔다. 쓰러지려는 조명등을 잡으려던 중사가 앞쪽으로 비틀거렸다.

그 틈을 타고 로크 경은 덩치 큰 중사의 다리에 뛰어올랐다. 중사가 비틀거리는 대로 로크 경의 몸도 흔들렸다. 그는 중사의 전투복 바지를 꽉 쥐었다. 바지는 비에 흠뻑 젖어 있었다. 로크 경은 중사의 구두 바로 위 살갗에 일격을 가했다.

중사는 고통스런 비명을 지르고는 몸을 뒤틀며 쓰러졌다. 그는 발을 움켜쥐고 숨을 씩씩거리며 소리를 질러 댔다. 로크 경은 잡고 있던 손을 놓쳐 중사의 몸에서 떨어지고 말았다.

그러나 누구도 알아차리지 못했다. 바람 소리와 엔진 소리, 퍼부어대는 우박 소리가 병사의 비명을 삼켜 버린 것이다. 어둠 속에서 중사의 모습은 보이지도 않았다. 그러나 가까운 곳에 다른 병사들이 있었다. 그래서 로크 경은 재빨리 열쇠를 가져가야 했다. 로크 경은 쓰러져 있는 중사 옆으로 뛰어갔다. 차가운 물 웅덩이에 열쇠 뭉치가 빠져 있었다. 그는 자기 팔뚝만 하고 키의 반만 한 큰 열쇠 꾸러미를 잡아당겼다. 드디어 검은 테이프가 감긴 그 열쇠를 찾았다. 열쇠고리에 걸려 있어 또 씨름을 해야 했다. 우박도 멈추지 않았다. 갈리베스피인에게 우박은 치명적이었다. 얼음 알갱이는 그의 두 주먹만큼이나 컸다.

그때 옆에서 어떤 목소리가 들렸다.

"괜찮습니까, 중사님?"

그 병사의 데몬이 으르렁거리며 중사의 데몬에게 코를 들이댔다. 중사의 데몬은 반쯤 정신을 잃은 상태였다. 로크 경은 더 이상 기다릴 수 없었다. 팔짝 뛰어 독침으로 찌르자 그 병사도 중사 옆으로 쓰러졌다.

로크 경은 잡아당기고, 비틀고, 끌어올리고 하다가 마침내 입으로 그 열쇠고리를 열었다. 다른 열쇠 여섯 개를 들어내야 검은 테이프가 감긴 그 열쇠를 빼낼 수 있었다. 잠시 뒤 투광 조명에 다시 불이 들어왔다. 어둑한 곳에 정신을 잃고 쓰러져 있는 두 병사의 모습이 불빛에 드러났다.

로크 경이 급하게 열쇠를 빼내고 있는데 한 사람이 다가왔다. 그는 있는 힘을 다해 그 무거운 열쇠 뭉치를 끌어당기고 들어 올리고 질질 끌고 하면서 겨우 그 열쇠를 빼냈다. 뛰어오던 발자국 소리가 멈추더니 불을 비추라고 외치는 소리가 났다. 그 순간 로크 경은 작은 바위 뒤로 몸을 숨겼다.

"총을 맞았나?"

"아무 소리도 못 들었는데……."

"숨은 쉬고 있어?"

이내 투광 조명이 그곳을 비추었다. 로크 경의 모습이 자동차 전조등에 비친 여우처럼 선명하게 드러났다. 그는 꼼짝 않고 서서 눈동자만 좌우로 굴렸다. 모든 사람의 관심이 쏠려 있는 두 병사에게만 쏠려 있자, 그는 열쇠를 어깨에 걸치고 물 웅덩이와 바위를 돌아 콜터 부인에게 돌아갔다.

잠시 후 콜터 부인은 수갑을 풀어 땅바닥에 조용히 내려놓았다.

로크 경은 다시 그녀의 어깨 위로 올라가서 귀에 대고 물었다.

"그 폭탄은 어디에 있소?"

"지금 비행선에서 내리기 시작했어요. 저기 땅바닥에 있는 큰 나무 상자예요. 그들이 폭탄을 꺼내기 전에는 아무것도 할 수 없어요. 그때 가서도……."

"알았소. 도망쳐서 어디든 숨어요. 난 여기서 망을 볼 테니. 달려요!"

로크 경은 그녀의 코트 소맷자락을 내려와서 뛰어내렸다. 콜터 부인은 조명을 피해 소리 없이 움직였다. 처음에는 보초병 눈에 띄지 않기 위해 천천히 걷다가 이내 몸을 숙여 비가 장대같이 쏟아지는 어둠 속을 달려 가파른 능선으로 올라갔다. 황금 원숭이는 길을 살피기 위해 앞서서 날쌔게 뛰어갔다.

뒤에서는 엔진의 굉음과 요란한 고함 소리, 명령을 내리는 맥파일 신부의 우렁찬 목소리가 들려왔다. 콜터 부인은 티알리스에게 일격을 당했을 때의 그 끔찍한 고통과 아찔한 느낌을 떠올리며 그 두 병사가 깨어나도 좋을 건 하나도 없을 거라고 생각했다.

그녀는 더 높이 올라가서 비에 젖은 바위들을 넘어갔다. 뒤로 보이는
건 체펠린의 커다란 몸체에서 반사된 투광 조명의 눈부신 불빛뿐이었
다. 그 순간 다시 불이 꺼졌다. 그러자 바람 소리에 묻힌 엔진 소리와
천둥 같은 폭포 소리만 들렸다.

무기압 수력 발전소의 기술자들은 동력 전선을 산마루 너머 폭탄이
있는 곳까지 끌어 오느라 버둥거리고 있었다.

콜터 부인에게는 이 상황에서 어떻게 살아 나가느냐가 문제가 아니
었다. 그보다 더 중요한 문제는 폭탄을 발사하기 전에 리라의 머리카락
을 어떻게 제거하느냐였다. 그녀가 체포된 후 로크 경은 봉투에 든 리
라의 머리카락을 태워 그 재를 밤하늘에 날려 보냈다. 그러고는 실험실
로 가는 길을 찾아내어 그들이 리라의 나머지 머리카락을 공명실에 두
는 것을 목격했다. 머리카락을 어디에 두었는지, 공명실을 어떻게 여는
지 로크 경은 정확히 알고 있었다. 그러나 계속 왔다 갔다 하는 기술자
들은 물론이고 그 환한 불빛과 실험실의 번쩍거리는 표면 때문에 아무
것도 할 수 없었다.

그러니 그들은 폭탄이 장치된 후에 그 머리카락 뭉치를 제거할 수밖
에 없었다.

하지만 맥파일 신부가 콜터 부인에게 하려는 짓 때문에 그 일은 더욱
어려워질 것이었다. 그 폭탄의 에너지는 인간과 데몬 사이의 고리를 자
르는 데서 생기고, 그것은 곧 사람과 데몬의 끔찍한 분리 과정을 의미
했다. 맥파일 신부는 그물 우리와 은빛 기요틴을 이용하여 콜터 부인과
황금 원숭이 사이의 평생 연결 고리를 절단할 작정이었다. 그리고 거기
서 방출되는 에너지로 그녀의 딸을 죽일 생각이었다. 결국 콜터 부인은

자기가 만들었던 그 기구로 자신과 딸을 죽이게 되는 셈이었다.

콜터 부인의 유일한 희망은 로크 경이었다. 하지만 체펠린 안에서 로크 경은 자신이 지닌 그 독침의 위력에 대해 설명했었다. 한 번씩 찌를 때마다 독의 기운이 점점 약해지므로 계속 사용할 수는 없다는 것이었다. 다시 충분한 독을 채우려면 하루가 걸린다고 했다. 오래지 않아 그의 주 무기도 위력을 잃을 것이고, 그러면 그들에게 남는 건 용기뿐일 것이었다.

계곡에 서 있는 가문비나무의 뿌리 옆에 바위 하나가 튀어나와 있었다. 콜터 부인은 바위 뒤에 숨어 주위를 둘러보았다. 계곡 입구 위에 발전소가 서 있었다. 세차게 휘몰아치는 폭풍 속에서 기술자들이 전등을 설치하고 있었다. 폭탄이 있는 곳까지 전선을 쉽게 끌고 가기 위해서였다. 멀지 않은 곳에서 명령을 외치는 소리가 들려왔다. 나무들 사이로 불빛들이 흔들렸다. 남자 팔뚝만 한 두께의 그 전선은 산비탈에 있는 트럭 위의 거대한 릴에서 풀려 나오고 있었다. 바위들 위로 내려가는 속도로 보아 5분도 채 안 되어 폭탄이 있는 곳에 닿을 것 같았다.

체펠린에서 맥파일 신부는 병사들을 불러 모았다. 여러 병사가 폭탄이 들어 있는 나무 상자를 열고 전선을 기다리고 있는 동안, 다른 병사들은 소총으로 무장을 하고 진눈깨비가 쏟아지는 어둠 속을 지키고 있었다. 비가 쏟아지는 흐릿한 불빛 속에서도 기계의 형체와 바위투성이인 땅 위에 비스듬히 누운 전선이 선명하게 눈에 들어왔다. 전등에서 높은 전압이 찌지직거리는 소리가 났다. 전선이 바람에 흔들려 전등 그림자들이 바위 위에 어른거렸다. 마치 괴물들이 전선으로 줄넘기를 하고 있는 것처럼 보였다.

그런데 기계의 한 부분은 콜터 부인의 눈에 익은 것이었다. 끔찍하게도 그것은 그물 우리와 은빛 기요틴이었다. 그것들은 장비의 한쪽 끝에서 있었다. 나머지는 처음 보는 것들이었다. 콜터 부인은 코일 뭉치와 용기들, 절연기, 격자 무늬의 배관들로 도대체 뭘 하려는 건지 알 수 없었다. 하지만 그 복잡한 기계 어딘가에 리라의 머리카락이 있었다.

그녀의 왼쪽으로는 산비탈이 어둠 속으로 사라졌고, 그 훨씬 아래쪽은 아직 희미했다. 생장레오 폭포에서는 여전히 천둥 같은 물소리가 들려왔다.

갑자기 비명 소리가 나더니, 한 병사가 소총을 떨어뜨리며 비틀거리다 쓰러졌다. 그는 고통스러운 신음을 내뱉으며 손발을 버둥거렸다. 깜짝 놀란 맥파일 신부가 입에 손을 대고 하늘을 향해 고함을 질렀다.

왜 저러는 거야?

콜터 부인은 잠시 후에야 그 이유를 알았다. 생각지도 않았던 마녀 하나가 날아 내려와서 신부 옆에 섰다.

"부근을 샅샅이 뒤져! 그 여자를 도와주는 놈이 있어. 벌써 우리 병사 몇 명이 당했다구. 넌 어둠 속도 잘 보잖아. 놈을 찾아내서 죽여!"

"무언가 오고 있어요. 북쪽에서 봤습니다."

마녀가 하는 말이 콜터 부인이 있는 데까지 또렷하게 들려왔다.

"그건 신경 쓰지 마. 놈을 찾아내서 죽이기나 해. 그리 멀리 가진 못했을 거야. 그 여자도 찾아. 어서!"

마녀는 다시 하늘로 솟아올랐다.

갑자기 원숭이가 콜터 부인의 손을 잡으며 어딘가를 가리켰다.

잔디밭 위에 로크 경이 누워 있었다. 어떻게 저 사람들이 그를 못 봤을까? 무슨 일이 생긴 것이 분명했다. 그는 꼼짝도 하지 못했다.

콜터 부인은 황금 원숭이에게 말했다.

"가서 그를 데려와."

원숭이는 몸을 낮추고 이 바위에서 저 바위로 날쌔게 건너뛰며 로크 경이 누워 있는 잔디밭을 향해 달려갔다. 원숭이의 황금색 털은 비에 젖어 몸에 착 달라붙고 거무스레하게 변해 있었다. 덕분에 덩치는 작아졌지만 그래도 끔찍할 정도로 눈에 잘 띄었다.

맥파일 신부는 다시 폭탄 쪽으로 고개를 돌리고 있었다. 발전소 기술자들이 전선을 폭탄 바로 아래까지 끌고 왔다. 그들은 죔쇠를 고정시키고 단자들을 준비했다.

콜터 부인은 맥파일 신부가 무슨 짓을 하려는 건지 알 수 없었다. 그의 희생자가 될 그녀 자신은 이미 도망치고 없지 않은가. 그때 신부가 뒤를 돌아보았다. 얼굴 표정이 지나치게 굳어 있어서 사람 같지 않고 꼭 가면 같았다. 기도를 하느라고 입술이 계속 달싹거렸고, 커다랗게 뜨고 하늘을 쳐다보는 눈 속으로 빗방울이 떨어지고 있었다. 그 모습은 마치 순교의 황홀경에 빠진 어느 성인을 그린 음울한 스페인 그림 같았다. 콜터 부인은 갑자기 두려워졌다. 맥파일 신부가 무슨 짓을 하려는 건지 이제야 알 것 같았다. 그는 자기 자신을 희생하려 하고 있었다. 그렇게 되면 콜터 부인이 있든 없든 폭탄은 폭발할 것이다.

황금 원숭이는 바위들 사이를 재빠르게 달려 로크 경에게 도달했다.

로크 경이 조용히 말했다.

"왼쪽 다리가 부러졌어. 병사가 쓰러지면서 날 밟았어. 내 말 잘 들어……."

황금 원숭이는 불빛을 피해 가며 로크 경을 안아 올렸다. 로크 경은 공명실의 위치와 문 여는 방법을 원숭이에게 자세히 설명했다. 그들은 거의 병사들의 눈 바로 아래에 있었다. 하지만 원숭이는 로크 경을 안고 어두운 곳을 골라 가며 바위들 사이를 돌았다.

입술을 깨물고 그들을 지켜보던 콜터 부인은 '휙!' 하고 바람을 가르는 소리와 함께 무언가 '탁!' 꽂히는 소리를 들었다. 그녀의 몸을 빗나간 화살 하나가 왼팔에서 한 뼘도 안 떨어진 나무에 꽂혀 떨고 있었다.
마녀가 다시 화살을 쏘기 전에 콜터 부인은 재빨리 몸을 굴려 황금 원
숭이가 오고 있는 계곡 아래로 달려갔다.

　그때 모든 일이 동시에 그리고 순식간에 일어났다. 계곡 너머에서 요
란한 총성과 함께 매캐한 연기가 구름처럼 피어올랐다. 그러나 화염은
보이지 않았다. 황금 원숭이는 콜터 부인이 공격받고 있는 것을 보자
로크 경을 내려놓고 그녀를 방어하기 위해 급히 달려갔다. 그 순간 공
중에서 마녀가 칼을 겨누고 날아왔다. 로크 경은 가까운 바위 뒤로 몸
을 숨겼고, 콜터 부인은 그 마녀와 육박전을 벌였다. 둘은 바위 사이에
서 격렬하게 싸웠다. 황금 원숭이는 마녀의 구름소나무 가지에 붙은 솔
잎들을 모조리 떼어 내기 시작했다.

　맥파일 신부는 자신의 도마뱀 데몬을 은빛 그물 우리 두 개 중 작은
것 안으로 밀어 넣었다. 도마뱀은 비명을 지르고 발버둥치면서 신부를
깨물었다. 그러나 신부는 도마뱀을 찰싹 때려 손에서 떼어 내고 재빨
리 문을 닫았다. 기술자들은 계량기를 점검하며 마지막 조정을 하고
있었다.

　어디선가 갈매기 한 마리가 요란하게 울부짖으며 내려오더니 로크
경을 낚아챘다. 갈매기는 마녀의 데몬이었다. 로크 경은 발버둥을 쳐
보았지만 갈매기가 세게 움켜쥐고 놓아주지 않았다. 그 순간 마녀도 콜
터 부인의 손아귀에서 빠져나와 솔잎이 다 떨어진 구름소나무 가지를
타고 하늘로 솟아올라 자기 데몬을 따라갔다.

　콜터 부인은 폭탄이 있는 곳으로 달려갔다. 연기가 발톱처럼 그녀의
코와 목구멍을 따끔하게 찔렀다. 최루탄 가스였다. 대부분의 병사가 쓰
러지거나 콜록거리며 비틀거렸다. 이 가스는 어디서 나오는 거지? 그
러나 바람이 그 가스를 날려 버리자 병사들은 다시 모여들기 시작했다.

폭탄 위로 체펠린의 거대한 동체가 솟아오르며 바람 속에서 전선들을 꽉 잡아당기고 있었다. 은색의 동체 옆구리로 빗물이 흘러내렸다.

그때 공중에서 들려오는 비명 소리 때문에 콜터 부인은 귀가 먹먹해졌다. 너무도 크고 소름 끼치는 소리라서 황금 원숭이도 두려움에 그녀를 꽉 붙잡았다. 잠시 후 하얀 팔다리와 검은색 실크와 초록색 구름소나무 가지가 한 덩어리가 되어 빙글빙글 돌며 떨어지는 것이 보였다. 마녀는 맥파일 신부의 발치에 떨어졌고, 그녀의 뼈가 바위에 부딪혀 으스러지는 소리가 콜터 부인의 귀에까지 들려왔다.

콜터 부인은 로크 경이 살아남았는지 확인하기 위해 앞으로 달려나갔다. 그러나 그는 죽어 있었다. 마녀의 목에 그의 오른발 독침이 깊숙이 박혀 있었다.

마녀는 아직 살아 있었다. 그녀는 입술을 부들부들 떨며 말했다.

"뭔가 오고 있어요…… 다른 무언가가……."

무슨 소린지 알아들을 수 없었다. 맥파일 신부는 이미 마녀의 몸을 타 넘고 큰 우리로 다가가고 있었다. 그의 데몬은 작은 우리 속에서 팔딱팔딱 뛰고 발톱으로 긁어 대며 처량하게 울었다.

황금 원숭이는 신부에게 펄쩍 뛰어올랐다. 신부를 공격하기 위해서가 아니라, 그의 어깨를 발판으로 전선들과 연결관이 복잡하게 얽힌 공명실의 심장부로 뛰어들기 위해서였다. 신부가 원숭이를 잡으려고 하자 콜터 부인이 그의 팔을 뒤로 잡아당겼다. 그녀는 눈을 뜰 수가 없었다. 빗물이 자꾸만 눈 안으로 들어오고 공기 속에는 아직 최루 가스가 섞여 있었다.

사방에서 총소리가 났다. 무슨 일이 일어나고 있는 거지?

투광 조명이 바람 속에서 흔들렸다. 모든 것이 흔들리고 있어서 산기슭의 시꺼먼 바위들까지도 움직이는 것처럼 보였다. 신부와 콜터 부인은 심하게 몸싸움을 벌였다. 할퀴고, 주먹을 날리고, 정신없이 서로 물고 뜯었다. 콜터 부인은 지쳤지만 신부는 아직 힘이 남아 있었다. 하지만 그녀 역시 필사적이라 신부를 밀쳐 낼 수도 있었다. 그러나 콜터 부인은 그 가운데서도 자신의 데몬을 곁눈질로 보고 있었다. 황금 원숭이는 기계의 핸들을 조작하고 있었다. 그는 날카로운 검은 발톱으로 기계의 부품들을 이리저리 당기고 돌려 보고 있었다.

그 순간 콜터 부인은 이마를 세게 맞고 아찔한 충격을 느끼며 쓰러졌다. 신부는 피를 줄줄 흘리면서도 큰 우리 안으로 들어가 문을 닫았다.

마침내 황금 원숭이는 무거운 경첩이 달린 공명실의 유리문을 열고 안으로 손을 집어넣었다. 금속 죔쇠 안의 고무 패드 사이에 리라의 머리카락이 놓여 있었다. 원숭이는 죔쇠를 풀기 위해 손을 더 깊이 뻗었다. 그때 콜터 부인이 손을 부들부들 떨며 몸을 일으켰다. 그녀는 기요틴, 불꽃을 튀기는 단자(端子)들, 우리 안의 남자를 쳐다보며 은빛 우리를 잡고 미친 듯이 흔들었다. 황금 원숭이는 죔쇠를 풀고 있고, 신부는 섬뜩한 광희의 표정으로 전선들을 한데 꼬고 있었다.

강렬한 하얀 섬광이 번득이고 찢어지는 듯한 소리가 나더니 황금 원숭이의 몸뚱이가 공중으로 높이 솟구쳤다. 그와 함께 금빛 털들이 부슬부슬 떨어져 내렸다. 리라의 머리카락인지 황금 원숭이의 털인지 모를 그것은 금세 어둠 속으로 사라져 버렸다. 콜터 부인의 오른손은 우리에 달라붙은 듯 떨어지지 않았다. 그녀는 절반쯤 누운 채로 우리에 매달려 있었다. 머릿속이 윙윙거리고 가슴은 미친 듯 쿵쿵 뛰었다.

하지만 그녀의 시력에 이상한 일이 일어났다. 갑자기 눈이 굉장히 밝아지면서 아주 미세한 것까지 또렷이 보였다. 공명실 안의 고무 패드 사이에 걸린 한 올의 금발이 그녀의 눈에 잡혔다.

콜터 부인은 고통스런 비명을 질러 대며 은빛 우리를 미친 듯이 흔들어 댔다. 그 한 올의 머리카락을 고무 패드에서 빼내려고 그녀는 사력을 다하여 몸부림쳤다. 맥파일 신부는 손으로 얼굴의 빗물을 닦아 내며 무어라고 말했지만, 콜터 부인의 귀에는 하나도 들리지 않았다. 우리를 아무리 잡아당기고 흔들어도 소용이 없자 그녀는 아예 온몸을 기계로 내던졌다. 그 순간 신부가 두 전선으로 불꽃을 일으켰다. 그러자 번쩍이는 은빛 기요틴이 소리도 없이 뚝 떨어졌다.

어디선가 폭발이 일어났지만 콜터 부인은 그걸 느낄 수 없었다.
두 손이 그녀를 안아 올렸다. 아스리엘 경의 손이었다. 더 이상 놀랄 것도 없었다. 의지형 비행선이 그의 뒤쪽 산등성이 위에 균형을 잡고 착륙해 있었다. 아스리엘 경은 총성과 최루 가스, 고함 소리와 혼란에도 아랑곳없이 콜터 부인을 두 팔로 들어 비행선으로 안고 갔다.
"신부는 죽었어요? 폭탄은요?"
콜터 부인은 간신히 정신을 차리고 아스리엘 경에게 물었다.
아스리엘 경은 콜터 부인 옆자리에 올라탔다. 그의 흰 표범도 반쯤 기절한 황금 원숭이를 입에 물고 뛰어올랐다. 아스리엘 경이 조종 장치를 잡는 즉시 비행선은 하늘로 솟아올랐다. 콜터 부인은 멍한 눈길로 산비탈을 내려다보았다. 병사들이 개미처럼 이리저리 움직이고 있었다. 죽어서 누워 있는 사람들도 있고, 기를 쓰고 바위 위로 올라가는 사람들도 있었다. 발전소의 그 굵은 전선은 그 혼란 속을 뚫고 빛나는 폭탄으로 이어져 있었다. 우리 안에는 맥파일 신부의 시체가 꼬꾸라져 있었다.
아스리엘 경이 물었다.
"로크 경은 어떻게 됐소?"
"죽었어요."

콜터 부인이 힘없이 대답했다.

아스리엘 경이 버튼을 하나 누르자, 이리저리 흔들리고 있는 체펠린을 향해 불기둥이 뿜어져 나갔다. 그러자 체펠린은 곧 하얀 화염에 휩싸였다. 의지형 비행선은 그 화염 속에서도 끄떡하지 않았다. 아스리엘 경은 서두르는 기색도 없이 비행선을 움직여 유유히 화염 속을 빠져나갔다. 화염에 휩싸인 체펠린은 폭탄과 전선, 병사들이 모여 있는 계곡 위로 천천히 추락했다. 그러자 모든 것이 불덩이로 변해 계곡 아래로 굴러갔고, 가속이 붙어 점점 더 빠른 속도로 고무나무들을 태우며 지나갔다. 불덩이는 하얀 폭포수 속으로 떨어진 후에야 어둠 속으로 사라졌다.

아스리엘 경이 조종 장치를 다시 건드리자 의지형 비행선은 북쪽으로 날아가기 시작했다. 그녀는 눈물이 가득 고인 눈으로 그 불바다를 오랫동안 물끄러미 바라보았다. 마침내 불길은 어둠을 할퀴는 오렌지빛 수직선이 되어 연기와 안개 속으로 사라졌다.

구렁텅이

어두웠다. 무겁게 짓누르는 어둠으로 리라는 눈꺼풀 위에 천 근이나 되는 바위를 올려놓은 듯했다. 불빛이라고는 레이디 살마키아의 잠자리 꼬리에서 나오는 희미한 형광뿐이었다. 하지만 그것조차 희미해져 가고 있었다. 이 죽음의 세계에서 그 불쌍한 잠자리는 아무것도 먹지 못했다. 그래서 티알리스의 잠자리는 얼마 전에 죽고 말았다.

티알리스는 윌의 어깨 위에 앉아 있었고, 리라는 살마키아의 잠자리를 두 손에 올려놓고 있었다. 살마키아는 기운이 없어 달달 떨고 있는 잠자리를 달래며 과자 부스러기를 먹이다가 나중에는 자신의 피까지 먹였다. 리라가 그걸 보았다면 자신의 피를 주려고 했을 것이다. 살마키아보다는 자신이 피가 더 많으니 말이다. 그러나 리라도 지칠 대로 지쳐서 이제는 움푹 팬 곳을 피해 발을 안전하게 내딛는 일에 온 신경을 쏟아야 했다.

'이름이 없다'는 그 하피는 그들을 동굴 속으로 이끌었다. 그녀는 그곳이 죽음의 세계에서 다른 세계로 나갈 수 있는 가장 가까운 지점이라고 했다. 그들 뒤로 유령들의 끝없는 행렬이 이어졌다. 동굴 안은 곧 유령들의 속삭임으로 가득했다. 앞서 가는 유령은 뒤따라오는 유령에게 용기를 주고, 용감한 자는 소심한 자에게 힘을 주고, 늙은이는 젊은이에게 희망을 불어넣었다.

리라가 '이름이 없다'는 하피에게 조용히 물었다.

"아직 멀었나요? 이 불쌍한 잠자리가 죽어 가고 있어요. 그러면 불도 꺼질 거예요."

하피는 뒤를 돌아보며 말했다.

"따라오기나 해. 볼 수 없으면 듣고, 들을 수 없으면 느껴."

어둠 속에서 하피의 눈이 사납게 빛났다. 리라는 고개를 끄덕이고 말했다.

"알았어요. 하지만 난 예전처럼 강하지 못해요. 용감하지도 않고요. 하지만 멈추지 말아요. 우린 모두 당신을 따라가고 있어요. 계속 가세요."

'이름이 없다'는 하피는 고개를 앞으로 돌리고 계속 걸어갔다. 잠자리의 불빛이 점점 희미해지고 있어서 리라는 그것이 금방이라도 꺼질까 봐 걱정이었다.

리라가 어둠 속을 더듬거리며 가고 있는데 바로 옆에서 귀에 익은 목소리가 들렸다.

"리라…… 리라……."

리라는 기쁜 표정으로 돌아보았다.

"스코즈비 아저씨! 오, 아저씨 목소리를 들으니 너무 기뻐요! 정말 아저씨군요. 아, 아저씨를 만져 보고 싶어요!"

잠자리의 희미한 불빛에 텍사스 출신 기구 조종사인 스코즈비의 여윈 몸과 냉소적인 표정이 보였다. 리라의 손이 저절로 앞으로 나갔지만, 아무것도 잡히지 않았다.

"나도 그래, 아가야. 하지만 내 말 잘 들어. 지금 바깥세상에서 널 노리고 어떤 일을 꾸미고 있단다. 그게 뭔지는 나도 몰라. 이 아이가 만단검을 가지고 있니?"

윌은 리라의 옛 친구를 뚫어지게 바라보고 있었다. 그러나 윌의 시선은 그 옆에 있는 유령에게 박혔다. 리라는 윌의 아버지를 금방 알아보았다. 쑥 내민 턱과 고개를 들고 있는 모습이 윌과 똑같았던 것이다.

윌은 아무 말이 없었다. 그의 아버지가 먼저 말했다.

"잘 들어라. 설명할 시간이 없으니 내가 시키는 대로만 해. 지금 리라 머리에서 머리카락이 잘려 나간 곳을 찾아."

존 패리의 목소리는 긴박했다. 윌은 이유를 묻느라고 시간을 낭비하지 않았다. 리라는 놀라면서 눈을 둥그렇게 뜨고 한 손으로는 잠자리를 잡고 다른 손으로 자신의 머리카락을 만져 보았다.

"손을 치워야지. 안 보이잖아."

윌이 그렇게 말하며 희미한 불빛 속에서 리라의 머리를 살폈다. 리라의 관자놀이 바로 위에 머리카락이 잘려 나간 흔적이 있었다.

"누가 그랬지? 왜……?"

리라가 물었다.

"쉬이!"

윌이 리라의 입을 막은 뒤 자기 아버지 유령에게 물었다.

"이제 어떻게 하죠?"

"그 짧은 머리카락을 두피 가까이까지 바짝 잘라. 자른 머리카락은 한 올도 흘리지 말고 전부 모은 다음 다른 세계를 열어. 그리고 그 머리카락을 그 세계로 던져 넣고 재빨리 창을 닫아. 지금 당장!"

　하피들은 그 광경을 지켜보고만 있었고, 뒤에 있던 유령들도 가까이 모여들었다. 리라는 어스름한 가운데 그들의 창백해진 얼굴을 보았다. 잠자리의 희미한 불빛 아래 윌이 만단검으로 머리카락을 잘라 내는 동안 리라는 당황스럽고 무서워 입술을 깨물면서 가만히 있었다. 윌은 다른 세계를 열어 바위의 움푹 들어간 곳에 리라의 금발을 던져 넣고는 재빨리 창을 닫았다.

　곧 땅이 흔들리기 시작했다. 어디선가 깊은 곳에서 '우르르 쿵쿵!' 울리는 소리가 났다. 마치 지구의 중심이 거대한 물레방아처럼 빙빙 돌아가고 있는 듯했다. 동굴 천장에서 작은 돌멩이들이 떨어지기 시작했다. 갑자기 바닥이 한쪽으로 기울어지자, 윌은 재빨리 리라의 팔을 붙잡았다. 그들의 발밑에 있던 바위가 움직이며 미끄러져 내려가기 시작했다. 우르르 굴러가는 돌멩이에 그들은 다리와 발을 다쳤다.

　윌과 리라는 갈리베스피인들을 보호하며 양손으로 머리를 감싸고 웅크리고 앉았다. 무시무시한 진동에 그들은 왼쪽으로 휩쓸려 내려갔다. 굴러 떨어지는 수천 톤의 바위가 내는 굉음에 귀가 먹먹해져 비명도 지를 수 없었다.

　마침내 바위들이 굴러 떨어지는 소리가 멈췄다. 주위에서는 여전히 작은 바위들이 조금 전까지만 해도 없었던 계곡 아래로 굴러 떨어지고 있었다. 리라는 윌의 왼팔에 안겨 누워 있었다. 윌은 오른손으로 만단검을 만져 보았다. 여전히 벨트에 매여 있었다. 그는 떨리는 목소리로 불러 보았다.

　"티알리스? 살마키아?"

　"여기 있어. 둘 다 괜찮아."

　티알리스의 목소리가 근처에서 들려왔다.

먼지가 자욱하고, 깨진 바위에서는 화약 냄새가 진동해서 숨 쉬기도 힘들었다. 앞이 보이지 않았다. 잠자리는 죽어 있었다.

리라가 말했다.

"스코즈비 아저씨? 아무것도 안 보여요. 어떻게 된 거죠?"

가까이서 그의 목소리가 들렸다.

"나는 여기 있다. 폭탄이 터진 모양인데, 실패한 것 같군."

"폭탄이라구요?"

리라가 놀라 물었다. 그리고 곧 로저를 불렀다.

"로저, 거기 있니?"

"응."

모기 소리처럼 작은 소리가 들렸다.

"떨어질 뻔했는데 패리 아저씨가 잡아 주셨어."

존 패리의 유령이 말했다.

"이봐, 그 바위를 꽉 잡고 있어. 움직이지 말고."

먼지가 걷히면서 어디선가 빛이 들어왔다. 이상한 옅은 금빛이 빗줄기처럼 그들 주위로 쏟아져 내렸다. 그들은 두려움에 사로잡혀 그 금빛 아래 드러난 거대한 검은 공간을 내려다보았다. 강으로 떨어져 내리는 폭포수처럼, 모든 것이 그 검은 구렁텅이 속으로 떨어지거나 흘러들고 있었다.

그것은 마치 캄캄하고 깊은 어둠 속을 관통하는 굴 같았다. 금빛 광선은 그 속으로 흘러 들어가 사라졌다. 밑바닥이 보였지만 윌이 만단검을 뻗어 봐도 닿지 않을 만큼 아주 까마득했다. 그들 오른쪽으로는 먼지가 자욱한 가운데 거친 바위 계곡이 울퉁불퉁 솟아 있었다.

윌과 리라와 그들의 친구들은 그 구렁텅이의 가장자리에 간신히 매달려 있는 꼴이었다. 갈라진 바위들과 흔들거리는 돌들이 빽빽한 그 계곡을 따라 앞으로 나가는 것 외에는 다른 길이 없었다. 바위들은 약간만 건드려도 우르르 쏟아져 내릴 것만 같았다.

그들 뒤로는 먼지가 걷히면서 점점 더 많은 유령이 겁먹은 표정으로 그 구렁텅이를 내려다보고 있었다. 유령들은 너무 두려워서 움직일 엄두를 못 내고 계곡 위에 몸을 웅크렸다. 하피들만이 전혀 겁이 없었다. 그들은 날개를 펴고 날아올라 앞뒤를 살핀 뒤 일부는 돌아가서 유령들을 안심시키고, 나머지는 앞으로 날아가 출구를 찾기 시작했다.

리라는 알레시오미터가 무사한지 확인했다. 두려움을 억누르고 주위를 돌아보던 리라는 로저의 작은 얼굴을 발견하고 소리쳤다.

"힘내, 로저! 우리가 있잖아. 아무도 안 다쳤어. 이젠 먼지도 가라앉고 잘 보이니까 계속 가야 해. 이 가장자리를 따라가는 수밖에 없어."

리라는 손가락으로 구렁텅이를 가리켰다.

"그러니까 계속 앞으로 가야 해. 윌과 나는 갈 수 있는 데까지 계속 갈 거야. 그러니까 겁내지 말고, 포기하지도 마. 뒤에 처지지도 말고. 다른 유령들에게도 그렇게 말해. 난 뒤를 돌아볼 수가 없어. 앞만 봐야 하니까. 난 네가 끝까지 따라올 거라고 믿어, 알았지?"

작은 유령은 고개를 끄덕였다. 다른 유령들도 겁에 질려 말을 잃은 채 구렁텅이 가장자리를 따라 걷기 시작했다. 얼마나 오래 걸릴지 리라나 윌도 짐작할 수 없을 지경이었다. 끔찍히도 무시무시하고 위험스러워 죽을 때까지 잊지 못할 것 같았다. 구렁텅이 아래의 어둠이 너무나 깊어 그 속으로 빨려 들 것만 같았고, 어쩌다 내려다보면 지독한 현기증이 일었다. 그들은 가능한 한 시선을 앞쪽에만 두려고 했다. 그러나 바위나 흔들거리는 돌 등을 살피다 보면 눈길이 자꾸 구렁텅이 아래로 가는 건 어쩔 수 없었다. 그래서 구렁텅이 아래쪽을 힐끗 쳐다보고는 다시 심한 현기증과 두려움으로 목구멍이 죄어 오는 것을 느끼곤 했다.

살아 있는 사람들은 가끔 뒤를 돌아보았다. 그들이 지나온 갈라진 틈으로 유령들의 행렬이 끝없이 이어지고 있었다. 엄마들은 아기들을 가슴에 안고, 늙은 아버지들은 천천히 힘겹게, 어린아이들은 앞 사람의 치맛자락을 쥐고, 로저 또래의 큰 아이들은 비틀대지 않고 조심스럽게 따라오고 있었다. 그들 모두가 윌과 리라를 따르고 있었고, 열린 하늘을 향한 희망을 버리지 않고 있었다.

하지만 어떤 유령들은 윌과 리라를 믿지 않았다. 그들은 윌과 리라의 뒤를 바짝 따르고 있었다. 윌과 리라는 차가운 손이 자신들의 심장을 움켜쥐고 있는 것처럼 느껴졌고, 그들의 악의에 찬 속삭임을 계속 들었다.

"저 위에 있는 세계는 어디야? 얼마나 더 가야 하지?"

"여긴 끔찍해!"

"따라오지 말았어야 했어. 죽음의 세계에는 그래도 빛과 친구들이라도 있었지. 여긴 거기보다 훨씬 더 나빠!"

"너희는 우리 땅에 와서 나쁜 짓을 했어! 너희는 너희들 세계에서 죽을 때까지 얌전히 기다려야 했어! 여기 와서 소동이나 일으키지 말고."

"무슨 권리로 너희들이 우릴 데려가는 거야? 아직 어린것들이! 누가 너희들한테 그런 권한을 줬지?"

윌은 돌아서서 저들을 나무라고 싶었다. 그러나 리라는 윌의 팔을 붙잡았다. 그들은 지금 비참하고 무서워서 그러는 거야.

그때 살마키아가 말했다. 그녀의 낭랑하고 차분한 목소리는 거대한 구렁텅이 멀리까지 울렸다.

"친구들, 힘내세요! 바짝 붙어서 계속 가요! 갈 길은 힘들지만 리라가 찾아낼 겁니다. 꾹 참고 기운을 내요. 우리가 여러분을 밖으로 데려가 줄 겁니다. 두려워 마세요!"

리라는 그 말을 듣자 자기도 모르게 힘이 솟는 것 같았다. 살마키아는 바로 그것을 노린 것이었다. 그래서 그들은 고통을 참으며 계속 걸었다.

잠시 후에 리라가 윌을 불렀다.

"윌, 바람 소리 들려?"

"응. 하지만 바람이 느껴지지는 않아. 그런데 저 아래에 있는 구멍 말이야, 저건 내가 만단검으로 내는 창과 같은 거야. 저런 테두리는 특별한 느낌이 있어서 한번 보면 결코 잊지 못해. 바위들이 굴러 떨어지는 저 어두운 곳에서 바로 그게 느껴져. 그런데 저 아래에 있는 커다란 공간, 저건 다른 세계들 같은 그런 곳이 아니야. 저건 달라. 난 저게 싫어. 그래서 닫아 버리고 싶어."

"넌 네가 만든 창들을 모두 닫진 않았지."

"그래, 어떤 건 닫을 수가 없었어. 꼭 닫아야 한다는 건 알지만. 열어둔 채 두면 좋을 리가 없지. 그런데 저 커다란 구멍은……."

윌은 보고 싶지 않은지 손으로만 아래를 가리키며 말했다.

"분명 잘못됐어. 나쁜 일이 일어날 거야."

그들이 얘기하는 동안 약간 떨어진 곳에서는 티알리스가 리 스코즈비와 존 패리의 유령들과 소곤거리고 있었다.

"그게 무슨 말이오, 존?"

스코즈비가 물었다.

"저 바깥세상으로 나가면 안 된다는 말이오? 이봐요, 나의 모든 부분은 살아 있는 우주의 나머지 부분과 다시 결합하고 싶어 안달하고 있소!"

"그건 나도 그렇소."

윌의 아버지가 받았다.

"하지만 우리가 돌아가면 다시 아스리엘 경의 편에서 전쟁에 뛰어들 수 있을지도 모르오. 그리고 그 시점이 적절하면 상황을 완전히 바꾸어 놓을 수도 있소."

"유령들이 말입니까?"

티알리스가 의심을 숨기지 못하고 물었다.

"유령들이 어떻게 싸우죠?"

"살아 있는 동물들을 해칠 수는 없소. 그러나 아스리엘 군대가 상대하는 적은 다른 종류의 존재들이오."

"스펙터들 말이오."

리 스코즈비가 거들었다.

"바로 그거요. 그것들은 데몬을 공격하지 않소? 그런데 우리 데몬들은 오래전에 죽었으니, 한번 해볼 만하지 않소, 리?"

"좋소, 친구."

"그리고 당신들도."

존 패리 유령은 티알리스에게 말했다

"나는 당신 종족의 유령들과도 얘기했소. 저 세상을 다시 볼 때까지 살 수 있겠소? 죽어서 유령으로 다시 돌아오기 전에 말이오."

"그렇소, 우리들은 당신들에 비해 수명이 아주 짧아요. 난 앞으로 며칠밖에 더 못 살 거요."

티알리스가 대답했다.

"레이디 살마키아는 나보다 좀 더 살 거고, 하지만 저 아이들 덕분에 유령으로의 추방도 영원하지 않을 겁니다. 저 아이들을 돕는 게 자랑스럽소."

그들은 앞으로 계속 걸어갔다. 하지만 무시무시한 구렁텅이는 계속 아가리를 벌리고 있었다. 약간만 미끄러져도, 흔들거리는 바위에 한 발만 잘못 내디뎌도, 한 손만 잘못 놀려도 그 구렁텅이 속으로 떨어져 바닥에 닿기도 전에 굶어 죽을 것이다. 가엾은 유령은 도와주는 사람 하나 없이, 손을 내밀어 끌어올려 주는 사람 하나 없이, 영원히 떨어지고 또 떨어질 것이다.

그것은 유령들이 그 음울하고 조용한 죽음의 세계에서 경험한 것보다 훨씬 더 끔찍한 일이 아닐까?

그 순간 리라의 마음속에서 이상한 일이 일어났다. 추락에 대한 공포가 현기증을 일으켜서 리라는 비틀거리기 시작했다. 윌이 앞에 있었지만 멀어서 잡을 수가 없었다. 아니 윌의 손을 잡을 수도 있었다. 그러나 그 순간 리라는 로저를 더 의식했고, 잠시 허영심이 불타올랐다. 단지 로저를 놀라게 해 주려고 조던 대학의 지붕에 올라가서 현기증을 참으며 배수관을 따라 걸어간 적이 있었다.

리라는 지금 로저를 돌아보며 그 일을 떠올리게 하고 싶었다. 로저에게 리라는 우아하고 용감한 영웅이었다. 그의 앞에서 벌레처럼 기어서는 안 되는 것이었다.

로저의 유령이 속삭였다.

"리라, 조심해…… 넌 죽은 게 아냐."

현기증이 점점 심해졌지만 리라는 어쩔 수가 없었다. 몸뚱이가 비틀거리자 발밑의 돌들이 흔들렸다. 리라는 힘없이 아래로 미끄러지기 시작했다. 처음에는 짜증이 났지만 곧 웃음이 피식피식 나왔다. '바보같이!' 그러나 손에 잡히는 것이 전혀 없었다. 리라는 돌멩이들과 함께 구렁텅이 속으로 미끄러져 내려갔다. 그 속도가 점점 빨라지자 덜컥 겁이 났다. 떨어지고 있구나! 이제 리라를 붙잡아 줄 것은 아무것도 없었다. 너무 늦었다.

리라의 몸은 두려움으로 경련을 일으켰다. 유령들이 몸을 던져 붙잡으려고 했지만, 리라의 몸은 안개 속을 지나가는 돌처럼 유령들의 몸을 통과할 뿐이었다. 리라는 자신의 이름을 크게 외치는 윌의 목소리가 깊은 구렁텅이 속을 메아리치는 것도 듣지 못했다. 리라의 몸뚱이는 공포의 소용돌이처럼 점점 더 빠르게 굴러 떨어지고 있었다. 어떤 유령들은 차마 볼 수 없어 눈을 가리고 비명을 질렀다.

윌은 공포로 몸이 굳었다. 그는 아래로 떨어지고 있는 리라를 고통스럽게 바라만 볼 뿐 어떤 행동도 취할 수가 없었다. 자기 자신이 미친 듯이 비명을 질러 대고 있는 것도 느끼지 못했다. 리라는 계속 미끄러져 내려갔다.

그 순간 어떤 형체가 어둠 속을 휙 날아 발톱으로 리라를 낚아챘다. '이름이 없다'는 여자 얼굴을 한 하피였다. 하피는 발톱으로 리라의 손목을 단단히 움켜쥔 채 함께 아래로 떨어지고 있었다. 리라의 몸무게는 하피의 튼튼한 날개로도 들어 올리기 버거웠다. 그러나 하피는 죽을힘을 다해 날개를 힘차게 퍼덕거렸다. 마침내 그들은 아래로 떨어지던 것을 멈추고 조금씩 천천히 날아오르기 시작했다. 하피는 무거운 리라를 꼭 붙들고 더욱 힘차게 날갯짓을 계속했다. 사력을 다해 구렁텅이를 빠져나온 하피는 기절하여 축 늘어진 리라를 윌의 팔에 내려놓았다.

윌은 리라를 가슴에 꼭 안았다. 리라의 가슴이 심하게 뛰고 있었다. 그 순간 그녀는 리라가 아니었고, 그도 윌이 아니었다. 그들은 더 이상 소녀와 소년이 아니었다. 그저 죽음의 거대한 구렁텅이에 빠진 두 인간일 뿐이었다. 둘은 꼭 붙어 있었다. 유령들이 주위로 몰려들어 그들을 위로했고, 리라를 구해 낸 하피를 칭찬했다. 가까운 곳에 윌의 아버지와 스코즈비도 있었다. 그들 역시 리라를 안아 주고 싶었다. 티알리스와 살마키아는 '이름이 없다'는 하피의 관대한 마음과 용기를 칭찬하며 모두의 구원자라고 불렀다.

정신이 들자 리라는 떨리는 손으로 '이름이 없다'는 하피의 목을 안고 수척한 그녀의 얼굴에 입을 맞추었다. 리라는 아무 말도 할 수 없었다. 이제 자신감과 허영심 따위는 잃어버린 것이다.

잠시 동안 그들은 가만히 있었다. 그리고 두려운 마음이 어느 정도 가시자 다시 출발했다. 윌은 다치지 않은 손으로 리라의 손을 꼭 잡고 있었다. 그들은 발 디딜 곳을 먼저 살핀 뒤 체중을 옮겼다. 가는 길이 너무 느리고 지루하여 피곤해 죽을 것만 같았다. 그렇다고 쉴 수는 없었다. 멈출 수도 없었다. 무시무시한 구렁텅이가 저렇게 입을 벌리고 있는데 어떻게 쉴 수 있단 말인가?

그렇게 한 시간쯤 지났을까, 윌이 리라에게 말했다.

"앞을 봐, 출구가 있는 것 같아."

정말이었다. 경사면이 점점 완만해지고 있었고, 조금만 더 올라가면 구렁텅이 가장자리에서 벗어날 수 있을 것 같았다. 절벽의 우묵한 부분이 아닐까? 저게 정말 출구일까?

리라는 윌의 반짝이는 눈을 보며 미소를 지었다.

발걸음을 옮길 때마다 구렁텅이에서 점점 멀어져 갔다. 올라갈수록 땅이 더 단단해지고 손에 잡히는 것들도 더 안전하게 느껴지고, 돌에 걸려서 발이 삘 염려도 없어졌다.

윌이 말했다.

"이젠 어지간히 올라온 것 같아. 만단검으로 창을 열어 봐야겠어."

"아직은 안 돼."

'이름이 없다'는 하피가 말했다.

"조금 더 가야 해. 이곳은 창을 내기에는 나쁜 곳이야. 더 올라가야 좋은 곳이 나와."

그들은 말없이 움직였다. 손으로 짚어 보고, 발을 딛고, 체중을 옮기고, 다시 그 동작을 반복했다. 손가락은 얼얼하고, 힘이 빠진 다리는 후

들후들 떨렸다. 피로로 머리도 지끈거리고 어질어질했다. 마침내 남은 몇 걸음을 다 기어오르자, 그늘 속으로 이어진 좁은 길이 하나 나타났다.

리라는 월이 만단검을 빼는 것을 지친 눈으로 바라보았다. 그는 만단검 끝으로 허공을 더듬으며 창을 낼 곳을 열심히 찾고 있었다.

"아!"

"찾았어?"

리라가 물었다.

"그런 것 같아."

그러자 월의 아버지가 말했다.

"잠시 멈추고 내 말을 들어 보거라."

월은 만단검을 내리고 돌아섰다. 그전에는 아무리 애를 써도 아버지의 모습을 떠올릴 수가 없었다. 그러나 지금은 비록 유령일망정 아버지가 곁에 있다는 사실이 너무 좋았다. 그런데 이제 헤어질 순간이 온 것이다.

"저 밖으로 나가시면 어떻게 되죠? 그냥 사라져 버리나요?"

"아직은 아니야. 스코즈비 씨와 난 다른 계획이 있단다. 우리들 중 몇 명은 얼마간 이곳에 남아 있을 거야. 네가 우리를 아스리엘 경의 세계로 데려가 줘야 해. 아스리엘 경은 우리들의 도움이 필요하니까."

존 패리는 리라를 바라보며 심각하게 말을 이었다.

"너희들도 데몬을 다시 찾고 싶으면 거기로 가야 할 거야. 거기에 데몬들이 있어."

"하지만 패리 아저씨, 데몬들이 우리 아버지의 세계로 간 걸 어떻게 아세요?"

리라가 물었다.

"난 생전에 주술사였단다. 사물을 꿰뚫어 보는 법을 알지. 네 알레시오미터한테 물어보렴. 내 말을 증명해 줄 테니까. 그러나 데몬에 대해서 명심할 것이 있어."

존 패리는 강렬하고 단호하게 말했다.

"네가 찰스 래트롬 경이라고 알고 있는 그 남자는 정기적으로 자신의 세계로 돌아가야만 했어. 그는 내 세계에서는 영원히 살 수 없어. 300년 넘게 여러 세계를 넘나들었던 천사의 탑 길드 철학자들은 그 사실을 알아냈지. 그 결과 그들의 세계는 점점 약해져서 황폐해지고 말았어.

그 당시 내겐 어떤 일이 생겼어. 난 해병대 장교로 복무하다가, 그 다음엔 탐험가로 생계를 이어 갔어. 나만큼 단단하고 건강한 남자도 드물었지. 그런데 우연히 나의 세계에서 걸어 나갔다가 돌아가는 길을 못찾았어. 새로운 세계에서 난 많은 일을 하고 배웠지. 하지만 그곳에서지낸 지 10년이 지났을 때, 난 죽을 정도로 아팠어.

이유는 바로 데몬 때문이었지. 데몬은 그것이 태어난 세계에서만 온전한 삶을 살 수 있어. 다른 세계에서는 결국 병들어서 죽게 돼. 우린다른 세계로 통하는 창만 있으면 마음대로 넘나들 수는 있지. 하지만우리도 우리 자신들의 세계에서만 제 수명대로 살 수 있어. 마찬가지이유로 아스리엘 경의 위대한 과업도 결국은 실패할 거야. 우리는 우리가 살고 있는 세계에다 하늘 공화국을 건설해야 해. 왜냐하면 우리에게다른 세계는 없으니까.

윌, 내 아들아. 너와 리라는 여기서 나가 잠시 쉬어야 한다. 너희들은휴식이 필요하고 또 그럴 자격도 있어. 하지만 다시 돌아와서 나와 스코즈비 씨를 아스리엘 경에게 데려가 줘야 해."

윌과 리라는 서로 마주 보았다. 윌이 만단검으로 창을 내자, 지금까지 본 중에서 가장 멋진 곳이 나타났다.

신선하고 깨끗하고 시원한 밤공기가 그들의 허파 속으로 가득 들어왔다. 별빛이 영롱한 하늘과 호수의 빛, 여기저기 높은 성처럼 솟은 거대한 숲들과 넓은 초원이 눈에 들어왔다.

월은 풀밭으로 넘어가면서 좌우로 움직여 창을 최대한 크게 넓혔다. 그러자 창은 한꺼번에 일고여덟 명이 죽음의 땅에서 나란히 넘어갈 수 있을 만큼 커졌다.

맨 앞에 선 유령들은 기대감으로 몸을 떨고 있었다. 그들의 흥분은 뒤로 길게 늘어선 유령들에게 물결처럼 전해졌다. 어린아이와 늙은 부모들 할 것 없이 모두 환한 표정으로 앞과 위를 쳐다보았다. 무수한 세월 동안 반짝여 온 별들이 유령들의 퀭한 두 눈에 처음으로 비쳤을 때 그들은 경탄했다.

죽음의 세계에서 가장 먼저 나온 유령은 로저였다. 그는 앞으로 걸음을 내딛다가 리라를 바라보았다. 그러고는 밤과 별빛과 공기 속으로 들어가는 자신에게 놀라며 깔깔 웃었다. 월은 로저의 유령이 마치 샴페인 거품처럼 생생한 행복을 터뜨리며 사라지는 것을 보았다.

다른 유령들도 로저를 따라 나왔다. 월과 리라는 이슬에 젖은 풀밭 위에 지쳐 쓰러졌다. 온몸의 신경이 부드러운 흙과 신선한 밤공기, 반짝이는 별빛의 달콤함에 한껏 젖어들었다.

전망대

뮬레파 부족은 일단 메리에게 전망대 지어 주는 일을 시작하자 신속하고 능숙하게 움직였다. 메리는 그들을 지켜보는 것이 즐거웠다. 그들은 싸우거나 편을 가르는 일 없이 서로 의논하고 협력했으며, 나무를 쪼개고 잇는 기술도 아주 뛰어나고 훌륭했다.

이틀도 안 되어서 전망대는 완성되어 나무 위에 올려졌다. 아주 단단하고 넓고 안락한 전망대에 올라간 메리는 행복했다. 무성한 나뭇잎들 사이로 푸른 하늘이 보이고, 시원한 미풍에 향긋한 꽃향기가 실려 왔다. 나뭇잎들이 바스락거리는 소리, 수많은 새가 지저귀는 노랫소리, 그리고 멀리 바닷가에서 들려오는 파도 소리에 그녀의 모든 감각이 차분하게 가라앉고 위안을 받는 기분이었다. 머릿속의 생각을 떨쳐 버릴 수만 있다면 더없는 기쁨에 젖어 들 것 같았다.

하지만 바로 그 생각 때문에 메리는 전망대에 올라왔다.

그녀는 망원경을 통해 섀도 입자인 스라프가 바깥으로 세차게 밀려가는 것을 볼 때마다 마치 행복과 삶과 희망이 멀리 떠내려가는 것처럼 느껴졌다. 왜 그런지는 알 수 없었다.

뮬레파는 300년 동안 바퀴나무들이 서서히 죽어 왔다고 말했었다. 섀도 소립자들이 다른 세계들을 똑같이 통과했다면, 메리의 세계에서도 그리고 다른 세계에서도 그와 똑같은 일이 일어났을 것이다. 300년 전, 메리의 세계에서는 왕립 연구소가 설립되었다. 최초로 설립된 순수 과학 단체였다. 뉴턴은 광학과 중력에 대한 중요한 발견을 하고 있었다.

300년 전 리라의 세계에서는 누군가 알레시오미터를 발명했다.

같은 시기, 메리가 이곳으로 넘어오기 전에 있었던 그 이상한 세계에서는 만단검이 만들어졌다.

메리는 전망대의 두꺼운 판자에 몸을 기댔다. 바다의 미풍에 그 큰 나무가 흔들리자 전망대가 아주 느린 리듬으로 약간씩 움직였다. 호박색 망원경을 눈에 대어 보았다. 무수한 그 작은 섬광들이 나뭇잎 사이로 떠다니며 꽃들의 벌어진 입을 지나 마치 의식을 갖고 있는 것처럼 바람을 거슬러 유유히 움직이고 있었다.

300년 전에 무슨 일이 일어났던 것일까? 그 일 때문에 더스트 흐름에 문제가 생긴 걸까? 아니면 더스트의 흐름 때문에 그 일이? 아니면 둘 다 완전히 다른 원인 때문에 일어난 일일까? 둘은 서로 아무 관련이 없을까?

스라프의 흐름이 최면을 걸고 있었다. 메리의 마음은 아주 쉽게 그 최면에 빠져 들어 소립자들을 따라 흘러갔다. 그리고 자신도 모르는 사이에 깜박 잠이 들었다.

메리는 갑자기 잠에서 깼다. 그리고 자기가 자신의 몸 밖에 나와 있는 것을 알고 두려움에 사로잡혔다. 그녀는 나뭇가지들 사이를 약간 벗어나 전망대 위로 떠 있었다. 더스트의 흐름에 어떤 일이 일어난 것이다. 더스트는 이제 유유히 흐르는 대신 범람하는 강물처럼 질주하고 있었다. 흐름이 빨라진 것일까, 아니면 나에게만 시간이 다르게 흐르고 있는 걸까, 지금 나는 내 몸 밖에 있는 것일까? 어느 쪽이든 메리는 가장 끔찍한 위험을 느끼고 있었다. 더스트의 흐름은 당장이라도 그녀를 휩쓸고 갈 듯이 위협적이었다. 그녀는 팔을 뻗어 뭐라도 단단한 것을 붙잡으려고 했지만 팔이 없었다. 이제 그녀는 곧 무섭게 추락할 지경이었고, 미련하게 곯아떨어진 자신의 몸뚱이와는 점점 멀어져 갔다. 메리는 고함을 질러 자신을 깨우려고 애썼지만 아무 소리도 나오지 않았다. 잠든 몸뚱이를 전망대에 두고, 그녀 자신은 나무 꼭대기 위로 떠올라 하늘로 날아가고 있었다.

아무리 발버둥쳐도 메리는 그 흐름에서 빠져나올 수가 없었다. 그녀를 싣고 가는 힘은 둑 위로 흘러넘치는 물처럼 부드러우면서도 강했다. 더스트 소립자들은 마치 어떤 보이지 않는 테두리를 넘쳐흐르는 물처럼 계속 흘러가고 있었다.

메리는 자신의 육신을 향해 영혼의 생명줄을 던지고 육신 안에 있던 존재의 느낌, 그녀를 살아 있게 하는 모든 감각을 상기시키려고 애썼다. 친구 에이탈이 부드러운 코끝으로 자신의 목을 애무해 주던 그 섬세한 감촉, 베이컨과 계란의 맛, 암벽을 탈 때의 근육의 긴장감, 컴퓨터 자판을 두드리는 손가락의 섬세한 움직임, 구운 커피 향, 겨울밤의 침대 온기.

그러자 흐름이 차츰 멈추었다. 생명줄은 굳게 이어져 있었고, 메리는 허공에 뜬 채 자신을 밀어내고 있는 더스트의 힘을 느꼈다.

그 순간 이상한 일이 벌어졌다. 메리가 기억을 하나씩 더 떠올릴 때마다(캘리포니아에서 얼음을 넣은 마르가리타를 맛본 일, 리스본의 한 식당

밖의 레몬나무 아래에 앉아 있던 일, 자동차 방풍 유리에서 서리를 긁어 내던 일……) 더스트의 흐름이 약해지며 생명줄의 장력도 차츰 줄어들었다.

하지만 그녀에게만 그랬다. 주위에서는 위아래로 더스트의 거대한 홍수가 여전히 빠르게 흐르고 있었다. 그런데 한곳에서는 어찌 된 셈인지 더스트 소립자들이 그 흐름에 저항하고 있었다.

더스트는 의식이 있어! 그들은 메리의 불안을 느끼고 그것에 반응하고 있었다. 그리고 메리를 그녀의 버려진 육신에게 데려다 주기 시작했다. 가까이까지 가서 그 무겁고 따뜻한 몸뚱이가 안전하게 있는 것을 보자, 그녀는 갑자기 울음이 터져 나올 것만 같았다.

메리는 자신의 몸속으로 들어간 뒤 잠에서 깨어났다. 그러고는 깊은 숨을 들이쉬며 전망대의 거친 판자에 몸을 기대었다. 1분 전만 해도 허공에 뜬 채 미칠 것 같은 두려움에 사로잡혀 있었던 그녀는 이제 자신의 육체와 지구, 중요한 모든 것들과 하나가 된 듯한 아늑하고 깊은 황홀감에 빠져 있었다.

마침내 그녀는 일어나 앉아 주위를 살폈다. 호박색 망원경이 손끝에 잡히자 부들부들 떨리는 손을 다른 손으로 받쳐 들고 눈에 대어 보았다. 의심할 여지가 없었다. 하늘만큼 넓고 느린 흐름은 이제 홍수가 되어 있었다. 들을 수도 느낄 수도 없고, 망원경 없이는 볼 수도 없었다. 그러나 눈에서 망원경을 떼어 내도 거세게 흐르는 홍수의 느낌은 생생하게 남아 있었다. 그것은 그녀가 몸 밖으로 떨어져 나가 무력하게 공중에 떠 있을 때에도 미처 깨닫지 못했던 느낌이었다.

섀도 소립자들은 무슨 일이 일어나고 있는지를 알고 슬퍼하고 있었다. 그리고 메리 자신도 부분적으로는 섀도 물질이었다. 그녀의 한 부분은 우주를 관통하고 있는 이 흐름에 지배를 받고 있었다. 뮬레파들도 그렇고, 모든 세계의 인간들도 그렇고, 어디에 있든 의식 있는 모든 생명체들도 그랬다.

무슨 일이 일어나고 있는지 메리가 몰랐다면, 새도 소립자들은 망각 속으로 떠내려가 버렸을 것이다.

갑자기 메리는 땅으로 다시 내려가고 싶어졌다. 그녀는 호박색 망원경을 주머니에 넣고 나무를 내려가기 시작했다.

석양이 길어지고 짙어지자 고메스 신부는 창을 넘었다. 이전에 메리가 보았던 바퀴나무들과 초원을 가로지르는 길이 그의 눈앞에 펼쳐졌다. 조금 전에 비가 온 탓으로 안개는 걷혔고, 그래서 고메스 신부는 메리보다 더 먼 곳까지 볼 수 있었다. 특히 반짝이는 먼 바다와 그 위를 항해하듯 밀려오는 하얀 물체들이 눈에 띄었다.

고메스 신부는 배낭을 어깨 위로 치켜올리고 그 물체들을 확인하기 위해 발걸음을 그쪽으로 옮겼다. 고요하고 느긋한 저녁에 평탄한 길을 따라 걷는 기분이 아주 상쾌했다. 키가 큰 풀숲에서는 곤충들의 울음소리가 들려오고, 석양은 그의 얼굴을 따스하게 물들였다. 공기는 신선하고 깨끗하고 향긋했으며 나프타나 등유 냄새는 전혀 나지 않았다. 그가 지나온 세계들 중 하나는 그런 물질로 공기가 심하게 오염되어 있었다. 그 세계는 그의 표적인 바로 그 '유혹하는 여자'가 살던 곳이었다.

해가 질 무렵 그는 얕은 만 옆의 작은 갑으로 들어섰다. 해변에 하얀 모래밭이 좁게 테를 두르고 있는 것으로 보아 조류가 상당히 심한 것 같았다.

고메스 신부는 조용한 만 위에 떠다니는 하얀 새 수십 마리를 조심스럽게 살펴보았다. 열 마리쯤 되는 새하얀 그 새들은 보트만 한 엄청난 몸집에 긴 날개를 뒤로 질질 끌고 있었다. 적어도 2미터는 되어 보이는 날개였다. 저것들이 새란 말인가? 깃털과 머리, 부리가 있는 그것들은 백조와 흡사하게 생겼지만, 날개가 양쪽으로 달려 있는 것이 아니라 앞뒤로 나란히 달려 있었다. 아니, 어떻게……

갑자기 그 새들이 고메스 신부를 쳐다보았다. 그것들이 일제히 머리를 홱 돌리고 날개를 돛처럼 높이 치켜올리더니 미풍을 받아 해안으로 미끄러져 왔다.

고메스 신부는 그 새들이 아름다운 날개 돛으로 유연하고 완벽하게 균형을 잡으며 빠른 속도로 다가오는 모습을 감탄하며 바라보고 있었다. 새들의 다리가 노처럼 물을 젓고 있었다. 그들의 다리는 앞뒤로 달린 날개와는 달리 옆으로 나란히 달려 있었다. 날개를 돛 삼고 다리를 노 삼아 무서운 속도로 달려오는 그것들의 자태는 정말 우아했다.

그들 중 해안에 맨 먼저 도착한 새는 육중한 몸을 마른 모래 위로 끌어올리자마자 고메스 신부를 향해 달려왔다. 그것은 뒤뚱거리고 악의에 찬 쉿 소리를 내며 머리를 앞으로 내지르고 부리를 딱딱 부딪쳤다. 부리에는 안쪽으로 휘어진 날카로운 갈고리 같은 이빨들이 박혀 있었다.

고메스 신부는 해안에서 100미터쯤 떨어진 풀밭에 서 있었다. 그래서 느긋하게 배낭을 내린 뒤 소총을 꺼내 탄환을 장전하고 새를 향해 발사했다.

새의 머리는 빨갛고 하얀 안개가 되어 흩어졌다. 그것은 비틀거리며 몇 걸음을 떼어 놓다가 앞으로 푹 주저앉아 버렸다. 그러고는 다리를 버둥거리고 날개를 올렸다 내렸다 했다. 커다란 부리는 피 구덩이 속에서 빙글빙글 돌며 거친 풀들을 획획 치더니 마침내 폐에서 끓어오르는 붉은 피를 토해 내고 쓰러졌다.

다른 새들은 걸음을 멈추고 그 새가 쓰러져 죽는 것을 지켜보다가 신부를 쳐다보았다. 그것들의 눈빛이 영악하고 재빠르게 번뜩였다. 그들은 고메스 신부와 죽은 동료, 소총, 그리고 다시 그의 얼굴을 차례대로 쳐다보았다.

고메스 신부는 다시 소총을 겨누고 그것들의 반응을 살폈다. 새들은 멈칫멈칫 뒤로 물러나며 한군데로 모였다. 소총의 위력을 알아챈 것이다.

그것들은 영리하고 힘이 센 짐승이었다. 덩치도 크고 등도 널찍했다. 그야말로 살아 있는 보트였다. 너희들이 죽음이 어떤 것인 줄 안다면, 너희들이 나와 죽음의 관계를 안다면 우리는 서로를 잘 이해할 수 있을 텐데. 일단 뜨거운 맛을 보여 주었으니 이제부터는 내 말을 고분고분 잘 따르겠지.

한밤중

나는 여러 번 태평스러운 죽음과 거의 사랑에 빠졌었지……
– 존 키츠 –

"마리사, 일어나요. 곧 착륙할 거야."

아스리엘 경이 콜터 부인을 깨웠다.

요란스러운 새벽이 현무암 요새 위로 밝아 올 무렵 남쪽에서 의지형 비행선이 날아들었다. 상심에 빠져 있던 콜터 부인은 눈을 떴다. 그녀는 잠을 자고 있었던 게 아니었다. 자파니아 천사가 활주로 위로 미끄러지듯 내려가다가 비행선이 성벽으로 향하자 이내 솟아올라 탑 쪽으로 선회하는 것이 보였다.

비행선이 착륙하자 아스리엘 경은 콜터 부인을 완전히 무시하고 서쪽 망루에 있는 오구네 왕을 만나기 위해 달려갔다. 비행선으로 달려온 기술자들도 그녀에게는 신경 쓰지 않았다. 누구도 그녀가 훔쳐 갔던 비행선을 잃어버린 일에 대해 묻지 않았다. 마치 콜터 부인이 보이지 않는 것처럼 행동했다. 그녀는 견고한 탑 안의 그 방으로 맥없이 걸어갔다. 그곳에는 콜터 부인을 위해 어떤 식사와 커피를 준비할지 물어보는 사람이 있었다.

"아무거라도 좋아요. 아무튼 감사합니다. 아, 그런데⋯⋯."

돌아서서 나가려는 남자에게 콜터 부인은 물었다.

"알레시오미터 분석가인 그분 이름이⋯⋯?"

"바실리드 씨 말씀인가요?"

"네. 잠시 여기서 뵐 수 있을까요?"

"그분은 지금 연구 중이십니다, 부인. 언제 여기 들르실 수 있는지 제가 알아보겠습니다."

콜터 부인은 몸을 씻고 깨끗한 셔츠로 갈아입었다. 세찬 바람에 창문이 흔들렸고, 뿌연 아침 햇살에 몸이 덜덜 떨렸다. 스토브에 석탄을 더 집어넣었지만 추위는 뼛속까지 파고들었다.

10분 뒤 노크 소리가 났다. 창백하고 눈이 시커먼 알레시오미터 분석가가 어깨에 나이팅게일 데몬을 앉히고 들어와서 가볍게 인사했다. 잠시 후 빵과 치즈와 커피가 왔다. 콜터 부인이 말했다.

"와 주셔서 감사합니다, 바실리드 씨. 뭐라도 좀 마시겠어요?"

"커피로 하겠습니다."

커피를 따르고 나서 콜터 부인이 말했다.

"제발 말씀 좀 해 주세요. 무슨 일이 일어났는지 알고 계시잖아요. 제 딸은 살아 있나요?"

그 남자는 머뭇거렸다. 황금 원숭이가 그녀의 팔을 붙들었다.

"그 아이는 살아 있습니다. 그런데⋯⋯."

바실리드는 조심스럽게 말했다.

"네에? 그런데 뭐죠?"

"그 아이는 죽음의 세계에 있습니다. 난 알레시오미터가 말하는 걸

한동안 이해할 수 없었죠. 있을 수 없는 일이니까요. 하지만 의심할 여지가 없습니다. 따님과 그 남자 아이는 죽음의 세계로 들어가서 유령들을 밖으로 내보낼 출구를 열었습니다. 유령들은 밖으로 나오자마자 그들의 데몬처럼 분해되어 버리는데, 그들에게는 가장 행복하고 바람직한 종말이죠. 알레시오미터는 따님이 그 일을 했다고 했습니다. 왜냐하면 따님은 죽음이 끝날 것이라는 예언을 듣고, 그 일을 하는 것이 자신의 임무라고 생각했기 때문이죠. 그래서 지금은 죽음의 세계에서 나오는 출구가 생겼습니다."

콜터 부인은 아무 말도 할 수 없었다. 그녀는 얼굴에 드러난 감정을 숨기기 위해 고개를 돌리고 창가로 걸어갔다.

"그러면 내 딸은 살아서 나올 수 있나요? 아니지, 당신도 미리 알 수는 없겠네요. 하지만 아직까진 무사한가요? 혹시라도……."

"힘들어하고 두려워하고 있습니다. 하지만 그 소년과 갈리베스피인 두 명이 도와주고 있습니다. 지금도 함께 있지요."

"그러면 폭탄은?"

"그 폭탄은 따님을 해치지 못했습니다."

콜터 부인은 갑자기 힘이 쭉 빠졌다. 그 자리에 드러누워 몇 달이고 몇 년이고 잠들어 버리고만 싶었다. 밖에는 깃발을 단 밧줄이 바람에 팔락거리고 까마귀들이 성벽을 선회하며 까악까악 울고 있었다.

콜터 부인은 알레시오미터 분석가를 돌아보며 말했다.

"감사합니다. 정말 고마워요. 그 아이가 어디에서 뭘 하고 있는지 또 아시게 되면 좀 알려 주세요."

바실리드는 인사를 하고 방을 나갔다. 콜터 부인은 침대에 누웠다. 그러나 아무리 잠을 청해도 잠들 수가 없었다.

"오구눼 왕, 저게 무엇 같소?"

아스리엘 경이 물었다. 그는 망루의 망원경으로 서쪽 하늘에 떠 있는 어떤 물체를 보고 있었다. 그것은 손바닥만 한 크기로 꼭 하늘에 매달린 산 모양을 하고 수평선 위에 떠서 구름에 싸여 있었다. 거리가 너무 멀어 사람의 엄지손톱만 해 보였다. 그러나 조금 전에 나타나서 거기에 매달린 듯 꼼짝도 않고 있었다.

망원경은 그것을 더 가깝게 당기기는 했지만 더 세밀하게 보여 주지는 못했다. 아무리 확대해서 봐도 구름은 여전히 구름일 뿐이었다.

"구름산이군요."

오구눼 왕이 대답했다.

"저걸 뭐라고 부르더라? 채리엇이라고 하던가요?"

"섭정이 통제하고 있지요. 메타트론이라는 이자는 자신을 아주 잘 숨기고 있소. 〈경외전(經外傳)〉에 이자의 얘기가 나옵니다. 한때는 인간이었는데, 아담의 6대손으로 야렛의 아들인 에녹이라는 자였소. 그런데 지금 이자가 왕국을 통치하고 있습니다. 구름산을 정탐했던 그 천사의 말이 옳다면, 이자는 지금 모종의 음모를 꾸미고 있소. 이 전쟁에서 그가 승리한다면 인간의 삶을 직접 통치하려고 들 겁니다. 종교 법정의 어떤 징벌보다 더 잔인한 영구적인 이단자 탄압을 상상해 보시오, 오구눼 왕. 저 구름 위에서 모든 세계에 스파이들과 반역자들을 심어 놓고 개인들을 조롱할 거요. 옛날 절대자는 적어도 우아하게 물러날 줄은 알았소. 이단자들을 불태우고 마녀들의 목을 매다는 일은 사제들에게 맡겼단 말이오. 그러나 이 새로운 세계는 그보다 훨씬 더 지독할 거요."

"그렇다면 그자는 공화국을 침공하는 것으로 시작한 거군요. 저기, 저건 연기가 아닙니까?"

아프리카 왕이 물었다.

회색 연기처럼 보이는 것이 구름산에서 푸른 하늘로 천천히 퍼져 가고 있었다. 하지만 연기일 리가 없었다. 그것은 구름들을 가르는 바람을 거슬러서 흘러가고 있었다.

오구녜 왕은 휴대용 쌍안경을 눈에 대고 본 뒤 말했다.

"천사들이오."

아스리엘 경은 망원경에서 물러나 손으로 눈 위를 가리고 바라보았다. 수백, 수천, 수만의 작은 물체가 하늘의 절반을 새까맣게 뒤덮은 채로 계속 날아왔다. 아스리엘 경은 해 질 무렵 수억 마리의 푸른 찌르레기가 캉포 황궁 주변을 맴도는 것을 본 적은 있었다. 그러나 이처럼 광범위하게 하늘을 뒤덮는 것은 평생 처음 보았다. 그 비행 물체들은 무리를 지어 북쪽과 남쪽으로 천천히 날아갔다.

"그런데 저건 뭐요? 바람은 아닌데."

아스리엘 경이 손가락으로 가리키며 말했다.

구름산 남쪽 기슭의 구름들이 소용돌이치고, 강한 바람에 길고 너덜너덜한 구름 떼가 흘러나왔다. 아스리엘 경의 말대로 그 움직임은 외부 공기로 인한 것이 아니라 내부로 인한 것이었다. 구름은 여기저기 휘젓고 뒹굴다가 일순간 갈라졌다.

거기에 있는 것은 그저 산만은 아니었다. 하지만 잠시 힐끗 보였을 뿐, 마치 보이지 않는 손이 그것을 감추기라도 하듯 구름은 잽싸게 다시 돌아가려고 했다.

오구녜 왕은 휴대용 쌍안경을 내리며 말했다.

"저건 산이 아닙니다. 포대(砲臺)가 설치되어 있습니다."

"나도 봤소. 여러 가지가 복잡하게 있더군. 그자는 저 구름을 통해 바깥을 내다보는 걸까? 어떤 세계에는 그런 기계가 있지. 하지만, 그의 군대는, 그 천사들이 그가 가진 유일한 군대라면⋯⋯."

오구눼 왕은 놀라움과 절망이 뒤섞인 짤막한 탄성을 질렀다. 아스리엘 경은 그의 팔목을 아프도록 거머쥐고 세차게 흔들며 말했다.

"그들은 이게 없소!"

그는 왕의 팔을 흔들며 말했다.

"피와 살이 없단 말이오."

그리고 왕의 거칠거칠한 뺨을 만졌다.

"우리는 그들에 비해 수도 적고 수명도 짧고 시력도 약하지만, 힘은 훨씬 더 강해요, 오구눼 왕! 그들은 우릴 시기하고 있소. 그래서 우리를 증오하는 거요. 그들은 우리의 소중한 육체를 갖고 싶어 해. 아주 단단하고 힘이 넘치고 좋은 땅에 잘 적응하는 우리의 육체를 말이오! 그 힘과 결단으로 그들을 대적한다면 아무리 수가 많아도 낙엽처럼 쓸어 버릴 수가 있소. 천사들은 그보다 더 강한 힘이 없소!"

"아스리엘 경, 그들도 우리처럼 살아 있는 동맹자들을 수많은 세계에 가지고 있습니다."

"우리가 이길 거요."

"그런데 그자가 당신 딸을 찾기 위해 그 천사들을 보낸 건 아닐까요?"

"내 딸을!"

아스리엘 경은 즐거운 듯이 소리쳤다.

"그런 아이가 이 세상에 태어난 건 정말 기적 같은 일 아니오? 혼자 갑옷 입은 곰들의 왕한테 가서 그의 왕국을 뺏은 아이오. 그뿐인가? 죽음의 세계로 내려가서 유령들을 모두 탈출시켰소! 그리고 그 남자 아이, 그 아이를 만나 보고 싶어. 그 소년과 악수라도 하고 싶소. 우리가 이 반역을 시작했을 때 과연 무슨 짓을 하고 있는 건지 알기나 했소? 몰랐지. 그런데 내 딸이 말려들었을 때 그들은 자신들이 뭘 하고 있는지 알았을까? 절대자와 그 섭정 메타트론이 말이오."

"아스리엘 경, 그 아이의 미래가 중요하다는 걸 아십니까?"

아프리카 왕이 물었다.

"솔직히 잘 모르겠소. 그래서 바실리드 씨를 만나려는 겁니다. 그는 어디에 있소?"

"콜터 부인에게 갔습니다. 바실리드는 지쳤어요. 쉬어야 합니다."

"벌써 쉬었어야 했지. 그를 좀 불러 주겠소? 아, 또 한 가지 부탁이 있소. 옥센티얼 부인에게 탑으로 좀 와 달라고 해 주시오. 그녀에게 조의를 표하고 싶으니까."

옥센티얼 부인은 갈리베스피인들을 지휘하는 부사령관이었다. 이제부터는 그녀가 로크 경의 임무를 떠맡아야 할 것이었다. 오구네 왕은 인사를 하고 뿌연 지평선을 살피고 있는 아스리엘 경 곁을 떠났다.

그날 하루 종일 동맹군 병사들이 속속 들어왔다. 아스리엘 경 군대의 천사들은 구름산 위로 높이 날아가 그 출구를 찾았지만 실패하고 말았다. 달라진 것은 없었다. 천사들도 더 이상 들락거리지 않았다. 세찬 바람이 구름들을 갈라놓으면 이내 다시 제자리를 찾아가 잠시도 속을 보여 주지 않았다. 태양은 차가운 푸른 하늘을 가로질러 서남쪽으로 넘어가며 구름산을 감싸고 있는 구름들과 안개를 주홍색과 살구색으로 물들였다. 해가 지자 그 구름들은 안으로부터 희미한 빛을 내뿜었다.

아스리엘 경의 반역을 지지하는 모든 세계의 전사들이 도착했다. 기계공과 기술병들은 비행선에 연료를 넣고 무기를 탑재하여 계기를 점검했다. 어두워지자 도착한 지원군들도 있었다. 추운 북극 땅에서 수많은 갑옷 입은 곰들이 왔고, 그중에는 곰왕도 있었다. 그리고 잠시 후에는 첫 마녀족이 도착했다. 어두운 하늘에서 마녀들의 구름소나무 가지들이 살랑거리는 소리가 오랫동안 들렸다.

평원에서 요새 남쪽을 따라 수천 개의 불빛이 반짝거렸다. 먼 곳에서 도착한 병사들의 캠프에서 나오는 불빛이었다. 정찰병 천사들은 사방 멀리까지 지칠 줄 모르고 날아다니며 경계를 하고 있었다.

한밤중 견고한 탑 안에서 아스리엘 경은 오구눼 왕과 자파니아 천사, 옥센티얼 부인, 투크로스 바실리드와 함께 얘기를 나누고 있었다. 알레시오미터 분석가인 바실리드의 설명이 끝나자 아스리엘 경은 자리에서 일어나 방을 가로질러 창가로 갔다. 그는 멀리 서쪽 하늘에 걸려 있는 그 구름산에서 뿜어 나오는 빛을 유심히 바라보았다. 다른 사람들은 말 없이 가만히 앉아 있었다. 방금 들은 이야기 때문이었다. 그 이야기에 아스리엘 경은 안색이 창백해지고 몸을 떨었다. 아무도 어떤 반응을 보여야 좋을지 몰랐다.

마침내 아스리엘 경이 입을 열었다.

"바실리드 씨, 힘드셨겠군요. 당신의 수고에 감사하오. 자, 술이나 한잔합시다."

"감사합니다, 아스리엘 경."

바실리드의 손이 떨리고 있었다. 오구눼 왕이 금빛 토케이를 잔에 따라 그에게 건넸다.

옥센티얼 부인이 낭랑한 목소리로 물었다.

"아스리엘 경, 이 얘기가 무슨 뜻이죠?"

아스리엘은 다시 테이블로 돌아왔다.

"전쟁이 벌어지면 우리에게 새로운 임무가 주어질 거라는 뜻이겠지요. 내 딸과 그 소년은 데몬과 분리되었는데도 어찌 된 셈인지 살아 있소. 그 아이들의 데몬은 이 세상 어딘가에 있습니다. 바실리드 씨, 내 말이 틀리면 바로 수정해 주시오. 그런데 메타트론이 그 아이들의 데몬을 잡으려고 하고 있소. 그자가 데몬을 잡으면 아이들은 그의 말에 복종해야 합니다. 만약 메타트론이 그 두 아이를 손에 넣으면 미래는 영원히 그의 것이 될 거요. 우리가 할 일은 분명해졌소. 그자가 데몬을 잡기 전에 우리가 먼저 찾아야 합니다. 두 아이가 데몬과 다시 결합할 때까지 그들의 데몬을 안전하게 보호해야 하오."

갈리베스피 부족의 사령관이 된 옥센티얼 부인이 물었다.

"두 아이의 데몬들은 어떤 모습을 하고 있죠?"

바실리드가 대답했다.

"아직 확정되지 않았습니다, 부인. 어떤 모습이든 가능하지요."

아스리엘 경이 다시 말했다.

"요컨대, 우리 모두와 공화국과 의식을 가진 모든 생명체의 미래가 내 딸에게 달려 있으니까, 내 딸과 그 소년의 데몬을 메타트론으로부터 지켜야 한다는 겁니까?"

"그렇습니다."

바실리드의 대답에 아스리엘 경은 한숨을 쉬었다. 하지만 길고 복잡한 계산을 끝낸 뒤 기대하지도 않았던 해답을 얻었을 때의 만족스러운 한숨이었다. 그는 테이블 위로 팔을 넓게 펴며 말했다.

"알았소. 그렇다면 전쟁이 시작되었을 때 우리가 할 일은 이거요. 오구눼 왕, 당신은 갈리베스피 병사들을 모두 내보내 내 딸과 그 소년과 그들의 데몬을 사방으로 찾아보시오. 그들을 찾으면 목숨을 걸고 지켜야 할 거요. 그들이 데몬과 다시 결합할 때까지 말이오. 그런 다음에 그 소년의 도움을 받아 다른 세계로 탈출하면 안전할 거요."

옥센티얼 부인은 고개를 끄덕였다. 불빛에 비친 그녀의 희끗희끗한 머리카락은 스테인리스 강철처럼 번쩍거렸다. 로크 경에게 물려받은 푸른 매는 문 옆 받침대 위에서 잠시 날개를 퍼드덕거렸다.

"자파니아."

아스리엘 경이 천사에게 물었다.

"이 메타트론이란 자에 대해서 알고 있는 게 있소? 한때는 인간이었는데, 아직도 인간의 육체적인 힘을 가지고 있습니까?"

"그자는 내가 추방되고 난 한참 후에 세력을 잡았습니다."

천사가 대답했다.

"그를 가까이서 본 적이 없어요. 하지만 모든 면에서 강하지 않았다면 그는 왕국을 장악할 수 없었을 겁니다. 대부분의 천사가 직접 부딪쳐서 싸우길 피했을 테고, 메타트론은 그 싸움을 실컷 즐기다가 이겼을 겁니다."

오구녜 왕은 아스리엘 경이 어떤 생각을 하고 있었다는 걸 알았다. 갑자기 그의 표정이 풀리며 눈의 초점이 흐려졌다. 하지만 그는 곧 정신을 차리고 엄청난 집중력을 보였다.

"알았소. 그런데 자파니아, 바실리드 씨의 말에 따르면 그들의 폭탄은 세계의 아래에 거대한 구덩이를 뚫었을 뿐만 아니라, 그 구조를 엄청나게 깨뜨려서 곳곳에 갈라진 틈들이 생겼다고 합니다. 그렇다면 그 근처에 그곳으로 내려가는 통로가 분명 있을 거요. 당신은 그 통로를 찾아보시오."

그러자 오구녜 왕이 거칠게 물었다.

"뭘 하시려는 겁니까?"

"메타트론을 파괴하려는 겁니다. 하지만 내가 할 일은 거의 끝난 것 같소. 반드시 살아야 하는 건 내 딸이오. 우리의 임무는 왕국의 군대로부터 내 딸을 지켜서 그 소년과 데몬들을 더 안전한 세계로 함께 보내는 것이오."

"콜터 부인은 어떻게 하실 생각입니까?"

오구네 왕이 물었다.

아스리엘 경은 손으로 머리를 쓸어 올렸다.

"그 여자에게 고통을 주고 싶진 않소. 혼자 내버려 두고 보호하시오. 물론 그녀에게 부당한 대우일 수도 있겠지. 하지만 또 다른 일로 날 놀라게 할 여자요. 이제 우리는 해야 할 일이 무엇인지, 또 왜 해야 하는지 알고 있소. 우리는 리라가 자기 데몬을 찾아 탈출할 때까지 잘 보호해야만 합니다. 어쩌면 우리 공화국은 내 딸이 그 일을 하도록 도와주기 위해 존재하는 것인지도 모릅니다. 그러니까 최선을 다해 우리가 할 수 있는 일을 합시다."

콜터 부인은 아스리엘 경의 침실 옆방에서 자고 있었다. 하지만 깊이 잠들지 않았던 탓에, 옆방에서 들리는 소리에 깨어났다. 그녀는 거북하고 머리가 띵한 상태로 선잠에서 벗어났다.

옆에서 자던 황금 원숭이도 그 소리를 들었는지 일어나 앉았다. 콜터 부인은 문 쪽으로 가고 싶지 않았다. 듣고 싶은 건 특별한 얘기가 아니라 아스리엘 경의 목소리뿐이었다. 이제 자신과 아스리엘 경은 끝장이라는 생각이 들었다. 그들 모두는 이제 끝장난 것이다.

마침내 옆방에서 문 닫는 소리가 들렸다. 콜터 부인이 벌떡 일어났다.

"아스리엘."

그녀는 따뜻한 나프타 불빛 속으로 들어가며 그의 이름을 불렀다.

아스리엘 경의 데몬이 부드러운 소리로 으르렁거렸다. 황금 원숭이는 머리를 낮게 숙이고 그 데몬의 비위를 맞추려고 했다. 아스리엘 경은 뒤를 돌아보지도 않고 커다란 지도를 둘둘 말고 있었다.

"아스리엘, 우린 이제 어떻게 되는 거죠?"

그녀는 의자에 앉으며 물었다.

아스리엘 경은 손가락 관절로 눈을 지그시 눌렀다. 피로에 지친 얼굴이었다. 그는 의자에 앉아 테이블 위에 한쪽 팔꿈치를 세우고 주먹으로 얼굴을 괴었다. 그들의 데몬들은 아주 조용히 있었다. 황금 원숭이는 콜터 부인이 앉은 의자 뒤에 쪼그리고 앉았고, 하얀 표범은 아스리엘 경 옆에 똑바로 앉아 경례하는 태도로 눈도 깜박이지 않고 콜터 부인을 지켜보고 있었다.

"엿듣지 않았소?"

아스리엘 경이 물었다.

"약간 들었어요. 잠이 안 와서요. 하지만 자세히 듣진 않았어요. 지금 리라는 어디 있나요? 알고 있어요?"

"모르오."

아스리엘 경은 그녀의 첫 번째 질문에는 아직 대답하지 않았다. 그는 대답하지 않을 작정이었고, 콜터 부인도 그걸 알았다.

"우린 결혼했어야 했어요. 그래서 그 아이를 우리가 키웠어야 하는 건데."

콜터 부인이 말했다.

콜터 부인의 뜻밖의 말에 아스리엘 경은 눈을 껌벅였다. 그의 데몬은 스핑크스처럼 발을 쭉 펴고 앉아 목구멍 깊숙한 곳에서 부드러운 소리로 으르렁거렸다. 아스리엘 경은 아무 말도 하지 않았다.

"누군가로부터 잊혀진다는 건 정말 견디기 힘든 일이에요, 아스리엘."

그녀는 말을 이어 나갔다.

"다른 어떤 것도 그보다는 나을 거예요. 예전엔 고통이 더 심할 거라고 생각했어요. 영원히 괴롭히는 고통 말이에요. 하지만 의식이 있는 한 차라리 그게 더 나을 거예요. 안 그래요? 아무것도 느끼지 못하고 어둠 속으로 들어가 영원히 사라지는 것보다는 차라리 고통이 더 낫지 않아요?"

아스리엘은 듣고만 있었다. 그는 그녀를 뚫어지게 쳐다보며 그녀의 한 마디 한 마디에 잔뜩 주의를 기울이고 있었지만 굳이 대꾸하려고 하지 않았다.

"요전에 당신이 리라와 나에 대해 심한 말을 했을 때, 당신이 그 아이를 미워한다는 생각이 들었어요. 당신이 날 증오하는 건 이해할 수 있어요. 난 당신을 미워한 적이 없지만, 당신이 날 증오하는 건 이해한다구요. 하지만 당신이 리라를 미워하는 건 정말 이해할 수 없어요."

아스리엘 경은 천천히 고개를 돌리다가 다시 그녀를 돌아보았다.

콜터 부인은 열을 올리며 계속 말했다.

"당신은 우리 세계를 떠나기 직전에 스발바르 산꼭대기에서 이상한 말을 했어요. 같이 가서 더스트를 영원히 파괴하자구요. 기억해요? 하지만 진심이 아니었어요. 오히려 정반대였죠, 안 그래요? 이제야 알겠어요. 당신이 무슨 일을 하고 있는지 왜 진실을 말해 주지 않았죠? 더스트를 보호하려고 한다는 걸 왜 진작 말하지 않았어요? 진실을 말해 줄 수도 있었잖아요."

"난 당신이 나와 함께 가 주길 바랐소."

아스리엘은 목소리를 깔고 조용히 대답했다.

"그리고 차라리 내가 거짓말을 해 주길 바란다고 생각했소."

"그래요, 나도 그렇게 생각했죠."

콜터 부인은 속삭이듯 말했다. 그녀는 가만히 앉아 있을 수가 없었다. 그러나 일어설 힘도 없었다. 갑자기 머리가 빙빙 돌며 현기증이 났고, 눈앞이 캄캄해지며 아무 소리도 들리지 않았다. 그러나 곧 전보다 더 또렷하게 의식이 되살아났다. 하지만 상황은 조금도 달라지지 않았다.

"아스리엘……."

그녀는 우물거렸다.

황금 원숭이는 머뭇거리다가 손을 내밀어 하얀 표범의 발을 슬쩍 만져 보았다. 아스리엘 경은 아무 말 없이 바라보고 있고, 스텔마리아는 꼼짝도 하지 않고 콜터 부인만 뚫어지게 보고 있었다.

"오, 아스리엘. 우린 이제 어떻게 되는 거죠? 모든 것이 이렇게 끝나는 건가요?"

콜터 부인이 다시 물었다.

아스리엘은 아무 말도 하지 않았다.

콜터 부인은 몽유병 환자처럼 일어나 방구석에 놓인 배낭을 집어 들고 그 속에 든 권총을 찾았다. 그녀가 그다음에 무슨 일을 벌였을지는 누구도 모를 일이었다. 그 순간 계단을 뛰어 올라오는 발자국 소리가 들렸기 때문이다.

두 사람과 두 데몬은 고개를 돌려 방 안으로 들어온 경비병을 보았다. 그는 숨을 씩씩거리며 말했다.

"죄송합니다, 각하. 그 데몬들이 발견됐습니다. 동쪽 문 가까운 곳에 고양이 모습들을 하고 있었답니다. 보초병이 말을 걸어 안으로 데려오려고 했지만, 가까이 오려고 하지 않는다고 합니다. 방금 들어온 보고입니다."

아스리엘 경의 표정이 확 바뀌었다. 얼굴에 덕지덕지 달라붙어 있던 피로가 순식간에 사라져 버렸다. 그는 벌떡 일어나 두꺼운 외투를 집었다.

콜터 부인은 안중에도 없이 그는 외투를 걸치며 경비병에게 말했다.

"당장 옥센티얼 부인에게 명령을 전해. 어떤 식으로든 그 데몬들을 위협하거나 겁을 주거나 억지로 데려오지 말라고. 그 데몬들을 보면 먼저……."

아스리엘 경의 목소리는 들리지 않았다. 그는 벌써 계단을 절반이나 내려가고 있었다. 뛰어가는 그의 발자국 소리가 차츰 희미해졌다. 들리는 소리라곤 나프타 램프에서 기름이 조용하게 타는 소리와 윙윙거리는 바깥의 거센 바람 소리뿐이었다.

콜터 부인은 자신의 데몬을 찾았다. 황금 원숭이의 표정은 미묘하고 복잡했다. 마치 그들의 35년 삶을 담고 있는 것처럼.

콜터 부인이 말했다.

"좋아, 다른 방법이 없어. 내 생각에 역시 우린……."

황금 원숭이는 그녀의 뜻을 금방 이해했다. 콜터 부인은 원숭이를 가슴에 껴안았다. 그러고는 자신의 모피 코트를 들고 조용히 그 방을 나와 어두운 계단을 내려갔다.

평원에서의 전쟁

인간성이 깨어나기 전에는 모든 인간은
자신의 유령의 수중에 있다.

– 윌리엄 블레이크 –

리라와 윌은 전날 밤을 보낸 그 아름다운 세계를 떠나기가 못내 아쉬웠다. 그러나 자신들의 데몬을 찾으려면 다시 한 번 그 어둠의 세계로 들어가야 했다. 그 어두운 굴을 여러 시간 동안 힘들게 기어온 지금, 리라는 알레시오미터를 벌써 스무 번째나 들여다보고 있었다. 고통에 찬 신음 소리가 저절로 입에서 새어 나왔다. 조금만 더 심하면 울음이 될 것 같았다. 윌도 자신의 데몬이 있었던 자리에 아픔을 느꼈다. 숨을 쉴 때마다 마치 날카로운 갈고리로 찢어 내는 듯한 격렬한 통증을 느꼈다.

리라는 알레시오미터의 바늘들을 힘겹게 돌렸다. 그녀의 생각은 둔한 발처럼 움직였다. 평소에는 그처럼 가볍고 자신만만하게 읽었던 알레시오미터의 36개 상징들의 의미가 불안하게 흔들리고 있었다. 그래서 의미들 사이의 연결 고리를 마음속에 붙잡고만 있었다. 이전에는 달리기나 노래, 얘기를 하는 것만큼이나 자연스러웠던 일이 지금은 그렇게 힘들 수가 없었다. 알레시오미터를 손으로 쥐기조차 힘들었다. 그렇지만 리라는 그것을 읽어 내야만 했다. 그러지 못하면 모든 것을 잃게 되는 것이다.

마침내 리라가 말했다.

"여기서 멀지 않아. 하지만 아주 위험할 거야. 전쟁도 있고, 또…… 그렇지만 우린 거의 제대로 찾아왔어. 이 동굴 끝에 물이 흐르는 미끄러운 큰 바위가 있어. 거기를 자르면 돼."

전쟁에 참가하려는 유령들은 앞으로 밀고 나왔다. 리 스코즈비의 유령이 리라 곁으로 다가오며 말했다.

"리라, 이젠 시간이 얼마 안 남았구나. 언젠가 그 늙은 곰을 만나면 나는 싸우러 갔다고 전해 줘. 그리고 전쟁이 끝나면, 바람 따라 떠돌면서 나의 데몬이었던 헤스터, 세이지랜드에 계시던 나의 어머니, 그리고 내가 사랑했던 모든 사람의 원자들을 찾을 거야. 리라, 이 일만 끝나면 넌 쉴 수 있을 거야. 알겠니? 인생은 아름답고, 죽음은 끝나는 거야."

리 스코즈비의 목소리가 희미해졌다. 리라는 그를 안아 주고 싶었지만, 불가능한 일이었다. 그래서 그의 창백한 얼굴만 바라보고 있었다. 리 스코즈비의 유령은 리라의 눈에서 열정과 총명함을 보고 기운을 얻었다.

갈리베스피인들은 리라와 윌의 어깨 위에 앉아 있었다. 그들의 짧은 수명은 이제 거의 끝나 가고 있었다. 티알리스와 살마키아는 사지가 뻣뻣해지고 심장이 차갑게 식어 가는 것을 느꼈다. 그들은 곧 죽음의 세계로 돌아가게 될 것이다. 하지만 이번에는 유령으로 돌아가는 것이다. 그들은 서로의 눈을 바라보며 가능한 한 오래 윌과 리라 곁에 있기로, 또 자신들의 죽음에 대해서는 한 마디도 하지 않기로 약속했다.

윌과 리라는 점점 더 높이 기어 올라갔다. 아무 말도 하지 않았다. 거친 숨소리와 발자국 소리, 작은 돌멩이들이 발밑으로 굴러 떨어지는 소리만 들릴 뿐이었다. 그들 앞에서는 '이름이 없다'는 그 하피가 날개를 질질 끌고 발톱으로 긁어 대며 느릿느릿 올라가고 있었다.

그 순간 새로운 소리가 들려왔다. 동굴 속을 울리며 규칙적으로 똑똑 떨어지는 물방울 소리였다. 물방울은 점점 더 빠르게 떨어졌다.

"여기야!"

리라가 소리치며 앞으로 뛰어가 바위를 만져 보았다. 앞을 막아선 그 미끄러운 바위는 축축하고 차가웠다.

"여기 있어……."

리라는 하피를 돌아보았다.

"당신이 나를 구해 준 일이나 모든 유령을 죽음의 세계에서 어젯밤 우리가 갔던 그 멋진 세계로 안내하겠다고 약속한 일을 생각하면, 그런 당신에게 이름이 없다는 건 말도 안 돼요. 그래서 당신에게 이름을 지어 주고 싶어요. 이오레크 뷔르니손 왕이 내게 실버텅이란 이름을 지어 준 것처럼요. 이제부터는 당신을 그레이셔스 윙스(우아한 날개)라고 부르겠어요. 그게 당신 이름이에요, 그레이셔스 윙스."

"언젠가는 다시 만날 날이 있을 거야, 리라 실버텅."

하피가 말했다.

"당신이 여기 있다는 걸 알면 두렵지 않을 거예요, 그레이셔스 윙스. 내가 죽어서 다시 만날 때까지 안녕."

리라는 하피를 꼭 껴안고 두 볼에 키스했다.

티알리스가 리라에게 물었다.

"여기가 아스리엘 경의 공화국이야?"

"네, 알레시오미터가 그렇게 말했어요. 그분의 성채와 가까운 지점이에요."

리라가 대답했다.

"유령들에게 그렇게 알려 주지."

리라가 티알리스를 높이 쳐들자, 그는 유령들을 향해 큰 소리로 외쳤다.

"잘 들어요! 살마키아와 난 전에 이 세계를 본 적이 있습니다. 산꼭대기에 성이 하나 있소. 아스리엘 경이 지키고 있는 성입니다. 적이 누군지는 나도 몰라요. 리라와 윌은 할 일이 한 가지 남아 있습니다. 그들의 데몬을 찾는 일이오. 나와 살마키아는 그들을 도와야 합니다. 그러니 모두 용기를 내어 힘껏 싸웁시다!"

리라가 윌을 돌아보자 윌은 말했다.

"좋아, 준비됐어."

윌은 만단검을 빼어 들고 가까이 서 있는 자기 아버지 유령의 눈을 바라보았다. 이제 아주 오랫동안 서로를 보지 못하게 될 것이다. 엄마도 함께 있어서 세 가족이 모두 모였으면 얼마나 좋았을까.

"윌."

리라가 놀라며 소리쳤다.

윌은 동작을 멈추었다. 만단검은 공중에 꽂혀 있었다. 윌이 손을 놓아도 그것은 눈에 보이지 않는 저쪽 세계의 물질에 단단히 박혀 있었다. 윌은 깊은 숨을 내쉬었다.

"하마터면……."

"그럴 줄 알았어."

리라가 말했다.

"나를 봐, 윌."

희미한 빛 속에서 윌은 리라의 금발과 야무지게 다문 입과 정직한 눈을 보았다. 리라의 따스한 숨결과 친근한 살 냄새도 느껴졌다.

만단검이 느슨해졌다.

"다시 해볼게."

월은 돌아서서 온 정신을 칼끝에 모았다. 그러고는 더듬고, 빼내고, 다시 찾는 일을 반복한 끝에, 드디어 그 지점을 찾았다. 유령들이 아주 가까이 모여들어 월과 리라는 온몸에 차가운 기운을 느꼈다.

이윽고 월은 마지막 절단으로 창을 냈다.

가장 먼저 요란한 소음이 쏟아져 들어왔다. 눈부신 섬광에 유령들과 산 사람들은 모두 눈을 가려야 했고, 그래서 잠시 동안 아무것도 보지 못했다. 하지만 연이어 터지는 폭음과 총소리, 고함 소리와 비명으로 전쟁이 벌어지고 있다는 것이 분명해지자, 그들은 모두 겁에 질리고 말았다.

존 패리의 유령과 리 스코즈비의 유령이 가장 먼저 정신을 차렸다. 둘은 전쟁을 경험했던 군인들이라, 그 정도의 소란에 갈팡질팡하지 않았다. 그러나 월과 리라는 두려움과 놀라움 속에 그 광경을 지켜보고만 있었다.

공중에서 로켓탄이 터지자 금속 파편과 바위 조각들이 그들이 있는 곳에서 약간 떨어진 산비탈로 쏟아져 내렸다. 하늘에서는 천사들끼리 싸우고 있고, 마녀들도 자기 부족 고유의 함성을 지르며 급강하하여 적에게 화살을 쏘고 공중으로 날아올랐다. 그들은 한 갈리베스피인이 잠자리 등에서 비행기 조종석으로 뛰어내리는 것을 보았다. 곧 비행기 조종사와 그 사이에 몸싸움이 벌어졌다. 잠자리가 비행기 위로 획획 날아다니는 동안 갈리베스피인은 몸을 날려 독침을 조종사의 몸 깊숙이 꽂았다. 그러자 잠자리는 곧 조종석 가까이로 날아왔고, 갈리베스피인은 잠자리의 화려한 녹색 등에 획 올라탔다. 비행기는 성채 아래쪽 암벽을 향해 곤두박질치고 있었다.

리 스코즈비가 말했다.

"창을 더 크게 열어. 밖으로 나가자!"

"잠깐만, 리. 뭔가 이상해. 저길 보시오."

존 패리가 말했다.

윌은 아버지가 가리키는 쪽에 작은 창을 하나 더 냈다. 싸움의 양상이 달라지고 있었다. 공격하던 병사들이 퇴각하기 시작했다. 전차부대도 진격을 멈추고 엄호 사격을 하며 뒤로 빠지고 있었다. 전투의 기선을 잡고 있던 아스리엘 경의 자이롭터 중대도 기수를 돌려 서쪽으로 물러갔다. 지상에서는 소총 부대와 화염 방사기로 무장한 부대, 독가스 포대, 그리고 지금까지 본 적도 없는 무기들로 무장한 왕국의 부대들이 철수하기 시작했다.

리 스코즈비가 말했다.

"무슨 일이지? 모두 퇴각하고 있어. 왜지?"

그럴 이유가 없을 것 같았다. 아스리엘 경의 동맹군은 수적으로 우세였지만, 무기가 제힘을 발휘하지 못해 많은 병사가 부상을 입고 쓰러져 있었다.

그때 유령들이 갑자기 술렁거리면서 공중에 떠다니는 어떤 것을 가리켰다.

"스펙터들이야! 저것 때문이었군."

존 패리가 큰 소리로 말했다.

윌과 리라는 이제야 그 스펙터라는 걸 볼 수 있겠구나, 하고 생각했다. 그것들은 반짝이는 망사 베일 같은 모습으로 엉겅퀴의 갓털처럼 하늘에서 떨어지고 있었다. 하지만 너무도 희미하여 땅에 내려왔을 때는 거의 보이지도 않았다.

"저들이 뭘 하고 있는 거죠?"

리라가 물었다.

"아스리엘 경의 소총 소대 쪽으로 가고 있어."

그러자 윌과 리라는 어떤 일이 벌어질 것인지 알아차리고 고함을 질렀다.

"달아나요! 빨리 도망가요!"

가까이서 고함 소리를 들은 병사들은 놀라서 주위를 둘러보았다. 어떤 병사들은 자기들 쪽으로 다가오는 이상하고 무표정하고 탐욕스럽게 생긴 한 스펙터를 보자 총을 발사했다. 그러나 아무 소용 없었다. 그 순간 스펙터는 맨 앞에 선 병사에게 일격을 가했다.

그 병사는 리라의 세계에서 온 아프리카인이었다. 그의 데몬은 다리가 길고 등에 검은 점이 박힌 황갈색 고양이였는데, 이빨을 드러내고 뛰어오를 준비를 했다.

그 병사는 자기 몸에 달라붙은 스펙터를 향해 겁도 없이 총을 겨누고 있었다. 그리고 눈에 보이지 않는 올가미에 걸려 하릴없이 으르렁거리며 울부짖었고, 총을 떨어뜨리고 자기 데몬의 이름을 소리쳐 부르며 손을 내뻗었다. 그러나 지독한 고통과 현기증을 느끼며 차츰 의식을 잃어 갔다.

"좋아, 윌. 이제 나가자. 우린 저것들을 무찌를 수 있어."

존 패리가 말했다.

윌은 창을 넓게 열고 유령 부대의 선두에서 달려 나갔다. 그리고 지금까지 상상도 못 했던 괴상한 전투를 시작했다.

땅속에서 기어 나온 유령들의 창백한 형체는 한낮의 햇빛으로 더욱 희미해졌다. 더 이상 두려울 것이 없는 그들은 곧바로 윌과 리라의 눈에는 보이지도 않는 스펙터들에게 달려들어 넘어뜨리고 갈가리 찢어 댔다.

소총 소대 병사들과 다른 동맹군들은 멍하니 바라보고만 있었다. 그들은 유령들과 스펙터들 간의 싸움에 전혀 손을 쓸 수 없었다. 윌은 만 단검을 휘두르며 싸움이 벌어지고 있는 한가운데로 달려 나갔다. 이전에 스펙터들이 만단검을 보고 도망쳤던 일이 기억난 것이다.

리라는 윌을 따라갔다. 그리고 자기도 윌처럼 무기를 가졌으면 하고 바랐다. 하지만 주위를 두리번거리며 더 멀리까지 보려고 애썼다. 그녀는 언뜻언뜻 스펙터들이 기름처럼 번들거리는 공기 덩어리로 보이는 것 같았다. 리라는 처음으로 두려움에 몸을 떨었다.

리라는 어깨 위에 살마키아를 앉힌 채 산사나무로 덮인 야트막한 둔덕 위에 있었다. 그곳에서는 침입자들이 황폐화시킨 거대한 땅이 내려다보였다.

태양은 리라의 머리 위에 떠 있었다. 서쪽 지평선 위에는 구름들이 겹겹이 쌓여 있었다. 구름들은 반짝반짝 빛났고, 꼭대기 부분의 구름은 높은 곳에서 부는 바람으로 길게 흩어져 있었다. 평원에는 적의 보병들이 대기하고 있었다. 무기들이 햇빛에 번쩍거렸고 색색의 깃발들이 바람에 펄럭였다.

리라의 뒤쪽으로는 들쭉날쭉한 산봉우리들이 요새까지 이어져 있었다. 폭풍우를 예고하는 번개가 칠 때마다 산봉우리들은 밝은 회색으로 빛났다. 시커먼 현무암으로 쌓아 올린 성벽 위에서 병사들이 개미처럼 움직였다. 그들은 부서진 흉벽을 수리하고, 무기들을 옮기거나 망을 보고 있었다.

바로 그 순간 리라는 처음으로 가벼운 현기증과 통증, 두려움을 동시에 느꼈다. 스펙터들이 그녀를 건드린 것이 분명했다. 지금까지 그런 일을 당한 적이 없었지만, 리라는 그 의미를 금방 알아차렸다. 그 의미는 두 가지였다. 첫째는 리라도 이젠 스펙터들이 공격할 만큼 나이가 들었다는 뜻이고, 둘째는 판탈라이몬이 가까운 어딘가에 있다는 뜻이었다.

"윌-! 윌-!"

리라는 큰 소리로 윌을 불렀다.

윌은 그녀의 소리를 듣고 만단검을 손에 든 채 이글거리는 눈빛으로 돌아보았다.

그러나 윌은 대답도 하기 전에 금방 질식할 듯이 숨을 헐떡이며 자신의 가슴을 쥐어뜯기 시작했다. 그에게도 리라와 똑같은 일이 일어나고 있었다.

"판! 판탈라이몬!"

리라는 발끝으로 서서 주위를 돌아보며 데몬을 소리쳐 불렀다.

윌은 통증을 가라앉히려고 몸을 구부렸다. 잠시 후 마치 그들의 데몬들이 도망이라도 친 것처럼 고통이 사라졌다. 그러나 데몬들은 그들이 찾을 수 있는 아주 가까운 곳에 있었다. 주위에는 총성과 비명 소리, 고통과 두려움에 울부짖는 소리, 클리프 개스트들이 머리 위를 맴돌며 '요크! 요크!' 하고 우짖는 소리, 화살들이 휙휙 날아가서 픽픽 꽂히는 소리들로 가득했다. 그리고 새로운 소리도 들렸다. 강한 바람 소리였다.

리라는 그 바람을 뺨으로 먼저 느꼈다. 풀들이 바람결에 몸을 굽히고 산사나무 숲에서 바람 소리가 들려왔다. 하늘에서 거대한 폭풍우가 몰려오고 있었다. 소나기구름에서 흰빛은 싹 가셔 버렸다. 구름은 유황빛과 바닷빛, 잿빛, 검은빛과 뒤섞이며 지평선 가득 휘몰아쳐 왔다.

하지만 리라의 등 뒤에서는 여전히 태양이 빛나고 있었다. 그래서 리라와 폭풍우 사이에 있는 모든 숲과 나무들은 불타는 듯이 생생하게 빛났다. 작고 연약한 생물들은 나뭇잎과 나뭇가지와 과일과 꽃으로 그 어둠에 맞서고 있었다.

그 속에서 리라와 윌은 이제 스펙터들을 거의 선명하게 볼 수 있었다. 매서운 바람이 윌의 눈을 때리고 리라의 머리카락을 휘날렸다. 그리고 스펙터들까지도 멀리 날려 보낼 수 있을 것 같았지만, 그것들은 바람을 뚫고 곧장 땅으로 내려왔다. 윌과 리라는 손을 잡고 시체들과 부상병들 사이를 조심조심 걸어갔다. 리라는 판탈라이몬을 소리쳐 불렀고, 윌도 신경을 곤두세우고 주위를 살펴보았다.

하늘에서는 번개가 점점 더 심하게 쳤다. 이내 귀청을 찢을 듯한 천둥 소리가 터졌다. 리라는 손으로 머리를 감쌌고, 윌도 마치 그 엄청난 굉음에 떠밀린 것처럼 몸을 비틀거렸다. 둘은 서로 꼭 껴안고 하늘을 쳐다보았다. 순간 그들은 수많은 세계에서 지금까지 어느 누구도 본 적이 없는 광경을 보게 되었다.

하늘에는 루타 스카디의 마녀들, 레이나 미티의 마녀들, 그리고 다른 대여섯 종족의 마녀들이 역청을 묻힌 소나무 횃불을 들고 맑게 갠 동쪽 하늘 끝에서 요새를 가로질러 폭풍우를 향해 날아가고 있었다. 휘발성 탄화수소가 타는 시끄러운 소리가 지상에 있는 리라와 윌의 귀에까지 들렸다.

공중에는 아직 몇몇 스펙터가 떠 있었다. 일부 마녀들은 그 스펙터들을 미처 보지 못하고 날아가다가 비명을 지르고 불꽃을 일으키며 땅에 떨어졌다. 하지만 대부분의 스펙터는 땅에 내려와 있었고, 마녀들의 거대한 비행대는 마치 불꽃 줄기처럼 폭풍우 속으로 흘러갔다.

창칼로 무장한 천사들의 비행대가 구름산에서 나와 마녀들과 접전을 벌였다. 바람을 등진 천사들은 화살보다 더 빠르게 날았다. 그러나 마녀들도 빨랐다. 선두에서 날아가던 마녀들이 하늘 높이 솟아올라 천사들 대열 속으로 수직 낙하하며 타오르는 횃불을 좌우로 휘둘렀다. 그러자 날개에 불이 붙은 천사들이 비명을 지르며 땅으로 떨어졌다.

그때 굵은 빗방울이 떨어지기 시작했다. 그러나 마녀들의 횃불을 끄기에는 역부족이었다. 역청을 묻힌 소나무 횃불은 더욱 거세게 타올랐다. 빗줄기가 강해질수록 횃불은 더 큰 소리를 내며 지글지글 타올랐다. 빗방울은 악의라도 품은 듯 땅에 떨어져서 사방으로 크게 튀었다. 1분도 채 안 되어 리라와 윌은 비에 흠뻑 젖어 추위로 덜덜 떨었다. 빗방울은 작은 돌멩이처럼 두 아이의 머리와 팔을 때렸다.

리라와 윌은 비틀대고 허우적거리며 빗속을 걸었다. 그들은 얼굴에 흐르는 빗물을 연신 닦아 내며 목청 터지게 데몬의 이름을 불렀다.

"판! 판탈라이몬!"

그들의 머리 위에서는 천둥이 모든 것을 박살 낼 듯이 계속 쳐 댔다. '우르르 쾅쾅!' 하고 터지는 천둥 소리에 리라와 윌은 공포를 느꼈다. 그래도 그들은 빗속을 달리며 판탈라이몬을 외쳐 불렀다.

"판! 판탈라이몬! 판!"

리라는 어느새 울부짖고 있었고, 윌도 말없이 울고 있었다. 윌은 이제 자신이 잃어버린 것이 무엇인지 알고 있었지만, 아직 그것의 이름조차 모르고 있었다.

두 갈리베스피언은 리라와 윌이 가는 곳이면 어디든 따라다니며 아이들의 눈에는 잘 보이지 않는 스펙터들이 있나 경계하면서 이쪽을 봐라, 저 길로 가라 하고 알려 주었다. 리라는 살마키아를 손으로 잡고 있어야만 했다. 이젠 리라의 어깨 위에 앉아 있을 기운조차 없었기 때문이다. 티알리스는 자신의 종족을 찾으려고 하늘을 살피다가 하얀 것이 휙 지나갈 때마다 소리쳐 불렀다. 그러나 그의 목소리에는 힘이 없었다. 만약 다른 갈리베스피언들이 그들을 찾고 있다면, 감청색에 붉고 노란색을 띤 두 마리의 잠자리를 찾을 것이다. 하지만 그 빛을 잃어버린 지 오래된 그들의 잠자리들은 지금 죽음의 세계에 있었다.

그때 하늘에 이상한 움직임이 있었다. 리라와 윌은 손으로 빗줄기를 막으며 위를 올려다보았다. 본 적이 없는 다른 비행선 하나가 보였다. 괴상한 모양에 다리가 여섯 개가 달린 그 비행선은 아무 소리도 내지 않았다. 비행선은 성채 위로 아주 낮게 날면서 그들의 머리 위를 지나 폭풍우 속으로 들어갔다.

그러나 리라와 윌은 그것을 궁금해할 시간도 없었다. 판탈라이몬이 다시 위험에 처했는지, 리라는 갑자기 머리가 쪼개지는 듯한 현기증을 느꼈다. 윌도 같은 고통을 느꼈다. 그들은 시체와 부상병들, 유령들로 뒤죽박죽되어 버린 진흙탕을 겁에 질린 채 힘없이 비틀거리며 걸었다.

구름산

콜터 부인은 의지형 비행선을 조종하고 있었다. 조종실 안에는 그녀와 황금 원숭이뿐이었다.

폭풍우 속에서 고도계는 거의 쓸모가 없었다. 그러나 콜터 부인은 땅에 떨어진 천사들에게서 뿜어져 나오는 불빛을 보고 고도를 대강 짐작했다. 비바람이 계속 휘몰아치는데도 그 불꽃들은 꺼지지 않고 계속 너울거리며 타올랐다. 항로를 잡는 일도 그다지 어렵지 않았다. 이따금 산기슭을 밝혀 주는 번갯불이 멋진 신호등 역할을 해 주었기 때문이다. 하지만 하늘에서 아직도 싸우고 있는 온갖 비행 물체들과 아래의 솟아오른 언덕들을 피해야 했다.

콜터 부인은 전조등을 켜지 않았다. 발각되어 격추당하기 전에 저공으로 비행해 착륙 장소를 찾기 위해서였다. 아래로 내려갈수록 상승기류가 더 강해졌고 돌풍도 더욱 거세었다. 자이롭터라면 그 돌풍에 파리처럼 날려가 땅바닥에 내동댕이쳐지고 말았을 것이다. 그러나 의지형 비행선은 끄떡도 하지 않았다. 콜터 부인은 평화로운 바다에서 파도타기를 하는 사람처럼 약간씩 움직여 균형만 잡으면 그만이었다.

그녀는 계기판을 무시하고 앞만 바라보며 본능에 의지하여 비행선을 띄웠다. 황금 원숭이는 작은 유리창들을 이쪽저쪽 살펴 가며 그녀에게 계속 보고했다. 번개가 거대한 창칼처럼 날아와 비행선 주위에서 요란하게 폭발했다. 콜터 부인은 그 속을 뚫고 의지형 비행선의 고도를 조금씩 높여 가며 구름으로 덮인 왕궁을 향해 날아갔다.

가까이 접근하면서, 그녀는 구름산의 모습에 어리둥절하고 당황했다. 그것을 보자 가증스런 한 이단자의 얼굴이 떠올랐던 것이다. 그 이단자는 지금도 종교 법정의 지하 감옥에 갇혀서 고통스러운 대가를 치르고 있었다. 그는 3차원보다 더 많은 공간적 차원이 있다고 주장했다. 아주 작은 규모의 7차원 내지는 8차원 세계가 있는데, 그것을 직접 검증할 수는 없다는 것이었다. 그 이단자는 그것들이 어떻게 작용하는지 보여 주기 위해 모델까지 만들었으며, 콜터 부인은 그것을 불태우기 전에 잠시 살펴보았었다. 주름들이 겹겹이 접혀 있고, 모퉁이들과 가장자리들은 둘러싸면서 둘러싸여 있고, 그 내부는 모든 곳이고 외부 또한 모든 곳이었다.

이 구름산이 꼭 그런 느낌이었다. 그곳은 바위산이라기보다는 눈에 보이지 않는 어떤 힘이 작용하는 에너지 장 같았다. 공간을 자유자재로 접었다 폈다 하여 회랑과 뜰과 방과 주랑들을 만들고, 공기와 빛과 수증기를 공급하는 망루를 만드는 것이다.

콜터 부인은 가슴속에서 희열 같은 것이 서서히 부풀어 오르는 걸 느꼈다. 비행선을 남쪽 산기슭에 있는 구름 낀 뜰에 안전하게 착륙시킬 수 있을 것 같았다. 불안정한 대기 때문에 비행선이 갑자기 흔들렸지만 방향을 잃지는 않았다. 황금 원숭이가 인도하는 대로 그녀는 비행선을 뜰 위에 착륙시켰다.

콜터 부인이 지금까지 본 빛들은 번갯불, 구름 사이로 비치는 햇빛, 불타오르는 천사들의 빛, 탐조등에서 나오는 빛 등이었다. 그렇지만 이곳의 빛은 달랐다. 그것은 산 자체의 물질이 내뿜는 빛으로, 마치 진주 빛처럼 은은하게 비치다가 사라지곤 했다.

비행선에서 내린 그녀와 황금 원숭이는 어느 쪽으로 가야 할지 둘러보았다. 위아래로 어떤 존재들이 빠르게 움직이면서 눈에 보이지 않는 메시지와 명령과 정보들을 산 자체의 물질을 통해 전달하고 있는 것이 느껴졌다. 콜터 부인의 눈에 보이는 것이라고는 수많은 주랑과 계단, 뜰, 그리고 왕궁의 앞모습뿐이었다.

어디로 갈지 정하기도 전에 어디선가 노랫소리가 들려왔다. 콜터 부인은 얼른 기둥 뒤로 숨었다. 가마를 든 천사들이 찬송가를 부르며 다가오고 있었다. 천사들은 의지형 비행선을 발견하고 멈춰 섰다. 노랫소리도 끊겼다. 천사들은 의심과 두려움이 담긴 표정으로 주위를 둘러보았다.

콜터 부인은 가마 속에 타고 있는 존재를 보았다. 말로는 표현하기 어려울 만큼 늙은 천사였다. 반짝이는 수정으로 만들어진 가마는 산에서 뿜어내는 빛을 반사하고 있어서 그 안에 타고 있는 천사의 모습이 잘 보이지 않았지만, 콜터 부인은 쪼글쪼글하게 주름진 얼굴에 덜덜 떨리는 손, 무어라고 중얼대는 입술과 물기가 고인 눈을 얼핏 본 순간 끔찍한 기분에 사로잡혔다.

늙은 천사는 떨리는 손으로 의지형 비행선을 가리키며 혼자 뭐라고 중얼댔다. 그러더니 자기 수염을 잡아뜯으며 머리를 뒤로 젖히고 고통스러운 비명을 내질렀다. 그 소리가 너무 소름 끼쳐 콜터 부인은 귀를 틀어막았다.

　그러나 가마를 나르는 천사들은 다른 볼일이 있는 모양이었다. 그들은 가마 안의 늙은 천사가 소리를 질러 대든 말든 개의치 않고 뜰을 따라 올라갔다. 탁 트인 곳에 도착하자 천사들은 지휘관의 명령에 따라 그 가마를 들고 공중으로 날아올랐다. 그들은 곧 소용돌이치는 안개 속으로 사라져서 콜터 부인의 눈에는 더 이상 보이지 않았다.

　하지만 그들에게는 생각만 하고 있을 시간이 없었다. 콜터 부인과 황금 원숭이는 재빨리 큰 계단을 올라가서 위쪽으로 이어진 다리들을 건넜다. 위로 올라갈수록 눈에 보이지 않는 주위의 움직임들이 더욱 강하게 느껴졌다. 마침내 모퉁이를 돌아 안개가 자욱한 거대한 광장 같은 곳에 이르자, 창을 든 천사 하나가 그들을 가로막으며 물었다.

　"누구요? 여긴 무슨 일로 왔소?"

　콜터 부인은 호기심 어린 표정으로 그를 바라보았다. 그는 아주 오랜 옛날 인간의 딸과 사랑에 빠졌던 천사였다.

　"아니, 그렇게 긴장하실 것 없어요."

　콜터 부인은 부드럽게 말했다.

　"시간 낭비하지 말고 당장 섭정님께 데려다 줘요. 그분이 날 기다리고 계세요."

　마구 흔들어서 정신을 쏙 빼놔야지. 천사는 어떻게 할 줄 몰라 멈칫했다가 결국 콜터 부인이 시키는 대로 했다. 그를 따라 어질어질한 빛 속으로 얼마간 걸어가자 대기실이 나왔다. 그 안으로 들어가서 잠시 기다리자, 눈앞에 있는 어떤 것이 문처럼 열렸다.

　황금 원숭이는 날카로운 발톱으로 그녀의 팔을 꽉 쥐었다. 콜터 부인은 데몬의 털을 꼭 잡고 달래 주었다. 그들을 맞이한 건 빛으로 이루어진 존재였다. 외모와 체구가 영락없는 남자였지만, 눈이 부셔서 바라볼 수 없었다. 황금 원숭이는 콜터 부인의 어깨에 얼굴을 파묻었고, 그녀는 팔을 들어 눈을 가렸다.

메타트론이 불쑥 물었다.

"어디 있지? 당신 딸 말이야."

"섭정님께 그걸 말씀 드리려고 온 겁니다."

콜터 부인이 대답했다.

"그 아이가 당신 손안에 있다면 데려왔겠지."

"그렇습니다. 하지만 그 아이의 데몬은 데려올 수 있습니다."

"어떻게 그럴 수가 있지?"

"맹세합니다, 메타트론. 그 아이의 데몬은 제가 감당할 수 있습니다. 그런데 섭정님, 조금만 가려 주십시오. 눈이 너무 부셔서……."

메타트론은 자기 앞에 구름을 얇게 드리웠다. 그러자 김이 서린 유리를 통해 태양을 바라보는 것처럼 그가 조금 더 선명하게 보였다. 하지만 그녀는 여전히 눈이 부신 척했다. 그는 중년의 나이에 키가 크고 힘과 위엄이 넘치는 남자의 모습을 하고 있었다. 옷은 입었을까? 날개는 있을까? 그의 강렬한 안광 때문에 콜터 부인의 눈에는 잘 보이지 않았다.

"메타트론, 제 말을 들어 보세요. 저는 지금 아스리엘 경한테서 오는 길입니다. 그는 제 딸의 데몬을 데리고 있어요. 그리고 그 아이가 데몬을 찾아올 거라는 사실을 알고 있습니다."

"아스리엘 경은 그 아이를 어디에 쓰려는 건가?"

"성인이 될 때까지 섭정님으로부터 지키려는 거죠. 아스리엘 경은 제가 여기 온 줄 모르고 있습니다. 그래서 당장 돌아가야 해요. 섭정님, 전 진실을 말하고 있습니다. 제 눈을 보세요. 전 섭정님을 잘 볼 수가 없습니다. 절 자세히 보시고 보신 대로 말씀해 주세요."

천사들의 왕은 콜터 부인을 뚫어지게 바라보았다. 마리사 콜터는 지금까지 그처럼 철저하게 관찰을 당해 본 적이 없었다. 메타트론의 강렬한 눈빛 아래 그녀는 자신의 육체와 영혼은 물론이고 데몬까지도 숨김 없이 드러나는 기분이었다.

하지만 그녀는 자신의 천성까지 속일 수 없다는 걸 알고 있었다. 그래서 섭정에게 충분한 믿음을 주지 못할까 봐 두려웠다. 리라는 이오푸르 락니손에게 거짓말을 했었고, 리라의 엄마인 그녀는 평생 동안 거짓말만 해 왔다.

"그래, 알겠군."

메타트론이 말했다.

"제게서 무얼 보셨나요?"

"부패와 시샘, 권력에 대한 욕망, 잔인함과 냉정함, 사악한 호기심, 독성이 강한 악의. 어릴 적부터 자신에게 돌아올 이득이 없으면 단 한 번도 사랑이나 동정심, 친절을 베푼 적이 없군. 후회도 망설임도 없이 사람들을 고문하고 죽였고, 배신과 음모를 오히려 자랑스러워했지. 당신은 도덕심이라곤 눈곱만큼도 없는 썩어 빠진 오물통이야."

심판을 내리는 섭정의 목소리는 콜터 부인의 마음을 사정없이 흔들었다. 그녀는 그런 심판이 내려질 것을 알고 있었고, 그래서 두려워하고 있었다. 또한 그것에 희망을 걸고 있었다. 이제 그 말을 듣고 나자 그녀는 약간의 승리감마저 느꼈다.

콜터 부인은 섭정에게 좀 더 가까이 다가갔다.

"그러면 아시겠군요. 전 아스리엘 경을 쉽사리 배신할 수 있습니다. 섭정님을 제 딸의 데몬이 있는 곳으로 안내해 드리죠. 당신이 아스리엘 경을 죽이면, 그 아이는 아무 의심 없이 섭정님께로 올 것입니다."

증기가 그녀의 주위에서 어지럽게 움직이고 그녀의 감각을 혼란에 빠뜨렸다. 섭정의 다음 말이 달콤한 얼음 화살처럼 그녀의 살갗을 찔렀다.

"인간이었을 때 나는 아내들을 거느렸었지. 하지만 당신처럼 사랑스런 여인은 한 명도 없었어."

"인간이셨다구요?"

"내가 에녹이라는 이름을 가지고 있었을 때지. 아담이 셋을 낳고, 셋이 에노스를 낳고, 에노스가 게난을 낳고, 게난이 마할랄렐을 낳고, 마할랄렐이 야렛을 낳고, 야렛이 바로 나 에녹을 낳았지. 난 땅에서 65년을 살았는데, 그때 절대자가 나를 자신의 왕국으로 데려온 거야."

"그리고 많은 아내를 거느렸구요."

"그들의 육체가 좋았어. 그래서 천상의 아들들이 지상의 딸들과 사랑에 빠지는 것을 이해하고 절대자에게 그들의 원죄를 용서해 달라고 빌었지. 그러나 절대자는 그들을 용서하지 않았고 나에게 그들의 죽음을 예언하게 했어."

"그 이후 수천 년 동안 섭정님은 아내도 없이 지내셨군요."

"난 왕국의 섭정이오."

"그러니까 이제 배우자를 가져야 할 때가 아닌가요?"

콜터 부인은 자신이 너무 위험할 정도로 속을 내보이고 있다는 생각이 들었다. 하지만 그녀는 자신의 아름다운 육체와, 천사들에 대한 이상한 진실을 믿었다. 특히 한때 인간이었던 천사들은 육체를 갈망하여 몹시 만지고 싶어 한다는 것을 알고 있었다. 메타트론은 지금 그녀의 머리 향내를 맡고, 하얀 살결을 보고, 뜨거운 손으로 그녀를 만질 수 있을 만큼 아주 가까이 있었다.

이상한 소리가 났다. 마치 집에 불이 났다는 걸 알아채기 직전에 들리는 소리처럼 딱딱거렸다.

"아스리엘 경은 지금 어디서 뭘 하고 있지?"

메타트론이 물었다.

"섭정님을 그에게 안내해 드리겠습니다."

콜터 부인이 대답했다.

가마를 든 천사들은 구름산을 떠나 남쪽으로 날아갔다. 메타트론은 절대자가 아직 좀 더 살기를 바랐기 때문에 그를 전쟁터에서 멀리 떨어진 안전한 곳으로 모시라고 명령했던 것이다. 그러나 적의 눈길을 끌지 않기 위해서 지나치게 많은 경호원을 딸려 보내지는 않았다. 폭풍우로 어두컴컴한 상태에서 소수의 병력이 움직이는 것은 비교적 안전할 거라고 계산한 것이다.

죽어 가는 병사를 뜯어 먹느라 정신이 없던 한 클리프 개스트가 우연히 탐조등 불빛에 힐끗 비친 수정 가마를 발견하지만 않았어도, 메타트론의 그런 계산은 맞아떨어졌을 것이다.

그 클리프 개스트의 머릿속에 갑자기 어떤 기억이 떠올랐다. 그는 병사의 따뜻한 간을 한 손에 쥔 채 잠시 동작을 멈추었다. 그 틈에 다른 클리프 개스트가 그를 밀쳐 내자 문득 이전에 북극여우가 횡설수설하던 말이 생각났다.

그 클리프 개스트는 즉시 튼튼하고 질긴 날개를 활짝 펴고 공중으로 날아올랐다. 잠시 후 나머지 클리프 개스트들도 그를 뒤따랐다.

자파니아와 그녀의 천사들은 밤새 그리고 다음 날 아침까지 열심히 수색한 끝에 마침내 산기슭에서 요새 남쪽으로 통하는 아주 작은 틈을 발견했다. 그 틈은 전날까지만 해도 없었던 것이었다. 그들은 그 틈을 살펴본 뒤 크게 넓혀 두었고, 지금 아스리엘 경은 요새 아래로 길게 이어진 동굴과 터널들을 지나 아래로 내려가고 있었다.

그곳은 생각했던 만큼 그렇게 캄캄하지는 않았다. 희미한 빛을 내는 수십억 개의 작은 입자가 흘러 다니고 있었다. 그것들은 마치 빛의 강물처럼 그 터널 속을 계속 흘러갔다.

"더스트야."

아스리엘 경이 데몬에게 말했다. 그는 지금까지 육안으로 더스트를 본 적이 없었고, 또 그렇게 많이 모여 있는 걸 본 적도 없었다. 조금 더 앞으로 나아가자 갑자기 터널이 끝나고 거대한 동굴이 나타났다. 커다란 성당을 열 개쯤은 지을 수 있을 만큼 거대한 동굴이었다. 그런데 바닥이 없었다. 동굴의 벽은 수천 길 아래의 캄캄한 구렁텅이로 깎아지른 듯 경사져 있었고, 무수한 더스트가 그 속으로 끊임없이 흘러들고 있었다. 은하수 같은 그 더스트 입자들은 저마다 의식을 가진 작은 파편들로, 음울한 빛을 띠고 있었다.

아스리엘 경은 그 구렁텅이의 가장자리로 내려가기 시작했다. 조금 더 내려가자 수백 미터 떨어진 건너편 어둠 속에서 움직이고 있는 물체들이 점점 더 선명하게 보였다. 어둡고 창백한 모습들이 줄을 지어 위험한 비탈길을 따라 조심스럽게 걸어오고 있었다. 남자들, 여자들, 아이들, 본 적이 있는 모든 종류의 생물들과 한 번도 본 적이 없는 존재들이 줄을 지어 걸어왔다. 그들은 균형을 잃지 않는 데에만 온 신경을 쏟고, 아스리엘 경 쪽은 쳐다보지도 않았다. 그들이 유령들임을 알아채자 아스리엘 경은 목덜미의 털이 곤두서는 느낌이었다.

"리라가 왔다."

그는 흰 표범에게 조용히 말했다.

"조심조심 걸어요."

그의 데몬은 그저 이 말만 했다.

비에 흠뻑 젖은 윌과 리라는 몸을 덜덜 떨며 고통에 시달렸다. 그들은 비틀거리며 진흙탕을 지나고 바위들을 넘어 작은 계곡 안으로 들어갔다. 폭풍우로 불어난 계곡 물은 피로 벌겋게 물들어 있었다. 리라는 죽어 가는 레이디 살마키아가 걱정스러웠다. 살마키아는 한참 동안 말 한 마디 없이 리라의 손안에 축 늘어져 있었다.

그들은 물이 깨끗한 강바닥에 자리를 잡고 손으로 물을 떠서 갈증을 풀었다. 그때 티알리스가 일어나 윌에게 말했다.

"윌, 말들이 달려오는 소리가 들려. 아스리엘 경에겐 기마병이 없는데, 분명 적이야. 강 건너 저쪽 덤불 속으로 빨리 숨어!"

"빨리 와!"

윌이 리라에게 소리쳤다. 그들은 뼛속까지 시린 차가운 계곡 물을 건너 급히 건너편 계곡 위로 올라갔다. 말을 탄 자들이 곧 언덕 위에 나타났다. 요란스럽게 계곡을 내려와 물을 마시는 그들은 기마병처럼 보이지는 않았다. 그들은 자신들이 타고 있는 말처럼 몸에 털이 나 있었고, 옷도 마구도 걸치지 않고 있었다. 그렇지만 삼지창과 그물과 언월도로 무장하고 있었다.

윌과 리라는 그들을 지켜볼 겨를도 없이 들키면 안 된다는 생각 하나로 머리를 숙이고 거친 땅 위를 정신없이 뛰었다. 갑자기 머리 위에서 천둥 소리가 터지는 바람에 윌과 리라는 클리프 개스트들이 가까이서 날카롭게 짖어 대는 소리를 미처 듣지 못했다.

클리프 개스트들은 진흙탕 속에서 번쩍거리고 있는 어떤 물건을 에워싸고 있었다. 그것은 그들의 키보다 약간 큰 것으로, 수정으로 만든 커다란 우리 같았다. 클리프 개스트들은 주먹과 돌멩이로 그것을 내려치며 새된 소리를 질러 댔다.

윌과 리라는 멈춰 서지도 다른 쪽으로 도망치지도 못하고 그대로 무리 한가운데로 뛰어들고 말았다.

절대자의 최후

콜터 부인은 옆에 있는 그림자에게 속삭였다.

"그가 어떻게 숨는지 보세요, 메타트론! 쥐새끼처럼 어둠 속을 기어 가고 있어요."

그들은 거대한 동굴의 위쪽에 튀어나와 있는 바위 턱에 서서 아스리 엘 경과 흰 표범이 아주 먼 길 아래로 조심스럽게 내려가고 있는 모습을 지켜보고 있었다.

"지금이라도 당장 그를 때려눕힐 수 있소."

그림자가 대꾸했다.

"그럼요. 물론 그러시겠죠."

콜터 부인은 그에게 바짝 기대며 속삭였다.

"하지만 난 그의 얼굴을 보고 싶어요, 메타트론. 내가 자기를 배신했 다는 걸 가르쳐 주고 싶어요. 가요. 쫓아가서 그를 잡자구요."

더스트가 희미한 빛 기둥처럼 반짝이며 협곡 속으로 끝없이 떨어지고 있었다. 콜터 부인은 더스트에 신경 쓸 여유가 없었다. 그보다는 아스리엘을 죽이고 싶어 안달하는 이 그림자를 곁에 붙잡아 두고 조종하는 일이 더 중요했다.

그들은 아스리엘 경을 따라 조용히 내려가기 시작했다. 그런데 아래로 내려갈수록 콜터 부인은 엄청난 피로감을 느꼈다.

"왜? 왜 그러시오?"

그림자는 그녀의 기분을 눈치 챈 동시에 뭔가 미심쩍었다.

콜터 부인은 달콤한 목소리로 말했다.

"그 아이가 사랑을 하고 사랑받는 성인으로 자라지 않을 거라고 생각하니 너무 기뻐요. 그 아이가 아기였을 땐 내가 그 아이를 사랑한다고 생각했죠. 하지만 지금은······."

"가슴 아파하고 있군."

그림자가 말했다.

"당신은 그 아이가 성장하는 모습을 보지 못하는 것을 가슴 아파하고 있는 거요."

"오, 메타트론, 당신은 이제 정말 사람에 대해 잘 모르시는군요! 제가 가슴 아파하고 있는 게 뭔지 정말 모르세요? 그 아이가 아니라 제가 나이를 너무 먹은 것이 한탄스러워요. 소녀였을 때 섭정님을 만났더라면 얼마나 열정적으로 나를 바쳤겠어요."

콜터 부인은 마치 육체적 충동을 억제하기 힘들다는 듯이 자신의 몸을 그 그림자에게 기댔다. 그러자 그림자는 굶주린 듯이 코를 킁킁거리며 여자의 살 냄새를 마음껏 들이켰다.

그들은 굴러 내리고 깨어진 바위들을 넘어 비탈 아래로 열심히 내려갔다. 내려갈수록 더스트의 빛은 황금색 안개처럼 모든 물체를 은은하게 비추고 있었다. 콜터 부인은 그 그림자가 인간이 아니라는 것을 자꾸 잊어버리는 척하며 연신 손을 잡으려고 내밀었다가 거두고는 나긋나긋한 목소리로 속삭였다.

"메타트론, 여기서 기다리세요. 아스리엘은 의심이 많아요. 제가 먼저 가서 그의 경계심을 완전히 풀어놓으면 그때 오세요. 지금 이 작은 그림자의 모습으로 오셔야 그가 알아보지 못할 거예요. 만약 아스리엘이 눈치를 채면 즉시 그 아이의 데몬을 날려 보낼 거예요."

섭정은 수천 년 동안 심오한 지성을 갈고닦았으며, 수많은 우주를 아우르는 지식을 소유하고 있었다. 그런 그가 이 순간 리라를 파멸시키고 그 엄마를 소유하고픈 두 가지 욕망에 눈이 멀어 있었다. 그는 여자의 말에 고개를 끄덕인 뒤 그 자리에 남았다. 콜터 부인과 황금 원숭이는 최대한 조용히 앞으로 나아갔다.

아스리엘 경은 섭정의 눈에 보이지 않는 거대한 화강암 뒤에서 기다리고 있었다. 흰 표범은 콜터 부인이 오는 소리를 들었다. 그녀가 화강암 모퉁이를 돌아 나오자 아스리엘 경이 일어나서 맞았다. 모든 물체의 표면과 공기는 더스트로 가득했고, 그 빛은 작고 세밀한 것까지 또렷하게 보여 주었다. 아스리엘 경은 더스트의 빛에 드러난 콜터 부인의 얼굴이 눈물로 젖어 있는 것을 보았다. 그녀는 울음을 터뜨리지 않으려고 입술을 꼭 깨물고 있었다.

아스리엘 경은 그녀를 가슴에 안았다. 그러자 황금 원숭이도 흰 표범의 목을 안고 그 털에 까만 얼굴을 파묻었다.

"리라는 안전해요? 자기 데몬을 찾았나요?"

콜터 부인이 나직하게 물었다.

"그 소년의 아버지였던 유령이 두 아이를 보호하고 있소."

"더스트는 아름답군요. 난…… 몰랐어요."

"그에게 뭐라고 했소?"

"거짓말을 했죠. 아스리엘, 너무 오래 끌지 말아요. 난 못 견디겠어요. 우린 살 수 없어요, 그렇죠? 그 유령들처럼 살아남지 못하죠?"

"저 구렁텅이 속으로 떨어지면 그렇겠지. 우린 리라에게 데몬을 찾을 시간과 어른으로 자랄 시간을 줘야 해요. 마리사, 우리가 메타트론을 죽이면 리라는 그 시간을 갖게 될 거요. 우리가 그와 함께 죽더라도 그건 중요하지 않아요."

"그러면 리라는 안전할까요?"

"그렇소."

아스리엘은 부드럽게 대답하고는 아내에게 키스했다.

콜터 부인은 13년 전 리라를 임신했을 때 그의 팔에 안겨서 받았던 그 부드럽고 달콤한 키스를 떠올렸다. 그녀는 조용히 흐느꼈다. 조금 진정되자 나직하게 말했다.

"그에게 내가 당신과 리라를 배신할 거라고 했어요. 내가 워낙 타락했고 사악하기 때문에, 그는 내 말을 믿고 있죠. 그는 너무 예리하기 때문에 진실을 눈치 챌 거라고 생각했어요. 하지만 나도 거짓말엔 명수죠. 그동안의 모든 경험을 살려서 완벽한 거짓말을 꾸며 댔어요. 그가 나에게서 선한 면은 눈곱만치도 찾아내지 못하길 바랐는데, 정말 그는 못 찾아냈어요. 아예 없으니까요. 하지만 난 리라를 사랑해요. 이 사랑이 어디서 왔는지 모르겠어요. 마치 밤도둑처럼 다가왔어요. 난 지금 가슴이 터지도록 그 아이를 깊이 사랑해요. 내가 지은 엄청난 죄의 그늘에 가려 보이지 않도록 그 아이에 대한 내 사랑이 겨자씨보다도 작기만을 바랐어요. 이 사랑을 더 깊숙이 감출 수만 있다면 더 끔찍한 죄라도 저질렀을 거예요. 하지만 그 겨자씨는 뿌리를 내리고 계속 자랐죠. 그 작은 새싹이 내 가슴을 갈가리 찢고 돋아난 거예요. 난 그가 눈치 챌까 봐 너무 두려웠어요."

콜터 부인은 하던 말을 멈추고 생각을 가다듬었다. 아스리엘 경은 사방에 퍼져 있는 황금색 더스트로 반짝거리는 그녀의 머리카락을 어루만졌다.

"그는 더 이상 못 기다릴 거예요. 그에게 작은 그림자의 모습으로 오라고 했어요. 하지만 그는 천사일 뿐이에요. 옛날엔 한 인간이었지만. 그를 협곡 가장자리로 끌고 가서 함께 아래로 떨어지면 돼요."

아스리엘 경은 그녀에게 키스하며 말했다.

"맞소. 그러면 리라는 안전할 거요. 그리고 왕국도 리라를 어떻게 하지 못할 거요. 이제 그를 불러요, 마리사, 내 사랑."

콜터 부인은 깊이 숨을 들이마셨다가 떨리는 한숨으로 내뱉었다. 그런 다음 손으로 스커트를 쓸어내리고 머리를 귀 뒤로 넘긴 뒤 부드러운 목소리로 그를 불렀다.

"메타트론, 됐어요."

그림자 모습의 메타트론이 금빛 공기 속에서 나타났다. 그는 웅크린 채 경계하고 있는 두 데몬과 더스트의 후광에 싸인 콜터 부인, 그리고 아스리엘 경을 보자 곧 상황을 파악했다.

그 순간 아스리엘 경은 그의 허리를 잡아 땅바닥에 내동댕이치려고 했다. 그러나 메타트론은 주먹과 팔꿈치로 아스리엘 경의 머리와 몸을 강타했다. 아스리엘 경은 갈비뼈를 강하게 얻어맞아 숨도 제대로 쉴 수 없었다. 머리에도 일격을 당해 정신이 아찔했다.

그러나 아스리엘 경은 퍼덕이고 있는 그의 두 날개를 움켜쥐었다. 콜터 부인은 그 날개 사이로 올라가 메타트론의 머리채를 잡아챘다. 메타트론의 힘은 정말 대단했다. 마치 발광해서 마구 날뛰는 말의 갈기를 붙잡고 있는 것 같았다. 그가 격렬하게 머리를 흔들어 대자 콜터 부인은 좌우로 정신없이 흔들렸다. 그녀는 아스리엘 경이 꽉 붙잡고 있는 메타트론의 거대한 날개가 엄청난 힘으로 요동치는 것을 느꼈다.

데몬들도 그 천사를 꽉 붙잡고 있었다. 스텔마리아는 이빨로 천사의 다리를 물고 늘어졌고, 황금 원숭이는 날개를 물고 그 가장자리를 찢어 댔다. 이 때문에 그는 더욱 분노에 휩싸였다. 천사는 갑자기 엄청난 힘을 발휘하여 몸을 옆으로 뺐다. 그러곤 아스리엘 경의 손에서 한쪽 날개를 빼내고 콜터 부인을 바위 쪽으로 힘껏 밀쳤다.

콜터 부인은 정신이 아찔하여 잡고 있던 손을 놓았다. 그 순간 천사는 풀려난 한쪽 날개를 퍼덕거리며 황금 원숭이를 떼어 내려고 했다. 그러나 천사를 잡고 있는 아스리엘 경의 팔은 아직 힘이 남아 있었다. 그는 머리와 목에 계속 일격을 당하면서도 천사의 숨통을 끊어 버리기 위해 그의 갈비뼈를 힘껏 쥐고 몸으로 밀어붙였다.

그러나 아스리엘 경은 치명타를 입고 말았다. 그가 깨어진 바위 위에 발을 딛는 순간 메타트론은 옆으로 몸을 빼면서 주먹만 한 돌을 거머쥐고 아스리엘 경의 뒤통수를 사정없이 내리쳤다. 아스리엘 경은 뒤통수가 깨지는 것을 느꼈고, 한 번만 더 맞았다가는 그대로 즉사할 것 같았다. 눈앞이 아찔할 정도의 통증이 밀려왔다. 천사의 몸을 머리로 밀어붙이고 있었기 때문에 그 통증은 더욱 심했다. 그러나 아스리엘 경은 아직도 그를 단단히 붙잡고 있었다. 오른손으로 그의 왼쪽 갈비뼈를 꽉 움켜쥐고 깨어진 바위들 사이로 발 디딜 곳을 찾아 더듬었다.

메타트론이 피 묻은 돌을 다시 쳐들자 황금 원숭이는 나무 꼭대기로 치솟는 불꽃처럼 튀어 올라 그의 손을 꽉 물어 버렸다. 돌은 계곡 아래로 떨어졌다. 메타트론은 황금 원숭이를 떼어 내려고 팔을 미친 듯이 흔들었다. 그러나 데몬은 이빨과 발톱과 꼬리로 찰거머리처럼 달라붙어 떨어지지 않았다. 그 순간 콜터 부인이 퍼덕거리고 있는 그의 커다란 날개를 움켜쥐었다. 그러자 천사의 날개는 차츰 움직임이 둔해졌다.

메타트론은 완전히 제압당했다. 하지만 그는 아무 부상도 입지 않았고, 구렁텅이 근처에도 있지 않았다.

아스리엘 경도 이제는 기운이 다해 가고 있었다. 피에 흠뻑 젖어 가물거리는 의식을 간신히 붙들고 있었지만, 움직일 때마다 조금씩 기운이 빠졌다. 돌에 맞은 뒤통수의 뼈가 어긋나서 삐걱거리는 느낌이었다. 정신이 자꾸만 혼미해져 가는 가운데서도 꼭 잡고 끌어내야 한다는 생각은 떠나지 않았다.

그때 콜터 부인이 자신의 손 아래로 천사의 얼굴을 느끼고 주저 없이 손가락을 그의 눈 안으로 깊숙이 찔러 넣었다.

메타트론은 비명을 질렀다. 그 소리는 거대한 동굴 너머 멀리까지 울려 퍼졌고, 절벽에서 절벽으로 메아리치며 점점 희미해졌다. 멀리 떨어져 있던 유령들이 그 소리에 걸음을 잠시 멈추고 위를 쳐다보았다.

흰 표범 스텔마리아의 의식도 아스리엘 경의 의식과 함께 흐릿해져 갔다. 데몬은 마지막 힘을 다해 천사의 목으로 달려들었다.

메타트론은 무릎을 꿇고 퍽 주저앉았다. 그와 함께 넘어진 콜터 부인은 자신을 바라보고 있는 아스리엘 경의 눈에 피가 흥건히 고인 것을 보았다. 그녀는 옆에서 퍼덕거리는 날개를 누르고 천사의 머리채를 뒤로 잡아당겼다. 그의 목을 흰 표범이 이빨로 물어뜯도록 하기 위해서였다.

이제 아스리엘 경이 메타트론을 뒤로 질질 끌고 있었다. 발이 미끄러지면서 돌멩이들이 아래로 굴러 내렸다. 황금 원숭이도 달려들어 천사를 물어뜯고 할퀴기 시작했다. 그들은 이제 구렁텅이 가장자리까지 이르렀다. 하지만 메타트론은 몸을 일으켜 마지막 힘을 다해 두 날개를 활짝 펼쳤다. 그리고 커다란 하얀 날개를 미친 듯이 아래위로 휘저었다. 콜터 부인이 나가떨어지자 메타트론은 몸을 똑바로 세웠다. 그는 두 날개를 더욱 힘차게 저어 공중으로 날아오르기 시작했다. 아스리엘 경은 아직 그에게 단단히 매달려 있었지만 급속도로 힘이 빠지고 있었다. 황금 원숭이는 천사의 머리채를 잡은 손을 놓지 않으려고 더욱 힘을 주었다.

그들은 구렁텅이 가장자리에서 공중으로 천천히 떠올랐다. 조금만 더 올라가면 아스리엘 경은 떨어질 것이고, 메타트론은 탈출하게 될 것이었다.

"마리사! 마리사!"

아스리엘 경은 아내의 이름을 다급하게 외쳤다. 콜터 부인의 옆에서 흰 표범이 미친 듯이 으르렁거렸다. 그녀는 벌떡 일어나 죽을힘을 다해 메타트론과 남편과 황금 원숭이를 향해 몸을 날렸다. 그녀의 손이 천사의 두 날개를 잡자, 그들은 모두 한 덩어리가 되어 구렁텅이 속으로 떨어지기 시작했다.

리라가 놀라 소리를 지르자, 클리프 개스트의 납작한 머리들이 일제히 돌아보았다.

월은 앞으로 달려나가 가장 가까이 있는 클리프 개스트에게 만단검을 휘둘렀다. 그 순간 어깨 위에서 티알리스가 뛰어내리는 탄력이 느껴졌다. 그 작은 스파이는 가장 덩치가 큰 클리프 개스트의 뺨 위로 뛰어내려 그의 머리채를 잡고는 턱 아래를 힘껏 걷어찼다. 그 괴물은 비명을 지르며 흙탕물 속으로 처박혔다. 가장 가까이 있던 클리프 개스트는 자신의 팔이 잘리고 그 다음에는 발목이 잘리는 것을 멍청하게 바라만 보고 있었다. 그러나 이번에는 그의 가슴에 만단검이 꽂혔다. 월은 칼자루를 통해 그의 심장이 뛰는 것을 느끼며 만단검을 빼냈다.

나머지 클리프 개스트들은 증오에 찬 비명을 내지르며 달아났다. 월은 옆에 있는 리라가 다치지 않은 것을 확인한 후 갈리베스피인의 이름을 외치며 진흙탕 속으로 뛰어들었다.

"티알리스! 티알리스!"

그는 물려고 덤벼드는 클리프 개스트의 머리를 옆으로 밀어젖혔다. 티알리스는 죽어 있었다. 그의 구두 독침이 클리프 개스트의 목 깊숙이 박혀 있었다. 클리프 개스트는 여전히 입질과 발길질을 계속하고 있었다. 윌은 만단검으로 그의 머리를 잘라 버리고 죽은 티알리스를 안아 올렸다.

윌의 등 뒤에서 리라가 말했다.

"윌, 이것 좀 봐!"

리라는 수정 가마 속을 들여다보고 있었다. 가마에는 진흙과 피가 묻어 있었지만, 부서지지는 않았다. 그것은 바위들 틈에 심하게 기울어진 상태로 놓여 있었다. 그리고 그 안에는……

"윌, 안에 누가 있어. 아직 살아 있는 것 같아!"

리라는 가마 안에 있는 천사에게 손을 내밀며 위로를 하려고 했다. 그 천사는 너무 늙었고 또 겁에 질려 있었다. 그는 아기처럼 울면서 리라의 손을 피해 가마 구석에 몸을 웅크렸다.

"이 천사는 너무 늙었어. 이렇게 불쌍한 천사는 처음이야. 오, 윌, 그를 밖으로 끌어낼 순 없을까?"

윌은 단칼에 수정 가마를 잘라 버리고 그 천사에게 손을 내밀었다. 그러나 정신이 나간 듯한 그 무력한 늙은 천사는 공포와 고통과 비참함 속에서 그저 울기만 하며, 또 다른 공격을 받을까 봐 구석에서 몸을 움츠렸다.

윌이 그에게 말했다.

"괜찮아요. 도와 드리려는 거예요. 해치지 않아요."

늙은 천사는 덜덜 떨리는 손으로 윌의 손을 힘없이 잡았다. 그러나 계속 무어라 중얼거리며 이를 갈기도 하고 다른 한 손으로 자신의 수염을 뽑기도 했다. 그러나 리라가 도와주려고 가까이 가자, 늙은 천사는 미소를 지으며 고개를 끄덕였다. 쪼글쪼글하게 주름진 눈꺼풀 안에 깊숙이 자리 잡은 그의 노안은 순수한 놀라움으로 리라를 바라보며 껌벅이고 있었다.

윌과 리라는 수정 가마 양쪽에서 '옛날부터 항상 계신 이'를 부축하여 밖으로 끌어냈다. 그건 힘든 일이 아니었다. 그는 종잇장처럼 가벼웠다. 자신의 의지라고는 없는 늙은 천사는 태양을 따라 움직이는 꽃처럼 그들이 부축하는 대로 움직였다. 그러나 탁 트인 곳으로 나오자, 그는 바람을 견디지 못하고 흐물거리며 녹기 시작했다. 잠시 후 늙은 천사는 완전히 사라졌다. 그가 윌과 리라에게 마지막으로 남긴 인상은 놀라움으로 껌벅이던 그 눈과 깊은 안도감에서 나온 한숨이었다.

윌은 곧장 죽은 티알리스에게 돌아갔다. 그의 작은 몸뚱이를 손으로 들어 올린 윌은 자신도 모르게 눈물을 흘렸다.

그때 리라가 다급하게 소리쳤다.

"윌, 달아나야 해! 살마키아가 말들이 달려오는 소리가 들린대."

쪽빛 하늘에서 푸른 매가 낮게 휙 내려왔다. 리라가 비명을 지르며 몸을 숙이자, 살마키아가 큰 소리로 외쳤다.

"아니야, 리라! 일어나서 주먹을 내밀어!"

리라는 다시 일어나 한 팔로 다른 팔을 받친 채 주먹을 위로 내밀었다. 그 푸른 매는 공중을 한 바퀴 선회한 뒤 내려와 날카로운 발톱으로 리라의 주먹을 잡고 앉았다.

푸른 매의 등에는 회색 머리의 부인이 앉아 있었다. 눈이 맑은 그 부인은 먼저 리라를 바라본 뒤 리라의 목에 매달려 있는 살마키아를 보왔다.

살마키아가 희미한 목소리로 말했다.

"부인…… 우리는 해냈어요."

"당신은 모든 임무를 완수했어요, 살마키아. 이제부턴 우리에게 맡겨요."

옥센티얼 부인은 그렇게 말하고는 고삐를 잡아당겼다.

그러자 푸른 매는 날카로운 소리를 세 번 질렀다. 그 소리에 리라의 머리가 윙윙거릴 정도였다. 이내 하늘에서 잠자리를 탄 눈부신 병사들이 하나 둘 나타나기 시작하더니 순식간에 수백이 되었다. 모두 아주 빠르게 날아다녀 서로 충돌할 것만 같았지만, 잠자리들의 반사적인 행동과 병사들의 조종술이 뛰어나서 그런 일은 전혀 없었다. 그들은 마치 가느다란 밝은 실로 양탄자를 짜는 것처럼 월과 리라의 머리 위를 재빠르고 정교하게 날아다녔다.

푸른 매를 타고 있는 옥센티얼 부인이 말했다.

"리라, 월, 우리를 따라와. 너희들의 데몬이 있는 곳으로 데려다 줄게."

매는 날개를 활짝 펴고 리라의 손에서 날아갔다. 그 순간 리라는 다른 손에 있던 살마키아가 축 늘어지는 것을 느꼈다. 살마키아가 지금까지 살아 있었던 것은 오직 강한 정신력 때문이었던 것이다. 리라는 살마키아의 몸을 꼭 감싸 안은 채 월과 함께 잠자리 떼를 따라 달리기 시작했다. 여러 번 비틀거리고 넘어지면서도 살마키아를 가슴에 꼭 안고 있었다.

푸른 매의 등 위에서 외치는 소리가 들렸다.

"왼쪽이야! 왼쪽!"

어슴푸레한 번개 불빛 속에서 그들은 왼쪽으로 방향을 돌렸다. 월은 오른쪽에서 얇은 회색 갑옷을 입고 헬멧과 가면을 쓴 병사들이 늑대 데몬을 데리고 걸어가는 것을 보았다. 잠자리 떼들이 그들에게 덤벼들자, 병사들은 주춤거렸다. 갈리베스피인들이 너무나 순식간에 그들 사이로 날아들어 총을 쏠 겨를조차 없었던 것이다. 작은 사람들은 눈 깜짝할 사이에 잠자리 등에서 뛰어내려 적들의 손과 팔, 목에 독침을 찌른 뒤 다시 잠자리에 올라탔다. 아주 민첩한 그들의 공격을 도저히 당해 낼 수가 없었던지, 병사들은 겁에 질려 뿔뿔이 흩어지고 말았다.

그때 뒤에서 갑자기 요란한 말발굽 소리가 들렸다. 윌과 리라는 놀라 뒤돌아보았다. 말을 탄 그 사람들은 전속력으로 달려오고 있었다. 한두 명은 벌써 머리 위로 그물을 빙빙 돌리고 있었다. 그물에 맞아 허리나 날개가 부러진 잠자리들이 땅으로 후드득 떨어졌다.

"이쪽으로!"

옥센티얼 부인이 다시 소리쳤다.

"몸을 숙여! 엎드리라구!"

윌과 리라는 시키는 대로 했다. 땅이 마구 흔들렸다. 저게 말발굽 소리일까? 리라는 머리를 들고 눈을 가리고 있는 젖은 머리카락을 옆으로 치웠다. 그러자 전혀 말처럼 보이지 않는 형체가 눈에 들어왔다.

"이오레크!"

리라는 환성을 터뜨렸다. 기쁨으로 가슴이 마구 뛰었다.

"아, 이오레크!"

윌은 재빨리 리라를 다시 끌어내렸다. 이오레크 뷔르니손뿐만 아니라 그의 곰 병사들이 그들을 향해 정면으로 달려오고 있었기 때문이다. 리라는 머리를 숙였다. 이내 그들의 머리 위로 이오레크가 뛰어와서 부하 곰들에게 우렁찬 목소리로 좌우의 적들을 무찌를 것을 명령했다.

이오레크의 갑옷은 그의 털만큼이나 가벼워 보였다. 곰왕은 달려 나가다가 윌과 리라를 보았다.

"이오레크, 뒤를 조심해요! 그들은 그물을 갖고 있어요!"

윌이 소리쳤다. 말을 탄 자들도 가까이 다가오고 있었다.

이오레크가 몸을 피하기도 전에 말을 탄 한 병사가 그물을 던졌다. 이오레크는 그만 강철처럼 질긴 그물에 갇혀 버리고 말았다. 그는 으르렁거리며 뒷발을 치켜들고 날카로운 발톱으로 그 병사를 그어 버렸다. 그러나 그물은 아주 견고했다. 겁에 질린 말이 비명을 지르며 뒷걸음질을 했지만, 이오레크는 그물에서 빠져나올 수가 없었다.

"이오레크! 가만히 있어요!"

윌이 소리쳤다.

병사가 말을 진정시키고 있는 사이에 윌은 물 웅덩이와 풀숲을 지나 이오레크에게 달려갔다. 그 순간 다른 병사가 윌에게 그물을 던졌다.

그러나 윌은 머리를 똑바로 들고 있었다. 만단검을 마구 휘둘렀다가는 그물이 오히려 조여들 것 같아 그물의 흐름을 먼저 파악한 뒤 순식간에 잘라 버렸다. 그리고 이오레크에게 달려가서 왼손으로는 그물을 잡고 오른손으로 자르기 시작했다. 곰왕은 윌이 이리저리 날쌔게 움직이며 그물을 자르는 동안 가만히 서 있었다.

"이제 나와요!"

그러자 이오레크는 가까이 다가온 말의 가슴을 향해 무서운 기세로 뛰어올랐다. 말을 탄 병사는 이오레크의 목을 내리치려고 칼을 높이 쳐들었다. 그러나 무거운 갑옷을 입은 2톤이나 되는 이오레크 뷔르니손을 당할 자는 아무도 없었다. 말과 병사는 박살이 나서 옆으로 나가떨어졌다. 이오레크는 몸의 균형을 잡고 땅이 어떻게 펼쳐져 있는지 쭈욱 둘러본 뒤 윌과 리라에게 소리쳤다.

"내 등에 올라타! 어서!"

윌과 리라는 곰왕의 등에 재빨리 올라탔다. 이오레크가 움직이기 시작하자, 차가운 갑옷에 몸을 붙인 그들은 거대한 힘의 율동을 느꼈다.

그들 뒤로는 곰들이 갈리베스피인들의 도움을 받아 그 이상한 기마 병들과 싸우고 있었다. 갈리베스피인들의 독침에 찔린 말들은 미친 듯이 날뛰었다. 푸른 매를 타고 있는 옥센티얼 부인은 저공비행을 하며 소리쳤다.

"곧장 앞으로 가! 저 계곡의 숲 속으로!"

이오레크는 나지막한 언덕 꼭대기에 도착하자 잠시 멈춰 섰다. 앞에는 경사진 땅이 400미터쯤 떨어진 작은 숲으로 이어져 있었다. 그 너머 어딘가에서 대포 소리가 계속 쿵쿵 울렸고, 조명탄도 쏘아 올리고 있었다. 그 조명탄들은 구름 바로 아래서 터진 다음 선명한 녹색 빛을 내며 숲 위로 떨어져서, 그곳이 포격의 목표 지점임을 알려 주고 있었다.

한 무리의 스펙터들이 그 숲을 장악하기 위해 유령들을 상대로 싸우고 있었다. 그 작은 숲을 보는 순간 리라와 윌은 자신들의 데몬이 거기에 있다는 걸 알았다. 빨리 그들을 구하지 못하면 죽게 될 것 같았다. 더 많은 스펙터가 오른쪽 능선을 타고 밀려오는 것이 윌과 리라의 눈에 선명하게 보였다.

그 능선 바로 위에서 엄청난 폭발이 일어나며 땅을 뒤흔들었다. 돌멩이들과 흙덩이가 공중으로 높이 치솟았다. 리라는 비명을 질렀고, 윌은 곰의 등에 찰싹 달라붙었다.

"꽉 잡아!"

이오레크가 소리치며 앞으로 돌진하기 시작했다.

조명탄이 하늘 높이 연달아 터지더니 마그네슘 불빛을 환히 내뿜으며 천천히 떨어졌다. 이번에는 가까운 데서 포탄이 터졌다. 공기의 파장을 느낀 지 1~2초 후 흙과 바위의 파편들이 그들의 얼굴을 따끔따끔하게 때렸다. 이오레크는 비틀거리지 않았지만 윌과 리라는 그를 붙잡고 있기 힘들었다. 이오레크의 털 안으로 손가락을 밀어 넣을 수가 없었기 때문에 두 무릎으로 그의 갑옷을 꼭 조이고 있어야만 했다. 그러나 이오레크의 등이 너무 넓어서 자꾸만 아래로 미끄러졌다.

"저길 봐요!"

리라가 가까이서 터지는 다른 포탄을 가리키며 소리쳤다. 한 무리의 마녀들이 두꺼운 잎이 달린 나뭇가지를 들고 조명탄을 향해 날아가고 있었다. 그들은 환하게 타오르는 불꽃을 나뭇가지로 흩어서 하늘로 날려 보냈다. 숲이 다시 어두워지고 포격은 잠시 그쳤다.

이제 숲은 불과 몇 미터 앞에 있었다. 윌과 리라는 잃어버린 자신들의 일부가 가까운 곳에 있음을 느낄 수 있었다. 그러자 뜨거운 열망과 섬뜩한 두려움이 동시에 밀려왔다. 스펙터들이 우글거리는 그 숲 속으로 들어가야 했기 때문이다. 그리고 스펙터들을 보기만 해도 구역질이 올라올 것만 같았다.

"스펙터들은 만단검을 무서워하지."

그들 옆에서 누군가 말했다. 그 목소리에 놀란 곰왕이 갑자기 멈춰 서는 바람에 윌과 리라는 그의 등에서 굴러 떨어졌다.

"리 스코즈비!"

이오레크는 고함을 버럭 질렀다.

"내 친구 스코즈비, 정말 자네란 말인가? 이런 일은 처음이야. 자넨 죽었어. 내가 지금 누구랑 말하고 있는 거지?"

"내 오랜 친구, 이오레크. 자넨 죽음이 뭔지도 몰라. 이제는 우리가 나서야겠군. 스펙터들은 곰을 두려워하지 않는다네. 리라, 윌, 이리 와서 검을 잡아."

푸른 매가 리라의 주먹 위에 다시 내려앉았다. 회색 머리 부인이 말했다.

"시간이 없어. 어서 숲 속으로 들어가 너희들의 데몬을 찾아서 도망가야 해! 꾸물대다가는 더 위험해져."

"고맙습니다, 부인! 여러분 모두 고마워요!"

리라가 말하자 푸른 매는 공중으로 날아올랐다.

월은 옆에 있는 리 스코즈비의 희미한 유령을 보았다. 그는 월과 리라에게 어서 숲으로 들어가자고 재촉했다. 그러나 월과 리라는 이오레크 뷔르니손에게 작별 인사를 하지 않으면 안 되었다.

"이오레크, 고마운 내 친구. 무슨 말을 해야 할지 모르겠군요. 신의 은총과 축복이 함께하길 빌겠어요!"

리라가 작별 인사를 하자 월도 말했다.

"고맙습니다, 이오레크 왕."

"시간 없어. 어서 가!"

이오레크는 그들을 떠밀었다.

리 스코즈비의 유령을 앞세우고 월은 만단검을 좌우로 휘두르며 숲 속으로 들어갔다. 숲 속은 불빛이 스며들지 않아 어두컴컴했고, 시커먼 그림자들이 어지럽게 아른거리고 있었다.

"가까이 붙어."

월이 리라를 부르더니 이내 비명을 질렀다. 가시덤불에 뺨을 긁힌 것이다.

주위에서 부산한 움직임이 느껴지고 싸우는 기척이 들려왔다. 강한 바람에 흔들리는 나뭇가지처럼 어두운 그림자들이 이리저리 움직였다. 마치 유령들 같았다. 월과 리라는 다시 뒷덜미가 서늘해졌다. 갑자기 주위에서 목소리들이 들렸다.

"이쪽으로!"

"여기야!"

"계속 가! 우리가 그들을 막고 있어!"

"다 왔어!"

그때 리라가 이 세상에서 가장 사랑하는 판탈라이몬의 울음소리가 들렸다.

"아, 빨리 와, 리라! 빨리!"

"판, 내 사랑! 나 여기 있어."

리라는 흐느끼며 어둠 속으로 마구 뛰어갔다. 윌은 만단검으로 나뭇가지와 담쟁이덩굴, 가시덤불, 쐐기풀 등을 닥치는 대로 쳐냈다. 유령들이 격려하며 주의를 주는 소리가 사방에서 들려왔다.

그러나 목표물을 찾은 스펙터들도 가시덤불과 나뭇가지들 사이로 밀고 들어왔다. 그들은 마치 연기처럼 걸리는 것이라곤 없었다. 창백하고 악의에 찬 모습의 스펙터들은 떼를 지어 숲의 중앙으로 돌진해 들어왔다. 그곳에는 존 패리의 유령이 스펙터들을 물리치기 위해 유령들을 대기시켜 놓고 있었다.

윌과 리라는 두려움과 피곤, 심한 현기증과 통증으로 심신이 지쳐 있었다. 그러나 포기하지 않았다. 그건 상상도 할 수 없는 일이었다. 리라는 맨손으로 가시덤불을 헤치고, 윌은 만단검을 휘둘러 덤불들을 쳐냈다. 그들 주위의 유령들의 싸움도 점점 더 맹렬해졌다.

"저기야!"

리 스코즈비가 소리를 크게 질렀다.

"보여? 저기 큰 바위 옆에!"

들고양이 두 마리가 서로 야옹거리며 할퀴고 있었다. 둘 다 데몬이었지만, 윌은 어느 것이 판탈라이몬인지 알아볼 시간도 없었다. 끔찍하게도 스펙터 하나가 가까운 어둠 속에서 튀어나와 그 데몬들에게 달려가고 있었기 때문이다.

월은 쓰러져 있는 나무둥치를 뛰어넘어 만단검으로 희미하게 번쩍이는 그것을 힘껏 찔렀다. 갑자기 팔이 마비되는 것 같았다. 그러나 월은 이를 악물고 칼자루를 꽉 쥐고 있었다. 스펙터는 부글부글 끓으면서 증발하기 시작하더니 어둠 속으로 녹아들어 버렸다.

데몬들은 두려움에 거의 미칠 지경이었다. 더 많은 스펙터가 숲 속으로 밀고 들어왔고, 용감한 유령들만 남아 그들을 막고 있었다.

"창을 낼 수 있겠니?"

존 패리의 유령이 물었다.

월은 만단검을 치켜들었다. 그러나 갑자기 심한 구역질이 일어나서 손을 멈춰야만 했다. 속이 텅 비어 있어서 위장이 지독하게 쑤셨다. 리라도 고통스럽기는 마찬가지였다. 리 스코즈비의 유령이 재빨리 상황을 판단하고 데몬들에게 달려갔다. 그는 바위들 사이로 밀려오는 스펙터들과 몸싸움을 벌이기 시작했다.

"월, 제발 힘내……."

가쁜 숨을 몰아쉬며 리라가 말했다.

월은 만단검을 찔러 넣어 좌우상하로 죽죽 그은 후에 빼냈다. 리 스코즈비의 유령은 창을 통해 휘황한 달빛 아래 펼쳐져 있는 넓고 고요한 초원을 보았다. 그곳이 자신의 고향과 너무나 흡사하여 그는 축복을 받은 느낌이었다.

월은 빈터를 가로질러 뛰어가 가까이 있는 데몬을 덥석 안았다. 리라도 다른 데몬을 가슴에 안아 올렸다.

그처럼 다급하고 극도로 위험한 상황 속에서도 두 아이는 똑같은 흥분을 느꼈다. 리라는 이름도 없는 들고양이인 월의 데몬을 안고 있었고, 월은 판탈라이몬을 안고 있었던 것이다. 둘은 잠시 눈길을 마주쳤다.

"안녕히 계세요, 스코즈비 아저씨!"

스코즈비를 돌아보며 리라가 큰 소리로 외쳤다.

"고마워요! 정말 감사해요. 안녕히 계세요!"

"잘 가라, 내 귀염둥이 아가씨. 잘 가거라, 윌!"

리라는 창을 넘어갔다. 그러나 윌은 가만히 서서 어둠 속에 반짝이고 있는 자기 아버지 유령의 눈을 응시하고 있었다. 아버지와 헤어지기 전에 할 말이 있었던 것이다.

"아버지는 제가 전사라고 하셨죠. 그것이 제 천성이니까 거부해서는 안 된다고요. 하지만 아버지 말씀은 틀렸어요. 전 싸워야 했기 때문에 싸운 거예요. 제가 제 운명을 선택할 순 없겠지만 제 행동은 선택할 수 있지요. 그래서 전 선택할 거예요. 왜냐하면 전 이제 자유인이니까요."

윌의 아버지는 자랑스러움과 인자함이 넘치는 미소를 지으며 말했다.

"잘했다, 내 아들. 정말 장하다."

윌은 이제 더 이상 아버지를 볼 수 없을 것이었다. 그는 몸을 돌려 리라를 따라 평원으로 나갔다.

죽은 전사들은 이제 자신들의 목적을 달성하고 윌과 리라도 데몬을 찾아 달아나자 자신들을 이루고 있는 원자들을 분해하여 공기 속으로 영원히 흩어지게 했다.

리 스코즈비는 옛날 그의 거대한 비행 기구들이 그랬던 것처럼 공중으로 둥둥 떠올랐다. 옛 친구였던 갑옷 입은 곰왕을 떠나보내고, 작은 숲과 망연자실한 스펙터들과 계곡을 빠져나와 이렇게 공중으로 떠오르니 자신이 한때 기구 조종사였다는 의식의 잔해가 꿈틀거렸다. 그는 화염과 총성, 폭발음과 천사들의 비명 소리에 개의치 않고 위로 올라가고 있는 것을 의식했다. 그리고 많은 구름을 지나 영롱한 별들 아래 그의 마지막 모습을 드러냈다. 그곳에는 그가 사랑하는 데몬, 헤스터의 원자들이 기다리고 있었다.

아침

리 스코즈비의 유령이 창으로 잠시 내다보았던 넓은 황금빛 초원은 아침 태양 아래 고요히 펼쳐져 있었다.

황금빛뿐만 아니라 노란색, 적갈색, 초록색 그리고 이루 헤아릴 수 없이 많은 색조가 함께 빛나고 있었고, 검은색이 밝은 송진빛으로 선이나 띠를 이루고 있는 곳도 있고, 방금 꽃봉오리를 피워 낸 희귀한 들풀들은 햇빛을 받아 은백색으로 빛났다. 그리고 조금 떨어진 곳의 커다란 호수와 좀 더 가까운 작은 연못에는 넓고 푸른 하늘이 그대로 담겨 있었다.

고요하지만 완전한 침묵은 아니었다. 은은한 미풍이 여린 줄기들을 흔들어 대고, 수많은 풀벌레와 작은 동물들이 풀밭 사이를 이리저리 누비며 윙윙거리고 찌르르 울어 댔다. 하늘 높이 있어 보이지 않던 새 한 마리가 가까이 내려왔다가 다시 멀어지기를 반복하며 청아한 선율로 노래했다.

그 광활한 초원에서 조용히 꼼짝도 않고 있는 생명체라고는 작은 절벽 꼭대기의 바위 그늘 아래 등을 맞대고 잠들어 있는 윌과 리라뿐이었다.

두 아이는 마치 죽은 사람처럼 조용하고 창백했다. 굶주림으로 얼굴은 바짝 야위었고 고통으로 눈가에는 주름이 잡혀 있었다. 온몸에 먼지와 진흙을 뒤집어쓰고 여기저기 피가 말라붙어 있었다. 사지가 힘없이 축 늘어진 것이 그야말로 녹초가 된 듯했다.

리라가 먼저 잠에서 깨어났다. 햇빛이 머리 위의 바위를 지나 자신의 머리카락을 어루만지자 리라는 몸을 꿈틀거리기 시작했다. 눈꺼풀이 환해지는 것을 느끼며 리라는 천천히 잠에서 깨어났다. 몸이 돌덩이처럼 무거워 그대로 누워 있고만 싶었다.

그렇지만 태양을 당해 낼 재간은 없었다. 리라는 머리를 뒤척이다가 한 팔로 눈을 가리며 중얼거렸다.

"판, 판탈라이몬……."

리라는 눈을 뜨고도 한동안 꼼짝하지 못했다. 팔다리가 욱신거리고 몸 구석구석에 피로가 배어 온몸이 나른했다. 하지만 그녀는 여전히 깨어 있었고, 살랑거리는 미풍과 따스한 햇살을 느끼고, 풀벌레의 울음소리와 높은 창공에서 새가 영롱하게 노래하는 소리를 들었다. 모든 것이 좋았다. 세상이 얼마나 아름다운지 그동안 잊고 있었다.

리라는 몸을 돌려 아직도 곤히 자고 있는 윌을 보았다. 그의 손은 피를 너무 많이 흘렸다. 셔츠는 구겨지고 얼룩지고, 머리카락은 먼지와 땀으로 뻣뻣했다. 그런 윌을 리라는 한참 동안이나 바라보고 있었다. 미세하게 뛰는 목의 맥박과 천천히 오르락내리락하는 가슴, 햇빛에 드리워진 섬세한 속눈썹의 그림자도 보았다.

월이 잠꼬대를 하며 몸을 뒤척였다. 리라는 그를 바라보던 눈길을 들
키고 싶지 않아 전날 밤 둘이 함께 팠던 작은 무덤으로 시선을 돌렸다.
겨우 두 뼘 남짓한 크기의 그 무덤에 체발리어 티알리스와 레이디 살마
키아가 잠들어 있었다. 가까이에 판석이 하나 있었다. 리라는 몸을 일
으켜 흙 속에서 그 판석을 파내어 무덤 앞에 똑바로 세웠다. 그러고는
손으로 햇빛을 가리고 먼 초원을 바라보았다.

대초원이 끝없이 펼쳐져 있었다. 그러나 완전히 평평한 곳은 어느
한 곳도 없고, 나지막한 언덕들과 계곡들이 쭈욱 이어져 있었다. 여기
저기 우뚝 서 있는 나무들은 너무나 높고 거대하여 곧게 뻗은 나무등
치와 짙푸른 잎새들이 수십 킬로미터 떨어진 곳에서도 선명하게 보일
정도였다.

절벽 아래 100미터쯤 되는 곳에 바위 사이로 흘러나오는 물이 고인
작은 샘이 하나 있었다. 그리고 샘에서 흘러넘친 물은 그 옆에 있는 작
은 연못으로 흘러들고 있었다. 심한 갈증을 느낀 리라는 후들거리는 다
리를 겨우 가누고 일어나 샘으로 천천히 걸어갔다. 이끼 낀 바위 사이
로 물이 소용돌이치며 졸졸 흘러내렸다. 리라는 입 안에 물을 떠넣기
전에 손에 묻은 먼지와 진흙을 말끔히 씻어 냈다. 물은 이가 시릴 정도
로 차가웠고 몇 모금 들이켜고 나자 기분이 상쾌해졌다.

갈대로 둘러싸인 연못에서는 개구리가 목청을 높이고 있었다. 리라
는 신발을 벗고 연못에 발을 담갔다. 연못의 물은 샘물보다 따뜻했다.
리라는 태양빛을 흠뻑 받으며 한참 그대로 서 있었다. 발밑의 시원한
진흙과 종아리를 감도는 차가운 샘물의 흐름을 맘껏 즐겼다.

리라는 머리를 숙여 얼굴을 물에 담그고 머리카락에 달라붙은 흙먼
지를 씻어 내리기 시작했다. 갈증이 해소되고 몸도 어느 정도 깨끗해지
자 리라는 월이 깨어났는지 확인하려고 산기슭을 올려다보았다.

월은 무릎을 세워 두 팔로 깍지 끼고 앉아 리라가 그랬던 것처럼 대초원을 바라보며 그 광활함에 감탄하고 있었다. 그 빛, 그 따스함, 그 고요함에.

리라가 천천히 올라왔을 때, 월은 판석에다 갈리베스피인들의 이름을 새겨서 더 단단하게 세우고 있었다.

"데몬들은……"

월의 말에 리라는 머리를 저었다.

"몰라. 나도 판탈라이몬을 못 봤어. 가까운 곳에 있다는 느낌은 드는데 잘 모르겠어. 무슨 일이 있었는지 기억나니?"

월은 눈을 비비며 하품을 늘어지게 하고는 눈을 깜빡이며 머리를 저었다.

"잘 안 나. 나는 판탈라이몬을 안고, 넌 다른 것을 안고 창으로 나왔어. 사방이 온통 달빛이었는데…… 창을 닫으려고 판탈라이몬을 내려놓았었어."

그러자 리라가 말했다.

"네 데몬은 내 품에서 뛰어나갔어. 창으로 스코즈비 아저씨와 이오레크를 보고 나서 판탈라이몬을 찾으려고 주위를 둘러보았지만 둘 다 없었어."

"그렇지만 저승에 갔을 때와는 기분이 달라. 데몬과 정말 헤어졌을 때의 그 기분 말이야."

"그렇지."

리라가 맞장구를 쳤다.

"이 근처 어딘가에 잘 있을 거야. 어릴 때 판탈라이몬과 술래잡기하던 생각이 나. 하나마나 한 놀이였지. 판탈라이몬의 눈을 피하기에는 내 몸이 너무 컸고, 판은 나방이나 다른 어떤 것으로 변신해도 내 눈은 못 속였거든. 그런데 지금은 참 이상해."

리라는 마치 마법에서 풀려나려고 애쓰는 것처럼 자기도 모르게 머리를 손으로 어루만졌다.

"판은 이곳에 없어. 하지만 떨어져 있다는 느낌이 안 들어. 기분이 편안한 게 판이 분명 어딘가에 있는 거야."

"그 둘이 함께 있는 것 같아."

월이 말했다.

"그래, 틀림없어."

월이 갑자기 벌떡 일어났다.

"저길 좀 봐."

그는 눈을 가늘게 뜨고 한 곳을 가리켰다. 그의 시선을 좇던 리라는 아른거리는 아지랑이 너머로 먼지를 일으키며 움직이는 한 무리를 보았다.

"동물일까?"

리라는 미심쩍게 물었다.

"들어 봐."

월이 귀 뒤로 손을 댔다.

리라는 멀리서 천둥 소리처럼 나지막하게 쉴 새 없이 울리는 소리를 들었다.

"그들이 사라졌어."

월이 손으로 그쪽을 가리키며 말했다.

움직이던 무리는 시야에서 사라졌지만 천둥 같은 그 소리는 잠시 더 이어졌다. 그러더니 언제 그랬냐는 듯이 갑자기 소리가 뚝 그치며 조용해졌다. 월과 리라가 여전히 그쪽을 응시하고 있는데 잠시 후 다시 그 무리의 움직임이 눈에 들어오며 천둥 치는 듯한 소리가 들려왔다.

"산등성이를 돌아오고 있는 것 같아. 더 가까워졌지?"

월이 물었다.

"잘 모르겠어. 맞아, 방향을 돌려서 이쪽으로 오고 있어."

"저들과 싸워야 할지도 모르니까 물이나 한 모금 마셔 둬야겠어."

월은 배낭을 샘가에 내려놓고 물을 실컷 마신 뒤 더러운 몸을 닦기 시작했다. 그는 피를 많이 흘린데다 온몸이 상처투성이였다. 지금 그는 무엇보다 뜨거운 물로 샤워를 하고 깨끗한 옷으로 갈아입고 싶은 마음이 간절했다.

리라는 그…… 그들이 뭔지는 모르겠지만 그들을 계속 지켜보고 있었다. 뭔가 아주 이상했다.

"월, 저들은 바퀴를 타고 있어!"

하지만 그녀도 확신할 수는 없었다. 월은 언덕 위로 약간 올라가서 손으로 햇빛을 가리고 그것들을 살펴보았다. 이젠 하나하나 알아볼 수 있을 만큼 가까워졌다. 정말 리라가 말한 대로 열 마리쯤 되는 동물들이 바퀴를 타고 달려오고 있었다. 얼핏 보면 오토바이를 탄 영양처럼 보였지만, 더욱 이상한 것은 코끼리 코를 달고 있었다는 점이다.

그들은 월과 리라를 향해 똑바로 달려왔다. 월은 만단검을 빼어 들었고, 리라는 풀밭에 앉아 어느새 알레시오미터의 바늘을 돌리고 있었다. 바로 답이 나왔다. 바늘들이 좌우로 정신없이 움직이다가 계속 왼쪽으로 돌아갔다. 리라는 그 의미를 파악하기 위해 정신을 바늘에만 집중했다. 마침내 그 의미를 간파한 리라가 월에게 소리쳤다.

"괜찮아, 월. 우리 편이래. 우리가 여기 있는 걸 알고 찾아온 거야. 그런데 참 이상하네. 혹시 말론 박사님이……?"

리라는 말끝을 흐렸다. 말론 박사가 이 세계에 있을 리가 없으니 말이다. 그러나 알레시오미터가 비록 이름을 말하지는 않았지만, 말론 박사를 가리키고 있는 것이 분명했다. 리라는 알레시오미터를 집어넣고 천천히 일어서며 말했다.

"우리가 그들에게 가야겠어. 우릴 해치지 않을 거야."

그들이 멈추었다. 지도자가 코를 쳐들고 조금 앞으로 나왔다. 그 지도자는 좌우의 다리로 땅을 힘차게 밀며 앞뒤에 달린 바퀴를 굴리고 있었다. 그들 중 일부는 연못으로 가서 물을 마셨고, 나머지는 그 자리에서 기다렸다. 하지만 어느 모로 보나 온순하고 소극적인 호기심에 모여 있는 암소들 같지는 않았다. 그들은 지성과 의지를 지니고 살아가는 개체들이었다. 그들은 부족민이었다.

윌과 리라는 언덕을 내려가서 그들과 대화를 할 수 있는 거리까지 다가갔다. 리라가 괜찮다고는 했지만 윌은 만단검에서 손을 떼지 않았다.

"당신들이 제 말을 이해할지 모르겠군요."

리라가 조심스럽게 말했다.

"하지만 난 당신들이 친구라는 걸 알아요. 그러니까 우린……."

지도자가 코를 움직이며 말했다.

"메리를 만나. 우리가 데려다 줄게. 메리를 만나."

"세상에!"

리라는 탄성을 지르며 윌을 돌아보며 환한 미소를 지었다.

그들 중 둘에게 끈으로 꼬아 만든 고삐와 등자가 메어져 있었다. 다이아몬드형으로 생긴 뮬레파의 등판은 안장이 없어도 앉아 있기 편안했다. 윌과 리라는 곰이나 자전거를 타 본 적은 있었지만 아직 말을 타 보지는 못했고, 이들이 말과 아주 비슷하다고 생각했다. 하지만 말을 타면 고삐를 조종해서 안정되게 움직일 수 있지만 윌과 리라는 그럴 수가 없었다. 고삐와 등자는 단순히 붙잡고 균형을 유지하기 위한 것일 뿐, 나머지는 그들 스스로가 모두 결정하기 때문이다.

"어디로……."

월이 말을 꺼내다 입을 다물었다. 월을 태운 뮬레파가 움직이는 바람에 몸의 균형을 다시 잡아야 했기 때문이다.

뮬레파 무리는 커다랗게 회전한 뒤 완만한 언덕을 내려가서 풀숲을 느릿느릿 지나갔다. 약간 덜커덕거리기는 했지만 뮬레파에게는 등뼈가 없어 불편하지는 않았다. 월과 리라는 푹신푹신한 시트를 깐 의자에 앉은 느낌이었다.

얼마 안 가서 절벽에서는 분명하게 볼 수 없었던 어떤 지점에 이르렀다. 검은 것 같기도 하고 암갈색처럼 보이기도 하는 기다란 땅이었다. 초원을 가로지르는 그 매끄러운 바위 도로를 본 월과 리라는 언젠가 메리 말론이 그랬던 것처럼 무척 놀랐다.

뮬레파 무리는 도로 위로 올라가자 이내 속도를 높이기 시작했다. 고속도로보다 더 매끄러운 그 도로들은 마치 수로 같았다. 어떤 곳에서는 작은 호수만큼 넓어졌다가 또 어떤 곳에서는 비좁은 운하처럼 갈라졌다가 전혀 생각지도 못한 곳에서 다시 합쳐지기도 했다. 산비탈을 깎아 내리고 계곡에 콘크리트 다리를 걸쳐 놓은, 월의 세계에서 보던 무자비하고 이기적인 도로들과는 전혀 달랐다. 이 도로들은 자연의 일부로 결코 자연을 훼손하지 않았다.

그들은 점점 속력을 더했다. 월과 리라는 딱딱한 바퀴가 단단한 돌 위를 구를 때 나는 천둥 소리와 살아 있는 근육들의 꿈틀거림에 익숙해지는 데 시간이 걸렸다. 자전거를 타 본 적이 없는 리라는 몸을 기울이는 방법을 몰라 처음에는 월보다 더 힘들어했다. 하지만 월이 하는 것을 유심히 보고는 금세 속도감을 즐기게 되었다.

바퀴 소리가 너무 요란해서 그들은 손짓으로 이야기해야 했다. 나무를 가리키며 그 크기와 웅장함에 놀란 표정을 짓기도 하고, 날개가 앞뒤로 달린 이상한 새들이 공중에서 몸을 꼬고 날아가는 것을 보고는 배꼽을 잡고 웃기도 하고, 말만큼 길고 뚱뚱한 푸른 도마뱀이 도로 한복판에서 햇볕을 쪼이고 있는 것도 보았다. 뮬레파 무리는 그 양쪽으로 갈라지며 계속 달려갔고, 도마뱀은 전혀 아랑곳하지 않았다.

해가 중천에 뜨자 그제야 그들은 서서히 속도를 줄이기 시작했다. 갯내가 바람에 실려 왔다. 도로가 절벽 쪽으로 높아지고 있어서, 뮬레파 무리는 이제 걷는 정도의 속도를 내고 있었다.

리라는 몸이 뻣뻣하고 아팠다.

"잠시 멈춰 주시겠어요? 내려서 걷고 싶어요."

리라가 탄 뮬레파는 고삐가 잡아당겨지는 것을 느끼자 그녀의 말을 알아들었는지 그 자리에 멈춰 섰다. 윌이 탄 뮬레파도 따라서 멈췄다. 땅으로 내려온 그들은 계속된 충격과 긴장감으로 몸이 굳어져 있었고 후들후들 떨렸다.

뮬레파들도 돌아다니면서 서로 대화를 나누었고, 소리를 낼 때마다 그들의 긴 코를 우아하게 움직였다. 잠시 후 그들은 다시 움직이기 시작했다. 윌과 리라는 건초 향기를 풍기고 풀 냄새가 짙은 그들 사이에서 걷는 것이 행복했다. 그들 중의 한 무리들은 이미 앞서서 언덕의 꼭대기에 다다랐고, 이젠 더 이상 등에서 떨어질까 봐 신경 쓰지 않아도 되는 윌과 리라는 마음 놓고 그들이 움직이는 모습을 볼 수 있었다. 그리고 앞으로 나아가고, 몸을 기울이고, 몸을 돌리는 그들의 우아하고 힘찬 동작에 감탄했다.

모두들 언덕 꼭대기에 올라서자 뮬레파의 지도자가 윌과 리라에게 말했다.

"메리 가까워. 메리 저기 있어."

그들은 아래쪽을 내려다보았다. 수평선 위로는 바다의 어렴풋한 푸른빛이 아른거리고, 멀리 보이는 풍요로운 초원의 한가운데를 넓은 강이 유유히 흐르고 있었다. 완만한 언덕 기슭 언저리에 어린 나무들과 채소밭이 보이고 그 가운데에 초가집들이 들어찬 마을이 있었다. 그리고 많은 뮬레파가 초가집들 사이로 오가면서 농작물을 재배하거나 나무들 사이에서 일을 하고 있었다.

"자, 다시 올라타렴."

지도자가 말했다.

그리 먼 거리는 아니었다. 윌과 리라가 다시 등에 올라타자 안전을 확인하려는 듯 다른 뮬레파들이 코로 고삐와 등자와 몸의 균형 등을 점검했다.

그들은 두 다리로 도로를 박차며 출발했다. 마침내 비탈길에 이르자 놀라운 속도로 달렸다. 윌과 리라는 손과 무릎에 힘을 잔뜩 주고 그들에게 매달렸다. 머리카락이 마구 휘날리고 눈도 제대로 못 뜰 만큼 바람이 세차게 얼굴을 때렸다. 바퀴들이 천둥 소리를 내면서 굴러가다가 안전하고 강하게 넓은 곡선을 그리며 돌았다. 엄청난 속도의 뚜렷한 황홀감, 뮬레파들은 이런 쾌감을 즐기는 것 같았다. 윌과 리라도 유쾌하고 행복하게 큰 소리로 웃었다.

그들은 마을 한가운데에서 멈췄다. 그들을 본 다른 뮬레파들이 코를 공중으로 쳐들고 몰려들어 환영 인사를 했다.

"말론 박사님!"

리라는 놀라 고함을 질렀다.

빛 바랜 푸른 셔츠를 입은 땅딸막한 메리 말론이 한 초가집에서 나왔다. 그녀의 따스하고 발그레한 볼이 낯설면서도 정겹게 느껴졌다.

리라는 달려가서 말론 박사를 껴안았다. 메리도 리라를 꼭 안았다. 윌은 뒤에 서서 미심쩍은 표정으로 그들을 지켜보고 있었다.

메리는 리라의 볼에 따뜻한 키스를 해 준 뒤 앞으로 걸어 나와 윌을 맞았다. 그 순간 그녀의 마음속에 연민과 어색함이 동시에 일었다. 처음에는 그냥 딱한 생각에 윌도 리라처럼 안아 주고 싶었다. 하지만 어른티가 나는 윌을 그런 식으로 포옹하는 것은 그를 어린애 취급하는 것이라는 생각이 들었던 것이다. 그리고 모르는 남자를 그런 식으로 대한 적도 없었다. 그래서 메리는 연민을 자제하고 리라의 친구인 이 소년을 최대한 존중해 주기로 마음먹었다.

메리는 안아 주는 대신 윌에게 손을 내밀었다. 둘은 악수를 했고, 그 순간 서로를 이해하고 존중하게 되었다. 그 이해는 즉시 호감으로 바뀌었고, 둘은 서로가 마치 오랜 친구 같았다.

"제 친구 윌이에요."

리라가 말론 박사에게 소개했다.

"박사님이 사시던 세계에서 왔죠. 언젠가 말씀 드렸던 것 같은데……"

"난 메리 말론이야."

박사는 윌의 손을 힘차게 흔들며 말했다.

"너희들 배고프지? 며칠 굶은 사람들처럼 보여."

메리는 옆에 있는 뮬레파에게 뭐라고 말했다. 그녀는 팔을 이리저리 움직이며 노래를 부르는 것 같기도 하고 우는 것 같기도 한 이상한 소리를 냈다.

그 뮬레파는 즉시 자리를 떠났고, 다른 뮬레파들은 가까운 집에서 가져온 쿠션과 깔개를 나무 아래의 단단한 평지에다 깔았다. 무성한 나뭇잎이 향기롭고 시원한 그늘을 드리웠다.

윌과 리라가 편하게 자리를 잡자마자, 뮬레파들은 우유가 찰찰 넘치는 매끄러운 나무 그릇을 들고 나왔다. 은은한 레몬 향이 나는 상큼한 우유였다. 개암처럼 생긴 작은 열매는 버터 맛이 났고, 밭에서 뽑은 매운맛이 나는 야채 샐러드는 크림이 듬뿍 배어 부드럽고 걸쭉했으며, 작은 체리 모양의 뿌리는 달착지근한 홍당무 맛이었다.

하지만 윌과 리라는 많이 먹을 수가 없었다. 음식들이 아주 기름진 탓이었다. 윌은 그들의 융숭한 대접에 보답하는 뜻에서라도 마음껏 먹고 싶었지만 음료수 외에 편하게 삼킬 수 있는 것은 차파티나 토르티야 같은 구운 빵 종류뿐이었다. 담백하고 영양가가 풍부한 그 빵들은 그런 대로 잘 넘어갔다. 리라는 이것저것 다 먹어 보려고 했다. 하지만 윌처럼 조금만 먹었는데도 금방 배가 불러 왔다.

메리는 어떤 질문도 하지 않으려고 애썼다. 겉으로 보기에도 윌과 리라는 갖은 고생을 다 겪은 것 같았다. 하지만 아직 그런 일들에 대해서는 얘기하고 싶지 않은 듯했다.

그래서 메리는 그들이 뮬레파에 관해 물어보는 질문에 대답해 주고, 자신이 어떻게 이 세계로 오게 되었는지 간단하게 설명했다. 윌과 리라의 눈꺼풀이 자꾸만 무겁게 내려가자, 그녀는 나무 그늘을 떠나며 그들에게 말했다.

"이젠 걱정할 것 없이 잠만 푹 자면 돼."

오후의 대기는 따뜻하고 고요했고 나무 그늘은 나른하게 속삭여 대는 풀벌레들 울음소리로 고즈넉했다. 우유를 다 마시고 5분도 채 안 되어 윌과 리라는 쓰러져 잠들었다.

"하나는 남자고 하나는 여자지? 그런데 어떻게 구별하니?"

에이탈이 놀라서 물었다.

"쉬워. 몸 생김새가 달라. 행동도 다르고."

메리가 대답했다.

"그들은 너보다 별로 작지도 않은데 스라프는 훨씬 적어. 언제 충분해지지?"

"모르겠어. 아마 곧 그렇게 되겠지. 언제 그런 일이 우리에게 생기는지 모르겠어."

"바퀴도 없는데."

에이탈은 측은하다는 듯이 말했다.

그들은 채소밭에서 잡초를 뽑고 있었다. 메리는 허리를 숙이지 않으려고 괭이를 만들어 쓰고 있었고, 에이탈은 긴 코를 썼기 때문에 그들의 대화는 간간이 끊겼다.

"하지만 넌 그들이 오고 있다는 걸 알았잖아."

에이탈이 말했다.

"응."

"그 막대기들이 또 알려 준 거야?"

"아니."

메리는 얼굴을 붉혔다. 과학자인 자신이 팔괘에 의지한다는 것을 인정하기 어쩐지 내키지 않았던 것이다. 하지만 이건 그보다도 더 황당했다.

"밤그림이었어."

그녀는 털어놓았다.

뮬레파 말에는 '꿈'이라는 단어가 없었다. 하지만 그들은 생생하게 꿈을 꾸었고, 그 꿈들을 매우 진지하게 생각했다.

"너는 밤그림을 싫어하잖아."

에이탈이 말했다.

"그렇진 않아. 하지만 지금까지 믿지는 않았어. 그런데 어젯밤엔 윌과 리라를 선명하게 봤어. 그리고 어떤 목소리가 그들을 맞을 준비를 하라고 했어."

"어떤 목소린데? 보이지도 않는 게 어떻게 말을 해?"

상대방의 말을 분명히 이해하기 위해서는 코의 움직임을 봐야 하는 에이탈로서는 정말 상상하기 어려운 일이었다. 그녀는 콩밭 한가운데에 멈춰 서서 호기심 어린 표정으로 메리를 바라보았다.

"봤어."

메리가 설명했다.

"여자 아니면 여자 현자였는데, 나 같은 인간이었어. 나이가 무척 많아 보였는데 전혀 늙지 않았더라구."

'현자'란 뮬레파가 자신들의 지도자를 부르는 말이었다. 그러자 에이탈은 대단히 흥미를 보이며 물었다.

"나이가 많은데 어째서 늙지 않았다는 거야?"

"흉내야."

메리가 대답했다.

에이탈은 알아들었다는 듯이 코를 휘저었다.

"그 현자가 저 아이들을 기다리라고 했어. 언제 어디로 올 건지도 말했고. 하지만 이유는 말하지 않았지. 난 그저 저 아이들을 돌봐야 해."

"저 아이들은 다치고 지쳤는데 스라프가 빠져나가는 것을 멈출 수 있을까?"

에이탈이 물었다.

메리는 불안한 표정으로 위를 올려다보았다. 굳이 호박색 망원경으로 보지 않아도 새도 소립자들이 전보다 더 빨리 빠져나가는 것이 느껴졌다.

"나도 그랬으면 좋겠어. 하지만 방법을 모르겠어."

식사를 준비하기 위해 불을 지피고 하늘에 별들이 하나 둘 반짝이기 시작하는 초저녁 무렵에 또 한 무리의 뮬레파가 도착했다. 세수를 하던 메리는 요란한 바퀴 소리와 함께 웅성거리는 말소리를 들었다. 그녀는 수건으로 얼굴을 닦고 서둘러 집 밖으로 나왔다.

오후 내내 잠을 자고 있던 윌과 리라는 그 소란에 몸을 뒤척였다. 일어난 리라는 메리가 대여섯 명의 뮬레파들과 말하는 것을 보았다. 메리를 에워싸고 있는 뮬레파들은 흥분해 있었다. 하지만 화를 내는 건지 즐거워하는 건지 리라로서는 알 수가 없었다.

메리가 리라를 보고 큰 소리로 말했다.

"리라, 무슨 일이 일어났나 봐. 뮬레파들이 설명을 못 하고 있어. 아무래도 내가 직접 가서 봐야겠어. 한 시간쯤 걸릴 거야. 무슨 일인지 알아내면 곧 돌아올 테니까 편하게 쉬고 있어. 뮬레파들이 아주 걱정하고 있거든."

"알았어요."

리라는 오랜 잠에서 깨어나 아직도 멍해 있었다.

메리는 나무 아래서 눈을 비비고 있는 윌에게도 말했다.

"금방 올게. 에이탈이 너희들과 함께 있어 줄 거야."

뮬레파의 지도자는 서두르고 있었다. 메리는 재빨리 그의 등에 고삐와 등자를 걸치고 올라탔다. 뮬레파들은 일제히 바퀴를 굴려 방향을 돌리더니 석양 속으로 달려갔다.

그들은 해안을 지나 산마루를 따라 북쪽으로 방향을 잡았다. 메리는 뮬레파를 타고 어둠 속을 달려 본 적은 없었다. 그런데 놀랍게도 달리는 속도가 낮보다 훨씬 더 빨랐다. 산마루에 오르자 바다를 비추는 달이 저 멀리 기울고 있었다. 은은한 달빛이 서늘하고 알 수 없는 경이로움으로 메리를 감쌌다. 경이로움은 그녀의 것이었고, 회의감은 세계의 것이었으며, 서늘함은 그녀와 세계 속에 모두 존재하고 있었다.

그녀는 가끔 하늘을 쳐다보며 주머니 안의 망원경을 매만졌다. 하지만 망원경으로 하늘을 볼 수는 없었다. 멈춰 달라고 말하기 미안할 만큼 뮬레파들이 급하게 달리고 있었기 때문이다. 그렇게 한 시간쯤 열심히 달린 후 그들은 내륙으로 방향을 돌려 도로를 벗어났다. 그리고 바퀴나무 숲을 지나 무릎 높이의 풀밭을 달려 산마루로 올라갔다. 달빛 아래 하얀 풍경이 눈부시게 펼쳐져 있었다. 민둥산의 작은 계곡 아래 모여 있는 나무들 사이로는 개울물이 흘러내렸다.

뮬레파들은 그 계곡의 한 곳으로 메리를 데려갔다. 도로를 벗어나자 그녀는 뮬레파의 등에서 내려 산마루를 넘어 계곡으로 걸어 내려갔다. 샘물이 졸졸 흐르는 소리와 밤바람이 풀잎을 스치는 소리가 들렸다. 뮬레파의 바퀴들은 단단하게 다져진 땅 위를 달그락거리며 굴러갔다. 앞에 가는 뮬레파들이 중얼거리는 소리가 들리더니 일행은 모두 멈춰 섰다.

몇 미터쯤 떨어진 산기슭에 만단검이 열어 놓은 창이 하나 있었다. 얼핏 보면 꼭 동굴 입구 같았다. 달빛이 그 창 안으로 약간 스며들어, 그 창의 안쪽이 언덕의 속 같아 보였기 때문이다. 그런데 그 창으로 유령들이 줄지어 나오고 있었다.

메리는 발밑의 땅이 꺼지는 듯한 충격을 받았다. 그녀는 마음을 가다듬고 가까이 있는 나무의 가지를 꽉 붙잡았다. 자신이 아직 육신의 세계에 있음을 확인하기 위해서였다.

메리는 좀 더 가까이 다가가 보았다. 노인, 노파, 어린아이들, 품속의 아기들, 이런 인간들과 다른 동물들의 유령들이 어둠 밖으로 끝없이 쏟아져 나와 어스름한 달빛 아래로 사라졌다.

참으로 이상한 일이었다. 그들은 풀과 공기와 은빛 달의 세상에서 몇 걸음 걸어 본 뒤 주위를 둘러보며 메리로서는 난생처음 보는 기쁜 표정을 짓다가 마치 온 우주를 포옹하려는 듯이 팔을 내밀었다. 그러고는 안개나 연기처럼 잠시 떠돌다가 땅과 이슬과 미풍의 일부가 되어 버렸다.

그들 중 일부는 무언가 할 말이 있는 것처럼 메리에게 다가와 손을 내밀었다. 그들은 놀랄 만큼 차가웠다. 한 노파 유령이 손짓을 하며 급히 그녀에게 다가왔다. 메리는 노파가 하는 말을 분명히 들었다.

"그들에게 이야기를 해 줘. 이걸 우린 몰랐단 말이야. 정말 모르고 있었어. 하지만 그들은 진실이 필요해. 그들은 진실을 먹거든. 당신은 그들에게 진실을 말해야 해. 그러면 모든 일이 잘될 거야. 그들에게 얘기해야 돼."

그 말만 남기고 노파는 사라졌다. 그것은 마치 잊어버렸던 꿈을 갑자기 떠올릴 때 꿈에서 느꼈던 감정들이 홍수처럼 밀려오는 것과도 같았다. 그것은 또 메리가 에이탈에게 설명하려고 애썼던 전날 밤에 꾼 바로 그 꿈이었다. 이 유령들이 공중에서 분해되어 흩어지듯이, 그 꿈도 사라졌다.

남은 것이라고는 그 달콤한 느낌과 그들에게 이야기를 해 주라는 노파의 당부뿐이었다.

메리는 어둠 속을 살펴보았다. 끝없는 침묵 속에서 수천 수만의 유령들이 고향으로 돌아가는 난민들처럼 긴 행렬을 이루고 있었다.

"그들에게 이야기를 해 줘."

메리는 자기 자신에게 말했다.

마지팬

달콤한 나날과 장미가 가득한 달콤한 봄,
사탕이 빽빽하게 들어찬 상자 하나

— 조지 허버트 —

다음 날 아침 리라는 판탈라이몬이 돌아와서 마지막으로 변신한 모습을 보여 주는 꿈을 꾸다가 깨어났다. 리라는 그의 마지막 모습이 무척 마음에 들었는데, 어떤 동물이었는지는 도무지 생각나지 않았다.

해가 뜬 지 얼마 되지 않아 아침 공기가 아주 신선했다. 리라는 자기가 잠을 잔 메리의 작은 초가집 문틈으로 햇살이 스며드는 것을 보았다. 밖에서는 새들과 풀벌레들이 노래하고, 바로 옆에 누운 메리는 아직 깊은 잠에 빠져 있었다.

잠자리에서 일어난 리라는 자신이 알몸이라는 것을 알았다. 순간 화가 치밀었지만 바로 옆에 깨끗한 옷이 개어져 있었다. 리라가 치마로 입을 수도 있을 만큼 긴 메리의 셔츠였다. 부드러운 밝은 무늬의 그 옷은 헐렁하기는 하지만 그런 대로 입을 만했다.

리라는 초가집을 나왔다. 판탈라이몬이 가까이에 있다는 것을 확실

히 느낄 수 있었다. 판의 웃음소리와 말소리가 귀에 들리는 듯했다. 그
것은 판이 안전하게 잘 있으며, 그들이 아직 어떤 식으로든 연결되어
있다는 뜻이었다. 판이 리라를 용서하고 돌아오면, 그동안의 사연을 서
로 얘기하는 데만도 몇 시간은 걸릴 터였다.

월은 나무 아래에서 아직도 한가롭게 자고 있었다. 리라는 그를 깨울
까 했지만, 자기 혼자라면 강에서 수영을 할 수 있을 것 같아 그만두었
다. 차월 강에서는 옥스퍼드 아이들과 함께 옷을 홀딱 벗고 신나게 수
영을 하기도 했다. 하지만 월은 그 애들과는 달랐다. 리라는 그와 수영
을 한다는 생각만으로도 얼굴이 붉어졌다.

그래서 리라는 혼자 진주빛 아침 속을 걸어 물가로 내려갔다. 강가의
갈대밭 사이에 왜가리처럼 키가 훌쩍 크고 날씬한 새 한 마리가 한쪽
다리로만 의젓하게 서 있었다. 리라는 새가 놀라지 않도록 천천히 조심
스럽게 걸음을 옮겼다. 하지만 새는 그녀가 물위에 떠 있는 잡초라도
되는 양 아무 신경도 쓰지 않았다.

리라는 강둑에 옷을 벗어 놓고 물속으로 들어갔다. 리라는 몸이 차가
워지지 않도록 힘차게 수영을 했다. 그래도 강둑 위로 올라오자 몸이
덜덜 떨렸다. 평소라면 판탈라이몬이 리라의 몸을 닦아 주었을 것이다.
판은 지금 물고기가 되어 물속에서 나를 보고 웃고 있을까? 아니면 딱
정벌레가 되어 나를 간질이려고 옷 속에 기어 들어왔을까? 아니면 새
가 되었을까? 그것도 아니면 완전히 다른 데몬이 되어 나를 까맣게 잊
었을까?

따뜻한 햇볕에 몸의 물기는 금방 말랐다. 리라는 다시 메리의 큼직한
셔츠를 입었다. 강 옆에 납작한 돌이 보이자 리라는 그곳에서 빨래를
해야겠다 싶어 옷을 가지러 갔다. 하지만 누군가 이미 리라의 옷과 월
의 옷까지 모두 빨아서 향기로운 나뭇가지에 널어놓은 것을 보았다. 옷

들은 거의 마른 상태였다.

월이 몸을 뒤척였다. 리라는 곁에 앉아 그를 부드럽게 불렀다.

"월, 이제 그만 일어나!"

"여기가 어디지?"

월은 벌떡 일어나 앉으며 만단검을 잡았다.

리라가 시선을 피하며 말했다.

"안전한 곳이야. 그들이 우리 옷도 빨아 줬어. 어쩌면 말론 박사님이 해 주셨는지도 몰라. 네 옷을 갖다줄게. 거의 다 말랐을 테니까."

리라는 옷을 건네주고는 월이 옷을 입을 때까지 등을 돌리고 앉아 있었다.

"강에서 수영을 했어. 판을 찾으러 갔는데, 어딘가에 숨어 있는 것 같아."

"그거 좋겠는걸. 수영 말야. 한 몇 년 안 씻은 것 같아. 나도 가서 씻어야겠어."

월이 강으로 간 사이에 리라는 마을 주변을 거닐었다. 혹시 예의에 어긋날까 봐 너무 가까이 들여다보지는 않았지만 보는 것마다 신기하기만 했다. 어떤 집들은 아주 낡고, 어떤 집들은 아주 새것이었지만, 모두가 나무와 진흙과 짚을 이용하여 거의 똑같은 방법으로 지어진 집들이었다. 허술해 보이는 것은 없었다. 문과 창틀과 상인방(上引枋)에는 정교한 무늬가 있었지만, 그 무늬는 나무에 조각된 것이 아니었다. 마치 그 무늬들이 나무에게 그런 모양이 되라고 잘 구슬린 것 같았다.

리라는 보면 볼수록 마을의 모든 것이 질서정연하고 차분하다는 것을 알 수 있었다. 모든 수수께끼를 하나하나 밝혀내고 싶었다. 알레시오미터를 읽듯이 각각의 의미와 유사점들을 단계적으로 알아내고 싶었다. 그러나 다른 한편으로는 이곳에 얼마나 머물 수 있을지 의문이었다.

판탈라이몬이 돌아올 때까지는 여길 떠날 수 없어.

월이 강에서 돌아오자 메리가 그들에게 아침식사를 주었다. 에이탈도 그들과 자리를 함께했고, 마을은 활기가 넘치기 시작했다. 바퀴가 없는 어린 뮬레파들은 그들을 보려고 집 앞에서 계속 기웃거렸다. 리라가 갑자기 고개를 돌려 그들을 보자, 그들은 모두 놀라 펄쩍 뛰면서 까르르 웃었다.

월과 리라는 빵과 과일, 박하를 녹여 만든 음료수를 먹었다. 메리가 말했다.

"어제는 너희들이 너무 지쳐 보여서 그냥 있었지만 오늘은 한결 나아 보이니, 그동안 일어났던 일들을 서로 얘기하는 게 좋을 것 같아. 시간이 꽤 오래 걸릴 것 같으니 그물을 수선하면서 얘기하자꾸나."

그들은 빳빳하게 타르를 먹인 그물 더미를 강둑의 풀밭에 넓게 펼쳤다. 그러고는 메리가 낡은 줄과 새 줄을 묶는 방법을 설명했다. 그녀는 신경이 곤두서 있었다. 해안에 투알라피들이 떼 지어 있다고 뮬레파 가족들이 에이탈에게 전했기 때문이다. 그래서 비상이 걸리면 언제든 도망칠 준비를 단단히 하고, 그때까지는 그물 고치는 일을 계속해야 했다.

그들은 잔잔한 강가의 태양 아래 앉아 일을 시작했다. 리라는 오래전 자신과 판탈라이몬이 조던 대학의 귀빈실을 훔쳐보게 된 순간부터 이야기를 풀어 나갔다.

조수가 밀려왔다 밀려가고 있었지만 투알라피가 나타날 징조는 보이지 않았다. 오후 늦게 메리는 월과 리라를 강둑으로 데리고 갔다. 어망을 묶어 놓은 말뚝들을 지나 바다로 이어지는 넓은 염전을 통과했다. 썰물일 때는 그곳을 지나가는 것이 안전했다. 하얀 새들은 물이 만조가 되었을 때 내륙으로 들어오기 때문이다. 메리는 뻘 위로 다져진 길을 따라 그들을 데려갔다. 뮬레파들이 만든 다른 많은 것처럼, 그 길도 옛날부터 자연스럽게 만들어지고 완벽하게 보존된 자연의 일부였다.

"뮬레파들이 이 도로를 만들었나요?"

윌의 물음에 메리가 대답했다.

"아니, 도로는 화산의 용암이 흘러서 저절로 만들어진 것 같아. 이렇게 단단하고 평평한 길이 없었다면 뮬레파들은 바퀴를 사용하지 못했을 거야. 다른 것도 마찬가지야. 바퀴나무처럼 뮬레파들의 몸도 이 도로 때문에 진화했으니까. 그래서 뮬레파들은 등뼈가 없어. 아주 우연한 기회에 우리 세계의 동물들은 등뼈를 가지는 것이 더 편하다는 것을 알게 되었고, 그래서 모든 동물이 척추를 기반으로 발달한 거지. 하지만 이 세계에서 그 우연은 다른 방향으로 진행됐던 거야. 마름모꼴이 유리하다는 것으로 말이지. 물론 척추동물도 있기는 하지만 많지는 않아. 예를 들면 뱀이 있는데, 여기서는 뱀이 중요한 존재라서 이들을 해치지 않도록 잘 돌보고 있어.

아무튼 그들의 신체 구조와 도로와 바퀴나무가 함께 어우러져서 이 모든 것이 가능했던 거야. 수없이 많은 작은 우연이 모두 어울려 이런 결과를 가져온 거지. 이제 네 얘기 좀 들어 볼까, 윌?"

"제게도 작은 일들이 많았어요."

그는 자작나무 아래의 고양이를 생각했다. 그곳에 30초만 더 늦게 갔어도 고양이를 보지 못했을 것이고, 창을 찾지 못했을 것이며, 치타가체와 리라를 발견하지 못했을 것이다. 그랬다면 지금까지의 모든 일도 일어나지 않았을 터였다.

윌이 처음부터 얘기를 시작했고 그들은 함께 걸으며 들었다. 넓은 개펄에 이르렀을 때쯤 윌은 아버지와 산꼭대기에서 싸웠던 일을 얘기하고 있었다.

"그리고 마녀가 아버지를 죽였어요."

윌은 정말이지 그 마녀를 이해할 수 없었다. 윌은 마녀가 스스로 목숨을 끊기 전에 자신에게 했던 말을 얘기했다. 그녀는 존 패리를 사랑했지만, 존은 그녀를 멸시했다는 것이다.

"마녀들은 정말 지독해."

리라가 말했다.

"그렇지만 아버지를 사랑했다면서 어떻게……."

그러자 메리가 말했다.

"사랑이란 때로는 격렬한 거야."

"하지만 아버진 엄마를 사랑했어요. 그래서 난 엄마에게 아버지는 절대 다른 여자를 사랑하지 않았다고 말해 줄 수 있어요."

리라는 그렇게 말하는 윌을 바라보며 그도 사랑에 빠지면 자기 아빠처럼 그럴 거라는 생각이 들었다.

포근한 오후의 대기 속에 잔잔한 소리들이 들려왔다. 끝없이 졸졸 흐르는 늪지의 물소리, 쉴 새 없이 울어 대는 풀벌레 소리, 갈매기 울음소리…… 바닷물이 완전히 빠져나가자 넓은 해변 전체가 태양 아래 눈부시게 반짝거렸다. 수많은 작은 생명체가 살다가 죽어 간 모래 상층에는 작은 허물들과 숨구멍들이 드러나 있었다. 눈에 보이지 않는 움직임들이 이곳 전체가 생명체로 숨 쉬고 있음을 보여 주었다.

메리는 아무 말 없이 바다를 응시하며 하얀 새들이 있는지 살폈다. 하지만 바다와 맞닿은 푸른 하늘만 아련하게 반짝일 뿐이었다. 바다는 창백한 빛을 허공으로 내뿜고 있었다.

메리는 모래 밖으로 관을 내밀어 숨을 쉬는 기이한 어떤 조개를 잡는 법을 윌과 리라에게 가르쳐 주었다. 뮬레파들은 조개를 좋아하지만 그들의 몸으로는 모래 위를 다니며 조개들을 줍기 힘들었다. 그래서 메리는 해변에 올 때마다 조개를 많이 잡아갔다. 그런데 오늘은 세 쌍의 손으로 조개를 잡으니 마을에서 잔치라도 벌일 수 있을 것 같았다.

그들은 메리가 나누어 준 자루를 하나씩 들고 조개를 주워 담으며 이어지는 이야기에 귀를 기울였다. 잠시 후 자루에 조개가 어지간히 차자 메리는 윌과 리라를 데리고 개펄을 빠져나왔다. 조수가 밀려오고 있었기 때문이다.

이야기는 길어져서 저승에 간 이야기는 그날 시작도 하지 못할 것 같았다.

마을에 가까워질 무렵 윌은 리라와 자신이 알게 된 인간의 세 가지 본질에 대해 관심을 보이며 말했다.

"내가 이전에 속했던 가톨릭 교회는 데몬이라는 말을 쓰지 않아. 하지만 사도 바울은 정신과 영혼과 육체에 대해서 말했지. 그러니까 인간의 본질은 세 가지라는 생각이 그렇게 이상한 것만은 아니야."

"하지만 가장 중요한 건 육체예요."

윌이 말했다.

"바룩과 발타모스가 그렇게 말했어요. 천사들은 육체를 갖고 싶어 해요. 그들은 우리 인간들이 왜 세상을 좀 더 즐겁게 살지 못하는지 이해할 수가 없다고 했어요. 만약 자기들이 우리처럼 살과 감각을 갖게 되면 정말 황홀할 거라고 하더군요. 저승에선……."

"그 얘긴 나중에 해."

리라는 그렇게 말하면서 윌에게 미소를 지었다. 윌의 마음이 흔들릴 만큼 달콤한 미소였다. 윌도 리라에게 미소로 답했다. 메리는 그의 표정만큼 완벽한 신뢰감을 보여 주는 표정은 본 적이 없었다.

그들이 마을에 도착했을 때 뮬레파들이 저녁식사를 준비하고 있었다. 메리는 윌과 리라를 강둑에 남겨 두고 요리를 하고 있는 에이탈에게 갔다. 에이탈은 푸짐한 조개를 보고 몹시 좋아했다.

"그런데 메리, 투알라피가 해안에서 멀리 떨어진 마을을 파괴했어. 그리고 다른 마을들을 차례로 파괴하고 있어. 전엔 그런 일이 없었는데. 대개 한 곳만 공격하고 바다로 돌아갔거든. 그리고 오늘 또 바퀴나무가 쓰러졌어."

"오, 안 돼! 이번엔 어디야?"

에이탈은 온천 가까운 곳에 있는 숲이라고 했다. 메리가 불과 사흘 전에 갔을 때에는 아무 이상도 없어 보였다. 그녀는 호박색 망원경으로 하늘을 살펴보았다. 엄청난 양의 새도 소립자들이 강둑 사이로 불어나는 밀물보다 더욱 강하고 빠르게 흐르고 있었다.

에이탈이 물었다.

"이젠 어떻게 하지?"

메리는 무거운 짐이 양어깨를 꽉 누르는 듯했다. 그녀는 얼른 자리에서 일어나며 말했다.

"그 아이들에게 얘기해야겠어."

저녁식사를 마치고 세 사람과 에이탈은 메리의 집 밖에서 포근한 별빛 아래 멍석을 깔고 드러누웠다. 배불리 잘 먹은 뒤의 포만감을 느끼며 윌과 리라는 메리의 이야기에 귀를 기울이고 있었다.

메리는 리라를 만나기 전에 '검은 물질 연구소'에서 하던 일과 연구기금이 끊어질 위기에 처했던 일을 설명했다. 돈을 구하려고 얼마나 이리저리 뛰어다녔던가, 그리고 연구 시간은 얼마나 촉박했던가!

그러나 리라의 출현으로 모든 것이 빠르게 변했다. 단 며칠 만에 메리는 자신의 세계를 떠나야 했다.

"난 네가 말한 대로 했어. 새도가 컴퓨터를 통해 말하도록 하는 프로

그램을 만들었지. 그러자 섀도들은 내가 할 일을 지시했어. 그리고 자신들은 천사라고 하면서…….”

윌이 끼어들었다.

“당신이 과학자라면 그들이 말을 한다는 게 그리 달갑지 않았겠군요. 당신은 천사라는 존재를 믿지 않았을 텐데요.”

“오, 그렇지만 난 천사들을 알고 있어. 한때 수녀였거든. 물리학은 하느님의 영광을 위해 하는 거라고 생각했지. 그런데 신은 없다는 걸 알았고, 그래서 물리학이 더 재미있어진 거야. 기독교 신앙은 매우 확실한 잘못을 하고 있었지.”

리라가 물었다.

“수녀 생활은 언제 그만두셨어요?”

“그건 날짜와 시간까지 정확히 기억해. 난 물리학을 잘했기 때문에 수녀원에선 내가 대학에서 공부를 계속하도록 도와주었어. 그래서 나는 박사 학위를 받았고 강의를 할 예정이었지. 그곳은 세상에서 격리된 수도회가 아니었어. 실제로 우리는 수녀복도 안 입었어. 깔끔하게 옷을 입고 십자가를 걸치기만 했지. 그래서 대학에서 강의를 하면서 소립자 물리학을 연구하려고 했던 거야.

그리고 내가 연구한 주제에 대한 발표회가 있었어. 내 논문을 발표해 달라는 요청을 받았지. 발표회 장소는 리스본이었는데, 그전에는 가 본 적이 없었어. 사실 난 영국 밖으로 나가 본 적도 없었거든. 비행기 여행, 호텔, 화사한 햇살, 온갖 외국어, 의견을 발표하는 유명 학자들, 누군가 내 논문을 트집 잡진 않을까, 너무 긴장해서 말도 제대로 못하는 건 아닐까 하는 생각…… 오, 난 극도로 긴장했어. 말로 설명할 수 없을 만큼.

난 그렇게 순진했어. 미사에도 꼬박꼬박 참석하는 착한 소녀였지. 영적인 삶이 내 소명이라고 생각했으니까. 난 진심으로 하느님께 봉사하고 싶었고, 내 삶까지 모두 바치고 싶었어."

메리는 두 손을 위로 쳐들었다.

"예수님 앞에 내 삶을 바치고 예수님 마음대로 하라고 말이야. 난 내 자신에게 만족했던 것 같아. 난 성결하고 총명했어. 적어도 7년 전 8월 10일 오후 9시 30분 전까지는."

리라는 일어나 앉아 무릎을 가슴에 바짝 당겨 안으며 귀를 기울였다.

메리는 계속 얘기했다.

"내가 발표를 끝내고 난 저녁이었어. 모든 게 다 순조로웠지. 유명인사들이 내 강연을 들었고, 난 별 어려움 없이 모든 질문에 대답했어. 그래서 마음도 놓이고 아주 기뻤지. 자랑스럽기도 하고.

동료들이 해안에서 조금 떨어진 레스토랑으로 함께 가자고 했어. 평소라면 거절했겠지만 그때는 나도 어엿한 성인이라는 생각이 들더라구. 중요한 주제로 논문도 발표했고 인정도 받았고 좋은 친구들도 있었어. 분위기는 아주 따뜻했고, 우리가 주고받는 얘기는 내가 가장 관심이 많은 것에 관한 것이었어. 우리들은 모두 기분이 최고였고 나도 긴장이 좀 풀렸어. 그러니까 또 다른 나 자신을 발견한 거지. 난 와인과 구운 정어리의 멋진 맛과 피부에 닿는 포근한 공기의 감촉과 레스토랑에 울려 퍼지는 시끄러운 음악이 좋았어. 그런 것들을 즐겼지.

우리는 정원에 앉아 음식을 먹었어. 난 레몬나무 아래에 차려진 긴 테이블의 끝에 앉았어. 가까운 곳에 시계꽃이 드리워진 정자 같은 것이 있었고, 내 옆에 앉은 사람은 테이블 맞은편의 사람과 얘기를 하고 있었지. 회의장에서 한두 번 본 적이 있는 사람이었어. 말을 한 적은 없지만 이탈리아 사람이었지. 그는 사람들과 이야기를 하고 있었고, 난 그들의 대화 내용이 재미있을 것 같았어.

그는 나보다 몇 살쯤 많아 보였어. 부드러운 검은색 머리칼과 아름다운 올리브 빛 피부, 그리고 아주 검은 눈동자를 지니고 있었지. 머리카락이 계속 이마로 흘러 내려오자 그가 위로 쓸어 올렸어. 이렇게……."

메리는 손으로 머리카락을 쓸어 올리는 시늉을 했다. 윌은 그녀가 참 자세히도 기억하고 있다는 생각이 들었다.

"잘생긴 남잔 아니었어. 친절하지도 매력적이지도 않았지. 그가 미남이었다면 난 부끄러워 말도 못 걸었을 거야. 하지만 그 사람은 멋있고 재치 있고 재미있었어. 레몬나무 아래의 랜턴 불빛 밑에서 꽃향기와 구운 생선과 와인 향을 맡으며 앉아 있으니 세상에 부러울 것이 없더라고. 난 그가 날 예쁘게 봐 주길 은근히 기대하면서 웃고 떠들었지. 메리 말론 수녀, 꼬리를 치고 있어! 너의 서약은 어떻게 된 거지? 예수님께 평생 헌신하겠다던 네 맹세 말이야?

와인 탓이었는지, 내가 어리석은 탓이었는지, 아니면 포근한 공기나 레몬나무 때문이었는지 잘 모르겠어. 그런데 이런 생각이 슬슬 들더라구. 혹시 내가 진실이 아닌 어떤 것을 믿고 있는 것은 아닌지. 난 누군가의 사랑 없이도 스스로 만족하고 행복하고 훌륭할 수 있다고 믿으려고 했던 거야. 내게 사랑이란 중국 같은 거야. 중국이라는 나라가 있고, 그곳에 가면 재미있고, 그곳에 가는 사람들도 많이 있지만, 난 절대로 안 갈 거거든. 그건 별 문제가 안 돼. 왜냐하면 다른 나라들도 얼마든지 있으니까.

그때 누군가 달콤한 음식을 건네주었는데, 난 갑자기 내가 중국에 갔었다는 걸 깨닫는 거야. 말하자면 그렇다는 거지. 까맣게 잊고 있다가 달콤한 음식을 맛보자 생각난 거야. 아마 마지팬이었을 거야. 아몬드를 으깨어 설탕에 버무린 과자 있잖아."

어리둥절한 표정을 짓고 있는 리라에게 메리가 설명해 주었다.

"아, 마치페인이요!"

메리는 머리를 끄덕이고 얘기를 계속했다.

"아무튼 난 그 맛을 기억해 낸 거야. 그러자 어린 시절 그것을 처음 맛보았던 때가 떠올랐지. 열두 살 때였어. 친구 집에서 열린 생일 파티에 갔었지. 거기에 디스코텍이 있었어. 전축에서 흘러나오는 음악에 맞춰 춤을 추는 곳이야."

그녀는 리라가 또 어리둥절해하는 것을 보자 설명을 해 주었다.

"여자 아이들은 대개 자기들끼리 춤을 춰. 남자 아이들이 부끄러워 춤을 추자고 청하지 못하니까. 하지만 그 아이는, 내가 모르는 아이였는데, 내게 춤을 추자고 했어. 그래서 우리는 함께 춤을 추고 다음 곡도 추었지. 그리고 서로 말을 주고받고. 너도 누군가를 좋아하게 되면 그 기분이 어떤 건지 알게 될 거야. 음, 난 그 애가 굉장히 좋았고, 우린 계속 얘기를 나눴어. 그러다가 그 아이는 마지팬 한 조각을 가지고 와서 내 입에다 넣어 주었어. 난 미소를 지어 보려고 했지만 얼굴이 빨개지고 말았지. 내가 바보 같다는 생각이 들더구나. 하지만 그 애가 마지팬을 내 입에 넣을 때 손가락으로 내 입술을 살짝 건드린 것 때문에 난 그를 사랑하게 된 거야."

메리의 말을 들으면서 리라는 몸이 이상해지는 것을 느꼈다. 머리의 밑뿌리가 흔들리는 느낌이 들고, 호흡도 빨라졌다. 그녀는 롤러코스터나 그 비슷한 것도 타 본 적이 없었다. 하지만 만약 타 봤다면 바로 이런 기분을 제대로 표현할 수 있었을 것이다. 왜 그런지는 도무지 알 수 없었다. 흥분과 두려움이 동시에 느껴졌다. 그런 기분은 멈추지 않고 깊어지고 변해서 그녀의 몸으로 점점 퍼져 갔다. 마치 자신의 내부에 있는 미지의 대저택으로 들어가는 열쇠를 건네받은 듯한 기분이었다. 그리고 열쇠를 돌리자 어둠 속에 있는 다른 문들이 열리며 불이 켜지는 것 같았다. 메리가 얘기를 계속하는 동안 리라는 무릎을 껴안고 앉아서 숨도 제대로 못 쉬고 몸을 떨고 있었다.

"그리고 그 파티에서였던 것 같아. 아니면 다른 파티일 수도 있고. 우린 처음으로 키스를 했어. 정원에서였는데, 실내에서는 음악 소리가 흘러나오고 있었어. 조용하고 시원한 나무 사이에서 난 떨고 있었어. 나의 온몸이 그 아이를 갈망하고 있었고, 그 애도 나와 같은 감정을 느끼고 있다는 걸 알 수 있었어. 하지만 우린 너무 부끄러워 꼼짝도 할 수 없는 상태였어. 그러다가 갑자기 우리 중 하나가 키스를 했어. 그러자 서로 정신없이 키스를 퍼부었어. 오, 그건 중국이 아니라 낙원이었어.

우린 대여섯 번 정도 만났어. 그러다가 그 애 집이 이사를 가는 바람에 다시는 못 봤지. 꿈같은 시간이 눈 깜짝할 사이에 지나간 거야. 하지만 그런 것이 있다는 걸 알았지. 난 중국에 갔던 거야."

참으로 이상한 일이다. 리라는 메리가 하는 말의 의미를 정확하게 이해할 수 있었다. 30분 전만 해도 상상조차 못 한 일이었다. 그리고 리라의 마음속에서는 그 화려한 저택이 문을 모두 열고 방마다 불을 밝힌 채 조용히 기다리고 있었다.

"그런데 리스본의 레스토랑에서 그 남자가 내게 마지팬을 주었을 때, 어린 시절의 그 기억이 되살아난 거야. 그래서 난 생각했지. 정말 다시는 그런 감정을 느끼지 않고 남은 생을 보낼 것인가? 그러자 난 중국에 가고 싶어졌어. 온갖 보물과 진기함과 신비와 즐거움으로 가득한 곳이니까. 그리고 이런 생각이 들었어. 내가 곧장 호텔로 돌아가서 기도문을 외고 신부님께 고해하면서 다시는 유혹에 빠지지 않겠다고 약속한다고 해서 더 좋아질 사람이 있을까? 나를 비참하게 만든다고 해서 더 좋아질 사람이 있을까?

대답은 금방 나왔어. 아니야, 아무도 없어. 내가 착한 여자가 된다고 해서 축복하거나 비난할 사람도 없고, 사악하다고 해서 날 벌줄 사람도 없어. 하늘은 텅 비었어. 난 하느님이 죽었는지 살았는지, 아니면 아예 존재하지 않았는지 몰랐어. 어느 쪽이든 난 자유롭고 외로웠어. 내가 행복한지 불행한지도 몰랐지만 아주 이상한 어떤 일이 내게 일어났던 거야. 그 엄청난 변화는 내가 그 마지팬을 입에 넣고 미처 삼키기도 전에 일어났어. 맛, 기억, 산사태 같은 변화……

마지팬을 삼키고 테이블 맞은편에 있는 그 남자를 보았는데 그도 나에게 어떤 변화가 일어났다는 걸 눈치 챈 것 같았어. 하지만 난 그때 거기서는 얘기할 수가 없었지. 아직은 너무 이상하고 은밀한 느낌이었거든. 잠시 후에 우린 어두운 해변을 함께 걸었지. 포근한 밤바람에 내 머리카락이 휘날리고, 바다는 정말 잔잔했어. 작은 파도들이 발아래로 계속 밀려들고 있었지.

난 목에서 십자가를 벗겨 내서 바다에 던져 버렸어. 그게 다야. 모두 끝난 거지. 그렇게 해서 내 수녀 인생은 끝나게 된 거야."

잠시 후에 리라가 물었다.

"그 남자가 바로 두개골에서 새도를 발견한 사람인가요?"

"오, 아냐. 그걸 발견한 사람은 페인 박사야. 올리버 페인. 훨씬 나중에 만난 사람이지. 그 회의장에서 만난 남자는 알프레도 몬탈레야."

"박사님은 그분에게 키스했나요?"

메리는 미소 지었다.

"음, 그래. 하지만 그때는 아니었어."

"교회를 떠나기 힘들었나요?"

이번에는 윌이 물었다.

"어떤 면에서는 그랬어. 모두들 크게 실망했으니까. 수녀원 원장님부터 부모님까지 모두 화를 내면서 나를 질책하셨지. 그분들은 내가 할 수 없는 그 무언가를 계속할 거라고 열정적으로 믿고 있었던 거야.

하지만 어떻게 생각하면 아주 쉬운 일이었어. 납득이 되는 일이었으니까. 난 처음으로 내 모든 것을 다 바쳐 무언가를 하는 느낌이었어. 어느 한 부분만이 아니고 말야. 그래서 한동안은 외로웠지만 곧 익숙해졌지."

"그분과 결혼했어요?"

리라가 다시 물었다.

"아니, 난 누구와도 결혼하지 않았어. 알프레도 말고 다른 남자와 동거한 적은 있지. 한 4년쯤 같이 살았어. 우리 집안은 발칵 뒤집어졌지. 하지만 결국 우리는 동거 생활을 끝내는 편이 더 행복하다는 결론을 내렸어. 그때부터는 혼자 살았어. 나랑 같이 살던 남자는 등산을 좋아해서 내게 등산을 가르쳤지⋯⋯. 그리고 난 내 일을 찾았어. 좀 외롭기는 하지만 행복해. 너희들이 이해할지 모르겠지만."

"그 아이 이름은 뭐였어요? 파티에서 만난 남자 아이 말예요."

리라가 물었다.

"팀."

"어떻게 생겼어요?"

"음⋯⋯ 멋졌다는 기억밖엔 없구나."

"제가 옥스퍼드에서 박사님을 처음 만났을 때는, 과학자가 된 이유 중의 하나가 선악에 대해 생각할 필요가 없기 때문이라고 하셨죠. 수녀였을 때 그런 생각을 하셨나요?"

"음, 아니야. 하지만 무엇을 생각해야 하는지는 알고 있었어. 교회가 내게 생각하라고 가르치는 것만 생각해야 했지. 하지만 과학을 공부하니까 다른 것들도 생각하지 않을 수 없었어. 그래서 교회가 가르친 것들은 더 이상 생각할 필요가 없었지."

"지금은요?"

월이 물었다.

"생각해야 할 것 같아."

메리는 모호하게 대답했다.

월이 다시 물었다.

"신을 믿지 않게 되었을 때 선과 악도 믿지 않기로 했나요?"

"아니. 하지만 선악의 힘이 우리들 밖에 있다는 것은 안 믿게 되었어. 그리고 선과 악이 따로 있는 것이 아니라, 우리 인간들의 행동에 따라 정해지는 것이라고 믿게 되었지. 우리가 아는 건 단지 타인을 도우면 선한 행위이고 타인을 해치면 악한 행위라는 것뿐이지. 사람들은 너무 복잡해서 하나의 호칭을 가지지 못해."

"맞아요."

리라가 야무지게 맞장구를 쳤다.

"하느님이 그리웠나요?"

월이 물었다.

"그래, 무척 그리웠어. 지금도 그래. 그리고 무엇보다도 나 자신이 우주 전체와 연결되어 있는 감각, 그것이 그리웠어. 난 그렇게 내가 신과 연결되어 있다고 느끼곤 했었거든. 신은 거기 계시니까, 난 그분의 모든 창조물과 연결되어 있는 거지. 하지만 만일 신이 없다면, 그때는……"

늪지 저 멀리에서 새 한 마리가 슬픈 소리로 길게 울었다. 모닥불이 잦아들고 밤의 미풍에 풀잎들이 살랑거렸다. 에이탈은 고양이처럼 졸고 있었다. 풀밭에 바퀴와 기다란 다리를 누이고 엎드린 자세로 눈을 반쯤 감은 채 이야기를 듣는 둥 마는 둥 했다. 월은 땅에 등을 대고 누워서 별들을 바라보았다.

리라는 그 이상한 일을 겪은 이후 꼼짝도 하지 않고 있었다. 그리고 그 감각들을 새로운 지식이 넘쳐 나는 깨지기 쉬운 그릇처럼 건드리기만 해도 쏟을까 조심하며 마음속에 소중히 간직해 두었다. 그것이 무엇인지, 어떤 의미인지, 또 어디에서 왔는지는 알 수 없었다. 리라는 두 팔로 무릎을 끌어안고 떨리는 몸을 진정시키려고 애썼다. 이제 곧 그것을 알게 되리라고 리라는 생각했다.

메리는 지쳤다. 이제 더는 얘기할 것이 없었다. 내일이 되면 더 많은 얘깃거리가 생각날 것이다.

이젠 있다

메리는 잠을 이룰 수가 없었다. 눈을 감을 때마다 무언가가 그녀를 벼랑 끝에서 흔드는 것만 같아 공포로 몸이 굳어 벌떡 깨어났다.

이런 일이 네댓 차례 계속되자 메리는 잠을 자긴 다 틀렸다는 생각이 들었다. 그래서 잠자리에서 일어나 조용히 옷을 입고 밖으로 나왔다. 그녀는 윌과 리라가 자고 있는, 가지들이 천막처럼 드리워진 나무 앞을 지나갔다.

환한 달이 하늘 높이 둥실 떠 있었다. 바람이 불어서 구름의 그림자들이 마치 광활한 대지 위를 이동하는 짐승들의 무리처럼 움직이고 있었다. 동물들은 목적을 가지고 이동을 한다. 툰드라를 가로지르는 순록 떼나 사바나를 횡단하는 야생 동물들은 식량이 있는 곳이나 짝짓기를 하고 종족을 퍼뜨리기 알맞은 장소로 옮겨 다닌다. 그런 동물들의 이동은 의미가 있다. 하지만 이 구름들의 움직임은 그냥 우연이거나, 원자나 분자에 무작위로 일어난 어떤 일의 결과일 뿐이다. 그러므로 풀밭 위를 달려가는 구름의 그림자들은 아무 의미가 없다.

그럼에도 불구하고 이 그림자들은 마치 무슨 의미를 지니고 있는 것처럼 보였다. 어떤 목적을 가지고 긴장해서 달리고 있는 것 같았다. 밤 그 자체도 그랬다. 메리 자신도 그 목적만 모르고 있을 뿐 똑같은 기분을 느꼈다. 하지만 그녀와는 달리 구름들은 자신들의 목적과 이유를 알고 있는 듯했다. 그리고 바람과 풀잎도 알고 있었다. 온 세상이 살아 있고 의식이 있었다.

메리는 언덕을 올라가서 늪지를 돌아보았다. 개펄과 갈대밭의 반짝이는 어둠 속에서 밀물이 은빛 떼를 이루고 있었다. 그곳에는 구름의 그림자들이 더욱 선명해 보였다. 그것들은 마치 무서운 무언가로부터 급히 도망치는 것처럼 보이기도 하고, 앞에서 기다리고 있는 어떤 멋진 것을 포옹하려고 달려가는 것 같기도 했다. 하지만 그것이 무엇인지 메리는 결코 알 수 없었다.

그녀는 전망대를 지어 놓은 나무가 있는 숲으로 갔다. 걸어서 20분쯤 걸리는 곳이었다. 세차게 부는 바람에 커다란 머리를 흔들고 있는 그 높다란 나무가 눈에 선명하게 들어왔다. 바람과 나무는 서로 무슨 대화를 나누고 있는 듯했지만 그녀는 알아들을 수 없었다.

메리는 밤의 열기에 전율하면서 그 속으로 빨리 들어가고 싶은 열망에 걸음을 서둘렀다. 하느님이 그리웠냐고 월이 물었을 때 그녀가 말했던 것이 바로 이것이었다. 우주 전체가 살아 있으며, 만물이 의미의 실타래로 서로 연결되어 있음을 자각하는 것. 기독교도였을 때는 그녀도 그렇게 만물과 연결되어 있는 느낌이었다. 하지만 교회를 떠나자 그 연결 고리에서 풀려나 자유롭고 가볍게 아무 목적 없이 우주 속을 떠다니는 것만 같았다.

그러다가 새도들을 발견하게 되었고, 지금 이 세계로 오게 된 것이다. 이 활기찬 밤에, 만물이 목적과 의미를 지니고 요동치고 있건만 그녀는 그것으로부터 단절되어 있었다. 그리고 그녀에게는 이제 신이 없기 때문에 연결 고리를 찾기란 불가능했다.

기쁨과 절망을 동시에 느끼며 메리는 나무 위로 올라가서 다시 더스트 속으로 몰입해 보기로 했다. 그러나 숲 속으로 채 반도 들어가지 않아서 나뭇잎이 흔들리는 소리와 풀밭을 스치는 바람 소리와는 다른 어떤 소리가 들려왔다. 오르간처럼 깊고 우울하게 울리는 신음 소리였다. 그리고 그 위로 무언가 부러지고 찢어지는 듯한 날카로운 소리와 나무와 나무가 부딪치고 삐걱거리는 소리도 났다.

설마 전망대가 있는 나무가 부러진 건 아니겠지?

메리는 사방이 트인 풀밭에서 걸음을 멈추었다. 바람이 얼굴을 때리고 구름의 그림자들이 옆으로 지나갔다. 키가 큰 풀잎들은 종아리를 마구 때렸다. 그녀는 숲의 윗부분을 살펴보았다. 가지들이 신음하며 꺾어지고 거대한 나무 기둥이 마른 작대기처럼 부러져 땅에서 뒹굴고 있었다. 그녀가 잘 알고 있는 바로 그 나무도 윗부분이 서서히 기울며 쓰러지기 시작했다.

가지와 줄기와 뿌리 속의 모든 조직이 이 킬러에 대항하여 아우성을 치는 것만 같았다. 하지만 나무들은 자꾸만 쓰러졌고, 그 긴 둥치들이 쓰러질 때는 마치 메리의 머리 위로 덮쳐 오는 것만 같았다. 그리고 바닥에 넘어지면 몇 차례 튕겨 오르며 숲을 찢어발길 듯한 날카로운 소리를 냈다.

메리는 얼른 달려가서 요동치는 나뭇잎들을 어루만졌다. 거기에는 그녀의 밧줄과 전망대의 파편들이 흩어져 있었다. 심장이 아플 정도로 심하게 뛰었다. 그녀는 쓰러진 가지들 사이로 기어올라 낯선 각도로 뻗어 있는 눈에 익은 가지들을 통과했다. 그리고 최대한 높이 올라가서 몸의 균형을 잡았다.

나뭇가지에 몸을 기대고 호박색 망원경을 꺼내 들었다. 망원경으로 하늘을 올려다보자 아주 다른 두 개의 움직임이 보였다.

하나는 달을 가로질러 한 방향으로 흘러가는 구름이었고, 다른 하나는 그와 정반대 방향으로 흘러가는 더스트였다.

그러나 더스트가 훨씬 더 빠르고 그 양도 엄청났다. 사실 하늘 전체를 더스트가 거의 뒤덮고 있었다. 절대 줄어들 것 같지 않은 거대한 흐름이 세계 밖으로 쏟아져 나오고 있었고, 그것은 모든 세계로부터 흘러나와 끝없는 허공 속으로 들어가고 있는 듯했다.

윌과 리라 말로는 만단검이 최소한 300년은 되었다고 했다. 탑에 있던 노인이 그렇게 말했다는 것이었다.

뮬레파들은 3만 3천 년 동안 그들의 삶과 세계를 살찌웠던 스라프들이 소멸되기 시작한 것은 고작 300년 전부터라고 했다.

윌의 얘기에 따르면 만단검의 주인이었던 천사의 탑의 길드는 부주의하기 짝이 없었다. 그들은 열었던 창들을 제대로 닫지 않았던 것이다. 메리도 그것들 중 하나를 발견했을 정도니, 다른 창들도 분명 많이 남아 있을 것이었다.

그렇다면 지금까지 만단검이 대자연에 갈라놓은 창들을 통해 더스트들이 조금씩 새어 나갔다는…….

메리는 현기증이 일었다. 그녀가 기대어 있는 나뭇가지가 흔들려서만은 아니었다. 그녀는 망원경을 조심스럽게 주머니에 넣고 앞에 있는 가지에 팔을 걸쳤다. 그리고 하늘과 달과 흘러가는 구름들을 응시했다.

아주 적은 양의 더스트가 새어 나가는 것도 모두 만단검 탓이었다. 그것은 치명적이었고, 그 때문에 우주 전체가 고통을 겪고 있었다. 메리는 윌과 리라에게 그것을 멈추게 할 방법을 찾아보라고 말해야 한다.

하지만 하늘의 거대한 흐름은 또 다른 문제였다. 그것은 새로운 대재앙이었다. 더스트의 흐름이 멈추지 않으면 의식이 있는 모든 생명은 종말을 맞게 될 것이다. 뮬레파가 그녀에게 보여 주었듯이 더스트는 살아 있는 것들이 스스로를 의식할 때 생겨난다. 그러나 뮬레파가 나무에서 자신들의 바퀴와 기름을 조달했듯이, 더스트도 자체를 보강하고 안전하게 하기 위한 피드백 체계가 필요했다. 그런 것이 없으면 더스트는 소멸할 것이다. 생각, 상상, 느낌은 모두 시들어서 사라지고 동물적인 기계적 행동만 남게 될 것이다. 그래서 생명체가 자신을 의식하는 그 짧은 기간은 그것이 환하게 타올랐던 무수한 세계 속에서 촛불처럼 꺼져 갈 것이다.

그런 생각을 하자 메리는 가슴이 아팠다. 갑자기 늙어 버린 느낌이었다. 마치 여든 살쯤 되어 쇠약하고 지쳐서 죽을 날만 기다리는 기분이었다.

그녀는 쓰러진 아름드리 나무의 가지들 속에서 간신히 기어 나왔다. 나뭇잎과 숲과 그녀의 머리카락을 세차게 흔들던 바람은 이제 마을 쪽으로 불어 댔다.

마을로 돌아가는 언덕 위에서 메리는 마지막으로 더스트의 흐름을 살펴보았다. 구름과 바람은 더스트를 거슬러 흘러갔고, 달이 그 한가운데에 자리 잡고 있었다.

그제야 메리는 그것들이 무엇을 하고 있는지 알았다. 그것들의 가장 시급한 목적이 무엇인지 마침내 알아낸 것이다.

그것들은 더스트의 흐름을 되돌리려고 애쓰고 있었다. 그 무서운 흐름을 저지하기 위해 필사적으로 장벽을 치고 있었던 것이다. 바람과 달과 구름과 나뭇잎과 풀, 그 아름다운 모든 것은 이 우주 속에 새도 소립자들을 지키기 위해 울부짖으며 몸부림치고 있었다.

물질은 더스트를 사랑했다. 물질은 더스트가 사라지는 것을 보고 싶지 않았다. 더스트가 없이는 이 밤도 메리도 있을 수 없었다.

신을 버렸을 때 그녀는 삶의 의미도 목적도 없다고 생각했던가? 그렇다. 메리는 분명 그렇게 생각했었다.

"하지만 이젠 있어!"

그녀는 큰 소리로 말했다. 그리고 다시 더 큰 소리로 외쳤다.

"이젠 있다구!"

그녀가 다시 하늘을 보았을 때 더스트의 흐름 속에 있는 구름과 달은 미시시피 강의 흐름을 막기 위해 작은 조약돌과 가느다란 나뭇가지로 쌓아 올린 둑처럼 곧 허물어질 것만 같았다. 하지만 그들은 최선을 다하고 있었다. 그리고 모든 것이 끝날 때까지 계속 노력할 것이다.

메리는 밖으로 나온 지 얼마나 오랜 시간이 흘렀는지 알 수 없었다. 격앙되었던 감정이 가라앉기 시작하자 극도의 피로감이 몰려왔다. 그녀는 언덕을 천천히 내려가서 마을로 향했다.

매듭나무 덤불이 우거진 작은 숲 근처에 이르렀을 때, 메리는 개펄 위로 이상한 물체를 보았다. 그것은 하얀 빛을 내며 조수를 따라 계속 다가오고 있었다.

메리는 걸음을 멈추고 그것을 뚫어지게 응시했다. 투알라피 같지는 않았다. 그들은 언제나 무리를 지어 움직이는데, 이것은 혼자였다. 그렇지만 돛 모양의 날개와 기다란 목 등, 생긴 모습은 의심할 나위 없이 투알라피였다. 메리는 투알라피가 혼자 돌아다니는 것은 본 적이 없었다. 어쨌거나 그 물체가 멈추었기 때문에, 메리는 뮬레파들에게 알리는 일을 잠시 미루었다. 그것은 오솔길 근방의 물위에 떠 있었다.

그 물체가 쪼개지고 있었다……. 아니, 그것의 등에서 무언가 내리고 있었다.

어떤 남자였다.

꽤 먼 거리였지만 메리는 그를 그런 대로 선명하게 볼 수 있었다. 밝은 달빛에 그녀의 눈이 익숙해져 있었기 때문이다. 호박색 망원경으로 살펴보니 더 이상 의심할 여지가 없었다. 더스트가 빛나는 인간의 형체였다.

그는 무언가를 들고 있었다. 기다란 막대기처럼 생긴 물건이었다. 그는 길을 따라 빠른 걸음으로 성큼성큼 걸어왔다. 운동선수나 사냥꾼처럼 날렵한 움직임이었다. 평범한 검은색 옷차림을 하고 있어서 눈에 잘 띄지 않았지만, 호박색 망원경을 통해서는 스포트라이트를 받고 있는 것처럼 잘 보였다.

사내가 마을에 가까워지자 메리는 그가 들고 있는 막대기 같은 것이 소총이라는 것을 알았다. 갑자기 심장에 얼음물을 끼얹은 것처럼 오싹해졌다. 온몸의 털이 일제히 곤두서는 느낌이었다. 하지만 그녀가 할 수 있는 일은 없었다. 마을로 들어가는 그 남자를 그저 바라보고만 있었다. 사내는 좌우를 살피고, 가끔 걸음을 멈추고 소리에 귀를 기울이기도 하면서, 이 집에서 저 집으로 잽싸게 움직였다.

메리의 마음은 더스트의 흐름을 막으려고 안간힘을 쓰는 달과 구름들과 같았다. 그녀는 마음속으로 조용히 외쳤다. 그 나무 아래는 보지 마! 그 나무에서 떨어져!

하지만 사내는 점점 그 나무 가까이로 다가가더니 마침내 메리의 집 밖에 멈춰 섰다. 메리는 더 이상 참을 수가 없어서 망원경을 주머니에 넣고 비탈길을 달려 내려가기 시작했다. 고함을 지르고 싶었지만 그 소리에 윌과 리라가 깨면 그들의 위치를 사내에게 알리는 꼴이어서 그럴 수도 없었다.

　메리는 사내가 무슨 짓을 하고 있는지 궁금해 견딜 수가 없었다. 그래서 달리기를 멈추고 다시 망원경을 꺼내 들었다.

　사내는 그녀의 집 문을 열고 안으로 들어가고 있었다. 그가 시야에서 사라지자 뒤에 남은 더스트가 마치 손으로 휘저은 연기처럼 요동을 쳤다. 메리는 가슴을 조이며 사내가 나오기를 기다렸다. 잠시 후 사내가 다시 나타났다.

　그는 메리의 집 현관에 서서 천천히 앞뒤 좌우를 살폈고, 그의 시선은 윌과 리라가 잠들어 있는 그 나무를 쭈욱 훑고 지나갔다.

　문지방을 내려와 잠시 걸음을 멈춘 사내는 당혹스러운 표정을 지었다. 메리는 불현듯 민둥산 비탈길에 서 있는 자신이 눈에 너무 잘 띄리라는 걸 의식했다. 소총으로 쉽게 맞힐 수 있는 거리였다. 하지만 사내는 마을에만 온통 신경을 쏟고 있었다. 몇 분이 지나자 그는 돌아서서 조용히 멀어져 갔다.

　메리는 강가로 내려가는 사내를 유심히 살펴보았다. 사내가 하얀 새의 등 위로 올라가 양다리를 접고 앉자, 그 새는 수면 위를 미끄러지듯 멀어져 갔다. 그리고 5분쯤 지나자 그들은 메리의 시야에서 완전히 사라졌다.

언덕 너머 저 멀리

> 내 생애의 생일이 왔으니
> 내 사랑도 찾아오리.
> – 크리스티나 로세티 –

"말론 박사님, 윌과 나는 데몬들을 찾아야 돼요. 그들을 찾아야 어떻게 해야 할지 알 것 같거든요. 그들 없이는 더 이상 못 살겠어요. 그래서 무작정 찾아보고 싶어요."

리라가 말했다.

"어디로 갈 건데?"

메리는 간밤에 잠을 설친 탓에 눈꺼풀이 무겁고 머리가 아팠다. 강가에서 세수를 하고 있는 리라와 애기를 주고받으며 메리는 어제 왔던 그 남자의 발자국을 찾고 있었다. 그러나 발자국은 어디에도 없었다.

"잘 모르겠어요. 하지만 데몬들은 이곳 어딘가에 있어요. 우리가 전쟁터에서 빠져나오자마자 그들은 더 이상 우릴 못 믿는 것처럼 도망가 버렸죠. 그들을 나무랄 순 없어요. 하지만 이 세계에 있는 건 분명해요. 한두 번 얼핏 본 것 같기도 하고, 금방 찾을 수 있을 거예요."

"내 말 좀 들어 봐."

메리는 전날 밤에 본 그 사내에 대해서 말했다.

그때 윌이 그들에게 다가왔다. 메리의 얘기를 들은 윌과 리라는 눈이 휘둥그레져서 심각한 표정을 지었다.

"단순히 여행객일지도 모르죠. 윌의 아버지처럼 우연히 창을 발견하고 들어와서 헤매고 있는지도 몰라요. 지금 여러 곳에 창들이 열려 있거든요. 어쨌거나 그가 그냥 돌아갔다면, 나쁜 짓을 할 생각은 없었다는 거잖아요?"

"모르겠어. 하지만 왠지 기분이 나빴어. 그리고 너희들끼리 떠나는 것도 걱정돼. 너희들이 그동안 겪은 온갖 위험한 일을 못 들었으면 몰라도. 제발 조심하렴. 주위를 잘 살펴. 초원에서는 멀리서도 누가 오는지 볼 수가 있지만……."

"그럴 땐 재빨리 다른 세계로 도망치면 돼요."

윌이 말했다.

아이들의 결심이 워낙 단호한 터라 더 이상 말릴 재간이 없었다.

"숲 속엔 절대 들어가지 않겠다고 약속해. 혹시 그 남자가 아직 이 근처에 있다면 숲 속에 숨어 있을 거야. 그런 곳에서 마주치면 미처 도망칠 시간도 없을 거야."

리라가 대답했다.

"약속할게요."

"하루 종일 걸릴지도 모르니까 음식을 싸 줄게."

메리는 납작한 빵과 치즈, 그리고 갈증을 풀어 줄 달콤한 빨간 과일을 천에 싸서 어깨에 걸칠 수 있도록 가는 끈으로 묶어 주었다.

"데몬들을 꼭 찾아 와. 제발 몸조심하고."

여러 번 당부한 뒤에도 그녀는 여전히 걱정되어 산기슭을 올라가는 월과 리라의 뒷모습을 내내 지켜보고 있었다.

"박사님이 왜 저렇게 슬퍼 보이는지 모르겠어."

산마루로 올라가면서 월이 리라에게 말했다.

"혹시 고향으로 다시는 돌아가지 못하게 될까 봐 걱정하고 있는지도 몰라. 또 연구실이 이미 남의 손에 넘어갔을지도 모르고, 어쩌면 옛날에 사랑했던 남자 때문인지도 모르지."

"흠, 넌 우리가 집으로 돌아갈 수 있을 거라고 생각해?"

"몰라, 난 돌아갈 집도 없는 것 같은데 뭐. 조던 대학에서 날 받아 줄 것 같지도 않고, 그렇다고 해서 곰이나 마녀들과 함께 살 수도 없는 노릇이고, 어쩌면 집시들과 살지도 몰라. 그들이 날 받아만 준다면 난 괜찮아."

"아스리엘 경의 세계는 어때? 거기서 살기는 싫어?"

"그 세계는 망할 거야."

"왜?"

"우리가 저승을 빠져나오기 직전에 네 아빠의 유령이 그렇게 말했어. 데몬들은 자신의 세계에 있어야 오래 살 수가 있대. 아스리엘 경은, 우리 아빠 말야, 그 점을 생각하지 못한 거야. 아빠가 그 일을 시작했을 때는 다른 세계에 대해 충분히 아는 사람이 아무도 없었거든. 그 모든 용기와 기술들이 헛것이 되고 말았어! 아무짝에도 쓸모없는 쓰레기가 되어 버렸다구!"

그들은 걷기 쉬운 암반 길을 골라 가며 계속 언덕을 올랐다. 언덕 꼭 대기에 이르자 리라는 걸음을 멈추고 뒤를 돌아보았다.

"월, 못 찾으면 어떡하지?"

"꼭 찾을 거야. 난 내 데몬이 어떻게 생겼는지 궁금해."

"너도 봤잖아. 내가 안고 나올 때."

리라는 그렇게 말하고는 얼굴을 붉혔다. 다른 사람의 데몬처럼 매우 사적인 것에 손을 대는 일은 예의에 어긋나는 행동이기 때문이다.

그것은 금기 사항일 뿐만 아니라, 몹시 부끄러운 일이기도 했다. 윌의 뺨이 빨갛게 달아오르는 것을 보면, 그도 그것을 알고 있는 것이 분명했다. 리라는 윌도 어젯밤 그녀를 덮쳤던, 반은 두렵고 반은 흥분되는 감정을 느끼고 있는지 궁금해졌다. 그녀는 그 감정을 지금 다시 느끼고 있었다.

그들은 나란히 함께 걷다가 갑자기 서로를 쳐다보기 부끄러워졌다. 윌은 부끄러움을 물리치고 리라에게 물었다.

"네 데몬은 변신을 언제 끝내지?"

"글쎄…… 지금쯤이 아닐까. 아니면 좀 더 나이가 든 뒤일 수도 있어. 판탈라이몬과 그 얘길 자주 하곤 했지. 우리는 판이 어떤 동물로 확정될지 몹시 궁금했어."

"전혀 짐작도 할 수 없는 거니?"

"어릴 땐 그래. 나이가 들어 가면서 생각하기 시작하는 거야. 이런 동물이면 어떨까, 저런 동물이면 어떨까. 그리고 항상 자신에게 가장 적합한 동물로 고정되는 거야. 그러니까 너의 진짜 본성과 같은 것으로 말이야. 예를 들어 네 데몬이 개라면 너는 남이 시키는 대로 잘하고, 주인을 잘 알아보고, 명령을 잘 따르고, 네가 맡은 사람들을 기쁘게 해주는 데 능하다는 뜻이야. 하인들은 대부분 개를 데몬으로 가지고 있어. 그래서 데몬을 보면 그 사람의 본성과 소질을 알 수 있지. 너희 세계 사람들은 어떻게 자신을 발견하니?"

"잘 모르겠어. 나는 우리 세계를 잘 몰라. 모든 걸 비밀로 하고 감춰야 한다는 것 말고는. 그래서 난 어른들이나 친구들에 대해서 잘 몰라. 연인들에 대해서도. 그곳 사람들은 데몬을 갖기 힘들 것 같아. 단지 데몬을 보는 것만으로도 그 사람의 많은 것을 알 수 있으니까. 나도 비밀을 지키며 숨어 지내는 편이 더 좋아."

"그렇다면 네 데몬은 숨는 데 익숙한 동물일 거야. 아니면 다른 동물로 가장하고 있거나. 말벌처럼 보이는 나비일지도 모르지. 아무튼 너의 세계에 있는 생물체일 게 분명해. 우리도 그런 데몬을 갖고 있거든."

그들은 말없이 걸었다. 광대한 맑은 아침이 주위의 골짜기로 깨끗하게 스며들고 따스한 공기는 진주빛으로 물들었다. 시야가 닿는 곳 멀리까지 갈색, 황금색, 황록색의 거대한 초원이 가물가물 펼쳐지고 텅 비어 있었다. 그들이 이 세계에 존재하는 유일한 인간 같았다.

"정말 텅 비어 있는 건 아니야."

리라가 말했다.

"그 남자 말이니?"

"아니. 무슨 말인지 알잖아."

"그래, 알아. 풀밭에 섀도들이 보여. 새들에게도."

윌이 이곳저곳에서 일어나는 작은 움직임들을 눈으로 좇고 있었다. 섀도는 똑바로 바라보지 않아야 더 잘 보였다. 섀도들은 윌의 눈 가장자리에 그 모습을 드러내려 하고 있었다. 윌이 그 얘기를 하자 리라가 말했다.

"그건 소극적 능력이라는 거야."

"그게 뭔데?"

"시인 키츠가 맨 처음 말했대. 말론 박사님이 알아. 내가 알레시오미터를 읽는 방법도 그거야. 네가 만단검을 사용하는 방법도 그렇고, 안 그래?"

"응, 그런 것 같아. 그런데 난 그들이 데몬일지도 모른다고 생각하고 있었어."

"나도 그랬어. 하지만……."

리라가 손가락을 입술에 대자 윌은 고개를 끄덕였다.

"저기 봐!"

윌이 소리쳤다.

"나무가 쓰러져 있어."

메리가 올라갔던 나무였다. 윌과 리라는 또 다른 나무가 쓰러질지도 모르기 때문에 조심스럽게 숲을 살피며 올라갔다. 산들바람이 나뭇잎을 흔드는 이 고요한 아침에 그렇게 거대한 나무가 쓰러져 있다는 것이 도무지 믿기지 않았다.

거대한 나무둥치는 뽑힌 뿌리를 숲 속에 걸치고 무수한 가지들을 풀밭에 누인 채 공중으로 높이 솟아 있었다. 꺾이고 부러진 나뭇가지들만 해도 윌이 지금까지 본 어떤 나무둥치보다 굵었다. 아직도 단단한 가지들로 빽빽이 들어차고 짙은 녹색 이파리들로 가득한 나무의 윗부분은 폐허가 된 궁전처럼 포근한 공기 속에 불쑥 솟아 있었다.

갑자기 리라가 윌의 팔을 잡으며 속삭였다.

"쉬! 보지 마! 그들이 저기 있는 것 같아. 무언가 움직이는 걸 봤어. 판탈라이몬이 분명해."

리라의 손은 따뜻했다. 윌은 머리 위로 솟아오른 거대한 나뭇가지와 이파리들보다 리라의 손에 자꾸만 신경이 갔다. 그는 알록달록한 색채로 빛나는 지평선으로 시선을 돌리며 그 묘한 기분을 떨쳐 버리려고 했다. 그런데 시야에 잡히는 것이 있었다. 리라가 말한 그 무엇이 나무 옆에 웅크리고 있었고, 그 옆에 또 다른 하나가 있었다.

윌이 숨을 죽이고 말했다.

"저쪽으로 걸어가자. 저들이 우릴 따라오는가 보게."

"그랬다가 안 따라오면…… 그래 맞아, 그게 좋겠어."

리라가 나지막하게 대답했다.

그들은 주위를 둘러보는 척하며 땅에 쓰러져 있는 나뭇가지 하나를 집었다. 그러곤 나무 위로 올라갈 것처럼 굴다가 곧 마음을 바꾼 듯이 머리를 흔들고는 걸음을 옮겼다.

"뒤돌아보고 싶어 죽겠어."

몇백 미터쯤 갔을 때 리라가 말했다.

"그냥 계속 가. 저들은 우릴 볼 수 있으니까 놓치지 않고 잘 따라올 거야. 그러다가 마음이 내키면 우리 곁으로 오겠지."

윌과 리라는 검은색 도로에서 키가 무릎까지 오는 풀밭 속으로 들어갔다. 그들이 다리로 풀을 걷어차며 걷자 풀벌레들이 사방으로 날아올랐다. 주위에서는 다른 풀벌레들의 울음소리가 계속 들렸다.

"앞으로 어떡할 거야, 윌?"

침묵 속에 얼마쯤 걸은 후 리라가 조용히 물었다.

"응, 난 집에 가야겠어."

하지만 리라가 듣기에는 그의 말에 확신이 없어 보였다. 그리고 확신이 없기를 리라는 바라고 있었다.

"하지만 그들이 여전히 널 쫓고 있을 거야. 그 남자들 말이야."

"우린 그들보다 더 나쁜 일도 봤는데, 뭐."

"하긴 그래. 하지만 난 너한테 조던 대학과 펜즈를 보여 주고 싶었는데. 그리고 너랑……."

"그래, 나도 그러고 싶어. 다시 치타가체로 돌아가는 것도 좋을 거야. 그곳은 아름다우니까. 그리고 스펙터들도 사라진다면……. 하지만 엄마 때문에 안 돼. 집에 돌아가서 엄마를 돌봐 드려야 해. 쿠퍼 부인한테 엄마를 맡기고 왔어. 두 분 모두에게 죄를 지은 거야."

"하지만 네가 그 일을 해야 한다는 것도 나빠."

"그렇긴 했지. 하지만 이건 달라. 이건 지진이나 폭풍 같은 거라고나 할까. 불공평하지만 그렇다고 누굴 비난할 수 없는 일이니까. 하지만 자기 몸도 성치 않은 노부인에게 어머니를 맡기고 떠난 건 분명 잘못이야. 난 무조건 집으로 돌아가야 해. 하지만 우린 예전처럼 돌아가기 어려울 거야. 지금쯤은 비밀이 다 밝혀졌을 테니까. 그리고 엄마가 예전처럼 또 겁에 질려 있으면, 쿠퍼 부인도 엄마를 돌보기 어려웠을 거야. 그러면 그분은 도움을 받아야 했을 테고, 나는 돌아가면 단체 같은 곳으로 들어가야 할 거야."

"설마! 고아원 같은 곳 말이야?"

"아마 그럴걸. 잘 모르겠지만 그곳이 싫을 거야."

"만단검으로 도망갈 수 있잖아, 윌! 내가 사는 세계로 올 수 있어!"

"하지만 난 그곳 사람이야. 엄마도 그곳에 있고. 내가 어른이 되면 우리 집에서 엄마를 잘 돌봐 드릴 거야. 그땐 아무도 우리를 건드리지 않겠지."

"결혼은 할 거니?"

윌은 한동안 침묵했다. 하지만 리라는 그가 골똘히 생각하고 있다는 것을 알았다.

"그건 그때 가 봐야 알겠어. 먼저 나를 이해할 수 있는 사람이 있어야겠지…… 우리 세계에는 그런 사람이 없는 것 같아. 너도 언젠가 결혼하겠지?"

리라가 떨리는 목소리로 대답했다.

"응, 하지만 우리 세계 사람하고는 아니야."

그들은 지평선을 향해 계속 걸었다. 시간은 얼마든지 있었다. 이 세상에 있는 시간이 모두 그들의 것이었다.

잠시 후 리라가 말했다.

"넌 만단검을 잘 간직할 거야, 그렇지? 그러니까 나의 세계로 언제든 올 수 있지?"

"그럼. 누구에게도 이걸 내주지 않을 거야."

"돌아보지 마."

리라가 걸음을 늦추지 않고 말했다.

"저들이 다시 왔어. 왼쪽에."

월이 기뻐하며 말했다.

"우릴 따라오고 있어!"

"쉬이! 그럴 줄 알았어. 좋아, 이제부터 그들을 찾는 척하자. 엉뚱한 곳만 골라서 보는 척하는 거야."

이제 게임이 시작되었다. 월과 리라는 연못을 하나 발견하고 갈대 숲과 뻘밭을 뒤지며, 데몬들이 개구리나 물방개 혹은 민달팽이 모습을 하고 있을 거라고 큰 소리로 말했다. 숲 근처에 쓰러져 있는 나무의 껍질을 벗기고는 두 데몬이 집게벌레로 변해 그 안에서 기어 다니고 있는 양 들여다보기도 했다. 리라는 개미를 밟은 것처럼 소란을 피우면서 그 개미가 판탈라이몬이나 되는 것처럼 슬픈 목소리로 얘기하기도 했다.

하지만 데몬들이 그들의 말을 들을 수 없는 거리에 있다는 확신이 들자, 리라는 월에게 몸을 기울이고 조용하고 진지하게 말했다.

"우린 그들을 떠날 수밖에 없었어, 그치? 정말 어쩔 수 없었다구."

"그래, 나보다 너에게 더 안 좋은 일이었지. 하지만 어쩔 도리가 없었어. 넌 로저와 약속한 것을 꼭 지켜야 했으니까."

"그리고 넌 아빠와 얘기를 다시 해야 했고……."

"그리고 유령들을 모두 밖으로 데리고 나와야 했어."

"그래, 맞아. 그건 정말 잘한 일이야. 언젠가는 판탈라이몬도 기뻐할 거야, 내가 죽을 때 말이지. 우린 떨어지지 않을 테니까. 그건 정말 잘한 거야."

해가 점점 높이 떠오르며 더워지자 그들은 그늘을 찾기 시작했다. 정오가 가까워질 무렵에는 산마루 꼭대기로 이어지는 비탈길에 이르렀다. 꼭대기에 이르자마자 리라는 풀밭에 털썩 주저앉으며 말했다.

"아휴! 빨리 시원한 그늘을 찾아야겠어."

반대편 계곡으로 이어지는 비탈길이 있었는데 덤불이 우거져 있는 것으로 봐서 시냇물도 있을 것 같았다. 그들은 산비탈을 내려가서 계곡 밑바닥에 이르렀다. 예상했던 대로 고사리와 갈대가 우거진 바위틈에서 샘물이 보글보글 솟아오르고 있었다.

그들은 햇빛에 달아오른 얼굴을 물에 담그고 마음껏 물을 마셨다. 개울을 따라 아래쪽으로 내려가자 물은 작은 소용돌이를 치며 조그만 암반 위로 쏟아져 내리고 있었고, 물의 양도 점점 많아지고 개울도 더 넓어졌다.

"어떻게 이럴 수가 있지?"

리라는 놀란 표정을 지었다.

"물이 더 들어오는 곳이 없는데 아까 거기보다 물이 더 많아."

눈 가장자리로 새도들을 살펴보던 윌은 그것들이 앞으로 미끄러져 나와 고사리를 뛰어넘어 덤불 아래로 사라지는 것을 보았다. 그는 조용히 그쪽을 가리키면서 말했다.

"조금 천천히 흘러가서 그런 것뿐이야. 샘물이 솟아나오는 만큼 빠르게 흐르지 않아서 이런 웅덩이에 고이는 거야……. 그들이 저곳에서 사라졌어."

윌은 산 언저리의 키 작은 나무들을 가리키며 속삭였다.

리라는 심장이 너무 빨리 뛰어 목에 맥박이 느껴질 정도였다. 둘은 이상할 정도로 딱딱하고 진지한 표정으로 서로를 바라본 뒤 개울을 따라 내려갔다. 계곡 아래로 내려갈수록 덤불은 더욱 빽빽해졌다. 개울은 녹색 굴 속으로 들어갔다가 얼룩진 개활지에 모습을 드러내더니, 다시 돌멩이들을 훑고 지나가서 초록 풀밭 속으로 스며들었다. 윌과 리라는 눈으로 보고 귀로 들으며 개울을 따라갔다.

언덕 언저리에서 개울은 은빛을 띠는 작은 나무들의 숲으로 흘러 들어갔다.

고메스 신부는 언덕 위에서 지켜보고 있었다. 아이들을 뒤쫓는 일은 그다지 어렵지 않았다. 탁 트인 초원이라고는 해도 여기저기 무성한 풀과 실나무들과 래커 수액 나무들이 있어 숨을 곳이 많았다. 두 아이는 아침 일찍부터 사방을 두리번거리며 무언가를 찾아다니고 있었다. 신부는 어느 정도 거리를 유지하려고 했지만, 오전이 지나자 아이들은 서로에게 열중한 나머지 주위에는 점차 신경을 쓰지 않는 것 같았다.

그는 남자 아이는 해치고 싶지 않았다. 아무 죄도 없는 사람을 해치는 것이 두려웠기 때문이다. 그의 목표물을 확인하는 유일한 방법은 리라를 분명히 볼 수 있을 만큼 가까이 다가가는 것이었고, 그러자면 그들을 따라 숲 속으로 들어가야 했다.

조용하고 조심스럽게 그는 개울을 따라 내려갔다. 초록색 등딱지를 가진 그의 딱정벌레 데몬은 머리 위로 날아다니며 공기를 음미했다. 딱정벌레의 시력은 신부보다 떨어졌지만 후각만큼은 정확했다. 그래서 딱정벌레는 젊은 아이들의 살 냄새를 분명히 맡았다. 딱정벌레는 앞으로 먼저 날아가서 풀줄기에 앉아 신부를 기다리다가 다시 공중으로 날아올라 아이들이 공기 속에 남겨 놓은 냄새를 찾아냈다. 고메스 신부는 자신에게 주어진 임무에 대해 하느님께 감사하고 있었다. 소년과 소녀가 원죄 속으로 발을 들여놓고 있는 것이 점점 더 분명해지고 있었기 때문이다.

짙은 금발이 움직이는 것이 보였다. 그 여자 아이의 머리였다. 그는 점점 가까이 다가가면서 소총을 꺼냈다. 거기에는 망원 가늠자가 달려 있었다. 렌즈 배율은 낮았지만 훌륭하게 제작되어 있어서, 그것을 통해 보면 시야가 넓어지는 건 물론이고 선명해지기까지 했다. 됐다, 그 아이가 보였다. 그녀가 멈춰서 돌아보는 바람에 그는 그녀의 표정을 볼 수 있었다. 그런데 사악함에 빠져 있다는 사람이 어떻게 그렇게 행복감과 희망으로 빛날 수 있는지, 정말 이해할 수 없는 일이었다.

그 모습에 당황한 그는 잠시 망설였고 정신을 차려 보니 아이들은 이미 숲 속으로 들어가 버리고 없었다. 괜찮다, 그리 멀리 가진 못했을 테지. 그는 한 손에는 총을 들고 다른 손으로는 균형을 잡으면서 몸을 웅크린 채 그들을 따라 시내를 내려갔다.

그는 이제 목적을 달성할 수 있을 만큼 가까이 접근했다. 그때 그는 처음으로 이 일을 끝낸 뒤에 어떻게 할 것인지 심각하게 생각하게 되었다. 제네바로 돌아가서 하늘왕국에 봉사할 것인가, 아니면 이 세계에 그냥 남아 선교 활동을 할 것인가? 이곳에서 가장 먼저 할 일은 이성의 조짐을 지닌 듯한 그 네 다리 생물체들에게 바퀴로 달리는 그들의 관습은 혐오스러운 사탄의 행위이므로 하느님의 뜻에 어긋난다는 믿음을 심어 주는 일이었다. 그 관습을 타파해야만 구원을 받을 수 있을 것이었다.

숲이 시작되는 산기슭에 도착하자 신부는 소총을 조심스럽게 내려놓았다.

그는 은빛과 초록색, 황금빛이 어우러진 그늘을 응시하며 두 손을 귀에 바짝 대고 풀벌레 소리와 개울물 소리에 섞여 들려오는 작고 은밀한 목소리에 귀를 기울였다. 그래, 그들이 저기 있어. 멈춰 선 거야.

그는 소총을 집어 들기 위해 허리를 숙였다.

그 순간 목이 콱 잠기며 숨이 막혀 왔다. 무언가가 그의 데몬을 움켜쥐고 그로부터 떼어 내고 있었다.

그러나 아무것도 없었다! 데몬이 어디 갔지? 지독한 고통이 그를 덮쳐 왔다. 딱정벌레가 울부짖는 소리를 들은 신부는 자기 데몬을 찾아 정신없이 사방을 헤매기 시작했다.

"얌전히 있어."

허공에서 목소리가 들렸다.

"그리고 조용히 해. 네 데몬은 내 손안에 있어."

"너, 넌 누구냐? 어디에 있는 거야?"

"내 이름은 발타모스야."

목소리의 주인이 말했다.

윌과 리라는 개울을 따라 숲 속으로 들어갔다. 나직하게 한두 마디 주고받으며 조심해서 걷다 보니 숲의 한가운데에 와 있었다. 그곳에는 부드러운 풀과 이끼 덮인 바위들이 깔린 작은 빈터가 있었다. 머리 위로는 나뭇가지가 무성하여 하늘을 거의 가렸고, 그 사이로 눈부신 햇살이 비집고 들어와 모든 것을 금색과 은색으로 물들이고 있었다.

그리고 조용했다. 개울물이 흐르는 소리와 살랑대는 미풍에 나무 꼭대기에 매달린 나뭇잎들이 사각거리는 소리만이 가끔 침묵을 깼다.

윌은 점심 보따리를 내려놓았다. 리라도 작은 배낭을 내려놓았다. 데몬의 그림자는 어디에도 보이지 않았다. 오직 그들뿐이었다.

그들은 신발과 양말을 벗고 개울가의 이끼 낀 바위에 앉았다. 발을 물속에 담그자 뼛속까지 시원해졌다.

"배가 고파."

윌이 말했다.

"나도."

리라는 묘한 감정을 억누르며 대답했다. 뭔지 확실히 잡히지는 않지만, 잔잔하고, 절실하고, 행복하면서도 고통스럽기도 한 이상한 감정이 리라의 가슴을 내내 짓누르고 있었다.

그들은 보자기를 펴고 빵과 치즈를 먹었다. 어찌 된 셈인지 손이 뜻대로 잘 움직여지지 않았다. 뜨거운 바위 화덕에서 구워 낸 빵은 바삭바삭한데다 치즈도 얄팍하고 짭짤하고 신선했지만 그들은 맛을 느끼지 못했다.

리라는 빨간 과일 하나를 집어 들었다. 그러곤 빠르게 뛰는 가슴을 억누르며 윌을 돌아보았다.

"윌……."

리라는 과일을 윌의 입에 살짝 넣어 주었다.

리라는 윌의 눈을 통해서 그가 그녀의 뜻을 알았으며, 기뻐서 아무말도 하지 못하고 있다는 것을 알 수 있었다. 리라의 손은 아직도 윌의 입술에 닿아 있었고, 그는 리라의 손가락의 떨림을 느낄 수 있었다. 윌은 손을 들어 리라의 손을 잡았다. 둘은 서로의 얼굴을 쳐다볼 수 없었다. 그들은 혼란스러웠고, 그러면서도 행복했다.

어색하게 서로 몸을 부딪는 두 마리의 나방처럼, 그들의 입술이 가볍게 맞닿았다. 그러고 나서 둘은 갑자기 서로를 꼭 껴안으며 미친 듯이 얼굴을 비벼 댔다.

"말론 박사님이 그랬어."

윌이 속삭였다.

"누군가를 좋아하게 되면 금방 알게 된다고 말이야. 네가 산 위에서 자고 있을 때……."

"나도 들었어."

리라도 나지막하게 말했다.

"난 깨어 있었어. 너에게 똑같은 말을 해 주고 싶었어. 이제야 내가 늘 느끼고 있던 그게 뭔지 알겠어. 난 널 사랑하고 있었던 거야, 윌. 널 사랑해……."

사랑이란 말은 윌의 신경에 불을 지르고 온몸을 전율케 했다. 그는 같은 말로 대답하며 리라의 달아오른 얼굴에 키스를 퍼부었다. 리라의 향기로운 체취와 따스한 체온, 벌꿀 향기가 나는 머리칼, 과일 맛이 나는 달콤하고 촉촉한 입술을 마음껏 들이마시고 취했다.

마치 온 세상이 숨을 죽이고 있는 듯 주위에는 침묵만 감돌았다.

발타모스는 겁이 났다.

그는 숲에서 나와 개울 상류로 올라갔다. 그의 손안에 있는 딱정벌레는 계속 할퀴고 찌르고 물어 댔다. 발타모스는 뒤에서 추격해 오는 사내의 눈을 피해 자기 모습을 최대한 감추려고 애썼다.

고메스 신부에게 붙잡히면 끝장이다. 신부는 바로 그를 죽일 것이다. 서열이 그와 같은 천사들은 아무리 힘이 세고 튼튼해도 인간과 대적할 수 없었다. 더구나 발타모스는 힘이 세지도 튼튼하지도 않았다. 게다가 바룩을 잃은 슬픔과 윌을 버리고 도망친 수치감으로 있던 힘마저 잃어버렸다. 이제는 공중을 날 기운조차 없었다.

"서라! 그 자리에 서!"

고메스 신부가 뒤에서 소리쳤다.

"제발 거기 서시오. 난 당신을 볼 수 없어. 우리 애기 좀 합시다. 내 데몬을 해치지 마시오. 제발 부탁이니."

사실은 데몬이 발타모스를 해치고 있었다. 천사는 주먹을 쥔 손가락 사이로 작은 녹색 물체를 어렴풋이 볼 수 있었다. 딱정벌레의 단단한 턱이 연신 그의 손바닥을 물어뜯었다. 잠깐이라도 손을 펴면 딱정벌레는 날아가 버릴 것이다. 발타모스는 계속 주먹을 꼭 쥐고 있었다.

"이쪽이야."

그가 소리쳤다.

"날 따라와. 나도 너와 얘기하고 싶어. 하지만 여기서는 안 돼."

"그런데 당신은 누구요? 난 당신을 볼 수 없어. 좀 더 가까이 오시오. 얼굴을 봐야 얘기를 할 것 아니오? 거기 서, 그렇게 빨리 가지 말고!"

하지만 재빨리 움직이는 것만이 발타모스가 지닌 유일한 무기였다. 그는 손바닥을 찔러 대는 데몬을 무시하고 개울물이 흐르는 협곡으로 길을 잡아 바위들을 디디며 올라갔다. 뒤를 돌아보려던 그는 실수로 미끄러져 물속에 발을 빠뜨렸다.

"오!"

고메스 신부는 물이 튀어 오르는 것을 보고 만족스러운 탄성을 내질렀다.

발타모스는 재빨리 물에서 발을 빼내고 걸음을 재촉했다. 하지만 발을 디딜 때마다 마른 바위 위에 발자국이 남았다.

발자국을 따라 앞으로 달려가던 신부는 손끝에 깃털이 스치는 것을 느끼곤 놀라 멈춰 섰다. 천사라는 말이 얼핏 떠올랐다. 그 틈을 타서 발타모스가 앞으로 달아나자, 신부는 끌려가는 느낌이 들면서 심장을 도려내는 듯한 통증을 다시 느꼈다.

발타모스가 돌아보며 말했다.

"언덕 위까지 조금만 더 올라가. 거기서 얘기하지."

"여기서 해! 거기 멈춰 서라구. 맹세코 털끝만큼도 당신을 건드리지 않겠어!"

천사는 대답하지 않았다. 정신을 집중하기 어려웠다. 그는 신경 쓸 문제가 세 가지나 있었다. 뒤에서 따라오는 남자를 피해야 하고, 앞길을 살펴야 하고, 계속 손을 물어뜯는 딱정벌레를 견뎌야만 했다.

신부는 재빨리 머리를 굴렸다. 저 위험스러운 적은 마음만 먹으면 당장이라도 그의 데몬을 죽일 수 있었고, 그러면 모든 게 끝장이었다. 그 때문에 뒤에서 함부로 덤비기도 겁이 났다.

그는 비틀거리고 고통스러운 신음을 연신 토해 내면서 제발 멈춰 달라고 계속 간청했다. 그러는 사이에도 그가 얼마나 크고, 얼마나 빨리 움직이며, 어느 곳으로 가는지 가늠하기 위해 점점 더 가까이 다가갔다.

"제발 그만 하시오."

신부는 지쳐서 말했다.

"이 고통이 얼마나 지독한지 당신은 모를 거요. 당신을 해칠래도 그럴 힘이 없으니 제발 앉아서 얘기나 좀 하자고!"

고메스 신부는 숲에서 나가고 싶지 않았다. 그들은 이제 개울이 지착되는 지점까지 올라와 있었다. 신부는 풀밭을 가볍게 밟고 있는 발타모스의 발 모양을 보고, 천사가 서 있는 곳을 확실히 가늠할 수 있었다.

발타모스가 돌아섰다. 신부는 눈을 들어 천사의 얼굴이 있을 법한 곳을 바라보았고, 공중에서 반짝거리는 불빛처럼 희미하기는 하지만 처음으로 그를 보았다.

한 번에 닿을 수 있을 만큼 가까이 있지는 않았지만, 데몬과의 장력으로 인한 고통은 이제 한결 줄어들어 있었다. 어쩌면 한두 걸음 더 다가갈 수 있을까…….

그때 발타모스가 말했다.

"거기 앉아. 더 가까이 오지 말고."

"원하는 게 뭐요?"

고메스 신부가 움직이지 않고 물었다.

"내가 원하는 것? 널 죽이고 싶어. 하지만 그럴 힘이 없어."

"그렇지만 당신은 천사 아니오?"

"그게 무슨 상관이야?"

"사람 잘못 본 거요. 우린 같은 편일 텐데."

"같은 편 좋아하네. 난 네 뒤를 계속 쫓아왔어. 네가 누구 편인지는 잘 알아. 가만, 가만! 움직이지 말라니까."

"지금이라도 회개하면 늦지 않소. 천사들도 회개할 수는 있으니까. 내가 당신의 고해를 들어 주겠소."

"오, 바룩, 도와줘!"

발타모스가 소리치며 쓰러졌다.

그 순간 고메스 신부가 그를 덮쳤다. 신부의 어깨가 발타모스의 어깨에 부딪히자 천사는 균형을 잃고 비틀거렸고, 무언가 붙잡으려고 손을 내미는 바람에 딱정벌레 데몬을 놓치고 말았다. 자신의 데몬이 풀려나자마자 고메스 신부는 안도감에 힘이 솟아나는 것을 느꼈다. 그리고 자신의 데몬이 천사의 힘을 빼고 있었다는 사실에 놀랐다. 신부는 희미한 형태의 천사에게 온 힘을 다해 덤벼들었지만 예상외로 저항이 약해서 그만 몸의 균형을 잃어버리고 말았다. 그는 발이 미끄러지며 개울로 나가떨어졌다. 발타모스는 바룩이 도운 것이라고 생각하며 신부가 몸을 지탱하기 위해 손을 내뻗자 그 손을 걷어찼다.

고메스 신부는 벌렁 넘어지며 머리를 바위에 부딪힌 뒤 차가운 물속에다 얼굴을 처박았다. 차가운 충격에 정신이 든 그는 숨이 막힐 것 같아 물속에서 일어나려고 몸부림쳤다. 그러나 발타모스는 딱정벌레가 그의 얼굴과 눈과 입을 마구 쏘아 대든 말든 자신의 가벼운 몸을 던져 신부의 머리를 물속에 처박고 누르고 또 눌렀다.

갑자기 데몬이 사라지자, 발타모스는 그제야 신부를 놓아주었다. 신부가 죽은 것이 확실하자, 발타모스는 시체를 개울에서 끌어내어 풀밭에 조심스럽게 눕혔다. 그리고 신부의 두 손을 그의 가슴 위에 포갠 뒤 눈을 감겨 주었다.

그는 짙은 피로와 통증을 느끼며 일어섰다.

"바룩, 오, 바룩, 내 사랑. 더 이상은 안 되겠어. 윌과 그 여자 아이는 안전해. 모든 게 다 잘될 거야. 하지만 이걸로 나도 끝이야. 당신이 죽었을 때 이미 나도 죽었지만. 바룩, 내 사랑."

잠시 후 그는 사라졌다.

늦은 오후의 열기 속에서 콩밭에 누워 졸고 있던 메리는 에이탈의 목소리를 들었다. 겁을 먹은 소리인지 흥분한 소리인지 구분할 수 없었다. 또 바퀴나무가 쓰러졌나? 그 소총 사내가 나타났나?

"저걸 봐, 저걸!"

에이탈이 소리치며 코로 메리의 주머니를 툭툭 쳤다. 메리는 호박색 망원경을 꺼내 친구가 가리키는 대로 하늘을 살펴보았다.

에이탈이 말했다.

"무슨 일이 일어나고 있는지 말해 줘! 무언가 다른 느낌이 들긴 하는데 보이지 않아."

하늘에서 더스트의 흐름이 멈췄다. 하지만 가만히 있는 것은 아니었다. 메리는 호박색 망원경으로 하늘 전체를 살펴보았다. 여기에는 더스트의 흐름이, 저곳에는 소용돌이가, 더 먼 곳에는 돌풍이 일고 있었다. 그것은 영속적인 움직임일 뿐, 더 이상 흘러 나가지는 않았다. 차라리 눈송이처럼 떨어지고 있었다.

메리는 바퀴나무를 생각했다. 위로 벌어진 꽃들은 이 황금빛 비를 마실 것이다. 메리는 꽃들이 딱할 정도로 바짝 마른 목구멍으로 그 비를 맘껏 들이켜는 것을 느낄 수 있었다. 그렇게 오래도록 목말라했던 터라 물을 마실 준비는 완벽하게 되어 있었다.

"아이들이 돌아오고 있어."

에이탈이 말했다.

메리는 망원경을 손에 든 채 몸을 돌려 윌과 리라가 돌아오는 것을 보았다. 그들은 약간 멀리 있었지만 서두르지 않았다. 서로 손을 맞잡고 머리를 가까이 대고 서로 속삭이는 폼이 다른 것은 안중에도 없는 듯했다. 먼 거리에서도 그것을 알 수 있었다.

그녀는 망원경을 눈으로 가져가다가 다시 내리고 주머니에 넣었다. 망원경이 필요 없었다. 무엇을 보게 될지는 뻔했다. 그들은 살아 있는 황금처럼 보일 것이었다. 그들은 일찍이 자신들이 물려받았던, 인간의 참모습을 보여 줄 것이었다.

별들로부터 쏟아져 내린 더스트는 다시 살 곳을 찾았고, 사랑으로 충만한, 이제 성인이 다 된 아이들이 그 모든 것의 원인이었다.

부러진 화살

> 그러나 운명이란 족쇄 같은 것이어서
> 그 스스로를 옭아맨다.
>
> – 앤드루 마블 –

두 데몬은 그림자 속에 몸을 숨겨 가며 고요한 마을로 잠입했다. 그들은 달빛이 드리워진 마당을 고양이처럼 가로질러 메리의 집 문밖에서 멈춰 섰다. 열린 문틈으로 조심스럽게 집 안을 들여다보니 잠들어 있는 여자만 보였다. 그들은 뒤돌아서 달빛 속을 지나 보금자리가 있는 나무로 향했다.

기다란 가지들이 향기로운 나선형 이파리들을 땅에 닿을 듯이 늘어뜨리고 있었다. 두 데몬은 마른 가지나 나뭇잎을 건드리지 않도록 매우 조심하면서 커튼처럼 드리워진 나뭇잎 사이로 천천히 들어갔다. 그리고 나무 밑둥치에 마련된 잠자리에서 소년과 소녀가 서로 다정하게 껴·안고 잠들어 있는 것을 보았다.

두 데몬은 곁으로 바짝 다가가 코와 수염으로 잠든 아이들을 부드럽게 어루만지며 그들이 내뿜는 따스한 생명력을 흠뻑 들이마셨다. 하지만 그들은 아이들을 깨우지 않으려고 최대한 조심했다.

그들이 윌의 상처를 부드럽게 닦아 주고 리라의 흘러내린 머리카락을 쓸어 올리고 있을 때, 등 뒤에서 부드러운 목소리가 들렸다.

갑자기 주위가 쥐 죽은 듯 조용해지고, 두 데몬은 눈을 사납게 빛내고 날카로운 하얀 이빨을 드러낸 무서운 늑대로 변신했다.

달빛 속에 한 여자가 서 있었다. 메리는 아니었다. 여자가 말을 하자 아무 소리도 나지 않았지만 두 데몬은 분명하게 알아들었다.

"나를 따라오렴."

그녀가 말했다

판탈라이몬은 깜짝 놀라 팔짝 뛰었다. 하지만 나무 아래 잠들어 있는 아이들을 깨우지 않으려고 입을 꼭 다문 채 밖으로 나갔다.

"세라피나 페칼라!"

그는 기쁨에 넘쳐 말했다.

"어디 계셨어요? 그동안 무슨 일이 있었는지 아세요?"

"쉬! 얘기하기 적당한 곳으로 가야겠다."

세라피나는 잠자고 있는 부족민들을 생각하고 말했다.

마녀의 구름소나무 가지는 메리의 집 문 옆에 놓여 있었다. 그녀가 그것을 집어 들자 두 데몬은 나이팅게일과 올빼미로 변했다. 그들은 세라피나와 함께 초가지붕 위로 날아올라 방목지와 언덕을 넘어 가까운 바퀴나무 숲으로 향했다. 성처럼 거대한 바퀴나무의 윗부분이 달빛 아래 은덩어리로 보였다.

세라피나 페칼라는 더스트를 마시고 있는 활짝 벌어진 꽃나무들 가운데서 가장 높고 안전한 가지에 내려앉았다. 새 두 마리도 그 근처에 자리를 잡자 마녀는 말했다.

"너희들은 새 모습으로 오래 있진 못할 거야. 이제 곧 모습이 고정될 테니까. 이곳을 잘 둘러보고 경치를 마음에 새겨 둬."

"어떤 모습으로 고정될까요?"

판탈라이몬이 물었다.

"생각보다 더 빨리 알게 될 거야."

세라피나 페칼라가 말했다.

"자, 그리고 우리 마녀들만 알고 있는 이야기를 하나 들려 줄 테니 잘 들으렴. 내가 이런 얘길 할 수 있는 것은 너희들이 여기 나와 함께 있고, 너희들의 짝인 인간들은 저 아래에서 잠을 자고 있기 때문이야. 그런 것이 가능한 유일한 자는 누구지?"

"마녀들이죠."

판탈라이몬이 대답했다.

"그리고 주술사들⋯⋯."

"너희들을 저승의 호숫가에 남겨 두고 떠나면서, 윌과 리라는 자신들도 모르는 사이에 마녀들이 해 왔던 일을 한 거야. 우리들이 사는 북극에는 황폐하고 무시무시한 지역이 있어. 그곳에서 그 세계의 어린이들에게 대참사가 일어난 이후로는 아무도 살지 않아. 데몬들은 그곳에 들어갈 수 없어. 마녀가 되려면 소녀는 반드시 데몬을 뒤에 남겨 두고 혼자서 그곳을 건너야 해. 그들이 겪어야 하는 고통을 너희들도 잘 알거야. 하지만 그런 일을 겪고 나면, 그 아이들은 자신들의 데몬이 볼반가르에서처럼 분리되지 않았다는 것을 알게 되지. 그들은 여전히 하나의 온전한 존재야. 하지만 이젠 자유롭게 아주 먼 곳까지 돌아다니면서 신기한 것들을 보고 배워서 돌아올 수 있어. 너희들도 지금 분리되어 있는 게 아니잖아?"

"네, 우린 아직 한 몸이에요."

판탈라이몬이 말했다.

"하지만 너무 고통스러웠어요. 무섭기도 했구요."

"그랬겠지."

세라피나는 맞장구를 쳐주었다.

"윌과 리라는 마녀처럼 날지 못해. 그리고 우리처럼 오래 살지도 못해. 하지만 그런 점만 빼면 그 아이들과 너희들은 이제 마녀야. 그들이 아주 용감한 덕분이지."

두 데몬은 이 새로운 사실에 대해 곰곰이 생각했다.

"그럼 우리는 마녀들의 데몬처럼 새가 되나요?"

판탈라이몬이 물었다.

"좀 진득하게 들어 보렴."

"그리고 윌이 어떻게 마녀가 될 수 있죠? 마녀는 모두 여자잖아요."

"윌과 리라는 많은 것을 변화시켰어. 우린 모두 새로운 방법을 배우고 있지, 우리 마녀들까지도. 하지만 한 가지 사실은 변하지 않았어, 너희들이 인간들을 방해할 게 아니라 도와야 한다는 거지. 너희들은 그들이 지혜롭게 행동하도록 도와주고 격려하고 이끌어야 해. 그게 바로 데몬들이 할 일이야."

잠시 침묵이 흘렀다. 세라피나는 나이팅게일을 돌아보며 물었다.

"네 이름은 뭐지?"

"이름도 없어요. 윌의 가슴에서 떨어져 나오기 전까지는 내가 있다는 것도 몰랐어요."

"그럼 널 키르자바라고 부르지."

"키르자바? 그게 무슨 뜻이죠?"

판탈라이몬이 힘들게 발음하며 물었다.

"곧 알게 될 거야. 지금은 그보다 내 말을 잘 들어. 너희들이 해야 할 일을 말해 줄 테니까."

"싫어요."

키르자바가 고개를 힘차게 저었다.

세라피나는 부드럽게 말했다.

"내가 무슨 말을 하려는 건지 벌써 알고 있구나."

"그 얘긴 듣고 싶지 않아요."

판탈라이몬이 말했다.

"그러긴 너무 일러요."

나이팅게일도 머리를 저었다.

세라피나는 입을 다물었다. 그들의 말이 맞았다. 그래서 슬펐다. 하지만 그녀는 그들 중에서 가장 지혜로운 연장자이므로 그들을 옳은 길로 안내해야 했다. 그래서 그녀는 말을 계속하기 전에 그들의 마음이 가라앉기를 기다렸다.

"그동안 어디를 돌아다녔니?"

그녀의 물음에 판탈라이몬이 대답했다.

"많은 세계를 다녔어요. 창을 발견할 때마다 무조건 들어가 봤죠. 창들이 예상외로 많았어요."

"그러면 너희들도 봤겠구나."

"네."

키르자바가 대답했다.

"자세히 봤어요. 무슨 일이 일어나고 있는지도 알았고요."

"우린 다른 것도 많이 봤어요. 천사도 만나서 얘기도 나눴어요."

판탈라이몬이 빠르게 말을 이었다.

"갈리베스피 부족이라는 아주 작은 인간들이 사는 세계에도 가 보고요. 그곳엔 소인들을 죽이려는 거인들이 있어요."

그들은 마녀의 생각을 딴 곳으로 돌리기 위해 자신들이 본 것들을 장황하게 얘기했다. 세라피나는 그것을 알면서도 가만히 내버려 두었다. 그들이 주고받는 말에 사랑이 담겨 있음을 느낄 수 있었기 때문이다.

하지만 결국 얘깃거리가 떨어지자 그들은 침묵에 빠졌다. 나뭇잎들이 속삭이는 소리만 끝없이 이어지자 세라피나가 마침내 입을 열었다.

"너희들이 윌과 리라에게 돌아가지 않고 있는 건 그들을 벌주기 위해서란 걸 나도 알아. 내가 황폐한 불모지를 통과한 뒤에 내 데몬 카이사도 너희들처럼 꼭 이랬어. 하지만 결국은 내게 돌아왔지. 우린 여전히 서로 사랑했거든. 그리고 윌과 리라가 다음에 해야 할 일을 하려면 너희들이 도와줘야 해. 너희들이 알고 있는 것을 그들에게 말해 줘야지."

판탈라이몬이 큰 소리로 울기 시작했다. 그 세계에서는 일찍이 들린 적이 없는 순수하고 처량한 올빼미 울음소리였다. 오랫동안 둥우리와 피난처를 배회하면서 작은 야행성 동물들을 사냥하거나 풀을 뜯거나 죽은 동물의 시체를 뜯어 먹던 그 지울 수 없는 낯선 두려움이 새삼 되살아났기 때문이다.

바로 눈앞에서 지켜보는 세라피나는 연민의 정을 느낄 뿐이었다. 그녀는 윌의 데몬인 키르자바에게 눈길을 돌리고 말았다. 그러자 마녀 루타 스카디가 한 말이 떠올랐다. 스카디는 단 한 번 윌을 보고 나서 세라피나에게 그의 눈을 본 적이 있느냐고 물었었고, 세라피나는 그럴 엄두가 나지 않았다고 대답했었다. 이 작은 갈색 나이팅게일은 불덩이처럼 뜨겁고 격렬한 잔혹성을 발산하고 있었고, 세라피나는 그것이 무서웠다.

판탈라이몬의 통곡이 차츰 잦아들자 키르자바가 말했다.

"그러니까 우리가 그들에게 말해 줘야 한단 말이죠."

"그래, 그렇단다."

마녀는 부드럽게 대꾸했다.

작은 갈색 새의 눈에서 잔혹성이 차츰 사라지는 것을 세라피나는 보았다. 그 자리를 쓸쓸한 슬픔이 대신 채우고 있었다.

"배가 한 척 오고 있단다."

세라피나가 말했다.

"난 그 배를 타고 오다가 이곳으로 날아와 봤는데 너희들이 있더구나. 우리 세계에서 집시들과 함께 오던 중이었지. 그들은 하루 이틀 안에 여기 도착할 거야."

가까이 앉아 있던 새 두 마리가 금방 비둘기 두 마리로 변신했다.

세라피나는 말을 이었다.

"이것이 공중을 나는 마지막 기회가 될 거야. 난 미래를 약간 내다볼 줄 알아. 너희들은 이 나무만큼 높이 오를 수는 있지만, 새의 모습으로 고정되진 않을 거야. 그러니까 모든 것을 잘 보고 기억해 둬. 너희들과 리라와 윌은 힘들고 고통스럽게 생각하고 또 생각해야 할 거야. 난 너희들이 최선의 것을 선택할 줄 알고 있어. 하지만 너희들 스스로 해야지, 다른 어느 누구도 해 줄 수는 없는 일이야."

그들은 아무 말도 하지 않았다. 세라피나 페칼라는 구름소나무 가지를 타고 나무 꼭대기 위로 날아올라 하늘 높은 곳을 선회했다. 시원한 바람과 별빛, 더스트의 자애로운 변화를 그녀는 피부로 느낄 수 있었다.

세라피나 페칼라는 마을로 다시 날아가서 조심스럽게 메리의 집으로 들어갔다. 그녀는 메리가 윌과 같은 세계에서 왔으며, 이번 일에 상당히 중요한 역할을 맡고 있다는 것 이외에는 아는 게 없었다. 그녀가 사나운지 친절한지 알 길이 없었다. 그래서 메리를 놀라지 않게 깨우려면 약간의 주문이 필요했다.

세라피나는 메리의 머리맡에 앉아 눈을 반쯤 감고 지켜보며 그녀와

호흡을 맞추었다. 점점 그녀의 반투명체가 그 창백한 모습을 메리의 꿈속에 드러내기 시작했다. 그리고 그녀는 마치 현(絃)을 조율하듯 자신의 마음이 메리의 꿈과 공명하도록 조절했다. 세라피나는 더욱 혼신의 힘을 기울여 메리의 꿈속으로 들어갔다. 그러자 꿈속에서 만난 사람에게 느낄 수 있는 포근한 애정으로 메리와 얘기를 나눌 수 있게 되었다.

잠시 후 그들은 갈대밭과 전기 변압기가 있는 이상한 풍경 속으로 걸어 들어가며 무어라고 중얼거렸지만, 나중에 메리가 전혀 기억할 수 없는 내용이었다. 지금은 세라피나가 장악하고 있는 시간이기 때문이었다.

"이제 곧 당신은 깨어날 거예요. 당신 곁에 내가 있는 걸 보더라도 놀라지 마세요. 내가 당신을 해치지 않을 거라는 걸 알려 주려고 이렇게 깨우는 거니까. 서로 편안하게 얘기하고 싶어서죠."

그녀는 꿈꾸는 메리를 데리고 물러갔다. 잠시 후 마녀는 다시 집 안의 바닥에 다리를 접고 앉아 있었다. 마녀를 바라보는 메리의 두 눈이 반짝거렸다.

"당신은 마녀군요!"

메리가 나직하게 속삭였다.

"그래요. 내 이름은 세라피나 페칼라예요. 당신을 어떻게 부를까요?"

"메리 말론이에요. 난 이렇게 조용히 잠에서 깨 본 적이 없어요. 내가 지금 깨어 있는 건가요?"

"그래요. 당신과 할 얘기가 있어요. 꿈속에서는 얘기하기 힘들고 기억하긴 더 어려워요. 그러니 깨어 있는 상태에서 말하는 편이 나아요. 그냥 여기 있을까요? 아니면 나와 달빛 아래를 좀 걸을래요?"

메리는 일어나 앉으며 기지개를 켰다.

"나가요. 아이들은 어디 있죠?"

"나무 아래에서 자고 있어요."

그들은 집 밖으로 나가 나뭇잎이 커튼처럼 드리워져 그 속을 완전히 가리고 있는 나무 앞을 지나 강가로 걸어갔다.

메리는 피곤한 가운데서도 세라피나 페칼라를 보고 감탄했다. 이토록 가냘프고 우아한 여자는 본 적이 없었다. 리라는 그녀의 나이가 수백 살이라고 했지만, 메리 자신보다 더 젊어 보였다. 마녀의 나이를 암시하는 것이라고는 복잡한 슬픔으로 가득 찬 표정뿐이었다.

그들은 강둑에 앉아 은빛을 띤 검은 물을 바라보았다. 세라피나는 아이들의 데몬에게 말한 것을 메리에게 얘기했다.

그러자 메리가 말했다.

"그들은 오늘 데몬을 찾으러 갔었어요. 하지만 다른 일이 일어났죠. 윌은 자신의 데몬을 본 적이 없어요. 자신에게 데몬이 있다는 것도 확실히 몰라요."

"저런, 그 애에겐 데몬이 있어요. 그리고 당신도요."

메리가 빤히 쳐다보자 세라피나는 말을 이었다.

"당신의 데몬은 다리가 빨갛고 옅은 노란 부리가 약간 휘어진 검은 새예요. 산새죠."

"노랑부리까마귀로군요. 당신은 어떻게 그를 볼 수 있죠?"

"눈을 반쯤 감으면 보여요. 나중에 시간이 나면 데몬을 보는 방법을 가르쳐 드리죠. 당신들이 데몬을 볼 수 없다는 게 오히려 이상하군요."

세라피나는 데몬들에게 했던 얘기와 그 의미를 메리에게 말했다.

"그러면 데몬들이 아이들에게 말을 할까요?"

메리가 물었다.

"처음엔 아이들을 깨워 내가 직접 말해 주려고 했어요. 하지만 당신에게 맡겨야겠다는 생각이 들었죠. 난 아이들의 데몬들을 보고 그렇게 하는 것이 최선이라는 걸 알았어요."

"그 아이들은 서로를 사랑해요."

"나도 알아요."

"그 애들은 그걸 지금에야 알았는데……."

메리는 세라피나가 자신에게 암시하는 모든 것을 이해하려고 애썼지만 너무 어려웠다. 잠시 후 그녀는 마녀에게 물었다.

"당신은 더스트를 볼 수 있나요?"

"아뇨, 아직 본 적이 없어요. 전쟁이 시작되기 전까지는 그런 말을 듣지도 못했어요."

메리는 주머니에서 호박색 망원경을 꺼내 마녀에게 건넸다. 세라피나는 망원경을 눈에 대어 보더니 기겁할 듯이 놀랐다.

"저게 더스트군요…… 아름다워라!"

"아이들이 있는 나무 쪽을 봐요."

세라피나는 메리의 말대로 한 뒤 다시 감탄하며 물었다.

"저 아이들이 이렇게 했다는 건가요?"

"오늘 아니면 어제 자정 이후에 어떤 일이 일어난 거예요."

메리는 미시시피 강물처럼 흘러가던 거대한 더스트의 흐름을 떠올리며 적절한 말을 찾느라고 애썼다.

"작지만 아주 중요한 거죠. 이를테면 이런 거예요. 거대한 강줄기를 돌리고 싶은데 가진 거라곤 조약돌 하나뿐이에요. 하지만 그 조약돌을 흘러나오는 물의 첫 방울에 정확하게 놓으면 물줄기를 바꿀 수 있죠. 바로 그런 일이 어제 일어난 거예요. 그게 뭔지는 잘 모르겠지만, 윌과 리라는 서로를 달리 보기 시작했어요. 아니면 갑자기 다르게 느끼는 건지도 모르죠. 그러자 더스트들이 그들에게 끌려가기 시작했죠, 아주 강한 힘으로 말예요. 그리고 다른 곳으로 빠져나가던 것이 멈췄어요."

"그랬군요!"

세라피나가 놀라며 말했다.

"그리고 이제 더스트는 안전하군요. 아니면 천사들이 저승의 그 커다란 틈을 메우면 안전해질 거예요."

세라피나는 메리에게 거대한 암흑의 구렁텅이와 자신이 그것을 발견하게 된 경위를 설명했다.

"난 내릴 곳을 찾으면서 높이 날고 있었는데 한 천사를 만났어요. 젊어 보이기도 하고 늙어 보이기도 하는 아주 이상한 여자 천사였죠."

세라피나는 자신도 메리의 눈에 그렇게 보인다는 사실을 까맣게 잊고 있었다.

"이름은 자파니아라고 했는데 많은 얘기를 해 줬어요. 인간의 역사는 지혜와 어리석음의 다툼이라고 하더군요. 지혜의 추종자인 그녀와 반역 천사들은 언제나 마음을 열려고 했는데, 절대자와 교회들은 언제나 마음을 닫으려고만 했다는 거예요. 그리고 내가 사는 세계에서의 많은 예를 들어 보였어요."

"내가 사는 세계에도 그런 일은 많아요."

메리가 맞장구를 쳤다.

"그러는 동안에도 지혜는 비밀리에 작업을 해야만 했죠. 세상의 비참한 곳들에서 스파이처럼 지혜의 말을 속삭이고 다니는 동안 황실과 궁정은 적들에게 점령당하고 말았어요."

"맞아요. 나도 알아요."

"싸움은 아직 끝나지 않았어요. 비록 왕국의 군대가 패배했지만 그들은 새로운 지도자 아래 조직을 다시 정비하여 강하게 반격해 올 테니, 우린 그들에 맞설 준비를 해야 해요."

그러자 메리가 물었다.

"아스리엘 경에게 무슨 일이 일어났나요?"

"그는 천국의 섭정인 메타트론 천사와 싸워서 그를 암흑의 구렁텅이로 빠뜨렸어요. 메타트론은 영원히 사라진 거죠, 아스리엘 경과 함께."

메리가 숨을 죽이고 물었다.

"콜터 부인은요?"

대답 대신 마녀는 화살통에서 화살을 하나 꺼냈다. 그녀는 가장 곧고 단단한 화살을 골라냈다. 그러고는 그것을 두 토막으로 부러뜨리고 나서 말했다.

"언젠가 콜터 부인이 마녀를 고문하는 걸 본 적이 있어요. 그때 난 이 화살을 그녀의 목에 박아 주리라고 내 자신에게 맹세했죠. 지금이라면 절대 안 그래요. 리라에게 안전한 세상을 만들어 주기 위해 아스리엘 경과 함께 천사와 싸우다가 희생당했거든요. 그들은 혼자서는 할 수 없었던 그 일을 함께 해낸 거예요."

메리는 괴로운 표정으로 물었다.

"리라에게 그 얘길 어떻게 하죠?"

"물어볼 때까지 기다려요. 어쩌면 묻지 않을 수도 있어요. 리라에게는 알레시오미터가 있으니까, 알고 싶으면 무엇이든 알 수 있죠."

그들이 한동안 침묵하며 다정하게 앉아 있는 동안에도 하늘의 별들은 제 갈 길을 따라 천천히 움직이고 있었다.

"아이들은 어떤 선택을 할까요?"

메리가 물었다.

"모르겠어요. 하지만 리라가 자기 세계로 돌아간다면 난 언제까지나 그 아이의 언니가 되어 줄 거예요. 당신은 어떡할 거예요?"

"나는……."

메리는 자신이 그 문제를 한동안 간과했다는 것을 알았다.

"나는 나의 세계로 돌아갈 것 같아요. 하지만 이곳을 떠나기가 서운하네요. 이곳에서 아주 행복했거든요. 내 인생에서 가장 행복한 시간이었어요."

세라피나가 말했다.

"만일 고향으로 돌아가면 당신은 다른 세계에 자매를 하나 두게 되는 거예요. 나도 마찬가지구요. 우린 하루 이틀 뒤에 다시 만날 거예요. 배가 도착하면 말이죠. 그리고 고향으로 가는 배 위에서 좀 더 얘기하고, 그리고 영원히 헤어지게 되겠죠. 날 안아 줘요, 자매님."

메리는 마녀와 포옹했다. 세라피나 페칼라는 구름소나무 가지를 타고 갈대숲 위로 날아올랐다. 그러곤 늪을 지나고, 개펄과 해변을 지나 바다 위로 가물가물 사라져 갔다. 마침내 메리는 더 이상 그녀를 볼 수 없었다.

거의 같은 시간에 커다란 푸른 도마뱀 한 마리가 고메스 신부의 시체와 마주쳤다. 윌과 리라는 그날 오후 다른 길로 마을에 돌아왔기 때문에 그것을 보지 못했다. 신부는 발타모스가 쓰러뜨린 그곳에 그대로 누워 있었다. 도마뱀들은 시체를 먹어 치우는 동물이지만 온순하고 무해했다. 그리고 뮬레파들과의 오래된 묵인 사항으로, 날이 어두워진 후에도 치워지지 않은 동물의 시체가 있으면 그들 마음대로 처분할 수 있었다.

도마뱀은 신부의 시체를 자기들 소굴로 끌고 갔고, 새끼들은 즐거운 잔치를 벌였다. 고메스 신부가 풀밭에 내려놓았던 소총은 조용히 녹슬고 있었다.

모래언덕

다음 날 윌과 리라는 단둘이 있고 싶은 마음이 간절해 말도 없이 또 밖으로 나갔다. 어떤 행복한 사건이 분별력을 마비시킨 것처럼 몽롱한 표정이었고, 눈동자의 초점이 흐려진 상태로 천천히 움직였다.

그들은 하루 종일 광활한 언덕에서 보냈고, 오후 햇빛이 뜨거워지자 금빛 은빛으로 물든 그들의 숲으로 들어갔다. 그리고 이야기하고 목욕하고 음식을 먹고 입을 맞추었다. 그들은 나란히 누워 자신들의 감각만큼이나 혼란스러운 목소리로 속삭이며 행복한 황홀감에 젖어들었다. 마치 사랑으로 온몸이 녹아드는 느낌이었다.

저녁이 되자 그들은 메리와 에이탈과 함께 저녁식사를 했다. 그리고 날씨가 무더워 시원한 바람이 부는 바닷가로 산책을 나갔다. 강가를 따라 천천히 걸어가자 달빛을 받아 환하게 빛나는 광활한 해변에 이르렀다. 작은 파도가 밀려들고 있었다.

그들은 모래언덕 언저리의 보드라운 모래에 앉았다. 그때 새 우는 소리가 들렸다.

둘은 동시에 고개를 돌렸다. 지금 그들이 몸담고 있는 세계에서는 들을 수 없는 새의 울음소리였기 때문이다. 저 어두운 하늘 어딘가에서 섬세하게 떨리는 노랫소리가 들리고, 다른 방향에서 그 노래에 응답하는 다른 노래가 들려왔다. 윌과 리라는 기쁜 표정으로 벌떡 일어나서 노래하는 그 새들을 찾기 시작했다. 하지만 그들이 본 것은 스치듯이 낮게 날다가 빠르게 위로 솟구치는 한 쌍의 어두운 형체뿐이었다. 새들은 종소리처럼 낭랑하고 매끄러운 소리로 끝없이 노래를 불러 댔다.

그러다가 첫 번째 새가 날개를 퍼덕거리며 그들로부터 몇 걸음 떨어진 모래 위에 내려앉았다.

"판탈라이몬이니?"

리라가 물었다.

그는 비둘기 모습을 하고 있었지만 달빛 아래라 색깔을 알아보기는 힘들었다. 어쨌든 그는 하얀 모래 위에 선명하게 모습을 드러냈다. 다른 새 한 마리는 그때까지도 허공을 선회하며 계속 노래하다가, 마침내 비둘기 옆으로 내려앉았다. 그 새도 비둘기였지만 진주빛 하얀색에 검붉은 관모가 나 있있다.

윌은 그 비둘기가 자신의 데몬임을 알았다. 그 새가 모래 위로 내려앉는 순간 그는 가슴이 뿌듯해지며 편안해지는 것을 느꼈다. 60년쯤 지나 노인이 되어도 이 강렬하고 신선한 느낌은 잊혀지지 않을 것 같았다. 금빛과 은빛이 감도는 나무 아래에서 그의 입에 과일을 넣어 주던 리라의 손가락 감촉과, 리라의 따뜻한 입술이 그의 입술을 누르던 느낌, 저승에 들어갈 때 그의 가슴에서 데몬이 떨어져 나가던 느낌, 달빛이 비치는 모래언덕으로 그 데몬이 돌아왔을 때의 느낌 등이 모두 그랬다.

리라가 그들에게 다가가려고 하자 판탈라이몬이 말했다.

"리라, 어젯밤에 세라피나 페칼라가 찾아와서 모든 걸 얘기해 줬어. 그리고 집시들을 이곳으로 데려오기 위해 돌아갔어. 파더 코람과 로드 파가 이리로 오고 있대."

리라가 괴로운 표정으로 물었다.

"판, 오, 판, 넌 행복하지 않구나. 왜지? 무슨 일이야?"

그러자 판탈라이몬은 하얀 족제비로 변해 모래밭을 지나 리라에게 다가왔다. 윌의 데몬도 고양이로 변신했다. 윌은 그 순간 가슴에 따끔한 통증을 느꼈다.

고양이는 윌에게 다가가기 전에 그에게 말했다.

"마녀가 내 이름을 지어 줬어. 키르자바라고. 이제부터 우리가 하는 말을 잘 들어야 해."

"그래, 똑똑히 들어."

판탈라이몬이 말했다.

"설명하기 어려운 얘기거든."

두 데몬은 서로 도와 가며 세라피나가 해 준 말을 윌과 리라에게 전했다. 그리고 그들이 자신도 모르는 사이에 마녀들처럼 데몬과 분리된 상태에서도 여전히 하나가 될 수 있는 힘을 지니게 되었다고 말해 주었다.

"그게 전부가 아니잖아."

키르자바가 말했다.

그러자 판탈라이몬은 계속 얘기했다.

"오, 리라. 우릴 용서해 줘. 하지만 우리가 발견한 걸 네게 말해 주어야만 해."

리라는 당황했다. 판탈라이몬이 용서를 구할 일이 있었던가? 윌을 돌아보니 그도 분명 당혹스러워하고 있었다.

"말해 봐, 겁내지 말고."

월이 말했다.

"더스트에 관해서야."

고양이 데몬이 말했다. 월은 자기 본성의 일부가 그 자신도 알지 못하는 얘기를 하는 것을 들으며 경이로움을 느꼈다.

"더스트는 모두 빠져나가고 있었어. 너희들이 본 그 거대한 구렁텅이 속으로 말야. 그런데 무언가가 그곳으로 흘러가는 더스트를 멈추게 했어."

그러자 리라가 소리쳤다.

"윌, 그 황금색 빛이 그거였어! 그 구렁텅이 속으로 흘러가서 사라지던 빛 말이야. 그게 더스트였어? 정말이야?"

"그래, 하지만 더 많은 더스트가 계속 새어 나가고 있어."

판탈라이몬이 계속 말했다.

"그래선 안 돼. 더스트가 모두 새어 나가면 안 된다구. 더스트는 이 세상에 머물러 있어야 해. 더스트가 세상에서 소멸되면 모든 선한 것이 죽고 사라질 거야."

리라가 물었다.

"하지만 나머지는 어디에서 나가는 거지?"

두 데몬은 월과 만단검을 보았다.

"우리가 창을 만들 때마다."

키르자바가 대답했다.

월은 다시 짜릿한 전율을 느꼈다. 키르자바는 바로 나야. 나는 키르자바이고.

"우리든 옛날 길드 사람이든 다른 누구든, 세계와 세계 사이에 창을 내면서 바깥의 텅 빈 공간에 칼을 대게 되지. 구렁텅이 밑바닥에도 그와 똑같은 텅 빈 공간이 있어. 우린 몰랐어. 가장자리가 너무 정교해서 아무도 볼 수 없었던 거지. 하지만 더스트가 새어 나갈 만큼 대단히 큰 공간이었어. 그 창들을 여는 즉시 닫았다면 더스트가 새어 나갈 시간이 없었겠지. 하지만 닫지 않고 내버려 둔 창들이 수천 개가 넘어. 그래서 더스트는 계속 세계들 밖으로 헛되이 새어 나가고 있었던 거야."

월과 리라는 그제야 조금씩 이해되기 시작했다. 둘은 그런 생각을 애써 떨치려고 했지만, 희미한 새벽빛이 하늘로 스며들어 별들을 가리듯 그것은 모든 장벽을 넘고 모든 장막을 걷어 내고 있었다.

"창들을 전부 닫아야 한다니……."

리라는 질린 표정을 지었다.

"창들을 하나도 남김 없이 다 닫아야 한다고?"

월이 물었다.

"그렇다니까."

판탈라이몬이 대답했다.

"오. 아니야. 그럴 리가 없어."

리라는 머리를 저었다.

"그러니까 우린 리라와 함께 있고 싶으면 우리 세계를 떠나야 해."

키르자바가 말했다.

"아니면 판과 리라가 자신들의 세계를 떠나 우리 세계에 머물든가. 다른 방법이 없어."

그때 여명이 밝아 오기 시작했다.

리라는 큰 소리로 울기 시작했다. 올빼미로 변한 판탈라이몬도 따라 울었다. 전날 밤에는 작은 동물들을 겁먹게 만들었던 그 울음도 지금 리라가 한탄하며 울부짖는 소리에 비하면 아무것도 아니었다. 두 데몬은 충격을 받았다. 그리고 윌은 그들의 반응을 이해했다. 데몬들은 모르고 있었다. 그들은 윌과 리라가 새롭게 깨닫게 된 사실을 알 리 없었다.

리라는 분노와 슬픔으로 온몸을 떨면서 두 주먹을 꼭 쥔 채 서성거렸다. 눈물이 그렁그렁한 눈으로 이리저리 바라보며 마치 무슨 해답이라도 찾고 있는 듯 했다. 윌이 벌떡 일어나서 리라의 어깨를 감싸 안았다. 그는 리라가 바짝 긴장해서 몸을 떨고 있는 것을 느꼈다.

"내 말을 들어 봐, 리라. 우리 아빠가 뭐라고 하셨지?"

"오!"

리라는 고개를 세차게 저으며 소리쳤다.

"너도 들었잖아. 너도 거기 있었어, 윌!"

윌은 리라가 슬픔으로 곧 죽을 것만 같았다. 리라는 윌의 가슴으로 뛰어들며 울음을 터뜨렸다. 그러곤 '안 돼, 안 돼'라는 말만 계속했다.

"글쎄, 들어 봐, 리라."

윌이 달랬다.

"그 말을 정확히 기억해 보자구. 무슨 방법이 있을 거야. 빠져나갈 구멍이 있을 거라고."

윌은 리라의 팔을 잡고 모래 위에 앉혔다. 그러자 겁을 먹고 있던 판탈라이몬이 리라의 무릎 위로 기어올랐고, 고양이 데몬도 주춤거리며 윌에게 다가갔다. 그들은 아직 서로 몸을 맞댄 적이 없었다. 윌이 손을 내밀고 데몬의 얼굴을 가볍게 어루만지자, 고양이도 우아한 걸음으로 그의 무릎 위로 올랐다.

리라는 울먹이며 말했다.

"네 아빠는 분명 그러셨어. 잠깐 동안이라면 다른 세계에 있어도 별 문제가 없다고. 우리도 그랬잖아, 안 그래? 저승 세계로 들어갔을 때만 빼고 우린 여전히 건강해, 그렇지?"

윌이 대답했다.

"잠깐은 그럴 수 있지만 오래는 안 돼. 아빠는 우리 세계를 10년이나 떠나 있었어. 내가 아빠를 만났을 땐 거의 돌아가시기 직전이었지. 10년이야. 그게 한계라구."

"그럼 보리얼 경은 어때? 찰스 경은? 그 사람은 아주 건강했잖아."

"그렇지. 하지만 생각해 봐. 그는 언제든 자신의 세계로 돌아가서 다시 건강을 회복할 수 있었어. 네가 그를 맨 처음 본 곳도 너의 세계였어. 그는 아무도 모르는 창을 발견한 것이 분명해."

"우리도 그렇게 할 수 있어!"

"할 수는 있지. 다만……."

"창들은 모두 닫아야 해. 하나도 남김 없이."

판탈라이몬이 말했다.

"네가 그걸 어떻게 알지?"

리라가 물었다.

"천사가 말해 줬어."

키르자바가 대신 대답했다.

"우린 천사를 만났어. 그녀가 그런 얘기를 해 줬지. 정말이야, 리라."

"그녀라고?"

리라가 의심스런 표정으로 물었다.

"여자 천사였어."

키르자바가 말했다.

"여자 천사 얘긴 들어 본 적도 없어. 그 여자가 거짓말을 했을 거야."

윌은 다른 가능성에 대해 생각하고 있었다.

"다른 창들은 다 닫고 우리는 필요할 때만 하나 만들어 재빨리 통과한 후 즉시 닫으면 안전할 거야, 안 그래? 더스트가 빠져나갈 여유를 안 주면 되잖아."

"맞아!"

리라가 맞장구를 치자 윌은 계속했다.

"아무도 찾을 수 없는 곳에 창을 만들면 돼. 우리 둘만 아는 곳에다 말야."

"그래, 맞아! 그러면 문제없어!"

그러나 데몬들은 괴로운 표정을 지었다. 키르자바는 계속 머리를 저으며 '아니, 아니야'라고 중얼거렸다. 판탈라이몬이 다시 말했다.

"스펙터들이…… 천사가 스펙터들에 대해서도 말했어."

"스펙터라고?"

윌이 말했다.

"우린 전쟁 중에 그들을 처음 봤어. 그들이 어떻다는 거야?"

"우린 그들이 어떻게 생겨나는지 알아냈어."

키르자바가 대답했다.

"이건 가장 고약한 얘긴데, 스펙터들은 그 구렁텅이의 자식들과 같은 존재야. 우리가 만단검으로 창을 열 때마다 스펙터가 한 마리씩 만들어진대. 그것은 구렁텅이의 작은 조각처럼 떠다니다가 세계 속으로 들어가는 거야. 치타가체에 스펙터들이 득실거리는 이유도 그곳에 열이 둔채 버려둔 창들이 많기 때문이래."

판탈라이몬이 이어서 말했다.

"그들은 더스트와 데몬을 먹고 자란대. 더스트와 데몬은 같은 종류거든. 물론 성인들의 데몬을 말하는 거지. 그러면서 스펙터들은 점점 더 크고 강해지고 있어."

윌은 끔찍한 두려움을 느꼈다. 윌의 가슴에 자신의 가슴을 누르고 있던 키르자바가 그의 기분을 눈치 채고 위로하려고 애썼다.

"그러니까 내가 만단검을 사용할 때마다 스펙터를 한 마리씩 태어나게 했단 말이지?"

그러자 동굴에서 이오레크 뷔르니손이 만단검을 다시 벼리며 하던 말이 떠올랐다. "만단검 스스로가 하는 일에 대해서는 넌 모르고 있어. 네 목적은 좋은 것일 수도 있지. 하지만 만단검 자체도 목적을 가지고 있어."

리라는 놀란 눈을 동그랗게 뜨고 윌을 바라보았다.

"오, 그건 안 돼, 윌! 사람들에게 그런 짓을 할 순 없어. 더 이상 스펙터들이 나가게 해선 안 돼. 그들이 하는 짓을 똑똑히 봤잖아!"

"좋아."

윌이 데몬을 가슴에 더욱 바짝 안으며 일어섰다.

"그러면 우린…… 우리 둘 중 한 사람은…… 내가 너의 세계로 갈게. 그리고……."

리라는 그가 무슨 말을 하려는 건지 알았다. 그리고 윌이 아직 제대로 사귈 틈도 없었던 아름답고 건강한 데몬을 품에 안고 있는 모습을 바라보았다. 그리고 윌의 어머니에 대해서도 생각했다. 윌도 자기 어머니를 생각하고 있는 것이 분명했다. 몇 년 안 되는 시간을 나와 함께 살겠다고 어머니를 버릴 수 있을까? 리라는 윌이 결코 그럴 수 없다는 것을 알았다.

"안 돼."

리라는 벌떡 일어나 윌에게 매달리며 말했다.

"내가 갈게, 윌! 우리가 너의 세계로 가서 살게. 나와 판이 병들어도 상관없어. 우린 건강하니까 오래 잘 지낼 수 있을 거야. 그리고 너의 세계에도 훌륭한 의사들이 있겠지. 물론 박사님은 알고 있을 거야! 제발 그렇게 하자!"

윌은 머리를 저었다. 리라는 그의 뺨에서 반짝이는 눈물을 보았다.

"내가 그걸 견딜 수 있을 것 같니?"

그가 말했다.

"네가 점점 약해져 죽어 가는 걸 보면서 내가 행복할 수 있겠어? 난 날이 갈수록 더 강해지고 자랄 텐데. 10년은 아무것도 아니야, 리라. 눈 깜짝할 사이에 우린 스무 살이 될 거라구. 그렇게 먼 훗날이 아니야. 우리가 원하는 모든 것을 하기 위한 준비를 하다가 곧 어른이 될 거야. 그러고는…… 모든 게 끝나지. 네가 죽은 뒤에도 내가 살 수 있을 것 같니? 오, 리라. 난 생각할 것도 없이 저승으로 너를 따라갈 거야. 네가 로저를 찾아갔던 것처럼. 그렇게 되면 두 생명이 헛되이 사라지는 거지. 나와 너의 인생은 허비되는 거야. 안 돼. 우린 우리 인생을 오랫동안 멋지고 바쁘게 누려야 해. 만일 우리가 함께 그런 삶을 살 수 없다면, 그땐…… 서로 떨어져서 살 수밖에."

괴로운 표정으로 이리저리 거니는 윌을 리라는 입술을 깨물고 바라보았다. 윌이 걸음을 멈추고 리라를 돌아보며 말했다.

"아빠 우리가 살고 있는 곳에 하늘 공화국을 건설해야 한다고 말씀하셨어. 너도 기억하지? 우리에게 다른 곳은 없다고 하셨지. 이제야 그 말의 뜻을 알 것 같아. 오, 이건 너무 비참해. 난 그저 이스리엘 경의 새로운 세계를 말하는 건 줄 알았는데. 그런데 아빠 너와 나를 두고 그런 말씀을 하신 거야. 우린 각기 자신의 세계에서 살아야 한다는 뜻이었어."

"알레시오미터에게 물어봐야겠어."

리라가 말했다.

"알레시오미터는 알고 있을 거야. 왜 진작 이 생각을 못 했을까."

리라는 모랫바닥에 앉아 한 손으로 연신 뺨의 눈물을 닦으며 다른 손으로는 배낭을 뒤졌다. 리라는 어디를 가든 그 배낭을 꼭 메고 다녔다.

여러 해 뒤에 윌이 리라를 떠올릴 때면 그녀의 어깨에 매달려 있던 작은 배낭도 함께 생각날 것이다. 윌이 사랑스럽게 만지작거렸던 검고 부드러운 머리카락을 리라는 귀 뒤로 쓸어 넘겼다.

"보이니?"

윌이 물었다. 달빛이 밝긴 하지만 알레시오미터의 상징적 그림들은 너무 작았다.

"안 봐도 다 알아. 마음속에 그대로 새겨져 있는걸. 쉬이, 조용히 해."

리라는 다리를 포개고 앉아 스커트를 끌어내리고 그 위에 알레시오미터를 놓았다. 윌은 한쪽 팔꿈치로 몸을 고이고 바라보았다. 하얀 모래에 반사된 환한 달빛이 리라의 얼굴을 비추어 내면에 있는 다른 광채를 끌어내고 있는 듯했다. 눈동자는 몹시 반짝였고, 표정은 너무나 진지하고 열심이었다. 그런 리라의 모습을 바라보고 있던 윌은 리라를 다른 세계에서 다시 만난다고 하더라도 또 사랑에 빠지고 말 것만 같았다.

리라는 심호흡을 한 뒤 바늘을 돌리기 시작했다. 하지만 잠시 후 동작을 멈추고 알레시오미터의 위치를 바꾸었다.

"장소가 좋지 않아."

리라는 그렇게 말하곤 다시 시도했다.

윌은 리라의 사랑스런 얼굴을 또렷하게 볼 수 있었다. 그동안 리라의 얼굴에서 행복과 절망, 희망, 슬픔 등을 숱하게 보아 온 윌은 무언가 잘못되고 있음을 눈치 챘다. 리라의 표정에서 전처럼 빠르고 확실하게 집중하는 기미가 전혀 보이지 않았기 때문이다. 그 대신 불행한 당혹감이 얼굴에 번지고 있었다. 리라는 아랫입술을 깨물고 자꾸만 눈을 깜박였다. 그리고 상징적인 그림을 따라 신속하고 정확하게 움직이던 눈길도 천천히 제멋대로 오락가락하고 있었다.

"모르겠어."

마침내 리라는 머리를 저으며 말했다.

"모르겠어. 잘 보이긴 하는데, 무슨 뜻인지 알 수가 없어."

그녀는 떨리는 숨을 깊이 들이마시고 손으로 알레시오미터를 빙글빙글 돌렸다. 갑자기 그것이 손안에서 이상하고 거북하게 느껴졌다. 생쥐로 변한 판탈라이몬이 리라의 무릎 위로 기어올라 검은 발톱을 수정판 위에 올리고 상징적 그림들을 하나씩 살펴보았다. 리라는 알레시오미터의 바늘들을 다시 하나하나 돌려 본 후 놀란 표정으로 윌을 돌아보았다.

"오, 윌, 이게 안 돼. 이젠 날 떠났나 봐!"

그러자 윌이 달래듯이 말했다.

"쉬! 너무 안달하지 마. 알레시오미터는 아직도 네 안에 있어. 그에 대한 지식도. 차분하게 하면 다시 읽을 수 있을 거야. 너무 무리하지 말고 가볍게 흘려보내."

리라는 울먹이며 고개를 끄덕였다. 그러곤 화가 나는 듯 손등으로 눈을 비비며 여러 번 심호흡을 했다. 하지만 윌은 리라가 지나치게 긴장하고 있음을 알 수 있었다. 리라의 어깨에 손을 얹은 윌은 떨고 있는 몸을 꼭 안아 주었다.

리라는 알레시오미터를 다시 돌렸다. 그리고 상징적인 그림들을 한동안 응시하다가 바늘들을 다시 돌렸다. 그러나 지금까지 리라가 그처럼 편안하고 자신만만하게 오르내리던, 그 눈에 보이지 않는 의미의 계단들이 나타나지 않았다. 따라서 상징적인 그림들이 가리키는 의미를 읽어 낼 길이 없었다.

리라는 윌에게 매달리며 절망적으로 말했다.

"소용이 없어. 난 알아. 알레시오미터를 읽는 능력이 완전히 사라졌어. 내게 필요할 때 왔다가, 로저와 우리 두 사람을 구해 내고 다른 일도 모두 끝났으니까 떠나 버린 거야. 너무 두려워. 처음엔 제대로 안 보이거나 손가락이 뻣뻣해서 그런 줄 알았어. 하지만 그게 아니었어. 난 이제 그 능력을 잃었어! 아마 영원히 되찾지 못할 거야."

월은 절망적으로 흐느끼는 리라를 가만히 안아 줄 수밖에 없었다. 리라의 말이 분명히 옳았으므로 달리 위로할 방법이 없었다.

두 데몬이 털을 곤두세우고 공중을 노려보았다. 월과 리라도 하늘을 향해 눈길을 돌렸다. 한줄기 빛이 그들에게 내려오고 있었다. 날개가 달린 빛줄기였다.

"우리가 만난 천사일 거야."

판탈라이몬이 말했다.

판의 예상은 적중했다. 자파니아가 날개를 활짝 펴고 모래 위로 미끄러지듯 내려오고 있었다. 발타모스와 함께 지냈던 월도 이런 이상한 만남은 상상해 본 적이 없었다. 다른 세계의 빛을 온몸에 받으며 천사가 다가오자, 월과 리라는 서로의 손을 꼭 잡았다. 그녀는 옷을 입고 있지 않았지만 아무렇지도 않았다. 하긴 천사가 무슨 옷을 입겠어, 하고 리라는 생각했다. 늙었는지 젊었는지 구별하기는 힘들었지만, 천사의 표정은 위엄 있고 정감 있어 보였다. 월과 리라는 그녀가 자신들의 마음을 알고 있음을 느꼈다.

천사가 말했다.

"월, 네 도움을 청하러 왔단다."

"제 도움이요? 제가 천사님을 어떻게 돕죠?"

"만단검이 낸 창들을 어떻게 닫는지 가르쳐 주렴."

월은 마른침을 삼켰다.

"가르쳐 드리죠. 대신 천사님도 우릴 좀 도와주시겠어요?"

"네가 원하는 대로는 안 돼. 너희들이 무슨 얘기를 하고 있었는지 알

아. 너희들의 슬픔이 공기 중에 흔적을 남겼거든. 이런 말로 위안이 되진 않겠지만, 너희들의 딜레마를 아는 모든 존재는 상황이 달라졌으면 하고 바라고 있어. 하지만 아무리 강한 자라도 복종할 수밖에 없는 운명이란 것이 있단다. 널 돕자고 그것을 바꿀 힘이 내겐 전혀 없어."

"왜……."

리라의 목소리가 약하게 떨려 나왔다.

"왜 알레시오미터를 읽을 수가 없는 거죠? 이젠 작동도 못 하겠어요. 그건 내가 잘할 수 있는 유일한 일이었는데, 더 이상 읽을 수가 없어요. 아예 처음부터 없었던 것처럼 하얗게 지워졌다구요."

자파니아는 리라를 돌아보며 말했다.

"지금까진 은혜로 읽었던 거야. 하지만 공부를 하면 다시 읽을 수 있단다."

"얼마나 걸릴까요?"

"평생."

"그렇게나 오래……."

"그러나 평생 생각하고 노력하면 해독력은 훨씬 좋아질 거야. 의식적인 이해를 통해 얻은 능력이니까. 그렇게 얻은 은혜는 공짜로 얻은 것보다 더욱 깊고 풍부할 뿐만 아니라, 한번 얻으면 절대로 잃어버리지 않아."

"하지만 단지 몇 년이 아니라, 일생을 다 바쳐야 한다는 말이죠?"

리라는 질린 듯한 목소리로 물었다.

"그래, 맞아."

천사가 대답했다.

"그리고 모든 창을 닫아야 하나요? 하나도 남김 없이?"

이번엔 윌이 물었다.

"이걸 먼저 알아야지. 더스트는 일정하지 않아. 언제나 같은 양으로 고정된 것이 아니란다. 의식을 가진 존재들이 더스트를 만들지. 그들이 생각하고 느끼고 반성하고 지혜를 얻고 전달하면서 언제나 더스트를 새롭게 하고 있는 거란다.

그러니 네가 너희 세계의 다른 사람들이 자신과 타인에 대해 배우고 이해하도록 도와주고, 잔인함 대신에 친절을, 성급함 대신에 인내심을, 퉁명스러움 대신에 상냥함을, 그리고 무엇보다도 마음을 열고 자유로운 가운데 호기심을 유지하는 방법을 가르쳐 준다면, 그들은 창 하나를 통해 소실되는 더스트를 충분히 보충하고도 남을 만큼 새로운 더스트를 만들어 낼 거야. 그렇게 되면 창 하나는 열어 둘 수가 있지."

윌은 흥분으로 몸을 떨었다. 그의 생각은 한 가지에만 쏠려 있었다. 그의 세계와 리라의 세계 사이에 창을 만드는 일이었다. 그 창은 둘만의 비밀이 될 것이며, 원할 때는 언제든 통과해서 서로의 세계에서 한참 살 수도 있을 것이다. 어느 한쪽에서만 사는 것이 아니니 그들의 데몬들은 건강을 유지할 수 있고, 그들도 함께 어른이 될 것이다. 그리고 나중에 둘 사이에 아이가 생기면, 그들도 두 세계의 은밀한 시민이 될 수 있을 것이다. 또한 그들은 이쪽 세계에서 배운 것을 저쪽 세계로 가져갈 수도 있고, 온갖 재미있는 일들을 할 수 있을 것이다.

하지만 리라는 머리를 저으며 흐느꼈다.

"안 돼, 윌. 우린 그럴 수 없어."

그 순간 윌도 리라의 생각을 알고는 괴로운 표정을 지었다.

"참, 그렇지, 죽은 사람들이 있어."

"그들을 위한 창을 하나 열어 둬야 해!"

"그래, 그러지 않으면……."

"그리고 그들을 위해 우린 충분한 더스트를 만들어야 해."

리라는 몸을 떨었다. 윌이 옆으로 껴안자, 리라는 자신이 어린아이처럼 느껴졌다.

"그리고 우리가 삶을 올바르게 살면서 삶에 대해 생각한다면, 하피들에게 들려줄 얘기도 많을 거야. 우린 사람들에게 그 말을 전해 줘야 해, 리라."

"진실한 이야기 말이지. 그래, 하피들이 대가로 듣고 싶어 하는 건 진실한 이야기지. 사람들이 일생을 마치고도 자기 인생에 대해 얘기할 것이 없다면, 결코 저승을 떠날 수 없을 거야. 우린 사람들에게 그 점을 말해 줘야 해."

"그렇지만 혼자서 해야 해."

윌이 괴로운 듯 말했다.

"그래, 혼자서."

혼자라는 말에 윌은 마음속 깊숙한 곳에서부터 절망과 분노의 파도가 넘실거리는 것을 느꼈다. 줄곧 외톨이였던 그의 삶에 어느 날 갑자기 다가왔던 이 소중한 축복이 순식간에 멀리 사라지려고 하고 있었다. 파도는 점점 높아지고 사나워져서 하늘을 새카맣게 가리고, 절벽은 흔들리며 무너져 내려 바다 속으로 모조리 휩쓸려 가는 것 같았다. 윌은 지금까지 느껴 본 적이 없는 강한 분노와 고통으로 괴로워하며 흐느꼈다. 가슴에 안겨 있는 리라는 너무 가엾고 무력해 보였다. 그러나 파도가 밀려왔다 물러가도 을씨년스런 바위들은 꿈쩍도 않고 그대로 있듯 운명을 어찌해 볼 도리는 없었다. 윌과 리라가 아무리 절망해도 그 운명은 단 한 치도 움직이지 않을 것이었다.

윌은 분노하고 또 분노했다. 그러나 결국 분노는 가라앉게 마련이며, 폭풍우가 몰아친 뒤의 바다는 더 고요한 법이다. 윌의 분노는 여전히 파도처럼 넘실거렸지만 거대한 격정은 한풀 꺾였다.

윌과 리라는 천사를 돌아보았다. 천사는 그들의 마음을 이해하고 함께 슬퍼하고 있었다. 하지만 그들보다 더 먼 미래를 볼 수 있는 천사의 표정에는 차분한 희망이 담겨 있기도 했다. 윌이 울음을 삼키고 말했다.

"좋아요. 제가 창을 닫는 법을 천사님께 알려 드리죠. 하지만 창을 만들면 또 하나의 스펙터가 생길 텐데요. 난 그들에 대해 전혀 몰랐어요. 알았다면 좀 더 조심했을 텐데."

"스펙터는 우리가 책임지마."

자파니아가 말했다.

윌은 만단검을 빼 들고 바다를 향해 섰다. 그 자신도 놀랄 만큼 손이 조금도 떨리지 않았다. 그는 자신의 세계로 들어가는 창을 냈다. 그들의 눈앞에 거대한 제조 공장과 화학 공장이 나타났다. 빌딩과 저장 탱크 사이를 복잡하게 연결한 파이프들과 구석구석을 환하게 비추고 있는 전등과 공중으로 치솟는 하얀 수증기가 보였다.

"천사들이 이 방법을 모른다니 이상하군요."

윌은 고개를 저으며 말했다.

"만단검은 인간의 발명품이야."

"그러면 저승에서 나오는 창 하나만 빼고 모두 닫으려는 거군요."

"그렇지, 그게 약속이야. 하지만 조건부지. 그 조건은 너희들도 알지?"

"네, 알아요. 닫아야 할 창이 많은가요?"

"수천 개야. 폭탄으로 만들어진 끔찍한 구렁텅이도 있고, 아스리엘 경이 자신의 세계에 만든 거대한 출입구도 있어. 그것들도 모두 닫아야 해. 하지만 아주 작은 창들도 무수히 많아. 어떤 것은 땅속 깊은 곳에 있고, 어떤 것들은 높은 공중에 있어."

"바룩과 발타모스는 그 창들을 통해서 여러 세계를 돌아다녔다고 했어요. 앞으로는 천사들도 그렇게 돌아다닐 수 없나요? 우리처럼 한 세계에 갇히게 되는 건가요?"

"아니, 우린 다른 방법이 있어."

그러자 리라가 물었다.

"그 방법을 우리도 배울 수 있나요?"

"그래. 너희들도 윌의 아버지처럼 그걸 배울 수 있어. 너희들이 상상력이라고 부르는 능력을 사용하는 거야. 하지만 거짓을 만들어 내는 건 아니야. 그것은 보는 것의 한 형태일 뿐이야."

"그럼 진짜 여행이 아니군요. 단지 여행하는 척하는……."

리라의 말을 자파니아는 가로챘다.

"척하는 게 아니야. 그러긴 쉽지. 이 방법은 어렵지만 훨씬 진실해."

윌이 천사에게 물었다.

"그러면 알레시오미터처럼 평생 배워야 하는 건가요?"

"그래, 오랜 연습이 필요하지. 노력해야만 할 수 있는 일이야. 넌 손가락을 잘라서 그것을 선물로 가질 수 있다고 생각했니? 소유할 만한 가치가 있으면 그렇게 노력할 가치도 있지. 그러나 이미 첫 단계를 밟아 너를 도와줄 수 있는 친구가 있어."

윌은 그게 누군지 알 수 없었지만, 물어볼 기분이 아니었다. 그는 한숨을 내쉬며 말했다.

"알았어요. 그런데 우린 다시 만날 수 있나요? 우리들의 세계로 돌아간 뒤에도 천사님과 말할 수 있을까요?"

"나도 몰라."

자파니아는 고개를 저었다.

"하지만 기다리는 일로 시간을 낭비해서는 안 돼."

"그리고 내 만단검도 부러뜨려야 하구요."

"그래."

그들은 창을 통해 전등불이 환하게 켜진 공장을 바라보았다. 기계가 돌아가고, 화학물이 결합되고, 상품이 생산되고 있었다. 사람들은 생계를 위해 돈을 벌고 있었다. 그곳은 윌의 세계였다.

"자, 창을 어떻게 닫는지 보여 드리죠."

윌은 천사에게 창의 테두리를 감촉하는 방법을 가르쳤다. 그것은 자코모 파라디시가 그에게 가르쳐 준 것으로, 손가락 끝으로 양쪽 테두리를 감지하며 꼭꼭 여며 가는 방법이었다. 그러자 창이 점점 닫히면서 눈앞의 공장이 사라졌다.

"만단검으로 만들지 않은 창들까지 모두 닫을 필요가 있나요? 더스트는 만단검이 만든 창으로만 빠져나간다면서요. 다른 창들은 수천 년 동안 그 자리에 있었어도 더스트가 빠져나가지 않았어요."

천사가 대답했다.

"그것들도 모두 닫을 거야. 그런 창이 남아 있다고 한다면, 넌 그걸 찾아 평생을 돌아다니겠지. 그건 인생을 낭비하는 짓이야. 넌 그보다 훨씬 더 중요하고 가치 있는 일을 해야 해. 다른 세계로 여행하는 일은 더 이상 없을 거야."

"그러면 난 어떻게 해야 하나요?"

윌은 그렇게 질문하고는 곧 머리를 세차게 저었다.

"아니, 말하지 마세요. 내가 할 일은 내가 결정하겠어요. 만일 천사님이 싸움이다, 치유다, 탐사다, 하는 식으로 말한다면 난 언제나 그것만 생각할 테니까요. 그리고 그 일만 하다가 내 인생이 끝나면, 난 스스로 선택하지 못했다는 느낌에 화가 날 것 같아요. 그리고 만약 그 일을 하지 않았다면 죄의식을 느낄 테죠. 그러니까 무엇을 하든, 선택은 내가 해야겠어요."

"그러면 넌 이미 지혜를 향한 첫발을 내딛는 거야."

자파니아가 말했다.

"바다 저쪽에 불빛이 보여요."

리라가 소리쳤다.

"너희들을 고향으로 데려다 줄 친구들의 배야. 내일이면 여기 도착할 거야."

내일이란 말이 충격으로 다가왔다. 리라는 파더 코람과 존 파와 세라피나 페칼라와의 만남을 꺼리게 될 거라고는 한 번도 생각지 못했었다.

"난 이제 가야겠다. 알고 싶은 걸 다 알았으니까."

천사는 가볍고 차가운 팔로 윌과 리라를 차례로 포옹하고 이마에 키스를 했다. 그러고는 데몬들에게도 키스를 해 주었다. 천사가 날개를 펴고 공중으로 가볍게 날아오르자, 데몬들은 재빨리 새로 변신하여 천사와 함께 날아올랐다. 잠시 후 천사의 모습은 사라졌다.

그러자 갑자기 리라가 놀란 표정을 지었다.

"왜 그래?"

윌이 물었다.

"깜박 잊고 엄마 아빠 소식을 묻지 않았어. 이젠 알레시오미터에게 물어볼 수도 없잖아. 이러다 영영 엄마 아빠 소식을 모르게 되는 건 아닐까?"

리라가 천천히 주저앉자 윌도 그 곁에 앉았다.

"오, 윌! 우린 어쩌면 좋아? 난 너와 영원히 함께 살고 싶어. 너와 키스하고, 네 곁에서 자고, 아침마다 너와 함께 일어나고 싶어. 세월이 많이 흘러 내가 늙어 죽을 때까지. 추억만 하면서 살고 싶진 않아."

"나도 그래. 추억만 간직하고 살 순 없어. 내가 원하는 건 너의 진짜 머리카락과 입과 팔과 눈과 손이야. 누군가를 이처럼 사랑하게 될 줄은 정말 몰랐어. 오, 리라. 오늘 밤이 영영 끝나지 않았으면 좋겠어! 이곳에 이렇게 머물 수만 있다면, 세상이 돌아가는 것을 멈추고, 다른 모든 사람들이 잠 속으로 빠져 들 수만 있다면……."

"우리 둘만 빼고!"

리라가 맞장구를 쳤다.

"정말 그러면 우린 여기서 영원히 살 수 있을 텐데. 서로 사랑하면서."

"무슨 일이 있어도 난 널 영원히 사랑할 거야, 리라. 내가 죽을 때까지, 그리고 죽은 뒤에도. 저승에서 나와 허공을 영원히 떠다닐 때도 나의 원자들은 널 다시 찾아내고 말 거야."

"나도 널 찾을 거야, 뭘. 한 순간도 쉬지 않고. 우리가 서로를 다시 찾게 되면 그땐 누구도 떼어 놓을 수 없도록 꼭 달라붙어 있을 거야. 나의 모든 원자와 너의 모든 원자가 말야. 우린 새와 꽃과 잠자리와 소나무 속에서도 함께 살 거야. 그리고 구름 속에서도 살고 햇빛 속을 떠다니는 작은 빛의 조각들 속에서도 함께 살 거야. 그리고 그들이 우리의 원자들로 새로운 생명을 만들려고 할 때, 그들은 너의 원자와 나의 원자를 함께 써야 할 거야. 우린 꼭 달라붙어 떨어지지 않을 테니까."

그들은 나란히 누워 손을 잡고 하늘을 바라보았다.

"치타가체의 카페에서 처음 만났던 때 기억나니?"

리라가 물었다.

"넌 그때 데몬을 처음 봤지."

"난 그게 뭔지 알 수 없었어. 하지만 네가 아주 용감했기 때문에 널 보자마자 좋아했어."

"아냐, 내가 널 먼저 좋아했어."

"그렇지 않아. 넌 나와 싸웠잖아!"

"응, 그랬지. 네가 먼저 날 공격했으니까."

"아니야! 네가 먼저 날 공격했지."

"그래. 그렇지만 난 곧 멈췄어."

"그래. 그렇지만."

월은 리라의 말을 흉내 내고 있었다. 그의 손에 떨고 있는 리라의 몸이 느껴졌다. 리라는 어깨를 들먹이며 조용히 울고 있었다. 월은 리라의 따뜻한 머리카락과 굳은 어깨를 손으로 어루만지며 그 얼굴에 계속 키스를 했다. 리라는 가슴 깊숙한 곳으로부터 떨리는 한숨을 토해 내더니 조용해졌다.

그때 천사를 배웅한 데몬들이 돌아왔다. 데몬들은 다시 모습을 바꾸고 부드러운 모래밭을 지나 그들에게 다가왔다. 리라는 그들을 반기며 일어나 앉았다. 월은 그들이 어떤 모습으로 변신하든 자기 데몬을 알아볼 수 있는 것이 신기했다. 판탈라이몬은 적갈색 털이 보드랍고 곱슬곱슬한 덩치가 크고 힘이 센 담비로 변했다. 키르자바는 다시 고양이로 돌아왔다. 그러나 몸집이 아주 컸고, 풍성한 털이 검푸른색, 짙은 잿빛, 정오의 하늘 아래 짙푸른 호수의 색, 안개 낀 달빛 아래의 뿌연 라벤더색 등 무수한 광택으로 반짝였다. 이 고양이의 털을 보면 '신비'라는 단어의 참뜻을 알 것 같았다.

판탈라이몬이 무릎 위로 올라오자 리라가 물었다.

"판, 넌 이제 자주 변신할 수 없니?"

"응."

판이 대답했다.

"참 이상하지. 어렸을 때는 네가 변신을 멈추지 않았으면 했어. 하지만 지금은 그렇지도 않아. 네가 이런 모습으로 있어 주기만 한다면."

월은 리라의 손을 잡았다. 그러자 새로운 기분에 휩싸였다. 단호하면서도 평화로운 기분이었다. 월은 리라의 손을 놓고 판탈라이몬의 적갈색 털을 쓰다듬었다. 월은 자신이 무엇을 하고 있으며, 그 의미가 무엇인지 정확히 알고 있었다.

리라는 질겁을 하며 숨을 삼켰다. 하지만 그 놀라움에는 저항할 수 없는 충동으로 월의 입에 과일을 넣어 주었을 때 느꼈던 그 희열이 섞여 있었다. 리라는 뛰는 가슴을 억누르며 같은 방법으로 대꾸했다. 부드럽고 포근한 월의 데몬에 손을 얹고 손가락으로 털을 꼭 쥐었다. 그리고 자신이 느꼈던 것과 똑같은 감정을 월도 느끼고 있다는 걸 알았다.

리라는 자신들의 데몬들이 이젠 더 이상 변신할 수 없다는 것도 알았다. 그들은 자신에게 닿은 연인의 손길을 느끼고 있었다. 지금의 모습이 죽을 때까지 지니고 갈 그들의 모습이었다. 그들은 다른 모습은 원치 않을 것이었다.

그리하여 이전의 어떤 연인들이 이런 행복을 발견할 수 있었을까 생각하며 그들은 함께 드러누웠다. 지구가 천천히 돌아가고 달과 별들은 그들 위에서 눈부시게 빛났다.

식물원

다음 날 오후 집시들이 도착했다. 배를 댈 항구가 없어서 해안에서 조금 떨어진 바다에 닻을 내려야 했다. 존 파, 파더 코람과 선장은 보트를 타고 세라피나 페칼라의 안내를 받아 해안에 올랐다.

메리는 모든 것을 뮬레파에게 얘기해 두었기 때문에, 집시들이 해변으로 올라와서 넓은 모래밭으로 나왔을 때는 뮬레파들이 호기심 어린 표정으로 그들을 반기려고 기다리고 있었다. 물론 서로가 상대방에 대한 호기심을 누르기 힘들었지만, 존 파는 오랜 인생 경험을 통해 예의와 인내를 충분히 갖춘 사람이었다. 그는 이 이상하기 짝이 없는 종족에게 서방 집시들의 우두머리로서의 우정와 관용을 아낌없이 보여 주기로 작정했다.

그래서 존 파는 늙은 잘리프 사타막스가 읊어 대는 환영사를 메리가 최선을 다해 통역해 주는 동안 뜨거운 태양 아래 잠시 서 있었다. 그리고 자기 조국의 수로와 펜즈에서 전하는 인사말로 그들에게 답례했다.

일행이 늪지를 지나 마을로 향해 갈 때, 뮬레파들은 파더 코람이 걷기 힘들어하는 것을 보고 태워 주겠다고 제의했다. 그는 고맙게 받아들였다. 그렇게 그들이 마당에 도착하자 윌과 리라가 그들을 맞았다.

리라가 그토록 좋아하던 사람들을 만난 지도 벌써 1년이나 지났다! 그들이 마지막으로 얘기를 나눈 것은 고블러들로부터 아이들을 구하기 위해 달려가던 북극의 눈보라 속에서였다. 리라는 약간 수줍어하며 손을 내밀었지만, 존 파는 리라를 번쩍 들어 품에 꼭 안고 양쪽 뺨에 입을 맞추었다. 그리고 파더 코람도 그녀를 한참 바라보다가 품에 안고 존 파와 똑같이 키스하고 나서 말했다.

"리라가 다 컸어요. 존. 우리가 북극으로 데려갔던 작은 소녀가 기억나요? 이 애를 봐요. 오, 리라, 내 귀염둥이. 너를 이렇게 다시 볼 수 있어서 얼마나 기쁜지 말로는 다 할 수가 없구나."

하지만 이 아이는 어딘가 아프고 연약하고 지친 것처럼 보였다. 파더 코람과 존 파는 리라가 얼마나 윌을 좋아하는지, 또 까만 눈썹의 소년 또한 매 순간 리라에게서 눈을 떼지 않는다는 것을 알았다.

세라피나 페칼라로부터 윌이 한 일에 대해 이미 들었기 때문에, 노인은 소년을 매우 정중하게 반겼다. 윌은 존 파가 보여 주는 정중함과 절제된 힘에 감탄했다. 그리고 자신도 나이가 들면 그처럼 행동해야겠다고 생각했다. 로드 파는 은신처이자 강한 보호막처럼 느껴지는 존재였다.

"말론 박사님, 신선한 물을 마시고 싶군요."

존 파가 말했다.

"그리고 당신 친구들에게 음식물을 좀 샀으면 합니다. 우리들은 오랜 기간 배를 타고 싸웠습니다. 그러니 그들이 이 해안에서 이 땅의 공기를 마음껏 들이마시며 달릴 수 있게 해 주시면, 고향에 돌아가서 가족들에게 이 세계에 대해 얘기할 수 있는 큰 축복이 되겠지요."

그러자 메리가 말했다.

"로드 파, 뮬레파 부족은 당신이 원하는 건 무엇이든 드리겠다고 했습니다. 오늘 저녁식사에 당신이 참석해 주시면 대단한 영광으로 여기겠답니다."

"우리들이야말로 영광입니다."

존 파가 말했다.

그리하여 그날 저녁에는 세 개의 세계에서 온 사람들이 함께 앉아 빵과 고기, 과일과 포도주를 나누어 먹었다. 집시들은 자기들 세계의 각지에서 나는 물품들을 주인들에게 선물했다. 제니버의 도자기, 바다코끼리 상아 조각품, 투르케스탄의 실크 태피스트리, 스베덴 광산의 은제 컵들, 한국산 법랑 접시 등이었다.

뮬레파들은 선물을 받고 몹시 기뻐하며 그들의 장인 정신으로 만든 물건들을 답례로 내놓았다. 펜즈에 사는 집시들은 본 적이 없는 오래된 노끈나무로 짠 진기한 대접, 최고급의 기다란 밧줄과 노끈, 래커 칠을 한 사발, 튼튼하고 가벼운 어망 등이있다.

선장은 함께 잔치를 즐기며 주인들에게 감사했다. 그리고 필요한 물과 일용품을 배에 싣고 있는 선원들을 감독하기 위해 자리를 떴다. 다음 날 아침에는 다시 항해를 계속해야 하기 때문이었다. 그들이 일하고 있는 동안 원로 잘리프가 손님들에게 말했다.

"모든 것에 커다란 변화가 일어났습니다. 그 결과 우리도 책임이 생겼습니다. 이 말의 의미를 당신들에게 보여 드리겠습니다."

존 파, 파더 코람, 메리와 세라피나는 뮬레파들과 함께 저승 세계가 열려 있는 곳으로 갔다. 그곳에는 아직도 유령들의 행렬이 끝없이 이어지고 있었다. 뮬레파들은 그곳이 신성한 장소이기 때문에 주위에다 나무를 심었다고 했다. 또한 그곳은 기쁨의 근원지이므로 영원히 간직하겠다고 말했다.

"정말 신비로운 일이야."

파더 코람은 감탄했다.

"오래 산 덕분에 이런 것도 보게 되는군. 죽음의 어둠 속으로 들어가는 일은 우리 모두에게 두려움이었어. 하지만 그곳에서 빠져나올 길이 있다니, 마음이 한결 가벼워지는군."

"맞아요. 코람."

존 파가 맞장구를 쳤다.

"나는 많은 사람이 죽어 가는 것을 목격했어요. 비록 전쟁이긴 하지만 나 자신도 많은 사람을 어둠 속으로 보냈으니까요. 그 어둠 속에서 다시 이 아름다운 세계로 나와 하늘을 나는 새처럼 자유로워질 수 있다니, 이건 정말 누구나 바라는 가장 멋진 약속이 아니겠어요?"

파더 코람이 말했다.

"이 일에 대해 리라의 얘기를 들어야겠어. 어떻게 해서 이렇게 되었고, 이것이 무엇을 의미하는지 알아야지."

메리는 에이탈과 다른 뮬레파들에게 작별 인사를 하기 무척이나 힘들었다. 배에 오르기 전 뮬레파들은 그녀에게 선물을 주었다. 바퀴나무 기름을 담은 병과 귀중한 바퀴나무 씨앗이 든 작은 자루였다.

"이 씨앗은 네 세계에선 자랄 수 없을 거야."

에이탈이 말했다.

"그렇더라도 네겐 이 기름이 있어. 부디 우릴 잊지 말아 줘, 메리."

메리는 눈물이 핑 돌았다.

"그럼. 절대로 안 잊어. 만약 내가 마녀들처럼 오래 살아서 모든 것을 잊어버린다고 해도 너와 뮬레파 부족의 친절은 절대로 못 잊을 거야, 에이탈."

마침내 그들은 귀향길에 올랐다. 바람은 경쾌하고 바다는 잔잔했다. 한두 차례 투알라피의 하얀 날개들이 반짝이는 게 보였지만, 그 새들은 멀리서 조심스럽게 머물고 있었다. 윌과 리라는 잠시도 떨어지지 않고 함께 있었다. 그들에게는 두 주일간의 항해가 눈 깜짝할 사이에 지나갔다.

자파니아는 세라피나 페칼라에게 모든 창이 닫히면 세계들은 서로의 적절한 관계를 회복할 것이며, 리라의 옥스퍼드와 윌의 옥스퍼드는 다시 연결될 것이라고 했다. 마치 두 장의 필름에 담긴 투명한 영상들이 점점 더 가까워져서 마침내 하나로 합쳐지면서도 실제로는 결코 서로 닿지 않는 것과 같은 이치였다.

그러나 그 순간 그들은 리라가 옥스퍼드에서 치타가체까지 여행해야 했던 것만큼이나 서로 멀리 떨어져 있었다. 윌이 살았던 옥스퍼드는 지금 여기, 만단검으로 베어 내기만 하면 바로 나타날 거리에 있었다. 그들이 도착하여 물속으로 닻을 던졌을 때는 저녁 무렵이었다. 석양이 푸른 언덕과 적갈색 벽돌 지붕들, 우아하지만 금방 무너질 것 같은 부두와 윌과 리라가 처음 만났던 그 작은 카페를 따스하게 비춰 주고 있었다. 선장이 망원경으로 한참 살펴보더니 생명체가 있는 흔적이 안 보인다고 했지만, 존 파는 만일을 대비해 무장한 부하들을 대여섯 명 해안으로 데려갈 계획이었다. 그 부하들은 여행을 방해하지 않고 필요할 때에만 나설 것이다.

어둠이 내리는 것을 지켜보며 그들은 마지막 식사를 함께했다. 윌은 선장과 선원들에게 작별 인사를 했다. 그리고 존 파와 파더 코람에게도 인사를 했다. 그들은 젊고 강인하고, 그러나 매우 고통스러워하는 한 소년을 보고 있었다.

마침내 윌과 리라, 그들의 데몬들, 그리고 메리와 세라피나 페칼라는 텅 빈 도시를 향해 출발했다. 도시는 비어 있었다. 움직이는 것이라곤 그들과 그들의 그림자뿐이었다. 리라와 윌은 손을 잡고 앞에서 걸어갔다. 메리와 세라피나는 조금 뒤에 처져서 자매처럼 얘기를 나누었다.

"리라가 우리가 살던 옥스퍼드에 잠시 가고 싶다고 하더군요."

메리가 말했다.

"무슨 생각이 있는 모양이에요. 하지만 곧바로 돌아올 거예요."

"당신은 어떻게 할 거죠, 메리?"

세라피나가 물었다.

"나는 윌과 함께 가야겠죠. 오늘 밤엔 우리 아파트에서 쉬고, 내일 윌의 어머니를 찾아갈 거예요. 그리고 그의 어머니를 치료할 방법이 있는지 생각해 봐야죠. 우리 세계에는 많은 법칙과 규정들이 있어요, 세라피나. 우리는 그 모든 것을 지키고 주어진 의무를 다해야 하죠. 나는 법적인 문제나 사회적 책임, 주거 문제 같은 것들을 도와주고 윌이 어머니만 돌볼 수 있도록 할 거예요. 그리고 나도 윌이 필요해요. 한동안 실업자로 지내서 은행에 잔고가 별로 없는데다, 경찰이 분명 나를 쫓고 있을 거예요. 우리 세계에서 이 모든 일에 대해 얘기해 줄 수 있는 사람은 윌뿐이니까요."

그들은 침묵의 거리를 계속 걸었다. 어둠 속으로 문이 열려 있는 사각탑을 지나고, 보도 위에 테이블을 내어 놓은 카페를 지나, 중앙에 야자수 나무들이 줄지어 있는 대로로 들어섰다.

"이곳이 내가 들어온 곳이에요."

메리가 말했다.

윌이 옥스퍼드의 한적한 변두리 도로에서 처음 발견했던 창은 이곳으로 열려 있었다. 옥스퍼드 쪽에는 경찰이 지키고 있었고, 메리는 경찰들을 속이고 그곳을 통과했던 것이다. 그녀는 그 지점에서 윌이 허공에 손을 대고 능숙하게 놀리는 것을 보았다. 그러자 창은 자취를 감추었다.

"다음에 경찰들이 보면 놀라겠는걸."

메리가 말했다.

리라는 윌과 메리가 살던 옥스퍼드로 들어가서 윌에게 무언가를 보여 준 뒤 세라피나와 함께 돌아올 생각이었다. 그러려면 창을 낼 자리를 조심해서 골라야 했다. 메리와 세라피나는 그들 뒤를 따라 달빛이 환한 치타가체 거리를 지나갔다. 오른쪽으로는 넓고 우아한 공원이 있고 솜사탕처럼 하얗게 빛나는 고풍스러운 현관이 있는 대저택으로 이어지고 있었다.

메리가 세라피나에게 말했다.

"당신은 내 데몬의 모습을 설명하면서 언젠가 시간이 흐르고 나면 그걸 볼 수 있는 방법을 가르쳐 주겠다고 했었죠."

"이런, 벌써 얘기하지 않았나요? 난 당신에게 마녀의 지식을 가르쳐 주었어요. 옛날이라면 금지되었을 거예요. 하지만 당신은 당신 세계로 돌아갈 테고, 옛날의 방법들도 변했죠. 그리고 나 역시 당신에게 많은 것을 배웠어요. 그건 그렇고 당신의 컴퓨터를 통해 새도들과 대화할 때 어떤 특별한 마음 상태를 유지해야 했어요, 그렇죠?"

"네, 리라가 알레시오미터를 읽을 때처럼요. 그렇게만 하면 된다는 뜻인가요?"

"그와 동시에 평상심으로 보아야 해요. 지금 한번 해보세요."

메리의 세계에는 처음 얼핏 보기엔 아무렇게나 찍어 놓은 점들 같지만, 다른 방법으로 보면 나무나 얼굴, 혹은 어떤 단단한 물체 같은 것이 3차원으로 튀어나와 보이는 그림이 있었다.

세라피나가 지금 메리에게 가르치는 것도 그와 유사한 것이었다. 메리는 새도들을 볼 때처럼 꿈을 꾸듯 몽롱한 상태에서 평상심으로 보려고 노력했다. 그것도 점들로 이루어진 3차원의 그림을 동시에 두 방향에서 보듯이, 일상과 황홀경 둘 모두를 결합해야 했다.

점 그림을 볼 때처럼, 메리는 갑작스레 그것을 발견했다.

"어머나!"

그녀는 몸이 흔들리지 않도록 세라피나의 팔을 붙잡았다. 정원 쇠울타리 위에 빨간 다리와 휘어진 노란색 부리를 가진 검은새 한 마리가 앉아 있었다. 세라피나가 묘사했던 것과 똑같은 노랑부리까마귀였다. 까마귀는 겨우 한두 걸음 앞에서 머리를 약간 곧추세우고 마냥 즐겁다는 듯이 메리를 바라보고 있었다.

하지만 놀란 나머지 메리의 집중력이 흩어지자 노랑부리까마귀는 그만 사라져 버렸다.

"이제 한 번 해봤으니 다음엔 훨씬 수월할 거예요."

세라피나가 말했다.

"당신 세계에서도 지금과 같은 방법으로 다른 사람들의 데몬을 볼 수 있어요. 그들은 이 방법을 모르니까 당신의 데몬이나 윌의 데몬을 못 볼 거예요."

"오, 정말 굉장해요!"

리라는 자기 데몬과 얘기도 하지. 나도 방금 본 노랑부리까마귀의 소리를 들을 수 있을까? 그녀는 기대감에 부풀어 걸음을 재촉했다.

그들 앞에서 윌이 창을 내고 있었다. 그리고 여자들이 모두 통과하기를 기다렸다가 다시 창을 닫았다.

"여기가 어딘지 아시겠어요?"

월이 묻자 메리는 주위를 둘러보았다. 조용한 도로를 따라 나무들이 줄지어 서 있었다. 관목이 가득한 정원이 딸린 빅토리아풍의 대저택들이 눈에 들어왔다.

"옥스퍼드 북쪽 어디쯤인 것 같은데."

메리가 말했다.

"이 도로를 정확히는 모르겠지만 내 아파트에서 그리 멀지 않아."

"식물원으로 가고 싶어요."

리라가 말했다.

"좋아. 여기서 15분 정도만 걸으면 돼. 이쪽으로……."

메리는 다시 이중 보기를 시도했다. 이번에는 훨씬 수월했다. 노랑부리까마귀는 도로 위로 낮게 드리워진 나뭇가지 위에 앉아 있었다. 어떻게 하는지 보려고 손을 내밀자 까마귀는 주저하지 않고 손 위에 앉았다. 메리는 새의 가벼운 무게와 자기 손가락을 꽉 잡고 있는 발톱을 느낄 수 있었다. 그녀는 새를 부드럽게 자기 어깨 위로 올렸다. 새는 마치 평생 거기에 있었던 것처럼 메리의 어깨 위에 앉았다.

그럼, 거기에 있었지, 하고 생각하며 메리는 걸음을 옮겼다.

고속도로는 그리 혼잡하지 않았다. 모들린 대학 맞은편 계단을 내려와 식물원 정문을 향해 들어섰을 때는 오직 그들뿐이었다. 화려한 장식문 안에 돌의자들이 놓여 있었다. 메리와 세라피나가 그곳에 앉아 있는 동안 월과 리라는 쇠창살 울타리를 기어올라 식물원 안으로 들어갔다. 그들의 데몬들도 쇠창살 사이로 통과해서 그들 앞을 달려갔다.

"이쪽이야."

리라가 월의 손을 잡아당겼다. 그녀는 넓게 가지를 친 나무 아래의 샘을 지나 왼쪽으로 꺾더니, 꽃밭들 사이에서 거대한 가지들이 수없이 뻗은 소나무가 있는 곳으로 윌을 이끌었다. 그곳에는 출입구가 달린 거대한 석벽이 있었고, 정원 깊숙한 곳에는 어린 묘목과 희귀한 식물들이 자라고 있었다. 리라는 윌을 정원 끝까지 데리고 가서, 작은 다리를 건넌 후 가지가 축 늘어진 나무 아래 놓인 원목 의자로 데려갔다.

"맞아! 내가 바랐던 꼭 그대로야! 윌, 내가 살던 옥스퍼드에서 난 혼자 있고 싶을 때마다 이곳에 오곤 했어. 그리고 이것과 똑같은 의자에 앉았지. 판탈라이몬하고만 말이야. 그러니까 내 말은 우리가 1년에 한 번만이라도 같은 시간에 이곳에 앉는다면…… 단 한 시간만이라도 말야. 그러면 우린 다시 가까이 있는 걸 느낄 수 있을 거야. 넌 이곳에 앉아 있고, 난 내가 사는 옥스퍼드의 이 지점에 앉아 있으면 우린 분명 가까이 있는 거니까……."

윌은 머리를 끄덕이며 약속했다.

"그래, 내가 살아 있는 한 이곳에 꼭 올게. 이 세상 어디에 있든 꼭 돌아올 거야."

리라가 말했다.

"매년 하지 정오에 만나. 내가 살아 있는 한, 너와 나, 우리가 살아 있는 한……."

윌은 눈앞이 잘 보이지 않았다. 그는 흘러내리는 뜨거운 눈물을 그냥 내버려 두고 리라만 꼭 끌어안고 있었다.

"그리고 우리가 나중에……."

리라는 떨리는 목소리로 속삭였다.

"좋아하는 다른 누군가를 만나게 되면, 그래서 그 사람과 결혼하게 되면 말야, 우린 그들과 잘 지내야 해. 그들 대신에 우리 둘이 결혼했더라면, 하고 비교를 하면 안 돼. 하지만 1년에 한 번은 꼭 여기에 오기로 하자. 한 시간 동안만 같이 있게……."

둘은 서로를 힘껏 껴안았다. 몇 분이 흘렀다. 근처의 강에서 물새 한 마리가 푸드덕 날아가며 울었다. 이따금 자동차들이 모들린 다리 위로 지나갔다.

마침내 둘은 서로 떨어졌다.

"이젠 됐어."

리라는 상냥하게 말하며 부드러운 표정을 지어 보였다. 어스름 속에서 리라의 모습은 우아했고, 그 눈동자와 입술은 더욱 부드러워 보였다. 윌은 그 입술에 끝없이 키스했다. 키스를 할 때마다 그것이 마지막 입맞춤처럼 느껴졌다.

사랑으로 인해 무겁고 부드러워진 마음으로 둘은 왔던 길을 돌아갔다. 출입문 근처에서 메리와 세라피나가 기다리고 있었다.

"리라……."

윌이 말했다.

"윌……."

리라가 그의 눈을 바라보았다.

이윽고 윌은 치타가체로 들어가는 창을 냈다. 그들은 대저택을 둘러싼 정원 깊숙한 곳에 있었다. 윌은 마지믹으로 창을 넘어가 침묵의 도시를 내려다보았다. 달빛에 타일 지붕이 반짝거리고 그 위로 탑이 솟아 있었다. 불을 밝힌 배가 고요한 바다 위에서 기다리고 있었다.

그는 세라피나를 돌아보며 애써 침착하게 말했다.

"고마워요, 세라피나 페칼라. 망루에서 저희를 구해 주신 것도 그렇고 다른 모든 일도요. 그리고 리라를 잘 보살펴 주세요. 난 누구보다도 리라를 사랑해요."

그에 대한 대답으로 마녀는 윌의 양쪽 뺨에 입을 맞추었다. 리라도 메리에게 무슨 말인가를 속삭였고, 둘은 서로를 부둥켜안았다. 메리가 앞서고 윌이 뒤에서 창을 통과하여 그들은 자신들의 세계에 있는 식물원의 나무 그늘로 돌아왔다.

이제부터 즐거운 삶을 시작해야지. 윌은 애써 그렇게 생각하려고 했지만, 여전히 얼굴과 목을 물어뜯으려고 발악하는 늑대를 품에 안고 있는 기분이었다. 그렇지만 윌은 명랑한 표정을 지으려고 애썼다. 그리고 이렇게 애쓰는 자신의 마음을 리라만은 알 것이라고 생각했다.

리라의 마음도 윌과 다르지 않았다. 리라의 표정에 담긴 딱딱하면서도 어색한 미소가 그것을 말해 주고 있었다.

그럼에도 불구하고 리라는 미소를 지어 보였다.

마지막 키스를 하면서 윌과 리라는 갑자기 치밀어 오르는 슬픔을 참을 수가 없었다. 둘은 서로 뺨을 마주 대고 문지르며 울음을 터뜨렸다. 리라의 눈물이 윌의 얼굴을 적시고 윌의 눈물이 리라의 얼굴을 적셨다. 그들의 데몬들도 작별을 아쉬워하며 키스를 주고받았다. 마침내 판탈라이몬이 창틀을 넘어 리라의 품에 안겼다. 그러자 윌이 창을 닫기 시작했다. 그것으로 끝이었다. 통로는 막혔고 리라의 모습은 사라졌다.

"자, 이젠……."

윌은 메리의 시선을 피하며 침착하게 말하려고 애썼다.

"이 만단검을 부러뜨려야죠."

윌은 만단검 끝으로 익숙하게 허공을 더듬으며 틈을 찾았다. 그리고 이전에 일어났던 일을 그대로 떠올리려고 애썼다. 동굴 밖으로 창을 내리는 순간 윌은 갑자기 콜터 부인을 자신의 어머니로 착각했고 만단검은 결코 자를 수 없는 무언가를 만난 것처럼 부러지고 말았는데, 그것은 바로 어머니를 향한 자신의 사랑 때문이었다고 생각했다.

그는 쿠퍼 부인에게 부탁했던 어머니의 모습을 떠올리려고 애썼다.

쿠퍼 부인 댁의 비좁은 현관에서 그가 마지막으로 본 어머니의 얼굴은 두려움과 당혹감으로 가득 차 있었다.

그러나 아무 소용이 없었다. 만단검은 쉽사리 허공을 잘랐고, 폭풍우가 몰아치는 다른 세계로 창이 열렸다. 갑자기 쏟아져 들어오는 세찬 빗방울에 두 사람은 화들짝 놀랐다. 월은 급히 창을 닫고는 잠시 난감한 표정으로 서 있었다.

월의 데몬은 지금 그의 생각을 사로잡고 있는 것이 무엇인지 알아차렸다. 그래서 간단하게 "리라" 하고 힌트를 주었다.

그래, 맞아. 월은 고개를 끄덕였다. 그러고는 만단검을 잡지 않은 왼손으로 아직도 리라의 눈물이 남아 있는 자신의 뺨을 어루만졌다.

그러자 만단검은 심하게 뒤틀리며 산산조각이 났다. 조금 전 다른 세계에서 들이친 빗방울로 인해 아직도 촉촉하게 젖어 있는 바위 위로 칼 조각들이 떨어져 내렸다.

월은 무릎을 꿇고 칼날 조각들을 조심스럽게 집어 올렸다. 그의 데몬 키르자바도 그를 도와 고양이 눈으로 칼날 조각들을 찾아다녔다.

메리는 배낭을 어깨에 메며 말했다.

"월, 우린 서로 얘기를 나눈 적이 거의 없어. 그래서 아직 완전한 친구는 아니지. 하지만 세라피나 페칼라와 나는 약속을 했어. 방금 리라에게도 약속했고. 그래서 지금 너에게도 똑같은 약속을 하려는 거야. 너만 좋다면 우린 앞으로 평생 친구가 되는 거야. 우린 둘 다 외톨이야. 우리가 지금까지 경험한 일들에 관해 얘기할 수 있는 사람은 우리 말고는 없다는 뜻이야. 그리고 데몬과 함께 사는 일에도 익숙해져야 하고…… 또 우린 둘 다 해결해야 할 문제가 있어. 그런 것들이 너와 나의 공통점이라고 할 수 있겠지."

"박사님께도 문제가 있으세요?"

월이 메리를 돌아보며 물었다. 말론 박사는 친근하고 현명한 얼굴로 월을 바라보았다.

"실험실을 떠나기 전에 컴퓨터 기기들을 박살 냈거든. 그리고 신분증도 위조했어. 하지만 그딴 건 우리 힘으로 처리할 수 있어. 그리고 네 문제도 함께 해결할 수 있지. 우선 네 어머니를 찾아내서 적절한 치료를 해 드려야지. 그리고 네가 살 곳이 필요하다면, 또 나와 함께 사는 것도 괜찮다면, 고아원 따위에는 가지 않아도 돼. 그러자면 그럴듯한 이야기를 꾸며서 그대로 행동해야 해. 그럴 수 있을까?"

메리는 친구였던 것이다. 월에게도 친구가 있었다. 메리의 말은 옳았다. 월은 한 번도 그 생각을 못 했었다.

"그럼요!"

"그럼 그렇게 하도록 하자. 내 아파트는 1킬로미터도 안 남았어. 지금 내가 가장 원하는 게 뭔지 알아? 차 한 잔이야. 어서 가서 찻주전자를 올려놓자."

월이 자신의 손으로 자기 세계를 영원히 닫아 버리는 것을 지켜본 3주일 후, 리라는 콜터 부인의 주문에 맨 처음 걸렸던 조던 대학의 그 만찬 테이블에 다시 앉아 있었다.

이번에는 조촐한 파티였다. 한나 여사는 그 첫 만찬에도 참석했었지만, 리라는 지금 그녀를 보고 새삼 놀랐다. 리라는 그녀에게 상냥하게 인사한 뒤 자신의 기억이 잘못되었음을 알았다. 한나 여사는 리라가 기억하고 있는 둔하고 칠칠치 못한 여자가 아니라, 머리 좋고 재미있고 매우 친절한 여자였다.

리라가 다른 세계들로 멀리 나가 있는 동안 많은 일이 조던 대학에, 영국에, 전 세계에 일어났다. 교권이 엄청나게 확장되어 무자비한 법들을 많이 통과시켰다가 성장한 만큼 빠르게 쇠퇴한 듯했다. 교권의 대변동에 맹신자들이 비틀거렸고, 더 자유로운 종파들이 세력을 잡았다. 성체위원회는 해체되었고 교회 법정도 지도자 없이 혼란에 빠져 있었다.

옥스퍼드의 대학들은 잠시 술렁거리다가 다시 차분하게 학문과 예의범절 수련의 분위기를 되찾았다. 총장이 수집한 고귀한 은제품들은 강탈당했고, 대학의 하인들 몇 명은 사라지고 없었다. 그러나 총장의 하인이었던 커즌즈는 그 자리에 남아 있었다. 리라는 커즌즈의 적대감에 대적할 각오를 하고 있었다. 리라가 기억하는 한 그들은 원수지간이었기 때문이다. 그러나 오히려 그가 두 손으로 악수를 청하며 따뜻하게 맞아 주어서 리라는 몹시 당황했다. 게다가 목소리에는 애정까지 담겨 있었다. 이런, 그도 변했어.

식사를 하는 동안 총장과 한나 여사는 리라가 없는 동안 있었던 일들에 대해 얘기했다. 리라는 얘기를 들으며 놀라기도 하고 슬퍼하기도 하고 경탄하기도 했다. 커피를 마시기 위해 거실로 자리를 옮겼을 때 총장이 리라에게 말했다.

"리라, 네 얘기를 거의 못 들었구나. 하지만 많은 것을 보고 왔다는 얘길 들었다. 그래, 네가 경험한 걸 우리에게 말해 줄 수 있겠니?"

"네, 총장님."

리라가 대답했다.

"하지만 한꺼번엔 안 돼요. 아직 몇 가지 이해할 수 없는 것들도 있고, 또 어떤 일은 무섭고 눈물 나게 해요. 하지만 나중에 꼭 다 말씀 드릴게요. 그리고 두 분도 약속하실 게 있어요."

총장은 무릎 위에 비단털원숭이 데몬을 앉히고 있는 회색 머리의 여자를 돌아보았다. 그들 사이에 즐거운 미소가 오갔다.

"그게 뭐지?"

한나 여사가 물었다.

"제 얘기를 그대로 믿겠다고 약속해 주세요."

리라는 진지하게 말했다.

"제가 언제나 진실만을 얘기한 건 아니죠. 하지만 어떤 곳에서는 이야기를 꾸며서 거짓말을 한 덕분에 살아나기도 했어요. 저는 이때까지 그래 왔고, 두 분도 그걸 아실 거예요. 하지만 제가 지금부터 말씀 드릴 진실한 이야기는 너무나 중요해서 두 분이 반신반의하신다면 말씀 드릴 수가 없어요. 그러니 제 말을 믿겠다고 약속하신다면 저도 진실만을 말씀 드릴 것을 약속하죠."

"약속할게."

한나 여사가 말했다.

"나도 약속하마."

총장이 말했다.

"하지만 제가 가장 안타까운 게 뭔지 아세요? 알레시오미터 읽는 능력을 잃어버린 거예요. 정말이지 너무 이상해요, 총장님. 어떻게 그런 능력이 어느 날 갑자기 왔다가 소식도 없이 그렇게 가 버릴 수 있죠! 그처럼 잘 읽던 상징들, 그 의미들을 연결하는 수많은 계단, 그것은 마치……."

리라는 미소를 지은 뒤 얘기를 계속했다.

"전 마치 나무를 타는 원숭이처럼 빨랐어요. 그런데 갑자기…… 안되는 거예요. 아무 생각도 안 나요. 아주 기본적인 의미밖에 기억 나지 않는다구요. 닻은 희망을 의미하고, 두개골은 죽음을 의미한다는 정도만 기억해요. 수천 가지나 되던 그 의미들이…… 모두 사라진 거죠."

"아주 사라진 건 아냐."

한나 여사가 말했다.

"그 책들은 보들리 도서관에 아직도 있단다. 그것을 연구하는 학파도 아직 건재하고."

한나 여사와 총장은 벽난로 옆에 있는 흔들의자 두 개에 마주 앉았고, 리라는 그 사이에 놓인 소파에 앉아 있었다. 전등이 모두 켜져 있어서 두 노인의 표정이 분명하게 보였다. 리라는 자신을 관찰하는 한나 여사의 얼굴을 보면서 친절하고 예리하면서도 지혜롭다고 느꼈다. 그렇지만 알레시오미터를 못 읽는 만큼이나 그 의미를 알 수 없었다.

총장이 말했다.

"자, 이제 너의 미래에 대해 생각해야겠구나, 리라야."

그 말에 리라는 진저리를 치며 몸을 똑바로 세웠다.

"그동안 미래에 대해선 한 번도 생각해 본 적이 없어요. 오직 현재만 생각했죠. 미래 따윈 아예 없다고 생각한 적도 여러 번 있었어요. 그런데 지금 갑자기 앞으로 살아가야 할 인생이 있다는 걸 알아서…… 어떻게 해야 할지 모르겠어요. 알레시오미터를 갖고 있어도 읽는 법을 모르는 거나 마찬가지죠. 공부를 해야겠지만 무슨 공부를 해야 할지도 모르겠어요. 제 부모님은 부자였겠지만 절 위해 돈을 남겨 놓을 생각은 못했을 거예요. 또 이미 다 써 버렸다면, 제가 쓸 돈이 남아 있을 리 없죠. 잘 모르겠어요, 총장님. 제가 조던 대학으로 돌아온 것은 이곳이 제 집이었고 마땅히 갈 곳도 없었기 때문이에요. 이오레크 뷔르니손 왕은 절 스발바르에서 살게 해주겠죠. 또 세라피나 페칼라는 마녀족과 함께 살도록 해 줄 거예요. 하지만 전 곰도 아니고 마녀도 아니라서 아무리 그들을 사랑한다고 해도 그곳에서 계속 살 순 없을 거예요. 어쩌면 집시들이 절 데려갈 수도 있겠죠. 하지만 그 이상은 아무것도 모르겠어요. 정말 모르겠어요."

그들은 리라를 바라보았다. 리라의 눈은 평소보다 더욱 반짝거렸고,

자신도 모르게 월처럼 턱을 바짝 치켜들고 있었다. 한나 여사는 리라가 혼란에 빠져 있기는 해도 꽤 반항적이라고 생각하며 속으로 감탄했다. 총장은 리라의 달라진 모습을 보았다. 천방지축이던 성격은 어느새 사라지고 리라는 성숙해진 자신의 몸에 어색해하고 있었다. 하지만 그는 리라를 몹시 사랑했고, 곧 아름다운 성인이 될 그녀를 자랑스럽고 경이로운 눈으로 바라보았다.

"이 대학이 바로 네 집이다, 리라."

총장이 말했다.

"그리고 돈 걱정은 할 필요 없어. 네 아버지가 널 돌봐 달라고 낸 기부금이 있으니까, 나를 집행인으로 지목하셨단다."

사실 아스리엘 경은 그런 일을 한 적이 없었다. 하지만 최근의 혼란에도 불구하고 조던 대학은 여전히 재정이 넉넉했고, 총장도 자기 재산이 있었다.

"그러니까 넌 공부만 하면 돼. 넌 나이도 아직 어리고, 지금까지 네가 겪은 일들은 솔직히 말해 우리 학자들의 연구에 큰 영향을 끼쳤어."

총장은 미소를 지었다.

"우연한 일이었지. 물론 너의 재능이 우리가 전혀 예견할 수 없는 방향으로 나타날지도 몰라. 그러나 알레시오미터를 네 평생 연구 과제로 삼고, 한때 직관으로 읽었던 것을 의식적으로 배우려고 든다면······."

"그럴 거예요."

리라는 단호하게 말했다.

"그렇다면 내 좋은 친구인 한나 여사께 너를 맡기는 것이 가장 좋겠구나. 한나 여사는 그 분야에선 독보적인 존재니까 말이다."

"내가 제안을 하나 하마."

한나 여사가 말했다.

"그리고 꼭 지금 대답하지 않아도 돼. 생각을 좀 해보렴. 우리 대학은 조던 대학만큼 전통이 깊지 않아. 너도 아직 대학에 가기엔 너무 어리고. 하지만 몇 년 전에 우리는 옥스퍼드 북쪽에 큰 저택을 하나 사들여서 기숙 학교를 세웠단다. 그곳 교장 선생님을 한번 만나 보고 입학할지 결정하는 게 좋겠어. 너에게 지금 필요한 것은 같은 또래의 소녀들을 사귀는 일이야. 어릴 때 친구들끼리 서로 배울 수 있는 것들이 있지. 하지만 조던 대학에서는 불가능한 일이야. 교장 선생님은 친절하고 활달하고 상상력도 풍부한 젊은 여성이지. 그녀가 있다는 게 얼마나 다행인지 몰라. 그녀와 한번 얘기해 봐. 그리고 마음만 먹으면 조던 대학을 너의 집으로 만들었듯이, 세인트 소피아를 너의 학교로 만들 수 있어. 그리고 알레시오미터를 체계적으로 공부하고 싶으면, 나한테 개별 수업을 받으면 되지. 하지만 서두를 필요는 없어. 아직 시간은 많으니까. 지금 대답하지 않아도 돼. 마음의 준비가 되면 그때 하렴."

리라가 대답했다.

"고맙습니다, 한나 여사님. 그렇게 하겠어요."

총장이 정원으로 들어가는 문의 열쇠를 주어서 리라는 마음대로 드나들 수 있었다. 그날 밤 늦게 수위가 총장 관사의 문을 잠그자마자, 리라와 판탈라이몬은 살짝 빠져나와 어두운 거리로 나왔다. 자정을 알리는 종소리가 옥스퍼드 거리마다 울려 퍼지고 있었다.

식물원 안으로 들어가자 판탈라이몬은 벽 쪽으로 달아나는 생쥐를 쫓아 풀밭 위를 달려갔다. 그러다가 쥐를 내버려 두고 근처에 있는 커다란 소나무 위로 뛰어올랐다. 리라는 까마득하게 높은 가지 사이로 뛰어다니는 판탈라이몬을 보는 것이 즐거웠다. 하지만 다른 사람들이 보지 않도록 조심해야 했다. 고통 끝에 얻은 분리의 마력은 비밀로 해야 한다. 예전 같았으면 개구쟁이 친구들에게 그것을 떠벌려서 겁을 줬겠지만, 윌은 리라에게 침묵과 신중함의 가치를 가르쳐 주었다.

리라는 벤치에 앉아 판탈라이몬이 돌아오기를 기다렸다. 판탈라이몬은 리라를 놀래 주는 걸 좋아했지만, 리라는 언제나 그를 먼저 발견하곤 했다. 강둑을 따라 판탈라이몬의 그림자가 어른거렸다. 리라는 다른 쪽을 보는 척하다가 판탈라이몬이 의자 위로 뛰어오를 때 잽싸게 잡았다.

"거의 속일 수 있었는데."

판탈라이몬이 억울해했다.

"좀 더 감쪽같이 해야지. 난 네가 오는 소리를 문에서부터 계속 듣고 있었어."

판탈라이몬은 앞발을 리라의 어깨 위에 걸치고 벤치 등받이에 앉으며 물었다.

"한나 여사에게 뭐라고 할 거야?"

"응, 그 교장 선생님을 만나기는 해야지. 학교에 다니는 문제는 그다음에 생각하고."

"결국 다니게 되겠지?"

"아마 그럴 거야."

"그래, 그게 좋을 거야."

리라는 다른 학생들이 궁금했다. 그들은 리라 자신보다 더 똑똑하고 학구적일 것 같았다. 그러니까 자기 또래의 소녀들에게 중요한 것들을 훨씬 많이 알고 있을 것이다. 그리고 리라는 자신이 알고 있는 그 많은 것들을 얘기할 수 없을 것이다. 그들은 리라를 단순하고 무식한 아이로 생각할 것이다.

"한나 여사가 정말 알레시오미터를 읽을 줄 알까?"

판탈라이몬이 물었다.

"책을 보면 할 수 있겠지. 난 그곳에 얼마나 많은 책이 있는지 궁금해. 그 책들을 모두 배우고 나면, 그것들 없이도 알레시오미터를 읽을 수 있겠지. 어딜 가나 그 책 더미를 안고 다녀야 한다고 상상해 봐."

"끔찍하지."

"판?"

"왜?"

"우리가 헤어져 있는 동안 윌의 데몬과 무슨 일을 했는지 얘기해 줄 수 있니?"

"나중에. 키르자바도 언젠가는 윌에게 말할 거야. 우린 때가 될 때까지는 너희들에게 말하지 않기로 약속했어."

"알았어."

리라는 머리를 끄덕였다. 자신은 판탈라이몬에게 모든 것을 말했지만, 버림을 받았던 그가 약간의 비밀을 간직하는 것은 당연하다는 생각이 들었다.

그리고 윌과 함께 간직하고 있는 또 다른 비밀을 생각하니 마음이 편해졌다. 정말이지, 죽을 때까지 윌을 잠시라도 잊을 수 있을까? 마음속으로 그와 대화를 나누고, 그와 함께 보낸 순간들을 되살리고, 그의 목소리와 손길과 사랑을 그리워하며 남은 생을 살아가게 되겠지. 누군가를 그토록 사랑하게 될 줄은 정말 꿈에도 몰랐다. 수많은 모험 속에서 놀라운 일도 참 많이 겪었지만, 윌과의 사랑은 그 무엇보다도 놀라운 일이었다. 그 사랑은 결코 지워지지 않는 부드러운 감촉을 리라의 가슴에 영원히 남겨 놓았다.

판탈라이몬이 슬그머니 리라의 무릎 위로 내려와서 웅크리고 앉았다. 어둠 속에서도 그들은 함께 있으면 무섭지 않았다. 이 잠자는 도시 어딘가에는 리라에게 알레시오미터를 다시 읽을 수 있도록 가르쳐 줄

책이 있을 것이다. 그리고 친절하고 학식 있는 한 여성이 리라에게 그것을 가르쳐 주려고 하고 있다. 기숙 학교의 소녀들은 리라보다 더 많은 것을 알고 있을 것이다. 리라는 아직 그들을 잘 모르지만 친구가 될 수 있을 거라고 생각했다.

판탈라이몬이 중얼거렸다.

"윌이 얘기했던 것 말이야……."

"언제?"

"해변에서 네가 알레시오미터를 읽으려고 하기 직전에. 그는 다른 곳은 없다고 말했어. 그의 아버지가 너에게 했던 말이지. 하지만 다른 뭔가가 있었던 것 같아."

"나도 기억해. 그분은 왕국이 끝났다는 의미로 말씀하신 거야. 하늘 왕국은 끝장이 났다는 거지. 하늘왕국을 지금 이 세계에서 누리는 삶보다 더 중요하게 생각해서는 안 돼. 왜냐하면 지금 우리가 있는 세계가 가장 중요한 곳이니까."

"그분은 우리가 무언가를 건설해야 한다고 했는데……."

"그 때문에 우리는 온전한 삶을 살아야 하는 거야. 우린 윌과 키르자바를 따라갈 뻔했어, 안 그랬니?"

"그랬어! 그들은 우릴 따라오려고 했고. 하지만……."

"하지만 그랬다면 우린 그것을 건설할 수 없었겠지. 자신을 앞세우는 사람은 누구도 그것을 건설할 수 없어. 우린 서로 다른 세계에서 쾌활하고, 친절하고, 호기심과 인내심을 가지고 열심히 공부하고 생각하고 일하지 않으면 안 돼. 그래야만 우린 그걸 세울 수……."

리라의 두 손이 판탈라이몬의 윤기 나는 털을 쓰다듬고 있었다. 정원 어디에선가 나이팅게일이 노래하고 살랑거리는 미풍이 그녀의 머리카락과 나뭇잎을 흔들었다. 도시의 종들이 울려 퍼졌다. 어떤 것은 높게,

어떤 것은 낮게, 어떤 것은 가까이서, 어떤 것은 멀리서, 하나는 날카롭게, 다른 것은 엄숙하고 낭랑하게, 다들 조금씩 차이는 있었지만 모두가 같은 시각을 알리고 있었다. 리라와 윌이 작별 키스를 했던 다른 옥스퍼드에서도 종들이 울려 퍼지고, 나이팅게일이 노래하고, 살랑거리는 미풍은 식물원의 이파리들을 휘젓고 있을 것이다.

"그래야만 뭐?"

판탈라이몬이 졸린 소리로 물었다.

"뭘 세운다구?"

"하늘 공화국."

리라가 대답했다.

검은 물질 더스트의 비밀을 벗기는 호박색 망원경

필립 풀먼의 검은 물질 '더스트'를 둘러싼 판타지 삼부작이 이로써 대단원의 막을 내린다. 미지의 모든 것을 알려 주는 《황금나침반》에 이어 무엇이든 단칼에 베어 버리는 《마법의 검》, 그리고 검은 물질 '더스트'의 비밀을 벗기는 《호박색 망원경》이 이제야 나오면서 장장 3년을 끌어 온 대역작이 마무리된 셈이다.

그런데도 마음 한 구석에 서운한 감정이 남아 있다. 그것은 번역자로서의 심정이라기보다는 한 사람의 독자로서 이야기가 좀더 길게 이어졌으면 하는 바람 때문일 것이다. 신나고 재미있는 영화나 만화를 보고 나면 너무 빨리 끝난 것이 못내 아쉽듯이 말이다.

하지만 결코 짧은 이야기라고 할 수 없는 이 삼부작 판타지에는 모험과 환희, 슬픔, 우정, 사랑 등 모든 극적인 요소가 다 갖춰져 있다. 특히 주인공인 리라와 윌의 우정과 사랑은 순수하고 아름답다 못해 눈물겹기까지 하다. 지고지순의 사랑이란 건 바로 그런 것이 아닐까 싶을 정도로, 그 자체만으로도 너무나 아름답고 가치 있어 보인다. 어린 시절에 이런 사랑을 한 번쯤 느껴보는 것도 큰 자양분이 될 것 같고, 성인이라면 이 책을 읽고 어린 시절 배꼽마당에서 함께 소꿉장난하던 그 아이를 떠올려 보는 것도 즐거운 일일 것이다.

아무튼 이 책을 번역하는 일은 내겐 큰 기쁨이었으며, 언제 또 이런 멋진 작품을 만날 수 있을지 벌써부터 기다려진다.

2001년 겨울

이창식